程翔

東游記

南粵出版社

1

茫茫印度洋，一望無際。

熾熱的陽光照射着湧動的海水，海面上發出動盪的光芒，到處波光粼粼，像無數反光的玻璃在晃動。太陽的光熱照射進大海，高溫瞬間就被吸收了；然而那熱度似乎在海底又聚集起來，把大海燒得沸騰了。你看吧，蔚藍的海水洶湧起伏，時而凸起，像山一樣高大雄偉；時而凹陷，如同山谷深不可測。太陽的光芒與浩瀚的大海，就像一對既融合又分離的戀人，誰也離不開誰，誰也不服氣誰，它們一直在推搡着、擁抱着、翻滾着……

海鳥在浩瀚的大海上翱翔。牠們一會兒迅疾俯衝下來，像流星一般，從你的眼前掠過；一會兒躍上雲天，如離弦之箭，瞬間不見了踪影。

葡萄牙「天福號」商船於去年 4 月 7 日乘季風從里斯本出發，歷時一年零三個月，今天終於到達印度西海岸著名城市 ── 果阿。這裏是葡萄牙海外殖民地，有大量葡萄牙駐軍。

前甲板站滿了人，有軍人，有商人，有男人，有女人；有的仰望天空，有的俯瞰大海；有的在揮手，有的在散步，還有的在伸懶腰打哈欠。人群之中，一位身穿黑色衣袍的神父格外顯眼。他中等身材，通體勻稱舒展；額角寬闊，五官端正，面色紅潤，神情剛毅，一雙眼睛直視前方；冷峻中透出慈愛，微笑裏閃着堅韌。他的

胸前，佩戴一副銀質十字架，在陽光下閃閃發光。黑袍前襟三十三粒紫色紐扣整齊排列，像一支整裝待發的軍隊。他站在甲板上，望着眼前的一切，腦海中卻浮現出一幕幕往事。

他叫沙利衛，歐羅巴人，身上流淌着納瓦拉巴斯克望族的血液。他的祖先是納瓦拉王室高官，虔誠的天主教徒。他的母親出身名門，出嫁時以兩座城堡作為嫁妝。沙利衛最小，上邊還有兩個哥哥。沙利衛從小天資聰穎，深得父母疼愛。父親希望沙利衛將來能夠繼承家業，但他偏偏接受了《聖經》教義：「人若賺得全世界，卻賠上自己的靈魂，有什麼益處呢？」他內心聽從耶穌的召喚：「往普天下去，傳福音給萬民聽。」長大後，他轉向了神學，憑着聰穎的頭腦，以優異成績進入巴黎大學最富盛名的聖巴巴拉學院主修神學。他寫信給父親，表達了自己對未來人生道路的思考和選擇。父親看後非常驚訝，立刻動身去巴黎，欲勸說並阻止兒子，希望他回心轉意。但是，父親啟程後的第一天就病倒在路上。父親突然省悟：此乃天意，不能阻止。於是父親給他寫了一封回信，說兒子的想法符合天意，作為父親，他支持兒子的選擇。

五年大學生活，沙利衛涉獵廣泛，不僅學習神學，還掌握了豐富的科學知識，曾受教於著名數學家丁先生。由於成績突出，他獲得哲學碩士學位證書。大學期間，沙利衛的刻苦精神和優異成績受到多位教授的稱讚，其中神學教授侯依塔‧柏拉瓦非常欣賞他，並且給了他深刻影響。這位有着傳奇色彩的教授是他的精神導師。柏拉瓦經常重複的兩句話深深印在沙利衛腦海中：「為耶穌征服世界。」「不要將海外傳教看成一種艱難的探險，而是一場征服別國的戰爭。」更讓沙利衛服膺的是柏拉瓦教授提出的一系列「適應」傳教策略，即掌握當地語言，了解當地文化，歸化當地上層，融入當地政權，潛移默化。大學期間的沙利衛便堅定了獻身耶穌基督的決心。

畢業前夕，柏拉瓦與沙利衛等六位同道者創立了耶穌會。凡進入耶穌會的人都須經過嚴格選拔，學識淵博，德才兼備，嚴守紀律，尤其具備堅守神貧的聖德。為了磨礪心志，沙利衛經受了四十天避靜退省的靈修神操歷練，四天未進一粒米一滴水。他還用細繩把臂膀捆綁起來，因為捆得太緊，以至於繩子勒進肉裏，臂膀腫痛，鑽心入骨。他之所以這樣做，就是要讓自己堅定信德，至死不渝。他不斷重複着柏拉瓦的名言：「主呀，除了你以外，我還想要什麼！」

　　大學畢業後，沙利衛到耶穌會舉辦的學院做修士，認識了孟安仁神父。後來他又專程趕到耶路撒冷進行朝聖，瞻顧耶穌基督受難、埋葬、復活、升天的聖跡。他被耶穌的精神所感動。回到巴黎，沙利衛隨即撰寫了著名的《聖靈論》一書，產生了很大影響。因為沙利衛表現突出，他被聘為龐勃羅納教區的神職人員，並很快晉升為司鐸。後來，他和耶穌會的修士們又去了羅馬，參拜羅馬教皇。令沙利衛難忘的是，在著名的聖伯多祿大教堂舉行的聖祭彌撒儀式上，他與耶穌會眾弟兄恭領耶穌基督的聖體聖血，並莊嚴宣誓：終生侍奉基督，堅守貞潔，傳經佈道，廣施福音。

　　在羅馬的日子裏，最值得驕傲的是羅馬教廷批准耶穌會成為正式傳教組織，柏拉瓦任會長。這具有里程碑意義。也就在那個時候，葡萄牙國王向羅馬教廷提出請求，希望教廷派出一位有才識、有責任心的傳教士到遠東的印度果阿，並擔任果阿教區總負責人。羅馬教廷批准了這一請求，責令耶穌會來完成選拔工作。柏拉瓦認為沙利衛是不二人選，便去徵求他意見。沙利衛爽快地答應了，因為神秘的東方對他充滿了誘惑。他知道，在印度，已有六萬人皈依了基督，他有責任去傳播福音，擴大影響。

　　當然，沙利衛知道去印度需遠渡重洋，路途艱難，有的會士死在了驚濤駭浪中。他也知道去印度傳教極其艱苦，會生病，會犧

性。不過，他沒有猶豫。幾十年前，葡萄牙航海家迪亞士發現了好望角，另一位著名航海家達‧伽馬沿着迪亞士的路線開闢了里斯本至印度的新航線。那都是他引以為驕傲的，他一直把他們當作英雄膜拜。他希望自己能像達‧伽馬一樣幹一番驚天動地的事業，為了聖教。

此時的葡萄牙王國正處於迅速發展時期，要開疆擴土，尋找新大陸，擴大貿易量。它的勢力也確實遍及大半個地球，無論是非洲，還是亞洲，無論是大西洋，還是印度洋，都飄揚着葡萄牙王國的旗幟。這次沙利衛乘坐的「天福號」商船，是葡萄牙最大的商船，排水量達兩千噸，在全球首屈一指；加上葡國兩艘軍艦護衛，一路走來，平安順利。他們沿着當年達‧伽瑪開闢的航線，從里斯本出發，由北向南穿越大西洋，折過好望角，再由南向北，沿東非海岸進入印度洋。經過一年多的航程，結束萬里征程，終於到達號稱「東方的羅馬」——果阿。這一天是 1571 年 7 月 2 日，正好是聖母訪問節，也是沙利衛三十歲生日。

「神秘的東方，我來了！」沙利衛的思緒從往事中回到眼前，臉上露出自信的微笑，他似乎看到了美好的未來。他轉身告訴僕人賴亞：「下船。」

2

果阿是葡屬印度的首府。沙利衛上岸後第一件事就是拜會果阿教區主教大人格爾，向他遞交羅馬教廷任命書，行吻足禮。格爾對沙利衛的謙遜態度十分高興，對沙利衛的到來表示最誠摯的歡迎，並向他介紹教區的情況。

「我老了，常有力不從心之感。您的到來，將使此地人民得到拯救。」

「主教大人德高望重，我當全力配合。」

「明天就煩勞您視察果阿教區，將來還可以到柯欽去看看。」

「遵命。」

從主教那裏出來，沙利衛又拜見了總督大人。總督大人希望沙利衛住在總督府內，沙利衛謝絕了。他說：「感謝總督大人美意，我住總督府不合適。我暫且住在主教大人那裏，以後看情況再定吧。」

第二天一早，沙利衛帶上賴亞，還有主教給他配的翻譯，就去巡察教區了。大街上好不熱鬧。雖然熾熱陽光當頭照，但大街上仍是人來人往。走路傲氣十足的是葡國人，給他們打太陽傘的是些黑奴。人群中最多的是印度商人，他們大多面色紅潤，頭戴紅巾，身穿白衣，腳蹬尖頭紅鞋。還有回回商人，寬衣闊帶，纏着頭巾。除此之外，還有波斯人、猶太人、叙利亞人、亞美尼亞人，大都是來做生意的。偶爾還能看到幾個中國商人。這是沙利衛第一次見到中國人，他覺得中國人的相貌沒有什麼特殊的地方，沒有給他留下深刻印象。沙利衛對中國的了解僅限於在巴黎大學書本上的隻言片語，頭腦中對中國的概念完全是模糊不清的。

流經城區的是寬闊的曼多維河。此河與大海相連，各種船隻穿梭往來，一派繁忙景象。這裏既有阿拉伯人的船，也有古吉拉特人的船，最多的還是葡國商船和艦艇。商船在此裝載印度香料和絲綢、寶石，運往葡萄牙。有三桅船和雙桅船。三桅船是葡國最著名的武裝商船，長五十米，寬三十米，裝有數十門大炮，載重可達千噸，可以順風、逆風或側風行駛，特別適合在印度洋上航行。雙桅船則是葡國艦艇，航速快，戰鬥力強。河的兩岸是貿易區，商舖林立。

沙利衛先來到果阿最有名的鬧市——直街。這裏是葡萄牙人與印度人集中進行貿易的地方，有黃金、白銀和寶石交易，更多的是香料生意。一些工人忙着裝箱，另一些工人忙着裝船。印度香料深受歐洲人歡迎，尤其是胡椒，簡直就是歐洲人的寵兒，屬於奢侈品。胡椒不僅是理想的香料，還有顯著的醫用價值。歐洲人到印度來，一是傳教，二是進行胡椒貿易。昂貴的價格，吸引很多人從事胡椒生意，果阿就是當時世界上最大的胡椒貿易市場。據說一船貨物所賺取的利潤，是一次運輸費用的幾十倍之多，葡萄牙王國為此投入大量人力、物力與財力，賺取了巨額利潤。

　　「頂級胡椒！神父，買一點吧。」一位本地商人笑着衝沙利衛打招呼。

　　沙利衛聞聲走了過去。商人見沙利衛走過來，很高興，立刻站起身，雙手合十，說：「神父，您好！」

　　沙利衛便問翻譯，雙手合十是什麼禮儀。翻譯說是印度婆羅門教禮儀，是祝福的意思。

　　沙利衛用天主教方式行了平安禮。他看到眼前擺着各種各樣的香料，真是眼花繚亂。商人熱情推薦道：「這是胡椒，頂級的。這是肉桂，也是頂級的。還有薑黃、丁香、茴香、八角，都是頂級的……」商人一邊說，一邊用右手遞給沙利衛看。翻譯說，在印度，忌諱用左手，尤其是婆羅門教徒，吃飯用右手，敬茶、取物也都用右手。

　　經過翻譯，沙利衛知道了這些香料各自的特點。

　　沙利衛問商人：「您信仰什麼？」

　　商人笑了一下，說：「我信婆羅門。」

　　「為什麼不信天主？」

　　「我，我……」商人顯得有點尷尬。

　　翻譯暗示沙利衛，不要再問。沙利衛便說：「我買二兩胡椒。」

商人極為高興，稱了二兩胡椒遞給沙利衛。沙利衛也用右手接過，與商人告別。他們又視察了其他地方，到處是生意人，很熱鬧。

臨近中午，他們來到一家醫院。這是葡國人開辦的醫院，來看病的既有葡人，也有本地人。返回的路上，沙利衛問翻譯，為什麼阻止他追問胡椒商。翻譯說，原因很複雜，您回去問問主教大人就知道了。臨近黃昏，他們才回到格爾主教的住所。

「沙利衛神父，初到果阿有何感受啊？」

「請問主教大人，果阿教區有很多婆羅門教徒嗎？」

「是的。這個地方，經常發生教派之間爭奪教徒的事情。印度人大多信奉婆羅門教，還有印度教、耆那教等。所以在這裏傳教，首先遇到的是與其他教派的矛盾。」

「皈依聖教的有多少人？」

「最多的時候達到六萬。後來，其他各教勢力不擇手段，引誘或者逼迫他們背教。現在只有兩萬了。」

「他們為什麼背教？」

格爾主教看了沙利衛一眼，笑着說：「我年輕的神父，宗教從來就不單純是宗教問題。」他接着說，「您剛到此地，要先學習本地語言。能與本地人交流，便於傳教。」

「主教大人所言極是。我正準備向翻譯學習泰米爾語。」

「很好。還要了解一點印度文化，特別是《吠陀經》《羅摩衍那》，這是印度人最古老的文化經典。了解這些有助於說服他們轉信天主。你還要關注錫蘭方面的情況，或許以後需要你去那裏傳福音。不早啦，休息吧。」

在後來的半年裏，沙利衛在翻譯的幫助下，逐步掌握了本地的泰米爾語，做到了交流無障礙。這也得益於沙利衛聰慧的頭腦和天生的語言能力。在巴黎大學，沙利衛接觸過婆羅門教和伊斯蘭教的

內容，來到之後才知道印度還有其他多種宗教，而且教派之間經常發生衝突。果阿雖然被葡國控制，但因處於莫臥兒帝國版圖之外，葡國兵力有限，顧頭難顧尾，所以經常有強盜侵襲。主教年紀已大，力不從心；總督忙於接待國內商船，無暇旁顧。擺在沙利衛面前的傳教任務十分艱巨。

3

沙利衛具有語言天賦，經過幾個月的學習，便初步掌握了泰米爾語。這不，他已經不用翻譯陪同了，只有賴亞跟從他。沙利衛是羅馬教廷的欽使，可以自由傳教。這天，沙利衛決定到果阿農村看一看。賴亞是葡萄牙人，他父親從事漁業生意，所以他從小在海邊長大，有商業頭腦，水性還好，酷愛駕駛帆船，也喜歡文學，尤其喜歡賈梅士和維森特的作品。在里斯本，一個偶然的機會，他認識了沙利衛，而且很談得來。接觸一段時間後，賴亞對沙利衛崇拜有加，而沙利衛也深深喜歡上了這個小夥子。當賴亞得知沙利衛要來印度之後，便提出跟隨沙利衛來東方，趕巧柏拉瓦和葡國國王也正在招募去東方的服務人員，便選中了二十歲的賴亞。他個頭比沙利衛高，體格健壯。賴亞對東方充滿了好奇，願意協助沙利衛來印度傳經佈道。他計劃五年後回國結婚，然後帶上妻子到東方經商，成為一個大商人。臨走時，媽媽將一條金項鏈掛在賴亞的脖子上，說他只要看到這條項鏈，就會想起媽媽，想着回來娶妻成家。

沙利衛帶了一把手搖鈴，這是傳教的工具，對吸引兒童十分管用。他對賴亞說：「賴亞，再帶上五十個波索拉斯克。」

「帶錢幹什麼？」

「以備不時之需。」

他們步行一個多小時，來到郊區一個叫馬拉巴爾的村莊。剛到村頭，沙利衞便揮動起手搖鈴。他們轉過一個水塘，聽見有人在哭。走近之後，沙利衞看到一位婦女正在哭泣，她的懷裏躺着一個男孩；一群孩子和幾個大人站在周圍，喊喊喳喳說着什麼。沙利衞問道：「這孩子怎麼啦？」

哭泣的婦女擦了一把眼淚，看見身穿黑色衣袍的沙利衞，便叩頭道：「仁慈的神父，救救我的孩子吧！」

原來，她的孩子到村邊水塘游泳，不幸淹死。她兒子剛學會游泳，水性很差；開始只在水淺的岸邊游，但在深水處游泳的小夥伴不斷招呼他，他也很羨慕，便大着膽子游到深處。於是，水漸漸淹沒了他。聽見小朋友的呼救聲，村裏幾位水性好的男子跳進水塘，把他撈了上來，他已經沒有了呼吸。

孩子媽媽悲痛欲絕。沙利衞蹲下身來，抱起男孩，輕輕敲擊他的脊背，又在他胸口推拿幾下，然後把他頭朝下空着。只見男孩口吐污水，連吐幾口。沙利衞接着繼續叩擊他的脊背，又推拿他的胸口，男孩連續大口大口地吐水。過了一會兒，奇蹟出現了：男孩有了微弱的呼吸；又過了一會兒，男孩慢慢睜開了眼睛。

「孩子！你活了！」

「媽……媽……」

男孩發出微弱的聲音，他的媽媽聽得清清楚楚。媽媽由悲轉喜，喜極而泣。她緊緊抱住孩子，呼叫着：「孩子，我的孩子，你可把媽媽嚇死了！」

人群中發出一陣歡呼聲：「神父了得！神父了得！」

孩子的媽媽連連叩頭。

沙利衞和藹地說：「感謝天主！是天主憐惜你的孩子。」說罷，他搖起了手鈴。

「感謝天主！」孩子媽媽雙手合十，連聲感謝。

沙利衛轉身從助手那裏接過十個波索拉斯克，用右手遞給孩子媽媽，說道：「孩子身體需要靜養，用這點錢給他買點營養品補補身子。有困難再來找我，天主會保佑你們一家！」沙利衛又搖起了小鈴，對旁邊的大人和孩子說：「忠實的耶穌基督的天主教朋友們，為了天主的愛，你的男孩和女孩，你的男女奴隸，來聽天主教的教義吧。」小孩子們好奇地跟在沙利衛後面，走出很遠才停下腳步。大人們看着沙利衛遠去的身影，人群中不知誰說了一句：「我們還是信天主吧，是天主派使者救活了這孩子。」

於是，他們追上沙利衛，要求受洗。沙利衛很高興，這將是他來到果阿發展的第一批教徒。他要為他們舉行正式的受洗聖事。

「歡迎你們皈依天主。明天我給你們舉行正式的受洗儀式。」

次日，沙利衛和助手來到教堂，看到被救男孩和他的媽媽，還有男孩的爸爸，以及十多位村民早已等候教堂外了。男孩的爸爸昨天出去幹活，被人叫回來的時候，孩子已經救活。他非常感激，也來受洗了。

在莊嚴的教堂，沙利衛給他們實施了浸禮。一共有十五人，他們口誦經文，表達信仰耶穌的決心，確立信德，領受聖餐。

聖事完畢，沙利衛對他們說：「從今天開始，你們就是耶穌的信徒了，我們就是兄弟姐妹了。你們要按時參加彌撒，念誦《天主十誡》《天主經》《聖母經》。」沙利衛頓了頓，接着說，「以後不要行雙手合十禮了，一切言行都要遵行《聖經》的指引。」

「阿門。」

4

「沙利衛神父救活了一個死去的男孩！」

人們爭相傳頌，這件事情很快傳開了。很多人想見一見這位能起死回生的神父，很多人想皈依天主教。

這天下午，沙利衛坐在桌前閱讀《羅摩衍那》。儘管沒有翻譯的幫助讀起來有些費勁，但是沙利衛還是被詩歌的內容深深吸引住了。他喜歡這部書，情節曲折生動，充滿想像力，特別是悉多這個形象令他感動不已。悉多深愛着丈夫，與之同甘共苦。她受盡苦難，堅貞不屈，即便遭到丈夫懷疑也不改初衷；她委曲求全，忍辱負重，為丈夫生兒育女。這個形象不正體現了天主教的信德嗎？他站了起來，一邊走一邊讀：

> 使出你最高的權威，拿出你所有的寶藏，
> 也無法引誘我悉多動搖磐石一般的心臟；
> 我這顆心只屬於那偉大的英雄豪傑羅摩，
> 就好像這千萬道光芒只屬於金色的太陽！

沙利衛讀着讀着，不禁聲音逐漸高揚，那樣鏗鏘，那樣響亮……連續一週，他都在讀《羅摩衍那》，這部書令他愛不釋手。還有羅摩和哈努曼的形象，也令他喜愛不已。但是，與耶穌比起來，他們是有缺陷的，只有耶穌是完美的。沙利衛為《聖經》而自豪，他認為，這個世界上沒有哪部經典能超過《聖經》。而他的使命是讓所有人都知道耶穌的偉大，堅信只有耶穌才能拯救人們的靈魂。而他沙利衛，就像悉多只屬於羅摩一樣，他只屬於耶穌。

沙利衛很清楚，要想把印度民眾從原有宗教中脫離出來轉而皈依天主，不能簡單化，須藉助印度文化，找到結合點，引導民眾逐

步接受天主教義。他認為，要消除民眾的迷信心理，需要給他們普及一定的科學知識，他後悔出發時沒有帶來科學著作。他認為，西方的科學與《聖經》相結合才能真正超越印度文化。他寫信給耶穌會，給柏拉瓦會長，請他們寄送一批科學著作到果阿來。他要一手高舉十字架，一手高舉科學的鑰匙，雙管齊下。

放下《羅摩衍那》，他心中突然冒出了一個問號：這部書是怎麼印刷出來的呢？他仔細翻看書頁，這種紙張既熟悉又陌生，印刷這樣一部大書，沒有先進的印刷技術簡直就無法想像。他斷定這是活字印刷的書籍，一定是古登堡的活字印刷技術傳到了印度。既然如此，那麼，這裏就應該有造紙廠，而有了印刷廠……這時，賴亞急急忙忙跑了進來。

「神父，醫院發生瘟疫了！」

沙利衛一聽，連說「糟糕」。他知道，果阿衛生條件差，當地人衛生習慣不好，若有瘟疫傳播，很難控制。如果瘟疫蔓延，定會奪去很多人的生命。

他和賴亞直奔醫院。這家由葡國人開辦的醫院，原本主要為葡國人服務，但由於此地流行瘧疾，很多當地人也來治療。因為治療效果好，當地人漸漸相信西方醫學的先進性。但畢竟醫院規模有限，有時病人一多，顧不過來，也會有病人死去。於是，別有用心的人就藉此造謠，蠱惑人心，說醫院騙人騙財，衝突時有發生。

沙利衛來到醫院，看到有的病人躺在地上，多是一些老人和孩子，有的打着寒戰，有的冒出熱汗，極度難受的樣子。沙利衛在巴黎大學期間修過醫學課程，還有過實習經驗，懂一點看病的常識。他一見病人症狀，就知道是犯了瘧疾。這種病容易傳染，死亡率很高，若不採取措施，後果很嚴重。好在疫情剛剛開始，來得及控制。他馬上聯繫總督，請求派人協助設置隔離區，集中醫護人員，專門進行救治，他還親自給病人治療。

那一段時間，沙利衛吃住都在醫院。他覺得身穿黑色衣袍行動不便，乾脆脫下長袍，穿上短衣，穿梭在病人中間。他每天都累得渾身冒汗，腰痠腿痛。他囑咐賴亞，要保護好自己，避免感染。

「老人家，這幾天好些了嗎？」

沙利衛來到一位老人面前，他有七十多歲了，面部紅腫，說話吃力。

「好多了，謝謝神父！」

沙利衛從他家人手中接過飯碗，親自給老人餵食。老人很感動，旁邊的病人也都很感動，嘴裏念叨着：「感謝天主派來這麼慈善的神父！」

沙利衛向他們表示感謝。他突然產生了一種想法，為他們治病，特別有利於傳教工作的開展。治療疾病的過程，也是喚醒人們靈魂的過程，就是在傳教啊！於是，他做得更帶勁兒了。他穿行在醫院的各個病房，很多人看到了這個忙碌而又疲憊的身影，並投去發自內心的感激與敬仰的目光。

不幸的事情還是發生了，賴亞感染了瘧疾。他渾身哆嗦着，時冷時熱。沙利衛摸摸他的頭，好燙！賴亞渾身無力，連說話的力氣都沒有了。

「神父，我……我要死了吧？」

「不會的。來，我給你放一點血。」

沙利衛拿起一把小刀，在賴亞手臂上劃開一個小口，鮮血便滲流出來，滴在一個碗裏。過了一會兒，沙利衛扶起賴亞，讓他躺好。

第二天，賴亞的病明顯好轉，一週後就好了。沙利衛說：「感謝天主，感謝天主！」

經過沙利衛和全體醫務人員的全力搶救，在總督大人和主教大人的幫助下，他們戰勝了這場瘟疫。沙利衛的威信更高了，果阿全

城都知道了他的名字，都知道他是耶穌的使者，是來拯救他們的，是一位聖人。於是，原來信奉婆羅門教、印度教、耆那教等各派的信徒紛紛轉向天主教。由於入教人數眾多，沙利衞根本沒有休息時間，他天天站在教堂廣場前棕櫚樹的陰涼裏為他們一個一個授洗，累得滿頭大汗，胳膊痠痛不已。賴亞則用棕櫚樹葉為受洗後的教友寫證明書。沙利衞還為一名難產的孕婦禱告，使孕婦順利產下一名男嬰。

沙利衞的行為感動了當地民眾，在柯欽，一個村莊的土著首領帶領全村人來接受洗禮。沙利衞為全村人授洗完畢後發表了演說。他站在一塊石頭上，舉手搖起了鈴鐺，然後大聲說道：「親愛的教友們，從今天起你們就是我的兄弟姐妹了，天主會保佑你們。要記住，你們以前崇拜的都是惡魔，只有耶穌基督才是真正的神，天主給你門打開了通向天堂的道路。信而受洗的人會得救。下面請你們跟隨我誦念《天主十誡》和《聖母經》……」

於是，眾人齊聲誦念。

沙利衞聽着眾人的誦念聲，他突然想到，如果把《天主十誡》和《聖母經》翻譯成當地語言，印發給眾人，豈不更好？對！這是一個好主意。於是他找到主教大人，說了這個想法。主教大人非常支持，請總督大人予以經費支持。在翻譯的協助下，沙利衞很快就譯好了，又一字一字校對無誤後，在翻譯帶領下，找到當地一家印刷廠開始印製。其實，這正是沙利衞內心一直想解開的疑惑，他想知道本地的印刷技術是不是來自古登堡的活字印刷技術。

這家印刷廠規模並不大，但很精緻，管理井井有條。印刷廠的老闆熱情接待了他們。當沙利衞辦完所有手續後，便問了老闆一個問題：「請問老闆，你們使用的印刷技術是從哪裏學來的？」

沙利衞那瞥腳的發音引得老闆笑了起來。老闆問翻譯，沙利衞是什麼意思。翻譯作了解釋，老闆一聽，便從一個木箱子裏取出一

杳紙，說道：「這叫撒馬爾罕紙，給你們印刷《天主十誡》就用這種紙。這種紙是從中國傳來的，我們也叫它中國紙。」

「中國紙？！什麼時間傳到本地的？」沙利衛忙問道。

「很久了，幾百年了吧。我說不清。」

「那印刷技術呢？也是中國傳來的嗎？」

「是的。我們這裏印刷用的是活字，聽說也是從中國傳來的。我爺爺給我說過……」

「你爺爺也是做印刷的？」沙利衛打斷了他的話，瞪大了眼睛問道。

「是呀。我們家好幾輩人，都幹這個。」

……

這件事給沙利衛極大的震動，他連續好幾天都在思考這件事。在歐洲時，他就聽說中國發明了紙，先傳到阿拉伯國家，後傳到歐洲。再後來，中國人又發明了印刷術，仍是經過阿拉伯傳到了歐洲。沙利衛想到了那一部部《聖經》，莫非是建立在中國人的技術之上嗎？他對此充滿疑問。

他帶着這些想法，在果阿傳教，在柯欽傳教。他搖着鈴鐺，穿行在城鎮鄉村，行走在山區海邊。歸化的教徒越來越多，由兩萬信徒很快就恢復到原先的六萬人，這讓格爾主教甚感欣慰。

沙利衛很是高興，他看到了自己的成就，證明了傳教策略的正確。他給柏拉瓦寫信說：「把印度宗教中切合《聖經》教義的部分提取出來，與《聖經》相結合，就容易獲得印度人的好感。印度人還比較愚昧，不能理解《聖經》中抽象的教義。然而，他們對世俗身體和切身利益往往有着超乎尋常的關注，傳教正可以從此打開缺口。傳教的步驟應該先通過改善他們的世俗境遇，然後再引導他們進入信仰的天境。」

柏拉瓦接到沙利衛的信後隨即向羅馬教廷和葡國國王作了匯

報，並轉達了沙利衛的請求。羅馬教廷充分肯定了沙利衛的業績，認為他傳教有效，有功。他們不僅給沙利衛運來了科學書籍，還應沙利衛要求派來了高水平的醫生，並讓他擴大戰果，把福音送給更多的東方人。

5

瘟疫發生後，沙利衛就把宿舍搬到了醫院，既方便治病，也方便向醫生學習醫術。從那以後，沙利衛就很少穿黑色衣袍了，除非在教堂做聖事。印度人喜歡沙利衛穿短衣，覺得這與他們更親近。

轉眼間，沙利衛來果阿一年多了。12 月 25 日聖誕節這天，主教大人、總督大人以及部分教徒在果阿最大的教堂舉行隆重的儀式，紀念聖誕節。教堂的正前方是聖母聖子像，還有十字架。主教大人身穿白色衣袍，主持大瞻禮。

就在大家齊聲誦念《天主經》的時候，突然一聲巨響，接着是人的哭喊聲和呼救聲。只見一群蒙面人衝進教堂，舉刀朝着人群亂砍。一個大漢，舉着火把，點着了帷幔，火光熊熊，煙霧彌漫。一陣混亂過後，葡兵衝了進來，與這夥來歷不明的蒙面人展開了激烈搏鬥。

損失慘重！主教大人在這場騷亂中喪生，總督大人也身負重傷。教徒死傷十多人，沙利衛的左臂被刀砍傷，幸虧賴亞全力護衛，沙利衛才亂中得以保全。事後方知，這夥蒙面人由海盜與伊斯蘭教徒及當地各派宗教勢力聯合組成，目的就是報復。果阿是葡屬殖民地，莫臥兒王朝鞭長莫及，造成果阿地區教派門戶林立，各自爭奪信徒，收取稅金，自肥腰包。天主教徒數量的增加必然減少婆

羅門教的收入，而伊斯蘭教徒則怨恨葡國人搶了他們的財路，早就懷恨在心，於是他們便聯合海盜在柯欽開會，決定聖誕節這天在果阿教堂進行報復。這幾股力量雖然各懷心意，但對葡國人的仇恨是共同的，於是一拍即合。

總督大人向沙利衛介紹了有關情況。

「要派兵反擊嗎？」沙利衛問總督。

總督說：「目前果阿兵力不足。不過我已經向海軍請求增援了，估計援兵很快就能到達。」

「您的傷怎樣？」沙利衛對躺在床上的總督很是關切。

「沒有一年半載好不了，看來我要回國養傷了。主教大人犧牲了，遺體要運回國內。過幾天，我也乘船回國。」

後來，總督乘船回國養傷。新總督上任，帶領葡兵對強盜進行圍剿，狠狠打擊了強盜的囂張氣焰，各教派不敢輕舉妄動，各自相安無事，社會治安又暫時恢復常態。但是，在這場混亂中，一些天主教徒又被搶奪回去，就連沙利衛救活了的男孩的爸爸、媽媽也都背叛了當時的誓言，整個村莊的人重新信奉婆羅門教了。

羅馬教廷派來了新的主教大人。他很快與沙利衛見了面，並帶來了羅馬教廷給沙利衛的新指令。

沙利衛並不灰心，他有充分的思想準備，知道傳教之路不會平坦，甚至會有生命危險。他強大的內心告訴自己，一定要堅忍不拔，百折不回，像耶穌一樣，雖然被釘在十字架上，但絕不改變自己的信仰。這不，沙利衛帶上賴亞，準備去郊區馬拉巴爾村傳教。沙利衛換上一身婆羅門教的服裝，這讓賴亞驚訝不已：「神父，您怎麼能穿他們的衣服呢！」

沙利衛笑了，問道：「你說，誰最高興我穿這樣的衣服？」

「婆羅門教的人唄──噢，我明白了。」賴亞變得高興起來，「我也要穿他們的衣服。」

「已經給你準備好了。」沙利衞說着，拿出一件同樣的衣服，讓賴亞穿上。一切準備停當，他們便出發了。

剛一進村，沙利衞便看到那個男孩正在和同伴玩耍。那群孩子看到沙利衞拿着搖鈴來了，立刻圍了上來。

「迪瓦，你的恩人來了！」一個孩子喊道。

迪瓦長得很英俊，兩隻大眼睛忽閃忽閃的，每眨一次都似乎在和你進行心靈的交流。

「你長高了。」沙利衞親切地看着他。

「神父好！」迪瓦很懂禮貌。

「你叫迪瓦，好聽的名字！你爸爸在家嗎？」

「在家。我帶您去。」於是，大家一起來到迪瓦家。迪瓦的爸爸叫達利，看上去就感覺是一位忠厚老實的農民。他的工作是給財主採摘香料，然後運到街市和碼頭的倉庫。迪瓦被淹的那天，他正往倉庫運送胡椒。

看到恩人來了，達利既高興又慚愧，看到沙利衞身穿婆羅門教的服裝，又有些驚喜，趕忙雙手合十，大聲說：「神父好！」迪瓦的媽媽見到沙利衞，更是慚愧不已，不知道說什麼好。

「別不好意思。我看到迪瓦長得這麼英俊，心裏很高興。他將來一定有出息。」

「神父過獎了。像我們這樣的人家能有什麼出息，上天早就安排好了，我們認命。」達利囁嚅着，又說，「神父，真是對不起，我們也沒有辦法，他們逼着我們背教，不答應就被殺掉。」

「這不怪你們，我理解你們的處境。信奉天主是自願的。現在好了，強盜被擊退了，如果你們願意的話，聖教仍然接納你們，葡國士兵會保護教友安全的。」

「您怎麼穿起了這樣的衣服？您不會要加入婆羅門教吧？」達利不解地問道。

「穿什麼衣服並不重要,重要的是這兒。」他指着自己的腦袋說,「只要你發自內心愛耶穌,穿什麼都行。」他從賴亞手中取過二十個波索拉斯克,交給達利,說:「孩子上學讀書,需要錢,這是給迪瓦的,送他去讀書吧。」達利感激地接過來,眼中含着淚。

沙利衛給村裏每個適齡上學的孩子都發了二十個波索拉斯克,囑咐家長給孩子買讀書用具,明天到學校報到。

早在1510年,葡萄牙艦隊就佔領了果阿。從那以後,果阿就成了葡萄牙的殖民地。為了壟斷此地的香料貿易,大批葡國商人來到此地,他們的家屬也隨之而來,果阿人口不斷增加。於是,當時的總督就修建了幾所具有葡國風格的學校,其中最有名的是聖保祿學校。學校的課程很大一部分是宗教課程,還有部分科學課程。辦學初期,學校只收葡國孩子,後來,隨着傳教士的進入,果阿成了天主教教區,為了得到當地民眾的擁護,更是為了方便傳教,學校開始招收入教的印度學生。

沙利衛來到果阿後,擴大了招生規模,並規定凡是加入天主教的印度孩子,免收學費。這一招非常奏效,很多印度人為了讓孩子接受好的教育,爭相接受洗禮,教徒數量隨之猛增,於是聖保祿學校便成了家長和孩子們嚮往的樂園。

能來聖保祿學校讀書,迪瓦高興壞啦。上課時,他認真聽講,積極提出問題;下課後,他意猶未盡,和師生繼續探討;運動場上,有他奔跑的身影;綠樹叢中,有他大聲朗讀的聲音。他的學習成績遙遙領先,成為聖保祿學校最優秀的學生之一。

他的爸爸媽媽看在眼裏,喜在心裏。但是,他們又深感內疚,沙利衛並沒有因為他們背教而將迪瓦拒之學校門外,仍然把他們作為教友來對待。他們為自己背教而羞愧自責。他們決心懺悔罪過,重新入教。他們找到沙利衛,請神父為他們舉行告解聖事。

「不必懺悔。」沙利衛糾正他們,「你們是被逼迫,不是自願

的。只要你們內心有對耶穌堅定的信德，就不是背教。你們不必重新受洗，以後按時參加彌撒聖事就可以了。耶穌會原諒你們的。」

「感謝耶穌！感謝沙利衛神父！」達利和妻子高高興興地往回走，這段時間以來心中糾結的煩惱終於煙消雲散了。他們商量着，一定要把孩子培養好，做虔誠的信徒。

6

果阿是葡國在東方最重要的海軍基地，隨着香料貿易的發展，派駐的士兵數量逐漸增多。在碼頭，不僅有商船，還有軍艦，特別是高速快艇，經常在沿海巡弋，保護貿易順利進行，震懾那些覬覦這豐厚利潤的人們。

隨着海軍數量的增加，葡國士兵的紀律有所鬆弛，不時生出一些事端來。總督大人和海軍首領睜隻眼閉隻眼，懶得去管。賴亞聽說後，有些好奇，便想去了解了解。

傍晚，幾個士兵下崗後在醫院門口見到賴亞，便打招呼。他們對這個小夥子已經很熟悉了，經常在一起聊天，有時還湊一塊喝上幾杯。

「喂，賴亞，你來果阿多長時間了？」

「快兩年了。」

「想家嗎？」

「當然。你們不想家嗎？」

瘦高個士兵笑着說：「這裏有家。」

「這裏有家？」賴亞不解。

「走，帶你回家看看，還有酒喝呢。」說着，他們拽着賴亞

走了。

他們七拐八拐，來到一處小樓內。一進門，只見裏面有幾個花枝招展的本地女子。賴亞猜測，這應該是一處妓院。他轉身就走，怎奈瘦高個士兵拽得緊緊的，掙脫不得。這時，幾個女子過來了，把他們分別接進了獨立的房間。

賴亞被拽進一間小房子，一個胖女子上來就掏他的口袋。賴亞沒帶一分錢，女子立刻板起臉來：「沒帶錢，你來幹什麼？」

賴亞聽不太懂她說什麼，一個勁兒地往後退。

「緊張什麼呀？這項鏈不錯，可以抵錢。」女子說着就來拽他的項鏈。賴亞趕緊用手遮住。

「不行！項鏈……媽媽……給我……護身符，是我……生命……重要，不能給。」賴亞用半生不熟的泰米爾語說着，比劃着。他還沒有完全學會說本地話。

女子不管賴亞說什麼，猛撲上來，想拽他的項鏈。論力氣，女子哪裏是賴亞的對手。賴亞用力一推，將女子推出好幾步，幾乎摔倒。他趁機打開房門，跑了出去。剛跑沒幾步，只見一個人低着頭推着車子從外面往裏走，走近一看，原來是達利。賴亞馬上喊道：「達利！」

夜幕下，達利細看，也認出了賴亞。

「賴亞先生，你怎麼在這裏？」

「達利，快……帶我走，這裏……」賴亞連說帶比劃。

達利馬上明白了。他放下車子，擋住追來的女子。那女子一看是達利，就停住了腳步。

「他是你什麼人？」

「是我兄弟。」

女子哼了一聲，轉身回屋去了。

達利送賴亞回到住處。路上，賴亞反覆叮囑達利，千萬不要把

今天發生的事告訴沙利衛神父。達利答應了，說道：「那個地方你以後再也不能去了，你和那些士兵不一樣。」他頓了一下，又說，「不過，如果你想在此地娶妻，我可以幫你。很多葡國人在此成家了，總督大人鼓勵葡國人與本地女子通婚。」

賴亞基本聽懂了他說的話，便用彆腳的本地話說：「我……不想……這裏……成家。我想家。他們……騙我……這個地方。我……對不起……神父！你……不說，一定……不說！」

達利也基本聽懂了，他對賴亞說：「好的，我不說。但你要答應幫助我做一件事。」

「什麼事？」

「現在我不能說，到時候你就知道了。」達利用力拍了拍賴亞肩膀。

「什麼事？神神……秘秘。」

「晚安。」達利走了。

經歷了這次意外，賴亞後來小心多了，尤其不敢再和那些士兵摻和一起了。但他心中經常想起達利那句話，不明白達利有什麼事情需要他幫忙。

「不管怎樣，我一定幫助達利！」

7

沙利衛記得，老主教格爾曾讓他關注錫蘭。這段時間，他在總督府查閱了很多文獻資料，也向有關人士做了調查，掌握了錫蘭的情況。

錫蘭島是印度洋上的一顆明珠。也有人說，南亞次大陸的形狀

就像是牛的乳房,而從乳房裏滴出的一滴奶就是錫蘭。在這個六萬多平方公里的島上,分佈着眾多小國。其中,居於西南地區的科特王朝算得上一個正統的國家,多為僧伽羅人,信奉佛教。科特其實是一個地名,也是科特王朝的政治中心。早在 1505 年,葡萄牙海軍追踪偷運貨物的阿拉伯商船,尾隨商船駛進科倫坡港口,意外發現了這個寶島。這裏不僅盛產香料,還有豐富的礦產資源。

科倫坡的地理位置十分重要,佔領了它,就等於卡住了印度洋和錫蘭之間的交通咽喉。對於這個新發現,葡國政府十分重視,當時的國王曼努埃爾給果阿總督寫信道:「我認為你應該到錫蘭去,在那裏修築要塞,並派駐軍隊和船隻以確保它的安全。考慮到這個島上的財富——芳香的肉桂、誘人的寶石、印度大象以及各種高利潤的寶物,你的官邸應該設在那裏,你要全力以赴。」1521 年,科特王朝發生了兄弟三人弒父篡位事件,之後即分裂成三個小國:科特國、悉多伐伽國和羅依伽摩國,形成割據對抗狀態。葡國軍隊順勢而入,將科特國變成了自己的殖民地。這期間,三個小國各自的後代分別繼承了王位,一直到今天仍處於分裂狀態。老主教格爾給沙利衞的任務,就是在科特建立起屬於耶穌會的教區。但現在複雜的問題是,荷蘭人介入了三個小國之間的爭鬥,各方勢力也都蠢蠢欲動,局勢變得錯綜複雜。

1574 年 9 月 10 日子夜時分,一艘快艇從科倫坡悄悄駛出,沿着印度大陸西海岸朝果阿疾駛而來。熟睡中的果阿總督大人被叫醒。他展看使者來信,不禁大吃一驚。原來是科特國國王達羅的求救信。信上說,悉多伐伽國國王辛伽二世正聯合羅依伽摩國攻打科特國,荷蘭人也加入其中,科特國危在旦夕,請求葡國軍隊緊急救援。達羅國王還許諾,若能打敗亂軍,恢復昔日的科特王朝,他將帶領全體國民拋棄佛教,改信耶穌。

總督大人看罷,立刻集合隊伍,他要親自指揮這場戰鬥。十艘

軍艦張滿風帆，滿載葡國軍人，在夜幕的掩護下迅速駛離果阿，直撲南方。從果阿到科倫坡有一千多公里，軍艦在兩天後的深夜到達。按照達羅國王提供的線索，葡軍發起了突然襲擊。葡軍的大炮發揮了巨大威力，很快就將亂軍的據點炸得片甲不留。隨後，葡軍登上陸地，佔領了各個要塞。經過一夜激烈戰鬥，葡軍擊退了荷蘭人，平叛了亂軍，最大的勝利是俘虜了辛伽二世。葡軍還作出乘勝追擊的架勢，準備徹底消滅悉多伐伽國和羅依伽摩國，恢復統一的科特王朝。

辛伽是佛教徒。葡國國王和羅馬教廷認為，如能讓辛伽轉信聖教，實現垂直歸化，那簡直是一場完勝。那麼，誰能勝任規勸辛伽二世這個艱巨任務呢？大家一致認為，非沙利衛神父莫屬。於是，新任總督和主教一起找到沙利衛，請他接此重任。

其實，近段時間沙利衛一直在了解錫蘭的歷史情況和政治、宗教現狀，對辛伽已了如指掌，對此任務，他早已胸有成竹。他爽快地答應了。出發前，沙利衛想起了老主教格爾神父的那句話——「宗教從來就不單純是宗教問題。」

到了科倫坡，他走進關押辛伽的牢房。沉重的鐵門發出刺耳的聲響。辛伽一身枷鎖，蓬頭垢面。他抬頭看着走進來的神父，兩人的目光相遇了。辛伽不禁倒吸一口涼氣，神父的目光就像有一種特異的光芒，瞬間穿透他的身軀，照射進他的內心。這是他久違了的一種目光。

散亂的長髮遮蔽住辛伽的面龐，但沙利衛仍然清晰地看到了他的目光。這目光中，不僅含有兇惡的戾氣，同時還隱藏着一絲不易察覺的和氣，這兩種氣質交替閃現。就在辛伽與他目光對視的剎那，沙利衛就捕捉住了這種信息。這就是沙利衛的過人之處。

他上前給辛伽理了理散亂的頭髮，然後親吻了他的前額。

「可憐的孩子！天主原諒你。」他用輕微又溫和的聲音對辛伽

說。然後，他讓士兵給辛伽卸去了枷鎖，換上一套乾淨衣服。

「國王陛下，您知道這套衣服的來歷嗎？」

辛伽一怔，似乎有些茫然。

「五十年前，您的國家——科特王朝發生內亂，沃默神父為了保護您的祖父，慘遭殺害。二十年前，您父親辛伽一世去世前，亞提普斯神父給您付洗，然後讓您穿上了這套衣服。這是亞提普斯神父用了七天時間親手縫製的，為的就是在您登上王位後，仍能保持信德，牢記天主教誨，不受異教迷惑。但是，您卻……」

辛伽用手撫摸着衣服，內心頓時湧起一股暖流，瞬間湧遍全身。他曾經改信過天主教，但又在別人的誘惑中動搖了。這些年來，他治下的國家一直動盪不安，民眾生活愈加艱辛。他非但沒有看到科特王朝分裂後的曙光，反而與日俱增地承受着弒父篡位裂國的自責。他既希望得到葡國人的庇護，又希望得到荷蘭人的幫助。他就在這搖擺中又一次走上了兄弟爭鬥的歧途。他沒想到葡國軍隊來得這麼快，自己的軍隊缺乏戰鬥力，根本不是葡軍的對手，他的士兵在葡國軍艦的炮火中血肉橫飛。他更沒有想到，關鍵時候荷蘭人跑得最快。如果不是總督大人下令要抓他的活口，他早就隨着炮火屍沉大海了。達羅國王看在昔日兄弟情誼上，請求葡軍饒他一死，並許諾只要他甘心歸順科特王國管轄，取消國號，同意恢復昔日的科特王朝，就一切照常，他可以回去繼續統治他的臣民。

沙利衛接過士兵送來的一杯水，遞給了辛伽。辛伽接過水杯，猛地潑在沙利衛的臉上。旁邊護衛沙利衛的士兵舉起鞭子要打辛伽，沙利衛立刻用身體擋住，只聽「啪」的一聲，鞭子重重打在沙利衛頭上，鮮血直流。士兵嚇壞了，趕忙跪下給沙利衛賠罪。沙利衛笑着扶起他，說：「士兵，你太衝動了，這不是天主所希望的。以後你要多讀一讀《聖經》。」

辛伽看到這一幕，驚呆了。他不敢相信眼前這個神父具有這樣

包容的胸襟，這一定是耶穌最虔誠的信徒，靈修最高深的人才具有的，這不就是沃默神父再世嗎！這不就是亞提普斯神父重現嗎！

「神父，我有罪……」辛伽有些感動了，那原有的一絲和氣頓時變得更加清晰了。

「天主原諒你。耶穌說過，要愛你的仇敵，不要與惡人作對。有人打你的右臉，連左臉也轉過來由他打；有人想要告你，要拿你的裏衣，連外衣也由他拿去。」沙利衛頓了頓，接着說，「您停止惡念惡行，才能引導您的臣民皈依聖教。您接受了福音，您的臣民才能接受福音。難道陛下不希望您的臣民幸福麼？」

「當然希望——可是，荷蘭人……」

「天主保佑您和您的臣民。你們三人本是同根生，就不要再爭鬥了。葡國人在幫你們解決爭端。認識到自己的罪孽吧。」

後來，在沙利衛的引導下，辛伽終於拋棄了惡念。他請沙利衛為他重新付洗。他要懺悔，重新入教。沙利衛接受了他的告解，為他實施了懺悔聖事。

為了擴大影響，沙利衛和總督商量，把剛剛繳獲的荷蘭戰船送給辛伽使用，並在戰船上為辛伽的臣子舉行受洗聖事。總督大人起初有些猶豫，但在沙利衛反覆勸說下，總督大人同意將繳獲的荷蘭戰船送給辛伽。辛伽感謝不盡，向科特國王，也就是他的堂兄長表示臣服。羅依伽摩國國王，就是科特國王的小堂弟也表示臣服。這樣，科特王國重歸統一。達羅國王兌現了諾言，率領十萬國民盡棄佛教，皈依耶穌。從此，葡國人徹底掌控了政局，科特真正變成了葡萄牙的殖民地。後來荷蘭崛起，憑藉強大的海軍打敗了葡國，錫蘭又變成荷蘭殖民地，那是一百年後的事情了。

沙利衛準備離開科倫坡了。他經過一座佛寺時，看到很多人正在維修被戰火破壞的佛寺，其中有幾個男人正在將一塊倒地的石碑重新扶起，擦拭乾淨石碑上的泥土灰塵。沙利衛有些好奇，想知道

石碑上寫了什麼。他走了過去，只見石碑高約四尺，寬約二尺，厚度約三寸半。碑額呈拱形，刻有五爪龍戲珠的精美浮雕，碑的周邊均刻有精細花紋。石碑正面的文字清晰可辨，有波斯文、泰米爾文，還有中國文字。沙利衛不禁欣喜起來，因為他在閱讀文獻資料的時候，看到記有這樣一塊石碑，是中國人來錫蘭時立的，但語焉不詳。他仔細辨認，雖然不認識中國字，但那方方正正的方塊字分明就是中國字。佛寺有一位老僧，識得中國字。他見沙利衛對這塊石碑感興趣，就走過來說，這是鎮寺之寶，差一點在這次炮火中被毀，幸虧他叫人將石碑臥倒，用泥土蓋住，否則後果不堪設想。原來，這塊石碑叫「佈施錫蘭山佛寺碑」，是明朝太監鄭和下西洋經過錫蘭時的歷史記錄。石碑落款時間是：永樂七年歲次己丑二月甲戌朔日。老僧告訴沙利衛，永樂七年就是公曆 1409 年，距今已有一百六十五年了。

「中國，那是怎樣一個國家呢？」沙利衛默念道。從此，「中國」一詞就深深嵌入了沙利衛的內心。

8

錫蘭之戰為葡國贏得了榮譽。羅馬教宗和葡萄牙國王對沙利衛的傑出貢獻給予高度評價。耶穌會總會長柏拉瓦更是大為高興，他給沙利衛寫了親筆信，稱讚他在為耶穌征服世界的事業中立了大功，同時也囑咐他要謙虛謹慎，切勿炫示自傲，要知道傳教之路才剛剛開始。柏拉瓦要求他加強學習，繼續提高自身學識。柏拉瓦傳達羅馬教廷的任命：派沙利衛到馬六甲傳教，並擔任馬六甲教區副主教。

馬六甲之名沙利衛早就聽果阿總督說過，那是葡國的另一個果阿。它富甲一方，每年有數百艘商船到馬六甲進行貿易，歐洲人、阿拉伯人、印度人，還有中國人，他們帶着寶物從東西南北彙集於此，再轉運到世界各地。大小船隻，南來北往，東出西進，織梭一般，將這個港口擁擠得好不繁盛。除了香料，還有錫礦、陶瓷、絲織、蔗糖、檀香、樟腦等等，這裏是真正的聚寶盆。馬六甲王國坐收漁利，單靠着貿易稅收，就獲得大量財富。更為重要的是，此地位於馬六甲海峽咽喉部位，地理位置十分重要。它不僅是從印度洋進入東南亞的唯一通道，還是向北進入中國南海進而深入中國內地的必經之路。

沙利衛通過果阿總督還了解到，馬六甲王國早在四十年前就已經被葡國佔領，原馬六甲王國分裂成幾個小股勢力。但由於傳教不力，當地民眾大都信奉伊斯蘭教，印度教和佛教信徒也有一部分。羅馬教廷和耶穌會派他去馬六甲，目的是擴大天主教教區。

「繼續向東方前進！」沙利衛在心中吶喊。在果阿傳教三年多的沙利衛，於 1575 年 9 月 12 日乘葡國軍艦駛向馬六甲。

臨行前，達利找到沙利衛神父，請他帶上迪瓦，像賴亞一樣做他的僕人。沙利衛不同意，因為迪瓦還有一年才能中學畢業，若現在就把他帶走，那就等於荒廢了學業。

「神父，求求您了，把他帶上吧。迪瓦的命都是您給的，讓他一輩子為您效力，這也是看在耶穌基督的面上。」

「帶上他吧。」賴亞在一旁說。他答應過要幫助達利的。

「謝謝達利，我親愛的教友。孩子必須完成學業，將來才能承擔大任。這樣吧，等他畢業後，我來接他。」他轉身對賴亞說，「你幫我記着。」

「一定！」賴亞用力舉起了拳頭。

達利只好同意。他看着沙利衛和賴亞登上艦船，駛離港口。船

漸漸遠了，遠了，最後完全消失在茫茫大海上，什麼都看不見了。

馬六甲總督和教區主教專門為迎接沙利衛舉行了歡迎儀式。儀式結束後，他們提出希望沙利衛住在專門為他準備的別墅中。沙利衛覺得，別墅太奢侈了，他牢記自己堅守神貧的誓願，決不違背當初加入耶穌會時柏拉瓦制定的紀律。沙利衛仍然選擇住在醫院，這裏最方便開展傳教工作。他對總督大人和主教大人說，自己的任務是傳教，教區的日常工作還是由主教大人負責。看着如此謙遜的沙利衛，總督和主教都很感動，心中暗暗稱讚：這真是耶穌會的棟樑。

第二天，沙利衛就帶上賴亞開始工作了，他們先來到古城堡參觀。馬六甲有一座福摩薩城堡，十分堅固。它始建於 1511 年，是葡萄牙人用武力佔領馬六甲後建造的。那厚重的城牆，巍峨的城樓，昂首的大炮，向覬覦這塊寶地的西班牙人宣示着它的威嚴不可侵犯，又似乎在向大海訴說着它經歷過的風風雨雨。

之後，沙利衛來到繁華的街市。只見各色皮膚的人們熙熙攘攘，正所謂五方雜處，好不熱鬧。更多的人在忙着做生意。店舖裏，五光十色，琳琅滿目，好像天下的財寶都匯聚於此。人們大多說馬來語，總督專門給沙利衛配了一名翻譯。

走着走着，沙利衛見到一個葡國商人，帶着幾個妖艷的女子，嘻嘻笑笑，招搖過市，那淫浪的言行讓沙利衛皺起了眉頭。他問翻譯：「外國商人能與本地人通婚嗎？」

「可多了。不僅可以娶一個，只要有錢，娶幾個都行。」翻譯的語氣裏似乎有些羨慕的味道。沙利衛看了他一眼，又問，「外國商人回國後，這些本地女子怎麼辦？」

「有的帶回國，不過多數賣掉了。」

「賣掉？本地女子願意嫁給他們？」

「只要肯出錢，就有人願意嫁。」

「外國商人信什麼教？」

「信什麼的都有。」他停了一下，說，「最信的還是『錢教』。」

沙利衛望了望繁華的街道，皺起了眉頭。

9

經過一段時間的了解，沙利衛掌握了一些情況。他了解到，有的葡國商人在本國已有家室，到了馬六甲又娶妻生子，而且妻妾成群，這對於天主教的傳播很不利。沙利衛思來想去，決定先拿葡國商人開刀。

有一天，翻譯給他講了一個葡國商人特雷斯的故事。特雷斯從事珍珠貿易，因為生意做得好，在當地很有影響，也引來一些人的羨慕嫉妒恨。特雷斯本是天主教徒，卻不守教規，在馬六甲妻妾成群。他買了十八個不同種族的女奴，供他享受，現在又看上本地一個漂亮姑娘，正準備辦喜事呢。

「總督大人不管一管嗎？」

「總督大人對特雷斯討厭得很，但精力有限，顧不過來。」

沙利衛一聽，覺得應該管一管。對於特雷斯這個人，沙利衛也聽說過，知道他是葡國很有名的商人。在果阿，在馬六甲，像特雷斯這樣的葡國商人不是個別的，這與當初葡國的殖民政策有關。後來受到國內一些宗教人士的嚴厲批評，也為當地人所詬病，於是葡國政策有所收縮，但是天高皇帝遠，鞭長莫及，實際上並無明顯改變。沙利衛認為，越是有影響的人，造成的危害就越大，若能懲治這個商人，不僅能儆戒其他葡國人，也有利於本地傳教工作，反面教材往往能起到正面教材無法替代的作用。沙利衛寫信向耶穌會

報告了特雷斯的有關情況，指出其危害，並表示他要下手懲治，殺一儆百。然後，他又與馬六甲總督阿爾瓦列斯‧特伊蒂阿進行了溝通。

「支持神父的正義之舉，我正愁沒有機會懲治他呢。」總督似乎很高興。

「有了您的支持我就更有信心了。」沙利衛說。

沙利衛又向翻譯了解了更多關於特雷斯的事情。一天，在翻譯的引領下，沙利衛直接去了特雷斯家。

「您是特雷斯先生吧？」沙利衛一進門就問道。

這個特雷斯長得肥頭大耳，五官已不像歐洲人那樣棱角分明了，特別是那雙細長的眼睛，眯縫在一起，像在鼻子上方畫了一道墨線。他的腦門鋥光瓦亮，鼻子下塌，但兩扇耳朵支棱着，一走一晃動，讓人想起豬的耳朵。他的嘴唇很厚，說起話來一開一闔，像兩塊大肥肉片子哆哆嗦嗦。他穿一件寬鬆的衣服，上衣是面料考究的中國絲綢襯衫，下衣是白色馬褲，頭戴塔夫綢帽子。

「你是誰？」他問沙利衛。

「這是沙利衛副主教」翻譯介紹說。

特雷斯早已聽說馬六甲來了一位副主教，但他根本沒有放在心上。在馬六甲，總督大人和主教大人他都不理會，別說一個年輕的副主教，與自己沒有任何關係。他是來做生意的，只管掙錢和享樂，至於教規嘛，早忘到爪哇島去了。在他眼裏，馬六甲就是他的一個臨時客棧，這裏天高皇帝遠，誰也管不着，等享受夠了就班師回國與家人團聚，這裏的一切都是白賺。特雷斯看着眼前這位年輕神父，相貌端正，神情嚴峻，目放光芒，尤其是沙利衛那一身黑色衣袍和胸前佩戴的十字苦像，讓他心中一驚，頓生畏懼。在他心靈深處，還有一絲天主的影子。

「副主教大人有何貴幹？」

「能坐下說嗎？」

「請坐。」

大家落座後，僕人遞上茶水。這時，走來一位年輕貌美的女人，打招呼道：「來客人啦，喲，還是一位神父，真是稀客。」

特雷斯示意她走開，然後轉身對沙利衛說：「副主教大人今天來，有何指教？」

沙利衛問道：「先生是葡國什麼地方人？」

「里斯本。」

「先生可是教友？」

「十年前就是了，在里斯本大教堂受洗的。」

「先生可曾記得《聖經》中的七宗罪？」

「這個……我已經改信伊斯蘭教了。」特雷斯有些尷尬。

「您既然改信伊斯蘭教，那麼您在里斯本的妻子兒女也改信伊斯蘭教了嗎？」

「沒有……不……我不知道……」特雷斯有些緊張了。

「那麼您現在家裏有《古蘭經》嗎？」沙利衛又問。

「沒有。」特雷斯低下了頭。

「您將來是終老馬六甲，還是回到里斯本？」沙利衛眼中透出冷峻的光，直逼特雷斯。

「這個……」他轉頭看看旁邊，說道，「當然是要回……回國」

話音剛落，一位渾身戴滿珠寶的貌美女人從內屋走出來，嗲聲嗲氣地說：「一定要帶上我！」

特雷斯慌了，他看着沙利衛，哆哆嗦嗦地說：「我……有……罪。」

沙利衛站起身，說道：「給你兩天時間改過自新，否則，你會收到絕罰令。」

沙利衛走了。特雷斯十分恐慌，他經過反覆權衡，選擇了懺

悔。這雖然在馬六甲會鬧得雞飛狗跳，但他畢竟留有後退之路，那就是一走了之。他給了那幾個女人足夠的錢財，算是補償。然後，他向沙利衛神父做了懺悔聖事。幾天後，特雷斯回國與家人團聚去了。

臨走時，沙利衛神父對他說：「耶穌基督念你迷途知返，原諒你的罪過，讓你重新做人。你從此以後，須常念十誡七罪，口誦七德，永記教訓。」

「我一定棄惡從善，重新做人！」特雷斯說。

沙利衛神父下車伊始，懲一儆百，有力震懾了那些荒淫無度的葡國商人，讓許多在馬六甲做生意的葡國天主教徒重拾天主聖德，做規矩之人。當地民眾一傳十，十傳百，都說沙利衛神父有聖人美德，很多人要求受洗。那一段時間，沙利衛天天忙於給新入教的人付洗，一個好的局面打開了。

10

馬六甲與果阿一樣，每年都有瘟疫發生，主要是瘧疾，這讓沙利衛很是擔心。他發現本地民眾缺乏科學知識，不講究飲食衛生。他想把科學知識與傳教結合起來，給當地民眾普及衛生健康知識。在他的要求下，果阿醫院派來了兩名葡國醫生，沙利衛辦起了衛生健康培訓班。為了方便工作，沙利衛還抓緊學習馬來語。

參加培訓班的人很多，醫院的房間容納不下，沙利衛請主教大人想辦法解決。主教大人說：「那就把聖母堂用上吧。」

「感謝主教大人，那是個好地方！」沙利衛說。

「感謝天主吧。」

「阿門。」

聖母堂是葡國人在東南亞地區修建的最早的教堂。它坐落在聖保羅山頂，原先歸果阿教區管理，後來耶穌會單獨成立了馬六甲教區，聖母堂就劃歸到馬六甲教區。主教大人說，以後這座教堂就歸沙利衛神父使用，也由沙利衛神父負責管理，既可以做學校，也可以做教堂。

沙利衛特別喜歡教堂的位置。他站在山頂，視野十分開闊，碧波千里，天水一色，海鳥翔集，白雲悠悠。站在這裏，還可以俯瞰整個城區，繁華的馬六甲城盡收眼底。山下有一座城堡，就是福摩薩城堡。在葡語裏，福摩薩就是美麗島嶼的意思。

「美麗的東方！」

沙利衛看着眼前的美景，不由自主地發出讚嘆，他就要在這裏開展培訓工作了。在沙利衛眼中，當地是落後的，文化尤其落後，導致了民眾的愚昧，他的使命就是要用天主的福音感化他們。

培訓的效果很好。沙利衛前後辦了六期培訓，每期都有六十多人參加。接受培訓的人認真學習，並運用學到的衛生健康知識來改變不良的生活習慣。他們全都接受了洗禮，成為天主教徒。後來，沙利衛又在這裏開辦了學校，凡教友的孩子一律免收學費。這些善舉深得民心，教徒的信根越發牢固，即便有佛教和伊斯蘭教的誘惑，他們也能保持定力。

沙利衛信心十足，現在，聖母堂已經變成沙利衛傳教的基地，他和賴亞也搬到這裏居住了。沙利衛特別喜歡這個地方，他每天都要站在教堂前，向着遠方眺望。

「賴亞，你看見南面那座島了嗎？」

「看見了。」

「那是亞齊國，一個苟延殘喘的國家。」

「神父想到那裏去嗎？」

「是的。」

「聽說亞齊國王是個凶神惡煞，太危險了！」

「不怕。」沙利衛轉身對賴亞說，「我們明天就去。」

總督和主教聽說沙利衛要去亞齊島傳教，都極力勸阻，認為太危險。

「雖然亞齊國王表面已經臣服，但此人兇狠至極，此去只怕凶多吉少啊！」主教大人說。

「如果神父執意要去，我派戰船護送過去。有士兵在，亞齊國王就不敢輕舉妄動！」總督大人說。

「派戰船和士兵過去反倒會引起他們的誤會。我和賴亞去對他們構不成任何威脅，他們不會殺害我的。」沙利衛說。

第二天，沙利衛和賴亞乘坐一條小船前往亞齊國。自從馬六甲被葡國人佔領後，亞齊王國多次前來攻打，企圖奪回馬六甲，還聯合柔佛國一起來進攻，由於武器裝備落後，都失敗了。特別是經過亞齊海戰和賓坦島大戰之後，兩個小國都認識到不是葡國的對手，於是俯首稱臣，但暗中總抱着幻想。他們試圖得到宗主國大明王朝的支援，打敗葡國人，無奈遠水不解近渴，所以也就斷了念想。沙利衛此行，不僅要傳教到亞齊國，還想通過亞齊進入柔佛國，在這兩個國家宣傳天主教義福音。另外，在沙利衛內心還有一個想法，但他誰也沒告訴。

沙利衛穿上黑色衣袍，佩戴上十字架苦像，整了整衣服。他轉身給賴亞也整了整衣服，說：「走。」

經過半天海上顛簸，沙利衛來到了亞齊國。剛一上岸，他們就被把守的士兵綁了，被押解到一個小頭目面前。

「好大的膽子，你們竟敢擅自闖入我亞齊國，不要命了！誰派你們來的？」頭目兇狠地問道。

「耶穌基督派我來的。」沙利衛沉着應對，「我要見你們國王。」

「想見我們國王？你算老幾？先讓你看看這個？」頭目說着，從竹籠裏拎出一條毒蛇，在沙利衛面前晃動着，「說，誰派你來的？是不是奸細？」

賴亞一看毒蛇，嚇得直哆嗦。沙利衛毫不畏懼，說：「是耶穌基督派我來拯救你們的。快帶我去見你們國王。」

頭目惱羞成怒，拎起毒蛇朝沙利衛臉上咬去。毒蛇鋒利的毒牙深深扎進沙利衛面部，鮮血直流。一會兒，他就覺得神志模糊，倒在地上。賴亞也被毒蛇咬中，昏倒了。

沙利衛和賴亞醒來時，發現自己躺在一間房子裏，不知道是什麼地方。旁邊看守的人發現他們醒來，立刻喊道：「他們醒了！」

只見頭目走過來，點點頭，說道：「還真夠硬的。放心吧，死不了。我們國王要召見你們。」他轉身對身邊士兵說，「鬆綁。」

沙利衛和賴亞被帶到一座城堡內。這裏覆茅為屋，列木為城；男子皆剃髮徒跣，佩掛單刀；女子則蓄髮椎結，赤腳而行。沙利衛猜出，這裏應該是國王宮殿。只見一個高大威猛的男子，三十歲左右，坐在殿堂木製龍椅上，左右佩雙刀，一副殺氣騰騰的兇相。

「是位神父。不請自來，有何貴幹？」

「我是羅馬教廷耶穌會派來的沙利衛神父，到此傳播天主福音，拯救民眾靈魂。我這裏有官方文牒。」說着，沙利衛取出隨身携帶的關文，由士兵呈上。

國王看罷，怒火中燒，惡狠狠地說：「你們攻佔了我國領地，搶走了我們無數寶物，現在又來講什麼天主福音，我看你們就是一群強盜。來人，拉下去，剝皮抽筋，點天燈！」

士兵上來就要動手。沙利衛大喝一聲：「慢！」

沙利衛這一聲斷喝，把國王嚇了一跳。只見沙利衛毫不畏懼，走向前去，對國王說：「如果我沒有說錯的話，你就是亞齊國的蘇丹阿拉烏丁·黎阿耶特·沙。你一定清楚，馬六甲王朝時代，是何

等輝煌昌盛！但是，由於文化的落後、民智的愚昧，馬六甲王國走到了自己的盡頭。後來，柔佛國、亞齊國征戰不斷，民眾死傷無數。是葡萄牙人送來了文明，讓馬六甲成為世界富庶之地。而今你偏安荒島，勢單力孤，還要日夜提防柔佛國的偷襲，寢食不安。你的頭上懸着一把利劍，隨時都可能死於非命。你考慮過嗎，誰能保證亞齊國的安全？誰是你數萬臣民的護身符？是耶穌基督。只要你心向聖教，愛護民眾，與鄰修好，自然是一切平安無事，放心當你的國王。我的話說完了，剝皮抽筋，任憑處置！」

沙利衛一番話說得國王瞠目結舌，旁邊的臣子也個個驚訝不已。眼前這個神父莫不是耶穌再世？在國王聽來，沙利衛的每一句話都直戳他的心窩，句句扎心，又句句在理。他清楚，如果殺了神父，無疑是公開背叛葡國，游弋在海上的葡國軍艦隨時可以進攻這個小島，那一尊尊威力無比的大炮瞬間就可以讓他灰飛煙滅，而西班牙海軍無法與葡國抗衡，根本救不了他。在這短暫的思考中，他拿定了主意，須忍下這口氣，切不可魯莽行事。於是，他趕緊站起身，快步走到沙利衛身邊，滿臉堆笑：「對不起！都是我鬼迷心竅，讓聖人受辱，請您原諒！」說着，跪了下去。

「國王請起，萬不可行此大禮。」沙利衛趕緊去攙扶。

賴亞在一旁看傻了眼。他先是心驚肉跳，害怕自己被剝皮抽筋點天燈；後來他感佩不已，被沙利衛神父折衝樽俎的膽識深深震撼。此刻，在賴亞心中，沙利衛神父就是一位聖人。

原先緊張的氣氛頓時緩和下來。接着，國王宴請沙利衛和賴亞二人，為他們壓驚賠罪。沙利衛不飲酒，只簡單吃了一點咖喱飯。賴亞從未見過這麼豐盛的宴席，大口大口地吃起來，吃相滑稽可笑。

「賴亞，這種吃相不夠禮貌。」沙利衛小聲提醒道。

「聖人不必拘禮，讓他放開吃就是了。」國王笑着說。

飯後，國王安排好沙利衛的住處，請沙利衛為民眾付洗。沙利衛忙了好幾天，收穫滿滿。最後一天，沙利衛向國王辭別。

國王一見沙利衛，非常恭敬，說：「聖人駕到，有失遠迎。見諒，見諒。」說着，左手伸掌，右手握拳，左掌壓右拳，躬身站立，注目沙利衛。

沙利衛一見，笑道：「國王大人好！聽說國王信奉伊斯蘭教，為何行這種禮？這是什麼禮節？」

國王笑道：「小王近日正在研習中國道教。老子《道德經》有言曰：『君子居則貴左，用兵則貴右。吉事尚左，凶事尚右。』聖人再次屈駕光臨，此乃天大的吉事，故行此禮。見笑，見笑。」

「國王大人研習中國道教，莫非國王大人對中國文化有特殊愛好？」

「小島民眾往昔多信先知，小王被稱作蘇丹。歸順葡王後，民眾信仰多有變化，有信基督的，有信釋迦的。小王私下喜歡中國文化，尤其仰慕聖人老子。」

沙利衛聽後，不僅暗合心事。他仔細觀察眼前的國王：身材高大，絡腮鬍子蓋住了臉；一雙眼睛明亮中透着威猛之光；衣服雖然保留着伊斯蘭風格，但言談舉止間似乎加入了其他文化元素。他看到身邊一位僕人，手捧一部書，恭敬侍立，便問道：「請問國王，這是什麼書？」

「這是中國的線裝書《道德經》。」國王說着，將書取過來，說，「聖人就要離開此地，小王無以為報，奉上這部《道德經》，略表心意。」

「這就是中國的線裝書？！」

沙利衛平生第一次見到中國書籍。他用手撫摸着，好像在撫摸一個嬰兒那樣小心。他慢慢翻開，那一行行中國字便顯現在他眼前了。沙利衛不懂中文，看不懂中國字。但這是他第二次見到中國

字。第一次是在錫蘭。

國王見沙利衛如此喜歡，便說：「聖人如此喜歡，我這裏有一些中國書籍，是馬六甲王國留下的，歡迎聖人隨時寓目。」

「擇日一定來拜讀。」

後來，沙利衛多次來亞齊國觀中國書籍，並由此了解到柔佛國也保存了一批中國書籍，於是他又向柔佛國進發了。

11

柔佛國不僅有一批中文典籍，還有人精通中文。與亞齊國一樣，柔佛國也是馬六甲王國的舊部，被葡國人打敗後，退居賓坦島，一度與亞齊、馬六甲形成三國時代，但終因武器落後，敗下陣來，臣服於葡國人。柔佛國現在的國王叫阿拉烏德丁，他與亞齊國王都頗識時務，認為與葡國人修好是唯一選擇。同時，他們都在等待，靜觀其變，因為西班牙人正虎視眈眈。

令沙利衛高興的是，柔佛國不僅全民受洗，阿拉烏德丁國王還將珍藏的中文典籍借給沙利衛閱讀。這些中文書籍都是與明朝交往過程中明朝贈送的。阿拉烏德丁國王還給沙利衛配備了中文教師。沙利衛如飢似渴地閱讀中文書籍，經常往返於馬六甲、亞齊國和柔佛國之間。他用了一年多時間基本掌握了中文，能認識幾千個中國字，還能用中文進行簡單的交流，就連他的中文教師都驚訝沙利衛的語言天賦，尤其是記憶力驚人，可以做到過目不忘。

這一天，沙利衛在聖母堂給本地一對青年男女主持完婚禮，便回到書房讀書。他讀的是中文書籍。他的桌子上擺着幾部中國線裝書，是從柔佛國借來的。沙利衛用剛剛學會的漢語發音念道：「《島

夷志略》，汪大淵。」儘管沙利衛的發音不夠標準，但能夠比較熟練地讀出中國字的音調。

「神父真是智慧超凡，這麼快就學會說中國話了。現在您已經學會三種語言了。」賴亞羨慕地說。

「不，中文太難學了，我才剛剛開始。我覺得中國字是一種特殊的文字，與拉丁語不同，與印地語和馬來語也不同，它是獨立的文字系統。」沙利衛說。

「神父讀的這本書寫的是什麼內容？」賴亞很好奇。

「《島夷志略》，寫的是中國人航海的故事。作者汪大淵是中國的一位航海家，元朝人。他比達‧伽瑪早，比麥哲倫還要早。簡直不可思議呀！」

「這張圖畫的是什麼？」賴亞指着沙利衛手中的一張圖問道。

沙利衛說：「這是《鄭和航海圖》，畫的是鄭和下西洋的路線圖。中國人真了不起！他們那麼早就到過馬六甲，到過錫蘭。」

「神父，中國在什麼地方？那是怎樣一個國家？」賴亞又問道。

沙利衛興奮起來。他拽着賴亞快步走出聖母堂，來到一塊空地上，就是沙利衛經常眺望大海遠方的那塊空地。他用手指着北方，對賴亞說：「賴亞，中國，就在那邊。很遠，很遠。」

「中國有多大？像馬六甲一樣大嗎？」

「不，中國應該很大很大……」沙利衛張開兩臂。

「神父想不想去中國傳教？」

「想，那是怎樣一個國家呢？我特別想去中國！」

「我也去，神父走到哪裏，我就跟隨您到哪裏。」

「我們離開葡萄牙快五年了，你應該回國結婚啦。」

「我……我想娶個中國姑娘做妻子，那樣我就可以到中國做生意啦。」

「娶中國姑娘？你真是志向遠大……」

他們正說着，突然身後傳來一個聲音：「請問您就是沙利衛神父吧？」沙利衛轉身一看，是一位陌生的年輕人，黃皮膚，黑頭髮，小眼睛，寬臉龐，中等身材，比沙利衛還要矮一點，穩重大方，但眼神中帶有一絲隱藏的憂鬱。

「您是中……」沙利衛問道。

「我找神父找得好苦啊！我叫東野次郎，日本人。我早就聽說神父了，是教皇的欽使，有聖人氣象，我仰慕已久。我聽說神父住在這裏，就從果阿追到馬六甲，特來拜訪，請神父不吝賜教。」說着向沙利衛行了一個九十度的鞠躬禮。

沙利衛知道，這是日本人的禮節。他趕忙回禮，然後請東野次郎入客廳說話。通過交流，沙利衛知道了東野次郎的身世經歷。他出身日本武士，在領主手下做事。在一次爭鬥中失手殺人，逃離日本。在果阿期間，他知道了沙利衛神父的大名，便去拜訪，不想沙利衛來到了馬六甲。他只好暫時在果阿停留下來，進入天主教開辦的聖信學院學習，很快掌握了葡語。但是失手殺人的事情像一座大山壓在胸中，縈繞心頭，不得安寧。他到果阿的教堂找神父懺悔，卻被拒絕了。於是，找沙利衛神父成了他最後一線希望。後來，他終於有機會登上一條開往馬六甲的商船，如今願望終於實現了。

「神父，我有罪，追悔莫及！我千里迢迢來投奔您，就是請神父拯救我的靈魂！」

沙利衛有些感動。在果阿和馬六甲，有罪孽感的人太少了，像東野次郎這樣誠心誠意請求贖罪的人就更少。對如此虔誠懺悔的人拒之門外的話，天主的仁德如何能體現得出來呢？沙利衛認為，這正是天主送給他的禮物，他應該愉快地接受東野次郎的請求，為他施洗。

沙利衛說：「你有負罪感，說明你是有良知的人。你流徙輾轉，決心棄惡從善，重新做人，你的誠心得到了耶穌的回應，耶穌

寬恕你的罪孽。《聖經》上說：『時常行善而不犯罪的人，世上實在沒有。』但是天主還要看你今後的實際行動，而不是只掛在口頭。你從此須多做善事，忠於天主，常念十誡，口誦《聖經》，堅定信德，便可告別昨日夢魘。天主保佑你。阿門。」

做完聖事後，再看看東野次郎，眼中似乎消失了那一絲憂鬱，變得清朗了。

「感謝天主不拋棄我，感謝神父拯救我的靈魂，給我重生的機會，我當為聖教奉獻一切。」

「既入聖教，就是兄弟。」他們的手緊緊握在一起。

送走東野次郎後，沙利衛心情特別愉快。他對日本雖然陌生，但他認為日本應是天主教在遠東的一個重要基地，他有責任去開闢新的教區。後來，他多次與東野次郎交流，學習日語。從他那裏沙利衛對日本有了初步了解，也進一步了解到中國的一些情況。在他的心中，一個宏偉的計劃漸漸形成。他要去日本傳教，讓天主的光芒照亮日本這塊土地，於是他提起筆，開始給柏拉瓦寫信。

12

一年後，遠在羅馬的柏拉瓦接到了沙利衛的信件。他立刻展開信件讀了起來：

主內極可尊敬的柏拉瓦神父：

願主上的平安永遠伴隨我們的靈魂，阿門！

這是我離開歐洲後第一次給您本人寫信。我非常世俗，遠離生身父母，時時給我帶來痛苦。但這種痛苦並不像遠離您帶

來的痛苦更加強烈，因為我愛您勝過愛我的父母。所以，您可以想像得到，前年我接到您的來信時是多麼的激動啊！雖然當時我沒有及時回信，但是今天我是懷着無比激動的心情給您寫這封信的。

我不知道為什麼自己時常會產生幻想，也不明白為什麼自己會如此悲憂人類的命運。不過我覺得這種感覺對我是有好處的，甚至我恐懼自己沒有這種感覺。我一直思念着在巴黎的日子，和您在一起的日子。無論是過去，還是現在，或者將來，我都會深深愛着您，永遠懷念那段終生難忘的時光，我們兄弟六人在蒙馬特山上起誓的情景還歷歷在目，與您以及兄弟們相處是何等幸福啊！

我來東方七年了，先是在果阿，後來到錫蘭，現在我是在馬六甲給您寫信。在果阿和錫蘭的情況您已經有所了解，我的收穫就是初步體會到了傳播天主福音是多麼偉大而且幸福的事情！在馬六甲，我為天主收穫了亞齊國和柔佛國，為數以萬計的人付洗。

我對東方充滿了好奇，喜歡的感情與日俱增，我相信這種感情有一天會變得非常深刻。您在來信中為我缺少朋友而擔心，我對您說，不要擔心我沒有朋友，不管到哪裏，大家都以誠相待。這是天主的魅力。最近，我結識了一位日本朋友，他叫東野次郎，犯過殺人罪。他從果阿追到馬六甲，就是想見到我，請求天主的寬恕，並讓我為他付洗。他說在果阿一位神父拒絕他懺悔的請求。天主從不拒絕真誠悔罪的人，我接受了他，並發展他為教友。他給我講了許多關於日本和中國的事情，激發起我對日本的嚮往之情，一個宏偉的計劃在我心中形成，那就是先到日本去，然後再到中國去。聽說我的老師孟安仁神父已經去日本了，我希望在日本能見到他。我已經開始學

習日語、中文，因為我深切體會到語言不通是一件多麼痛苦的事情啊。我相信您一定支持我的計劃，讓福音傳到這兩個古老的國度，並且生根開花。我正式請求耶穌會的兄弟同意我的計劃。請您想像一下吧：當天主的靈光照亮日本和中國大地的時候，世界將迎來無比輝煌的明天。我願意為此奉獻一生。

我親愛的神父，我是多麼想見到您啊，向您當面傾吐我的心聲，因為您總是能夠給我以慰藉的。您和耶穌會給了我很多獎賞，我是多麼的慚愧啊！懇請您在聖祭和禱告時不要忘記我。

您主內忠實的僕人沙利衛

1578 年 3 月 25 日

柏拉瓦讀完此信，心中十分激動。他感到欣慰的是自己沒有看錯人。當初在挑選去東方傳教的人選時，有人對派沙利衛提出異議。柏拉瓦力排眾議，堅持自己的意見。他相信自己的眼光。教皇保祿三世和葡國國王恩里克一世最終批准了他的意見。七年來，沙利衛的工作十分出色，教皇和葡國國王十分滿意。但是，柏拉瓦也接到了彈劾沙利衛的信件，有人指責沙利衛身穿婆羅門教的衣服，簡直不可饒恕。柏拉瓦沒有理會這些，他向羅馬教廷陳述了自己的看法，認為沙利衛是在運用超凡的智慧，不固守成規，靈活機動，實為傳教事業的一項創舉——以實際行動實踐「適應政策」。

柏拉瓦深知，宗教改革後，天主教在歐洲開始萎縮，向東方拓展影響來彌補在歐洲的損失，將是挽救天主教的有效途徑，而葡國的東方擴張政策恰好提供了傳教士相依伴的條件，因此天主教必須隨之緊緊跟上。羅馬教廷採納了柏拉瓦的意見，壓住了對沙利衛的反對之聲，支持沙利衛沿着適應政策做下去。於是，在果阿新任主

教到任之前，羅馬教廷發出了給沙利衛的最新指令，任命沙利衛擔任東方使團總負責人，有權處理一切緊急教務，不必請示教廷。這等於賦予了沙利衛一把尚方寶劍。柏拉瓦認為，沙利衛是一位十分謹慎的神父，他不會輕易使用這種權力，如果他一旦行使了這種權力，那也一定是對天主教有巨大好處。柏拉瓦專程趕到里斯本，向葡國國王通報了有關情況，並請求國王給沙利衛提供一批物資，先運送到果阿，為沙利衛的遠東之行做好充分準備。

葡國國王恨不得立馬佔領中國，他知道那裏是一個巨大的市場，有着無法估量的財寶。多年以前，葡國軍隊就在馬六甲收買了五位中國商船船主，誘使他們幫助葡國人制訂進入中國的計劃，葡國的軍艦也來曾到中國東南沿海一帶游弋，但最終也沒有什麼進展。後來，葡國人用欺詐、賄賂的方式佔領了澳門，蝸居於此，覬覦着打開中國大門的那一天。這些情況，葡國國王心知肚明。但是，他深知中國不是果阿，更不是錫蘭和馬六甲，不可能幻想着把軍艦開過去轟上幾炮就能佔領中國。在他心中，中國是一個高深莫測的國家，不可輕舉妄動，弄不好，自己的王位都要葬送掉。於是，面對柏拉瓦的請求，葡國國王爽快答應了，他覺得這是一個絕好的機會。這幾年，沙利衛的傳教給葡國帶來了巨大利潤，這位傳教士簡直就是一棵搖錢樹。他答應給沙利衛撥專款，還給沙利衛配備各種書籍和器材。國王相信，這些物資必然能起到意想不到的作用。不過，他擔心鄰國西班牙的崛起，他用了各種手段進行打壓，明的、暗的、硬的、軟的，都用上了。目前看來，西班牙尚無法與自己抗衡，所以一定要抓住這個機會，如果能夠開闢新的教區，葡國就可以把澳門作為跳板，進入到中國心臟。到那時，巨大的利潤將源源不斷進入到葡萄牙。為了配合沙利衛的工作，他專門給駐果阿艦隊司令塞格拉寫了一封親筆信，信中寫道：

要弄清中國人的情況：他們來自哪裏？距離有多遠？到馬六甲貿易的間隔時間是多少？攜帶什麼商品？每年來往商船的數目和船體規模是怎樣的？是否在當年返回？他們在馬六甲或在其他地方是否設有商館和公司？他們是否很富有？性格怎麼樣？有沒有槍和大炮？他們穿什麼服裝？身材高矮如何？除此之外，他們是基督徒還是異教徒？他們的國家是否強大？有幾位國王？國內有沒有摩爾人和其他不遵行其法律以及不信奉其宗教的民族？如果他們不信仰基督教，他們信仰和崇拜什麼？風俗如何？國家規模以及與什麼國家接壤相鄰？

柏拉瓦回到羅馬，開始準備為沙利衛物色得力助手。他認為，進入古老的東方大國——中國，需要更多優秀的傳教士，形成一個梯隊，必須從長計議，現在就開始着手。他已經派孟安仁神父去了日本，將來可以任命孟安仁為澳門的視察員，負責整個東方教務，然後以澳門為基地，培訓一批傳教士，源源不斷進入中國。他現在就必須準備最合適的人選，隨時派發人員支援沙利衛。他要在耶穌會中精挑細選，選出像沙利衛那樣的傑出人物來。

13

加入天主教半年來，東野次郎像變了一個人似的，原來的憂鬱不見了，每天都樂呵呵的。他與賴亞年齡相近，就更容易溝通，一到教堂就找賴亞聊天，天南海北，什麼都說，但有時語言上的障礙還是很明顯的，所以，東野次郎就教賴亞學日語，賴亞教東野次郎學葡語。有一天，賴亞捧着葡國著名詩人賈梅士的書，這是賴亞最

喜歡讀的一本書。他用渾厚的男中音朗讀道：

我們展開着翅膀，

迎着和煦的微風，

離開親愛的港口；

船帆在風中鋪展，

……

「真好聽！」東野次郎已悄悄站在他身旁，不禁拍手叫好。賴亞回頭一看，原來是東野君，便說：「是東野君呀，讓你取笑了。」

東野次郎說：「我是真心的！賴亞，我好羨慕你，喜歡詩歌是很高雅的事情，我就不行。」

賴亞說：「我的家在里斯本，大詩人賈梅士的故居就在我家旁邊，我經常看到有人去參加詩歌朗讀的活動。我很好奇，就去聽，時間長了，就慢慢喜歡上了詩歌。」

於是賴亞又給他朗誦《盧濟塔尼亞人之歌》，這是賈梅士最著名的史詩：「如果你想到東方去尋找，遍地的黃金，無量的財富，辛辣的香料，桂皮與丁香……」賴亞剛剛朗誦了幾句，沙利衛進來了，他是來叫賴亞過去幫忙的，有一對新人的婚禮即將在教堂舉行，沙利衛主持。東野次郎說：「神父，請允許我也做您的幫手吧？」

「好啊。你們一起來吧。」

自從認識沙利衛後，東野次郎的心靈世界打開了一個嶄新的境界，沙利衛神父的品行時時感動着他，他認識到靈魂得救是多麼重要的一件事；如果沒有遇到沙利衛神父，自己的人生將是多麼悲哀！看來，人生中遇到一個高尚的人太重要了，僅次於父母給自己生命。他經常默念《聖經》中耶穌那句名言：「人即使賺得全世界，

如果喪失了自己的靈魂，有什麼益處呢？」他想，在日本，很多人糊里糊塗地活着，從不關心自己的靈魂。有些人就知道整天賺錢賺錢，卻從不關心自己的靈魂是否得救；應該拯救那些糊塗之人，應該讓耶穌的光輝照耀到日本的土地。他產生了一個想法：請沙利衞神父到日本傳教，他擔任翻譯。

這段時間，越來越多的年輕人受洗之後，願意來聖母堂舉行婚禮。這天，賴亞和東野次郎擔任助手，沙利衞主持，給一對青年男女主持婚禮。東野次郎站在旁邊，靜靜聽着神父的主持詞：

> 沙利衞：兄弟們，你們是天主寵愛的兒女，就應該效法耶穌，力行愛德，就像耶穌愛我們。做妻子的應該服從丈夫，如同服從天主一樣。做丈夫的，應該愛妻子，如同愛自己一樣。人離開父母，與妻子結合，兩人成為一體，從此開始新的人生，只有在天主聖靈的照耀下，才能走向美好的未來。

> 全體：感謝天主。

> 沙利衞：你們要彼此相愛，如同耶穌愛你們一樣。

> 眾人：耶穌，我們讚美你。

> 沙利衞：新郎、新娘，今天你們來到天主的聖殿，締結婚姻。你們是天作之合，必須終身相守。現在，請你們在眾人面前鄭重表明你們的意願。

> 沙利衞：艾哈曼德先生，你是否願意與法蒂瑪小姐結為夫妻？

> 新郎：是，我願意。

> 沙利衞：法蒂瑪小姐，你是否願意與艾哈曼德先生結為夫妻？

> 新娘：是，我願意。

> 沙利衞：你們是否願意終生互敬相愛？

新郎、新娘：是，我們願意。

沙利衛：現在，就請你們彼此握着手，在天主面前訂立你們的盟約。

新郎：法蒂瑪，從今天起，我鄭重承認你做我的妻子。從今以後，無論順境還是逆境，無論疾病還是健康，無論貧窮還是富有，我將永遠愛你，終生不渝。

新娘：艾哈曼德，從今天起，我鄭重承認你做我的丈夫。從今以後，無論順境還是逆境，無論疾病還是健康，無論貧窮還是富有，我將永遠愛你，終生不渝。

沙利衛：請你們給對方戴上表示忠貞的信物 —— 結婚戒指。

（新郎、新娘彼此互戴結婚戒指）

沙利衛：天主賜給你們永遠的幸福。祝你們天作之合，白首偕老。

新郎、新娘：阿門。

眾人：阿肋路亞。

東野次郎已經多次在聖母堂觀摩這樣的結婚儀式了，每次他都眼含熱淚，激動不已，每次都是對自己心靈的洗禮。他感到了結婚的神聖，感到了那份沉甸甸的責任。是啊，只要彼此相愛，就要相守一生，同甘共苦，這是多麼美好的事情啊！他對天主教的婚配聖事極為贊同，他希望日本國民也能舉辦這樣的婚禮。婚禮儀式已經完畢，他還站在那裏，沉浸着，回味着⋯⋯

「東野次郎先生，你又被感染了吧。」賴亞笑着說。

「哦，賴亞。」東野次郎如夢初醒的樣子，「神父主持婚配聖事，我總是深受感動。」

「那是因為你的心已經與天主息息相通了。」沙利衛走了過來。

「是這樣啊？！」東野次郎捂住胸口，接着說道，「神父，我有一個想法，不知該不該說。」

「請講。」

「我希望日本國民也能舉辦這樣的婚禮，我想讓日本國民也信奉聖教，我想請神父到日本傳教，我願意做您的助手追隨您的足跡遍佈日本……」東野次郎激動起來，他伸出雙臂緊緊抱住沙利衛，「神父，您接受我的邀請嗎？」

沙利衛也伸出雙臂緊緊抱住東野次郎，說：「我接受！」

賴亞高興得跳了起來：「我要去日本嘍！」

他們三人開始做去日本的準備工作。沙利衛要選擇一艘去日本的商船，為此，他專門找到了總督特伊蒂阿。總督有些意外，他從內心不希望沙利衛離開馬六甲，因為自從沙利衛來到馬六甲，不僅傳教成績顯著，而且社會風氣和治安也大為改觀，尤其是貿易格外興隆。如果沙利衛離開，必然會受到影響。他誠心誠意挽留沙利衛，但沙利衛決心已定。

14

1579 年 8 月 15 日聖母升天節這一天，沙利衛、賴亞和東野次郎乘坐葡國「聖十字號」商船抵達日本鹿兒島。這裏是東野次郎的家鄉。

日本國由四個大島組成，最南端是九州島，鹿兒島則是九州島最南端的一個縣，所以它向來有日本南大門之稱。當時的日本還沒有實行鎖國政策，允許葡萄牙人來進行貿易活動，沙利衛來傳教自然也就暢通。由於他們選的航行時間恰當，所以「聖十字號」順風

順水經過兩個月的海上航程順利抵達日本鹿兒島。

上岸後，他們步行了一段路程。沙利衛看到，鹿兒島有火山，遠遠就有一座，山頂還在冒煙，空中有些許火山灰。這裏河流眾多，他們不時要過橋。日本房屋大多屬於木質結構，比較低矮；屋頂用石頭壓着。路上，沙利衛見到幾個當地百姓，身材短粗，體格健壯，皮膚白皙，相貌堂堂，氣質不凡。沙利衛一路走，一路看，這一切對他來說都是新鮮的。

「東方古國，我帶着耶穌基督的福音來了。」沙利衛心中默念着。

在東野次郎的引領下，沙利衛一行先去拜訪了島津良賢二大名，他是鹿兒島的領主，具有很高的權勢和威望。來之前，沙利衛確定了傳教的基本策略，走上層路線，盡量結交貴族和賢達，同時發動下層民眾。東野次郎曾在島津家做過事，為了島津得罪了一個浪人，並失手殺了他。島津讓東野次郎去印度躲避一時，等事態平靜了再回來。這次回來，東野次郎受到了島津的歡迎。

「拜見主公大人。祝主公大人貴體安康！」東野次郎行了九十度鞠躬禮。

「啊，是東野君，終於回來了，我好想你！」島津回了禮。

「這是沙利衛神父。」東野次郎向島津介紹沙利衛，又介紹了賴亞。

「見到閣下十分高興！這是葡萄牙和羅馬教廷的關文。」沙利衛呈上了關文。

「啊，偉大的神父！儘管您不是第一個踏上日本土地的西方神父，但我發自內心歡迎您這位來自西方的尊貴客人。您的到來，使東西方交流的橋樑更加寬廣了，這將是具有歷史意義的事情！」島津個子不高，但身體健壯。他的面部像東野次郎一樣比較方寬，不同的是，有一股豪氣在他的眉宇間閃爍。

「請閣下多多關照。」說着，沙利衛也行了一個九十度的鞠躬禮，島津和旁邊的人都笑了。

「神父入鄉隨俗，是一位隨和之人哪！」島津笑着說，「請，到客廳敘談。」

落座後，沙利衛說：「來得匆忙，未能充分準備，略備一點禮物，奉獻於閣下，請笑納。」於是，賴亞便將一幅聖母畫像展開，呈現在島津面前。

島津立刻被眼前的畫像驚呆了：一位美麗端莊的母親，懷抱嬰兒。母親面部充滿了溫柔、善良、慈愛、賢淑與柔美，特別是那種寧靜、安詳之美讓你立刻屏住呼吸；還有那柔和的光線和流暢的線條讓畫面籠罩上極為溫馨的氛圍，讓人看後從心底油然而生聖潔之情。當觀者的眼睛和聖母的眼光相遇之後，就會感覺到，聖母正向你走來，她的雙唇似乎在翕動，在向你祝福。

「美極了！」島津激動萬分，立刻跪了下去。他的家人和奴僕也都跪了下去。

「神父給我的是神品，我的心被融化了。我似乎感受到了畫的力量，畫中之人雖然沒有說話，卻已經征服了我。我要請鹿兒島最好的畫工把它複製下來，凡是加入聖教的人都要朝拜。」他越說越激動，「神父，今天是我夫人去世五週年的祭日。神父所贈之畫讓我想起了夫人的音容笑貌，這是對她最好的紀念。謝謝神父！」說着，島津向沙利衛行了九十度鞠躬禮，並送給沙利衛一個精美的蒔繪食具圓盒。隨後，島津命人安排沙利衛等人食宿，並反覆叮囑，務必周到細緻。

沙利衛想不到會如此順利，島津給了他極大的支持，允許他在鹿兒島傳教。東野次郎更是高興，因為他見到了自己的家人。更為重要的是，島津告訴他，幾年前浪人被殺案件也已經平靜了，讓他放心。

第二天，沙利衛和賴亞、東野次郎來到大街上宣傳天主教義。沙利衛手舉搖鈴，東野次郎擔任翻譯。大街上一會兒就圍攏了很多人，還有孩子。

　　當地人見到沙利衛感到十分好奇，就是看西洋景呀。在他們眼中，沙利衛高鼻樑，凸眉骨，相貌明顯不同於日本人。他穿着一身黑色衣袍，胸前掛着十字苦像，三十三粒紐扣整齊排列着。這種服裝，當地人第一次見到。孩子們最感興趣的是沙利衛手中的搖鈴。

　　沙利衛誦讀《聖經》。他大聲誦念《馬太福音》和《約翰福音》。他向民眾宣講耶穌基督受難的情景，並且不時說「向大日祈禱吧」，聽的人便眼裏含淚。他接着講一夫一妻制度，講《天主十誡》和《聖母經》，講天主是真正的唯一的神，天主保佑幸福，加入天主教的人可以升入天堂。他還讓民眾看那本裝幀精美的《聖經》，讓他們用手撫摸。

　　一個孩子偷偷拿起手搖鈴，搖了搖，清脆的鈴聲引得其他幾個孩子歡呼起來。沙利衛不但沒有生氣，還衝他們笑了笑。

　　在傳教過程中，有的人不明白「天主」究竟是什麼意思，便向沙利衛神父請教。最初，東野次郎把拉丁文的「Deus」直接翻譯成了「大日」。在日本，「大日」是真言宗「大日如來」的簡稱。因為當時沒有太在意，也就這樣翻譯了。後來，在與東野次郎的深入交流中時，沙利衛才發現不對，「大日如來」在日本是佛教崇拜之神，是泛神論的本體，不是天主教所說的創造宇宙萬物的上帝耶和華，這就造成了傳教的失誤，違背了天主教的精神，必須糾正。於是沙利衛逐一進行了糾正，還讓教徒們互相轉告。後來他讓東野次郎直接用譯音來表達。這一改，原本高興的佛教僧侶生氣了，就反對沙利衛傳教，因為他們怕沙利衛來爭奪教徒。沙利衛毫不退讓，與他們展開了激烈交鋒。在沙利衛的有力駁斥下，那些不學無術的僧侶紛紛敗下陣來。

沙利衛為自己的勝利感到高興，因為更多的人要求沙利衛授洗，幾天下來，已有三百人受洗。當沙利衛給島津介紹這些情況時，島津也很高興，並說他的母親看到聖母畫像非常喜歡，就把畫像掛在了她的房間裏，每天參拜，還提出要加入天主教，請沙利衛為她付洗。沙利衛當然高興，因為他藉助上層人物來推動傳教事業的想法已經初步實現了。於是，沙利衛趁機打聽孟安仁神父的消息，島津一無所知。晚上，沙利衛取出紙筆，給柏拉瓦寫信匯報到達日本後的情況。

鹿兒島這段時間生意格外好，一些葡國商船不斷到來，貿易量增加了百分之十。此前，島津擔心北部勢力，現在他放心了，而且他聽沙利衛神父說，再過一段時間「聖十字號」商船又要到達鹿兒島，將帶來一批貨物。

島津是領主，也是商人，他經營的生意規模龐大，他盼望着自己生意興隆；現在能和葡國人做生意，是難得的機遇，必須抓住。為了及時掌握商船信息，島津派手下人駕駛快船每天都去海上轉轉，有時還請東野次郎和賴亞一同去。賴亞從小在海邊長大，喜歡駕駛帆船。他第一次坐上這艘快船時就手癢癢了，想親自駕駛一下，過把癮。他央求水手教他。水手聽說賴亞是島津的客人，也就同意了。這樣，一來二去，賴亞就學會了快船駕駛技術。

在沙利衛心中，總希望盡快得到孟安仁神父的消息。

15

加入天主教人數的增多，引起了日本僧侶的恐慌。僧侶生活依靠信徒的香火錢，來燒香上供的人少了，必然影響僧侶們的收入。

他們開始抱怨沙利衛了，但礙於島津的關係，不好公開作對，便暗中搞亂。

沙利衛來到日本兩個多月了，知道了僧侶的一些事情。他想與僧侶進行一次交流，了解僧侶的觀點，若能將異教徒歸化為天主教徒，那對廣大民眾入教是一件大好的事情。於是他選擇了島津治下的菩提寺。

這天上午，他和賴亞、東野次郎來到菩提寺。這是當地一座規格比較高的寺院，屬於島津私人財產。寺院住持法號達忍，五十多歲，身穿袈裟，右手持十二環德杖，見到沙利衛，出左手，行單手禮：「阿彌陀佛！神父大駕光臨，本寺蓬蓽生輝。」

「我等不速之客，前來打擾，請法師海涵。」

「神父從歐洲遠道而來，請觀看我寺眾僧修行之課。」

「正想觀看，以便交流。」

於是，達忍引導沙利衛來到大殿。只見眾僧分坐道場兩側，個個磐石一般。沙利衛問道：「眾僧坐如磐石，是在思考人生吧？」

達忍道：「無非在想午飯為大家做點什麼，從香客那裏得了多少錢，怎樣獲得更好的待遇，如此而已。」

沙利衛說：「這些想法毫無意義，不是在浪費時光麼？」

達忍笑了：「哈哈哈哈，看來神父並不了解佛教教義。走，請到客堂一敘。」他們來到寺院客堂，這是法師會見來客的地方。落座後，達忍開口道：「依神父看來，何為價值？」

「在我看來，僧侶是傳道之人，自當思考有價值的問題，比如靈魂的問題。卻為何想那些無益之事呢？」

「衣食住行，難道是無益之事嗎？」

「傳道之人不同於普通民眾，理應開啟智慧，弘揚教義。請問法師，可知靈魂之說？」

達忍一笑：「佛祖不曾論及靈魂。我佛所講，實乃因果業力輪

迴之說。世間諸行無常，諸法無我，涅槃寂靜，皆逃不出因、緣、果、報這四個循環的規律。正所謂『縱經百千劫，所作業不亡，因緣會遇時，果報還自受』，哪有什麼固定不變的靈魂。」

沙利衛說：「天主創造萬物，同時也為每一個人創造了靈魂。人死，靈魂不滅。熱愛天主，靈魂升入天堂；否則，靈魂墮入地獄，豈有法師所講無常之理呢？」

達忍笑道：「請問神父，您信嗎？」

沙利衛嚴肅起來：「深信不疑。」

達忍又笑道：「神父這套理論，中國人可曾相信？」

沙利衛一時語塞，忙問東野次郎：「法師此話是什麼意思？」東野次郎解釋道：「法師的意思是，日本佛教源於中國大唐，至今已有一千四百年的歷史。中國佛教並無靈魂永恒之說，所以在日本佛教經義中，也不會有此觀點。」

沙利衛略有所悟，說：「那法師何不了解一下天主『三位一體』的教義，也好擴展法力，提升境界？」

達忍說道：「神父此言差矣。我佛歷史悠久，豈有遜於聖教之理。神父此來携優越心理，豈是交流應有之禮？」說罷，站起身來，說道，「送客。」

沙利衛頗為尷尬，只好退出。回到住處，沙利衛對東野次郎說：「我感覺法師對我從心裏是不歡迎的。」

「神父搶了他的飯碗，自然是不歡迎。」賴亞在一旁說。

「異教之亂，由此可見一斑。天主之光照亮世界每一個角落，任重道遠啊。」沙利衛堅定地說。

「神父，聖十字號商船今天該到了吧？」東野次郎說。

「對，應該就在今天。東野君，你到碼頭看一看，如果到了馬上來告訴我。」

「好的。」

東野次郎走後，沙利衛取出紙筆，給耶穌會寫信。他回顧一個月來的工作，還是有明顯收效的，特別是走上層路線和基層宣傳相結合的策略，效果顯著。但從今天的情況看，傳播聖教與當地佛教僧侶之間產生了矛盾。這種矛盾是不可避免的，在果阿、錫蘭、馬六甲都出現過。但今天的一個情況引起他高度警覺，就是達忍法師認為，中國人不相信靈魂的存在，看來日本文化深受中國文化影響。但不管困難有多大，都動搖不了沙利衛傳佈福音的決心。他表示，對異端必須旗幟鮮明加以反對，天主教義是世界上最光明偉大的真理；傳播福音的道路上，必然是荊棘叢生，必然是充滿坎坷。他做好了充分準備，拯救那些愚昧的民眾是神聖的使命，要永遠向前，絕不言退。他牢記柏拉瓦的名言：「為耶穌征服世界。」「不要將海外傳教看成一種艱難的探險，而是一場征服別國的戰爭。」他寫完了書信，封好信箋，交給了賴亞，兩眼射出堅毅的光芒。

這時，東野次郎氣喘吁吁地跑回來，大聲說：「神父！不好啦，聖十字號商船停靠岸邊，只給您卸下一箱貨物，然後就開走啦。」

「去哪兒了？」沙利衛一驚。

「說是去平戶了。船上送貨的人還說，請神父到山口傳教。」

話音剛落，島津走了進來，一見面就質問沙利衛：「神父，我剛剛聽說葡國商船沒有卸貨，而是開到平戶去了。這究竟是怎麼回事？還有沒有信用？」顯然，島津生氣了。

「閣下不要着急，我也是剛剛得知消息。」沙利衛說。

島津轉身去了。

第二天，沙利衛剛剛起床，東野次郎又慌忙跑來，手裏拿着一張紙，對沙利衛說：「神父，您看，有人詆毀您。」

沙利衛接過來一看，只見上面寫着：「西洋耶穌之徒，喜歡吃人肉喝人血，連入土的死屍都扒出來吃掉。佛祖生氣啦！敬告我佛

信徒，千萬莫信洋人胡說。阿彌陀佛。」

賴亞又慌慌張張進來，說：「神父，門外有血。」

沙利衛趕忙到門外查看，果然，在門口有一大攤鮮血，旁邊還有一張紙，上面壓着石頭。紙上面寫着：「洋人殺人吃肉喝血！」

沙利衛看罷，頓時氣得渾身發抖。

「可惡！」

「那邊好像有人！」賴亞話音未落，只見一個身影在不遠處一晃，立刻就不見了。他們追過去，只見一條死狗，被開了膛，血肉模糊，旁邊還有一沓紙，每張上面都寫着「洋人殺人吃肉喝血」字樣。

「可惡！」沙利衛跺着腳說。

「我去告訴領主大人，這是陷害！」東野次郎氣憤異常。

「不。」沙利衛攔住了他，「看來我們要離開這裏了。你們準備一下，咱們到山口去。」

16

到山口須先走水路，經博多港到黑崎，再穿過下關海峽，到達平戶港，再轉陸路抵達山口。他們歷經輾轉，千辛萬苦，於冬季到來之前抵達山口。在平戶港的時候，正好一艘葡國商船停靠那裏，船上的葡國人為沙利衛舉行了鳴禮炮歡迎儀式。一個意外的消息讓沙利衛感到異常興奮：孟安仁神父曾經到過這裏。

從平戶到山口只有一百多里，很快就到了。安頓好住處，沙利衛提出，山口與葡國貿易往來正處在最佳時期，所以不必擔心大名領主的態度。他們計劃從宣傳民眾做起，明天到山口市最繁華的街

市去傳播福音。

第二天，他們早早來到市中心一條十字街口。這裏是山口市文化、經濟的中心。到街口一看，沙利衛發現此處文化氣息果然比鹿兒島濃厚多了，光是書店就有好幾間，自然也少不了寺院。沙利衛搖起了鈴鐺，重複着那句他說過多遍的話：「忠實的耶穌基督的天主教朋友們，為了天主的愛，你的男孩和女孩，你的男女奴隸來聽天主教的教義吧。」過了一會兒，人逐漸多了起來。人們發現，今天多了兩個高鼻樑、凸眉骨的洋人，便好奇地湊了過來，嘰嘰喳喳議論着：「他們是哪裏人？」

「他穿的這是什麼衣服啊？」

「這麼多紐扣！」

「他胸前掛的是什麼？你瞧，是個十字架，上面還有一個小人兒，挺好玩的。」

沙利衛讓賴亞把聖母畫像取出來，和東野次郎並排站在兩邊，把畫像舉起來展示在眾人面前。眾人立刻歡呼起來：「這個女人是誰？」

「好美呀！」

短暫的熱鬧過後，人聲漸漸靜下來，人們都在靜靜地欣賞着畫像。突然有一個人說：「我什麼都看不見，誰能給我說說畫的是什麼？」

沙利衛轉過頭，只見一位盲人，手抱琵琶，小聲問旁邊的人。東野次郎趕忙給沙利衛翻譯。沙利衛聽完，便主動走到盲人跟前，把他引領到畫像前面。他介紹一句，東野次郎翻譯一句。於是盲人和大家都聽清楚了，知道了畫像上的女子是聖母瑪利亞，耶穌的母親。也知道了耶穌就是來人間拯救眾生的基督。

沙利衛說：「我們眾人都生來有罪。」

「那你也有罪嗎？」有人問他。

「我也有罪。因為我信仰耶穌，耶穌就寬恕了我的罪孽。我們每一個人只要信奉耶穌，我們的罪孽就會得到寬恕，我們的靈魂就會得到拯救，死後靈魂就能升入天堂。」

「天堂在哪裏？誰見過？你見過嗎？」有人問道。

沙利衛說：「我沒有見過。但我相信人活着的時候愛耶穌，信天主，做善事，死後靈魂就能上天堂。如果活着做壞事，那就死後靈魂就下地獄。這個道理，難道你們不相信嗎？」聽的人開始覺得他說的有點道理。沙利衛接着說：「耶穌要求他的信徒，一夫一妻。妻妾成群就是罪孽。耶穌讓富貴之人把財富救濟給窮人，否則就是罪孽……」

聽着的人開始相信了，他們覺得沙利衛說得對。一人問道：「我信淨土宗，《往生論》上寫着，死掉的人往生西方極樂淨土，是從中國傳來的。你說的這些寫在哪裏呢？可是你信口亂講的？」

於是沙利衛取出了裝幀精美的《聖經》，打開來，說：「耶穌基督的話都寫在這部《聖經》裏面。我來讀給你們聽。」沙利衛翻開《聖經》，開始講解「七宗罪」「七美德」「七聖事」，又誦讀「十誡」。他讀道：

> 不可為自己雕刻偶像，也不可做什麼形象彷彿上天、下地，和地底下、水中的百物。不可跪拜那些像，也不可侍奉它，因為我耶和華 —— 你的神是忌邪的神。

「對呀！」盲人稱讚道。

沙利衛讀得更帶勁了，聲音越來越大：

> 當孝敬父母，使你的日子在耶和華你神所賜你的地上得以長久。不可殺人。不可姦淫。不可偷盜。不可作假見證陷害

人。不可貪戀人的房屋；也不可貪人的妻子、僕婢、牛驢，並他一切所有的。

「好啊！」盲人大聲稱讚。

沙利衛停下來，對盲人說：「先生，您是做什麼的？」

「我是彈琵琶唱戲的，每天站在大街上靠唱戲混口飯吃。我唱過《源氏物語》《平家物語》，那些故事裏的人幹了很多壞事，罪孽呀！今天聽神父講的這些，我從心裏贊同。」

「您是琵琶大師啊！失敬，失敬！」沙利衛說。

「聽說只要信奉耶穌，就可以加入天主教。神父，我可以加入嗎？」琵琶大師問道。

「天主歡迎您！如果您誠心加入，我來給您做付洗聖事。」

第二天，沙利衛為琵琶大師做了付洗聖事。剛一結束，一位中年男子來到沙利衛跟前，先行了一個鞠躬禮，然後問道：「神父，您為什麼反對崇拜偶像呢？」沙利衛就給他講了一個故事：有一位雕刻師，選了一塊桃木，精心雕刻了一尊佛像，供奉在神的牌位上；雕刻佛像剩下來的碎木，被他用來取暖做飯燒掉了。他天天對着木頭雕像磕頭，祈求福報。他想沒想過，那些被他燒掉的碎木與他天天叩拜的雕像本來是同一塊木頭。

「這是不是很滑稽荒唐的事情呢？」沙利衛問他。

中年男子恍然大悟，說道：「神父果然了得。我就是那個天天叩拜木頭雕像的人，我早就產生懷疑了，今天神父把我徹底說服了，我願意加入聖教。」

周圍的人聽了都很吃驚，因為這位中年男子是足利學校的著名學者。後來，在這位學者的影響下，有十幾個人願意領洗。這件事引起了強烈反響，整個山口市，在三個月內就有五百人受洗。這件事驚動了領主大內弘義，他是山口的大名，極具影響力的人物。他

想見一見沙利衛，便派人去請。

二人行過見面禮後，沙利衛讓賴亞從箱子裏取出三件禮物：一架日夜報時的自鳴鐘，一副老年人用的花鏡，還有一瓶葡國名酒。沙利衛親手呈送給大內弘義，說道：「給閣下準備了一點薄禮，不成敬意，請笑納。」

大內一看，笑逐顏開。他一會兒欣賞自鳴鐘，聽它發出悠揚的聲音，一會兒端詳着名酒，稱讚不已，最後戴上老花鏡，高興地說：「看清了，看清了！我正為老眼昏花犯愁呢，看文字總是模模糊糊，沒想到神父幫我解決了大問題，真是及時雨啊！這是貴國製造的吧？我國沒有見過，先進，先進！」

「這都是歐洲製造的，閣下喜歡就好。」

落座後，大內說：「神父遠道而來，傳播聖教，百姓得以聆聽福音，實乃幸事。」

沙利衛說：「素聞閣下重視教化，弘揚文德，有口皆碑。我來貴市後，耳聞目睹，實為感佩。」

大內弘義說：「過獎啦。請問神父，您眼中的日本社會風氣如何？與西洋有何不同？」

沙利衛說：「日本是個古老、文明的國家，民眾善良，講道理，好學習，重視聲譽，是我見到的最好的民眾。在這裏傳教，再適合不過了。」

「多謝神父溢美之詞！若與貴國相比，我國有哪些落後之處呢？」

「對於日本民眾所掌握的科學知識，我還沒有深入了解。不過閣下對眼鏡感到新奇，說明日本在科學研究上可能是落後的吧。」

「請神父賜教。」

「就拿這地球來說吧。我們人類居住的大地是個圓球，閣下可曾知曉？」

大內弘義瞪大了眼睛，問道：「什麼？這大地是圓的？這怎麼可能？那海水豈不都四處流走了？哈哈，神父真會開玩笑。」

「豈敢開玩笑。請問閣下，在大海上遠遠開來一隻船，你先看到船的什麼？」

「是船的桅杆。」

「然後呢？」

「然後是船帆，船身……」

「這不正說明大地是圓形的嗎？」

在場的人都驚呆了，他們第一次聽說大地是圓的。

大內弘義說：「神父所言，開啟智慧，令我豁然開朗，看來我國的科學是落後了。」

「還有更落後的。」

「噢，請賜教。」

沙利衛正襟危坐，面對大內，說道：「那就恕我直言了。從鹿兒島到平戶，再到山口，我與眾僧侶有過接觸，也對貴國民眾了解一二。我發現在僧侶和民眾之中，存在許多陋習，主要有三點：第一，崇拜木製或石製偶像，其實那都是惡魔。第二，違背自然，犯雞姦之罪。第三，墮胎殺嬰，人性殘暴。若能改邪歸正，信奉天主，謹守十誡，自然風氣良好，文明昌盛。」

大內弘義聽了東野次郎的翻譯之後，瞪大眼睛，皺起雙眉。東野次郎翻譯時有點猶豫，沙利衛注意到這一點，但他沒有多想，示意東野次郎如實翻譯，因為這是他很重要的意見。大內弘義聽後，儘管有些不快，但還是控制住了。

「神父一針見血，這也是我的心頭之病。請神父長住下去，幫我移風易俗，賜福萬民，不知神父可否俯允？」

「感謝閣下信任。傳佈福音，是我的本分，定當全力以赴。只是我還要到京都面見天皇，當面呈遞葡國國王的書信。若能有機會

再來山口，一定再住一段時間。」

大內頓了一下，說，「據我所知，京都情況複雜，神父此去未必如願，不如緩一段時間，再作打算。」

怎奈沙利衛執意要走，大內不便強留，只好告別，並囑咐道，若有困難，可隨時返回。離開大內府的第二天，沙利衛三人就向京都進發了。

17

去京都的季節正是寒冷的冬季，航船無法通行，沙利衛三人只能徒步前行。寒風呼嘯，大雪紛飛，他們揹負行李，風餐露宿，幕天席地。險遇河流，就互相攙扶，踏雪履冰；遭逢山嶺，便前後牽拉，陟降巉峻。路途漫漫，歷經艱辛；鞋子磨破了，露出了腳丫；腳丫磨破了，流出了鮮血；撕塊衣襟，包裹傷腳；硬吞乾糧，咽雪作水，然後繼續跋涉在厚厚的冬雪途中。

疾風夾暴雪，撲打着身軀和面龐；茫茫天地間，三個黑點在蠕動着……

「神父，我來揹一會兒。」賴亞說。

「我能行。在羅馬耶穌會時，我做過四十天的磨礪靈修，四天未進一粒米一滴水。那時候能挺過來，這點困難不算什麼。」沙利衛拍了拍東野次郎的肩膀，說道，「東野君，利用這個時間，再教我學點日語吧。」

東野次郎說：「還是請賴亞給我們讀賈梅士的《盧濟塔尼亞人之歌》吧，上次在馬六甲我只聽了幾句，感覺真好。賴亞，請你現在背幾句給我聽，好嗎？」

賴亞說：「賈梅士到過澳門，他的妻子是中國人。等將來有一天我們到了中國，我再讀給你聽。如今是在日本，我和神父都想跟你學日語。」

東野次郎拗不過，只好說：「好吧，那就講一講日本的文字。不過今天神父作證，等將來有機會到了中國，賴亞一定給我讀《盧濟塔尼亞人之歌》。」

「我作證。」沙利衛說。

「好，我來介紹一下。日本最初只有語言沒有文字，後來受漢字影響才有了文字。據日本最早的正史《日本書紀》記載，應神十六年，就是公元三世紀，有個百濟人王仁，攜帶中國古籍來到日本，並做了皇太子的老師，從那時起漢字和儒學開始傳入日本……」

「把日本話翻譯成中國話應該很容易吧？」賴亞也感興趣了。

賴亞的問話使沙利衛突然想起了什麼，他說：「等一下。」

「怎麼了？神父。」賴亞問道。

「東野君，在大內府中，我說到日本僧侶和民眾的陋習，你當時翻譯得有點猶豫，為什麼？」

「我……我怕神父的話會帶來麻煩。」

「什麼麻煩？」

「也沒什麼。其實……那些人……都那樣……」東野次郎欲言又止，沙利衛也沒有再追問下去。

他們走着，講着，似乎感動了上帝。路上，他們遇到一支貨運車隊，主人是本地商人。他見到沙利衛一行，並進行了交流，商人被感動了，把他們接上了馬車，還答應幫助沙利衛安排住宿。經歷了漫長艱難的陸路歷程後，他們終於在一個月後抵達京都。

「看，前面就是京都！」東野次郎手指前方喊道。

「京都，我們來啦！」賴亞喊道。

京都，又叫平安京，是日本最美麗的城市。作為京城的京都，

更是日本其他城市難以比肩的。這座美麗的城市，是仿照中國唐代京城長安修建起來的，面積是唐代長安城的五分之一。城市以朱雀大路為中心，分為右京和左京兩個對稱區域，如同長安縣和萬年縣相離又相連的格局。中間為皇宮，正面是羅生門。皇宮外圍為皇城，皇城的外圍叫都城。皇宮、官府、居民區和商業區井井有條，城市街道星羅棋佈。

沙利衛很是高興，美好願望馬上就要實現了。遊說天皇，得到日本最高統治者的支持，東瀛列島民眾都將皈依天主，這怎能不讓他激動萬分。剛剛住下，沙利衛就說：「把禮品準備好，明天我們就去拜會天皇。」

「怎麼進去？直接往裏闖嗎？」東野次郎問道。

「我們有關文，還不行嗎？」沙利衛說。

「神父，我覺得京都的氣氛不太對勁兒。我們還是先等一等吧。」

「東野君說得對。我們可以先到街市上看一看再說。」賴亞說。

「好吧。」沙利衛同意了。

第二天，他們來到朱雀大路，發現並沒有想像中那樣熙熙攘攘，而是冷冷清清。即便有少數行人，也是行色匆匆，而且面帶惶恐之色，他們看向沙利衛的眼神都顯得很奇怪的樣子。少數商舖雖然開門，但門可羅雀，更多的店舖則是大門緊閉。

「奇怪呀。」沙利衛說。

他們還是進行了宣講。沙利衛手舉鈴鐺，一邊搖晃一邊喊道：「忠實的耶穌基督的天主教朋友們，為了天主的愛，你的男孩和女孩，你的男女奴隸來聽天主教的教義吧。」他說一句，東野次郎翻譯一句。但是沒有人駐足理會。過了一會兒，沙利衛看見有一男一女向他們走來，便大聲說：「二位看一看聖母畫像吧。」

那兩個人眼中露出驚恐神色，趕緊躲開了。他們喊了半天，也沒有人響應。「神父，今天看來是不行啦，咱們回去吧，天也太

冷。」就在他們想返回住處的時候，突然跑來幾個人。由遠而近，才看清是三個男人，個個五大三粗，直衝他們而來。賴亞有些驚恐，以為是來襲擊他們的。

「沙利衛神父！」個頭最高的男子說。

「你是——？」

「可找到你們了，快走，別在這裏停留。」

說罷，他們拽着沙利衛三個人就跑。沙利衛被拽得趔趔趄趄的。來到偏僻之處，高個男子說：「我們是大內主公派來保護你們的。在大內府，我見過神父。主公讓我們來告訴神父，京都剛剛發生了一場暴亂，很多人被殺。主公擔心你們出危險，便派我們緊急趕來。你們還都好吧？」

「還好。辛苦你們了。到底出什麼事了？」沙利衛說。

「你們住在哪裏？回到住處再細說。」高個男子說。

18

回到住處，高個男子把本恩寺之變的事情告訴了沙利衛，他這才知道十天前在京都發生的一場腥風血雨。

戰國以來，日本各派大名武裝勢力經常互相廝殺，朝廷大權旁落，天皇已成擺設。近十年來，京都大大小小的政變、戰亂連續不斷，先有應仁之亂，再有天文法華之亂，如今本恩寺之變則是最大的一次政變，死亡成千上萬，京都一片淒慘景象。

「天皇安危如何？」沙利衛問道。

「天皇尚安全。」高個子說。

「那就好。這樣吧，你們請回，請轉告你們主公閣下，沙利衛

深為感謝。我們平安，請勿掛念。」

「主公大人讓我接你們回去。」

「謝謝你們主公大人。我沙利衛身負羅馬教廷使命，尚未完成，如果現在回去，豈不半途而廢？我們再等待幾日，完成使命便可返回。」

「神父如此執着，令我等敬佩不已，只好尊重神父的選擇，萬望保重。這是主公大人讓我們帶來的一點食品，敬請收下。」說完，三人迅速離去。

食盒上有精美的蒔繪，沙利衛記得剛來日本時島津送給他的禮品。賴亞打開食品盒，裏面有多種糕點，還有肉食品。那天正是小齋日，他們只吃了糕點。

一週後，沙利衛覺得應該出去看看了。他帶上給天皇的禮品，朝着皇宮方向走去。皇宮周圍，平時人來人往，但此時冷清了許多。街上，行人比前幾天多了幾個，但也還是行色匆匆。

他們來到皇宮門口，沙利衛拿出關文讓衛兵看。衛兵打量了一下沙利衛，又看看賴亞和東野次郎。原來，他們三人衣衫襤褸，沙利衛雖然身穿黑色衣袍，胸佩十字架，但衣服上有些污濁。衛兵說：「你們是哪來的叫花子，皇宮禁地不可靠近。趕快離開！」無論沙利衛如何解釋，士兵就是不肯，後來衛兵嚴肅地說道：「如果繼續糾纏，就把你們抓起來關進監獄！」

沙利衛長嘆一聲，只好放棄。東野次郎說道：「神父，聽說東大寺香火旺盛，中國唐代高僧鑒真法師曾在那裏設壇講經。我們何不到那裏找幾位高僧切磋切磋呢？」

「好主意！先到東大寺，再去比叡山延曆寺。」沙利衛說。

於是他們到東大寺去。東大寺在奈良，是華嚴宗大本山。公元754年鑒真在此修築戒壇，是日本最早的戒壇。剛到門口，便聽見寺內鐘聲響起，僧人們正要做道場。沙利衛走進來，由看門人引

領，見到了住持。二人目光相對的一剎那，便彼此有了心靈的接通。

「阿彌陀佛。來者可是遠方客人？」

東野次郎說：「這是西洋神父沙利衛先生，久聞東大寺盛名，今日特來拜訪。請問法師尊號。」

「善哉，善哉！貧僧淨覺是也。」

沙利衛通過東野次郎的翻譯，向淨覺法師說明了京都之行的原委，並表達了想與佛教界進行交流的願望。

淨覺法師說：「真是求之不得。京都遭此變故，固然不幸，但文化交流不可中斷。東大寺向來主張，各教各派，儘管教義不同，甚至相反，皆不妨礙交流。東大寺在八百年前就接待過大唐鑒真法師。今日有西方神父光臨本寺，正是接續傳統，實為本寺之榮光。若神父不念鞍馬勞頓，就請神父今日為本寺眾僧講解聖教教義，也好與我華嚴宗教義相切磋。」

沙利衛說：「法師襟懷寬廣，令我感佩不已，如能借寶剎之地闡發天主教義，實為不虛此行。」

下午三時，沙利衛神父在著名的東大寺開壇主講天主教義。他從天主創造萬物，創造人類，講到耶穌降生；從聖母瑪利亞講到三位一體；從約翰付洗講到耶穌傳教；從猶大背叛講到耶穌受難；從耶穌復活講到耶穌升天；從反對偶像崇拜講到一夫一妻；從摩西十誡講到七件聖事；從七宗罪講到七美德，從人生來有罪講到救贖和天堂，講到善人享永福，惡人受永苦……

沙利衛一口氣講了兩個小時，東野次郎翻譯得也很賣力。道場上座無虛席，鴉雀無聲。人們聽得入神入心，有的人點頭，有的人搖頭，有的人流淚，有的人咬牙……

「神父，我有一事不明，請神父指教。」突然，台下一個僧人說話了。

「不必客氣，有話請講。」沙利衛說。

「您所說的耶穌神是用什麼材料製作的？什麼形？什麼色？」

「耶穌神既無形也無色。祂是宇宙萬物的創造之主，祂不是任何元素製作的物體。」

「既然耶穌神無形無色，那不就是根本不存在嗎？」

「請問空氣和風存在嗎？」

「當然存在。」

「空氣和風有形有色嗎？」

「沒有。」

「既然無形無色的空氣和風是存在的，為何無形無色的耶穌神就不能存在呢？」

「神父講得有理，領教了。」

這時，一位年紀很大的僧人站起來，顫巍巍地問道：「神父剛才一席話使我茅塞頓開。但是老僧有一事不明，就是神父所講的這些教義，為何在中國的典籍裏看不到呢？是中國人不相信，還是中國人根本就不知道？神父為何不到中國傳教呢？」

眾人的目光集中到沙利衛身上，看他如何作答。沙利衛對這個問題的確沒有考慮過，他覺得自己不能不懂裝懂。他說：「這也是我心中的問題。中國究竟是怎樣一個國家？我還不能有精確的回答，但是耶穌基督的福音曾到過大唐帝國，當時稱為景教，但很快就銷聲匿跡了。元帝國時稱為也里可溫教，時間也不長。這些在文獻中可以查到。遺憾的是耶穌神的福音至今不曾扎根於中國廣闊的土地。我想在不久的將來，神的光芒一定能照耀到那裏。」

眾人聽了，個個心中敬服，眼前這個神父淵博而又智慧，絕非一般傳教者。周邊幾個寺院的僧人以及有些文化修養的百姓聽說東大寺有此盛事，也特地趕來聽講。道場之上坐滿了聽眾，雖然天氣寒冷，氣氛卻是溫暖的。

東野次郎非常高興，他想不到沙利衛神父的講經如此精彩。他

知道沙利衛神父心中還有一個願望，就是到比叡山延曆寺講經。因為比叡山是日本天台宗的祖庭，它的創立者最澄法師曾到中國大唐求法，回日本後在比叡山開宗立派，在全日本影響巨大。

東野次郎一心想滿足沙利衛神父的願望。於是，他向淨覺法師提出了這個請求，希望他能牽線搭橋。不料淨覺法師頓時板起面孔，說道：「兩個月前，有一位西方神父到比叡山延曆寺開壇講經，反響甚好。貧僧羨慕，便發出邀請，延他來東大寺再講一次，誰知竟然毫無回應，太不把我東大寺放在眼裏了。」

沙利衛一聽，忙問道：「法師可知道那位西方神父的名字？」

「不知道。」

晚上，沙利衛躺在床上，輾轉反側，夜不能寐。他心中有一個解不開的謎，中國究竟是怎樣一個國家呢？日本人為何如此看重中國文化，以至於把對天主的信仰與中國聯繫起來呢？中國太神秘了，看來，我必須到中國去，親自看一看這個古老的東方大國究竟是什麼樣子。

沙利衛在東大寺開壇講經一事引起了不小的反響，特別是在這個特殊時期，人們對於沙利衛的勇氣甚為欽佩，對他所宣講的天主教教義也頗感興趣，一些民眾要求沙利衛為其付洗。一個月下來，竟然有三百多人加入了天主教。沙利衛覺得，京都之行雖然沒有見到天皇，但在京都的收穫是顯著的，他的思想也發生了新的變化。他認為，當下的日本，天皇大權旁落，實權掌握在地方諸侯手中，傳教的關鍵是取得各地領主大名的支持。他還認識到，日本的佛教勢力異常強大，想壓倒佛教幾乎是不可能的事情。他尤其感覺到了中國文化在日本的根深蒂固，要征服日本，必須首先征服中國。他把自己來日本後的經歷和感受寫進了給耶穌會和柏拉瓦的信中。

就在這時，一個意外的事情突然發生。一天夜裏，東野次郎被人刺殺了。

19

東野次郎的屍體躺在地上，一把明晃晃的尖刀插在他的胸口，身上還有一張紙條，上面寫着：「替洋人傳教罪該萬死！奉勸洋教士趕快滾蛋！」

賴亞嚇得面如土色，哆哆嗦嗦地說：「這是什麼人幹的？」

「我知道了。」沙利衛說道，但沒有繼續說下去。他認為東野次郎既然是天主教徒，就應該享受天主教的臨終聖事。於是，沙利衛忍着悲痛為東野次郎做了傅油聖事，也算是為東野次郎盡了兄弟一場的責任。從馬六甲相識以來，三個人形影不離，尤其是來日本後，東野君不僅擔任翻譯，還做了很多傳教工作，是沙利衛的得力助手，如果沒有東野君的傾力相助，就不可能取得在日本傳教的成果。沙利衛為東野次郎舉行了簡單的天主教祭禮，專門寫了祭詞。沙利衛念道：

> 萬能的主啊：
>
> 　你的仁慈遠超過我們的想像，你洞悉人心。唯有你明了東野弟兄的生命和他心靈的一切；唯有你洞悉這突然事故的原委。東野君是教會的一員，是你的僕人，求你按你的旨意淨化他、接納他，讓他在天國得享安息。因我們的主耶穌基督，你的聖子，祂和你及聖神，是唯一天主，永生永王。
>
> 　阿門。

最後，沙利衛又請淨覺法師幫忙，把東野次郎的遺體就地掩埋。那幾日，沙利衛和賴亞沉浸在悲痛之中。但他們也知道，必須離開京都了。於是，他們整理好物品，告別淨覺法師，準備動身。

「神父，我們現在去哪兒？」

「山口。」

「找大內閣下？」

「是的。」

賴亞想起來了，大內弘義領主曾經說過，如果有困難，就去找他。現在，他和沙利衛真是山窮水盡了。

在經歷了又一次艱難跋涉之後，他們終於回到了山口。來到大內府上，大內義弘一見面就說：「神父辛苦了！」他四處看了看，問道，「東野君呢？」沙利衛就把東野次郎遇害事情告訴了他。大內聽後，長嘆一聲：「要來的還是來啦。」

「閣下，究竟發生什麼事啦？」

「到客廳說吧。」

來到客廳，眾人退下。大內說道：「東野君原來犯過殺人命案，神父可曾知道？」

「知道。他早已懺悔，是我們的教友，再說，鹿兒島島津閣下也早已妥善處理。怎麼，東野君之死與此有關？」

「說有關也有關。神父在鹿兒島傳教，成就顯著，卻引起了佛教信徒尤其是寺院僧侶的激烈反對。他們遷怒於東野君，說他身為日本人，卻為洋人做翻譯，實在是日本的叛徒。當年那個被殺的浪人，他的家人和同夥揚言要報仇，說不殺東野誓不為人。」

「那島津閣下是什麼態度？」

「島津也是信佛的，他對神父心懷不滿，便以此為藉口，禁止一切洋人從事傳教活動，原來信奉聖教的，一律改信佛教。神父千萬不要再去鹿兒島，很多人說要殺您。」大內停了一下，又說，「還有一件事，兩天前平戶港靠岸的葡國商船給您帶來一封書信，因為沒有見到神父，就又帶回去了。聽說商船再過兩天就要回果阿，神父趕快聯繫一下吧。」

沙利衛一聽，立刻和賴亞去平戶港。大內為他們準備了馬車，

半天之內趕到了平戶港。葡國商船還沒離開，船主見到沙利衛，立刻交給他一封柏拉瓦的來信。沙利衛打開一看，不禁目瞪口呆：

親愛的沙利衛兄弟：

　　我懷着十分複雜的心情給你寫這封信，你看到後要保持住平靜。葡國國王恩里克一世去世了，因為他沒有子嗣，西班牙國王腓力二世派遣阿爾瓦公爵率軍強行合併葡萄牙，當上了葡萄牙的國王，即菲利普一世。當然，這對於你和我，並沒有什麼。你在東方多年，一定是身心俱疲，歡迎你回國休息一段時間，或者再回果阿領導傳教事業。今天是你到達果阿八週年的日子，天主祝福你。還有一事告訴你，孟安仁神父已經離開日本，耶穌會派他去中國澳門擔任視察員，負責東方教務。

你忠實的兄弟　柏拉瓦

1580 年 7 月 2 日

　　信是 7 月 2 日寫的，這天正是沙利衛的生日，也是沙利衛到達果阿的紀念日。看罷這封信，沙利衛確實感到意外。這些年來，他全身心投入到傳教事業中，對西班牙逐漸陌生了，但他的身體裏畢竟流淌着納瓦爾巴斯克望族的血液，這是無論如何也不能改變的事實。他希望西班牙強盛，但是，他也看到了傳教與貿易之間並不是完全一致的。特別是把傳教與貿易目的捆綁在一起的時候，對傳教的影響顯而易見。但是，他無法阻止，也無力阻止。處在上升時期的葡萄牙和西班牙開疆擴土，是沙利衛無法阻止的；特別是在勒班陀海戰之後，基督教世界已經織起了覆蓋全球的大網，所向披靡。沙利衛所能做的，就是在這樣的背景下，把福音傳給天下人。他在傳教的過程中，也了解到他國文明，特別是東方文明。他認為東方

文明是落後的，需要通過傳教來改變。目前，在日本的傳教遇到很大困難，繼續住下去會很危險，西洋傳教士被殺害的情況已經出現。他聽說島津開始在自己的屬地內推行鎖國政策了，還建議天皇在全國推行。儘管也有像大內義弘這樣的開明領主加以反對，但從日本整體情況來看，鎖國派佔了上風，日本天皇很快就要頒佈鎖國令。離開吧，回到果阿去，在那裏還有許多工作需要自己去做。

想到這裏，沙利衛內心深處突然冒出了一個想法：到中國去傳教。這個想法雖然不是現在才產生的，但他一直沒有仔細考慮過。中國，這個東方最大最古老的國家是那樣神秘，那樣具有魅力。不到中國，就不能說真正了解東方文明。不過，他覺得自己目前還沒有做好到中國傳教的準備，他需要準備一段時間。也好，先回到果阿去吧。

於是，他決定離開日本，商船再過兩天就要返回果阿，就是這個時間了，不能再拖。於是他和賴亞迅速返回山口，向大內辭別，他還有一件重要的事情須拜託大內辦理。

但是，回到山口後，讓他意想不到的事情發生了：大內領主切腹自殺了！沙利衛預感，日本已是危機四伏。雖然春天到了，但是日本國的政治氣候卻進入了嚴冬。1581 年春天的一個早上，沙利衛和賴亞乘船離開了日本。

20

經過近半年的海上航程，沙利衛回到了果阿。這一天，正好是果阿的聖體節。果阿越來越西方化，聖體節成了一年之中盛大的節日，要舉行規模宏大的遊行。沙利衛看到，人們舉着玫瑰和蠟燭，

男女老少擠滿了街道。在最繁華的商業區直街，更是熱鬧非凡，人潮湧動。幾個大漢抬着大型十字架，緩慢前行，許多人用手去撫摩，甚至親吻。更多的人舉着小型耶穌蒙難苦像，排着隊，緩慢行進。最吸引人的是彩車隊，一輛一輛的彩車經過，上面展示着各種形狀的模型，有旗幟、城堡、飛龍、長蛇，還有叫不上名字來的怪物，張牙舞爪，栩栩如生。大街上人山人海，好不熱鬧。

街邊有一人，提一把大水壺，免費供人來喝。沙利衛認識他，他是個鐵匠，家住在聖保祿學院旁邊，今天像他這樣做公益服務的人很多。沙利衛看到，在鐵匠旁邊，是一位葡萄酒商人，他把自家的葡萄酒擺在桌上，供人們享用。看到葡萄酒，沙利衛就想起了耶穌，《聖經》中寫道，耶穌被釘在十字架之前，舉行了最後的晚餐，他拿起餅，掰開了，然後分給門徒，說：「這是我的身體，你們拿着吃，為的是紀念我。」耶穌又舉起盛着葡萄汁的酒杯，先是祝謝，然後說：「這是我的血，是為你們流的。」後來，在天主教聖餐禮上，信徒們為紀念耶穌，就用餅和葡萄汁祝謝，分給信徒領受，讓信徒實實在在感受到與耶穌同在。如今，人們在聖體節用葡萄酒來紀念耶穌，表達對他的懷念之情。

沙利衛來到耶穌教堂前，這裏也擠滿了人，他們有的是來參加瞻禮儀式的，有的是來捐款捐物的。這是一座新建教堂，寬闊的廣場上，正演着《耶穌蒙難》劇。這是傳統的宗教劇：扮演耶穌和使徒的演員在圓桌前舉行最後的晚餐，然後在喀西馬尼園做禱告，耶穌戴着荊棘編成的冠冕在柱前遭鞭笞，揹負沉重的十字架，接受彼拉多的審判，釘上十字架……劇情演到高潮處，很多觀眾哭了。演出完畢，演員和觀眾就在廣場上轉圈，歡呼，音樂家則用豎琴伴奏，很多人唱起了聖歌《我們像是沒有父親的孤兒》。

沙利衛看到這一切，內心有些許激動：果阿的今天與他有關係，他感到親切。沙利衛站在廣場上，淹沒在眾人之中，沒有誰注

意到他。他向教堂門口走去，想仔細看一看這座新建的教堂。突然，一張熟悉的面孔進入他的視野，他對這張面孔印象太深刻了：眼睛細長，腦門鋥亮，鼻子下塌，嘴唇肥厚，兩耳支稜，一走一晃……他突然想起來了，特雷斯，那個被他狠狠教訓過的葡萄牙商人。他怎麼會在這裏？他不是回葡國了嗎？沙利衛走了過去。他的確是特雷斯，正在這裏捐款呢，他的幾個助手正在幫着他辦理捐款手續，教堂的工作人員也都忙前忙後。

「沙利衛神父，是您？」教堂的神父認出了沙利衛。

特雷斯猛地抬起頭，二人的目光相遇了。

「神父，真……真的……是您……」特雷斯格外驚訝。

「特雷斯先生，您好！」沙利衛笑了。

沙利衛回來的消息一下子就傳開了，頓時人們圍攏過來。在果阿民眾心裏，沙利衛就是聖人。在沙利衛離開果阿的這些年，民眾對他的思念與日俱增，甚至有人提議要為他塑像。廣場上開始擁擠，人們爭相擠到他跟前來，與他握手，擁抱，哪怕看上一眼都覺得幸福。士兵們趕過來維持秩序。這時，總督和主教也聞聲趕來了。他們簡單敘談之後，主教對沙利衛說：「果阿民眾日夜思念沙利衛神父，今天真是喜從天降。請沙利衛神父給廣場上的民眾發表演說，滿足大家渴望見到您的迫切心情。」

「是啊，大家都想聽到您的聲音。」總督說。

盛情難卻，沙利衛答應了。這時，有人搬來一張桌子，請沙利衛站上去。

於是，沙利衛站到了桌子上，用他那洪亮的聲音演說了：「親愛的兄弟姐妹，你們好！」

「神父好！」廣場上頓時歡聲雷動。

沙利衛大聲說：「我離開果阿有六年了。這幾年來，我無論走到哪裏，心中總想着果阿的兄弟姐妹！」

廣場上又是一片歡呼之聲。

「我和你們一樣，都是耶穌基督的僕人，是耶穌給了我們幸福。今天，我親眼看到你們洋溢着幸福的笑臉，我心情很激動。六年來，我到過馬六甲，還有周邊很多島嶼；我到過更遠的日本，那裏正在發生讓人恐怖的政變，許多人流血了，死掉了，活着的人正在受罪，就像剛才我們看到的耶穌蒙難劇中的那樣。這不是耶穌希望的，我，還有成百上千的教友，你們還記得耶穌的聖訓嗎？讓我們一起誦讀耶穌的聖言吧。」

廣場上響起了一片誦念之聲：

> 你們往普天下去，傳福音給萬民聽。信而受洗的必然得救，不信的必被定罪。信的人必有神蹟隨着他們，就是：奉我的名趕鬼，說新方言，手能拿蛇；若喝了什麼毒物，也不必受害⋯⋯

人們一遍又一遍地誦讀着，聲音一浪高過一浪，傳向天空，傳向遠方⋯⋯

21

葡國駐果阿總督官邸坐落在曼多維河畔，高大精美的門樓，黑色巨石砌就的拱門，還有壁龕上達·伽瑪的石雕像，都在向像人們宣示着主人的地位以及凜然不可侵犯的威嚴。歡迎沙利衛的午宴正在這裏舉行，果阿的頭面人物聚集於此。

宴會中，沙利衛問主教：「主教大人，耶穌教堂是什麼時候修

建的？」

「有三年了。修這座教堂，要感謝特雷斯先生。」

「是特雷斯先生捐資修建的嗎？」

「是的。特雷斯的事情，我早就知道了。您拯救了他的靈魂，他一直感激您呢。」

「要感謝天主。」

總督過來說：「他算得上一位誠信的教徒。他接受您的訓教後，就像換了一個人。他回到里斯本，積德行善，生意也越來越好。他牢記耶穌聖訓，將掙來的錢捐獻給貧苦百姓，修建教堂。他不僅在里斯本捐資修建了教堂，還來果阿捐資修建了這座耶穌教堂。他常說，是您拯救了他的靈魂，不然，他早就被打入地獄了。」

沙利衛點點頭，說：「這是天主的力量。」

「您想見一見他嗎？」

「噢，他今天來了？」

話音剛落，特雷斯就出現在沙利衛面前，一見面就跪下去，向沙利衛行吻足禮。沙利衛趕緊攙扶他起來。

「聖人恩德，敝人銘記不忘，今日與聖人重逢，十分激動。」

「天主寬恕棄惡從善的人，你是耶穌的僕人，我們是兄弟。」

特雷斯更加激動，眼裏含着淚花。他向沙利衛表示，願意從此追隨沙利衛，鞍前馬後，為聖教奉獻一切。宴會廳裏，一派祥和氣氛。沙利衛和總督、主教又談了其他事情，談了很長時間。走出總督府時，天色已晚，沙利衛抬頭一看，只見繁星滿天，閃爍着迷人的光芒，像是在對沙利衛眨眼。沙利衛伸了伸腰，對賴亞說：「真美呀！」

第二天，沙利衛剛起床，就聽見有人敲門。賴亞打開門一看，立刻喜笑顏開：「迪瓦！」「賴亞哥哥！」兩人緊緊擁抱在一起。沙

利衛趕緊過來，也緊緊抱住迪瓦。

「神父，我好想您呀！您可回來啦！」

「迪瓦，你都長這麼高了！你早就畢業了吧，現在做什麼？」

這時，迪瓦的爸爸和媽媽走了過來，他們故意晚到兩步，讓迪瓦給沙利衛一個驚喜。

「他早就畢業了，現在醫院工作。」達利說。

「好啊，治病救人，聽從耶穌的召喚。」

「神父，這次我就把迪瓦交給您了。以後不管您到哪裏，都要帶上迪瓦。」達利說着衝賴亞遞了遞眼色。

「神父，這次您該兌現諾言了吧？」賴亞心領神會，立刻接過話茬。

「迪瓦，跟着我可要吃苦的，你願意？」

「我願意！」迪瓦攥着拳頭，用力地說。

「好！我收下了。」沙利衛笑了，大家都笑了。

接下來，沙利衛讓賴亞和迪瓦準備遠行的物品，沙利衛則忙着給柏拉瓦寫信。

親愛的柏拉瓦：

我已回到果阿，這裏的一切是那樣令人欣喜，我看到了聖教的成果，此時此刻，我的心已經飛向您的身邊。

今天我要告訴您的是，我準備動身去中國。在日本期間，我切身感受到中國文化對日本的影響，日本民眾對中國文化的崇敬是難以用語言形容的。想征服日本，須先征服中國。要把福音傳到古老神秘的中國，讓那裏的民眾都能感受到天主的聖德。我對中國有了初步了解，像日本一樣，科學在中國並不發達，要把西方的科學技術帶到中國，給他們實際的益處，為傳播福音創造良好的條件。這幾年的傳教活動證明，最有效的傳

教方式是垂直歸化，這是您制定的策略。上層改變了宗教信仰，民眾自然跟隨，所種植之葡萄將來必定豐收。當然，中國不同於果阿、馬六甲，也不同於日本，這是一個歷史悠久文化高度發達的國家，中國人很自以為是——但我相信，耶穌的偉大是無與倫比的。

我計劃明年動身，這段時間做好行前的準備，尤其是學習中國的語言文字。我請求運送一批物資到果阿，主要是機械製品，還有書籍、地圖、藥品等。希望這些物資在我動身之前到達果阿，如果來不及，就隨後抵達澳門。至於經費，如果能夠提供，當然更好，我也想點辦法，爭取得到果阿總督府的支持，還有商人的捐贈。我走後，果阿、馬六甲等地方的傳教工作就不能繼續負責了，請耶穌會另派一位負責人來。孟安仁神父應該到達澳門了吧？我期盼著與他早日見面。

親愛的兄弟，十年沒有見到您，十分想念。請您為我祝福吧，我們的目標是共同的：東方中國。

> 您忠實的 沙利衛
> 1581 年 5 月 10 日寫於果阿

22

特雷斯一大早就推開了沙利衛的房門，鄭重其事地說：「我願意為神父去中國傳教效力，給我安排任務吧。」

沙利衛很高興，握住他的手說：「說說您的想法。」

「用我的商船把神父送到中國去，途中所有經費由我來負責。」

「太感謝了！不過，中國海禁嚴格，不允許外國人進入。」

「那就硬闖，他們能把我們殺了不成。」

「盡量不發生衝突。我有一個計劃，想聽聽您的意見。」於是，沙利衛把自己的想法告訴特雷斯，這個計劃曾與總督和主教反覆商量，只是有些事情尚未最後敲定。

「我們組織一個公使團，以羅馬教廷和葡國政府公派的名義去中國。既然用您的商船和經費，那就應該由您來擔任公使團的團長。您如果同意，我就向總督和主教報告。使團成員名單由我來選定。」

「我擔任團長？不合適，團長非您莫屬！」

「不。我只是隨團進入中國，然後留在中國傳教。你們作為公使團成員還要返回，我怎麼能擔任團長呢？」

「那就選其他人擔任團長，反正我不合適。」

「特雷斯先生，您有顧慮，我理解。但是別人擔任團長會引起矛盾。再說，船是您的，經費由您來出，別人怎麼會有意見呢？」

「我還是有顧慮。我擔心……」特雷斯吞吞吐吐地說。

「擔心什麼？」

「我們必須經過馬六甲，我擔心到了馬六甲，特伊蒂阿總督大人……」

「因為當年的事情嗎？」

「還有。」

「還有什麼？」

「總督大人曾經向我……」特雷斯欲言又止。沙利衛明白了。

「您放心吧，這件事由我來處理。」

沙利衛終於說服了特雷斯，答應擔任公使團的團長。接着，兩人又商議了其他事宜。特雷斯走後，沙利衛擬定了公使團成員名單，然後去找主教和總督，報告有關情況。主教和總督同意沙利衛

的安排，特別是對於特雷斯的慷慨相助感到非常高興，因為他解決了交通工具和經費的問題。

中國文字很難學，沙利衛天天在房間學習中文，有時一連幾天都不出門，達到了廢寢忘食的程度。賴亞和迪瓦則每日抽出半天時間到神學院進修大學課程，熟悉文化經典，其他時間則幫助神父準備各種物資設備。

在這一年裏，沙利衛學習了相關科學技術，包括醫學、地理學的知識，這些內容以前並不陌生，但掌握得越多越好。特雷斯則忙着找人檢修、裝飾商船，他要把船打扮得漂漂亮亮的，讓公使團的人看，這可是自己難得的露臉機會。

轉眼一年時間過去了，葡國陸續運來一些物資，賴亞和迪瓦逐一清點登記在冊。特雷斯也幾次來問何時動身。沙利衛覺得各個環節均已準備停當，可以動身了。

1582 年 4 月 14 日，沙利衛、賴亞和迪瓦乘着印度西南季風的到來，連同公使團十二人，登上特雷斯的商船，離開了果阿。達利和他的妻子前來送行，他們站在岸邊，目送商船駛出港口，消失在茫茫大海上。

經過近兩個月的航程，公使團抵達馬六甲。他們要在此休整數日，然後繼續航行。沙利衛和賴亞、迪瓦下船，去了聖母堂。站在山頂，沙利衛頗有感慨，他說：「賴亞，當年你問我，中國在哪裏，我指着北方說，就在那邊。現在，我們就要踏上中國的土地了。」沙利衛笑了笑，又說，「記得你還說過，到了中國要娶一個中國妻子。這個夢想就要實現了。」

賴亞說：「神父，還有迪瓦呢，他也想娶一個中國妻子。」

「噢，迪瓦還小啊。你真是人小志氣大！」

三個人都笑了。

離開聖母堂，沙利衛又去了總督府，見到了馬六甲總督特伊蒂

阿，他們一見面就擁抱在一起。

「親愛的沙利衛神父，真高興又見到您啦！馬六甲的教友都盼望您回來呢！這次您不走了吧？」

「尊敬的總督大人，非常抱歉，我是來向您告別的，我要去中國。」

「中國？中國是進不去的，您知道的。」

「是的。我們組織了一個公使團，帶着葡國國王以及羅馬教廷的公函去拜見中國皇帝，要求建立貿易關係。」

「好事！神父擔任團長再適合不過了。」

「不不，我是去中國傳教，長期住下去。」

「誰擔任團長？果阿的總督還是主教？」

「這正是我要向您報告的事情。我們的團長是一位葡國商人，他慷慨解囊，不光答應提供船隻，還提供公使團所有經費。」

「噢，什麼商人有這樣的胸懷？」

「也是您的老朋友，特雷斯先生。」

「什麼？特雷斯？！我沒聽錯吧？就是那個花花公子，被您狠狠教訓了一頓，後來灰溜溜回國的那位特雷斯？」

「正是他。」沙利衛笑了，「您還記得那點事呀？」

總督的臉色立刻變得嚴肅起來，說：「神父，您不要給我開玩笑，這麼重要的職務怎麼能讓他擔任呢？這⋯⋯這⋯⋯這太不嚴肅了！」

「特雷斯確實有過不端行為，但是他已經痛改前非重新做人了。在里斯本，他慷慨救助窮人；在果阿，他捐資修建教堂，這不都說明他已經變成好人了嗎？耶穌基督寬恕他，我們當然也寬恕他。」

「不管怎麼說，我都想不通。神父，您想一想，公使團代表的是葡國國王和羅馬教廷，去古老文明的中國，這可不是兒戲。特

雷斯當團長，這不是拿葡國政府和羅馬教廷開玩笑嗎？神父，我對您向來充滿了崇敬之情，可我萬萬想不到，您竟然同意讓特雷斯……我實在想不通！」總督有些慍怒了。

「總督大人，您冷靜一下。這不只是我個人的意見，也是葡國國王的意見。」說着，沙利衛取出葡國國王的手令給總督看。

「國王簡直是……」總督還是異常氣憤。

沙利衛見狀，不想這樣爭吵下去，便說：「總督大人，您先休息，我回去處理一點事情，明天再來拜訪您。」

說完，沙利衛離開了總督府。

沙利衛剛離開，特伊蒂阿立刻下達命令：為了防止海盜入侵，關閉港口，所有船隻一律不得出港，並把船舵卸掉。於是，馬六甲港口內的船隻都趴在港內不得動彈，包括特雷斯的船，船上的人誰也不能下船。

沙利衛接到通知，十分氣憤：「這個特伊蒂阿，太過分了，他要壞天主的大事！」他對賴亞和迪瓦說，「你們回到船上去吧，我找主教大人去。」

沙利衛找到佛朗西斯科・蘇亞雷奧主教大人，把特伊蒂阿從中作梗的事情說了一遍。主教聽後也十分氣憤：「這是妒忌，他這個人我了解！」

停了一會兒，主教說：「我去勸勸他，做最後的努力，看看他能否回心轉意。您就在這裏等我。」過了一會兒，主教回來了，怒氣衝衝地說：「這個特伊蒂阿，油鹽不進。我沒見過這麼頑固不化的人。他還惡語傷人，詆毀您的人格，還說國王任命特雷斯擔任團長的手令是您偽造的。他簡直是昏頭了！」

沙利衛說：「那我只好行使我的權力了。」

「您是羅馬教廷的欽使，教皇賦予您一項特權，可以將頑固阻撓傳教活動的人逐出教門。只好如此了，這實在是萬不得已呀！」

這時，迪瓦氣喘吁吁地跑來，對沙利衛說：「神父，有辦法了！」

「什麼辦法？」

「賴亞發現總督的快船沒有卸掉船舵，就偷偷開出去找特雷斯先生了，讓我來叫神父趕快回去，咱們坐快船去中國。」

沙利衛一聽，精神一振：「太好了！」他從口袋裏取出一封信，對主教說：「主教大人，這是我給特伊蒂阿下的判決書，請代我向他當面宣告，然後把這件事報告果阿總督和主教，請他們報告國王和羅馬教廷。還有，特伊蒂阿曾經向特雷斯索取賄賂，沒有得逞就懷恨在心。這是特雷斯寫的揭發材料，請一併呈遞國王。這個特伊蒂阿冥頑不化，嫉妒成性，他難逃天主的懲罰。」

「好吧。沙利衛神父，從馬六甲到中國，海路漫漫，巨浪滾滾，又有海盜出沒，您可一定要小心啊！」

「放心吧！」說罷，兩個人都流了眼淚。

沙利衛和迪瓦回到特雷斯的商船，立刻把必要的物資搬運到快船上，特雷斯還特地囑咐船上做飯的師傅，多準備些食物。好在這艘快船船體比較大，能放得下。臨走時，沙利衛流着淚與眾人告別。特雷斯交給沙利衛一個精緻的手提木箱，說：「神父，這是兩千元金幣，請帶上。我不能陪您了，我會天天為您祈禱，祝您順利平安到達中國。」

「神父快走！晚了會被特伊蒂阿發現。」賴亞催促道。於是，沙利衛和迪瓦跳上快船，賴亞擔任駕駛，朝着中國方向駛向茫茫大海。

23

大海一片安寧，

用力划吧，夥計們！

這是一艘愛的航船！

……

六月的西南季風就像一隻有力的大手推着船兒向東北方向快速航行，高高的風帆鼓成半個圓包，船兒輕快得像一隻小鳥在水面上飛竄。

這隻快船屬於特伊蒂阿個人專用，平時除了他和自己的家人以及駕駛員，誰也不能上這條船。這隻快船由葡萄牙建造，用了最好的材料，裝有防護設備，相當豪華。一上船，迪瓦就找到了一支火槍、不少彈藥。船上原本就儲存了一些淡水，顯然這些東西是特伊蒂阿供自己和家人出海遊玩使用的。賴亞讓迪瓦繼續找，把船內的犄角旮旯都仔細搜尋一遍。迪瓦發現還有救生衣，最讓他興奮的是找到了釣魚竿等漁具。沙利衛覺得，這麼多的淡水，加上出發前裝上的淡水、腌肉、蔬菜和餅乾，這一路的飲食應該不成問題了。船艙比較大，有六個座位，還有一張桌子，是一個不錯的小餐廳。有兩張摺疊床，休息也沒有問題了。

賴亞穩穩地掌控着船舵，他早已是駕駛航船的高手了。迪瓦說：「賴亞哥哥，你真棒！」賴亞說：「這算什麼，日本的船我也駕駛過呢。迪瓦，你想不想跟我學開船？」「想！」「那好，你坐在我旁邊，看我怎麼做。」迪瓦走過去，坐在賴亞的對面。賴亞說：「駕駛這條船，關鍵是處理好左舷風航行和右舷風航行。現在，風從船的左側吹來，主帆位於右舷，這時的帆船就是左舷受風。同樣道

理，如果風從船的右側吹來，主帆位於左舷，這時的帆船就是右舷受風。」

「哪一種更快呢？」迪瓦問道。

「今天的天氣好，西南季風力度並不大，海面比較平靜，我們可以按照 45 度向東北方向行駛，讓風從船的左後側吹來，就是左舷受風，行駛快些。」迪瓦認真聽着，不時用手比劃着。

沙利衛心情很好。他望着遠方，心裏估摸着，如果天氣一直這樣的話，他們一個月的時間就可以到達中國。他看了看賴亞和迪瓦，對這兩個孩子打心裏喜歡。看着看着，沙利衛忽然想起了一件事，就對賴亞說：「賴亞，你在日本時說過，到中國後給大家朗誦賈梅士的詩《盧濟塔尼亞人之歌》，現在你就給大家朗誦好不好？」

「好！」迪瓦第一個拍起了巴掌。

賴亞說：「好吧。」於是，賴亞用他那渾厚的男中音朗誦了：

> 看呀，他駕駛一葉扁舟，
>
> 闖進了充滿誘惑的海洋；
>
> 這是勇敢的處女航，
>
> 不去畏懼神與鬼的模樣；
>
> 經歷了日短，
>
> 走過了天長，
>
> 發誓到達神奇的土地，
>
> 尋找金子閃光的東方！
>
> ……
>
> 就在那遠方，屹立着中華帝國，
>
> 她有着難以想像的土地和財寶。
>
> 跨越了北回歸線和寒冷的北極，
>
> 全納入到她美麗和起伏的海濤。

「賴亞哥哥，太棒了！我還想聽。」賴亞笑了笑，繼續朗誦道：

> 航船飛駛在遼闊的海面，
> 快樂的浪花拍打着兩舷；
> 溫柔的海風吹拂着人臉，
> 水上張起那鼓滿的風帆。
> 大海呀，泛起陣陣白浪。
> 船頭似箭，要戰勝艱險。
> 在海神普羅透斯的牧場，
> 成群的魚兒是他在牧放。

「真好聽！我都陶醉了！」迪瓦情不自禁了，就連沙利衛也頻頻點頭……

「賴亞哥哥，還有讓人更加陶醉的詩麼？」迪瓦還沒聽夠。

「有。你聽——」賴亞又朗誦起來：

> 女神啊，你深情的秋波，
> 溫柔的性格，迷人的笑靨，
> 優雅的舉止，得體的話語，
> 我怎拒絕而不情動心間？
> ……

聽着聽着，迪瓦的眼前出現了幻影：一位漂亮姑娘，閃着一雙美麗的大眼睛，特別是那一對酒窩令他心生愛慕……這時，沙利衛長長嘆了一口氣，把迪瓦從幻想中拉了回來，他不明白神父為何嘆息。

「神父，您不高興嗎？您為何嘆息？」他又看了看賴亞，只見賴亞也低下了頭，心情沉重的樣子，「賴亞哥哥，你也不高興了？

你們都不高興，我……」說着，迪瓦哭了起來，沙利衛和藹地說：「迪瓦，你不知道，我們在日本的時候，還有一位朋友叫東野次郎，他也喜歡聽賴亞朗誦。賴亞答應他到中國後給他朗誦這首詩的……可是……很不幸，東野君後來被人……殺害了。」

迪瓦聽後低下了頭。大家都很難過，特別是賴亞，他多麼希望東野君能夠聽他再次朗誦賈梅士的詩歌——但永遠不可能了。

海上，茫茫一片，無邊無際。陽光照射着海面，晃得人眼睛都睜不開。賴亞戴上了一頂帶沿的帽子，遮住那海面上的亮光。就在這亮光之中，一個巨大的脊背露了出來，賴亞一眼就認出了，那是一條食人鯊。

「食人鯊！」

沙利衛和迪瓦馬上警覺起來，順着賴亞手指的方向看去。果然，一條巨大的食人鯊正向他們游來，速度很快。這種食人鯊極其兇惡，牠那血盆大口中長着尖刀一般的牙齒，任何動物被牠咬住便再難逃脫，必死無疑。牠一點聲音也沒有，越游越近，能夠看見它的尖尖的頭了，還有那張大嘴！迪瓦緊張起來，他從未見過食人鯊，聽人說食人鯊瞬間就能將人撕咬成幾段。人的鮮血在海水中四散，血腥味很快會引來更多的食人鯊向航船發起進攻。大船不用害怕，但是小船就很難說了。他們這隻船，雖然不算小船，但畢竟不是大船，如果食人鯊發起群體進攻，還真是危險，船體經不起鯊魚的碰撞和撕咬。

「神父，我怕！」迪瓦對沙利衛說。

賴亞是有經驗的，他對沙利衛說：「神父，你過來幫我掌舵，我去拿火槍。」

賴亞把舵柄交給沙利衛，說：「神父，您只要穩住就行。」他又對迪瓦說，「迪瓦，你到船艙把彈藥搬過來。」

賴亞提起一支火槍，裝上彈藥，舉起來，對準食人鯊的頭部，

扣動了扳機。「砰」的一聲，海面上飄起了一片鮮血，那是食人鯊的血，顯然是打中了，而且擊中了要害。賴亞放下火槍，接過船舵，調轉方向。只見船的尾部劃出了一個大大的圓弧，接着賴亞又調轉船舵，向相反的方向再次劃出一個大大的圓弧。船距離有食人鯊的海面拉開了一段較大距離，只見剛才泛起鮮血的海面，一群食人鯊發生了激烈的廝殺，海面上鯊魚騰躍翻滾，紅、白、藍各種顏色相混雜⋯⋯

迪瓦看呆了。沙利衛說：「迪瓦，安全了，把彈藥放好吧。」迪瓦這才回過神來，他放好彈藥，拍了拍賴亞的肩膀，說：「賴亞哥哥，你的槍法真棒！如果再有鯊魚來，讓我來開槍！」賴亞笑了，說：「你不怕？」

「不怕！」

沙利衛和賴亞都笑了。

經過數天的航行，船早已經駛離馬六甲海峽，從印度洋進入太平洋。他們先經過了大小不等的許多島嶼，繼續往東北不遠的地方，就看到一群巨大的島嶼。沙利衛拿出地圖查看，地圖上沒有標出這些島嶼的名字，不過他記得在《鄭和航海圖》上，有個叫萬生石塘嶼的地方，不知是不是這個群島。一百五十年前，鄭和率領大明船隊七下西洋，曾在此建築營房作為中途休整的基地，不知現在還有沒有中國人在島上居住。沙利衛說：「賴亞，我們去島上看看，如能遇到中國人就太好了。」

賴亞說聲「好」，隨即將船開向一個大島。剛到岸邊，幾個荷槍實彈的士兵就跑了過來，端着槍厲聲呵道：「停住！你們是哪裏來的？有證件嗎？」

沙利衛一聽，士兵說的是西班牙語。他很驚訝，問道：「你們是西班牙軍隊嗎？」

「是的。沒有證件不能上島。」

「這是什麼島？」

「安波納島。」

「安波納？」沙利衛極力回憶着，這三個字有些熟悉。他想起來了，在柔佛國的時候，國王與他談起過鄭和下西洋的事情，他就是在那時候見到了《鄭和航海圖》，還帶回教堂仔細研究了一番，後來又將航海圖還給了國王。當年大明朝皇帝有旨：「萬生嶼，安不納」，「安波納」應該就是「安不納」的變音，應該就是萬生石塘嶼。

沙利衛拿出關文，遞給士兵，說道：「我們上島看看有沒有中國人，請放我們上去。」幾個士兵看了看關文，其中一個說：「這個人會說西班牙語，看來不會有問題，我去請示一下頭兒。」另外幾個士兵同意了。過了一會兒，那個士兵陪着一位軍官模樣的人過來了。

「你們從哪裏來的？」軍官問道。

「從馬六甲來的。」

「馬六甲？那裏應該是西班牙的地方，卻被葡萄牙人佔領着。」

「現在已經不分彼此了。」

「合久必分。你們到底是哪國人？西班牙還是葡萄牙？」

沙利衛想說自己是西班牙人，不過接着就改口了，說：「我們是羅馬天主教會的。」軍官又問道：「天主教會？我猜你們是耶穌會的，為葡國政府服務，是不是？拿你們的關文我看看。」

沙利衛只好將關文拿給軍官看。「我沒猜錯吧，果然是葡國政府派來的。上級有令，只准西班牙人上島。你們趕快離開吧！」幾個士兵走上前來，端起槍對着沙利衛呵斥道：「趕快離開！」

沙利衛只好讓賴亞開船離開大島，繼續朝着東北方向行駛。他們已經在海上行駛了二十多天，沙利衛心中計算着，大概再有十天，就能看到中國大陸了。

一天傍晚時分，夕陽西下，太陽變成了巨大的火球，像是浸泡在海水裏，天空和大海都染成了紅色，十分壯觀。迪瓦說：「神父，前面有一個小島，像是沒有什麼人，今晚我們上島休息吧。」

「好，小心點。」

到了岸邊，迪瓦第一個跳下船。他站在小島上，興奮地呼喊起來，他已經有二十多天沒有接觸到地面了。他看到地上有很多野花，十分好看，就用手去挖，他要採一些花朵帶到船上去。他挖着挖着，不禁驚叫起來：「骷髏！」嚇得他花也不要了，趕緊跳到船上去。沙利衛趕緊下船去看，果然在沙地上露出一個人的頭骨。沙利衛見過很多死人，他並不害怕。但是他很奇怪，這座荒島上怎麼會有人的骷髏呢？難道說這裏就是野人島？沙利衛聽說過，在太平洋的島嶼上有野人島，有的傳教士誤入該島，被野人活活吃掉。沙利衛立刻對賴亞說：「馬上離開！這裏太危險！」說罷，沙利衛就跳上了船，賴亞駕着船駛向大海深處。他們這一夜又要睡在船上了。

> 寶石般的夜空月色皎潔，
> 粼粼的海面上船兒息歇；
> 這是大海狂暴前的寂靜，
> 風神正在全力把氣力憋。
> 有經驗的水手時時刻刻，
> 準備去把巨浪勇敢迎接！

賴亞輕輕朗誦着詩歌。「賴亞，你累一天了，去睡一會吧，我守着。」沙利衛悄悄地說。賴亞便去睡了。大海寂靜得出奇，似乎所有的魚兒都睡了，好像連海水都睡着了似的。沙利衛知道，這種不同尋常的寂靜，往往預示着暴風雨的到來。

第二天早晨，太陽剛一躍出海面，迪瓦就醒了。他對賴亞說，昨晚做了一個夢，夢見自己在釣魚。賴亞說他準是想吃魚了，那就下鉤吧，船上有漁具，海面又平靜，正是垂釣的好時機。迪瓦的興致一下子就被激發起來，他找出漁具，開始垂釣。賴亞說得真對，剛一下鉤，就釣上一條，迪瓦嫌小，順手扔進了海裏。他繼續釣，又釣上一條二斤左右的魚，迪瓦很高興，舉起來給沙利衛看，說道：「神父，我們有魚吃了！」不料迪瓦手一滑，沒拿住，魚掉進了海裏，瞬間不見了踪影，氣得迪瓦大聲叫喊，發誓一定再釣一條更大的。他穩穩地拿住釣魚竿，靜靜等待着。突然，魚竿一沉，迪瓦立刻感覺到了重量，說：「大魚，這一定是條大魚。」說着，他使勁收竿，可是魚竿沉得舉不起來，他就用力拉，怎奈他勁兒太小，拉不動，急得迪瓦大聲喊道：「神父，請您來幫我一把，這一定是條大魚，我拉不動。」沙利衛就過去幫他，兩個人使勁拽，還是拽不動。迪瓦說：「賴亞哥哥，你也來幫一下，船沒事的。」賴亞也覺得海水平穩，不會有問題，便放下船舵走過來。三個人一起拽魚竿，突然，啪的一聲，釣魚線斷了，三個人都摔倒了。他們爬起來，你看看我，我看看你，再看看魚竿，都噗嗤笑了。沙利衛說：「魚吃不上了，還是吃腌肉和餅乾吧。」迪瓦說：「神父，蔬菜早吃完了，再沒有新鮮魚吃，我這眼睛快要得夜盲症了。」沙利衛看着迪瓦，他們的確已經好幾天沒有蔬菜吃了，如果能吃上鮮魚，喝一碗魚湯，該多好啊。

　　船繼續航行，天邊突然黑了起來，大片大片的烏雲聚集起來。過了一會兒，風吹起來了，越吹越猛。沙利衛覺得，可能有暴風雨，這隻船又要經歷一次嚴峻考驗。沙利衛說：「賴亞，你掌穩舵，我和迪瓦都抓緊船把手，暴風雨馬上就來。」

　　不一會兒，電閃雷鳴，狂風大作，海浪湧起。船兒就像脫了韁的野馬不聽使喚，一會被推上浪尖，一會又跌入谷底。迪瓦很快就

暈得嘔吐不止。沙利衛趕緊過去，一隻手緊緊抱住他，一隻手緊緊抓住船上的欄杆。賴亞最辛苦，不管船怎樣顛簸起伏，他都要極力保持船的平衡。他使出了吃奶的勁兒，全身用力，絲毫不敢懈怠。但是，人在狂怒的大海面前簡直就是一隻螞蟻，渺小得不能再渺小了。暴風雨刮了一個多小時，還是沒有停下來的跡象，賴亞有些撐不住了，沙利衛和迪瓦也都筋疲力盡。這時，一個巨浪打了過來，就像一座山從天空壓下來，鋪天蓋地，頓時就把船蓋住了。賴亞死死把住船舵，但是就像有惡魔死死纏住他一樣，他被連續不斷的浪頭狠狠打在頭上，一會兒就歪倒了。他試圖掙扎着起來，又一個巨浪打了過來，再次把他擊倒，他的手離開了船舵。船沒有了掌舵的人，就像一片樹葉任由海浪擺弄。賴亞喊了一聲「神父……」就失去知覺，什麼也不知道了。

......

24

中國南海，煙波浩渺。

炎熱的太陽烘烤着這片海水，似乎要把它蒸發一樣。大海上，一艘外國快艇任意漂盪，如同斷了線的風箏。船上三人，躺在船艙，都已精疲力竭。快艇被沖上岸邊，擱淺在海灘上。

沙利衛醒來時，發現自己躺在一個草棚裏，他的身邊躺着賴亞和迪瓦。

「賴亞，賴亞！迪瓦，迪瓦！」

迪瓦醒了。「神父！我沒死？！」他看到賴亞，便大聲喊着：「賴亞哥哥！」

賴亞慢慢睜開眼睛。「迪瓦……我……我還活着？神……神父……」

「神父也活着！」迪瓦對他說。

「賴亞，我們都活着！」沙利衛說。

「我……我以為……自己……死了呢。」賴亞說。

「神父，這是什麼地方？」迪瓦問。

「不知道。咱們的船呢？」

迪瓦艱難地爬起身，向海上張望。

「在那兒！」迪瓦驚喜地喊道。

於是，他們互相攙扶着，朝着船的方向走去。他們的身體都極度疲乏，走了幾步，沙利衛和賴亞就摔倒了。迪瓦只好一邊一個架着他們，跌跌撞撞地向着船的方向挪動，每走一步都要付出巨大的力氣。沙灘上，留下了他們三人的腳印。

這時，跑過來一個人，他身後還跟着兩個年輕人。來到跟前，他們停住了，互相看着。沙利衛看看他們，長相跟西方人明顯不同，跟日本人接近，但又不像日本人。前面站着的這個男子，黑瘦粗糙的臉，穿一身白色粗布短衣，赤着腳，一看就是漁民。他身後站着的兩個年輕男子，也都是短衣護身，裸腿赤腳。沙利衛突然激動起來：「中國人！你們是中國人！」沙利衛不由自主地說了句中國話。

「爹，這個洋人會說中國話！」

黑瘦的人走上前來，握住沙利衛的手說：「你們是誰？從哪裏來？要到哪裏去？」

沙利衛一字一句地說：「我們從西方來，要到中國去。」

「這裏就是中國。」

「什麼？這裏就是中國！我們到中國了？！」沙利衛興奮起來。

「這是上川島，中國南部的一個小島。」

沙利衛回頭對賴亞和迪瓦說：「我們到中國了！」沙利衛抬頭看着天，說道：「主啊，我終於來到神秘的中國了！」由於過分激動，沙利衛暈了過去。賴亞和迪瓦趕忙扶住他，大聲呼叫着：「神父！神父！」

過了一會兒，沙利衛醒了。他被中國人攙扶着來到船上，看到船上的東西完好無損。沙利衛取出地圖，查看方位，卻怎麼也找不到上川島。他明白，地圖上不會有這個島的名字，但將來會的，他是第一個登上中國大地的耶穌會傳教士。後來，他們在中國人引導下，來到島上一間房子裏。說是房子，其實就是個草棚，四周沒有牆，只用籬笆圍着，棚頂用椰樹枝條和旅人蕉的葉子覆蓋；棚內有兩張床、一張桌子、幾個凳子。棚外不遠處有漁網晾曬在地上。棚子旁邊，黑瘦人正在燒烤着什麼，他的兩個兒子忙着從一位婦人手裏接過碗來。

「娘，我也端一碗。」還有一個小姑娘，十多歲的樣子，聲音稚嫩，眼睛有神，也幫忙端飯。

沙利衛猜測，這是一戶島上漁民住家。只見年輕人端來三碗魚湯，讓沙利衛三人喝下去。小姑娘把碗端給迪瓦，並衝他一笑，露出兩個好看的酒窩。迪瓦一楞，趕緊接過碗來。一會兒，黑瘦人拎着烤熟的魚，放到桌上。

「快吃點，餓了吧。」

是的，他們已經好幾天沒吃飯了。他們的船在海上行駛了一個多月，快到上川島時，食物也吃光了。他們用船上的魚竿釣魚吃，沒有火，就生吃。後來，釣魚竿被一條巨大的魚拽走了，他們便沒有食物可吃了。賴亞負責駕駛，體力消耗大，第一個餓暈了；接着是迪瓦，最後是沙利衛。再後來，他們就什麼也不知道了。

吃過飯，三人體力稍有恢復，有些力氣了。沙利衛雖然會說簡單的中國話，但稍微複雜的句子就不會說了，但他還能聽得懂。經

過交流，沙利衛知道了這家人的基本情況。黑瘦人叫張德義，是本地漁民，捕魚為生。夫妻倆有三個孩子，二男一女。這裏是新會縣上川島，隸屬廣東承宣布政使司。

張德義知道了沙利衛來自歐洲，原計劃第一站是中國澳門。明朝准許葡國人在澳門有居住權，可以停靠商船，但沒想到，漂流至上川島。

「朝廷嚴禁洋人進入，違者關入監獄。以前有外國商人想從島上偷渡進去，結果都被官府關進監獄了。」

沙利衛取出地圖，根據張德義所說島嶼的方位，大體確定了他們所在的位置。

「你們是來中國來做生意的？」張德義問。

「我們不是商人。我們是耶穌基督的使者，來中國傳播福音。」

「耶穌基督，是幹什麼的？」

沙利衛對賴亞說：「你去拿聖母像來。」

賴亞硬撐着身體，跑着去了，很快拿來了聖母像，然後一下子癱坐在地上。沙利衛展開畫像，讓張德義看。張德義一看，立刻跪下磕頭，說：「觀音菩薩！不，是媽祖娘娘！給媽祖娘娘磕頭！」他的妻子和三個孩子也都跪下磕頭。

張德義頓時興奮起來，對沙利衛說：「原來您是一位蓄髮法師，來送觀音菩薩的。好人，好人！這島上的漁民全靠觀音菩薩和媽祖娘娘保佑！」說着又雙手合起，拜了拜畫像。

沙利衛覺得，現在給張德義無法解釋清楚，不如乾脆將錯就錯。於是他承認自己是遠道而來的僧人，他們就變得親切起來。但是賴亞無精打采，低着頭，看上去很不舒服的樣子。「賴亞，你怎麼了？生病了嗎？」「沒什麼，可能是剛才跑得太猛了吧，休息一會兒就好了。」於是，他們吃了飯，回到船上休息。張德義讓兒子抱來三個大椰子，讓他們解渴。年輕人臨走時說：「我爹說今晚要

下雨，你們把纜繩繫緊。」

賴亞一上船就睡着了。沙利衛和迪瓦把船固定好，這時太陽已經落下去了，天色越來越暗。迪瓦也睡着了，還響起了鼾聲。沙利衛看着進入夢鄉的兩個孩子，心疼得搖了搖頭——他們太疲憊了。

半夜裏，風聲驚醒了沙利衛，他叫賴亞醒醒，去看看纜繩怎麼樣。賴亞沒有答應。「睡得真香。」沙利衛說着，起身去看纜繩，無意中他的手碰到了賴亞的手，「這麼燙！」他又去摸賴亞的頭，燙手，再摸賴亞身子，處處燙手。

「賴亞，你病了？」

「……神父，我……渾身難受。」

「你發燒了。我給你拿藥。」

沙利衛趕緊打開箱子找藥，他給賴亞餵了藥，讓他靜靜地休息。

這時，迪瓦也醒了。「賴亞哥哥，你病了嗎？」

賴亞渾身無力，就像一團軟軟的棉花。他顫抖着嘴唇，發出微弱的聲音說：「神父，我……我恐怕……挺……挺不過去了。」

「不會的，賴亞，你會好起來。」

沙利衛和迪瓦再也無法入睡，就一直守在賴亞身邊。沙利衛不時摸一摸賴亞的頭，仍然很燙。他給賴亞放血治療，放了兩次。賴亞只是那樣軟綿綿地躺着，呼吸微弱。海風一陣陣吹來，海浪聲聲；天空暗淡，隱約看到有烏雲聚集翻滾。

一聲雷響，從天空傳來，接着下起雨來。沙利衛給賴亞蓋上一件衣服。藉着閃電的光芒，映照着賴亞死人一樣的臉。沙利衛摸摸賴亞，已經沒有呼吸了。

「賴亞——！」

雨水伴着海風撲打着船身，淚水、雨水摻和在一起……

賴亞死了！

25

第二天，雨停了，毒花花的太陽又重新炙烤着大地。沙利衛和迪瓦在張德義的幫助下埋葬了賴亞。他們按照中國風俗給賴亞堆起了一個墳頭，並在墳前豎了一塊木牌，上面寫着四個字：賴亞之墓。

沙利衛站在賴亞墓前，手裏拿着賴亞最喜歡讀的那本賈梅士詩集，腦海裏回憶着一幕幕往事，甚至出現了賴亞在中國娶新娘的幻景⋯⋯

「法師，到我家坐會兒吧。」張德義說。

他們來到張德義家。沙利衛說：「張先生，我想求您一件事。」

「別叫我先生，我是個打魚的，叫我老張就行。」

「老張，我想請您幫助我。您願意嗎？」

「願意。您是菩薩派來保佑我們的，我感謝還來不及呢。」

「我想請您為天主，不，為菩薩幫一個忙⋯⋯」

「行！我就信菩薩，能為菩薩幫忙，是我的造化。」

「您開我的船，到中國內陸，送我到官府。」

「那是去送死啊！」

「您就說，抓住兩個洋人，交給官府。他們不會判你死罪的。」

「會判菩薩您死罪的。」

沙利衛笑了笑，說：「我有關文，可以證明我的身份，當地官府無權判我死刑。就算是把我殺了，也無所謂，我已經做好了犧牲的準備。不過⋯⋯」沙利衛看了看迪瓦，「就是迪瓦，他可能要受罪了。」

「神父，您不怕死，我也不怕死！」迪瓦突然變得堅強了。

張德義看着眼前這兩個人，內心有些感動，在他看來，這才是男子漢。他咬了咬牙：「法師，您和我雖然素不相識，但法師的勇

氣感動了我。我佩服勇敢的人。我張德義最敬佩有德有義的人。今天，我終於見到這樣的人了。放心吧，我答應您！」

沙利衛把一包金幣遞給張德義，說道：「老張，這是一點酬金，請您收下。」

張德義打開一看，驚呆了，他從未見過這麼多金幣，那閃閃發光的金幣耀他的眼。

「不行！」他把金幣退還給沙利衛，說道，「法師，幫助菩薩做好事是不能拿錢的。」

「不。這是菩薩感謝您的。您有三個孩子，將來給他們成家，需要錢。收下吧，菩薩都知道，沒關係。」

張德義流淚了，他嚅嚅道：「菩薩就是好，那……那……就謝謝法師了。不過，您的船我不會開呀。」

「走，去試試，和您的船差不多。」

他們來到沙利衛的船上，憑着多年出海駕船的經驗，張德義很快就弄清了駕駛洋船的方法。他升起船帆，順着海風，在水面上試航了一會兒。

「沒問題，法師，這洋玩意兒我會玩了。」他們都笑了。

回到家，張德義的妻子早就做好了飯。

「好豐盛。」沙利衛說着，把從船上帶來的一瓶葡萄酒拿了出來，「老張，我請您喝酒。還有一件事請您幫助我。」

「法師還有什麼事？儘管說吧。」

「你的名字，張—德—義，很好聽，可以借給我用一用嗎？」

「哈哈哈哈，法師真逗，這名字還有借用的？」

「老張，我是外國人，叫沙利衛，中國沒有這樣的名字。所以，我想有一個中國名字，就叫張德義，行不行？」說着，沙利衛把葡萄酒倒在碗裏，端到張德義面前。

「行，法師喜歡，這是我的造化。不過借了我的名字，咱倆可

就是同名同姓了，就是兄弟了。」

「太好了！凡是信耶穌基督的，都是兄弟。從今以後，我們就是兄弟。」沙利衛舉起酒杯，「來，讓我們為天主……菩薩乾杯！」

「哈哈哈哈，這洋酒我可是第一回喝，真有點喝不慣。」張德義說着，似乎想起了什麼，他嚴肅起來，說道：「沙利衛兄弟，明天你和迪……迪瓦可要受點委屈才行啊。」

「委屈？」沙利衛不解。

「明天去見官府，我要把你們兩個都捆綁起來，要不然，官府不相信……」

沙利衛看看迪瓦，突然明白了：「對，我們是你的俘虜。」他們都笑了。

小姑娘也在一旁笑了，露出兩個可愛的酒窩。迪瓦忍不住多看了她一眼，突然想起了賴亞朗誦的詩句：「女神啊，你深情的秋波，溫柔的性格，迷人的笑靨……」

有時候，男子和女子的緣分只要見一面就決定了。因為，他就是你命中註定的愛人。

26

第二天下午，吃過午飯，張德義駕着沙利衛的船，在大兒子幫助下，離開上川島，向大陸岸邊駛去。他的小兒子駕駛自己家的船緊跟在後邊，兩條船之間還繫着一根繩子。

母女二人站在岸邊為他們送行。船已經開出很遠了，小姑娘還在揮手喊着：「爹爹早點回來！」

「秋兒，和你媽回去吧。」張德義揮了揮手。

兩隻船在海上一前一後航行。沙利衛看着張德義，說：「你有兩個兒子，一個女兒，還有一個好妻子，很幸福。」張德義聽了，臉上樂開了花。他望着大海，說：「就是希望兒子將來有點出息，別一輩子守在這個荒島上。」

　　「可以送你的孩子去上學。」

　　「上學？不敢想，將來能有個掙錢的路子，成家過日子就滿足了。」

　　「你的女兒還小嘛，應該送她去上學。」

　　「一個丫頭，讀什麼書啊，將來找個好人家嫁出去就行了。」

　　「女孩子也應該上學。」沙利衛對迪瓦說，「迪瓦，是不是，你在果阿的學校有女生吧。」

　　迪瓦聽懂了，回答說：「我的同學中有好幾個女孩子。」

　　「那敢情好。嗨，連想都不敢想，我們這兒哪有女孩子上學讀書的。」張德義嘆了口氣。

　　迪瓦仰着頭，看着遠方，他的眼前還閃着那張有酒窩的漂亮臉蛋。「秋兒！」他想着想着，不好意思地笑了。

　　船走得比較慢。張德義覺得葡國的船不如自己的船順手。平時從小島到陸岸只要一個小時，今天還拽着一個，時間就長了些；還有一個原因，張德義願意和沙利衛多聊幾句，雖然和沙利衛對話有些費勁，但在他心中，這個洋法師很善良，很有學問，聽他說話，可以讓自己產生美好遐想。人都是這樣，有了美好遐想，就會產生活下去的勁頭。過去，他經常望着陸岸那邊，想呀想呀，可總也想不出什麼具體的東西來。現在，他的心中，開始有具體想法了。他心中默默為沙利衛祈禱，祈禱他順利登岸，祈禱他順利實現所有的願望。

　　船行駛了兩個小時，眼看就要靠岸了。沙利衛看了看錶，時間定格在 1582 年 8 月 2 日下午 4 點。

「老張，把我們捆起來吧。」沙利衛說着，做了一個捆綁的手勢。

「那就委屈你們倆了。」說着，張德義將沙利衛和迪瓦綁了起來。

「用勁！」

「再使勁就疼了。」

「不怕。綁得緊他們才相信。」

「這，好吧……」張德義用力勒了勒繩子。

「這就像了。」沙利衛笑着說。

綁好了以後，張德義把他倆放倒在船上躺着，讓他倆顯得很難受的樣子，心裏想，只有這樣才能騙過官府的人。

剛一靠岸，張德義就大聲喊：「軍爺，我抓了兩個偷渡的洋人，送交官府來了。」

張德義經常往來兩地，把守岸邊的士兵認得他。

「是你抓的洋人？行啊，張德義，這回能領賞了！」說着，上來幾個官兵，將沙利衛和迪瓦拽了起來，押上岸去。

「這船是誰的？」士兵問。

「洋人的，一塊兒交給官府了。」張德義說。

「這年頭，經常有洋人偷渡過來，膽子真夠大的。」一個士兵說着，看了看沙利衛，「嘿，長成這模樣，鬍子夠長的。」士兵說。

「這是他兒子吧？長得不像。」另一個士兵說。

「走吧。」士兵催促道。張德義向士兵要了一輛獨輪推車，把三個箱子放上，讓大兒子推着，二兒子則等候在岸邊。

沙利衛和迪瓦被押解着來到官衙內。這裏的陳設看上去有些簡陋，不像是一個高級的衙門。但是，廳堂正面牆上掛着一塊「明鏡高懸」的牌匾，屏風上繪着山水朝陽圖，有些斑駁了。黑漆的台案落滿了灰塵。

過了一會兒，一個官員模樣的人走了進來。

「怎麼回事？」

「大人，抓了兩個偷渡的洋人。」

「嘿，這些洋人膽子可真大，就不怕坐牢啊。」他看了看沙利衛和迪瓦，問道：「會說中國話嗎？」

「會一點。」沙利衛說。

「不錯。哪兒來的？」

「印度。」

「是和尚嗎？不過看你這鬍子也不像啊？來中國幹什麼？」

「傳教。」

「傳教？傳什麼教？誰叫你來的？」

「我有關文。」

「關文？拿出來看看。」他衝着士兵說，「給他解開。」

沙利衛和迪瓦被解開了繩索。沙利衛活動活動雙手，然後從一個箱子裏取出關文，遞過去。

「這是什麼字？」

「你看下面一張，有中國字。」沙利衛說。

官員又看下一張，這次看清楚了。他說：「你是天主教傳教士。你知道嗎，擅自進入中國是要蹲監獄的！」他表現出很不理解的樣子，說道，「我就不明白，你們這些蠻夷之人有什麼資格來中國傳教？我們大明朝比你們強多了，還用得着你們來傳什麼教？」

沙利衛從箱子裏取出一個三稜鏡，說：「這是送給大人您的禮物，希望您喜歡。」

官員接過來一看，覺得很新鮮。沙利衛說：「在陽光下映照，會發出七色光，很好看。」說着，他讓官員走到陽光下，照了照，果然，就像有了神靈一樣，三稜鏡發出耀眼的七色彩光。

「好玩。」他頓了頓，又說，「按照大明法律，凡是偷渡者，先關進監獄，等候總督府命令。那就委屈你啦。」

「我來中國是要見你們皇帝的，我有關文呈奏給你們皇帝。」沙利衛說。

「呵，來頭不小！這樣吧——」他看了看士兵，說：「按照慣例，明天押送總督府處置。」他又轉身對沙利衛說：「對不起了，今晚先把你們關起來，明天送你們到肇慶。放心，你們的東西一併押送過去。」

官員兌現諾言，獎勵了張德義，打發他和兒子回去了。張德義回頭看了看沙利衛，戀戀不捨地走了。

當晚，沙利衛和迪瓦被關進了監獄，戴上了手械。這是沙利衛第一次進監獄，進的是中國監獄。他望着窗外，陷入了沉思。他回憶從離開馬六甲到現在的每一天，他想到了特伊蒂阿，如果沒有他破壞自己的計劃，大概自己就不會在中國人的監獄裏。他又想到了特雷斯，一個棄惡從善的人，甘願為天主奉獻自己的財富，卻被拒之門外。他想到了賴亞，懷着到中國娶妻成家的美好想法，卻死在了荒僻的上川島……他又想到了東野次郎，一個真誠的日本人，死在了仇敵之手……這一切，耶穌基督知道嗎？會的，一定知道的，自己所經歷的每一件事，耶穌都知道。沙利衛，你不能有絲毫的灰心，你已經進入中國，這是你多年的夢想，已經邁出了第一步。

沙利衛想着，進入了夢鄉，他夢見了家人，夢見了柏拉瓦……

27

沙利衛睡得很香，從離開果阿至今，他好久沒有這樣安然入睡了，如果不是開牢房的門聲，他還會繼續睡着。迪瓦也醒了。

「洋鬼子，該起了！」獄卒喊他。

「你叫我什麼？」

「洋鬼子！」

「我不是鬼，是人。」

「看你那長相，不是鬼是什麼？」

沙利衛知道，不能與他辯論，他是一個可憐之人，天主的光芒還沒有照進他的心中。在中國，像他這樣的人很多吧，這正是他的使命所在。這樣想着，沙利衛釋然了。

「鬼就鬼吧，也挺好。」

沙利衛和迪瓦戴着手械，被帶到廳堂，那位官員已經等候在那裏了。

「我說傳教士，今天把你們押解到肇慶，聽候總督大人發落。走吧。」

吃過飯，沙利衛和迪瓦在三個解差的押送下，往肇慶方向出發。走了不到兩個時辰，有快馬追來，告訴解差，不用去肇慶了，直接押往澳門，交給葡國人。於是他們改變方向，奔澳門而去。這一改就近多了，原來需要十天的路程，現在兩天就可以到達。聽說改道去澳門，沙利衛心中暗暗驚喜，因為他日思夜盼的孟安仁神父就在澳門。沙利衛本以為能在日本遇到孟安仁，可是命運偏偏將他倆安排在澳門見面，這是天主的意志。然而，沙利衛什麼也沒有說，甚至沒有喜形於色，他平靜地望了望前方的路。

「神父，澳門跟果阿一樣嗎？」迪瓦問道。迪瓦在果阿學校學習的時候聽說過澳門這個地方，在他印象中，澳門和果阿沒有什麼區別。

「不一樣。中國政府允許葡國人在澳門經商貿易，不允許駐軍。」

「葡國人為什麼跑到澳門來經商呢？」

「這裏錢多。」

「神父也是葡國人吧？」

「噢，迪瓦，我不是葡國人。我的祖國是納瓦拉王國，被西班牙兼併了。」沙利衞停了一下，又說：「其實，我已經沒有祖國了。從加入耶穌會的那一天起，我就把自己的一切交給天主了。」

「神父到印度和中國，是天主指派的嗎？」

「是的。迪瓦，你也是天主教徒，我們都是耶穌的僕人。耶穌基督說過，人即使賺得全世界，如果喪失了自己的靈魂，有什麼益處呢？我選擇了傳播福音這條路，就會一直走下去，沒有回頭路。你能做到嗎？」

「我想家。」

「迪瓦，傳教士是超越國家的。」

「我也是傳教士嗎？」

「你不是。你的爸爸媽媽讓你跟着我，接受鍛煉，吃苦。你怕嗎？」

「我不怕。」

「那就好。」

三個解差聽他倆對話，一句也聽不懂，便產生了好奇心，便問道：「洋鬼子，你們說什麼呢？」

沙利衞看了看他，用中國話說：「我們在說靈魂的事情。」

「靈魂？什麼是靈魂？」

「靈魂就是神……」

「什麼神？就是老天爺吧？」

「老天爺？」沙利衞似乎悟到了什麼。

「人的一切都是老天註定的。」解差帶着炫耀的口吻說。

「但這不是靈魂。」沙利衞糾正他。

「那你說的靈魂是什麼？」

「神說過，人活着，不是單靠食物，是靠神說出的一切話。」

「不靠食物，喝西北風活着？神的話能當飯吃？一派胡言，哈哈……」他笑了，另外兩個解差也笑了。

沙利衛知道他們還沒有開化，是可憐之人，由此更加覺得來中國傳教的必要性。他的使命就是向這些愚昧之人傳播福音，讓他們聽到神的聖訓。

沿途盡是南國風光，秀麗宜人，沙利衛看得舒心爽意。快到中午了，沙利衛感覺有些累，便要休息一會。解差說，前邊有一家小店，正好去吃午飯。於是他們繼續前行，轉了一道彎，過了一座橋，穿過一叢林，便來到一家飯館，飄動的招牌上寫着「米粉店」三個字。他們在外邊的竹棚下坐了，準備吃午飯。

「老闆，來五碗米粉，調料齊全，讓洋鬼子品嚐一下中國飯的味道。剛才還說，人活着不是單靠食物，我看呐，再不吃飯，連走路的勁兒都沒了。」

「好嘞！」老闆是位中年男子，他熟練的動作讓沙利衛還沒看清怎麼回事，飯就已經做好了，他的妻子做幫手。沙利衛看着女子一扭一扭地走來，送上碗筷，說了句「客官請慢用」，又一扭一扭地離開。沙利衛感覺有些奇怪，女子走路為何總是一扭一扭的？

放在沙利衛面前的是滿滿一碗米粉，又細又白的米粉上面覆蓋了一層五顏六色形狀各異的調料。沙利衛拿起筷子，笨拙地挑起，想往嘴裏放，哪知米粉順滑，又掉回碗裏，如此三番五次，才吃到嘴裏。迪瓦也一樣，不習慣用筷子，但吃進三兩根米粉之後，便說「好吃」，沙利衛也覺得好吃。那米粉質地柔韌，富有彈性，入嘴爽滑，還沒來得及咀嚼，哧溜就進肚裏了。再看那些配料，有雞肝、雞胗，還有鹵蛋、香菜，再撒一點切碎的蒜苗，味道誘人；老湯用雞湯，加各種香料熬製，顏色亮麗，香味誘人。

沙利衛不經意間抬頭看見路上不時有女子走過，手提竹籃，上面蓋一塊布，走路的姿勢也是一扭一扭的，放不開腳步。沙利衛心

中好生奇怪，盯着她們看。

「洋鬼子，看什麼呢？是不是想女人了？」解差笑道。

「這些女子做什麼去？」沙利衛問道。

「給老公送飯。」一個解差說。

「為什麼走路一扭一扭的？」

解差噗嗤笑了，說：「你真是少見多怪，小腳女人走路，哪像我們大老爺們！」

「什麼是小腳女人？」沙利衛想徹底明白。突然間，他想起了以前看過的一本書，是《鄂多立克東遊錄》，裏面寫到中國女人裹小腳的事情。記得書中寫道，女人最美是裹小腳，因為這個緣故，做母親的在女兒年幼時就給她緊緊裹腳，以致腳再也不長了。

「那一定很疼吧？」沙利衛小聲說道。

「你不食人間煙火是吧？天下的女人不都是這樣嗎？大腳女人誰敢娶呀！走吧，抓緊趕路，要趕快把你倆送到澳門。」

迪瓦看着他們，心中也覺好生奇怪，但不知道他們說些什麼。

兩天之後的傍晚時分，他們終於到達澳門，解差遞上關文，把人交給中國在澳門的官員，卸了差事，衝沙利衛說了句「洋鬼子，回見」，然後便哼着小曲返回了。

沙利衛和迪瓦在中國官員安排的住所過了一宿。他倆都睡得很香，很香。

28

南粵諸舶口，最是澳門雄。

澳門——中國南方海岸線上的一顆璀璨明珠。先秦時屬於百

越之地，秦帝國時劃歸南海郡番禺縣，明朝時歸屬廣東香山縣。澳門本名濠鏡澳，後稱澳門，意思是「海灣之門」。它原是一個小漁村，起初葡萄牙人以晾曬物資為藉口開始在澳門居住，1557年以向中國繳納地租銀的形式取得了正式居住權。後來葡國人陸續向澳門移民，並不斷修建房舍，高棟飛甍，漸成氣候。

明朝政府在澳門設有官府，在這裏任職的官員被稱作守澳官。葡國政府則在此成立了議事會，隸屬果阿總督府。耶穌會也在此設立了辦事機構，並派出了一位視察員負責中國和日本的傳教事務。其他修會也有會士在此傳教。

沙利衛到澳門後，先被關進中國衙門，很快葡國人就接到來領人的通知，隨即議事會和耶穌會的人便將沙利衛和迪瓦帶到了耶穌會駐澳門辦事處孟安仁辦公室。一進門，沙利衛就看見了日思夜想的孟安仁神父。

「老師，我們終於見面了！」

「沙利衛神父，我好想你！你們受苦了！」

兩個人緊緊擁抱在一起。孟安仁的助手遞上茶水。

「這是中國北苑茶，一種高級貢茶，今天我專門用它來迎接沙利衛神父。」孟安仁回頭對助手說，「你去忙吧，有事我會叫你。」

助手出去後，孟安仁說：「以後只有我們兩個人的時候，可以師生相稱，免得別人說閒話。」沙利衛說：「明白！老師，我多想叫您一聲老師，我多次在夢中見到您。在日本時，我多次打聽老師的去處，後來接到柏拉瓦會長的信才知道您來澳門了。」

「是呀，我在日本行蹤不定，來去匆匆。不過，我知道你也去了日本後，很為你擔心，日本發生了內亂，死了很多人。」孟安仁看着自己的學生，欣慰地笑了。

沙利衛說：「我也擔心老師的安全，那段時間，局勢緊張得很。不過，我還是去了東大寺，進行了交流。」沙利衛似乎想起了

什麼，說，「對了，我聽東大寺的法師說，您去了比叡山延曆寺，為什麼不到東大寺去呢？」

孟安仁說：「我本來打算去東大寺的，正巧趕上本恩寺之變，道路被封鎖，所以我就急匆匆去了長崎。東大寺的法師要怪罪我了吧？」

「其實也沒有什麼……老師對日本有何印象？」

「這也正是我要問你的問題。你在日本的時間比我長，你有發言權。」

「日本受中國的影響太深了。」

「說得對。我在日本了解到，耶穌會在日本有十五萬信徒，數百座教堂，看起來似乎數量可觀，但是他們經常問一個問題，就是中國人信不信天主教。我曾經感嘆：中國這塊堅硬的巖石何時才能為天主打開？後來，我對中國做了深入了解，發現中國與東方其他國家都不一樣，而且對周邊國家有着深刻影響。中國是東方最重要最富有的國家，其富饒美好與歐洲非常相似，甚至許多地方超過歐洲。中國人民是偉大而傑出的人民，我堅決反對桑切斯用武力打開中國大門的觀點。我認為，必須調整我們的策略，採取一種迄今為止我們在其他國家完全不同的方法。」

「什麼方法？」

「適應政策。這個帝國文明歷史悠久，人民品格高尚，富有學識。耶穌會如能派出有學識和品德高尚的人來到中國，學習他們的語言文字，與他們交流，尊重他們，把握好時機，就一定能把福音傳到這個新的世界。」孟安仁抓住沙利衛的雙臂，激動地說，「而你，我親愛的神父，就是最合適的人選！」

「老師所想與我不謀而合，我這次就是帶着這樣的想法來中國的。以後，我一切聽老師安排。」沙利衛也很激動。

孟安仁笑了，說：「我聽說你離開果阿要來中國傳播福音，就

天天盼望早點見到你。你在馬六甲遇到意外，我已知道，不然你早就到達澳門了。我告訴你，那位可憐的特伊蒂阿總督大人已經被撤職並押回里斯本接受處罰。幸虧特雷斯出來作證，揭發特伊蒂阿的惡劣行為。他真是咎由自取。」

「可憐的特伊蒂阿，一個利慾薰心的人！」沙利衛面色變得凝重。他想起這個人就異常氣憤：一個受到葡國政府高度信任的官員，一個接受了天主教義薰陶的信徒，為什麼會發展到如此利令智昏的程度呢？

「你的到來一定會開闢中國傳教事業的新格局。這幾天你先在澳門四處走走，熟悉一下情況。你先到碼頭看看，澳門碼頭平時就忙得很，最近又有船隻運送農作物來交換中國的絲綢和瓷器，有玉米、花生和甘薯，中國對此很是積極。還有，8 月 9 日，我們召開一個會議，討論下一步傳教的基本策略。我對澳門的傳教現狀有一些想法，很想與大家交流一下。到時候，我很想聽聽你的高見。我衷心希望你是為耶穌打開中國大門的第一人。」孟安仁真誠地看着沙利衛，這番話是發自肺腑的。

「不，老師才是中國傳教之父。」

「咱們師生兩個就不要再互相吹捧了。」

兩人頓時哈哈大笑起來。沙利衛說：「老師，聽說您在這裏建立了一所經言學校，專門用來培訓傳教士學習中國語言。我也要進去學習，我還從果阿帶來一位助手，他叫迪瓦，很年輕，人也聰明，我想再過兩年送他來經言學校學習中國語言，將來可以把他培養成一名傳教士。」

「太好了！經言學校是我們在澳門建立的第一所中文培訓機構，各修會的會士都在裏面學習。創辦經言學校的宗旨就是培養會士用中文來閱讀、寫作和講話，每一個會士都必須熟悉中國的文化傳統和風俗。你的中國話已經說得很好了，可以去給他們授課嘛。

你將來還要把中國經典翻譯成拉丁語，介紹到歐洲去。」孟安仁停了一下，又說，「對了，經言學校有一個叫黃民的中國人，已經入教，很能幹，抽時間你可以見見他。」

「好啊，我正想接觸一下，可以向他學習中國語言，我需要進一步學習。」

孟安仁說：「不過，有的神父認為我們的任務是傳教，不要浪費時間學習中國語言，從事一個毫無希望的工作。我認為這種觀點是錯誤的。」

「我完全贊同老師的觀點。學好中文是歸化中國人的基礎，日後用中文著書立說也少不了。對持那種觀點的人，我會用事實駁斥他們的。」

……

第二天，沙利衛和迪瓦就去澳門各處參觀。他們先來到碼頭。只見葡國商船高揚的風帆如一面面旗幟傲氣地往來穿梭。一邊是從日本長崎開過來的船隻，一邊是從馬尼拉入港的船隻，從果阿、馬六甲過來的船隻也源源不斷地駛入；更多的是離開澳門港駛往果阿和里斯本的千噸大船。這些船滿載香料、象牙、白銀等大宗貨物進入澳門港，換成中國的生絲、茶葉、綢緞和瓷器，運往國際市場銷售，獲取巨額利潤。在這樣的貿易中，中國獲利不菲，而且還引進了玉米、花生和甘薯等重要農作物的種子，而葡萄牙更是賺得盆滿鉢滿。

「東方真是聚寶盆哪！」沙利衛看着繁忙的港口，情不自禁地說。

離開港口，他們登上望洋山。這裏居高臨下，可以俯瞰澳門全景。對面隔海相望的是黃楊山，蒼松翠柏，綠樹掩映，一座古墓臥在其中，松濤猶似擁千軍。沙利衛雖然不知道那是誰的墳墓，但是他猜測，墳墓的主人一定是一位了不起的人物。

沙利衛又來到澳門聖保祿大教堂，這裏是澳門最熱鬧的地方。沙利衛覺得這裏與果阿有些相似。他看着教堂那高聳入雲的尖頂，心中頓時感受到耶穌基督的召喚，那是一種無往而不勝的力量，激勵着他從里斯本走向果阿，走向馬六甲，走向日本，走向中國。

　　「我的主啊，你在天國看着我。」沙利衛心中默念着。這時，他聽見不遠處有人在哭喊：「不願意，就是不願意……」

　　迪瓦立刻跑過去看，然後回來對沙利衛說：「神父快過去看看吧。」沙利衛趕緊走過去，原來是兩位灰衣修士在鞭打一個躺在地上的中國男子。沙利衛一看就知道，灰衣修士是方濟各會士，便阻止他們：「兩位修士住手。你們為何這樣做？」

　　一位修士瞪着兩眼說：「這個中國人已經答應改信天主教，沒想到今天還去拜什麼媽祖神，崇尚迷信，不講信德，我要讓他接受懲罰！」

　　「我家祖祖輩輩信媽祖娘娘，她能保佑我們一生平安！可是你非要逼迫我信什麼天主……什麼穌……我哪知道那什麼……穌是何方神仙。你說我迷信，難道信你們那一套就不迷信嗎？」男子哭訴着。

　　沙利衛聽後對兩位灰衣修士說：「修士請息怒，此事我來處理吧。」兩位修士看一看沙利衛，說：「你是耶穌會的？也好，交給你了。」

　　沙利衛問道：「你們方濟各會派駐澳門的神父是誰？」

　　「杜我徽神父。」兩位修士轉頭看了看旁邊一間藍色的房子。沙利衛明白，那間房子裏可能住着方濟各會的杜我徽神父。於是他故意大聲說道：「請轉告杜我徽神父，就說沙利衛神父一定會處理好此事，請他放心。」

　　兩位修士走了。沙利衛伸手扶起中國男子，和藹地說：「你受委屈了。」

男子站起身，看了看沙利衛，覺得這人比較面善，就說：「你不會逼我信什麼⋯⋯穌吧？」

「信教是自由的，是發自內心的選擇。你不信，我硬逼你有什麼用呢？你願意信媽祖娘娘，就去信吧。」沙利衛停了一下，又說，「天主耶穌不僅能保佑你一生平安，還能保佑你死後進入天堂。活着平安，死後幸福，你信哪一個呢？你回去考慮考慮。」說着，沙利衛從迪瓦揹着的布包裹掏出一塊金幣，說：「這塊金幣是耶穌基督對你無辜挨打的賠償，你收下吧。」

男子手握金幣，看着沙利衛，然後突然跪下，說：「謝謝神父！有這一塊金幣，我爹的病就有救了！」

沙利衛扶起他，說：「耶穌基督是知道的。快走吧，給你爹治病去。」

男子高高興興地走了。這時周圍已經聚集了很多圍觀的人，人們對沙利衛的一言一行記得清清楚楚，紛紛點頭。

29

8月9日上午9時，澳門聖保祿大教堂會議室。東方教區傳教工作會議剛剛召開，東方教區視察員孟安仁神父主持會議。

「主教大人、各位神父好！現在開會。我受羅馬宗座聖殿指派，來負責中國和日本教區的傳教工作，承蒙各位大力協助，深表感謝！

「今天的會議我們也邀請了方濟各會、多明我會等兄弟修會代表參加。今天我們研究的主題是：中國教區現狀及傳教策略的選擇。我先表達我的意見，然後請各位發言。耶穌會計劃開闢中國

教區的想法由來已久，我個人關注中國情況也有多年。來澳門後，我發現中國是一個有着悠久文明歷史的國家。這裏的民眾和官員認為，他們擁有最先進的文明，是世界的中心，外國人是未經開化的蠻夷之人。須承認的是，中國的確在許多方面是先進的。但是在很多方面又是落後的，他們自己還意識不到，盲目自大。天主的光芒必須照耀到這塊廣袤的土地上。在中國傳教，困難巨大。要想把福音傳給中國民眾，就必須有一個符合實際的傳教策略。十年前，明朝守澳官拒絕貝勒茲神父進入中國內地傳教，他們問貝勒茲：『你會說中國話嗎？』貝勒茲神父說：『不會。』他們就說：『那麼你先去做學生，學習我們中國話，再來做我們的老師，給我們講解你們的教理。』所以，要打通進入中國傳教的道路，必須改變此前在其他國家和地區所採取的方式。最重要的條件是，傳教士必須會讀、會寫、會講中國語言，熟悉中國的文化。」

孟安仁端起水杯喝了一口，潤了潤嗓子，接着說：「我們不能阻止中國教友放棄他們原先的習俗。」

孟安仁走到沙利衛跟前，繼續說：「這位就是新來的沙利衛神父。他告訴我來澳門後一件親身經歷的事：一位教友信媽祖娘娘，被傳教士阻止，還鞭打他。這容易激化矛盾。各位要知道，媽祖娘娘在當地民眾心裏具有強大的號召力，他們相信媽祖娘娘能保佑他們一生平安。這是他們的傳統，我們要理解，尊重。」

孟安仁接着說：「沙利衛神父，請你發表看法。」

沙利衛站起身，向大家點點頭，然後坐下，說道：「我剛來澳門，請各位多多關照。我完全贊同視察員的觀點。我在日本傳教兩年多，如果說有教訓的話，就是對當地文化習俗了解不夠，尊重不夠。有一個故事，說的是風神想要讓人們脫下外套，就使勁颳風，想憑藉風的力量吹掉人們身上的外套。結果風神越用力吹，人們越是把外套裏得緊緊的。後來太陽神出來了，換了一種辦法，用陽光

照射。人們感到熱了，就自動把外套脫了下來。這個故事告訴我們，既然來到中國，不論衣服還是鞋子就都要穿中國樣式的，說話、喝水、吃飯以及一切生活，都依照中國的風俗習慣。這樣就能感化他們。我已經有了一個中國名字，叫張德義。以後，你們就叫我張德義。」

大家笑了，紛紛說：「這個名字不錯嘛。」

沙利衛接着說：「我來中國之前，對中國文化有一點了解。比如，他們有鄭和下西洋，有七次，比達‧伽瑪還要早，這在他們的一本書《瀛涯勝覽》中有記載。他們的船隊規模浩大，有一百艘大船，二萬七千人的隊伍。這是中國人傲慢的資本。現在，我還不知道中國的致命弱點是什麼。不過我相信，我很快就能找到他們的致命弱點。所以，我們既要尊重他們的傳統和習俗，又要找到他們的弱點，然後採取適應他們實際情況的策略把天主的福音傳向中國大地。」

沙利衛有點激動，他站了起來，對孟安仁說：「請視察員考慮我的意見，我們要盡快學會中國話，了解中國文化，走上層路線，充分藉助他們的各級官員和有影響的賢達人士，發展他們入教，然後產生輻射影響。」沙利衛說完，朝大家點了一下頭，坐下了。

孟安仁帶頭鼓掌，其他人也隨着鼓起掌來。

這時，方濟各修會的主教開口了：「視察員和沙利衛神父的講話的確富有高見。不過，我想強調一點，大家不要忘記，傳教必須面向廣大民眾。中國的民眾普遍愚昧落後，他們崇拜偶像，極其迷信。我們要用天主的光輝去開化他們。只有開化了民眾，才能真正達到傳教的目的。」

「我贊同。應該面向底層。」多明我修會主教附議道。

「怎麼進入中國呢？中國現在實行海禁政策，寸板不許下海。耶穌會在澳門已經三十年了，至今沒有跨進一步啊。」一位耶穌會

士說。

「讓中國人改變信仰是沒有希望的，除非依靠武力，讓大炮給他們指出一條光明的出路。」

不知誰說了這樣一句話，會場氣氛突然變得緊張起來。大家面面相覷，不知該如何進行了。

孟安仁站起身來，溫和地說：「各位，雖說大明帝國多年實行海禁，但近些年來有所鬆動。據統計，這些年來中國從葡萄牙、西班牙、日本等國賺取的銀元至少是一億元。這必然促進大明帝國經濟的發展，老百姓也得到了實惠。他們不會丟掉這塊肥肉。還有，中國希望葡國海軍幫助他們抵禦倭寇及海盜，實現以商制夷的目的，這對中國頗為有利。至於剛才各位所講傳教途徑，不外乎兩種，一是走上層，二是走底層。我看皆有道理，我們不妨兩條腿走路，雙管齊下，豈不更好？好吧，今天的會就開到這裏。沙利衛神父請留一下，我還有事和你商量。」

散會後，孟安仁對沙利衛說：「神父高見，甚為合理，必當實行。不過，聖教在澳門立足三十多年，卻始終未能進入中國內地，這實在是一個遺憾。最近中國新任兩廣總督走馬上任，他一定會把澳門貿易和沿海治安當作大事來抓，有可能邀請我們到肇慶商議相關事務。要想開闢中國傳教的窗口，肇慶是個最合適的地方，不知神父是否有所考慮？」

沙利衛一聽很高興，他正愁不能工作，現在機會終於來了，便說，「我願意到肇慶去，視察員儘管吩咐就是。」孟安仁說：「太好了！這段時間，你先在澳門熟悉情況，做好進駐肇慶的準備。」沙利衛說：「我也正好利用這段時間，繼續學習中國語言，了解中國文化。」

　　轉眼就到了 1583 年。半年多來，沙利衛在經言學校天天跟着中國老師學習中國語言，讀中國書。迪瓦也跟着一起學習，而且中國話已經說得相當不錯了。沙利衛高興地對迪瓦說：「迪瓦，你進步很大。」迪瓦心裏美滋滋的。

　　這天，孟安仁的助手來通知沙利衛，說視察員找他有事，叫他馬上去孟安仁辦公室。原來，兩廣總督來信，通知葡國駐澳門行政議事會負責人去肇慶商議澳門行政管理事務，議事會決定由孟安仁全權代表。孟安仁認為這是一個開闢中國教區的好機會，便通知沙利衛隨同他一起去肇慶，到時見機行事。沙利衛格外高興，告訴迪瓦準備禮品，將要獻給總督大人。

　　穿什麼衣服去見中國官員呢？經過反覆考慮，沙利衛決定脫掉天主教神父衣袍，剃成光頭，換上僧服，他要給中國官員一個印象，他是一個僧人，喜歡中國文化。在沙利衛看來，中國是一個佛教大國，寺院遍地，要想順利開展傳播福音的事業，就應該適應當地的風俗習慣。

　　迪瓦看着沙利衛的禿頭，笑道：「神父，您這回可是明亮了！」1583 年 4 月 10 日註定是一個值得紀念的日子，傳教士沙利衛終於踏上了肇慶的土地，開始了他在中國的傳教生涯。

　　肇慶，是兩廣總督府所在地，更是中國嶺南地區一個別致的小城。這裏玉屏疊翠，山水秀麗，茂密蔥鬱的植被，四季如春的氣候，千奇百怪的山巖和溶洞，特別是在「雲霧飄渺罩山水，煙雨迷濛籠萬家」的季節裏，看群峰隱隱，夜月朦朦，如入夢幻仙境。走在石條鋪就的小街，聽那噠噠的馬蹄聲，怎不叫你生出美美的詩意來。所有這些，都似乎在呼喚着這位傳教士：來吧，這裏是你人生的新起點！

孟安仁和沙利衛一行來到肇慶，本以為要去總督府的，但接待人員通知說直接去肇慶府衙。於是他們來到肇慶府衙，接待他們的中國官員是肇慶知府曾泮。一見面，曾知府就嚇了一跳，只見眼前來人，個個高鼻深目，藍眼金髮。當看到沙利衛的衣服時，他覺得有點親切了，這是一個僧人，儘管面相另類，但衣服是熟悉的。

　　沙利衛懂中國話，擔任翻譯。他向知府大人介紹孟安仁以及隨行人員。知府這邊也有數位官員參加接待，由知府的副官同知大人一一介紹。

　　坐定後，曾知府說：「總督大人另有要務，不能親自接待，特命我全權代表接待各位。近期接到案報，說我國百姓在澳門遭葡國奸人販賣，淪為奴隸；又聞天主教士逼迫我國民強行入教，遭到我國民強烈抗議。視察員知否？」

　　「知府大人所言基本屬實。此類情況雖屬偶發，但隨即被葡國住澳執法人員制止，現已妥善處理，請大人放心。在此特致歉意。」孟安仁說。

　　「如此就好。請視察員謹守兩國既定之協議，保國安民，平等互惠，力免滋事，我也好向上峰交代，對你我都有好處啊。」

　　「大人所言極是。如有冒犯，甘願受罰。」

　　「至於其他事宜，總督大人並無吩咐，不知視察員有何見教？」

　　「知府大人客氣啦。我這次來肇慶，帶來兩份薄禮，敬呈總督大人和知府大人，萬望笑納。」

　　說完，有人將禮品奉上，擺放在知府面前。孟安仁說：「這一份煩請知府大人轉呈總督大人。這一份請您笑納。」

　　曾知府很是高興，他站起身來，將禮品掃視一遍，說道：「這西洋物品，請略加介紹。」

　　沙利衛翻譯道：「這是自鳴鐘；這是三稜鏡；這是一張世界地圖。」

「噢，請打開地圖看一看。」曾知府很感興趣。

當地圖展開在他眼前時，他並不認識這是什麼。於是沙利衛就介紹說，這是世界地圖，全世界各個國家都在這上面。

「什麼？全世界？」

「大人您看，我們人類生活的大地是一個圓球，上面分佈着大大小小的國家，數以百千計。還有浩瀚的海洋。您看，這就是中國。」沙利衛指着一個角落對他說。

「這是中國？！怎麼會在一個角落？中國是世界中心。」

「地球是圓的，任何一個國家的位置既可以畫在中心，也可以畫在角落。」

知府大人簡直不敢相信自己的眼睛。他一直認為，天是圓的，地是方的，中國乃世界之中心。如今，他無法接受眼前的現實，可地圖明明白白顯示着。他身邊的幾個中國官員也都驚呆了，面面相覷，說道：「不可思議，太不可思議了！」

曾知府站在那裏，停了許久。他說：「我一直認為，中華居世界之大部分，四周皆為零星小國；又以為大地為方形，中華居天下之中心。今天看了法師的世界地圖，方知大謬不然！」他轉向孟安仁，說道：「我有一個要求，給我重新畫一張地圖，就叫『山海輿地全圖』，全部用中國字標註出來。還有，要把中國放在中間，一定要把中國放在中間。」

沙利衛笑着說：「這可以做到，請大人放心。」

曾知府平生第一次看到了世界地圖，第一次知道了地球是圓的，這太新鮮了。他的內心受到強烈的衝擊，他也是一名進士，讀過很多書，知識很淵博，但在此時，他覺得自己以前好像白活了。他內心突然產生了一個想法，如果能將這位西洋僧人留下來，聽他講更多西方的知識，自己不就有更多的收穫嗎？但收留洋人，是一件冒險的事情，須向總督大人請示。但不知洋人願不願意留下來？

「這位法師，中國話說得不錯，敢問法號如何稱呼？」

「謝大人誇獎！我沒有法號。我的西文名字叫沙利衛，不過我還有一個中國名字。」沙利衛很恭敬地回覆。

「噢，你有中國名字，請問尊名。」知府很感興趣。

「張德義。弓長張，道德的德，仁義的義。」

「好！法師尊名內含儒家之精髓。法師絕非普通僧人，是一位中國通吧？」

「中國通談不上，只是略知一二，還望知府大人多多指教。我有一請求，不知大人是否恩准？」

「請講。」

「我深慕中國文化，想借貴方一塊寶地，傳教行善，普惠民眾，也好有機會向大人請教，深研中華儒學，增進中西文化交流。」

「這是好事！不過，我這小小的知府無權決定這樣的重大事項，容我向總督大人回稟，待有回音即刻答覆。請各位暫留幾日，徜徉肇慶山水，品味本地美食，必不虛此行。」他吩咐手下安排好孟安仁一行的食宿，首次接待任務即告完成。

曾知府回到家，反覆把玩那座自鳴鐘。這是一個上弦後能自行轉動、報時的鐘錶。以前，中國一直使用銅壺滴漏，使用日晷圭表，與此相比，顯然落後了。此時，他似乎突然明白了什麼，他覺得自己應該做點事情。

兩天後，知府對孟安仁和沙利衛宣佈，總督大人准許沙利衛神父留在肇慶傳教。這對孟安仁來說，是一個歷史性的突破，數十年

徘徊在中國大門口，今天終於進來了。

送走孟安仁後，沙利衛在肇慶臨時住所住下。他的當務之急，就是為修建教堂挑選地址。這天早上，他和迪瓦出去察看地形。兩個人東走走，西走走，沒有一個明確的目標。路上的行人看到這兩個外國人，好奇地圍了上來，像看天外來客一樣。

「這人鼻子好高。」

「還是個洋禿和尚。」

幾個小孩子不知深淺地議論着。在沙利衛看來，這些孩子應該進學校讀書，而不是在大街上亂走閒逛。沙利衛對孩子們說：「你們想不想上學讀書？」

「想！」

「交不起學費。」

「不收學費的學校，你們來不來呢？」

「來！」

「有這樣的好事？」

沙利衛很認真地說：「有，一定會有的。」

孩子們覺得這個洋和尚很可愛，便跟在他後面。其中一個大嘴巴男孩帶頭拍手，還唱起了歌謠，其他孩子也跟着拍手唱：

　　　　洋和尚，光光光，

　　　　禿腦袋，高鼻樑。

　　　　帶徒弟，走四方，

　　　　不收錢，辦學堂。

　　　　……

直到孩子們被各自的大人叫回了家，沙利衛這才安靜下來。沙利衛看着被大人領回家的孩子們的背影，心裏想，這些孩子將來要

成為他的第一批學生。隨後，沙利衛和迪瓦來到一處叫做水巖坑的地方，這裏用木欄圍起，內中有兩個深洞，有工人正在運送一種石料。沙利衛很好奇，問這是什麼。

「這是製作端硯的石料。」

「端硯是什麼？」沙利衛不明白，繼續問。

「你這個洋和尚怎麼這麼笨，連端硯你都不知道？端硯是最好的硯台，專供朝廷用的。」

正說着，走來一人，四十歲左右的樣子，頭戴方巾，身穿交領長袍，領部綴白色護領，腳蹬方頭鞋。沙利衛一看對方穿着，便知這是一位學者，他馬上想起在日本足利學校的那位著名學者。

「與人說話不得無禮。」學者斥退了剛才說話的人，轉身向沙利衛彎腰施禮：「法師好！他們說話粗魯，請勿怪罪。」

沙利衛主動雙手合十，表示回禮，說道：「沒關係。我對這裏很好奇，所以詢問。請教先生，端硯是什麼？」

「看來洋法師的確不知中國文房四寶——筆、墨、紙、硯。此坑出產一種名貴石頭，可以製作硯台，命名為端硯。它石質堅硬、潤滑、細膩，研墨滑爽，書寫流暢，字跡耐久，與洮硯、歙硯、澄泥硯並稱四大名硯，深受文人墨客喜歡。」說着，他回頭叫人取來一方打磨好的硯台讓沙利衛觀看。沙利衛接過來，掂量掂量，有些分量。

學者接着介紹道：「這是一方上等紫石龍鳳硯。它顏色暗紫，半尺見方，中間一圓形墨池，硯額處雕龍鏤鳳，於祥雲中顯首藏尾。硯池中心有天青色魚腦凍，如浮雲飄逸朦朧，又如煙雨氤氳，好似天地混沌初開。此為端硯中極品。再看硯面之上點綴若干石眼，星星點點，或圓或橢；有青綠者，有微黃者；如貓眼，如鳳眼；高低錯落，晶瑩有光。大凡贋品必在此苦心冒製，以惑買家。但似這般極品端硯，便縱有偷天換日之手段也難仿其一二。古書

《硯譜》記載：『端石有眼者最貴。』」更有詩人盛讚此硯石：

> 端州石工巧如神，踏天磨刀割紫雲。
>
> 傭刓抱水含滿唇，暗灑萇弘冷血痕。
>
> 紗帷畫暖墨花春，輕漚漂沫松麝薰。
>
> 乾膩薄重立腳勻，數寸光秋無日昏。
>
> 圓毫促點聲靜新，孔硯寬頑何足云。

學者一番話，讓沙利衛大有雲山霧罩之感。他無法相信，更無法斷定這一套話語是如何在極短的時間內編織出來的，又表達了什麼含義。但是，朦朧之中，他感覺眼前這位學者非同尋常，一定是一位具有深厚學養的學者。

沙利衛感佩不已，恭敬地站立着，問道：「先生學識淵博，請問尊姓大名。」

「鄙人姓戴名燮，字和同。請問法師法號？」

「我叫沙利衛，我的中國名字叫張德義。」

「法師來自哪座寺院？」

「我來自歐洲。」

「歐洲？歐洲在哪裏？」

「在八萬里之外。」

「如此遙遠的地方！來肇慶做什麼？」

「傳播天主福音。」

「天主？天主是做什麼的？」

這時，有人來叫戴燮，請他過去查驗硯石，戴燮只好與沙利衛告別。沙利衛便和迪瓦繼續往前走，來到一片樹林邊。迪瓦說這裏風景不錯，又寂靜，是否可以在此修建教堂呢？沙利衛仔細觀察，這裏樹木高大茂盛，風景的確不錯。但距離城區有些遠，沙利衛還

是希望在城區比較好。

正在他們要離開的時候，忽聽林中傳來呻吟之聲，四處看又沒有人。沙利衛仔細聽，聲音來自樹林裏面。於是他們便往樹林中走，走了十幾步，沙利衛發現樹林草叢中躺着一個人。走近了，那人被一張破席捆裹着，只露出腦袋。滿頭白髮，像是一老年男子。沙利衛蹲下來，把席子打開，果然是一位老年男子，大約七十歲左右，兩眼微睜，呼吸吃力，好像要死的樣子。沙利衛立即診斷，老人是痰壅氣厥所致，可能是卒然昏倒，不能言語，家人誤以為死亡而拋棄林中。沙利衛立刻讓迪瓦幫忙，將老人放在自己背上，迪瓦扶着，沙利衛揹着一溜小跑，將老人安頓在自己的臨時住處，並給他服用了蘇合油。過了一會兒，老人醒過來了。沙利衛問他是誰家老人，家住哪裏，為何躺在林中。老人只是流淚，一言不發。沙利衛只好讓迪瓦在住所看護老人，自己到知府衙門報告情況。衙門聽說後，立即派人四處打聽，很快就找到了老人的家人。原來老人家住郊區，昨晚飯後突然昏厥過去，他兒子總也叫不醒，便以為老人死亡，便匆忙將老人用一領破席捲了，拋棄叢林。

在沙利衛精心護理下，老人身體好轉。三天後不僅能說話了，還能起身行走。當兒子來接他的時候，老人不禁痛心疾首，大罵兒子不孝。沙利衛一再勸說，老人才平靜下來。他的兒子慚愧不已，跪在地上先向父親磕頭，後向沙利衛磕頭，感謝沙利衛的救命之恩。

沙利衛說：「感謝天主。」接着，沙利衛向他介紹了天主教義，並希望他加入天主教。臨走時，沙利衛送給老人一些露藥，叮囑他按時服用。幾天後，老人和兒子又專程來到沙利衛住處，邀請神父去他家做客。沙利衛覺得如果不去，會傷了老人的心，就和迪瓦一起去了。

來到老人家，沙利衛驚呆了：在老人家門廳裏，擺了兩張祭

台，一張是他自己的，一張是他兒子的。老人激動地說：「法師，我在你家那幾天，我看出來了，你就是活菩薩，我的命就是你給的。我和家人商量了，我們全家都加入天主教，我就在這張祭台上受洗，那張祭台是給我兒子和兒媳婦受洗用的。法師，開始吧！」

老人的兒子也說：「請您為我們付洗吧。」

沙利衛很是感動，他對老人說：「老人家，我不是法師，您叫我神父吧。您的誠意天主都知道。我一定給您和家人付洗，但是現在不行，因為付洗之前還有些聖事要做，還要給你們講一些天主教的知識。這樣吧，明天，請你們全家來我的住所領洗。現在呢，你要把家中擺放的佛像撤掉。既然要加入天主教，就要拋棄異教的東西。老人家，您同意嗎？」

老人點點頭，說：「同意！一切聽法師的。不，聽神父的！」老人還要留神父和迪瓦吃飯，沙利衛謝絕了。於是老人把家中的蜜絲棗捧了幾大捧裝在袋子裏送給沙利衛，沙利衛只好收下。臨走時，老人一家把沙利衛送出好遠。第二天，沙利衛為老人全家付洗。在給老人的兒媳婦施洗時，沙利衛考慮到中國有男女授受不親的風俗習慣，為避免帶來不必要的麻煩，沙利衛指導她的丈夫為妻子施洗。

此事在當地一傳十，十傳百，很快就產生了影響。那些家裏有老人得了重病的，紛紛來找沙利衛治療。沙利衛和迪瓦的醫術便有了用武之地，並趁機發展了一批教徒。沙利衛覺得，方濟各會主教面向底層的主張是有道理的，他應當調整傳教策略，雙管齊下；而且這對他來講並不陌生，在果阿，在日本，他有面向底層的經驗。迪瓦就是最好的例證。

　　經過十多天的勘察，沙利衛看中了一塊地方，是修建教堂的最佳選擇。此處地勢較高，視野開闊，南瞰西江，北臨官府大道，西面與崇禧塔遙相呼應，東面是號稱千年詩廊的七星巖摩崖石刻。沙利衛對這片石刻很感興趣，認為是將來學習中國文化的好教材。曾知府稱讚他眼力非凡，選了一塊寶地。曾知府最初批給他半畝地，沙利衛嫌小，要求增加面積，說建成後要招收學生，免費讓本地百姓的孩子來上學讀書。曾知府一聽，十分高興，便批給了二畝地。至於建築工程，曾知府委派一個叫譚慕班的人全權負責，此人曾主持修建了崇禧塔，經驗豐富。這崇禧塔去年剛剛落成，是曾知府到任伊始為治理西江水患而修建的，鎮守堤圩，保一方平安。塔高九級，磚木結構，融合唐、宋、明寶塔風格。此塔臨江而建，巍峨壯觀，氣勢非凡，猶如南天一柱，聳立於嶺南大地。

　　西洋建築是什麼樣，譚慕班根本不知道，但他心中有數，教堂的高度絕對不能超過崇禧塔，否則就破壞了崇禧塔的風水。如能處理好，崇禧塔與教堂一中一洋，遙相呼應，相映成趣，實在是肇慶難得的勝景，在全國絕無僅有。沙利衛先畫出教堂外形圖紙，譚慕班再據此畫出建築圖紙。經過反覆切磋，建築圖紙最終敲定，報請曾知府批准。曾知府心中也擔心教堂高度，當他看到教堂高度包括尖頂總共三十三米時，心裏就踏實了。崇禧塔高五十七米有餘，遠超教堂。

　　對於教堂的建築風格，曾知府並不熟悉。他囑咐譚慕班兩點：一要尊重沙利衛神父的意見，盡量滿足神父的要求；二要確保質量，經得住風吹雨打，還能抗擊地震。曾知府要留給後人兩座看得見摸得着的地標建築，不枉為官一任。

　　譚慕班全心投入到教堂工程中，絲毫不敢懈怠。那段時間，他

和沙利衛不知切磋了多少次，每一個細節都一絲不苟。他想通過修建教堂來掌握西洋建築的特點，他這個建築師就中西兼通了。他採納了沙利衛的建議，整個修建期間，全部用圍擋遮蔽，外人看不見內部任何東西。這樣做的目的是，建成揭幕之時，給人一個巨大驚喜。

　　但是，當地民眾發現這裏有圍擋，卻看不見內部在幹什麼，心裏就癢癢，不時有人鑽進圍擋想看個究竟，結果被施工的人抓住臭罵一頓。這便引起了百姓不滿，有些人向圍擋內扔石頭，還用利器將圍擋刺破，傷了幾位工人。他們還四處散佈流言，說：「西方和尚是來煉丹的！」「將來建好了搶良家婦女藏到裏面！」另外，建教堂需要錢，建築用款從何而來呢？那些心懷不滿的人，又四處造謠，說曾知府挪用當地稅收修建洋教堂，吃裏扒外。一時間，謠言四起，搞得沙利衛寢食不安，連總督大人也沉不住氣了。他召見曾知府，詢問建築費用如何解決。曾知府如實匯報，消除了總督大人心中疑惑，並責令曾知府採取保護措施，貼出公告，廣而告之，勿再起謠言，必要時派士兵保護施工現場。從那以後，沙利衛明白了一個道理，凡是遇到民眾襲擾滋事，要馬上報告知府衙門，曾知府立刻就派士兵前來維持秩序，滋事者見有官兵就老實多了。

　　那段時間，沙利衛忙得不可開交。修建教堂是他來肇慶做的第一件大事，葡國駐澳門議事會以及孟安仁視察員都高度重視，表示落成之日要派人來參加落成典禮。沙利衛希望將西洋建築的特點在這座教堂上體現出來，它將是西方建築落戶中國大地的第一例。他對比參照果阿耶穌教堂和馬六甲聖母堂的風格，又將西班牙、葡萄牙，特別是羅馬教廷的建築精華採擷過來，集中在這座教堂上。譚慕班不明白的地方，他就畫出詳細圖樣，直到譚慕班明白為止。譚慕班異常聰慧，雖然沒有見過西洋建築，更沒有親手設計過，但他對沙利衛的解說和圖樣往往心領神會。在交流的過程中，他明白了

為什麼要把高度定在三十三米，那是因為耶穌基督在人間活了三十三歲，就像崇禧塔為什麼是八角九層一樣，是相似的道理。崇禧塔有石雕「托塔力士」和「二龍戲珠」，有「鯉躍龍門」「雙鳳朝陽」「麒麟獻瑞」等浮雕圖案，教堂也有許多裝飾性的小部件。但令他感到新奇的是，教堂的玫瑰窗鑲嵌彩色玻璃，畫着一個個《聖經》故事；玻璃五顏六色，絢麗奪目，從內向外望去，光明鮮亮，似有希望在召喚，不像佛教寺院大雄寶殿那樣昏暗神秘。更讓他感到驚訝的是，教堂的設計要考慮到將來舉行婚禮和葬禮，原來教堂還能用來舉行結婚典禮和送葬儀式！在中國，無論是寺院還是道觀，都絕對禁止舉行婚禮和葬禮。同樣是清淨嚴肅之地，同樣是出家人工作的地方，為什麼有這樣的區別呢？是不是說，教堂更加關注人生，是一個集中體現人生軌跡的地方呢？這些問題隨着設計圖樣的不斷修改，隨着他和沙利衛神父逐步深入的交流，在譚慕班心中不斷出現。他開始有些喜歡教堂了，他想早一天看到這座親手修建起來的教堂完整的模樣，他甚至希望自己的兒子結婚時能夠在他負責修建的教堂內舉行結婚典禮。一個優秀建築師，必定會及時學習和吸納不同的建築理念。

在修建教堂的過程中，有一個身影經常出現在教堂工地的旁邊。這個人穿着長袍，用布罩着頭部，看不清他的面目。沙利衛和譚慕班都看到了，但因為心思都在工程上，並沒有太在意他是誰。

經過半年多緊張施工，一座西方教堂矗立在西江畔。這是一座典型的歐洲建築，首先躍入眼簾的是高高的尖頂上矗立的十字架。教堂分為上下兩層，青色磚石混合結構，雅致肅穆。一層聖堂是彌撒大廳，地面由大理石鋪成，寬敞明亮。正前方是祭壇，上面掛着聖母像，懷抱聖子耶穌。畫像前方兩側廂房分別陳列着自鳴鐘、地球儀和三稜鏡，還有燙金封面的《聖經》及各種裝幀精美的西洋書籍。廳內兩側有裝飾性圓柱和穹窿跨壁，連着會客室和圖書室。

牆壁上掛着沙利衞重新繪製的《山海輿地全圖》，圖上全用漢字標註。教堂二層有四個房間，是起居室和客房。教堂外有花園和圍牆。沙利衞看着，不禁讚嘆道：「多麼新穎，多麼美觀，雖然不宏大，但它的精巧，讓人一看就喜歡！」

揭幕這天，舉行了隆重的落成慶典。孟安仁視察員專程趕來，並帶來了全部建築用款。總督大人原本說好要來參加的，因突然接到沿海有倭寇騷擾的急報，趕往沿海清剿去了。曾泮代表官府參加慶典，並送來了他親手書寫的兩塊牌匾「仙花寺」和「西來淨土」，分別掛在教堂大門上方和大廳內。沙利衞原本已經給教堂起好了名字，叫「聖童貞院」，怎奈曾知府的牌匾一掛，人們便叫開了，反倒把沙利衞起的名字給忘記了。其實，這也正合了曾知府的意圖。

前來參加慶典的既有官員，也有普通百姓；有大人，也有孩子。在儀式上，孟安仁、曾知府和沙利衞先後講了話。儀式之後，沙利衞歡迎人們參觀教堂，他認為這是傳播天主教的最好時機。於是，他成了講解員，給人們講聖母像。但是人們對聖母像似乎不太感興趣，覺得就是觀音菩薩，沒有什麼稀奇的。人們最感興趣的是自鳴鐘、地球儀和三稜鏡，特別是那些孩子。這些孩子，有的說看不懂自鳴鐘上的數字符號，有的說不明白自鳴鐘運作的原理，非要他一一講清楚，還讓他演示。很多大人也喜歡，沙利衞便被人群包圍了，誰也沒有注意那個身穿長袍、罩着頭部的人，那人一直在翻看《聖經》。還有一些人站在《山海輿地全圖》前，聽迪瓦介紹地圖內容，個個驚訝得張着大嘴。

孟安仁站在一個角落，把這一切全都看到了。他這次來準備多住幾天，還受議事會的委託去拜見總督大人，商議重要事情。晚上，他就住在教堂，與沙利衞談了很久。

　　沙利衛要在教堂辦學校了。他貼出告示，沙利衛做主講教師，迪瓦擔任助教。凡來讀書的孩子一律免費，但有一個條件，必須接受洗禮。大家猶豫了，開頭幾天沒有人把孩子送來。曾知府知道後第一個把自己的孩子送到教堂接受洗禮，登記註冊，成為天主教堂第一名正式的學生。大家一看，也就不再猶豫，紛紛效仿，受洗入學的孩子很快就有二十多位，其中好幾位就是當初跟在沙利衛身後唱歌謠的孩子。

　　沙利衛在課程上是動了腦筋的，不僅有《聖經》課，還有科學課，還有四書五經。他記得孟安仁視察員囑咐他將來把中國經典介紹到歐洲去，他也正好藉此學習中國經典。

　　這些孩子從未讀過《聖經》，更沒讀過科學，所以感到很新鮮，學習的勁頭十足。曾知府的孩子回到家就講學校如何好，曾知府聽後心裏樂開了花，他覺得自己辦了一件開天闢地的事情。

　　沙利衛在講《聖經》的時候，覺得應該把《聖經》翻譯成中文，便於孩子朗讀。這就需要聘請一位中國人擔任教師。他想到了戴燮先生，可是當他再到水巖坑找戴燮的時候，人已經不在了。那裏的工人說，他早就離開了，不知到哪裏去了，還說他根本就不是本地人。

　　這天，迪瓦正在教堂授課，他給孩子講醫學課，如何預防瘧疾。一會兒，該下課了，他就搖起了鈴鐺，孩子們便東奔西跳玩耍去了。這把搖鈴是沙利衛神父在果阿和日本傳教時用的，來到中國後，不知為什麼沙利衛就不用它了。迪瓦發現後，說可以做學校上下課用，還說果阿就是搖鈴上下課的。沙利衛同意了。迪瓦看着蹦跳的學生，有些發呆。他看着學生的座位，眼前彷彿出現了一個女孩的幻影：大大的眼睛，臉上長着倆酒窩，正衝他笑呢！「秋

兒！」迪瓦跑了過去，卻連個人影也沒有，只有空蕩蕩的教堂。

「迪瓦。」沙利衛進來了。

「神父！」迪瓦趕緊回到講課的位置。

「迪瓦，你有心事吧？」

「啊，沒有，沒有。」

「給我說實話，是不是想家了？」

「神父！我……我想讓秋兒姑娘來我們這裏讀書，您……您能同意嗎？」

沙利衛一聽，有些驚訝，但接着就笑了，說道：「好啊！可是中國女孩是不上學讀書的。」

「神父就給他們開個頭唄。在果阿，女孩子可以上學讀書的。神父，您就同意吧。」

「是個好主意。」沙利衛點點頭，「可是，這裏距離上川島很遠，誰去把她接過來呢？」

「孟安仁視察員不是還沒走嗎？」迪瓦說。

「對啊！咱們坐視察員的船去澳門，然後到上川島。」

這幾日，孟安仁親眼看到了沙利衛的工作是頗有成效的。他正在給羅馬耶穌會總會長寫信，匯報肇慶的工作。他想告訴總會長，在中國土地上終於建起了第一座天主教堂，費用是從葡國商人特雷斯捐贈沙利衛的款項中支出的，還說沙利衛一到澳門就把這筆捐款全部交給了他。他寫道，徘徊澳門幾十年，終於有了突破，再困難的事也阻擋不住耶穌基督的力量。他向總會長稱讚沙利衛的工作能力，尤其肯定他傳教的策略。他在信中轉述沙利衛的觀點：現在還沒有到收穫的時候，也不是播種的時候，只是開荒的時候。如果操之過急，就會被人懷疑收徒聚眾，圖謀不軌，在日本的教訓應當汲取。所以，我們的工作需要特別謹慎。當前，唯一明智的做法是慢慢取得中國人的信任，消除他們的疑心，然後發展他們入教。孟安

仁繼續寫道，現在已經有了一個很好的開局，以後會越來越好。最後，孟安仁提議任命沙利衛為中國教區總負責人。

他剛寫完信，沙利衛進來了。

「噢，我傑出的神父，最近忙壞了吧？」

「忙並快樂着。」

「你有什麼新的想法？」

「是的，我正要找視察員匯報。」

於是，沙利衛把在上川島的經歷做了詳細匯報，並把迪瓦的要求和自己的打算一併報告孟安仁。

沙利衛說：「我認為這是體現上帝面前人人平等的好機會，耶穌的聖音可以改變這個國家女孩不上學讀書的習俗，這正是傳教求之不得的效果。」

孟安仁說：「這是一個高明的主意，耶穌一定贊同。正好我還要在肇慶住幾天，等候廣東總督大人的召見。我就臨時幫你主持教堂工作，你和迪瓦坐我的船去接那個小姑娘來吧。神父，要有心理準備，這將是一個不同凡響的舉措。」他倆都笑了。

沙利衛和迪瓦乘船沿着西江順流而下。西江屬於珠江水系中的一條支流，航道長達三百公里，河道寬廣，可以航行大型船舶。沿岸港口有幾十個，其中肇慶是重要港口。從肇慶到澳門走這條水路是順流，速度快，一天就可到達。沙利衛站在船上，望着兩岸的美景，不禁心潮起伏。他忘不了在上川島的情景，忘不了賴亞，他要到賴亞的墳上看一看。迪瓦心裏更是不能平靜，他很快就能見到秋兒了，她的兩個酒窩更好看了吧。

下船後，他們又走了一段陸路，就是兩位解差押解他們的那條路。路上，他們又經過那家米粉店，吃了晚飯，看到了那個小腳女人。飯後，沙利衛給了老闆五個金幣，請他幫忙找一隻船。老闆覺得一回生兩回熟，就幫他們找了一隻船渡海，到達上川島時已經很

晚了。

張德義家的油燈還亮着。他正在織漁網，他的妻子在縫補衣裳。三個孩子都睡了。

「孩他爹，你說怪不怪，今天我這眼皮老是跳。」妻子說。

「哪隻眼？」

「左眼。」

「左眼跳財，右眼跳灾。咱們要發財了吧？」張德義笑着說。

「發財？做夢吧你。」

「做夢？你忘了，我們不是有很多金幣嗎？」

「說起金幣，孩他爹，我這心裏總不踏實，那可是意外之財。」

「孩他娘，你說到我心裏去了，這幾天我正琢磨着把那些金幣還給法師，就是不知怎樣才能見到法師。」

「那樣好，咱們不能要人家的錢。」

……

「張—德—義！」沙利衛悄悄地喊道。

「誰？」

「是我，另一個張德義！」

張德義趕忙站起身出來察看。

「是你？法師！」

「我是你兄弟！」

兩個人互相認出後，親切地擁抱起來。他們極力壓低聲音，生怕吵醒三個孩子。張德義的妻子看着他們，從心裏感到高興，臉上流露出幸福的微笑。她趕緊給客人上茶。

沙利衛說明了來意，等待張德義表態。張德義同意女兒去讀書，說秋兒舅舅在肇慶，可以住在他家。張德義還表示，要親自送女兒到肇慶，正好與秋兒的舅舅見個面。趁這機會，張德義把一百個金幣還給沙利衛，無論沙利衛怎麼勸說，張德義就是不同意。沙

利衛很感動，他從張德義身上看到了中國人的一種美德，這種美德與《聖經》上的教義是一致的。在沙利衛看來，不管張德義有沒有自覺的意識，他的人生信條和行為就是在踐行《聖經》的教義，他實際上已經是一位天主教徒了。於是沙利衛對傳教有了一種新的認識，即便沒有讀過《聖經》的人，其行為是能夠符合天主教義的。他提出為張德義一家付洗。他們都愉快地答應了。那天晚上，他們都很興奮，一直談到天亮。當東方露出魚肚白的時候，沙利衛、迪瓦和張德義才睡下。張德義的妻子則忙着準備飯，等他們醒來吃。迪瓦在睡夢裏還笑着哩。

第二天，張德義全家受洗入教，他改口叫沙利衛「神父」。此事轟動了全島，島上漁民有人來請求受洗，把沙利衛忙了一陣子。沙利衛覺得，上川島之行收穫巨大，臨走的時候，沙利衛去看了賴亞的墳墓，他拿出那本賈梅士詩集，讀了其中一段：

> 在那片不知名的叢林中，
> 我失去了自己的好夥伴。
> 漫漫航程中，生死與共；
> 雷電風雨中，友情萬般。
> 掩埋你的軀體多麼簡單，
> 忘掉你的名字無比艱難。
> 異鄉的浪花和一抔黃土，
> 它就是故國，英魂不變！

沙利衛一回到肇慶，孟安仁就乘船回澳門了。臨走時，孟安仁告訴沙利衛，他見到了總督大人，談得很好。沙利衛聽後心裏頗感踏實，有了總督大人的支持，傳教就會更加順利。

34

天大的新聞：教堂來了一位新學生——秋兒姑娘！

一上課可就熱鬧極了。

「哪來的野丫頭？」

「怎麼女孩子家還上學讀書？」

「長了倆酒窩，好看。」

同學們嘰嘰喳喳議論不停。在肇慶，從來沒有女孩和男孩同窗共讀的先例。顯然，有的孩子氣憤了。

「老師，古聖賢說過，男女有別，授受不親！我不能和她在一起。」

「我要回家告訴爹爹，把這個野丫頭趕走！」一個孩子敲着桌子大聲喊道。其他孩子也跟着敲桌子砸板凳，整個教堂亂成了一鍋粥。

沒幾天，這事就在肇慶城傳開了。有些人來看熱鬧，看是誰家的女孩子這麼大膽。有的人站在門口，還不時喊上幾嗓子：「嘿，有個野丫頭在這裏！」

「哎，長得蠻好看！」

「可以給迪瓦當媳婦！」

「哎呀，沒裹小腳呀！」

「敗壞風俗！」

秋兒姑娘還真行，面對這一切，她毫不畏懼。開始，她忍着。在她心裏，覺得能上學讀書是天大的幸福！她是天主教的教徒了，要學會冷靜，不能動氣，不能給神父惹麻煩。這是離開家的時候爹娘千叮嚀萬囑咐的話。她向爹娘發過誓的，一定不生氣。可是她實在聽不下去了，她不懂什麼叫「敗壞風俗」，但她明白「可以給迪瓦當媳婦」「沒裹小腳」這些話的意思。她猛地站起身，走到水缸

邊，端起一盆水，朝着站在門口的人潑過去⋯⋯

下午，曾知府突然來了。原來，他聽兒子說教堂來了一個女學生，這太讓他驚訝了。他還聽兒子說，上課時亂成一鍋粥。他擔心教學質量受影響，好事變成壞事；更讓他擔心的是，這男女雜處，真要出點什麼事，有傷風化，他這個知府大人是有責任的。教堂落成慶典他親自出席的，教堂大門上掛着他親筆題寫的匾額，肇慶人都知道。因此，他決定親自來看一看。

剛邁進教堂，就聽見裏面像炸了鍋一樣，各種聲音都有。

「憑什麼讓女孩子和男孩子在一起讀書，太不像話啦！」

「把孩子帶壞了，有負聖賢教誨啊！」

「神父，如果你不把這個丫頭趕走，我們就把孩子領走！」

「這個洋和尚安的什麼心哪！」

幾位家長在鬧，個個吹鬍子瞪眼。沙利衛一邊安撫，一邊解釋：「各位靜一靜，靜一靜。我們是按照天主的教義辦學的。耶穌基督傳教的時候就有女性參加。在天主那裏，男女平等；天主面前，人人平等；男孩子能讀書，女孩子為何就不能讀書呢？」

「一派胡言！」

「你娘也讀書嗎？」

這話把沙利衛激怒了。他瞪着眼睛，看着說話的人，從心裏鄙視他。他想發作，但理智告訴他不能發作。沙利衛極力控制住自己，他知道，如果自己失態了，局面就很難收拾。畢竟他是受過高等教育的人，畢竟他是耶穌派來拯救這些愚昧之人的，不能和他們生氣。想到這裏，沙利衛笑了一下。

「你還笑？你娘讀過書嗎？」

沙利衛說：「我的母親讀過書。我的母親從小就在老師的教育下讀書學習。她嫁給我父親的時候，陪嫁禮品中有三大箱書籍。我的母親生下我後，不僅自己讀書，還陪伴我一起讀書。她不僅是我

的母親，還是我的啟蒙老師。」說到這裏，沙利衛的眼裏含着淚花。他從自己懷中緩緩掏出一個精緻的銀質小圓盒，打開來，裏面有一張美婦人的畫像。

「看，這就是我的母親。」說着，他親吻了母親的畫像，「我的母親是一位虔誠的天主教徒，她很善良。我離開母親已經十二年了，我時時想念她，我在夢中經常夢見她。我的母親對我說：『兒子，不要想家，你是在傳播天主的福音，我在遙遠的家鄉為你祝福，你一定要把耶穌基督的福音傳到每一個人的心中，讓他們都幸福。』阿門。」

沙利衛哭了。

「神父，你哭了！」迪瓦抱住了沙利衛。秋兒也跑過來，緊緊抱住了沙利衛。

在場的人都沉默了。他們從來未聽到過這樣的話，他們的內心從未受到過這樣的衝擊。這時，一位身穿長袍罩着頭部的人走了過來。他揭掉頭蓋布，露出了面龐。沙利衛認出來了，他是戴燮。

戴燮朝沙利衛深施一禮，又朝眾人深施一禮。他用非常平靜的語調說：「各位父老鄉親，沙利衛神父說得好啊！男女平等，這是上天的福音啊！在中國，有一種偏見，認為女子不能讀書，還說什麼『婦女見短，不堪學道』。這完全是屁話！世間男女地位，豈能憑見識長短而判？越不許女子讀書，女子見識就越短。這究竟是誰造成的？依戴某看來，女子更應該讀書，女子有了文化，才能更好地教育子女。在古代，孟母三遷，岳母刺字，歐陽母畫荻教子，這些不都是令人敬重的女子嗎？東漢班昭是不是讀過書的女子？蔡文姬是不是讀過書的女子？蘇若蘭、謝道韞、薛濤、魚玄機、蘇小妹、朱淑貞、李清照，哪一個不是才華橫溢的女子？就連鄉親們敬重的媽祖不也是一位酷愛讀書的女神嗎？為何我們竟然容不下一個小女孩呢？」

大家被戴燮的一番話給震住了。有的人開始內疚了：「先生說得好！」

　　「請神父原諒我們吧！」

　　「咱們還是走吧，讓孩子們好好讀書。」

　　人們走了。曾知府親眼看到了這動人的一幕。他感慨萬千，緊緊握住沙利衛的手說：「神父，受委屈了！」他又對戴燮說：「謝謝先生！您就是人們傳說的戴燮先生吧？久聞大名，今日相會，三生有幸！」他又走到秋兒的身邊，說：「孩子，沒事了，誰也不能把你趕走。在這裏好好讀書！」秋兒使勁點點頭。

　　沙利衛緊緊握住戴燮的手，說道：「我曾去專程拜訪先生，沒有見到，不想今日先生出現在眼前。我的願望今日就要實現了吧？請您做我的中文教師，同時擔任教堂的中文教師。請先生收下我這個徒弟吧！」

　　戴燮說：「自上次邂逅，我便密切關注法師狀況，屢次為法師所感動。今日得知，法師實乃西方神父也。神父高義，不遠數萬里之遙來中國傳播福音，造福我國民眾，雖經歷艱辛，屢遭委屈，仍無怨無悔，此種宗教情懷與精神，天地日月可鑑，戴某敬佩之至。神父當為我之師，請收我為徒。」說罷，戴燮又深施一禮。

　　曾知府高興了：「如此甚好！中西互為師，取長補短，實乃文明佳話，必當流傳史冊。」曾知府對沙利衛說，「神父，再過幾日，將有月食出現，屆時請您來一同觀測，不知神父肯賞光否？」沙利衛一口答應了。說罷，大家乘興而歸。

　　時值仲春，生機盎然；晚霞夕照，映射碧空。

35

秋兒很爭氣，讀書很用功，頭腦很聰明。

她喜歡讀《論語》，特別喜歡「有朋自遠方來不亦樂乎」這句話。她覺得沙利衛和迪瓦就是她遠方的朋友。她雖然並不了解他們的性格特點和家庭身世，但憑着直感，她覺得他們都是好人。那天，她聽神父說到他母親的時候，她掉了淚，同時也看到了神父的另一面。她覺得這個神父有一種讓人敬佩的地方，但說不出究竟是什麼。對迪瓦，她似乎有一種特殊的感情。她發現迪瓦看自己的眼神中傳遞着一種信號，儘管這種信號是模糊的朦朧的，但她覺得這似乎預示着上天要安排點什麼。

秋兒今年十三歲，以前對上學讀書沒有任何奢望，儘管她羨慕那些識文斷字的人，可她覺得自己與那些無緣。她的父母也從未這樣想過。但是，自從沙利衛說她應該上學讀書後，她的心就飛翔起來，甚至在夢中夢到自己變成了學生。當她真的成為教堂的一名學生後，她心中有了一種巨大的幸福感和榮耀感。她萬分珍惜，唯恐浪費了時光；她每天都認真聽課，背誦經典；她對地圖尤其感興趣，甚至萌發了自己畫一幅地圖的想法，把她的家鄉上川島畫進去。那天，她聽戴燮先生說了古代那麼多女子讀過書，還說女子讀書才能更好地教育孩子，她的心就被鼓舞起來了，她覺得自己應該成為一個不一般的女子。現在，她坐在教堂裏讀《論語》，聖人的話好像說到她心裏去了。沙利衛、迪瓦，還有戴燮，都是遠方的客人，還有自己，從遠方來到了肇慶，也是客人。看來，客人是用來走動的，有走動就有變化，有變化就打破了平日陳舊的生活，就像在平靜的湖水中投入了一顆石子，使得湖面泛起了漣漪。此時，秋兒的心中泛起了漣漪，她的心也就隨着漣漪開始蕩漾了。

「秋兒，你在想什麼？」戴燮老師叫她的名字。

秋兒這才發現，下課了。

「老師好！」

「秋兒，你的學名叫什麼？」

「叫秋兒」

戴燮笑了，說：「我問你的學名，不是乳名。」

秋兒瞪大眼睛說：「老師，我就是叫秋兒，就這一個名字。我是秋天出生的，爹娘就給我起了這個名字。」

「我知道了。秋兒是你的乳名，我給你起一個學名，好不好？」

「好！」秋兒高興得快要跳起來了。

「你喜歡《論語》，就叫張秋語吧。喜歡嗎？」

「喜歡！我有學名了，叫張秋語，喜歡，我太喜歡了……」秋兒樂得轉起圈來。

這時，沙利衛和迪瓦走了進來，秋兒跑過去抱住沙利衛，說：「神父，我有學名了，叫張秋語。」

「戴先生起的吧？好聽！」在沙利衛的心中，突然閃過一個念頭，他想從《論語》做起，譯成拉丁文，讓歐洲人知道這部中國經典。

「神父要上課了，同學們快坐好——神父，我也想聽您講科學課，行嗎？」戴燮說。

「歡迎戴先生！」沙利衛十分高興。

沙利衛上課了，迪瓦做他的助手。沙利衛先講世界地圖。他指着那張《山海輿地全圖》，給孩子們講全世界有多少個國家，講中國在地圖上的位置，講四大洲五大洋，講經線和緯線，講南極和北極，講太陽赤道。這時，秋兒舉手了，她問道：「神父，上川島在哪裏？」

「我的孩子，應該在這個地方。不過，地圖上沒有標註，因為上川島實在太小了。肇慶在這裏，也沒有標註，就一個小點兒。」

「神父，能不能單獨畫一張中國地圖，把肇慶和上川島都畫上？」

「這是很好的想法！這件事就交給迪瓦帶領大家一塊做，同學們說好不好？」

「好！」

接下來他又講地球儀。他說，我們居住的大地是個圓球，叫地球。因為它太大了，人們誤以為它是平的。船航行在大海上，人們遠遠看見它，總是先看到船的桅杆，然後看到船帆，最後看到船身。這就說明，大海是弧形的。沙利衛說着，讓迪瓦做了演示。秋兒一個勁兒地點頭，他覺得神父講的都對。其他同學們也明白了。

「神父，地球轉動嗎？」

「地球是轉動的，自西向東轉動。它每轉動一圈，就是一個晝夜，我們把它劃分為二十四個小時。」

「地球會轉呀！神父，我怎麼感覺不到呀？」

「地球下面的人不就頭朝下了嗎？」

「怎麼不掉下去呢？」

「神父，您說錯了吧？」

同學們議論紛紛，對沙利衛所講的內容表示了懷疑。

這時，戴燮站起身，走到台前。他說：「孩子們，神父所講是對的。其實，在中國早就有這種說法。在《黃帝內經》和《尸子》中，都有這樣的記載。但是，我們中國人沒有做科學的驗證。神父來自西方，他講的這些告訴我們，西方對天文科學的研究已經走在我們中國前面了。孩子們一定要好好學習，將來讓中國的科學事業有大的進步。你們說好不好？」

「好！」

下面是迪瓦帶領同學們觀察自鳴鐘。戴燮看着地圖，深有感觸地對沙利衛說：「神父真是聰慧之人。『南極』『北極』『經線』『緯線』這些術語在中國典籍中原本屬於普通詞語，如今被神父標註在地圖

上成為地理學的專用名詞，一定會流傳下去，後人會感謝神父對中國語言的貢獻！」

「先生過獎，我只不過是借用一下，至於中國學者認可不認可還不好說呢。」

沙利衛和戴燮走到擺放《聖經》的桌前。沙利衛拿起《聖經》，說：「戴先生，我一直有個想法，咱們合作翻譯《聖經》，讓中國的孩子也能用中國話讀它，這需要咱們倆一起來做，先生願意嗎？」

「正合我意。《聖經》裏究竟講了些什麼，我也很想知道。咱們現在就開始吧。」

「好啊！」

於是，戴燮準備好筆墨紙硯，沙利衛將拉丁文的《聖經》口頭翻譯成中國話，戴燮領會後加以潤色，然後用毛筆寫下來。就這樣，經過半個月的努力，《天主十誡》就被翻譯出來了。戴燮看後，讚不絕口：「這應該是第一部中文版的《聖經》，歷史會記住的。來，讓孩子們讀一遍。」於是，教堂裏傳出了琅琅書聲：

一、要全心奉敬天主，不可祭拜別的神像。

二、不要直呼天主名字，不要虛發誓願。

三、禮拜之日，禁止做其他各種事情；教堂誦經，禮拜天主。

四、要孝敬親人、尊長。

五、不要亂法殺人。

六、不要做淫邪污穢的事情。

七、力戒偷盜的事情。

八、力戒挑撥是非。

九、不要戀慕他人之妻。

十、不要貪婪非義財物。

「把天主教義植根於孩子心中，將來會發芽、生根、開花、結果，神父的傳教事業已經露出曙光了。來來來，我用毛筆抄寫下來，貼到牆上去，讓孩子們天天誦讀。」

「這正是我心中所願。」

沙利衛把戴燮用毛筆正楷書寫的歐體《天主十誡》張貼在教堂的牆壁上。從那以後，不光孩子們讀，凡來教堂參觀的人看到後，都交口稱讚，有的人還背了下來，流傳出去，知道的人越來越多，都說寫得好，還說「原來這西方和尚的《聖經》是教人做好人哪！」「不是來煉丹的。」漸漸地，人們對沙利衛的態度好起來，陸續有人請求受洗了。

曾知府對《天主十誡》的內容十分稱讚，提議將《天主十誡》刻印發行。而這也正合乎沙利衛心願。於是，沙利衛出資，將《天主十誡》付梓印行一千份，結果供不應求，又加印一千份，還是不能滿足需求，乾脆加印了三千份，這才基本滿足了民眾需求。禮拜日，沙利衛為入教的人舉行彌撒儀式，接受洗禮的人越來越多了，來聽沙利衛講經的信徒們越來越多了。很多人入教後，心靈得到了拯救，做壞事的人少了，行善的人多了。在此期間，沙利衛還應曾知府邀請參加了月食觀測活動，給知府大人留下了深刻印象：這位神父，不僅僅是位神父，還是一位學者，用沙利衛自己的話來說，就是研究科學的學者。

戴燮讀了《天主十誡》之後，內心隱約受到了觸動。他覺得，《聖經》教義與儒家學說和佛家教義有相同之處，特別是在勸人行善積德方面，可以說是共同的。這些教義不正是所有人都應當遵守的道德規範嗎？不同的是，《聖經》表達得清晰、明白、堅決，它讓人形成信仰，直達靈魂深處。儒家學說多用高深艱澀的文言表達，普通民眾看不懂，也無緣接觸到，只能局限於讀書人士，這就阻隔了普通民眾的進入，影響了普通民眾的接受。由此看來，天主

教是面向大眾的宗教。想着想着，戴燮不禁提起筆，寫了一首詩《仙花寺逢利公》：

> 浮海東來有數年，福音傳送歷坎壈。
>
> 西方聖典遵十誡，契合儒釋同補天。

戴燮將此詩送與神父。沙利衛接過來，讀了一遍，說道：「謝謝！先生的詩我還看不太懂。不過我喜歡中國詩，請先生教我寫中國詩，好嗎？」

「神父想學中國詩。好！我想向神父學習天文曆法。咱們互相學習。」

36

沙利衛神父開始向戴燮學習中文了。他希望自己不僅會說中國話，而且還能夠用中文著述。要達到這個目的，首先要認識中國字，讀懂中國書。他請戴燮陪他到七星巖摩崖石刻去認讀那千年詩廊，還請戴燮教給他讀四書五經。戴燮決定先從《詩經》開始，因為《詩經》是孔子推崇的一部古書，可以和《聖經》一比。在與神父交談的過程中，戴燮學會了一個新詞「公元」，知道西方人用的是公元紀年法。西方人把耶穌誕生的那年叫做公元元年，經過推算得知，公元元年相當於中國西漢平帝元年。

這天，戴燮給沙利衛講《詩經·文王》。戴燮先讀了一遍：

> 文王在上，於昭於天。周雖舊邦，其命維新。

有周不顯，帝命不時。文王陟降，在帝左右。

亹亹文王，令聞不已。陳錫哉周，侯文王孫子。

文王孫子，本支百世。凡周之士，不顯亦世。

世之不顯，厥猶翼翼。思皇多士，生此王國。

王國克生，維周之楨。濟濟多士，文王以寧。

穆穆文王，於緝熙敬止。假哉天命，有商孫子。

商之孫子，其麗不億。上帝既命，侯於周服。

……

「上帝？！」

沙利衛突然問道，他對這個詞似乎有一種本能的敏感。他迅速拿過《詩經》仔細看了起來。果然，「上帝」一詞映入他的眼簾：「上帝既命，侯於周服。」

「戴先生，『上帝』是什麼？」沙利衛問。

「上帝有多種解說，一般指傳說中的黃帝、顓頊、帝嚳、堯、舜五位帝王。」

「他們是人還是神？」

「是人，也是神。他們在中國人心中具有神的地位，至高無上。」

「《詩經》中還有寫到『上帝』的嗎？」

「有。《大雅·生民》中也有，你看。」

「上帝不寧，不康禋祀，居然生子。」「上帝居歆，胡臭亶時。」「還有《蕩》中寫道：『蕩蕩上帝，下民之辟。疾威上帝，其命多辟。』不僅《詩經》有，其他經書《尚書》《周易》《中庸》《孟子》也有多處寫到上帝。」

「《論語》中也有嗎？」

「有哇！孔子講他五十而知天命，還說不知命無以為君子。在

中國經書中，天、帝這些字眼多次出現。」

沙利衛似乎有些激動，他說：「我找到了。」

「找到什麼了？」

「拉丁文的『Deus』可以翻譯成中文的『上帝』『天主』，也就是《聖經》中的『Deus』。我找到了，原來在中國曾經有上帝的見證人！這太美妙了！」

戴燮看着沙利衛，他不懂拉丁文，無法判定沙利衛說的究竟是什麼意思，但從沙利衛激動的表情中，他知道，沙利衛一直在被什麼東西困擾着，今天終於解決了，他也為沙利衛高興。

沙利衛說：「我要把這些文字記下來，將來寫到我的著作中去。」

「好吧，你寫吧，我出去散散步。」

沙利衛拿起筆，翻開《詩經》。他一篇一篇地翻看，一句一句地抄寫。寫着寫着，他停了下來，他的思緒飛向了日本，他回想起剛到日本鹿兒島傳教時的那次經歷：東野次郎把「Deus」翻譯成了「大日如來」，原因是自己不懂日語，否則不會出現那種錯誤。看來無論到哪國傳教，必須熟練掌握所在國的語言。像中國這樣古老的國度，歷史悠久，要把天主教義準確翻譯出來，不懂中國語言是不行的。但是從另一方面說，拉丁文與中文不可能一一對應，像「Deus」這個拉丁詞，它的本義是永恒的、無限的、唯一的和全能的天與地的創造之神，但在中文裏很難找到一個與之完全吻合的詞語，如果用譯音「陡斯」，會給中國人造成隔膜，給傳教帶來不必要的麻煩。相比之下，用「天主」或「上帝」應該是最好的選擇。

沙利衛繼續讀下去，那段時間，他對《論語》《詩經》等書簡直着了魔。

他發現，在《詩經》三百零五篇中竟然有十五篇共三十七處寫到「上帝」。另外，在意義上與上帝幾乎完全相同的「天」字出現的頻率更高，有八十多處。指的都是至高至尊的讓人崇拜和畏懼的

唯一神靈。他仔細研讀《皇矣》《大明》《文王》，發現詩中「皇矣上帝，臨下有赫。監觀四方，求民之莫」中的上帝，不就是一位父親的形象嗎？這與大衛和所羅門王不是一樣的嗎？「上帝耆之，憎其式廓。乃眷西顧，此維與宅。」上帝有自己的愛憎，具有鮮明的人格特徵。「上帝臨女，無貳爾心」，上帝能夠給人堅定的信念。就連文王的婚姻，也體現了上帝的旨意，叫做「天作之合」。上帝給人幸福，因此人們要小心翼翼地「昭事上帝」「克配上帝」。上帝之於文王、武王，亦正如耶和華之於亞伯蘭、摩西、大衛等人。後來，沙利衛又去讀《尚書》，讀到「惟皇上帝，降衷於下民」；讀《中庸》，讀到「郊社之禮，所以事上帝也」；讀《孟子》，讀到「雖有惡人，齊戒沐浴，則可以祀上帝。」……這些「上帝」是誰？漢儒以及後來的唐宋學者理解也不盡相同，「五帝之說」僅僅是其中一種理解。沙利衛認為，中國古籍中的「上帝」表現了中國人的原始精神，後來的中國人對此沒有深入研究，更沒有將其與靈魂結合起來。中國人疏離了上帝！於是沙利衛長嘆一聲：「吾天主，乃古經書所稱上帝也！」那幾日，沙利衛沉浸在讀書的興奮之中，他似乎看到了一座彩虹橋，將東西方連接起來，他難以抑制心中的這種亢奮。

一天，沙利衛把自己的學習心得講給戴燮聽。戴燮聽完，說道：「神父不僅是好學之人，而且是善思之士。這令中國飽讀之士慚愧不已！」他接着說，「除了『上帝』之外，在中國古籍中還有『天主』『天』『天帝』三個稱呼，它們本質上是相同的。相比之下，神父更喜歡哪一個稱呼呢？」

「至高莫若天，至尊莫若主。『天主』『上帝』都是合適的，它是儒家典籍中常用的，表達的涵義是清晰的。我會再慎重考慮。」

「有一件事我一直想對神父說。」

「什麼事？」

「神父這身僧服應該換了。」

「換成什麼？」

「換成儒士服裝，像我這樣的。神父沒有必要藉助佛家外衣來傳播天主教義。神父的身份大家都知道了，還有掩飾的必要嗎？在中國，和尚的地位怎能比得上儒者呢？佛學怎能比得上儒學呢？神父如能棄僧服，穿儒服，戴儒冠，豈不更得人心？」

「先生說到我心裏去了，我正為這一身僧服犯愁呢。好，我現在就開始蓄髮換服。」

戴燮趁機提出，請沙利衛神父教他一些天文學知識，並教他製作天文儀器，還有數學知識，沙利衛答應了。從那開始，戴燮第一次知道了阿拉伯數字，第一次知道了《幾何原本》，同時他也悉心傳授給沙利衛格律詩的寫作方法。這兩個人，一中一西，互相學習，切磋琢磨，初步建立起了交流的橋樑。

37

肇慶的雨季到來了，大雨傾盆而下，連着三天都沒停。西江水暴漲，形勢十分危險。為了安全起見，教堂停課一週。教堂附近的幾戶人家，有的屋裏進水了，不能住人，百姓便跑到教堂來躲避。沙利衛告訴迪瓦，凡是來躲避洪水的，都要熱情接待。於是，來的人越來越多。他們有的是房屋進水無法居住，有的是田地被淹蔬菜盡毀，有的是家中潮濕無法做飯，共有幾十號人，都住進了教堂。沙利衛便把教堂一層騰出來讓百姓暫時居住，還提供飯食。

大雨過後，這些難民陸續回家了，學生也陸續返校。這天上午，沙利衛點名，念到張秋語時，沒有回應。沙利衛抬頭一看，發

現秋兒的座位是空的。

「迪瓦，秋兒沒來，到外邊看看。」

「好嘞。」

迪瓦出去了很長時間，不見回來。沙利衛有些擔心，大雨過後，路上仍有積水，會不會出事啊？沙利衛便到樓上請戴燮先生來上課，他自己順手披上一件外衣走了出去。

沙利衛沿着河邊走，只見西江水溢出了堤岸，像開閘了一樣四處泛濫。路上的水淹到腳踝。沙利衛看不清路，只好深一腳淺一腳向前試探着走。他從沖倒的樹上折了一根樹枝，拄着。走到一處，突然腳下一滑，他的身子歪了下去，幸好有樹枝撐着，才沒有倒在水裏，但褲子已經濕透了。他繼續往前走，只見前面有幾個人在晃動，還有人大聲喊着：「抓住樹枝，我們過去救你！」沙利衛心中一緊：會不會是迪瓦和秋兒出事了？他趟着水，快步衝過去。只見秋兒晃動的身子懸在空中，兩隻手死死抓住樹枝。迪瓦的大半個身子沒在水中，慢慢往前靠近秋兒，旁邊幾個人也正往前靠，但是水流太急，很難靠近。只見迪瓦身子猛地向上一縱，再向前一撲，伸出兩手抱住了秋兒的腿。秋兒鬆開樹枝，身子倒向水中，迪瓦立刻換出手來抓住秋兒的胳膊。這時，那幾個人也趕到了跟前，抱住迪瓦。迪瓦和秋兒這才站穩了。大家手挽着手，慢慢往水淺的地方挪動。這時，沙利衛也趕到了，他立刻脫下剛才出來時披在身上的衣服，裹在秋兒身上，然後和大夥兒一起扶着迪瓦和秋兒到了安全的地方。就在沙利衛說「謝謝」的時候，那幾個人已經轉身走了。

他們回到了教堂，秋兒渾身已經濕透。因為水涼，她渾身打着顫，還不斷打噴嚏。沙利衛怕她受涼感冒，就把自己房間的薄被拿來給她蓋上。

戴燮說：「這不行，她的衣服全濕了，要換乾的衣服才行。」

沙利衛有些為難了，他們都是男性，怎麼給一個女孩子換衣服

呢？迪瓦說：「把她關進屋，自己去換吧。」

「迪瓦，你領她過去吧。」

於是，迪瓦領着秋兒到了樓上一間空房子，迪瓦把一堆衣服扔進去，然後關上門。他在門外對屋裏的秋兒說：「秋兒，把濕衣服都脫下來，換上乾的衣服，換好了就開門叫我。」

可是，迪瓦沒有聽見回應。他怕秋兒聽不見，又大聲說了一遍，還是沒有回應。迪瓦推開一道小小的門縫，看見秋兒躺在地上，一動不動。他趕緊推開門，大聲喊道：「秋兒！秋兒！」

沙利衛和戴燮聽見喊聲，立刻上樓，只見秋兒臉上沒有一點血色，呼吸微弱，她的頭髮全濕了，衣服全濕了——她已經沒有力氣換衣服了。

這可怎麼辦？沙利衛急得團團轉。

戴燮說：「神父，在這時候不要考慮那麼多了，快給孩子換衣服吧。」

沙利衛一咬牙，說：「好吧，咱們一起來。」

三個人一起給秋兒換上乾衣服，然後迪瓦把濕衣服拿去洗了。過了一會兒，秋兒慢慢醒過來了。她看到了沙利衛、戴燮，還有迪瓦。她又看了看自己身上的衣服，她笑了，露出兩個酒窩，好美好美⋯⋯

秋兒沒有下樓上課，因為她穿的是迪瓦又大又肥的衣服，她就在樓上靜靜地坐着。她覺得今天經歷了一場生死考驗，但也經歷了一次奇遇，心中又驚又喜。她離開舅舅家的時候，舅舅要送她來上學，她不同意，說自己已經長大了，快畢業了，不用舅舅照顧，她想自己走到學校給一個人看看。來教堂的路上，她發現江水溢出了堤岸，路上積水很深。她覺得這正是鍛煉自己勇氣的機會，就趟水往前走。走過崇禧塔，離教堂不遠了，她便放心大膽地往前走。突然，從她身旁沖出一股水流，一下子把她沖向了江邊。幸好江邊有

一棵樹，斷裂的樹枝向下耷拉着。就在她被沖進江中的一剎那，她抓住了樹枝。於是，她的身子就半懸在空中，隨着水流不斷晃動。樹枝原本就斷裂了，只是沒有完全斷開，與樹幹牽連着，並不結實。樹枝隨着她的拽力往下撕裂着，連接的地方越來越少，最後僅連着一點樹皮了。這時，她看到了一個熟悉的身影，連縱帶撲就過來了，抓住了她的腿。後來，她感覺到自己倒在水中，再後來，她就記不清了……

秋兒回憶着，看到身上穿的這一身衣服，她感到臉上有些發燒。她用手摸了摸臉，呀！這麼燙手。她真的發燒了。

放學後，同學們都回家了，秋兒還在樓上。沙利衛、戴燮、迪瓦守在秋兒的身邊。沙利衛給秋兒用了一點藥，希望她能夠降溫。天色已晚，他們誰也不知道秋兒的舅舅家在哪裏。他們只能等，等秋兒的舅舅家來人接她。

晚飯過後，一個男人急急忙忙走進教堂，進來就喊道：「秋兒！秋兒！」

沙利衛一聽，知道家裏來人了，立刻回應：「在這裏！」

那個男人正是秋兒的舅舅，他看到秋兒的樣子，一切都明白了。他感謝沙利衛的救命之恩。沙利衛說：「是迪瓦救了秋兒。」

秋兒舅舅說：「感謝小神父的救命之恩！」

沙利衛說：「秋兒發燒嚴重，現在不宜回家，今晚就住在這裏吧。如果你不放心，就一起住在這裏吧。秋兒剛吃過藥，估計明天才能退燒。」

「好吧，我回家說一聲，再給孩子帶點衣服來。」

「我和您一起去吧。」迪瓦說。

「太好了！只是辛苦你了，小神父。」

「我不是神父，叫我迪瓦就行。」

那一夜，秋兒睡在了教堂。迪瓦一夜沒有合眼，他想了很多。

38

晚上，沙利衛和戴燮都沒有合眼，他們在樓下交談。

「今天多虧了迪瓦，如果秋兒出事，我怎麼向她爹娘交代！」

「這就是緣分。」

「什麼緣分？」

「兩個年輕人的緣分。」

「你是說——秋兒和迪瓦？」

「神父沒看出來？」

「看出一點。」沙利衛心中有所觸動，他突然覺得迪瓦應該有屬於他自己的幸福追求，原來計劃培養迪瓦成為一名傳教士的想法未必符合迪瓦的心願。

「如果那樣，就太美妙了！天竺俊郎好，華夏義女嬌。神父做紅娘，姻緣萬里挑。」

「先生有才，出口成詩。請先生也教我作一首詩吧。」

「這是五言詩。共四句，每句五個字。神父試着說出來。」

「說什麼內容？」

「就說迪瓦和秋兒吧。」

「我想想……請聽：迪瓦是個男，秋兒是個女。大水沖秋兒，天主派迪瓦。怎麼樣？」

「哈哈哈哈，這不叫詩，連順口溜都不是。意思有了，但不押韻。二、四句末字要同韻，我幫神父改一下……」戴燮話還沒說完，突然猶豫了，他悄悄問沙利衛：「神父希望迪瓦將來也做一個神父嗎？」

「這個……」沙利衛一時語塞了。

戴燮想了想，說：「秋兒賢惠女，迪瓦英俊男。」

「好！」沙利衛聽出好來了，不禁讚嘆道。

「二人若有情，你我紅線牽。」

沙利衛有些不解了，問道：「『紅線牽』是什麼意思？」

「就是做媒人。」

「媒人？這……我也覺得迪瓦應該有自己的幸福追求。當初賴亞就想到中國來娶一個中國妻子的，不幸的是……」

「賴亞？他是誰？」

於是，沙利衛給戴燮講了賴亞和迪瓦的故事，並說了自己今晚對迪瓦的未來有了新的考慮。戴燮笑了，說道：「中國有句古話，叫做『君子成人之美』。如果神父能夠促成這樁跨國婚姻，那可是善事一樁啊！」

沙利衛點點頭。接下來，戴燮給沙利衛講了作詩要押韻的基本要求，講了「男」「牽」可以押韻的道理。沙利衛聽得很認真，明白得也很快，尤其是對習慣於拼音文字的沙利衛來說，押韻是很好理解的。戴燮說：「神父乃聰慧之人，稍加點撥便領悟了。」

「先生過獎了……今天我確實被迪瓦感動了……秋兒是個好姑娘。」

「是啊，秋兒是個好姑娘……有女兒真好！」

「先生有女兒嗎？」

「兩個。」

「先生是不是想女兒了？」

「是的。」

「先生的妻子在家裏照顧女兒，先生應該放心。」

「我……我妻子死了兩年了。」

「噢……對不起……先生的兩個女兒已經長大了吧？」

「一個十五歲，一個十三歲。」

「誰照看她們？」

「我有一個妾。」

「噢……」

「神父，我想加入聖教，請先生為我付洗，行嗎？」

「這……不行。」

「為何？」

「我教規定，一夫一妻才能入教，你有妻有妾，不行。」

「我的妻已經死了。」

「你能保證將來不再娶妻嗎？如果你再娶妻，就是一妻一妾，耶穌基督是不能接受的。」

兩人沉默了。過了一會兒，沙利衛說：「我有一個辦法。」

「什麼辦法？」

「你愛你的妾嗎？」

「是的。」

「娶她為妻就可以了。」

「扶正？不行。」

「為什麼？」

「她……她出身微賤，不能做妻。」

「為什麼不能？」

「我……我們家是名門望族，她只是一個傭人。」

「那先生為什麼愛一個傭人呢？看來先生並沒有真正懂得天主教義。」

「我喜歡你們的教義。」

「光喜歡不行，應該是信仰。必須有信德。」

「信德？」

「對，信德。要把你的靈魂交給基督，讓天主的教義成為你的精神生命。」

「你讓我信什麼教義呢？」

「上帝面前人人平等。」

「我⋯⋯做不到⋯⋯中國講究門當戶對，否則就會受世人恥笑。」

「這就是信德不堅定。」

「我是愛她的，讓她做我的妾還不行嗎？」

「既然愛她，為什麼不能扶正呢？先生說過，女子可以和男子一樣讀書，男女平等，先生還列舉了中國古代很多女子讀書的例子，可是⋯⋯為什麼先生的心還在迷惑呢？世上所有男人和女人都是上帝耶和華創造的，他們都是平等的。」

「可是⋯⋯世俗的力量很大⋯⋯」

「只要信德堅定就不怕，神會支持你的。不要管世俗說什麼，你愛她，她也愛你，這就足夠了——夫妻最重要的就是互愛。」

「我考慮一下。來教堂授課前，我聽人說，神父精通煉丹之術。我原本想來討教長生不老之術的，但這段時間親眼所見，我終於明白先生乃西方佈道之人，非佛道之人。」

「哪有什麼長生不老之術，都是騙人的把戲。我本來就不是那種人，中國人對我有誤解，多虧了曾知府和總督大人支持啊！以後，還請先生多多指教！」

「從此以後，你我就不用客氣了，我認識官場上一些人物，若需要我來引薦疏通的，義不容辭！」

「天快亮了。秋兒退燒了吧？」

⋯⋯

39

　仙花寺教堂第一屆學生畢業典禮如期舉行。三年來，沙利衛制定的課程計劃得到了很好的實施，第一批孩子順利完成學業，就要

畢業了。孟安仁和曾知府專程趕來參加學生的畢業典禮。

莊嚴而又溫馨的教堂內，沙利衛站在前台主持畢業典禮。第一項，曾知府講話。他祝賀第一屆學生通過努力學習圓滿完成學業，如期畢業。他感謝三位老師辛勤教授，精心呵護幼苗成長。曾知府說，這屆學生沐浴了兩種文化的薰陶，不僅讀了中華經典，背誦了四書五經，還接觸了西方文化。歷史將記錄下他們的這段經歷。他解釋說，肇慶的「肇」字就是「開始」的意思，今天畢業的學生就是一個新的開端，值得慶賀。他引用宋人周必大的詩句「肇開講席臨青廂，赭袍玉斧光照廊」來形容仙花寺的教學盛況。他特別提到了張秋語，說這是開風氣之先，如果孔夫子再世，也會贊同的，因為這才真正體現了孔子「有教無類」的教育主張。聽的人紛紛點頭。

第二項是孟安仁視察員頒發畢業證書。畢業證是孟安仁專程從澳門製作後帶來的，上面蓋着耶穌會的印璽。學生排好隊伍，魚貫而上，逐個從孟安仁手中接過畢業證書。最後一個是張秋語。她站在孟安仁面前，沒有去接畢業證書。她對孟安仁說：「請沙利衛神父和您一起為我頒發畢業證書好嗎？」

孟安仁立刻明白了她的心意，便主動退到一邊，請沙利衛為她頒發證書。沙利衛謙讓了一番，說兩個人一起，孟安仁執意讓沙利衛一人頒發，沙利衛只好接受了。沙利衛把證書雙手遞給張秋語，秋兒雙手接過來，向沙利衛神父行鞠躬禮。台下，人們鼓掌祝賀，秋兒的舅舅，還有秋兒爹娘都坐在台下目不轉睛地看着，流下了眼淚。

第三項是學生展示自己的作品，體現三年來的學習成績，這是典禮的高潮。

第一個學生上台，是個英俊的男孩。他筆直地站在台上，背誦《大學》道：「古之欲明明德於天下者，先治其國，欲治其國者，先齊其家；欲齊其家者，先修其身；欲修其身者，先正其心；欲正其

心者，先誠其意；欲誠其意者，先致其知，致知在格物……」那流暢的聲音博得全場喝彩，曾知府更是樂得合不攏嘴，這是他的小兒子，太給他長臉了，他邊聽邊按照節奏搖晃着腦袋。

第二個學生上台，就是當初帶頭唱歌謠的那個大嘴巴男孩。他拿着自己的書法作品展示給大家看，標準的柳體，剛勁有力。

第三個學生拿着自己畫的聖母像上台了，台下一陣歡呼聲……

三個學生一起拿着合作仿製的自鳴鐘上台了，還真像，台下掌聲更熱烈了……

輪到張秋語和另外兩個男生上台了。他們畫了一張大大的地圖——《肇慶全圖》。秋兒擔任解說。她用一根樹枝指着地圖說道：「這是我們畫的肇慶地圖。這裏是西江，這裏是崇禧塔，這裏是仙花寺教堂；這裏是知府衙門，這裏是總督衙門；這裏是我舅舅家，這裏是王同學家，這裏是徐同學家……這裏是澳門。」最後，她指着地圖的一處角落，大聲說：「這裏是我的家——上川島！」

台下掌聲響成一片，她的爹娘站了起來，她的舅舅站了起來，曾知府和孟安仁也站了起來。沙利衛看着秋兒，激動、喜悅、感慨，各種情感一時湧上心頭。迪瓦站在一邊，使勁鼓掌。秋兒的爹娘，激動得一直在擦眼淚……

第四項是孩子們集體領受聖餐。這是莊嚴的時刻，許多家長從未見過。

最後一項是沙利衛講話。他有些激動，聲音有些顫抖。他說：

「親愛的孩子們：我為你們驕傲！你們是中國——不，你們是世界上最聰明的孩子。你們也是耶和華神最好的孩子。轉眼三年過去了，你們長大了。要記住，你們是這座教堂的第一批學生，是中西合璧的學校培養出來的學生。你們走出這座教堂，心中要時刻想着為學校爭光。我天天盼着聽到你們的好消息！」

畢業典禮結束後，孩子們心中還久久不能平靜，都不忍離去。

他們把朝夕相處的教堂看了一遍又一遍，把課桌凳摸了又摸。有的孩子抱着沙利衛哭了。戴燮在為孩子們簽名。迪瓦在和秋兒告別。再過幾天，秋兒就要回上川島了。秋兒看着迪瓦，不知說什麼好。她趁別人不注意，輕輕拉了迪瓦一下，示意他到樓上去。迪瓦明白，便上了樓。一會兒，秋兒上來了，她掏出一個荷包，遞給迪瓦，悄悄地說：「送給你的。看到它，就是看到我。」說完，就下樓和她的爹娘、舅舅走了。迪瓦追了出來，站在教堂門外，望着遠去的秋兒。走了好遠，秋兒還不時地回頭張望，揮手。迪瓦心中頓時像掏空了一樣，他不知道什麼時候才能再見到秋兒。

沙利衛和戴燮都看在眼裏了，他倆互相看了看。沙利衛說：「從此天各一方。」

「不，有情人千里能相會。」

「真有那一天的話，我為他們在教堂舉行婚禮。不過，我還是擔心……」

「擔心什麼？」

「你們中國女人都要裹小腳。」

「是的，不裹小腳沒人敢娶。」

「不過……」

他倆都沒再說什麼。

40

孟安仁參加完畢業典禮，在曾知府的陪同下又去拜訪了總督大人，並給總督大人帶去了禮品。曾知府特意將秋兒的作品《肇慶地圖》帶給總督大人欣賞。總督大人看後十分滿意，並對仙花寺的辦

學成就給予了充分肯定。他告訴孟安仁，朝廷對海禁及傳教政策有所鬆動，可以多派幾個傳教士來肇慶。孟安仁對此十分高興，他認為這與沙利衛的傳教成果有關係，應該向羅馬教廷和耶穌總會作一次詳細匯報。

回到教堂，孟安仁向沙利衛告別。沙利衛趁機向他提出改穿儒服的想法，並分析說，如果將來有機會去北京見中國皇帝，穿儒服比穿僧服要合適得多。在中國各階層中，士大夫的地位是最高的。孟安仁覺得沙利衛的想法很有道理，同意沙利衛改穿儒服。他還說回到澳門，要寫信向總會報告肇慶的情況，為沙利衛請功。沙利衛又想起一件事，悄悄與孟安仁耳語了幾句。孟安仁笑了，點點頭。

送走孟安仁，沙利衛找到戴燮，提出要做一身儒服，問他應該怎麼做。

戴燮說：「通天地人者為儒。儒服，就是儒者穿戴的衣冠服帶。它從深衣發展而來，是讀書人的標誌，是士子的服裝。穿儒服者，最受人尊重。」戴燮指着自己的衣服說，「儒服由四部分組成：頭冠、袖袂、紳帶和絢屨。上衣下裳連成一體，長度到腳踝。右衽長可繞腰部，右衽交領和下擺邊緣鑲邊。《詩經》有『青青子衿』就是指這個。儒服袖子寬大，下擺重層，有飄帶，行走起來有飄逸之感。我走給你看看。」說着，戴燮走了幾步，步履生風，瀟灑之氣洋溢全身。戴燮又說：「手持一把摺扇，開合之間，配以詩云子曰，那就是東坡先生說的『腹有詩書氣自華』。哈哈哈哈……」

「戴先生自編自演，實在妙不可言！可是我這衣服……」

「噢，我淨顧窮酸了，把神父做衣服這事給忘了。好辦，好辦，我這就去辦。」

……

幾天後，沙利衛正在閱讀《禮記》，他現在越來越喜歡孔子了，他覺得從《禮記》中能夠更加全面了解孔子的思想。而且，他

翻譯《論語》的想法越來越堅定了。這時，戴燮走了進來。只見他手捧一摞衣服，深施一禮，說：「請神父更衣。」

沙利衛笑了，接過來，到房間去更衣。戴燮緊跟其後，邊走邊說：「這穿衣服還得我來幫助，不然，準穿反嘍。」迪瓦坐在一邊，呆呆的樣子，毫無所動。戴燮衝他說：「迪瓦，走啊，去給神父換衣服。」迪瓦沒有聽見，「這孩子，這幾天就像丟了魂一樣。」戴燮說着就自己上樓去了。他給沙利衛換好衣服，快步走下樓來，叫迪瓦和自己並排站在一起，喊道：「有請神父！」

只見沙利衛身穿儒服，走出房間，輕步下樓，翩然來到二人面前。戴燮說：「迪瓦，你看，神父像不像換了一個人？」迪瓦迷迷糊糊地說：「像……」

戴燮說：「俗話說，人配衣裳馬配鞍，神父穿上這身儒服可真是儒雅瀟灑，有詩為證……」

「慢！戴先生，這詩讓我來作，如何？」

「好！」

「脫掉袈裟服，換成秀才裝。原來葫蘆頭，白髮三千丈。」

「哈哈哈哈，妙！妙不可言！」戴燮說道。迪瓦也笑起來，一邊笑一邊傻傻地說：「真……真好看。」

笑過之後，戴燮變得嚴肅起來，說：「神父，穿上儒服，當知儒行啊。」

「請先生賜教。」

「儒行，就是儒者具備的品行，就像聖教教義一樣。第一是勤學好問，第二容貌恭敬，第三言行中正，第四不貪錢財，第五堅持操守，第六剛毅自尊，第七仁義忠信，第八安貧樂道，第九寬容大度，第十舉賢援能，第十一堅守中庸，第十二傲毅清高，第十三交友有義。此乃儒者大丈夫品行。」

「先生所言，是否都在《禮記》之中？」

「神父果然是勤學之人！」

「先生講得好。我讀《禮記》，感覺與天主聖訓有很多相合之處。這說明東西文化有共同的地方。但是西方人不知道中國文化的博大精深，我想如果能夠翻譯成西文，讓更多的西方人來讀中國經典，世界文化交流的美好時刻不就到來了嗎？」

「神父站在中、西文化平等交流的角度，沒有文化優越感，這很令我欽佩。《莊子·秋水》中講：『以道觀之，物無貴賤；以物觀之，自貴而相賤；以俗觀之，貴賤不在己……以功觀之，因其所有而有之，則萬物莫不有；因其所無而無之，則萬物莫不無。知東、西之相反而不可以相無，則功分定矣。』神父之精神可與莊子相通矣！」

「我只是剛剛開始了解中國文化。我未到中國的時候，的確認為中國文化是落後的。許多西方人都是這樣。這幾年，我讀了一些中國經典，接觸了一些中國人，我感覺西方人原來的優越感是盲目的。其實，中西方都有美好的東西，應該互相學習借鑑，各有其美，互美其美，中西共美。」

「好個『中西共美』！真是至理名言！神父有何具體打算？」

「我發現中國字和西文差別很大。拉丁文是拼音文字，中國字是形意文字。西方人學中國字困難很大。我想編寫一部詞典，藉助拉丁文的拼寫規則來給中國字注音，這樣再學中國字就容易多了。就叫『葡華詞典』，怎麼樣？」

「太好了！我願意協助神父完成這一開創性的工作。」

「一言為定！」

深夜，戴燮坐在燈下看《聖經》，雖然看不懂，但心緒難平，思緒萬千。他被沙利衛的情懷深深打動。他在應聘擔任教堂教師的數年間，真切感受到這位西方神父的優秀品質和聰慧天分。每天晚上，沙利衛都在房間秉燭夜讀，沉浸在中華經典之中；只要讀有所

得，行有所悟，總是立刻記錄下來。他已經記錄了厚厚五大本。他對中國語言深感好奇，常常一個字寫數遍甚至十數遍，希望在中文和西文之間建立起某種聯繫。世上學者很多，但像沙利衛這樣專心致志、孜孜矻矻的太少。自己就從來沒有產生過學習西文的想法！與其說沙利衛是個天主教傳教者，不如說他是一個文化交流使者更恰當。因為一個原本有着文化優越感的西方人，能夠客觀理性地承認中國文化的地位，實在難能可貴。自己原本是來向他學習煉丹術的，可是沙利衛對長生不老之術持否定態度，這也令他感到意外。沙利衛身上有着鮮明的是非底線。還有，沙利衛勸自己將小妾扶正，力主男女平等，這讓他震驚。細想之後，他覺得這與其說是一種宗教觀，不如說是一種人生觀和價值觀更準確。儒學並不限制男人妻妾成群，佛道不管這一套。天主教則不然，提倡一夫一妻。看來，西方文化進入中國，對傳統觀念所產生的影響乃至衝擊一定是巨大的。它可以改造中國社會。如果有更多的西方傳教士進入中國，也許會使這個古老的國家發生深刻的變化。戴燮突然有些想家了。自己離家已經數年，不知家人現在如何。「你們都好嗎？」戴燮自言自語道。他的兩個女兒和小妾的形象浮現在眼前，正衝他笑呢……

41

自打秋兒走後，迪瓦就像丟了魂一樣，說話做事都沒精打采的。晚上，他手裏攥着那個荷包，看了又看，吻了又吻，秋兒長着酒窩的臉蛋不時浮現在他的眼前。迪瓦對秋兒產生感情不是一天了，從在上川島見到秋兒的第一眼開始，迪瓦的內心就不平靜了。

迪瓦對於自己的使命並不清楚，或者說根本就沒有使命，沙利衛也從未講過。他沒有想過將來成為一名傳教士，他是一個有着普通人情感的孩子。現在，秋兒在他心中佔據了重要位置，讓他割捨不下，備受煎熬。這不，迪瓦攢着荷包睡着了，嘴裏還說着夢話：「好看！」

第二天一大早，迪瓦就起床了。他悄悄下樓，看看神父，沒有任何動靜，便悄悄關上門，出了教堂。他一路狂奔，來到秋兒舅舅家。他靠在牆外，聽院內動靜，希望能聽到點什麼，最好是和秋兒有關的消息。可是什麼也沒有，他起得太早了，人們還都睡着。連續幾天都沒有聽到，他失望了，但心中的無限思念讓他無法放棄。他想，清晨不行，那晚上總應該說話吧。於是，他就晚上悄悄地出來，貼在牆邊，屏住呼吸，仔細聽。聽了幾個晚上，終於聽到關於秋兒的消息。只聽一個女的說：「那天畢業典禮剛結束，我看到秋兒和那個迪瓦上樓去了，不知道幹什麼去了。」

男的說：「告別唄，你忘啦，迪瓦救過秋兒的命。」

這好像是秋兒舅媽和舅舅的說話聲。迪瓦終於聽到與秋兒有關的消息了。他屏住呼吸，繼續聽，生怕漏掉什麼。

女的說：「你說秋兒對迪瓦是不是有想法？」

男的說：「什麼想法？一個外國人，能有什麼想法？」

女的說：「外國人怎麼了？我看秋兒嫁個外國人也挺好。」

男的說：「別瞎說，秋兒能跟着迪瓦到外國去？我姐姐能捨得？」

沉默。

男的說：「秋兒多大了？」

女的說：「應該十六了吧。你連你外甥女的年齡都不知道，這幾年白在咱家住了。」

男的說：「該找個主了。」

女的說：「可不。我估摸着，秋兒回家後就應該裹腳了。老大不小了，不裹腳將來誰敢娶她？」

男的說：「裹腳？很疼吧？你當年裹腳的時候疼嗎？」

女的說：「疼死了！疼也沒有辦法。不裹腳，你敢娶我？快睡吧。」

男的嘟嘟囔囔道：「都十六了，還能裹腳嗎？唉……」

一聲長嘆後，沒聲音了。迪瓦又聽了一會，的確沒有任何聲音，大概都睡了。

迪瓦慢慢走回教堂。沙利衛神父房間還亮着燈，迪瓦悄悄走進房間，他的腳不小心碰到了什麼東西，「哐當」一聲。

「迪瓦，你怎麼了？」

「沒什麼，我上廁所。神父晚安。」

「晚安。」

迪瓦回到房間，夜不能寐，輾轉反側。他拿出荷包，端詳着，親吻着，漸漸地就進入了夢鄉……

沙利衛發現迪瓦這幾天的行為有些反常，要麼很早就起床，要麼很晚才回來，問他幹什麼去了，他說出去跑步鍛煉身體，可是迪瓦沒有出去鍛煉的習慣呀。剛才的聲音讓沙利衛警覺起來，於是他輕輕推開迪瓦的房門，燈還亮着，迪瓦已經熟睡了，手裏緊緊攥着荷包，嘴裏說着夢話。沙利衛明白了，他熄滅燈盞，悄悄退了出來。

這段時間，迪瓦魂不守舍的樣子，沙利衛有所覺察。他知道，迪瓦從見到秋兒的第一眼起，就被這個酒窩姑娘深深吸引住了。他不知道究竟是賴亞讀的詩句起了作用，還是青年男女一見鍾情的天性，反正迪瓦喜歡秋兒，秋兒也喜歡迪瓦，只是彼此沒有挑明罷了。自從那天晚上與戴先生交談以來，這段時間沙利衛經常思考迪瓦的事情。他已經放棄了培養迪瓦成為傳教士的想法。他知道迪瓦

的父母對自己十分信任，但如果把迪瓦培養成像自己一樣的神職人員，是不是就完全符合迪瓦父母的心願呢？他不敢斷定。再說，迪瓦畢竟是個孩子，他沒有歐洲的文化背景，應該尊重迪瓦個人的情感和選擇。既然迪瓦對秋兒產生了感情，那就應該促成這樁姻緣。可是，自己如何幫助迪瓦呢？若在果阿，就容易得很，可這是在中國，民眾對洋人心存戒備，要想促成這樁跨國姻緣，就不容易了。他想到了戴燮先生，但是戴先生已經回家了，看來要住一段時間。曾知府呢？沙利衛眼前一亮，對了，請曾知府幫忙，明天去找他。

次日清早，沙利衛來到知府衙門。他從角門進入，直接來到後院。早有人通報上去。「沙利衛神父到。」曾知府有早起鍛煉的習慣，此時正在後院練習投壺呢。只見靠院牆跟放着一個敞口壺，曾知府站在三米開外，左手拿一把竹筷，右手正一個一個地向裏面投射，幾乎是百發百中。聽到手下人報，曾知府便停了下來。一見面，沙利衛就行了跪拜禮。「哎呀，這可承受不起！」曾知府趕忙上前扶起沙利衛。

沙利衛笑道：「知府大人，我這不速之客今天換了服裝，以儒者的身份叩拜知府大人，按照中國的禮儀，有何不可呀？」

「噢，我還真沒注意，快讓我看看。」曾知府把沙利衛上上下下、前前後後仔細打量一番，說道，「如果不說，我還真看不出是一位洋神父，簡直就是一個地道的中國人。好啊，好！請神父入座。看茶。」

落座後，沙利衛說：「知府大人，我來肇慶傳教，轉眼已經四年。如果沒有知府大人的鼎力支持，就沒有今天的成果。謝謝大人啊！」說着，沙利衛向曾知府抱了抱拳。

「客氣啦！犬子既為神父的學生，我就是學生家長，咱們之間是朋友，不必有那麼多客套。不過，神父今天一早就光臨寒舍，一定是有重要事情吧？」

「無事不登三寶殿。我今天還真有一事求知府大人相助。」於是，沙利衛就把他們從上川島登岸到迪瓦水中救秋兒的過程講給曾知府聽，特別是把秋兒畢業後迪瓦魂不守舍的樣子告訴給知府大人。曾知府聽後，哈哈大笑：「哈哈哈哈，神父講的故事十分生動，可以寫成一部傳奇故事了。曾某想不到神父不僅僅傳教，還要當紅娘啊！」

「男女婚姻大事本來就是宗教分內之事，教堂也是婚禮殿堂。他們如能喜結良緣，我給他們在教堂主持婚禮。」

「好！成人之美，積德行善，功德無量。神父，這件事曾某願意效勞。您看可否這樣行事……」曾知府和沙利衛商量了一會兒，諸事商議妥當，沙利衛便起身告辭了。

42

三年前，妻子因病去世，戴鑾內心無限傷感。守喪一年後，他把兩個女兒託付給小妾，自己便離開蘇州漫遊四方。戴鑾的父親曾任朝中高官，人脈較廣，雖然去世多年，但蔭蔽之德尚在。戴鑾各處走走，拜訪長輩、朋友，談敘舊情。兩廣總督高瑞是他父親生前友好，於是他前往拜見，來到肇慶。不料高瑞見到他，頗為冷淡，戴鑾知趣而退。他想，既然來到肇慶，就應該去探訪巖石坑洞，特別是水巖坑，正好滿足多年來的心願。水巖坑的管事原是他父親的部下，被朝廷派來肇慶監督開採特供朝廷硯石精品，這樣他就在水巖坑住了一段時間，不想邂逅沙利衛，才有了後來這一段奇遇。

他對幾年來的授課經歷感觸頗深。學生對他的授課甚為喜歡，中西文化的交融使他眼界大開，西方文化中一些觀念讓他甚為讚

許。第一屆學生畢業後，沙利衛繼續聘請他擔任新一屆學生的講師，還想請他幫忙共同編寫一部葡華詞典，並把中國經典翻譯成西文。他答應了，決心幫助沙利衛，而且一幫到底。一生中能遇到一個真正的合作者，就像天上的兩顆星星相遇在一起，是百年不遇的美事。如今老天給了他這個機遇，他一定要抓住。自己已經不可能走仕途之路了，而從事學術正是他心中所愛。他告訴沙利衛，自己回家看一看，處理一下家務，在新一屆學生開學前返回肇慶。

他回到家，已是黃昏時分。他顧不上天色已晚，先來到父母墳上叩拜，請求父母在天之靈原諒自己這個不肖之子。隨後他又去了妻子墳墓。他跪在妻子墳前，默念道：「愛妻，我看你來了。這幾年你好嗎？自你走後，我天天想你，忘不了在一起的美好時光，這次回來，我要將彩雲扶正，讓兩個女兒有母愛的呵護，這也是你生前的願望。我不在乎彩雲的身份，感情才是最重要的。彩雲一定會把兩個女兒視為己出，這個家一定會好起來。你生前喜歡聽我讀潘岳的《懷舊賦》，可是今天我只能念潘岳的《悼亡詩》給你聽了：

> 荏苒冬春謝，寒暑忽流易。
> 之子歸窮泉，重壤永幽隔。
> 私懷誰克從，淹留亦何益。
> ……
> 徘徊墟墓間，欲去復不忍。
> 徘徊不忍去，徙倚步踟躕。
> 落葉委埏側，枯荄帶墳隅。
> 孤魂獨煢煢，安知靈與無。
> ……

戴燮站起來，對着墳墓說：「愛妻，我走了，你安息吧！」

回到家，兩個女兒便撲上來左「爹爹」右「爹爹」地叫個不停。戴燮端詳着兩個女兒，轉眼已經成了大姑娘，個個長得清秀美麗，像她們的母親一樣。他的小妾彩雲正在擦拭一張古琴，看見戴燮回來，激動得不知說什麼好，眼裏頓時淚水滿溢，滴落在古琴上。她趕緊用手將淚水抹去，她知道，那張古琴是戴燮的心愛之物。

「老爺回來了，兩個孩子想你都想瘋了。」彩雲笑着說，「還沒吃飯吧？我做飯去。」

晚飯，一家人圍坐在一起，都特別高興。

「飯真香。我好久沒吃到這樣香的飯了。」戴燮說着，把菜夾到兩個女兒碗裏，又夾給彩雲，「彩雲，這幾年讓你受累了。」

「就是擔心你，也沒個回信。」

「爹爹這次不走了吧？」大女兒問道。

「爹爹不走。」小女兒說。

戴燮點點頭，說：「啊……不走，不走。快吃飯吧。」

晚飯後，兩個孩子都睡了。戴燮悄悄對彩雲說：「彩雲，我這次回來，有一件事跟你商量。」

「老爺怎麼客套起來了？」

「我，我要把你扶正，做我的妻。」

彩雲一怔，問道：「老爺說什麼？」

「我要正式娶你做我的妻，行三書六禮，明媒正娶。」

「老爺不怕別人說？」

「那麼多苦都抗過來了，還怕什麼！」

「我怕，要不等我給你生了兒子再……」

「不怕！當年我落難之時，若不是你冒死相救，我這條命早就……這幾年，兩個孩子也多虧你照顧。彩雲，不要有顧慮。」

彩雲聽了，眼淚流了下來。這幾年，她受了很多苦，但為了戴燮，她都忍了。她沒想過要扶正，她知道自己不配。在她心中，

只要能和戴燮生活在一起，就足夠了。現在，戴燮的話讓她既驚喜，又充滿顧慮。她多麼希望自己能給戴燮生個兒子，能給他傳宗接代，如果那樣的話，她就沒有遺憾了。她緊緊抱住戴燮，說了一句：「夫君！」此刻，彩雲的心已經被戴燮融化了。

次日，戴燮先去見了兩個弟弟，說了自己的想法。兩個弟弟沒有反對，讓他去徵求大哥的意見。戴燮便叫上兩個弟弟一起去見大哥。大哥見到戴燮，一臉不高興，說：「這幾年你到哪裏雲遊去了？清明節也不回來給父母上墳，你還知道回家？你心裏還有這個家嗎？」

「大哥息怒，都是我不好。在外地，每到清明節我都祭奠父母。這次回來，我先到父母墳上叩拜了。」

「你找我有什麼事？」

「我來和大哥商量，想把彩雲扶正。」

「什麼？你把一個下……扶正？豈不又丟了戴家人的臉？你還嫌丟得……」

戴燮看看兩個弟弟，意思是請他們說句話。兩個弟弟你一句他一句地說：「大哥就答應了吧，兩個侄女都大了，到了談婚論嫁的時候。」「是的，把二嫂扶正，這個家就完整了，給侄女找婆家也好說話。」

大哥想了想，說：「好吧。扶正儀式我不會出面的，讓你兩個弟弟幫着操辦吧。」說完就轉身去了。

「大哥既然同意了，那就趕快辦吧。」

「現在就下帖子。」

戴燮選了一個良辰吉日，舉行了扶正儀式。戴燮這次下了決心，一切按照迎娶正妻的儀式補辦了所有儀式，遺憾的是拜父母時，只能對着父母的牌位行叩拜禮。宴請親朋好友，鞭炮齊鳴，好不熱鬧。女賓當中，有人看了這場景心裏不免酸楚難忍，一則為彩

雲高興，終於苦盡甘來，二則心生羨慕，慨嘆不已。也有人表面高興，內心鄙夷不屑。喜宴之上，各種心情，各種表情，各不相同。彩雲聽了戴燮事先的囑咐，不管來賓好臉色，還是壞臉色，一律笑臉相迎。所以，這場面也還順利。忙壞了兩個弟弟，彩雲給這倆小叔子多敬了兩杯酒。

街坊鄰居、四鄰八舍知道戴燮將小妾扶正後，覺得戴燮是個有良心的人，特別是那些落身為妾的女人們，心生羨慕。她們知道，很多男人在妻子過世後就忙着續弦再娶，原來的小妾因為身份地位的問題依然不得舒展，甚至有的被賣掉、送人。相比之下，戴燮這樣的男人有情有義，要嫁就嫁這樣的男人。然而也有人暗中詆毀戴燮，罵他壞了祖宗的規矩，將來不得好死。所以，戴燮的行為在當地還是掀起了一點波瀾。

過了一段時間，媒婆上門來了，說某家公子願娶戴燮的千金；這個媒婆前腳走，另一個媒婆後腳到，一個月內，兩個女兒皆已定了婚，男方都是本地讀書人家。戴燮的父親年輕時參加科舉，高中榜眼，又在朝為官多年，與官場、士林間多有交往，人脈較廣。他們知道了戴燮將妾扶正的事情後，也紛紛讚許。

一天，彩雲突然發現自己停了例事，還有嘔吐反應，便羞答答地對戴燮說：「我可能有了。」樂得戴燮手舞足蹈，唱了起來。這正是：

> 心性善良人稱美，門檻踏破天作媒。
> 摒除俗風倡平等，百姓讚許神不虧。

43

自從沙利衛與曾知府商議迪瓦和秋兒婚事之後，就一直在等待曾知府的消息。這一天，他正在閱讀《孟子》，迪瓦進來了，說曾知府派人來找神父有事相告。沙利衛便支開迪瓦，請來客進屋細說。來人是曾知府禮房小吏，送來一封書信。沙利衛展開便讀，讀罷喜上眉梢。他送走小吏，叫來迪瓦，說道：「迪瓦，今天下午三時跟我去辦一件事。記住，穿上新衣服。」

「為什麼？出去傳教，又不是相親。」迪瓦自言自語。

「這次傳教非同一般。」

「有啥不一般。這些年我跟着神父都學得爛熟於心了，我一個人去也沒有問題，神父在家裏看書吧。」

「不行。這次必須兩個人一起去。快去換衣服。」沙利衛說着，去拿一個小包。

「好吧。」

下午三時，沙利衛就和迪瓦出了教堂，那位小吏已等候門外。他們在小吏引導下來到秋兒舅舅家。迪瓦覺得這地方熟悉，他來過。走進門來，只見秋兒的舅舅已迎候在門口，熱情邀請他們進屋。迪瓦心裏一緊。

「神父大駕光臨，寒舍蓬蓽生輝。」

「打擾了。」

入座之後，秋兒的舅媽便遞上熱茶。她面帶笑容，盯着迪瓦看，讓迪瓦感覺很不自在。她走路一扭一扭的，迪瓦擔心她會摔倒。

小吏開口對秋兒的舅舅說：「此前知府大人託我來說媒，今日神父帶着迪瓦親自到府上求婚。你們談，你們談。」

迪瓦一聽，驚訝得張開大嘴。他看看神父，又看看小吏，再看

看秋兒的舅舅。沙利衛笑了：「迪瓦，事先沒對你說。你對秋兒的感情我早已心知肚明，一直想給你們牽線搭橋。只是你來自天竺之國，要娶一位中國姑娘，還怕秋兒家的大人不同意呀。為這事，我專門找了知府大人，他願意促成這椿跨國婚姻。這不，秋兒的舅舅知道後專程去了一趟上川島，秋兒的父母一聽，非常高興，滿口答應，還說了，要是再晚些時候，秋兒就要纏足了。因為你不講究這個，秋兒就沒有纏足。現在，就等你的態度了。」

「是啊。秋兒畢業回家後，心還在肇慶，整天就像丟了魂似的，人也瘦了。我去說了之後，秋兒立馬變了一個人似的，現在，就等你的態度了。」秋兒的舅舅說。

「吃水果。我們家秋兒，那可是千裏挑一的好姑娘。」秋兒的舅媽給迪瓦遞來一個大橘子。迪瓦趕忙站起身，接了過來。

「就是迪瓦的父母遠在天竺，不知道他們是什麼態度。」秋兒舅舅說。

「神父救過我的命，父母把我交給神父，神父就是我的父母，一切神父說了算。」迪瓦表態了。

「那敢情好！」秋兒的舅媽說。

沙利衛站起身，拿出一個包，遞到秋兒舅舅面前，說：「這是訂婚禮，請收下吧。」

秋兒舅舅接過來，滿臉堆笑，說：「從今往後咱就是親家了，不必客氣。」

「那就選個良辰吉日，把他們的婚事辦了吧。」秋兒舅媽說。

小吏附和道：「正是，正是。知府大人還等着喝喜酒呢。」

大家高高興興又說了一陣子話，然後，沙利衛和迪瓦就起身離開了。秋兒舅舅、舅媽一直送到大門口。

告別小吏，兩人回到教堂。迪瓦假裝生氣地說：「神父怎麼也不事先告訴我呢？這太突然了，我一點準備都沒有。」

「噢，突然麼？荷包早就拿到手了，一點也不突然吧。」

「神父偷看我的東西。」迪瓦臉紅了。

「嘿嘿，害羞了吧。迪瓦，秋兒是個好姑娘，你要全身心愛她。將來你們回到果阿看你父母，他們該多高興啊！」

迪瓦的心頓時飛向了果阿。離開家鄉四年了，他時時想念家鄉，想念父母，如果有一天帶着秋兒回到父母身邊，父母一定驚喜萬分——但是，他知道，這些年來，神父對自己如再生父母，恩重如山，兩人之間建立了深厚的感情，如果讓他離開神父，真的是難以割捨……

沙利衛想，應該按照中國人的風俗，選一個良辰吉日，舉辦一個中西合璧的婚禮。反覆合計之後，他選定了 2 月 2 日，因為這一天在天主教中是獻主節，在中國則是春節前後，處在中國最隆重的傳統節日期間，又是一個雙數日子，大吉大利。迪瓦也很贊同，於是結婚的日子就這樣定了。

眼看着結婚的日子就要到了，戴燮先生還沒有回來，沙利衛多麼希望戴先生也能出席迪瓦的婚禮。

這天下午，沙利衛正和迪瓦商量做新郎婚服的事情，就聽外邊有人說話。迪瓦趕忙出去看，然後大聲說道：「戴先生回來了！」

沙利衛一聽，喜上心頭，趕忙出去迎接。只見戴燮先生携家帶口共四人，還有一輛大車拉着行李，另有一位車夫。

「哇，這是大搬家呀！」沙利衛說。

「神父，我這拖家帶口皈依您來了。」戴燮說。

戴燮向沙利衛一一作了介紹。沙利衛說：「歡迎！歡迎！」戴燮便讓夫人上前拜見神父。彩雲道過萬福，說：「早就聽說神父乃西方聖人，今日拜見，十分榮幸。」沙利衛說：「有夫人相夫教子，戴先生真是有福之人哪！」戴燮又讓兩個女兒拜見沙利衛。兩個女孩長得端莊秀麗，舉止大方，一看便是書香人家的孩子。戴燮說：

「上次深夜暢談，神父之言令我茅塞頓開。回家後，我與彩雲補辦了婚禮，也為兩個女兒定下婚事。現在，我把全家帶來，願意皈依聖教，請神父為我們全家實施付洗聖事。」

「耶穌基督歡迎你們全家。先住下，我準備一下，為你們施洗。」

戴燮一家臨時住在了教堂的客房。沙利衛選定日期，給戴燮全家施洗，並讓他們領受聖餐，所有教友都應邀前來參加。聖餐是小圓餅和紅葡萄酒。沙利衛對他們說，領到聖餐，心中就有了耶穌。要知道，耶穌為了拯救人類，犧牲了自己的生命，領取聖餐，意味着耶穌對你的虔誠所給的回報。由此開始，你就走進了耶穌，耶穌也走進了你。要知道，聖餐中的餅和葡萄酒變成了耶穌的身軀和血液，耶穌與你同在一起，並成為你的靈魂。沙利衛還教給他們畫十字，說「阿門」。

從此，天主教作為精神生命灌注進戴燮全家人的靈魂之中。人一旦有了靈魂，其精神面貌就會發生巨大變化。你看，彩雲的眼睛亮了，兩個女兒也神氣十足，特別是戴燮，那原本就有的儒士氣質變得更加醇厚清華。

戴燮的馬車拉了一大箱子線裝書，都是送給神父讀的，經史子集，樣樣齊全。沙利衛非常高興，如獲至寶。他從箱中取出一種，小心翼翼地打開書函，「論語」二字頓時映入眼簾。這是一部印製裝幀精美的線裝書，是沙利衛最想見到的中國宣紙。他想起在印度果阿時到一家印刷廠印製《天主十誡》的情景，那是令他終生難忘的經歷。從那時起，他就相信中國的印刷技術一定對阿拉伯國家乃至歐洲都產生了深刻影響。他輕輕撫摸着《論語》，把它與《聖經》擺放在一起。他想，這些書與他帶來的西方書籍合在一起，就是一個世界級的小型圖書館了，下一屆學生到來後，課程的內容就更加豐富了。箱子裏還有一套《史記》，戴燮鄭重地遞到神父面前，

說：「請神父寓目，這部《史記》，西漢司馬遷寫的。」

「司馬遷，我聽說過這個人，我一直想讀他的《史記》。」

戴變又拿出兩個花布包，打開來，給沙利衛看。第一個花布包裏面是一個木框，框內有多根細木棍，每一根細木棍上串着很多圓珠子；第二個花布包裏面是一張琴。沙利衛感到新奇，問道：「這是什麼？」

「這叫算盤。」

「做什麼用的？」

「算數用的。」

「這是什麼？」

「古琴。」

「古琴？」

沙利衛對這些東西十分好奇，他一會拿起算盤，一會捧起古琴，仔細端詳着，這是他從來沒見過的東西，他以前聽說中國算盤，但不知道是什麼樣子。戴變告訴他，這是一個有十三檔的算盤，每一檔，上面兩顆珠子，下面五顆珠子，中間用木製的橫樑隔開。接着，他詳細介紹了每一顆珠子代表的數字，以及基本的算法。沙利衛說：「這太神奇了！中國人真聰明，發明了這樣精巧的計算工具，比西方的筆算要先進得多。」他對戴變說，「我喜歡數學，但不會用算盤，請戴先生教我使用算盤。」

戴變說：「我拿算盤是教學生的。當然，如果神父喜歡，我也可以教您學會使用它。」

沙利衛高興得像個孩子，拿着算盤看了又看。沙利衛又捧起古琴，問道：「先生喜歡音樂？這古琴怎麼演奏？」

戴變從未見到沙利衛如此天真的樣子，即便是身為神父的沙利衛，在中國文化面前竟然如此興奮，如此天真爛漫，哪裏還有神父的影子呢？這種天真的樣子，只有在媽媽面前才會顯現出來，多麼

可愛呀！戴燮笑了笑，認真地給沙利衛講了起來。他從伏羲作琴講到神農氏削桐為琴，繩絲為弦；從虞舜五弦琴講到周文王、周武王七弦琴；從《詩經·關雎》「窈窕淑女，琴瑟友之」講到《小雅·鹿鳴》「我有嘉賓，鼓瑟鼓琴」，講到孔子向師襄學琴，並對「詩三百」一一弦歌之；從俞伯牙與鍾子期高山流水遇知音的生動傳說，講到嵇康臨終時在刑場上彈奏《廣陵散》……聽得沙利衛一會兒目瞪口呆，一會兒心搖神馳——他沒有想到，中國古琴原來有這麼悠久的歷史！

戴燮頓了頓，喝了一口水，接着說：「古琴在中國具有崇高的地位。尤其是文人雅士，無故不撤琴瑟；琴棋書畫，琴列首位，它不僅是高雅的符號，還是風骨的標誌，更是純真友誼的象徵。來，我給神父彈一曲《高山流水》。」

說罷，戴燮輕舒兩臂，雙手撫按琴弦，左手蘭花撫穴，右手虛庭鶴舞；一會兒兩手同時撥弦，呈飛龍拿雲之勢，又顯托勾擘剔之姿，或低，或高，或婉轉，或激昂，時斷時續，若有若無，只見兩手神龍見首不見尾，琴聲則跌宕錯落多變化，像是山谷怪石繞溪流，又如細風暴雨翻山壑，更似波浪松濤震山河……

音樂停止了，沙利衛還沉浸其中，久久回味。他說：「我雖然不能完全聽懂，但似乎感受到了一點點。俞伯牙和鍾子期，多麼美好的故事……」

吃過晚飯，沙利衛翻閱戴燮帶來的線裝書。他向戴燮請教中國書籍用紙、印刷和裝幀的技術。戴燮一一作了詳細介紹。沙利衛則拿過精裝本《聖經》介紹了西方書籍的裝幀技術。

沙利衛突然問道：「你們中國人參加科舉考試要讀這麼多的書嗎？」

「不必。科舉始自隋代，科目較多。唐宋時期考的內容更多，唐玄宗還要考《道德經》呢。到了大明朝便只考儒家經典，主要

是四書五經。嘉靖二十三年，家父考取榜眼，儒家經典能倒背如流。」

「令尊大人真是國家精英啊！」沙利衛說道，「我對中國的科舉考試很感興趣。關於這方面的文獻資料，這些書中有記載嗎？」

「有。唐宋史書中有《選舉志》，可以翻看。另外《唐摭言》也可以參考。還有《登科錄》有詳細記載，但該書不易找到，須到官家藏書處才能看到。」

「我先看史書吧。」沙利衛接着問道，「戴燮先生為何不參加科舉考試呢？憑先生的才華，別說榜眼、探花，就是考個狀元也是很有可能的。」

戴燮笑了笑，顯得有些不自然。沉默了一會兒，他吞吞吐吐地說：「此事……說來可就複雜了。以後……有機會再說吧。」

沙利衛感覺得出，戴燮似有難言之隱，也就不再繼續問下去，他想找個高興的話題來緩和一下氣氛，便說道：「告訴先生一個好消息，迪瓦和秋兒快要結婚了。」

「真的？太好了！什麼時候？」戴燮興奮了。

於是沙利衛把請曾知府幫忙給迪瓦和秋兒說媒的事告訴了戴燮，希望戴燮能夠參加他們的婚禮並擔任主持人。戴燮說，等他把家眷送回家鄉後，就立刻返回，絕不耽誤。

44

上川島。這段時間，張德義家裏喜氣洋洋，張德義夫婦整天樂得合不攏嘴。特別是做母親的，忙着為女兒出嫁做準備，生怕有哪個細節考慮不周全。

秋兒母親原本最擔心的就是秋兒的一雙大腳丫子。漁民生活不同於內地百姓，整天出海捕魚，很少穿鞋，所以女子纏足的習俗並不盛行，尤其這上川島，山高皇帝遠，偏僻荒涼之地，人煙稀少，人們對女子纏足並不太看重，所以秋兒媽媽沒有早早地給秋兒纏足。秋兒呢，整天和兩個哥哥在一起玩耍，還經常隨父親出海捕魚，那股子天真爛漫和自由是從小養成的。

　　自從見到迪瓦後，秋兒的心裏就多了一個人。到了肇慶教堂，迪瓦成了她的老師，她每天都能聽到迪瓦上課，伴她一起學習，她的心裏有一種踏實的感覺。如果有一天迪瓦不在，她就東張西望，似乎缺少了什麼。那天大雨過後，她去上學，舅舅要送她，她說自己能行，可沒想到路上一股洪流將她沖到河邊。她害怕極了，後悔沒聽舅舅的話。如果不是迪瓦及時相救，自己早就淹死了。她回想起自己受涼發燒躺在教堂樓上的情景，覺得那就是天意。她已記不清是迪瓦把自己抱上樓的，還是自己走上樓的，更不記得是自己換的衣服還是迪瓦給自己換的衣服。如果是迪瓦給自己換的衣服，那就是說，耶穌基督早已把自己許配給迪瓦了。

　　三年的學習生活，迪瓦對自己格外照顧，講課時生怕自己聽不懂，總是耐心細緻地再給自己講一遍。特別是那張肇慶地圖，單靠自己和同學是畫不出來的，多虧了迪瓦悉心指導和不斷修正。那張地圖裏，有他們共同的心血。秋兒記得，有時課間休息，她總想走到迪瓦跟前，和他說幾句話，哪怕就是閒聊也心裏美美的。正因為這樣，同學中有人嫉妒迪瓦了，因為也有其他男孩喜歡秋兒。可是，在秋兒的心中，誰也不能代替迪瓦。迪瓦既是老師，更是一位令她愛慕的兄長。

　　她對迪瓦的身世很好奇。她想，迪瓦是天竺人，為什麼跟着沙利衛神父來到中國呢？迪瓦的父母就不想他嗎？迪瓦的父母長什麼樣？迪瓦將來還回自己的國家嗎？神父一輩子不能結婚，迪瓦不會

也做神父吧？她有時跟迪瓦在一起說話時，想打聽這方面的消息，可還沒說幾句話，就被同學打斷了。畢業後，她不能天天見到迪瓦了，心裏就像一堆亂草，剪不斷理還亂。一天晚上，她夢見迪瓦做了神父，永遠不能親近自己了。她在夢中痛苦得哭醒了，母親聽到哭聲問她怎麼了，她急忙掩飾自己，說夢見大鯊魚要吃掉自己。白天，秋兒就像掉了魂一樣，無精打采，也不去主動做家務，母親開始生氣了。

直到舅舅來家裏，說沙利衛神父帶着迪瓦來提親，還帶來了彩禮，秋兒才恢復了正常，整日歡天喜地的。那時，秋兒的媽媽也才明白了女兒的心思。舅舅來時說到迪瓦的身世，秋兒這才知道神父救過迪瓦的命，是迪瓦的父母把他託付給神父的。於是秋兒又有了新的好奇，神父救迪瓦的命，那是怎麼一回事呢？是迪瓦生重病被神父救過來的，還是迪瓦也被沖到水裏讓神父救了上來的呢？她整天地想這些事情，甚至在夢中去還原當時的場景，有時她被夢境驚醒，看看身邊，哪有迪瓦的影子！她笑自己對迪瓦着了迷，自己一個女孩家，除了迪瓦就是迪瓦，差不羞呀？

她剛畢業回家的時候，有一天，母親對自己說，該裹腳了，看看你那大腳丫子，將來誰敢娶你呀？秋兒說，誰喜歡大腳丫子就嫁給誰。母親反問她，天底下有誰喜歡女孩是大腳丫子的？她馬上對母親說，如果有人喜歡她這大腳丫子，母親同意女兒嫁給他麼？當時母親連想都沒想立馬說同意，還說：「你就做夢吧！」秋兒當時讓母親和她拉鈎發誓。秋兒知道世界有很大，可是母親眼中，只有一個上川島。她知道，母親這回輸定了。

從那時候起，秋兒整天盼着迪瓦的消息，她相信自己留給迪瓦的荷包已經表明了心意。自己給迪瓦講過一個故事的，說的是在中國，一個姑娘把自己親手繡的荷包送給心儀的小夥子，就是把心交給了他，後來小夥子娶了姑娘，兩個人過上了相親相愛的幸福

生活。她斷定，迪瓦一定會像故事中的小夥子一樣來娶自己的。當舅舅來說迪瓦求婚的時候，母親驚呆了，哎呀，原來這女兒心中早就有人了，怪不得那天她要跟自己拉鉤呢！不過母親對這個外國人一點也不了解，嫁過去能幸福嗎？就在母親猶豫的時候，父親說了一句話：「迪瓦救過秋兒的命，這是命中註定的姻緣。」母親就不再說什麼了，從那以後也就不再提裹腳這事了。秋兒偷偷樂了好幾天。她知道，上川島的女孩子誰也不願意裹腳，疼得要命呀！母親給她說過裹腳時的滋味。她想想就害怕，也不知道是哪個缺德的人發明了裹腳。

舅舅又來了，為了秋兒的婚事舅舅跑了多趟。張德義和妻子趕忙迎接。舅舅說了沙利衛神父選定的日子，還把 2 月 2 日中西兼顧的含義做了解釋，來徵求他們的意見。張德義聽後很是高興，說神父想得真周全，自己沒意見，就按神父的意見辦。秋兒舅舅又說，迪瓦和秋兒的婚禮在教堂舉行，沙利衛神父邀請秋兒父母出席。張德義聽了高興得只想蹦起來，說：「我就想看看這洋婚禮是個什麼樣，只是不好意思提出來。現在好了，神父邀請，我們一定要參加。秋兒的哥哥能去麼？」

「神父說了，都去，一個都不落。」秋兒舅舅說。

「太好了，太好了……」張德義摸着頭皮，一個勁地說着，笑着。

45

1588 年 2 月 2 日上午，仙花寺教堂。迪瓦和秋兒簡樸而又隆重的跨國婚禮在這裏舉行。曾知府做證婚人，戴變主持。秋兒的父

母和舅舅、舅媽都在場，迪瓦的父母由沙利衛代表。所有教友都出席了。這是一場中西結合的婚禮，將在中國歷史上寫下濃墨重彩的一筆。

上午十時，教堂的鐘聲敲響了，雄渾悠揚，迴蕩在空中。鳥兒在天空翱翔，白雲淡淡，和風習習。

戴燮走上前台，宣佈婚禮開始。他首先邀請證婚人曾知府講話。曾知府今天穿了一身嶄新的儒服，神采奕奕。他說自己以前多次做證婚人，但今天非同一般，他為能擔任迪瓦和張秋語的證婚人感到由衷高興。他說，中國古代就有「大同」的說法，自從看了沙利衛神父的世界地圖後，更加堅定了這一信念，這個世界最終要走向大同，迪瓦和張秋語的婚禮就是中西方走向大同的嚆矢。

沙利衛一面聽曾知府講話，一面想，中國的科舉制度真好，遴選了全國的精英人才，即便平民子弟也可以通過科舉之路走上仕途，甚至可以到達宰相首輔之位，這就是中國式的民主與平等。他把西方的學歷教育與中國的科舉功名做了比較，認為進士相當於西方的博士，舉人相當於碩士，秀才相當於學士。在沙利衛眼中，曾知府就是一位博士，為官一方，不僅學問淵博，而且開明靈動，可謂中國官員中的翹楚。這樣的官員多了，這個國家的前途不可限量。

曾知府在熱烈的掌聲中結束了講話，沙利衛使勁鼓掌。沙利衛一邊鼓掌，一邊想，這樣的場合實際上就是在上課，這是特殊的課堂，它所起到的傳教效果是任何普通課堂不能相比的。這是傳教的最高境界——把教義融入人們的生活之中，耳濡目染，潛移默化。沙利衛今天特意穿了一件紅色祭服，因為他知道中國人講究在婚禮上穿紅色，喜慶，吉利。在天主教的彌撒儀式上，主教也有穿紅色祭服的時候。這可謂中西合璧的最佳呈現。

戴燮繼續主持。他向來賓介紹了秋兒的父母，並請他們移步坐

到前台最尊貴的座位上。又向來賓介紹沙利衛神父，代表迪瓦的父母。大家一陣熱烈掌聲。然後，戴燮向身穿中國傳統新婚禮服的新郎、新娘宣佈：一拜天地，二拜高堂，夫妻對拜，喝交杯酒……不過，今天喝的是紅葡萄酒。

沙利衛還是第一次見到中國婚禮的儀式，他覺得有些元素很值得借鑑，比如拜父母。他認為，對父母表達尊敬、感恩之情是應該的，與《聖經》的教義是一致的。

在中國，喝完交杯酒，應該進洞房了，但是戴先生卻說：「請新郎、新娘到二樓更換婚禮服裝！」

於是二人在伴郎伴娘的陪同下上了二樓。大家頗感意外，竊竊私語，這怎麼就換服裝了呢？只聽戴先生解釋道，今天的婚禮是中西合璧，由他來主持中國元素部分，由沙利衛神父主持西方元素部分。

過了一會兒，再看迪瓦和秋兒，換上了西式婚禮服裝：秋兒頭頂黃色婚紗，上衣着淺藍色碎花緊身胸衣，下着奶白色裙撐，顯露出纖細的腰肢和優美的曲線。迪瓦穿一身燕尾服，下擺向後斜切，下身是條紋褲，上身是珍珠灰背心、硬領白襯衫，搭配灰黑色領結。二人都戴着灰白色手套，穿黑絲襪和小山羊皮革鞋。

「下面請沙利衛神父主持，請來賓注意：神父邀請來賓配合說什麼，來賓就一起說什麼。」

來賓們特別好奇，精氣神高漲，大家都想知道西方的婚禮究竟是什麼樣子。眾人個個屏住呼吸，想看清每一個細節，聽清每一句話，生怕漏掉一個字。特別是曾知府和戴燮，他們越來越重視中西方文化的融合，但深知要做好融合這篇大文章，前提是互相深入了解。現在，他們要親眼看一看西方的婚禮。

只見沙利衛神父緩步走向前台。神父今天穿戴格外講究：一身新做的紅色袍衣，紅白分明的羅馬領下是三十三粒紅色紐扣，整齊

排列。胸前佩戴的一副銀質十字架，在燈燭的照耀下閃閃發亮。

沙利衛說：「各位兄弟姐妹，你們是天主寵愛的兒女，理應效法基督，力行愛德，就像基督愛我們。做妻子的應該服從丈夫，如同服從天主一樣。做丈夫的，應該愛妻子，如同愛自己一樣。年輕的男子離開父母，與妻子結合，兩人成為一體，這是天主的安排。」沙利衛接着說道，「請來賓隨我念誦『感謝天主』！」

於是，全體來賓說：「感謝天主！」

沙利衛對新郎新娘說：「你們要彼此相愛，如同我愛了你們一樣。」沙利衛說完，轉身面向全體來賓，說道，「請來賓隨我說『基督，我們讚美你』。」

全體來賓說：「基督，我們讚美你。」

沙利衛說：「新郎新娘，今天你們來到主的聖殿，締結婚姻。你們是天作之合，必須終身相守。現在，請你們在大家面前鄭重表明你們的意願。」

沙利衛說：「迪瓦先生，你是否願意與張秋語小姐結為夫婦？」

新郎說：「是，我願意。」

沙利衛說：「張秋語小姐，你是否願意與迪瓦先生結為夫婦？」

新娘說：「是，我願意。」

沙利衛說：「你們是否願意終生互敬相愛？」

新郎、新娘說：「是，我們願意。」

沙利衛說：「現在，請你們彼此握着對方的手，在主的面前訂立你們的盟約。」

新郎說：「秋兒，從今天起，我鄭重承認你做我的妻子。從今以後，無論順境還是逆境，無論疾病還是健康，無論貧窮還是富有，我將永遠愛你，終生不渝。」

新娘說：「迪瓦，從今天起，我鄭重承認你做我的丈夫。從今以後，無論順境還是逆境，無論疾病還是健康，無論貧窮還是富

有，我將永遠愛你，終生不渝。」

沙利衛說：「請你們給彼此戴上表示忠貞的信物——結婚戒指。」

迪瓦和秋兒各自給對方戴上了結婚戒指。這兩枚戒指是沙利衛託孟安仁從澳門帶來的，一直保存在身邊，今天用得其所。

沙利衛說：「天主賜你們永遠幸福。祝你們天作之合，白首偕老。」沙利衛說完，轉身面向全體來賓，說道，「請來賓隨我說『阿門』。」

眾賓齊聲：「阿門。」

最後，沙利衛說：「送新人入洞房！」於是，大家歡呼起來，目送一對新人步入二樓迪瓦的房間。秋兒的父母眼裏一直含着淚花。秋兒的兩個哥哥羨慕不已，哥哥悄悄地對弟弟說：「等我結婚時也這樣。」弟弟說：「我也這樣！」很多在場的人內心都受到了觸動。婚禮結束了，在來賓的心中，一種全新的美好願望剛剛開始。

來賓走了，大廳裏只剩下沙利衛，此時的他心中一塊石頭終於落了地。迪瓦找到了自己的幸福，與自己心愛的人結了婚，迪瓦的父母一定會高興的。每個人有每個人的幸福，人生要有追求，能將追求變為現實，那就是實現了幸福人生。遺憾的是，賴亞儘管有自己的追求，但不幸夭折。如果賴亞活着，今天就是兩對新人走進婚姻殿堂，就是兩對跨國婚姻。不過，賴亞的願望在迪瓦身上實現了，延續了。自己呢？雖然自己永遠不能走進婚姻的殿堂，但是能給年輕人主持婚禮不也是幸福的嗎？自己在教堂主持了多次婚禮，看到年輕人幸福，自己也感到幸福，因為自己是天主的使者。

「敬愛的神父，謝謝您為我和迪瓦主持婚禮。我有一個問題，請教神父。」秋兒走了過來，面帶敬仰的神情看着沙利衛。

「哦，我的孩子，你有什麼問題？」

「您的衣服上為什麼有三十三粒紐扣？」

沙利衛一聽，笑了。他和藹地對秋兒說：「因為耶穌基督在人世間生活了三十三年，後人為了紀念他就做了三十三粒紐扣。」

秋兒瞪大了眼睛，看着沙利衛，點了點頭……

46

二月的肇慶，春寒料峭。沙利衛和曾知府、戴鑾漫步於夜色朦朧的千年詩廊七星巖摩崖石刻前。他們身披晚霞，習習微風撫弄着衣襟；翠鳥嘍嘍，回應着他們的笑聲。

來到著名的《端州石室記》碑刻前，曾知府介紹說：「這是鎮巖之寶，也是肇慶的鎮府之寶。」

沙利衛說：「我雖然來過幾次，但不解具體內容，請知府大人指教。」

「這是唐代李邕的著名書法作品。李邕不僅是書法家，也是一位性情剛烈、桀驁不馴的漢子。當年武則天寵愛的面首張易之、張昌宗權傾朝野，李邕當面直諫則天皇帝，怒斥二張，得罪了權貴，被誣陷下獄，定了死罪。許昌人孔璋為他伸張正義，願代他而死，朝野震動，後李邕免於一死。天寶初年，李邕任北海郡太守，『李北海』即得名於此。後來，李邕又遭奸相李林甫忌恨，七十歲高齡竟被玄宗皇帝杖殺，成為一大冤案。至於書法方面，還是請戴先生講吧，他可是書法高手啊！」

「知府大人過獎，戴某也只略知一二。李邕擅長行楷，筆力沉雄，自成一體。但這《端州石室記》卻是用正楷寫就。此篇結構嚴謹，字體端莊，用筆方正，剛勁有力。碑文內容更是汪洋恣肆，如

海潮波湧。」說着，戴燹便吟誦起來：「寂兮寥兮，恍兮惚兮，使
營魄九昇，嗜慾雙遣；體若振羽翼，志若摩雲天。秦漢之間，莫知
代祀，羲皇之上，自謂逍遙……」戴燹長嘯一聲，劃破寂靜的暮
色，迴蕩於天際之間。

戴燹說接着說：「即便李太白、杜子美這些大名鼎鼎的詩壇
泰斗對李北海也是無限敬慕啊！『君不見李北海，英風豪氣今
何在……』」

沙利衛聽着戴燹先生那鏗鏘豪邁的聲音，看着他們二人豐富生
動的面部表情，還有夕陽的餘輝照在他們身上，臉上，沙利衛心中
亦如大海波濤激盪不已。他感覺到二人對中國文化發自骨髓的熱
愛，體會到中國士大夫的浩然正氣。這種氣就是這個民族的靈魂。
他慶幸自己在肇慶遇到了兩位賢達。他動情地說：「我雖然對中國
文化知之甚少，但從二公身上感受到了中國文化厚重的底蘊。為了
表達感動之情，我把前段時間學作的幾首拙詩獻於二公，敬請指
教。」說着，沙利衛從懷中掏出自己用漢字寫的詩，呈送給他們。
詩作如下：

遊肇慶府

不憚驅馳萬里程，雲遊中華到肇城。

攜經萬卷因何事？只為傳揚天主名。

又寓肇慶謝曾、戴二公兩首

其一

僧從西天來神州，不憚驅駛四載勞。

時把聖賢書讀罷，又將聖教度凡曹。

其二

一葉扁舟泛海崖，四年傳教在中華。

心如秋水常涵月，身若菩提哪有花。

貴地肯容吾着步，貧僧至此即為家。

諸君若問西天事，非是如來佛釋迦。

曾知府讀罷，大為讚賞，說：「沒有想到神父的中國詩寫得如此之精，佩服，佩服！」

戴戀說：「神父乃好學之人，又天資聰穎，過目成誦，寫這樣的詩自然不算什麼。請神父方便之時，給我們講一講你的記憶妙訣，如何呀？」

「見笑，見笑。雕蟲小技，何足掛齒！」

「擇日一定領教。」

三人說笑着，便往回返。來到教堂前，知府大人告辭而去，沙利衛神父和戴戀回到教堂。沙利衛一本一本地翻看戴戀帶來的史書。沙利衛拿起《史記》，問戴戀道：「前段時間就聽戴先生說過，《史記》是一部偉大的歷史著作，卻一直沒時間閱讀。作者司馬遷是一個怎樣的人？」

於是，戴戀給沙利衛講了司馬遷的故事。沙利衛很受感動，特別是對司馬遷「究天人之際，通古今之變，成一家之言」的擔當精神十分敬佩，認為這與基督精神是一致的。沙利衛又問：「宮刑在中國最早始於何時？」

「《尚書》中就有記載了，值得慶幸的是，西魏時廢除了這一酷刑。」

沙利衛不禁長嘆一聲。

「神父何故長嘆？」

「西方從前有名為『割禮』的宗教儀式，但與宮刑完全不一樣。」

「神父可否介紹一二？」

於是，沙利衛介紹了西方一度流行的「割禮」。

「《聖經》上有嗎？」

「有，是早期猶太人的習俗。天主教認為，上帝創造人類，賦予人類肉體和靈魂，如果人為地損傷肉體，不僅與人道相違，而且違背教義，是對上帝的大不敬。」

戴燮說：「孔子有句名言：『身體髮膚，受之父母，不敢毀傷，孝之始也。』看來，中西方文化有相通之處。」

沙利衛問道：「噢，這話在《論語》中嗎？」

戴燮說：「在《孝經》中。這本書我也給您帶來了，在這兒。」戴燮把《孝經》拿給沙利衛看。沙利衛看了看，笑了。戴燮問他為何發笑，沙利衛說：「我記得《孟子》中有這樣的話，『不孝有三，無後為大。』我覺得好笑。若以此來衡量，我就是大不孝了。」戴燮笑了，說道：「神父還是不理解中國人傳宗接代的觀念。」

「大概是吧。」

「神父，我有一個問題，不知該不該問？」

「請講。」

「那天我給迪瓦和秋兒主持婚禮，神父看到一對年輕人終成眷屬，您羨慕嗎？」

沙利衛笑了。說：「這個問題問得好。我嚮往婚姻，但我更願意為天主奉獻一切。我加入耶穌會時，發過『三絕』誓願，就是絕色、絕財、絕意。從入會的那一天起，我就是一名戰士了，沒有牽掛，可以全身心為傳教事業奮鬥。天主說過：『我喜歡心甘情願的犧牲與奉獻。』人不只有動物性，還有理性和靈魂。我雖然沒有婚姻，但我成就了許多有情人的婚姻，我祝福他們。這就足夠了。」

「神父……如何克服……生理上的慾望呢？」

「靠信德。有的神父克服不了，就還俗了。還有的神父違犯了教義，受到了懲罰。其實，無論做任何事情，都要靠信念，靠信

德。神父這個職業不是一般人能做的，用你們孔聖人的話來說，就是克制、慎獨。『非禮勿視，非禮勿聽，非禮勿言，非禮勿動。』子曰：『克己復禮為仁。一日克己復禮，天下歸仁焉。為仁由己，而由人乎哉？』」

戴燮聽後，不禁長嘆一聲。

「先生嘆息什麼？」沙利衛問道。

「神父真乃聖人也！我敬佩神父崇高的境界和堅定的信念。孔子講過『飲食男女，人之大欲存焉』；《孟子》也講『食色性也』。可是神父能夠超越人性中普遍存在的慾望，達到更高的宗教境界，大概只有聖人才能做到吧。我領教了。」

「今天我們所談的內容，涉及東西方文化的共性和特色。我越來越體會到，東西方各有其美，又有共美。我們不僅要各棄其醜、各愛其美，還要互美其美、弘揚共美——這大概就是你們中國聖賢推崇的大同之路吧。」

……

夜色闌珊。他們度過了一個不眠之夜。

47

沙利衛開始讀《史記》了。這天，他讀完《五帝本紀》後，突然緊張起來，面色也不好看。戴燮問他是不是病了，他忙說不是。戴燮看見他身旁的《史記》，笑了笑，輕輕地說：「神父喜歡《史記》，也不能太用功。這些古書讀起來很勞神的。」沙利衛不自然地笑了笑，說：「戴先生說的是。」

迪瓦和秋兒結婚後，負責新一屆學生的招生工作。這對他倆來

說，是很適合的工作。本屆二十名新生很快就招齊了。這一屆的課程設置在原來的基礎上有所增加，其中就有「中國字與拉丁字母」的課程，由沙利衛神父和戴燮先生共同執教。

第一節課開始了。沙利衛神父掛出一張圖。他給學生講解說，這張圖有拉丁字母，是用來給中文注音用的。中文是象形文字，看到字，不一定能讀出音，給認讀帶來一定困難。拉丁文是拼音文字，只要掌握聲母和韻母拼讀的規律，就能讀出它的字音。這兩種文字一個是中國人的發明創造，一個是西方人的發明創造，都有優點，也都有不足，兩者結合起來，給學中文的外國人提供了一條便捷之路，也為中國學生提供了認字讀書的捷徑。他接着說，拉丁文一共有二十五個字母——二十個輔音字母、五個元音字母，按照一定的規律進行拼讀，可以給中文注音，十分方便。接着，他指着字母圖讀給學生聽。

有的學生問：「注音上邊的小符號是什麼？」

沙利衛說：「這叫聲調符號。中文有陰平、陽平、上聲、去聲、入聲五個主要聲調，我們分別用『—』『∧』『\』『/』『∪』來表示，這樣就區分出每一個字的聲調了。下面請同學們跟我來讀。」沙利衛一邊指着掛圖一邊教學生發音，戴燮、迪瓦和秋兒也跟着讀。有時沙利衛請戴燮先生讀給學生聽，那是因為有些字戴燮先生的發音更加準確。

迪瓦和秋兒以前沒有上過這樣的課，是全新的。迪瓦悄悄對秋兒說：「我一直覺得中國字很難學，現在有了注音字母就容易多了。這不僅可以給中國字注音，還可以出版注音讀物，學生讀書就變成一件容易的事情了。神父太聰明了！」秋兒說：「我也可以學拉丁文了。」兩個人都很高興。

下課了。沙利衛神父主動徵求戴燮先生和迪瓦、秋兒的意見。戴燮先生說：「從西漢直音法，到東漢反切法，中國字的注音方法

沒有根本性的變化。神父用西方拉丁字母給中國字注音，這是一個歷史性的突破。用上這個方法，認字就很簡單了。」

秋兒說：「神父，我和迪瓦都覺得應該給學生編寫有注音字母的讀物，讓注音字母成為解決學生認字難的一個助手。注音字母少，卻可以給數以千萬計的中國字注音，這就方便多了。」迪瓦補充說：「將來我們的教學，首先教學生學習注音字母，然後再去讀四書五經，多方便啊。」

戴燮說：「現在刻版印刷的四書五經都沒有注音字母，如果給所有的中國書都加上注音字母，工作量太大，很難做到。」

沙利衛說：「我們可以嘗試編寫一本字典，給中國字都加上注音字母，學生讀書時遇到不會讀的字就去查字典，這也為西方人認讀中國字提供了便捷途徑。」

「這個想法好！神父，下一步我們就着手編寫字典吧。」

沙利衛看了看戴燮，說：「這是一項繁重的工作，單靠你我的力量是不夠的，最好再請幾位中西方學者參加。我們可以先編寫一部解說天主教教義的著作，加上注音字母，給學生看。戴先生，這件事請您幫我一起來做吧。」

「好。」

48

就在沙利衛討論着手編寫字典的時候，澳門耶穌會派人送來了通知，命沙利衛立刻赴澳門開會，說有重要事情需要討論。於是，沙利衛將教堂的工作暫時交給迪瓦負責，戴燮協助，自己啟程去了澳門。

澳門耶穌會經言學校會議室，就是沙利衛曾經在這裏學習中文和授課的地方。會前，孟安仁和沙利衛一起走進會場。孟安仁對沙利衛說：「你還記得有個叫黃民的中國人嗎？他進步很快，馬上就可以晉鐸了。」

　　前來參加會議的既有耶穌會的神父，也有多明我會、方濟各會的神父。除此之外，還有澳門聖保祿教堂的神父、經言學校的教師以及葡國駐澳門議事會的行政官員。主持會議的是孟安仁視察員。

　　孟安仁首先請葡國議事會的官員介紹了澳門的近況，以及中國最近海禁鬆弛的跡象，特別介紹了澳門在葡國貿易市場上的重要地位。這些國際形勢對於傳教士來說，是必須了解的背景，因為每一個傳教士都知道，傳教離不開政治。官員講完就離開了。孟安仁說：「這次會議非常重要，恐怕要開二至三天，有很多事情需要認真詳細討論，會後還要將討論結果匯報給羅馬教廷和耶穌總會。」

　　會議的第一個議題是：目前傳教的實際效果和面臨的問題。來自不同傳教點的傳教士介紹了各自發展教徒的人數。在兩廣區域內，共有十二處傳教點，每個點所發展的教徒人數各不相同，從二十餘人到三百餘人不等。肇慶有八十人，處在中間位置。孟安仁請入教最多的傳教點神父介紹經驗。那人是方濟各會的傳教士，看上去有些得意的樣子。他說，之所以發展了三百多名教友，是因為把精力集中在了基層，面向廣大鄉村民眾。鄉村人多，民眾愚昧，略施小惠，稍加點化，民眾就積極入教。多明我會的傳教士也介紹了類似情況，並發表了自己的觀點。他說，入教人數是評價傳教實績的主要指標，應該努力擴大入教人數。他還婉轉批評了眼睛向上看的傳教策略，認為傳教主要對象是基層民眾，而不是上層人物。

　　沙利衛聽出了一點弦外之音。他看了看孟安仁，意思是自己有話要說。不知孟安仁沒有看見還是故意避開，二人的目光並沒有對上。沙利衛明白，孟安仁並不希望他急於發表意見，而是讓他等一

等。果然,耶穌會的一位傳教士發言了:「面對基層民眾固然是對的,但眼睛向上也很有必要,甚至更加重要。在中國,上層的態度對下層的影響具有決定作用。《論語》中有名言:『君子之德風,小人之德草。草上之風,必偃。』這是中國的國情。其實,有些入教的民眾,形式上入教不等於心靈上入教;心若不入教,就會今天入、明天退,意義何在?衡量傳教的主要指標是心靈入教。」

……

大家七嘴八舌,圍繞這個主題討論開了,觀點也出現了明顯分歧。孟安仁覺得該是沙利衛發言的時候了,便向沙利衛遞了一個眼色。沙利衛立刻明白了,便開口講話了:「以上各位神父所講皆有道理,我聽後很受啟發。我認為,傳教最好的效果是二者兼顧。眼睛既不能單純向下,也不能一味向上。上帝面前人人平等,傳教不分下層和上層。所以,入教人數少固然不好,但是單純以入教人數來衡量工作效果也不妥。」

孟安仁聽了,微微點頭。接着,他介紹了肇慶傳教工作的經驗:那就是既有戴燮這樣的士大夫,也有張德義這樣的漁民,都是全家入教,而且信德堅定。孟安仁插話說,這個經驗值得推廣。接下來大家討論傳教中遇到的困難。各傳教點都反映了一個問題,中國民眾如果沒有得到實惠,就不會入教,即便入了教又被佛教動員回去了,朝秦暮楚的情況不是個別現象。這個問題與沙利衛在果阿和日本遇到的問題相同,說明了培養信德在傳教中的重要性。

會議稍事休息後,接下來討論第二個主題:對中國文化的認識。

一位傳教士說,中國文化是落後的,科學尤為落後,中國人連地球是圓的都不知道。他們見到自鳴鐘能自動報時,還以為裏面有一個小人呢,太可笑了!中國人根本就不懂得什麼是科學。在鄉村,迷信盛行,漁民都相信媽祖能給他們帶來平安,卻不相信耶穌

帶來的福音。

另一位神父說，中國人重視祭祀祖先，這是迷信。他們村村有祠堂，供奉祖先牌位，這是不能容忍的。

還有一位神父說，中國人迷信孔子，信奉孔教，包括讀書人都把孔子作為神來崇拜，還有孔廟，這是違背《聖經》教義的。

……

神父們你一言，我一語，總之是中國落後，中國人愚昧、迷信，需要用天主的光輝照亮他們，拯救他們……

孟安仁對這些發言是不太贊同的。他這位十九歲就獲得巴度大學法學博士的奇才，有着豐富的經歷和超凡的眼光。他在教廷服務數年，深得亞爾坦總主教的器重。後來，他追隨柏拉瓦的芳踪進入耶穌會初學院，受命為副神師。晉鐸後，孟安仁出任初學院神師神父。就在這個時候，他認識了初學修士沙利衛。所以，沙利衛還是他的學生呢。1574年，他被派往東方傳教，至今已經十多年。這些年，他往返於印度、日本和中國澳門之間，對整個亞洲的形勢特別是對中國文化有了深入了解。剛才，有的神父發言暴露了對中國文化的無知，他是很不高興的，以這樣的態度傳教不會有好結果。但他考慮到自己的身份，不便於直接發言。他欣賞沙利衛的觀點，這不僅因為他們是師生關係，更重要的是因為沙利衛的刻苦學習精神，努力鑽研中國文化，成為了一名中國文化的學者。他認為，天主教要想在中華大地站穩腳跟，就得靠沙利衛這樣的傳教士。他已收到耶穌會和羅馬教廷的通知，對沙利衛委以新的重任，這次會議對沙利衛非常重要，關係到沙利衛下一步在中國獨立領導傳教工作能否具有牢固的威信。想到這裏，孟安仁又向沙利衛遞眼色，希望他在這個關鍵時候能顯露才華。

沙利衛先是靜靜地聽。他從以上發言中，了解到他們對中國文化熟悉的程度，同時也準備好了自己的發言內容。沙利衛已覺察到

孟安仁的細微舉動。他從內心感激自己的老師，但複雜而微妙的人際關係提醒他，不能與孟安仁走得太近，尤其不能炫耀他們的師生關係，否則既不利於自己，也不利於他的老師，只能是心有靈犀，默契配合。剛才聽了諸位神父的發言，沙利衛猜測到孟安仁是不會高興的，他也理解作為視察員的孟安仁不會輕易表態，因為在這個會上，不僅有耶穌會的神父，還有其他修會的神父，如果說錯一句話，局面就不好收拾。沙利衛覺得，自己在這個時候必須站出來，說出老師想說而不便說的話。他喝了一口水，潤了潤嗓子，然後說道：「我對中國文化還在學習之中，想談一點不成熟的感受。」

全場的目光一下子集中到他身上。大家知道，肇慶教堂修建後，沙利衛的傳教業績有目共睹，特別是沙利衛對中國文化的學習和研究已經走到他們前面了。

「站在當下看，中國的科學技術的確落後於西方，多數中國人不知道地球是圓的，不明白自鳴鐘的原理，甚至看不懂自鳴鐘上的羅馬數字和阿拉伯數字，更不知道三稜鏡為何會發出耀眼的七色光。他們的官員沒有見過世界地圖，長期以來認為自己才是世界的中心，加上閉關自守，確實有些可憐。」

沙利衛說到這裏，有人笑出了聲。

沙利衛接着說：「但是，要知道中國有五千年文明史。中國人的四項發明，造紙術、印刷術、指南針和火藥，歐洲人通過阿拉伯人介紹過來，至今受其惠澤。中國的科學技術有着悠久歷史和輝煌成就。拿天文學來說，這是西方人引以為驕傲的，其實在中國春秋戰國時期就產生了《甘石星經》這樣的天文學著作，比西方早得多。中國人的『四分曆法』也比西方早。中國人在《春秋》一書中就記載了彗星，而西方人很晚才知道這是一個星體。中國人在漢朝時就發現太陽中有黑子，可我們一致認為太陽是完美無缺的。」

「中國的機械製造是落後的。」有人插話道。

沙利衛笑了笑，說：「表面看是這樣。但要知道，中國漢朝有個叫張衡的科學家，發明了地動儀，這比我們的自鳴鐘要高明得多。中國人非常敬仰的諸葛孔明發明過木牛流馬，那是高度自動化的機器人。中國在春秋戰國時期就有了一部偉大的機械製造專著叫《考工記》，相比起來，西方人可就落後多了。」

沙利衛有點激動，他站了起來，繼續說：「地球是圓的，其實中國人很早就知道了。」

「不可能。」

「何以為證？」

沙利衛說：「中國有一部神奇的書，叫《黃帝內經》，裏面就有這樣的記載。另外，中國還有一部書叫《尸子》，也有類似記載。」

「中國的醫學非常落後，他們不懂得人體解剖學，人生病後就靠什麼望、聞、問、切，太玄乎了。」說的人兩手一攤，表現出很不屑的樣子。

沙利衛說：「西方解剖學先進嗎？亞里士多德主要解剖動物，將結論移植於人，錯誤百出。哦，你會說安德烈·維薩里，而在中國《漢書》中就有太醫解剖人體的記載。另外，世界上第一個進行醫學解剖的人，不是安德烈·維薩里，而是中國一位女醫生，叫張秀姑。她生活在南北朝時期。她的解剖案例比西方早了一千多年！這位張秀姑，出生於醫學世家，她的父親是一位有名的醫生。她繼承父親遺志，懸壺濟世。為了制止一場瘟疫，她親手解剖因病死去的丈夫⋯⋯但是很不幸，她因此被判了刑。」

沙利衛越說越激動，接着說道：「是的，這很愚昧。可是諸位神父別忘了，安德烈·維薩里為了研究解剖學，也是偷偷摸摸進行的，因為西方也曾經嚴禁解剖人體。安德烈·維薩里是偷了犯人屍體去解剖的，他把死人頭骨藏在大衣內帶進解剖室，他甚至帶領學生去盜墓。之所以這樣做，是為了逃避對他的處罰。而在中國，宋

代就有了一部法醫著作《洗冤錄》，西方至今不能與之相比。」

「你反對宗教裁判所嗎？」有人質問。

「我不反對宗教裁判所。我是說中國的科學技術曾經有過輝煌的成就。遠的不說，就拿大明帝國鄭和下西洋來說，先後七次，配有最先進的航海設備。鄭和寶船長一百六十米，寬六十米，船有八層，九桅十二帆，排水量一萬五千噸。顯然，同時代西方造船技術望塵莫及。」

「既然如此，為什麼明帝國沒有稱霸海上，反而是西方人呢？」

「那是因為中國人熱愛和平，厚往薄來，與各國修好。其實，鄭和船隊配備了強大的武裝力量，如果想吞併一個國家，易如反掌。但是他們所到之處沒有侵佔別國一寸土地。不過，這也正是大明帝國的弱點。它盲目自大，自以為是天下的中心。這種可笑的想法像麻醉劑一樣在起着作用，迷惑着他們自己的頭腦。尤其在科學技術的發展上，大明帝國已經停止了進步，被西方落得越來越遠。比如，中國人不知道地球對於物體有一個吸引力，從而使物體產生重量；他們聽說太陽比地球大，就感到奇怪；對於空氣，中國人更是一無所知，只相信五行之說。他們除了因襲古代舊說之外，沒有拿出新的科學創見。他們的專制制度，尤其是科舉考試的內容壓制了科學技術的發展。空談心性的宋明理學也對科學技術持蔑視態度。這些使得他們原本優秀的科學技術傳統斷裂了，陷入到倒退和愚昧之中。我可以預言，中國如果不覺醒的話，將來很可能退化成一個弱國，甚至面臨被逐漸強大起來的西方瓜分的危險。所以，天主教義可以引領這個國家走出迷茫，成為與我們具有同樣信仰的國家，即上帝的子民。」

「如果上帝的福音把中國人喚醒了，變得強大起來，像我們一樣對外擴張貿易，會不會威脅到我們的福祉呢？與其那樣，還不如讓他們繼續麻醉下去。」

會場上沉默了，空氣也似乎凝固住了……過了一會兒，沙利衛說：「那就看上帝的意志吧。」

孟安仁宣佈暫時休會，明天繼續開。這時，黃民走了過來，對沙利衛說：「神父講得好！您真淵博，知道的比我這個中國人還多。」沙利衛說：「聽說您就要晉鐸了，我提前向您祝賀！我們共同為主奉獻一切。」他們談了幾句，各自回去休息了。

49

第二天，會議繼續進行，主題仍然是討論中國文化。

第一位發言的神父上來就把矛頭指向了中國文字。他說：「我在馬尼拉學習了三年中文。我認為中國字是最不開化的一種文字，最難學習，即便認得一萬個字，仍然不能什麼都讀懂。」

神父的這番話像一石激起千層浪，許多神父表示附議。一位神父說：「中國字多達十萬個，一個中國孩子用了十幾年的時間還是學不好，浪費了大量精力，耽誤了其他學科的學習。如果中國人使用西方的拼音文字，他們就可以節省出很多時間來學習科學，那樣的話，中國的科學技術就會比現在還要先進。」

另一位神父說：「中國的字與讀音脫節，屬於埃及象形文字一類，是一種原初文字，與西方拼音文字相比是落後的。」

一位神父看上去很激動的樣子，他站起來，環顧一圈後，說道：「我對中國字進行了深入研究，我發現中國字是極其繁瑣的：其語義難以分析，只比埃及象形文字稍微高級那麼一點點，但與西方字母文字比起來顯然是原始的，處在文字發展的低級階段。這足以證明中國文明的落後和中國人的不夠聰明。中國歷史雖然悠久，

卻至今還在使用象形文字，由此可以證明這個國家是封閉落後。我的觀點是，中國文字既然這樣落後，我們應該提醒他們，最好早點拋棄它而改用拉丁文字。」

耶穌會的幾位神父也表達了類似觀點：「中國字是世界上最不可思議的文字，是鄙俗的、有缺陷的。中國話像是鳥的語言，只適合鳥的唇舌！」

「中國字是邪惡的產物，它是圖畫式的。如果上帝的名字出現在這種圖畫式的文字中，就會觸犯摩西十誡的第二誡，即不准製造偶像。」

「中國字的發音有多個聲調，這些聲調在耳邊一晃而過，模糊不清。中國人省掉了很多元音，你幾乎聽不到雙音節詞。從一個送氣發音的詞緊接着就是一個連音詞，一個噓音接着就是一個被吃了的音，一會兒氣流通過嗓子，一會兒氣流通過上顎，幾乎都是鼻音。我在佈道前，先對我的僕人至少練了五十遍，他聽不懂，我就再重複，一遍又一遍不厭其煩地重複，他也只聽懂了三分之一。唉，真是煩透了！」

後面這幾位神父的發言有些出乎孟安仁的意料，因為前面其他修會神父對中國話、中國字有反感他不驚訝，但是耶穌會的神父也如此反感，他就驚訝了。他要求耶穌會的神父必須學習中國文化，會說中國話，這也是柏拉瓦總會長對傳教士的要求。可是今天的發言反映了傳教士的一種情緒，即對中國文化尤其是中國字極度反感。這種態度無疑是對他所提要求的一種反抗。他有些坐不住了，於是站起身想發言。

沙利衛對以上幾位神父的發言並不感到意外，他還想繼續聽下去，看看還有什麼意見。他早就看出端倪了，這些人不僅僅在貶低中國文化，很可能是藉機向孟安仁發難。因為孟安仁對傳教士提出的要求高，必須具備相當的中國文化修養才能達到。這次會議就是

要讓各種觀點充分表達，只有如此，最後孟安仁視察員的總結發言才能具有針對性。想到此，他趕緊站起身，走到孟安仁視察員跟前，說了句「我去方便一下」。同時，他用力握了一下孟安仁的胳膊。孟安仁立刻明白了沙利衛的用意，便點點頭，坐下了。其他神父，誰也沒有發現這短暫時間內沙利衛所傳遞出的信息，因而會議能夠繼續下去。

沙利衛從廁所回來，聽見一位神父正在發言：「中國佛教搞多神崇拜，對天主教是一種阻礙，必須對佛教開展反擊。」

「還有道教，妄談長生，典型的異教邪說，應該毀掉。」

「中國人家家祭祖，違背聖教教義，也要制止。」

「祭孔也要反對。孔子變成神了，這是天主教不允許的。要用天主教取代儒教。」

沙利衛聽起來，這幾位的發言似乎在發洩情緒，缺少理性分析，但零星的發言說明高潮已經過去，他們內心已經沒有什麼可講的了。沙利衛認為該自己說話了。他站起來，環視四周，說：「我贊同對佛教展開反擊。」

大家一聽，都很興奮，特別是剛才幾位慷慨陳詞的神父。但是，沙利衛話題一轉，問道：「請各位神父回答我一個問題：中國文明與西方文明是勢不兩立、水火不容的關係嗎？假如一個中國讀書人要加入聖教，你卻對他說『你要信奉耶穌，就必須拋棄孔子』，這能行嗎？如果是的話，那就是承認中國文化是可以與天主教相對立相抗衡的，我們今天還能坐在這裏開會嗎？不是的！沒有任何宗教能夠超越天主教義，甚至連抗衡的資格都沒有。我們必須相信，只有天主教義才是人間最好的教義。」

孟安仁用讚許的目光看着自己的學生。他想知道到接下來沙利衛說什麼。沙利衛繼續說道：「我再問諸位神父一個問題，孔子學說中，有沒有可以與天主教相融合的觀點？」

沒有人回答。

「今天，我提出一個觀點：『孔子加耶穌』。」

「這是什麼觀點？」

各位神父立刻議論紛紛。孟安仁說：「沙利衛神父，請把您的『孔子加耶穌』觀點詳細闡述一下，大家都很感興趣。」

沙利衛接着說：「尊重儒家，以耶補儒，耶孔一體。」

「您是說，耶穌基督與孔子是平等的？」

「那怎麼行？！」

沙利衛說：「不要誤會。儒學不是宗教，孔子也不是教主，怎麼能與天主教平等呢？儒學是中國政治的理論基礎，是中國文化的根基，不可撼動——誰想撼動這個基礎，誰就在中國無立足之地。在中國，科舉考試是晉身的階梯，是選拔精英人才的主要渠道。儒家經典是科舉考試的必考內容，凡要進入仕途的人，必須熟讀儒家經典。中國以前的各朝代考試科目較多，到了明朝考試科目就只有經義了，所有舉子就只讀四書五經了，中國的各級官員基本上是儒士。因此各位修士就要深入研究儒家學說，尤其是四書五經，努力找出對我們傳教有利的一面。我認為，儒家學說與天主教義有相通的地方。儒學與天主教義沒有根本性的衝突，信仰儒家經典並不妨礙信仰天主教義，二者可以並行不悖。我再次強調，儒家學說是中國人尤其是士大夫的精神支柱，如果我們用天主教義取代儒學，那麼傳教事業根本無法進行。如果我們利用二者之間的共性，讓中國人特別是士大夫階層感覺到我們對儒家學說的尊重，感覺到耶、孔本是一家，他們就會愉快接受天主教義，傳教工作將會變得順利無礙。這就叫適應策略——『孔子加耶穌』。」

「很有道理。」大家點着頭，開始接受沙利衛的觀點了。

「為了達到這個目的，每一個傳教人員，應該脫掉僧袍，換上儒服，說中國話；還應該深入鑽研儒家學說，掌握四書五經。還要

藉助科學的手段——這是士大夫最感興趣的。果能如此，則佛、道不足慮，即便宋明理學也可以不屑一顧了。」

「說得好！」孟安仁情不自禁地讚了一句。

「還有一點要注意。中國人祭祀祖先，慎終追遠，這是孔子的觀點。平民百姓，特別是讀書人祭拜孔子，為的是科舉順利，不是迷信，更不是宗教，不必反對。至於中國文字嘛，我請諸位神父放低身價，仔細研究一下。我剛學中國文字時，曾經試圖用我們的語法形式來套中文，結果發現那簡直是犯傻。不要拿我們的語言規則要求中文，這是兩種截然不同的思維表達方式。要把固有觀念從西方語言中抽取出來，給它穿上中文的服裝。至於中國字，那簡直是一大奇蹟！諸位神父，中國人發明了漢字，還發明了造紙技術、印刷技術，後者對阿拉伯國家以及歐洲都產生了深刻影響。說到漢字難學，對於我們習慣了拼音文字的西方人來說，漢字的確很難學。但是，漢字有漢字的規律，掌握了這個規律也就不難學了。

沙利衛頓了一下，提高聲音說道：「我正在尋找中文之鑰，在中西文字之間架設一座橋樑，讓人們自由來往。到那時，學中文將變得很容易，諸位神父就不用對中國文字那樣煩惱了。我的發言到此結束，請各位指教。」

一陣熱烈的掌聲在會議室響起。孟安仁使勁拍巴掌，不斷點頭。他在心裏說：「沙利衛，好樣的！你成功了！」

第二天下午，是會議的最後一項內容——孟安仁視察員總結發言。

「各位神父：這次會議非常成功！大家各自介紹情況，並充分發表意見，達到了交流討論的目的。更重要的是，我們確定了下一步傳教工作的策略。下面我傳達會議結果如下：第一，傳教工作總體採取適應策略，即『孔子加耶穌』；第二，藉助科學知識開啟中國人被蒙蔽的心智，吸引他們接受天主教義；第三，蓄髮，穿儒

服；第四，掌握中國文字，深入了解中國文化；第五，對祭祖、祭孔採取包容態度。第六，反對佛、道多神崇拜和長生邪說。」

最後，孟安仁宣讀了任命書：沙利衛神父擔任耶穌會中國教區總負責人，即日到職。會議至此結束。

大家向沙利衛表示祝賀後就各自返回了。孟安仁留下沙利衛，對他說：「祝賀你，神父！你對這會議有重要貢獻，我要向總會報告。」孟安仁緊緊握住沙利衛的手，繼續說，「神父，總會建議你在合適的時候到南京傳教，把天主的福音傳到中國更廣闊的地方。」孟安仁停了一下，問道：「翻譯《論語》的工作開始了嗎？」

「正在準備中。多虧了戴燮先生，給了我很多指導。」沙利衛接着問道，「我去南京後，肇慶教堂怎麼辦？」

孟安仁笑了笑，說：「肇慶教區撤掉。」

「撤掉？為什麼？」沙利衛十分驚訝。

「那個總督大人看中了教堂，想改做自己的生祠，他提出買下教堂。」

「買？多少錢？」

「一百金幣。」

「這……這太過分了！您答應了？」

「答應了。考慮到他對肇慶傳教總體上是支持的，所以，也就採取適應策略了，哈哈哈哈……」

「視察員有智慧。」

「你到南京後，一是開展正常的傳教工作，二是將重點轉移到文化交流上來。現在各個教區對天主教義的理解和闡述很不統一，建議你寫一本闡述天主教義的書，先在中國發行，然後逐步擴展到整個亞洲。還有，希望你把四書五經翻譯並傳播到西方去，他們需要了解中國文化，特別是總會和教廷。柏拉瓦會長希望早一天看神父的著作。這個任務不輕啊！」

「我正有這樣的考慮。」

「剛才你說，要尋找『中文之鑰』，你是不是已經胸有成竹了？這可是一件大事啊！我期待着。」

「我想用拉丁文給中國字注音。還在考慮中，我一定努力。老師如果沒有別的事，我就返回肇慶了。教堂何時交出？」

「等我通知，屆時我會親自去肇慶辦理相關手續。你回去後先把這屆學生的畢業典禮做完。學生畢業了，其他事情就好說了。」

沙利衛看了看四周，見沒有其他人，小聲說：「老師，我有一個感覺，其他修會和我們耶穌會的傳教主張是有區別的。」

孟安仁點點頭，說：「你的感覺很對。豈止是傳教主張有區別，他們還有其他想法呢，都想來佔領中國。把中國佔領了，就等於把東方佔領了。」

「這對我們耶穌會是有影響的。」

「是的。我已經給教宗提出申請，請教宗發出通諭，禁止耶穌會以外的其他修會進入中國，避免其他修會干擾耶穌會開展的文化適應策略。」

「教宗同意嗎？」

「正在考慮中，難度很大。聽說其他修會有人在教宗那裏詆毀耶穌會。」

正說着，進來一人，大聲說道：「沙利衛神父！您好啊！」

「特雷斯先生！」沙利衛眼睛一亮。兩個人緊緊擁抱在一起。孟安仁說：「我正要告訴神父，特雷斯先生已經來澳門三天了，提出一定要見見你。你們有好多年沒見面了吧？」

「五年了。」

「我好想你！」

「我也想神父！是神父拯救了我的靈魂。」

「哪裏，是天主。」

「對對對，是天主。」

「特雷斯先生是來澳門做貿易嗎？」

「我去日本運送貨物，經過澳門，知道您在這裏，我說一定要見您一面。」

「日本情況怎麼樣？」

「相當糟糕。日本現在實行鎖國政策，比中國還要嚴格。」

「唉！你什麼時候返回？是回果阿，還是里斯本？」

「回果阿。」

「正巧。你能否把迪瓦和他的新婚妻子帶上，他應該回家看看了。」

「沒問題。我三天後動身，如果來不及我就再等幾天。」

「來得及。我現在就回肇慶，明天，最遲後天迪瓦就可以到澳門。」

「那我跟神父到肇慶去看看，怎麼樣？」

「好啊！請視察員給你開具一紙關文，帶上你的護照就可以啦。」

孟安仁說：「這好辦。」

一會兒，孟安仁帶來了關文。臨走時，沙利衛對孟安仁說：「有一件喜事忘了告訴您，迪瓦和秋兒結婚了。」

「哦，經言學校少了一位優秀學生。你有遺憾嗎？」

「沒有，他們幸福，我就幸福。」

「哈哈哈哈……」

50

迪瓦早晨醒來，對秋兒說：「昨晚我做了一個夢。」

「什麼夢？」

「我變成了一隻鳥，在肇慶上空飛，我沿着西江飛啊，飛啊，我落在崇禧塔上，又飛到教堂上。」

「後來呢？」

「後來，我就飛到了果阿，見到了我父母。」

「你見到父母說什麼了？」

「我說，我娶了一個中國妻子，既好看又善良。」

「父母大人聽了之後呢？」

「他們聽了之後，說：『快把兒媳婦帶回來給我們看看呀。』」

「後來呢？」

「後來，我就醒了。」

秋兒說：「日有所思，夜有所夢。看來你想家了。」

迪瓦說：「我是想家了，我如果能帶着你回果阿多好啊！」

「那樣不就剩下神父一個人了嗎？」

「是啊，我也為這事糾結呢。」

「神父去澳門開會三天了，今天該回來了。」

「咱們先上課，下課後到碼頭看看。」

「好。」

迪瓦和秋兒上完了上午的課，吃過午飯就去了碼頭。他們站在那裏等啊，等啊，終於等來一隻船。船剛一靠岸，迪瓦就發現了神父，立刻招手喊道：「神父！」

沙利衛聽見了，也向他們招手。見面後，沙利衛對迪瓦說：「迪瓦，你看這是誰？」

「特雷斯先生！」

「迪瓦，是你呀！幾年不見，長這麼大了。」

「這是迪瓦的妻子。」

「夫人好漂亮。迪瓦真有福氣。」

「謝謝特雷斯先生。」秋兒大大方方的，一點也不拘謹。

回到教堂，戴燮先生正在上下午的課。他給學生講《論語》。沙利衛示意大家聽一會兒，等下了課再與戴先生打招呼。大家靜靜地坐在了後排。

「子曰：『己所不欲，勿施於人。』這句話的意思是說，處理人際關係時，要充分尊重對方，自己不喜歡的事情，也就不要勉強別人去做。這就是推己及人，是尊重他人的表現，應當成為人與人交往的一個原則。」

一學生舉手問道：「老師，我有問題。孔子這句話是不是說，自己喜歡的就一定要求別人去做呢？」

「你的問題很好，這就是孔子稱讚的舉一反三。這個問題誰來回答呢？同學們，沙利衛神父回來了，請神父給我們講一講，好不好？」

「好！」學生都喜歡沙利衛神父，很想知道他對這個問題如何回答。

「同學們好！我很欣賞你們在聽課的時候能夠獨立思考，提出問題。剛才這個問題是針對孔子的一個命題而提出的反命題。這個反命題是不成立的。就好比說『我不餓』，不等於說『我吃飽了』。孔子所講的『己所不欲，勿施於人』這句話是對的，建立在尊重他人的基礎上，只有尊重，才能處理好人際關係。按照這個人際交往原則，我們可以推出，即便是『己所欲』，也不能強迫他人和你一樣。你喜歡吃桃子，就強迫別人也喜歡吃桃子，這就是對他人的不尊重。所以，我認為，孔子這句話的意思是：己所不欲，勿施於人；己所欲，亦勿強施於人。當然，你徵求他人的意見了，他願意

接受你的想法，你就可以去做了。不知我這樣理解，能否及格？請戴先生指正。」

戴燮帶頭鼓掌，學生也都熱烈鼓掌。戴先生說：「放學了，同學們回家吧。」學生向老師一一告別，回家了。

沙利衛對特雷斯說：「這就是戴燮先生，一位學識淵博的學者。」然後又向戴燮介紹了特雷斯。

「幸會，幸會。」戴燮深施一禮。

沙利衛說：「戴先生上課注重啟發引導，學生觸類旁通，繼承的是孔老夫子的教學傳統啊。」

「神父過獎啦！對孔聖人，我豈敢望其項背！」

沙利衛說：「戴先生今天所講孔子名言，可以作為全世界的普世價值，每一個國家、每一個人都應該遵循。如果世界上國與國之間的交往都能遵循這個原則，這個世界就有美好的未來了。」

戴燮看了看沙利衛，說道：「神父是不是認為孔子的話也是一種福音呢？」

沙利衛楞了一下，立刻解釋道：「我的意思是，應該把《論語》介紹到西方去，讓西方人了解孔子的智慧，了解儒家學說。」沙利衛接着對戴燮說：「戴先生，這屆學生馬上就要畢業了，你又要忙活一陣了。」

「應該的。」戴燮看了看迪瓦和秋兒，說，「不是還有迪瓦和秋兒嗎？」沙利衛當時沒說什麼，他讓迪瓦和秋兒安排特雷斯到客房住下。晚飯後，迪瓦和秋兒陪同特雷斯去參觀崇禧塔，教堂內只剩下沙利衛和戴燮。

沙利衛給戴燮先生說了孟安仁視察員的決定，並徵求他的意見。戴燮說：「去南京好啊！離我家近了，我既可以照顧家，還可以協助神父做事情，求之不得呀！」沙利衛一聽，非常高興。他現在很需要戴先生的幫助。

「就是便宜了那位總督大人！」戴燮有些氣憤。

沙利衛笑了笑，說：「這樣的官員總是少數嘛。」

「少數？神父並不了解中國官場。」

「無論如何，我還是要感謝總督大人呀。如果他不同意我在肇慶傳教，我怎麼能認識戴燮先生呢？」

「哈哈，你真會說——迪瓦和秋兒也去南京？」

「我想讓迪瓦和秋兒回果阿一趟。他們結婚了，可是迪瓦的父母還沒見過這位中國兒媳婦呢。特雷斯先生的商船過幾天就返回果阿，正好乘他的船。」

正說着，迪瓦和特雷斯先生過來了。沙利衛問迪瓦：「特雷斯先生的住處安排好了嗎？」

「安排好了。」

「迪瓦，我正想給你說一件事。」沙利衛看着迪瓦，對他說：「你離開父母六七年了吧？現在你結婚了，你的父母還沒見過這位中國的兒媳婦呢，你和秋兒回果阿一趟吧。特雷斯先生的船就在澳門，這不正好嗎？」

「這，這也太巧了！神父，昨天夜裏我做了一個夢，變成了一隻小鳥，飛到我父母身邊了。」迪瓦有點不好意思，說道，「神父，我走了，你會孤單的。」

「不會的，還有戴先生呢。」

「我很快就回來。」

「不，你父母還盼望着早日抱上孫子呢。」

戴燮說：「走之前到上川島看看你的岳父岳母吧。」

「戴先生說得對，我差點忘了。」沙利衛說，「明天就動身，今晚就收拾一下。」

晚上，神父、戴燮、迪瓦和秋兒都一夜沒睡。他們都要面對新的生活，心中難以平靜。第二天，沙利衛和戴燮到碼頭送別迪瓦、

秋兒和特雷斯先生。秋兒哭了，迪瓦也哭了。沙利衛把一本書送給迪瓦，說：「迪瓦，這本書送給你。」迪瓦接過來一看，那是賴亞最喜歡讀的賈梅士詩集。迪瓦看到這本詩集，感情一下子激動起來，他緊緊抱住沙利衛，說：「神父等我，我和秋兒會再回來的……」

51

迪瓦和秋兒轉眼已走了兩個月，沙利衛天天算着他們在路上的日子。今天，他算着該到馬六甲了，再過兩個月就應該到錫蘭了，過了錫蘭就快到果阿了。戴燮先生已經提前離開肇慶回蘇州了，一是看看他的寶貝兒子，二是到南京為沙利衛打前站。臨走時，沙利衛囑咐他把古琴帶上。

這天，剛下課，孟安仁視察員來了。他是來處理教堂後事的。沙利衛陪着孟安仁先去拜見了曾知府，並給他帶了一批禮物。

曾知府很是高興。自從與洋人打交道後，家裏的洋貨越來越多。這次，他格外熱情，他知道這是最後一次與沙利衛和孟安仁見面了。總督大人看中了教堂，用一百金幣買下來，他的心中也很氣憤，但是這畢竟是自己的頂頭上司，不能在外人面前表現出來，只好避而不談。

孟安仁說：「感謝曾知府的鼎力支持，這六年來讓您費心了。」

曾知府說：「客氣話就不說了吧。你們也給肇慶帶來了新氣象，現在要離開，我這心裏還真有些捨不得。」

沙利衛說：「知府大人是我見過的中國官員中最優秀的。」

「過獎，過獎，那是神父見得少。在中國，官員多得很，優秀的也多得很。神父到南京傳教，一定會接觸到更多的優秀官員，他

們個個比我強。」

沙利衛因為有事，就提前告辭了。孟安仁在曾知府陪同下，前往總督府去了。

孟安仁回到教堂，沙利衛請他吃午飯。孟安仁說，算了，還是到他的船上吃飯吧，正好有些事情和神父交代一下。孟安仁的船就停靠在碼頭，船雖然不大，但設備齊全，有專門的廚房、餐廳。船上還有兩位神父，孟安仁帶來的。經介紹後，沙利衛便認識了，一個叫麥孝靜，葡萄牙人；一個叫方居仁，意大利人。他們都在澳門數年，精通中文，是孟安仁派來專門協助沙利衛工作的。沙利衛很高興，迪瓦和戴變走了，他頓感孤單，這回好了，又來了新生力量。沙利衛問教堂怎麼安排，孟安仁說：「你們的畢業典禮已經結束，剩下的事情就好辦多了。總督大人把賠償教堂的一百金幣交給我了，後天就來收教堂。」

說着，孟安仁將一百金幣交給了沙利衛，作為旅途費用。

「賠償？」沙利衛有些不解。

孟安仁笑了笑，說道：「此前我們誤會了總督大人。我這次去拜訪他才知道，即便我們不走，總督大人也是要勸我們轉移的。近來中國海防吃緊，有人懷疑我們是奸細，想把我們趕出中國。由於肇慶靠近沿海，總督大人為防止意外發生，便考慮讓我們遷移至內地，正好我們也計劃到南京傳教，可謂不謀而合。」

沙利衛將一百金幣交給麥孝靜神父保管，笑着說從此他就是財務專管了。

孟安仁又說，總督大人建議他們，不必急於去南京，因為南京情況比較複雜，可以先到韶州落腳，住上一段時間看看。還說，韶州仍在他的管轄範圍之內，由他派人護送沙利衛到韶州。沙利衛至此才明白了，自己誤會了總督大人，心中感到愧疚，這是他來到中國第一個對不起的人。

三人告別了孟安仁，回教堂整理行裝。第二天上午九時，總督大人派的人就到了。譚慕班也來了。這座教堂是他和沙利衛合作設計的，有感情。他聽說沙利衛要走了，便趕來送行，並轉達了曾知府的告別之情。周邊百姓聽說沙利衛要離開肇慶，也都前來送行，有的人哭了，特別是那些畢業的學生，捨不得沙利衛神父離開。他們抱在一起，久久不忍離開。教友們也來了，給沙利衛帶來了很多吃的東西。走了沒幾步，秋兒的舅舅和舅媽也趕來了。又走了幾步，聽見有人喊：「神父，慢走！」

　　沙利衛回頭一看，原來是他救過的那位老人，在兒子攙扶下顫顫巍巍地來了。沙利衛趕忙過去攙扶他。老人一見面就下跪：「恩人哪，我捨不得您走啊！」

　　沙利衛趕緊把他扶起來，說：「老人家，這可使不得。」

　　「神父走了，誰來管我們這些教友啊？」

　　……

　　沙利衛一行人離開了教堂，上了船，沿着西江前行，經過了崇禧塔。沙利衛抬頭看了看它，又回頭看了看教堂。他心中默念道：「曾知府，再見了！」

　　船行至肇慶城郊一個小碼頭，沙利衛遠遠看到曾知府站在岸邊，也是來送行的。作為一個地方官，他選擇了一個特殊的地方來給沙利衛送行。

　　沙利衛趕緊叫靠岸。下船後，四隻大手緊緊握在一起。曾知府說：「神父，我在這裏等候您多時了，我要為您餞行啊！」說罷，手下人抬來桌凳，擺上酒菜。曾知府端起一杯酒，雙手呈給沙利衛，說：「神父，曾某今生有緣與神父相識，這六年我對神父敬仰有加，今日神父離開肇慶，曾某略備薄酒為神父送行。肇慶不會忘記神父。請滿飲此杯！」

　　除了紅葡萄酒，沙利衛向來不飲白酒。但此情此景，沙利衛心

潮起伏，思緒萬千。肇慶是他來中國傳教的第一站，六年的時光給他太多的回憶。他有千言萬語，一時不知從何說起。他接過酒杯，一飲而盡。

曾知府又把一個卷軸送給沙利衛，上面有他寫給沙利衛的一首詩：

贈沙利衛神父

雲海蕩朝日，乘流信彩霞。

西來八萬里，東泛一孤槎。

浮世如常寄，幽棲即是家。

那堪作歸夢，春色任天涯。

沙利衛眼裏含淚，接過卷軸。這對他來說，意義非同一般。這首詩寫到他心裏去了。沙利衛對自己所受的苦，再清楚不過了，從離開里斯本漂泊大西洋，再到印度洋、中國南海，漫漫八萬里征途，乘着孤槎，浮世如寄，四海為家。多少次夢回家鄉，多少次夢見父母，多少次夢中驚醒……他的這顆心，為了耶穌基督奉獻了一腔忠誠。沙利衛想到這裏，臉上露出了微笑：「感謝知府大人！您是我來到中國後認識的最好的官員。天主祝福您！再見！」

八月的肇慶天氣正熱，沙利衛一行的船隻在太陽的炙烤下漸漸消失在遠方……

52

1589 年 8 月 15 日，沙利衛了告別生活了六年的肇慶。從肇慶到韶州，走水路須先沿西江向東行駛一段，然後到達西江、北江和

綏江的匯合處，再沿北江逆流而上，全程有四百多里的水路。因為是逆流行駛，船速較慢，至少要八天的時間。一路青山綠水，景色宜人。沙利衛站在甲板上，飽覽中國南方的山山水水。他邊看邊想，這秀麗的山水所養育的中國人，一定是善良的、美麗的，若再有天主聖靈的照耀，這個民族必定是世界上最優秀的民族。

這時，麥孝靜和方居仁走了過來，主動跟他打招呼。「神父陶醉美麗的景色中了。」麥孝靜說。這位神父看上去三十多歲，身體有些瘦小，但眼睛是有神的，一看就是個機靈人。在澳門會議上，他聽了沙利衛的發言，被他的勤奮讀書和深刻見解所打動，當時就想，如果能與沙利衛神父在一起，對自己的傳教工作一定大有益處。當孟安仁安排他來協助沙利衛神父工作的時候，他立刻答應了，並且表示做一個好助手。

「麥孝靜神父，您離開葡萄牙有幾年了？」

「三年。」

「您的中國話說得很好。」

「謝謝神父誇獎，但我讀的中國書太少了，我要向您學習。」

「咱們一起學習吧。」

沙利衛又問：「方居仁神父離開意大利有幾年了？」

「也是三年。」

「你們都在經言學校學習過吧？」

「是的。」方居仁說話很少，也很短，不像麥孝靜那樣愛說。他長得比較高大，看上去有一米八五的樣子，體格看上去也比麥孝靜壯實得多。

「你們來中國後，對這裏的生活還習慣嗎？」

「澳門是可以的，但不知到了韶州能不能適應。不過，只要跟着神父，我們心裏就踏實多了。」麥孝靜說。

「我在適應。」方居仁說。

一路上，三人經常聊天，每次都是麥孝靜的話最多，沙利衛次之，方居仁最少。通過交流，沙利衛基本上了解了他們倆各自的特點和學習情況。他們都是羅馬學院畢業的碩士，加入耶穌會後主動要求到中國傳教。有他們的協助，沙利衛對韶州傳教充滿信心。

　　船行一天，到達三水縣。在這三水匯合處，水域豁然開闊。傍晚時分，夕陽灑下一片紅光，映照着三江水，天水之間都被染成紅色，連船上的人都紅光滿面。水鳥在空中翱翔，魚兒在水面上跳躍，真是夕陽無限好啊。他們在三水縣停宿，夜幕中，沙利衛站在甲板上，向肇慶方向眺望。白天的炎熱暫時消退，寂靜之中顯得有點涼爽。

　　「白塔何僧舍，青燈此夜舟。遙從三水去，少為七星留。」這是韶州劉知府寫給沙利衛的一首詩。劉知府來肇慶向總督匯報工作，原本說與沙利衛同船返韶，但因臨時有事，改作他日，便把這首詩託人送他。沙利衛看着詩，心中想像着劉知府的形象，問自己，他與曾知府相比，是不是一樣呢？總督大人之所以安排自己來韶州，會不會與劉知府有關呢？

　　船越往北行駛天氣越熱，而且旱情也比肇慶嚴重得多，單從北江的水位就能看得出來。臨近中午，太陽曬得睜不開眼，氣溫高得難以忍受，即便什麼都不做，也會渾身出汗。船在行駛中突然停了下來，原來是拉船的縴夫中有兩人中暑了。沙利衛站在船舷，看見兩位縴夫倒在岸邊，身上除了在腰間圍了一塊破爛的麻布，幾乎全身赤裸。有縴夫在給他倆招人中，還往他倆嘴裏灌什麼東西。一會兒得到消息，說兩位縴夫短時間內不能繼續拉纖了，須等前面驛站的縴夫來替換，已經派人去傳信了，船就在此地等候。

　　沙利衛提出要下船看一看，護送的領班不放心。沙利衛說，可以派人跟着他，領班才同意了。下船後，沙利衛來到縴夫們中間，想看一看中暑的縴夫。大家一看，來了一個高鼻深目的洋人，都很

驚訝，也很好奇。沙利衛檢查病人後說，這是天氣炎熱勞累過度造成的熱射病，應該趕快把病人抬到陰涼處，扇風降溫，再給病人身上澆些涼水，會好得快些。於是，同夥將他倆抬到樹下，舀來江水澆在身上。可是江水被曬得發熱，不能用。找扇子，找不到。於是沙利衛便脫下自己的上衣，兩個人在兩邊分別拎着，來回呼扇，總算有了一絲涼風。沙利衛又說，中午太熱，不要行駛，避過太陽最毒的兩個小時再行駛。船長聽了他的建議，縴夫們也紛紛表示感謝，都說他是個大好人，菩薩心腸。

經過十天的航行，沙利衛一行終於到達韶州。下船後，出來碼頭，早有劉知府派來的人迎接，說知府大人過幾天才能回來，先安排神父住下。一路上，沙利衛看到很多百姓聚在一起舉行一種儀式，百姓都跪在地上。沙利衛便站住看。

「這是在做什麼？」沙利衛問來接他的人。

「是杏花村的百姓在求雨。今年夏天乾旱得厲害，百姓祈求老天爺普降甘霖。」

「老天爺是誰？」沙利衛問。

「老天爺就是龍王爺。」那人回答。

「那個人是誰？他就是老天爺嗎？」沙利衛指着一個滿臉塗了黑油的人問。

「不是。那人是族長，他扮作龍王爺，手裏拿一個大葫蘆，裏面盛滿了水，向求雨的鄉親頭上灑水，代表龍王爺向人間降下甘霖。」

「族長是做什麼的？」

「他是本鄉中輩分最高的人，管理本鄉祭祀事務。每個鄉都有，是鄉親們的主心骨，如果有誰家兄弟們不和過不到一塊了，要分家，也找族長主持公道。」

這還是沙利衛第一次聽說。突然間，他感覺到自己對中國鄉村

社區了解得很不夠。他記起在澳門會議上，有人提出要眼睛向下，面向基層，讓更多的民眾信奉天主教。看來這個觀點是有道理的。看來靈魂需要拯救的不只是上層，廣大民眾也需要拯救。如果這些對天叩頭的民眾都能得到天主的福音，才體現出耶穌基督是他們的救世主。耶穌基督在傳教的過程中，拯救了無數受難的民眾，給他們食物，幫他們治病、消災。所以，耶穌基督才得到了廣大民眾的擁戴。想到這裏，他對麥孝靜和方居仁說：「今晚住下後，我們來研究一下傳教工作。」

「好。」他倆說。

沙利衛被安排在一座寺院裏。這座寺院叫南華寺。一進山門，方丈帶領眾僧親自迎接。稍作安頓，方丈引領三人參觀了南華寺。方丈邊走邊介紹。南華寺是南派禪宗的祖庭，創始人是六祖惠能，至今還有供奉六祖惠能遺骨的大殿，六祖曾在此殿參禪，念經。他們瞻仰了六祖聖殿，看到了九十八盞長明燈。六祖的遺骨就安放在大殿頂部。眾僧畢恭畢敬，紛紛下跪。沙利衛沒有行跪拜禮。方丈說，外人不能隨便進入此殿，今天神父遠道而來，破例開放。沙利衛接着解釋了天主教徒不拜偶像的規定，請方丈理解。出了大殿，他們又參觀了五百羅漢殿、鐘樓和鼓樓。參觀完畢，方丈設宴招待沙利衛一行。

吃飯期間，方丈介紹了南華寺的歷史，特別強調它是禪宗的祖庭。禪宗是中國的獨創，是佛教中國化的典型。沙利衛對佛教是了解一些的，他在日本期間也與僧人有過交往，特別是在奈良東大寺開壇講經的場景，令他終生難忘。他清楚記得當時日本一位年紀很大的僧人問他的話：「你講的這些為何在中國的典籍中看不到呢？是中國人不相信，還是中國人根本就不知道？神父為何不到中國傳教呢？」而現在，他就站在中國的大地上，而且正在與著名的南華寺的方丈對話。想到這裏，沙利衛笑着問道：「佛教傳入中國有一

千五百年了吧。據我所知，佛教教派甚多，而禪宗能夠發展壯大，是什麼原因？」

「阿彌陀佛！神父所問，一語及心。佛教傳入中國後，宗派林立，唯禪宗獨領風騷，關鍵就是十六個字。」

「哪十六個字？」

「不立文字，教外別傳；直指人心，見性成佛。」

「請不吝賜教。」

「禪宗有三大經律，它們是《六祖壇經》《五燈會元》和《百丈清規》。當初惠能大師致力於佛教中國化，讓中國人知道佛教並非外來宗教，實為中國人自己心中所生，得佛心者，知佛不從外得；信佛教者，知不從外獲，全來自自己心印。惠能大師聰穎超人，指出佛性人人皆有，遂創頓悟成佛之學，使繁瑣的佛教儀式簡便化，使天竺佛教中國化。此為得人心也，得人心者得宗教也。」

「得人心者得宗教也。至理名言。」沙利衛不禁讚嘆道。

「《百丈清規》乃禪宗之律。百丈禪師認為，《瑜伽菩薩戒》和《瓔珞菩薩戒本》雖屬大乘，卻是佛陀依據天竺實際制定的戒律，不完全符合中國實情。若墨守成規，必然導致生搬硬套，削足適履。因此，百丈禪師結合中國風土人情，化外為中，化遠為近，務求實用，將大小乘中合乎中國的部分，妙手制定出新的佛律，此乃《百丈清規》也。它不僅是中國宗教的一面旗幟，也是禪宗歷久不衰的保障啊。」說着，方丈當即背誦了百丈禪師《叢林要則二十條》：

叢林以無事為興盛。修行以念佛為穩當。

精進以持戒為第一。疾病以減食為湯藥。

煩惱以忍辱為菩提。是非以不辯為解脫。

留眾以老成為真情。執事以盡心為有功。

語言以減少為直截。長幼以慈和為進德。

學問以勤習為入門。因果以明白為無過。

老死以無常為警策。佛事以精嚴為切實。

待客以至誠為供養。山門以耆舊為莊嚴。

凡事以預立為不勞。處眾以謙恭為有禮。

遇險以不亂為定力。濟物以慈悲為根本。

　　方丈的話對沙利衛深有觸動。沙利衛明白了禪宗在中國影響巨大的原因，也是一個適應策略，佛教和天主教不謀而合，或許天主教受到了佛教的啟發？這個念頭在沙利衛心中一閃而過，他不禁打了一個寒顫。方丈問道：「神父在想什麼？」沙利衛立刻回答道：「啊，沒想什麼。剛才方丈所言對我頗有啟發。」方丈說：「善哉，善哉。」

　　飯後，沙利衛與麥孝靜和方居仁召開了一個小會。他說：「方丈的話讓我堅定了信心，澳門會議制定的傳教策略是正確的，在中國傳教必須結合中國的國情。我在果阿時，他們給我安排了高級住房，但我堅持住在醫院，生活在病人中間，及時了解民眾的疾苦，所以，果阿的民眾歡迎我。在日本期間，我親自到街頭傳教，對他們一個人一個人地解說天主教義，也贏得了他們的信賴。但這些做法還不夠，還要結合中國的實際。中國的實際是什麼？現在，我們了解得遠遠不夠。得民心者得宗教，這話說得好。我們既要研究中國儒家經典，贏得上層士人的信賴，還要研究下層民眾，懂得他們的傳統是什麼，知道他們需要什麼。這樣傳教才會有效。這個地方，正遭受旱災影響，民眾苦不堪言。我們拜見知府大人後，就去他們中間，盡力幫助他們。」

　　「神父把澳門會議的精神又向前推進了一步。」麥孝靜說。

53

第二天，沙利衛早早就起床了。他走出客房，獨自一人來到一處高台，觀賞南華寺的風景。南華寺位於山谷之中，一條溪水從山澗流出；群山兩側聳立，山上樹木參天，翁翁鬱鬱。清晨時分，此處頗為涼爽，是一個吃齋念佛的好地方。沙利衛覺得，南華寺規模巨大，建築宏偉，有千名僧人，是佛教重鎮，他作為天主教神父不宜久住此地，當另擇他地。他決定今天拜見知府大人時必須說明這一點，當修建一座獨立教堂。

來到知府衙門，一見到劉知府，沙利衛即行跪拜禮。劉知府趕忙過去攙扶，說道：「神父大人，使不得，使不得！您現在可是大名人，您的大名在南國如雷貫耳。承蒙神父惠顧韶州，讓這偏僻之地頓生光輝。我因事晚回兩日，怠慢神父了。我來的時候，總督大人指示我，一定照顧好神父。您有何要求，但說無妨。」

「首先感謝知府大人以詩相贈！從今以後，還請知府大人多多關照啊！」說罷，便讓助手把禮物獻上，是一個三稜鏡和一座自鳴鐘。劉知府非常高興，說：「早就聽說西洋神器，只恨無緣相見。今日親眼目睹，實乃三生有幸。感謝！感謝！」

「知府大人可曾見過世界地圖？」

「就是那幅《山海輿地全圖》吧，我已經見過了。那可是神父的精心之作，曾知府複製了多張，兩廣區域內官府之中無人不知。神父打開了我們的眼界啊！」

寒暄過後，劉知府問起對下榻之地可否滿意。沙利衛就接過話題表達了自己的想法，請賜地修建教堂。在教堂建好之前，換一個地方居住，簡陋一點沒有關係。劉知府從曾知府那裏，聽說過神父的為人，知道他不是一個貪圖享受的人，今日一見，果然名不虛傳。於是就說：「悉尊神父意見。韶州城南，有一座光孝寺，偏遠

一點，環境也沒有南華寺優美。最為擔心的是偶有強盜出沒，不知神父能不能接受？」

「有我們三人做伴兒，不必擔心什麼。就暫住光孝寺吧。」

劉知府叮囑說，孟安仁視察員拜見總督大人時，他也在場。總督大人託他轉告神父，命神父遷出肇慶實在是考慮到海盜猖獗，海防吃緊，又有傳言說神父是海盜密探。總督大人擔心萬一生出意外，會波及神父生命安全，遷移韶州實為避開矛盾的權宜之計，希望神父不要誤會。這些話與孟安仁視察員所言一致，至此，沙利衛才徹底明白了總督大人的良苦用心，他對此表示感謝，並請劉知府轉達謝意。臨走時，沙利衛又請劉知府盡快批給建築用地。劉知府讓沙利衛自己選好地址後告訴他，他會立即批准，至於修建教堂的款項，都由沙利衛來負責。

隨後，劉知府派人將他們三人用馬車送至光孝寺。沙利衛說不必派車，有人帶路就可以。走了半晌，他們來到光孝寺，見過憨憨方丈，安頓好住處，沙利衛便與兩位助手去了鄉村。

天熱得像火爐一樣，而且南方的炎熱還帶有潮濕，一種很難受的濕熱。麥孝靜覺得身體有些不適，但他看到沙利衛神父一點也不在乎的樣子，就暗暗要求自己堅持住。方居仁長得粗大，稍一行動就大汗淋漓。這不，他正用袖子擦汗呢。

他們來到杏花村，正好看到百姓正在求雨。他們一個個赤着背，光着腳，皮膚被太陽曬得黑黝黝發亮。他們來到跟前，隨着百姓一起向老天跪拜。因為是站在百姓最後面，所以沒有人發現他們。那位扮演龍王爺的族長是面對着他們的，看見後，感到十分驚訝。他停下手中的動作，靜靜地看着三個外來的人。百姓這才回頭看，也發現了三位不同裝束和長相的三個人。大家頓時議論紛紛。一個問道：「你們是哪來的？怎麼長成這模樣？」

族長走了過來，問道：「請問三位，可是外國人？」

「我們來自西方。」

「來這裏做什麼？」

「看見你們求雨，來幫助你們。」

「你也會求雨？」

「跟着你們學嘛。」

「你們是來搗亂的吧？老天爺不認識你們，看到你們就不下雨了。」一個村民說。

於是大家紛紛罵了起來：「快滾蛋！」

「別嚇跑了龍王爺！」

族長制止了那些人。他對沙利衛說：「你們快走吧，龍王爺不歡迎你們，別壞了我們的好事。」

沙利衛沒有說什麼，他從族長手中拿過葫蘆，走到祈雨台上，一隻手伸向天空，說道：「主啊，可憐我們吧，這裏已經很久沒有下雨了，百姓們盼望主賜福給他們。阿門。」說完，沙利衛跪了下去，並把葫蘆裏的水倒在地上。突然間，空中刮起了風，再看天空，飄來了烏雲。

「要下雨了！」一個村民說。

大家紛紛抬起頭，看着天空，又看看沙利衛。只見沙利衛跪在地上，劃着十字，口中念念有詞：「主啊，快降下甘霖，賜福百姓！」

天上的雲越來越濃，越來越黑。突然，一聲霹靂，電閃雷鳴，豆大的雨點滴落下來。

「真下雨了！」大家驚喜萬分，一同跪了下去。他們隨着沙利衛一起念叨着，有說老天爺，有說主的，分不清說什麼了，反正是雨越下越大，一直把他們淋得全身都濕透了。這時，族長大聲說：「謝謝菩薩！請原諒我們的無禮！」

於是，大夥對着沙利衛磕頭，說：「感謝菩薩！」

然後，族長對着天仰起了胸膛。他用力擊打着黑色的胸膛，叫喊道：「老天呀，下吧！下在我的胸膛上吧！」他張開兩臂，張開大嘴，「鄉親們，讓我們在雨中跳起來吧！」

　　在族長的帶領下，村民們跳起了雨中舞。他們的動作是整齊的，是剛勁有力的。他們一會兒舉手向天，一會兒又俯身向地；一會兒臂挽着臂，連成一排，一會兒手拉着手，圍成一圈……他們邊跳邊唱，那是一種悠然綿長的調子：

> 雨兮雨兮下來喲，盼兮盼兮我心焦！
> 天兮天兮知我意，笑兮笑兮樂陶陶！

　　接着，他們又換了另一種調子，唱道：

> 天降甘霖萬民笑，手舞足蹈百鳥叫。
> 五穀豐登群山茂，六畜興旺財源到。

　　族長邀請沙利衛三人也加入他們的舞蹈隊伍。沙利衛朝着麥孝靜和方居仁一揮手，示意他倆也跳起來。於是他們三人與村民們手拉着手圍成一圈跳了起來。沙利衛緊攥着族長生滿老繭的粗壯大手，感覺到了那只手的力量和熱情。伴隨着舞蹈的節拍，一聲一調抑揚起伏的節奏，嘩嘩嘩的雨聲越來越響，像是樂曲，與天地形成了迷濛混沌的仙境，分不清哪是外國人，哪是中國人，都是天地之間慶賀及時雨而高興萬分的歡樂之人……雨越下越大，鋪天蓋地，灼熱難耐的天空變成了晶瑩剔透清涼舒爽的水世界……

　　第二天，沙利衛三人又來到村裏，向民眾發放救災款。他們給每家發一點銀子，這是事先用金幣換來的。麥孝靜身體越發難受，卻仍然堅持着。昨天他在大雨中受了涼，渾身發熱。沙利衛讓他留

在住處休息。他說不礙事，堅持來了。

他們找到族長，說明來意，向百姓分發銀子。這可是雪中送炭哪！拿到銀子的百姓個個喜笑顏開，紛紛感謝菩薩賜福。沙利衛說：「鄉親們，我們不是菩薩。我們是天主教神父，受上帝的派遣，從西方來到中國，帶來上帝的福音。上帝保佑你們幸福安康！」

「上帝？就是老天爺吧？」一個鄉親問道。

族長說：「一樣。上帝就是老天爺。不是菩薩，是老天爺。我們叩拜老天爺！」

於是，民眾呼啦跪倒在地，說：「叩拜老天爺！」

沙利衛請大家起來，給大家介紹天主教，並把帶來的《天主十誡》讀給大家聽。族長一聽，感覺這內容與他們的族規相同，便覺得天主教好，就問道：「入教有什麼條件嗎？要不要交錢？」

沙利衛說，只要接受洗禮，遵守十誡，按時做聖事就行了。於是，大家紛紛要求加入天主教，一天之中就有八十多人受洗。

回到光孝寺，三人都很高興，這是一個開門紅。沙利衛問麥孝靜：「你身體怎麼樣？」說着，便用手去摸他的頭，呀，好熱！於是，沙利衛趕緊讓他躺下休息，並給他吃藥。

晚上，麥孝靜和方居仁已經睡熟，沙利衛還在回憶着這一天的情景。他的腦子裏回放着那些鏡頭：炎熱的太陽……光腳赤背的民眾……懷疑的眼光……傾盆大雨……感謝……受洗……

就在他們熟睡之後，兩個蒙面人偷偷鑽了進來。他們摸着黑，找沙利衛存放銀兩的箱子。他們摸着摸着，不小心摸到了麥孝靜的頭，另一個摸到了沙利衛的腳，沙利衛立刻醒了，問道：「誰？」

兩個強盜轉身就跑，其中一個轉得太急，不知被什麼東西絆倒在地，「啊」了一聲。這就驚醒了屋裏的人，他們摸着黑就打了起來。方居仁大喊一聲：「抓強盜！」方丈和寺裏的僧人也都被驚動了，舉

着燈趕了過來。兩個強盜見事不妙，拔腿就跑，怎奈方丈一個掃堂腿將他們擊倒，其他僧人上來將其按住，捆了個結結實實。方丈趕緊去看神父，只見沙利衛一隻腳受傷，站不起來了；再看麥孝靜，頭上被強盜打傷，鮮血直流；方居仁的手臂也被抓破，正在滴血。

54

劉知府得知沙利衛遭強盜傷害的事情後十分震怒，親自升堂審問。原來，沙利衛到村莊救濟村民分發銀兩的事情引起了兩位遊手好閒者的注意。他倆一個叫狗兒，一個叫癩子，是村裏有名的無賴，整天無所事事，又好吃懶做，所以三十多歲了也找不上媳婦，只好整天幹些偷雞摸狗的事情。他們的父母也管不了，只好隨他們的去了。

他們被抓到衙門府，一聽要給他們動刑，就嚇得屁滾尿流了，對偷盜行為供認不諱，還一個勁地磕頭求饒。劉知府想，這兩個無賴壞了自己的名聲，神父三人剛到自己的轄區就出這等醜事，肯定被別人笑話，總督大人也會怪罪自己。他咬着牙，狠狠說道：「打入死牢！」

於是，二人被戴上枷鎖，關進了死牢，只等上司批覆下來，立馬人頭落地。

按照《大明律》規定，凡死刑重案，需經過三審五覆之法，地方政府無權擅自殺人。此案先送交總督府，再上報刑部，後送大理寺審查，最後由皇帝決斷。這個過程可能一年甚至更長。狗兒和癩子的父母一聽兒子被判了死罪，原來對兒子的滿腔怒氣一下子就變成了無限哀痛。他們找到族長，請他出面找知府大人說請。族長覺

得死罪的確判重了，便想去找知府大人。就在這時，沙利衛一瘸一拐地來到族長家，說明了來意。原來，沙利衛知道判決結果後，心中甚為不安，三人合計一下，決定出面干預。因為麥孝靜還在發燒，沙利衛讓方居仁照看着，自己找到族長，計劃與族長一起找知府大人求情。

族長一聽，萬分感動，連忙表示感謝，狗兒和癩子的父母也感動得跪地叩頭。於是，沙利衛和族長一起來到了劉知府處。劉知府一見沙利衛，感到很不好意思，看到他行走不便，更是愧疚於心。他說：「愧疚！愧疚！本官未能保護好神父安全，讓您遭此大難，險些⋯⋯」

「大人言重了。我和族長向您求情來了，請放他倆一條生路。我們只受了輕傷，並無大礙。兩位犯人屬於缺乏調教，入室偷盜固然可惡，但罪不當死。請大人收回成命，另行審判。」

族長也說：「都怪我對村民教導無方，請大人給他們一條生路，讓其悔過自新。」

劉知府有些感動。這個站在他面前的沙利衛神父，原來是一位心懷仁德之人，看來曾知府所言不虛啊。在劉知府看來，這次入室偷盜雖算不上大案，但因為偷的是沙利衛神父，還傷了神父，他不好向總督大人交代，曾知府知道了也會笑話他。所以，他必須做出個樣子來給上司看看。他知道總督大人不會把這個死刑案件上報刑部，很可能是駁回重審。那樣的話，他的目的也就達到了。想到此，他說：「神父宅心仁厚，令本官十分感動。好吧，待我奏明總督大人，就說神父親自出面求情，念其年少無知，缺乏調教，給他倆悔過自新的機會。」沙利衛和族長聽後，千謝萬謝，滿意而回。沙利衛藉這個機會向劉知府提出，他看中了西河光孝寺旁邊的一塊空地，可用來作為修建教堂用地。劉知府正愁着沒有補償沙利衛的辦法，便立刻答應了。

麥孝靜的病慢慢好了，他和方居仁開始跟着沙利衛學習四書。沙利衛覺得，如果戴燮先生在跟前就好了，由他來教大家，效果會更明顯。一個月後，劉知府接到通知，兩名犯人免去死罪，改為罰役，為官府運送磚炭三十萬斤。這件事就算是有了一個了結。狗兒和癩子的父母總算為兒子保住了一條性命，對沙利衛感恩不盡，都接受洗禮加入了天主教。通過這件事，沙利衛在韶州贏得了很好的名聲。

　　沙利衛的教堂於九月九日正式動工，大半年就蓋好了。教堂坐落在西河岸邊，觀流水潺湲，景色宜人；望芙蓉山秀，鬱鬱蒼蒼，是一處風水寶地。教堂整體是西方建築風格，宏大精美，八邊形三層樓，有一個直指天空的塔尖。不遠處即是光孝寺，相映成趣。落成的日子到了，劉知府專程來祝賀。沙利衛向他講了自己的打算，要招收學生，男女生都招，免除一切費用，條件只有一個：接受洗禮。劉知府一一批准。

　　春節過後，二十名學生很快就招齊了，其中有五名女生，都來自族長所在的杏花村。開學的第一課，沙利衛給學生發了中文版課本《天主十誡》，要求學生認真誦讀。這些孩子進入學校後，一天一個樣，變得懂事了，有教養了。他們回家後對父母說，看到了世界地圖，還看到了自鳴鐘和三稜鏡。家長們好奇得不得了，紛紛要求來教堂觀看。沙利衛要求兩個助手接待家長，並給家長講解相關知識。這些家長開了眼界，他們一傳十，十傳百，於是，韶州教堂在當地的名聲就傳開了。

　　戴燮先生回來了。這可把沙利衛高興壞了，趕緊給他安排住處。戴燮這次回來帶回一個驚人的消息：總督大人被撤職查辦了。戴燮說，他聽到社會上有一種傳言，說沙利衛是被總督大人逼走的，目的是要霸佔仙花寺教堂，為自己做生祠，卻又不想花錢，於是只用一百金幣買下仙花寺，趕走了沙利衛。沙利衛一聽，心中更

加不安，他覺得這事似乎與自己對總督大人的誤解有關。其實，在肇慶六年，總督大人一直是在背後默默支持自己的。

沙利衛說：「是我錯怪了總督大人。」

戴燮問道：「此話怎講？」

於是，沙利衛便把孟安仁視察員和劉知府的話轉述了一遍。戴燮聽後不作聲了。這種沉默在每個人心中都是沉甸甸的。

過了一會兒，沙利衛主動打破沉默氣氛，說道：「戴先生，我們在南華寺住了一天。」

「噢，那可是佛教重地。見到方丈了嗎？」

「見到了。方丈有一句話給我留下了深刻印象。」

「什麼話？」

「得人心者得宗教。」

「神父還能背誦百丈禪師的《二十條叢林要則》呢。」麥孝靜說。

「神父記憶超群，戴某實在佩服。神父精通西洋記憶神術，得空時請教我？在肇慶時神父答應過的，曾知府可以作證。」

沙利衛聽後大笑不止，說：「先生還記得此事。用中國話來說，那叫雕蟲小技，何足掛齒！哪比得上四書五經這些中國經典！」說着，沙利衛把兩位助手介紹給戴燮，並提出既請戴燮先生給二十名學生授課，同時給他們三人系統地講解四書五經要義。沙利衛計劃用一年時間將《論語》翻譯成拉丁文，給西方人閱讀，讓西方了解古老的中國，了解孔子這位聖人。他說孟安仁視察員對這項工作非常重視，在澳門會議時專門提出的。戴燮滿口答應。

戴燮說兒子長得胖胖的，兩歲多了，全家人都高興，與大哥的關係也好多了，這樣自己遠在韶州也就放心了。戴燮表示，這次回來將全力協助神父的工作。將來沙利衛到南京傳教，離他的家鄉蘇州就更近了。他希望沙利衛到蘇州傳教，並到他家中做客。戴燮又簡單介紹了南京的情況，還說倭寇及海盜經常在中國沿海一帶尋釁

滋事。沙利衛聽後感覺情況的確複雜，愈發覺得總督大人的建議是有道理的。他突然想起什麼，問戴燮：「先生，古琴呢？」

戴燮一拍腦門：「哎呀！來得匆忙，竟然忘在家裏了。」

沙利衛眼中閃過一絲失望的表情，但很快就高興起來，他笑着說：「先生有了胖兒子，高興得把古琴給忘了吧？」

戴燮也笑了，但同時他感覺到古琴在沙利衛心中的分量。

55

清明節到了，這是中國人祭祖的節日，家家戶戶對此十分重視，學生也都請假隨父母去上墳了，教堂一個學生也沒有，四個人都暫時閒了下來。

這時，只見戴燮先生手裏拿着一沓火紙，到教堂外邊找了一處僻靜之地，燒了起來。沙利衛悄悄跟在後邊看着。他知道，在肇慶時，每到清明節，戴燮先生都要這樣做。中國人很看重祭祖，如果誰忽視這些禮儀，就可能被視為不肖子孫。孔子提出「慎終追遠」，就是提倡人們要敬祖懷先，這已經是中國人的傳統了。沙利衛讀《論語》，記得孔子曾經狠狠批評過不按規矩守孝三年的弟子宰我，想必戴燮記得更清楚。戴燮先生曾給他說過，祭祖與迷信不是一回事，祭祖是人性的表現，連祖宗都忘記的人，還算人嗎？

突然間，沙利衛想起了自己的父母，他們都還好嗎？他們都還健在嗎？自己出國這些年雖然寫過很多封信，卻從來沒有給父母寫過一封信！若用中國的標準來衡量一下，自己是不是大不孝呢？其實耶穌基督是要求信徒尊敬父母的。在《天主十誡》中不就有一條「當孝親敬長」嗎？自己身為神父，雖然發過「三絕」誓願，卻並

沒有說不孝敬父母啊？一個神父忘掉了自己的父母，卻讓中國人入教，中國人會相信嗎？既然孝敬父母，總要有一定的儀式吧？中國人每年清明祭祖的儀式不是很值得西方人學習嗎？還有，佛教有盂蘭盆節，道教有中元節，《古蘭經》中也有通過『遊墳』紀念親人的儀式。其實，祭祀與天主教信仰並不衝突，相反能夠鞏固信德。想着想着，沙利衛眼前一亮：為什麼不請戴燮先生到教堂來祭奠他的父母呢？他既是教友，就應該允許他在教堂祭祀逝去的親人，這樣既懷念了先人，又敬仰了天主，不是更好嗎？或許這是讓天主教真正走進中國人心靈的一條切實有效的途徑。想到這裏，他便回到教堂，對麥孝靜和方居仁說了自己的想法。麥孝靜和方居仁聽後，一致贊成，並說這是神父的一個創舉。教堂既然可以舉行葬禮，也就可以舉行祭祖禮。於是三人一起來到戴燮身旁。

「戴先生，對不起，打擾了。」沙利衛輕聲說道。

戴燮蹲在那裏，剛好燒完了一沓火紙。聽見聲音，便轉過身來，見是沙利衛三人恭敬地站在身旁，便起身，問道：「神父，有事嗎？」

「戴先生，我想請您到教堂裏面紀念您逝去的父母。」

「什麼！這怎麼行？」

「先生既為教友，紀念父母理所應當。」

「可是，聖教是……是不允許祭祖的……」戴燮吞吞吐吐地說。

「先生，您誤解了，信教不等於忘掉祖先。中國人紀念祖先，慎終追遠，這是孔子的教誨，在天主教『十誡』中也有孝親敬長的教規，為什麼不能融為一體呢？」

戴燮聽後，一下子握住沙利衛的雙手，激動地說：「神父，您就是聖人啊……」

於是，他們走進教堂，搭建起一個臨時祭台。沙利衛建議免去燒火紙的環節，戴燮表示同意。於是，戴燮先在一張紙上寫好父母

姓名，然後貼在一塊木板上，將木板豎立在祭台上；又找了一個小香爐，點燃三炷香；最後，擺上茶果祭品，沙利衛特地給他準備了紅葡萄酒。準備完畢後，戴燮跪在地上，對着父母的牌位跪拜，說道：「父母大人在上，不肖之子戴燮向您叩頭！今天是清明節，兒子不能到二老墳前叩拜，特借天主教堂向二老祈禱，祝二老在天之靈永享安寧！今向二老稟報一個好消息，彩雲生下一個男孩，母子都健康，二老在天之靈安息吧！兒子已經成為天主教徒，耶穌基督永保二老子嗣綿長，闔家富康！尚饗。」說着，戴燮將一杯紅葡萄酒灑在地上，祭奠先父母。

沙利衛和他的助手恭敬肅穆地站在旁邊。此時的沙利衛，心已經飛向了遠方，飛向了他父母身邊。麥孝靜和方居仁也深受影響，各自想着自己遠方的親人……

祭奠完畢，沙利衛說：「戴先生，我想以後每年清明節，凡是教友都可以到教堂來祭祀祖先。當然，他們也可以按照現在的方式去上墳掃墓。」

「太好了！這樣做對於那些遠離家鄉的百姓再合適不過了。」

沙利衛似乎沒有聽明白，問道：「你說的是……」

「有些百姓從外鄉遷入此地，他們的祖墳都在家鄉，他們又沒有建立祠堂，每到清明時節，就只能像我一樣，找個僻靜處燒上一沓火紙來寄託思念之情。神父這個做法就為他們彌補了心中的缺憾，一定會得到擁護的。」

「那好，明天我去找族長談一談，看他是什麼意見。」

第二天上午，沙利衛留下戴燮和兩個助手在教堂上課，自己一人去了族長家。路上，他看到在路旁或村前屋後多處燒火紙留下的灰燼。

敲門後族長出來了，見是沙利衛神父，趕忙迎接進屋，請上座，吩咐家人沏茶，說道：「神父駕到，榮幸之至啊！只是寒舍讓

神父笑話啦。」

「族長太客氣了！我這次是來向您討教的。族長貴姓？」

「莊稼人有什麼貴不貴的。我姓劉，一輩子種莊稼，哪裏承受得起神父這樣稱呼呀！」

「劉族長，您是本地人嗎？」

「土生土長，今年五十九歲了，從沒離開過這塊土地。不過，這韶州城可是個移民之地，真正本鄉本土的人並不多，遠祖大多是從外地遷入的。我的爺爺告訴我說，我們劉氏這一支，是南宋時候從山東東平府遷過來的，當年都是岳飛的部下。還有，從洪武六年開始，皇上實行大移民政策，從山西南遷來的有幾十萬人。現在，這兒就是家嘍。」

「原來都是背井離鄉啊。百姓有怨恨嗎？」

「怨恨？哪的話，沒有。人哪，就像一粒種子，種在哪裏，就在哪裏生根，發芽，開花，結果，有什麼可怨恨的？就說神父吧，離開父母，大老遠的跑到我們中國來，您怨恨嗎？」

「我不怨恨。」沙利衛說。

「哈哈哈，這不一樣嘛。命本如此，得認命──神父，您今天來，不是來和我討論命的吧？一定有什麼重要的事情吧？」

「我是想問一問，鄉親們每年清明節在哪裏祭奠祖先？」

「您問這個。村裏有幾處祠堂，每年清明，凡是父母墳墓不在本地的，都到本族祠堂祭奠。我們這村裏都是大姓，劉姓、王姓佔了多半，都有本族的祠堂；沒有祠堂的，就在那路旁，或者村頭地邊隨便找個地兒，燒一把火紙，算是祭奠了。」

「以後清明節，凡是沒有祠堂的鄉親們，請他們到教堂去祭奠先人，好嗎？」

「哎呀，那敢情好！就怕神父不樂意呀。教堂是個清靜之地，這家燒紙，那家點香，還不把你們教堂搞得烏煙瘴氣？」

「這個，我來制定規章，只准燃香，不能燒紙；自帶茶果祭品，父母牌位我們代寫。但有一個條件，凡到教堂祭奠祖先的鄉親們，僅限於教友。」

「應該！其實，這也簡單，讓他們入教就是了。哎呀，神父可真是個大善人！好吧，我來跟鄉親們說，明年就這樣辦。」

第二年的清明節，有十幾位百姓到教堂祭奠先人，並受洗入教，教堂成了村民祭祖的地方，人們對沙利衛更加尊敬了。劉大人知道後大加稱讚，周圍十里八鄉都把教堂當作了神聖之地。

56

夜晚，沙利衛躺在床上，翻來覆去睡不着。他在想族長對他說的話，在想戴燮祭奠父母時的情景。他遠在歐洲的父母現在怎麼樣了？他忽然覺得，自己應該給父母寫一封信，於是他拿起了鵝毛筆：

親愛的父親、母親大人：

願天主的安寧與您同在！

我提起筆的時候，心中充滿愧疚，離開你們十八年了，這是第一次給你們寫信。你們都好嗎？如果我沒有記錯的話，父親今年七十二歲，母親七十歲。我離開的時候，你們都才五十多歲。請原諒兒子的不孝吧。

父母大人，你們也許要問，怎麼現在才想起來寫信呢？這麼多年，工作再忙，難道連寫封信的時間都沒有麼？是不是所有的傳教士都不給父母寫信？還是只有你一個不寫呢？如果是後者的話，是不是對父母有意見呢？都不是。我的的確確沒有

想到給父母寫信是一件重要的事情。

但是，最近發生的一件事情觸動了我，改變了我。我在中國認識了一位學者，他叫戴燮。因為各種原因，他離開家鄉，和我在一起幫助我傳教。由於他學識淵博，對我十分重要，所以我們之間談得很深入。他原有一個妻子，不幸死了，在我的勸導下，他把地位低下的侍妾扶正為妻，全家加入天主教。他在每年的清明節，都要燒火紙祭奠死去的先人。在中國，清明節就是祭奠祖先的節日，這種節日在天主教是沒有的，而且不贊成祭祀祖先。天主教對我的影響是深入骨髓的，我心中只想著天主，很少想到父母。當然，不是所有的傳教士都不給父母寫信，但是這樣的宗教信仰是每一個傳教士都有的。我現在開始有了新的感受。我認為，中國的這個傳統節日值得西方學習。

有的傳教士對中國人祭祀祖先和紀念孔子的行為是反對的。孔子是中國儒家的創始人，是一位哲學家，也是一位聖人，像耶穌一樣的聖人。我原來認為，西方文明是世界上最優越的文明，東方是落後的。現在，我改變了，中國文化與西方文化有同等地位和同等價值，而且各有特點。中國文化雖然古老，但絕不意味着它比西方文化低級和陳舊。在中國傳教，不能從一種優越的立場觀點出發，想當然地認為中國文化是低層次的文化。中華民族是一個生機盎然的民族，有着生機勃勃的精神，其獨特的個性在於數千年來不間斷的持續發展。對於這樣一個偉大民族，我要真正把握它的本質，必須靠理解，必須靠尊重，必須靠親身感受。我是一名傳教士，但我還是一名中國文化的經歷者、領會者和學習者。

值得慶幸的是，我的上級領導孟安仁視察員完全贊同我的觀點。他是我在歐洲的老師，師生有着共同的傳教觀，這是多麼讓人高興的事情啊！但是，在傳教士中，也有人主張用武力

去征服中國。孟安仁視察員和我都是明確反對的。

在中國，我讀了很多書，學會了說中國話，學會了寫中國字，也學會了使用筷子吃飯。父母大人，你們知道筷子怎麼使用嗎？就是用一隻手支配兩根小竹棍，形成合力，很有意思。我喜歡吃中國飯，剛來中國時就吃過米線，是用大米磨成粉後做成的一種線條狀食物，配上各種佐料，很好吃，而水稻在歐洲是很少種植的。中國人寫字不用鵝毛筆，而是用兔毛、羊毛紮成一個小刷子，蘸上墨汁，寫出來的字很漂亮。我開始學習用毛筆寫字，但只是剛剛開始，寫得很不好，掌握不好力度。中國的字很神奇，它沒有字母，像圖畫一樣美。中國的單字很多，有七八萬個之多。從審美的角度看，這些中國字要比我們的文字更美觀。我喜歡中國字，每一個字就是一幅畫，就是一個故事。我用在羅馬學會的記憶術，能熟練記住很多看似不相關的中國字。

中國很大，比西班牙和葡萄牙大得多，比歐洲還要大。比如從這裏到北京，無論是走水路，還是走陸路，都要三個月的旅程，至於選哪條路，就要看個人的喜好與條件了。中國到處都有美麗的景色，氣候宜人，整個中國就像一座大花園，令人愜意，無與倫比。中國河流縱橫，處處都可通航，簡直就是一座大型的威尼斯水城。

中國的老人健康長壽，這要歸功於中國良好的統治。中國人一有機會便把精力都花在相互拜訪與邀請上，這些活動排場很大，有吃有喝，還有戲曲表演和各種樂器伴奏，他們對這些很有興趣，並引以為豪。從收繳租稅來看，他們是世界上最富有的人，據說皇帝的年收入是一億五千萬兩白銀。他們利用自己的占星學，可以預測出日食和月食，雖然有別於我們歐洲人的方法，但也清晰準確。此外，他們還有算數以及西方『七

藝』中所有科目，甚至有機械學。令人驚奇的是，在從未與歐洲有過交往的情況下，他們竟然能獨立達到這一水平，與我們不相上下。他們把全部精力投入到治理國家中，其開明程度比其他所有國家都高出很多。如果天主願意在他們天賦聰明才智中加入我們天主聖教的成分，那麼我相信，就連柏拉圖的共和思想也不會比中國在這方面的實踐更為出色。

中國人也有可笑的地方。他們沒有見過世界地圖，他們以為自己是世界的中心，看到我帶去的世界地圖後都驚訝得很。中國人可敬的是，他們很快就改變了態度，知道除了中國世界大得很。其實，中國人早就有航海的英雄，只是他們沒有周遊世界罷了。

我在中國一個叫肇慶的地方傳教，收了一個女生，這是當地頭一回有女生讀書，因為中國人不贊同女孩子上學讀書。我還給這個女生當了紅娘。你們一定會問，紅娘是什麼？就是把相愛的男女雙方撮合在一起的那個中間人，就是射箭的小愛神丘比特。中國人很善良，吃苦耐勞。他們很聰明，曾經創造過輝煌的文明。我願意和中國人在一起，從他們身上我能受到啟迪。在韶州，我見到了一位族長，他值得我尊敬。他們敬天祈雨，誠心誠意。他成了教友，我們之間談話很坦誠。

父母大人看到這裏，會以為我這些年都在中國傳教吧。不是的。我先在印度的果阿傳教五年，又到馬六甲傳教四年，再到日本傳教兩年。從日本回到果阿後又來到了中國，在中國七年。離開父母總共十八年了。

在中國，我先在肇慶六年，目前在韶州。我還計劃到南京去傳教，那裏是中國的舊都。然後我再去北京，那裏是中國的都城。中國人說我行程八萬里，我常以此為自豪。我現在擔任中國教區的負責人，要繼續在中國傳教。我的願望是把福音傳

給古老的中國，讓這個國家煥發新的生機。但是，我現在越來越感覺這個想法可能有問題。西方和東方應該互相學習，我把它總結為：東西方各有其美，又有共美；我們不僅要各棄其醜、各愛其美，還要互美其美、堅守共美。父母大人對我的觀點是贊同的吧。

我在夢中夢見了你們，你們也夢見過我吧？我的兩個兄弟都好吧？我想念他們。記得父親起初不贊同我走這條路，還曾想阻攔我。父親在去巴黎的路上病倒了，認為這是天意，不能阻攔我的選擇。我走上今天的道路，最值得欣慰的是我成了中西方文化交流的使者，這比單純的傳教還要有意義。請父母大人為我祈禱吧，我盼望着你們的回信，想知道你們的近況。

我期盼着有一天能回到父母大人的身邊。承蒙你們的祈禱，我感激不盡，並致以崇高敬禮。

您的不肖之子　沙利衛
1590 年 4 月 10 日於中國韶州

沙利衛寫完信，長長地出了一口氣。接下來他想着這封信怎樣才能送出去，他的父母什麼時候才能接到，能不能給他回信。他記得在歐洲讀《鄂多立克東遊錄》一書，裏面寫到中國有很多「驛站」傳遞官府文書。使者乘快馬飛奔，中途間隔更換，這樣，皇帝就能在普通的一天時間中得知三十天旅程外的新聞。還有一種「急遞鋪」，驛舍之間彼此相距三英里，急差接近驛舍時搖鈴叮噹作響，下一個驛舍內等候的急差聽見後緊做準備。於是，消息依次迅速傳遞，抵達大汗本人，整個帝國內發生的事，他能迅速獲悉。沙利衛想，這些驛站和急遞鋪現在還有嗎？像我這樣的私家信應該怎麼辦呢？這樣想着想着，沙利衛進入了夢鄉……

　　第二天一早，沙利衛起床後又把昨晚寫好的信看了一遍。這時，教堂大廳傳來戴燮與麥孝靜和安居仁的說話聲，他便出來問道：「戴先生，我的一封私家信如何送到澳門？」戴燮想了想，說：「官府信有驛站，私家信找民信局。」沙利衛問：「民信局是幹什麼的？」戴燮說：「民信局是專門給私人送信件和包裹的。」沙利衛問：「很慢吧？」戴燮笑了笑，說：「古人說『遠夢歸侵曉，家書到隔年』，何況八萬里路程，神父這信要先送到澳門，再轉送歐洲，恐怕要數年才能到家吧。交給我吧，我和兩位神父討論完這個問題就去找民信局的人送到澳門。」說着，伸手要過了沙利衛手中的信。

　　沙利衛問道：「你們討論什麼呢？」

　　麥孝靜說：「戴先生正在給我們講《論語》。」

　　「正好，我也要聽一聽。最近翻譯《論語》，我遇到了一些問題，正想請教戴先生。」

　　「咱們一起來討論吧。」戴燮說。

　　麥孝靜說：「我一直對孔子說『人能弘道，非道弘人』這句話不理解，請先生給我講一講。」

　　戴燮說：「這裏的道，指學說或治國方略。弘，就是擴大，發展、完善。『人能弘道』，就是說道是靠人來發展和完善的。一種學說或治國策略，並非一開始就是完美的，也不是一成不變的，它有一個被理解、被完善的過程。靠誰來理解和完善它？靠人。漢代董仲舒對這句話的理解是『治亂廢興在於己，非天降命不可得反』。一個人從不理解道，發展到理解道；從普遍的、抽象的道發展到具體的、實用的道，必須由人來完成。《論語》中寫道：「子欲居九夷。或曰：『陋，如之何？』子曰：『君子居之，何陋之有！』」君子用文化禮樂開發鄙陋眾人，化其風俗，這就是人能弘道。『非道

弘人』，不是說道不能弘人，而是說道原本不是用來弘人的，但在現實中道被人利用了，客觀上具有了弘人的效果。這或許是一個意外。」

沙利衛問：「先生講得好！是不是還可以這樣理解，孔子所講的道，不是人格神，而是純客觀的理。這個理被人認識的過程就是人弘道的過程。這個過程使道由內隱變得外顯。人在道面前不是被動的，而是主動的，所以說人能弘道。但這個道沒有主觀性，是純客觀的，它不弘人，但不等於說它不能弘人。在實際生活中，很多人藉助道得到了發展，就像荀子所言，『君子性非異也，善假於物也。』但是，『道』最終也沒有變成神。」

「神父的理解很到位。」戴燮說。

麥孝靜說：「天主教講『道成肉身』，而不講『肉身成道』。這裏的『道成肉身』就是道能弘人的意思吧？而『肉身成道』就是人能弘道的意思吧？」

沙利衛說：「你這個理解啟發了我，我在翻譯《論語》時可以參考。中國儒學是無神論學說，但不等於說它與天主教義就無相通之處。」

安居仁問：「『道成肉身』的『道』與『人能弘道』的『道』是一個『道』嗎？」

沙利衛說：「《聖經》中『太初有道，道與神同在，道就是神。』道是人格神。孔子所講的道不是人格神。這是有區別的。阿塔納修在《論道成肉身》中說，人有局限，無法認識神道，無法認識父道，無法認識理性，得不到拯救。於是神煞費苦心，顯現為人，由童女降生下來——這就是『道成肉身』，構成『三位一體』的核心教義。」

戴燮說：「《道德經》上講，『道生一，一生二，二生三，三生萬物。』又說，道從無中生有，乃天地之始，萬物之母。老子之道

與《聖經》之道有相似之處吧？」

沙利衛說：「它們的相似之處是，道是萬物的創造者。正如《韓非子》中說：『老子之道者，萬物之所以成也。』但是，老子所講之道仍然不是人格神。」

戴斅說：「道成肉身，不也是由內隱到外顯的變化過程嗎？道沒有成為肉身的時候，天下人沒有救世主，是愚昧的；道成了肉身之後，也就成了神，這個神就是耶穌，是普天下人的救世主。天下人有了救世主，就認為道是可以親近的，可溝通的，就接受了道。也就是說，天下之人沒有足夠的智慧去發現道，需要有一個萬能的神來拯救他們，所以人要信仰神。這就是天主教。老子之道、孔子之道的『道』雖然不是人格神，但畢竟是由人發現並提出的，是一種人生觀和社會觀。這個『道』雖然不是用來弘人的，但客觀上具備弘人的功能。在老子和孔子看來，人不僅要尊重道，還要認識道，發展道，利用道。人與道的關係就是『有為』和『無為』的關係。老子說『無為無不為』，孔子說『知其不可而為之』，其共同點都是一個『為』字。但因為他們不是神，所以普通人就很難受啟發而覺醒，只有聖賢之人能夠覺醒。所以，在中國儘管人們並不認為老子和孔子是神，卻認為他們是『聖賢』，受到後人的參拜。總之，無『人』之『道』無意義，無『道』之『人』無靈魂。聖教的偉大就在於給人們注入了靈魂。神父，您看我這樣理解對不對？」

兩位助手聽得津津有味，大呼：「太受啟發了！道和人的關係是耶穌和中國聖賢共同關心的問題。」

沙利衛說：「信仰是超越道的，道卻不能超越信仰。」沙利衛接着說，「我最近在翻譯《論語》，孔子的思想讓我受到震動，我想盡快把孔子的思想介紹到西方去，讓西方人來了解孔子，熟悉孔子。我要讓西方人知道，這位生活在公元前六世紀的中國聖人，他的思想有很多與天主相近甚至相同，當然，還有些思想是西方所沒

有的。比如，孔子講孝悌倫理，在西方就很少講，這對西方很有意義。」

「神父，我有一個問題，不知該不該提出來？」戴燮有些猶豫。

「先生客氣了，儘管說。」

「就是⋯⋯既然神父知道孔子生活在公元前六世紀，其實中國歷史可以上溯到更早。比如《詩經》中的《周頌》，就比孔子還早四五百年。黃帝時代就更早了，這在《史記》中都有案可稽。黃帝創建了數字、軍隊、衣服、音樂、醫藥等等，他的手下倉頡發明了文字⋯⋯這些都比《聖經》的成書早得多，那如何解釋上帝創造了世界呢？難道上帝創造的世界僅限於西方，不包括中國在內？」

「這！？」沙利衛頓時打了一個寒顫，如同聽到一聲霹靂，渾身顫抖起來。他驚呆了，兩位助手也驚得張大了嘴巴說不出話來。沙利衛清楚地記得，他第一次接觸《詩經》是在肇慶教堂，戴燮給他講《文王》篇，他從那時知道了《詩經》中有「上帝」這個詞。但是他從未想過，文王生活的年代比《聖經》中《創世記》成書的時間還要早。

過了好一會兒，沙利衛才慢慢緩過勁兒來。他眨了眨眼睛，又捂了捂嘴巴，指着兩位助手說：「你們⋯⋯你們千萬不要把這個問題說⋯⋯出去！」

戴燮顯得很不好意思。他說：「神父請諒，我原本不想提出這個問題，可是⋯⋯可是這個問題在我心中縈繞已久，憋得難受，今天終於提出來了。真不好意思，讓神父難堪了，請神父見諒！」說着，他向沙利衛深深施了一禮。

沙利衛緊緊抓住戴燮的臂膊，囁嚅道：「這個問題，太⋯⋯太重大！我暫時無法回答。請先生不要再提起，今天只限於我們四個人知道。我還要翻譯《論語》。」

戴燮趁機問道：「神父翻譯《論語》進展如何？」

「已完成大半，但有些地方還需斟酌。我最擔心的是誤解孔子。比如，孔子講『唯女子與小人為難養也』，如果按照字面意思翻譯，就會招來很多人的反對，認為孔子蔑視女性。孔子的原意究竟是什麼？我感到困惑。」

「神父的問題是千古難解之謎。對這樣的問題，在翻譯時須格外小心。孔子對他的母親是很尊敬的。我以為，孔子在這裏是有具體背景的，只是這個背景今天已經很難還原罷了。如果我們試着去還原一下呢？設想一下，孔子和南子會面以後，對這樣一個干政亂國的女人能有好感嗎？」

沙利衛眼睛一亮，說：「先生講得好！令我茅塞頓開。孔子這句話不是泛指，而是特指，但是後世讀者把它作為泛指來理解了。結合子路極力反對孔子去見南子的態度，還有孔子對子路發誓的記載來分析，孔子所言一定是針對具體人和事的。如果不是先生講解，我可能要產生誤解啊。」

「誤解也是正常的，別說西方人誤解孔子，就是中國人也會誤解孔子啊。」戴燮說着，話題一轉，說道，「孔子很少誤解他人。當他的學生產生誤解的時候，孔子就去引導啟發學生。」

沙利衛說：「請戴先生講具體一點。」

「《論語》中寫道，子路問孔子：『桓公殺公子糾，召忽死之，管仲不死，曰，未仁乎？』子貢也說：『管仲非仁者與？桓公殺公子糾，不能死，又相之。』可是孔子不這麼認為。他認為學生誤解了管仲。孔子對管仲的做法是肯定的，說：『桓公九合諸侯，不以兵車，管仲之力也。如其仁！如其仁！』『管仲相桓公，霸諸侯，一匡天下，民到於今受其賜；微管仲，吾其被髮左衽矣！豈若匹夫匹婦之為諒也，自經於溝瀆，而莫之知也！』孔子認為，評價管仲怎麼能用評價普通人的標準呢？孔子反對那種只顧着為主子盡忠而忘記了天下百姓，而在溝渠裏自殺的小節！孔子評價管仲，能從大

處着眼，不拘泥於小節，這就是孔子的偉大啊！」

沙利衛說：「先生講得好。孔子是儒家的創始人，也就說，先儒與後儒在忠節問題上有不同主張。孔子並不主張愚忠，不主張忠於某一個君主，而是主張忠於民眾和國家。」

戴燮說：「是的。孔子的君臣觀即便在今天也有進步意義。衡量臣子的標準不是看其對君王忠誠與否，而是看其對民眾和國家忠誠與否。如果民眾還是原來的民眾，那麼無論誰做君王，國家就還是原來的國家——忠於民眾就是忠於國家。所以魏徵跟隨李世民不是變節，因為他監督李世民忠於民眾。後世之君王，凡是要求臣子忠於自己的，都是自作多情。後世之臣子，凡是愚忠於某一個君王的，都是小人儒，而非君子儒。請問神父，耶穌基督是如何要求他的信徒的呢？」

戴燮的突然一問令沙利衛楞了一下，沒有反應過來，只好看看左右，問麥孝靜和安居仁：「你們來回答戴先生的問題。」

麥孝靜和安居仁面面相覷，不知如何回答。沙利衛只好說：「休息一下吧，我要好好思考一下。」戴燮把手中的信一揚，說了句「我該去民信局了」就出了教堂。

沙利衛回到自己的房間，打開《聖經》，呆呆看着。剛才戴先生的問題太讓他驚訝了，因為這也是藏在他心中已久的問題。他在肇慶時就發現黃帝時代比《聖經》出現的時間早出了數百年。當時他就出了一身冷汗。這如果讓西方人知道了，豈不是天都要塌了！他把這個問題藏在了心中，對誰也沒有提起。他認為別人不會產生這個問題，就讓這個問題死在他的內心深處。可是，這個問題一直縈繞在他心中，如何解釋呢？會不會早晚有一天會有人提出來呢？把中國的文化介紹到西方去，西方人會不會早晚發現這個問題呢？會不會對《聖經》產生懷疑呢？他有時整夜睡不着覺，被這個問題深深糾纏着。經過深思熟慮後，他決定還是不說。但是他想不到，

戴燮先生今天竟然突然提出了這個問題。怎麼辦？捂住，蓋住，兩個助手誰也不能提起。

他又想到戴燮先生的第二個問題。耶穌基督是道成肉身，祂是聖父、聖子與聖靈的三位一體，既不能把祂等同於普通肉身之人，也不能把祂看作與人無關的神。在沙利衛看來，耶穌基督是關懷每一個人的，祂的關懷具有現實性，也具有符號性。祂關懷的是民眾，孔子關懷的也是民眾，在這一點上有相同之處。中國人說過，水能載舟，亦能覆舟。就是說，有一種力量控制着君王，是什麼力量呢？民眾的力量。沒有了民眾，君王還有存在的意義麼？如果君王與民眾為敵，君王還有存在的意義麼？答案是明確的。那麼，耶穌基督呢？如果沒有了民眾，耶穌基督還有存在的意義麼？當然，耶穌基督可以創造出民眾來，但是，如果對自己創造出來的民眾缺乏關懷，與之為敵的話，耶穌基督還有存在的意義麼？耶穌基督要給民眾以靈魂，為什麼要給民眾靈魂呢？是為了民眾的福祉。如果靈魂無法給民眾帶來福祉，這樣的靈魂還有意義麼？無論中國還是西方，無論耶穌基督還是孔子，在他們的上面有一種力量，就是民眾的福祉。在中國人那裏，這個力量就是天，民眾就是天。這就是『道』的真正含義！

沙利衛突然打了一個冷戰，他為自己有這樣的覺解感到驚訝。這與天主教教義似乎有了距離，發生了偏離——不，這樣理解或許才真正體現天主教的教義。在神學道德理論中一直就有一種或然論、決疑論觀點，良心和犯罪都與主觀行動的人有關，兩者應該聯繫起來；凡事總有兩端，兩端在各自特定的條件下都有可能反映部分真理，不能把一事的兩端截然割斷，絕對對立。因此，不能執一說來排斥另一說。只有採取綜合、調和的方法來觀察人生基本問題，才能如實反映真理的全貌。在上帝誡命遭遇多種不同可能性時，應該依據更具可能性的方面行事。中國也有「將在外君令有所

不受」的靈活性原則。在沙利衛看來，這種靈活的方法能夠解決天主教教義和中國文化不相容的問題，能夠促進天主教在中國的傳播，這也是柏拉瓦會長的神學思想精髓，而孟安仁視察員要求他翻譯《論語》的用心大概就在於此吧。

沙利衛突然有一種通透感，長期以來困擾在心中的疑惑釋然了。他體會到，作為一名傳教士，不僅要能吃苦，還要能悟道，二者缺一不可。他要盡快把《論語》翻譯完畢，接下來還要翻譯《大學》《中庸》《孟子》，要把體現儒家文化核心思想的四書介紹給西方讀者，也讓西方人睜開眼睛看世界。只有東西方彼此進行深入了解溝通，這個世界才能真正走向大同，才能走向耶穌基督統攝之下的一神世界。

可是⋯⋯想着，想着，沙利衛慢慢入睡了⋯⋯

58

澳門。孟安仁辦公室。孟安仁站在窗外，望着大海，心裏難以平靜。

最近，孟安仁壓力很大，他要處理的事情太多。耶穌會在中國的傳教士已達數十人，修建了多處住院和教堂。要維持正常的傳教花費，需要一筆數額不小的資金，而來自歐洲的經費不能按時到達，常有教堂蓋起來後卻不能及時兌現建築材料費和工人工資的事情，於是發生衝突也就不可避免。修建肇慶教堂時，如果沒有沙利衛從馬六甲帶來的兩千元金幣，還真不知道從哪裏籌款支付建築費用。沙利衛的兩千元金幣給了孟安仁很大啟發，動員葡國商人捐助資金是一個好辦法。特雷斯經過澳門時，又捐給孟安仁一筆資金，

其他商人也有捐助，這樣就緩解了資金緊缺的問題。但是，這還不能從根本上解決問題，孟安仁認為，耶穌會必須親自參與到歐洲和遠東的貿易活動中來。這幾年，孟安仁管理下的遠東地區，耶穌會的貿易活動已經收到了明顯效益，資金緊缺問題有望得到根本緩解。但是，貿易活動牽扯了他太多精力，他必須每天關注東來西往的船隻信息，及時調配人員和處理突發事件。然而這種商業行為，受到了其他修會的攻擊，連印度總督都看不下去了，說他們不務正業，只關心利益。

在孟安仁看來，更大的壓力來自其他修會。耶穌會是一個後起的修會。最早試圖進入中國教區的是多明我會，方濟各會也早於耶穌會進入中國。雖然都沒有成功，但是他們進軍中國教區的想法一天也沒有停止。這兩個修會還不時到教宗那裏詆毀耶穌會，妄圖與耶穌會瓜分中國的傳教區域。幸虧現在的教宗對耶穌會格外器重，沒有給其他修會與耶穌會相爭的機會。但是背地裏暗潮湧動，各種複雜微妙的關係時刻在變化着。

孟安仁深知，自己作為中國教區的創始人，上有柏拉瓦總會長的支持與呵護，下有沙利衛這樣的骨幹衝鋒陷陣，在中國一家獨大的局面開始形成。他和柏拉瓦千方百計利用與教宗的親密關係來阻撓其他修會來中國爭搶地盤。正因為這樣，引來其他修會的妒忌和詆毀，必須時時小心謹慎，不能出現失誤，不能給他們留下把柄。讓孟安仁欣慰的是，耶穌會進入中國傳教的神父，每一個人的素質都相當高，不僅學歷高，而且都是專家學者，這一點是其他修會難以超越的。更何況以沙利衛為代表的耶穌會神父精通中國語言，而其他修會的神父則抱怨中國文字，甚至拒絕學習中國語言。孟安仁盼望着沙利衛早一天把四書翻譯出來，介紹到西方世界，讓那些反對者驚訝耶穌會的成就。他感覺到，沙利衛很快就會把新的成果拿出來。到那時，他就可以向柏拉瓦總會長匯報，並在教宗面前進一

步樹立起耶穌會的威信，也給世俗政權看看，離開了耶穌會，你們是辦不到的。想到這裏，孟安仁長長出了一口氣。這時，他的助手走了進來，遞給他一封信。

孟安仁打開來信，原來是柏拉瓦會長的來信。孟安仁越看越生氣，最後啪地一拍桌子，說道：「出爾反爾！」

「視察員，是什麼不好的消息讓您這樣生氣？」助手問他。

「格里高利十三世教皇同意我的報告，禁止耶穌會以外的其他修會進入日本和中國。可是通諭剛頒佈還不到兩年，就被新任教皇給廢除了，還准許方濟各會士進入肇慶購買仙花寺教堂。太過分了！」

助手說：「聽說新任教皇原本就是方濟各會的主教。」

「中國人說得對——近水樓台先得月。」孟安仁想了一下，對助手說，「你馬上去一趟韶州，去問一問沙利衛神父，他翻譯的四書進展怎麼樣了，就說我正等着他的成果早日面世。另外，問問神父有沒有信件要捎回歐洲的。」

「好吧，我馬上動身。」助手出去不一會，又轉了回來，手裏拿着一封信，說：「太巧了，民信局的人剛剛送來了沙利衛神父的信。信使還問有無信件帶回呢。」孟安仁一聽，忙說：「請信使慢走，我正有回信帶給沙利衛神父。」說罷，孟安仁提筆給沙利衛寫了一封信，封好口，交給助手，說：「這太好了！我正愁着與沙利衛神父聯繫不方便呢。以後就請民信局的信使傳遞信件了，省得你跑。別忘了付給信使費用。」助手出去了。

「視察員好！龍季厚前來報到。」正在這時，一位神父走了進來。孟安仁一看，原來是龍季厚神父到了。他三十多歲，中等個頭，面部方正，目光堅毅，渾身充滿了力量，好像有使不完的勁。他是柏拉瓦總會長給他派來的一位十分優秀的神父。

「龍季厚神父，真年輕，真精神！我剛看到柏拉瓦會長給我的

信，說你近日到澳門，沒有想到你這麼快就到了。」

「柏拉瓦總會長說您這裏需要增加人員，就派我來了。分配我任務吧。」

「不急。你先在澳門住一段，了解一下情況。我準備派你到韶州接替沙利衛神父。沙利衛神父下一步計劃到南京建立新的教點。我們需要鞏固已經開闢的教點，然後擴大教區，逐步在中國形成網絡。你的到來給中國教區增添了新生力量。不過你可要做好吃苦的思想準備啊。」

「視察員放心，我不怕吃苦，再苦再累的工作，我都能承受。」

「太好了！總會長派來的神父，個個都是精英。明天，我陪你在澳門轉一轉。」

「謝謝視察員，以後請您多多指導。」

「我對神父要求很高的，你聽說了吧？」

「聽說了，視察員要求傳教的神父必須會說中國話，還必須能讀中國書。這兩點我都能做到，只是還要繼續提高。」龍季厚說。

「要向沙利衛神父學習。他現在不僅中國話說得好，對中國文化的研究也很深入。如果你見到他，會覺得這哪裏是一位西方神父，簡直就是一位中國儒士嘛。」

「視察員是不是說沙利衛神父脫掉僧服，穿上了儒服？」

「是的。我們原來要求你們進入中國須穿僧服，可是沙利衛神父經過觀察發現，在中國僧侶的地位遠遠比不上儒士。在中國，儒士才是真正的中堅力量。那些中國官員，個個都飽讀詩書，滿腹經綸，通過科舉考試一步一步升遷上來。在他們心中，儒家學說才是治國理政的法寶。所以，你要學習中國的儒家經典，特別是四書五經，達到精通的程度，否則你無法開展傳教事業。沙利衛神父正在翻譯四書，估計很快會有成果面世。」

「我剛加入耶穌會的時候，就聽到沙利衛神父的大名了，他在

我們年輕人心中有着很高的聲望，我們都很敬仰他。我一定向沙利衛神父學習。」

「耶穌會人才輩出，後繼有人，令人欣慰。好吧，你先休息，明天我們出去看看。」

看着龍季厚的背影，孟安仁不禁點點頭。他對柏拉瓦總會長派來的這位年輕神父的第一印象十分滿意——精幹，尤其是肯吃苦，這是做好傳教工作的基礎。他要好好計劃一下，從明天開始，讓他在澳門有更加實際的收穫，為進入韶州做好準備。

59

孟安仁辦公室。龍季厚正在向孟安仁匯報近段時間參觀訪問的感受。龍季厚說，他來澳門快一個月了，參觀了澳門聖保祿教堂，訪問了經言學校，還應邀在經言學校作了一場報告。澳門港的繁忙景象給他留下了深刻印象。他看到了東方的財富，開始明白傳教與貿易的微妙關係。視察員給他介紹的有關情況，使他對中國有了比較具體的印象，對沙利衛的傳教策略有了基本了解。龍季厚特別提到了視察員給他介紹澳門會議內容的事情。他認為那次會議是奠定耶穌會在中國傳教策略的一次重要會議。因為沙利衛等人認真貫徹了澳門會議的精神，所以在中國大陸，目前有了上千名信徒。這一成果來之不易。他感謝視察員給他配備了一名中國教師，專門教他說中國話，讀中國書。他正遵照孟安仁視察員的要求，在閱讀四書。

孟安仁聽了很高興，說：「看來你的收穫很大。但要記住，大明朝目前並沒有完全放開海禁，傳教仍須小心謹慎。信徒數量不是

第一位的，質量才是第一位的。中國人對西洋人十分敏感，特別在日本倭寇不斷襲擾中國沿海的情況下，傳教士很容易被誤認為日本間諜抓進監獄，甚至有性命之憂。現在是種植葡萄的季節，不是收穫的季節。」

龍季厚說：「視察員放心，我已經感受到傳教任務複雜而艱巨。」他停了一下，把後面的話咽了回去。他想說的是，雖然複雜而艱巨，但正好給他提供了大幹一場的舞台。他要用事實來證明，自己雖然年輕，但能力絲毫不差。他知道這些話還是不要說出來，最好是用事實來說話，因為《聖經》裏耶穌說過，「凡自高的，必降為卑；自卑的，必升為高」。

「視察員，你忙吧，我回去了。」龍季厚向孟安仁行禮後走了。

龍季厚剛離開，助手進來了，手裏拿着一個小包裹，說：「視察員，民信局又送信件來了，韶州的。」孟安仁趕緊打開，呀！是沙利衛的最新成果——拉丁文《論語》，還有一封給他本人的信。看着那一行行熟悉的字跡，孟安仁十分激動，他按捺住自己，一頁一頁地讀下去⋯⋯

孟安仁快速瀏覽完拉丁文《論語》，雙手將書高高舉起，舉過頭頂，說：「我們終於有了回擊他們的武器！」他又打開沙利衛寫給他的信件，讀了起來：

敬愛的孟安仁老師：

主內平安。

見到您派來的助手，我很高興。我正要向您匯報這段時間傳教工作的。我來韶州已經兩年，一切都按照澳門會議制定的策略穩步向前推進。目前，韶州施洗教友已有一百二十多人，而且都具有堅定的信德。在經過了旱災的折磨和清明節祭祖形式的改革之後，這裏的信徒對天主已經深信不疑。教友們可以

在清明節期間來教堂祭祖，除了不能燒火紙外，其他禮儀都按照中國的傳統進行。這樣，中國人在祭祖的同時，也得到了天主光芒的照耀。

方濟各修會購買肇慶仙花寺的事情令我氣氛。不過請老師放心，我預計他們將遇到巨大困難，因為我們打下的基礎與他們傳教主張之間的差異會造成當地民眾的憤怒，很可能引發惡性案件。到那時，我們就有理由重新收回肇慶教堂。屆時須由老師向教宗提出。

您說要派一名神父來韶州接替我的工作，這非常必要。我想盡快到南京傳教，距離北京就越來越近了。《論語》已經翻譯完畢。這要感謝戴燮先生的幫助，使我能夠在兩種文字之間進行反覆斟酌。希望此書在澳門印行，先在經言學校試用。如效果理想，再向歐洲發行。請老師記得，要單獨給柏拉瓦總會長和教宗呈上樣書。四書中其他三種，我已經着手翻譯，估計再有一年能夠完成。還有一件事情，就是我的《天主教義》一書已經動手寫作，計劃到南京時完成，爭取在南京能夠有更好的機會傳播天主教義。

新來的神父最好在年底到韶州，我希望能見他一面。另外，肇慶那邊您要有一點準備，如果重新回到我們手中，需要派得力的神父過去主持傳教工作。我建議您考慮麥孝靜神父接管這一重任，他的確很優秀。

敬祝老師安康！

您的學生　沙利衛

1591 年 9 月 10 日

孟安仁看完信件，走向窗口。他看到了浩瀚的大海，蔚藍的天

空，看到了繁忙的碼頭進出的船隻。他想，沙利衛這個學生太出色了，一個人頂得過三個人。耶穌會只要沿着既定的策略發展，全面佔領中國的那天一定會到來。他又一次舉起沙利衛手寫的拉丁文的《論語》，反覆欣賞，然後吩咐助手準備排版印刷工作。

助手走後，孟安仁還在激動之中。他情不自禁地提起筆，給沙利衛寫信。

親愛的沙利衛神父：

主內平安。

我收到你的拉丁文《論語》了。這是一項開創性的工作，前無古人，是歐洲第一部拉丁文《論語》。我相信它流傳到歐洲將會引起極大的反響。你對於這項工作，一定是付出了艱辛的勞動，這與你的天賦絕倫有關。你的語言才能和記憶力沒有誰能夠相比，你給中國文字增加注音字母的創舉也將是開天闢地的事情。等到你把四書全部翻譯完畢，等到你的《天主教義》面世的時候，我相信，將轟動整個歐洲，讓歐洲人重新發現中國。可以這樣說，你在中西方文化交流上已經邁出了堅實的一步，這是耶穌會的光榮，是主的光榮。

這些開創性的工作還將有力地證明耶穌會神父的水平是其他修會不能比的，將會使羅馬教廷真正認識到，只有耶穌會才有資歷和能力在中國傳教。

神父對於清明節的靈活處理，再一次證明了適應政策的高明和高效。你抓住了祭祖這個關鍵環節，這是任何一個中國人不能繞開的。估計會有人指責我們，說我們破壞了天主教的純潔性。我以為，那將是一種十分迂腐可笑的觀點。你到南京後，我會安排龍季厚神父接替你在韶州的工作，我同意你們在韶州見個面，這樣你可以與龍季厚神父做些深入的交流。我負

責地說，龍季厚神父具有出色的才幹。你對肇慶情況的分析頗有道理，我同意你的建議。

目前其他修會開始進入中國從事傳教活動，將來的局面會比較複雜，你要做好充分的心理準備。但無論如何，我都相信在柏拉瓦總會長的領導下，有你這樣的中流砥柱，耶穌會必將創造出輝煌的歷史紀錄。

你忠實的朋友　孟安仁

1591 年 9 月 10 日

60

韶州。沙利衛正在教堂給學生講解注音字母的使用方法。學生通過學習，已經具備了用拉丁字母來拼寫中國字的方法。沙利衛認為，在此基礎上，如能再編寫一部葡華詞典，不僅可以方便歐洲人學習中文，也可以提高中國學生的自學能力。他覺得，應該讓兩位助手與他一起來編撰。兩位助手很認真地參與了此項工作。這天，助手在編寫過程中遇到了困難，便來問沙利衛。神父看了一下說：「這個問題你們應該去請教戴先生。」於是，他們找到了戴燮。此時戴燮正在修理一件天文儀器，這是他於肇慶時在沙利衛指導下製作的，後來出現了故障，他想獨立把它修好，以此來證明自己學有所成。兩位助手來到他跟前，感到很驚訝：「先生懂得天文學！」戴燮笑了，說道：「一點皮毛，都是跟着神父學的。」於是，兩位助手講了自己的困惑，戴燮很快就給他們解決了。他們來到沙利衛跟前，四個人一起商量如何確定檢字順序。

他們把二十五個拉丁字母按照一定的順序排列起來，組成音序，A 排在第一，B 排在第二……，然後再把開頭字母為 A 或 B 的拉丁文單詞按照一定順序彙總起來。戴燮先生負責寫出相對應的中國字詞，於是形成了拉丁字母音序檢字方案。這個工作量很大，編寫速度自然也就很慢，但是大家都認為這是一項意義重大的工作。現在，他們已經編輯葡語詞彙一千三百餘條，中文詞彙一千四百餘條。其中有幾十條葡語詞彙尚未找到對應的中國詞彙，只好空缺。戴燮說，沙利衛神父在肇慶時發明了五種聲調符號，也應該編進詞典之中，這樣每一個中國字就有了一個聲調符號，讀起來就更明白了。安居仁自報奮勇，說自己懂音樂，能很容易地區分五種聲調。大家都說這個提議好。安居仁又提出，要區分送氣音和不送氣音，否則發音就不準。比如「怕」和「罷」，一個送氣，一個不送氣，都拼成「pa」就難以區分二者的不同，如果在送氣音輔音字母後面加上一個符號「'」表示送氣音，那就很容易區分了。比如「怕」字拼寫成「p'a」，「罷」字拼寫成「pa」。大家都說這個主意好。戴燮提出，這種方法方便了西方人學習中國字，但對於中國人學習拉丁文則不方便，還可以編寫一部華葡詞典，可以借鑑《干祿字書》提供的音序，結合拉丁字母的音序，編制出新的中國字音序檢字表，這比《說文解字》和《玉篇》「以類相從」的部首檢字法簡便得多。沙利衛很是贊同，他們都認為，這實在是一項開創性的工作。於是，他們每天除了上課，外出傳教，回到教堂就一起編寫詞典。沙利衛還要繼續翻譯四書，四個人整天忙得沒有一點空閒時間，他們的教堂成了一個文化研究院。

沙利衛認為，四書是倫理格言集，充滿了中國人卓越的智慧，應該翻譯給西方看。在翻譯《大學》一書時，沙利衛認為，最為核心的觀點就是開頭幾句：「大學之道，在明明德，在親民，在止於至善。知止而後有定；定而後能靜；靜而後能安；安而後能慮；慮

而後能得。」沙利衛認為，要結合西方文化的特點，將原文與西方語素糅合在一起，這樣翻譯出來：

> 高等修養之路旨在展開本來為善的天賦，旨在愛人類，旨在把最高的善定為目標。如果人們明白了自己的目標，就足以使信念堅定；有了堅定的信念，才足以使自己的性情寧靜下來；性情寧靜下來，才足以使自己心境和平；心境和平之後，才足以理性地沉思；理性地沉思之後，才能夠引導自己走向成功。

沙利衛認為，人的動機作用於意志，有了明確的動機，才能夠使意志堅定，而堅定的意志則可以產生巨大的力量，從而實現人生目標。沙利衛又認為，動機具有推動作用，但它所推動的不是外部的東西，而是源自內部的東西，這個內部的東西就是善。善源自天性，但不是每一個人都十分清晰自身天生就存在善性，必須通過動機的激發來實現。這種善性一旦被激活，就具有了無限的動力。接下來，要對動力進行控制，也就是具有寧靜的心態，而不是急於求成。在現實中，很多人有動力，但為什麼失敗了呢，原因就在於急躁。所以孔子多次批評子路魯莽急躁，缺乏曾晰「浴乎沂」「風乎舞雩」的沉靜和淡定。因此，理性就顯得非常重要，它是走向成功的關鍵。西方向來重視理性，沙利衛覺得，自己這樣翻譯就將東方的智慧與西方的精華結合在了一起，西方人看到後會有一種陌生的熟悉感。

在翻譯《中庸》的過程中，沙利衛認為這是一部最具哲學意味的表達政治道德的著作，書名就翻譯成《中國政治道德學》。他認為「天命之謂性，率性之謂道，修道之謂教」中的「天」可以與「Deus」對譯，這樣就可以打通《中庸》與天主教義之間的阻隔，

使得中國人更容易接受天主教義，同時也方便西方人對《中庸》的理解。

在翻譯《孟子》一書時，沙利衛被孟子的獨立人格所震撼。他認為，孟子所表現出的思想的獨創性和目標的堅定性超過了孔子，孟子是中國偉大的思想家。在沙利衛看來，中國是一個專制統治時間很長的國家，卻能夠在戰國時期出現孟子這樣的思想家，的確令他感到意外。他認為孟子對昏君的蔑視，對民眾的關愛，以及他對個體人格的捍衛，都足以成為世界的典範。他認為，孟子身上有股子「英氣」。他尤其讚賞孟子說的那句「富貴不能淫，貧賤不能移，威武不能屈，此之謂大丈夫」的名言，他認為，像孟子這樣的大丈夫在西方也少之又少，把《孟子》一書譯成拉丁文，必然會引發西方讀者對孟子人格的崇拜。當然，沙利衛不能接受孟子關於「人性善」的觀點，因為這與天主教義不相符。孟子對於人的原罪性沒有任何感覺，他誇大了人性善的一面。不過這不影響孟子的偉大。

沙利衛殫精竭慮，前後用了三年時間，四書的翻譯終於接近尾聲了。這天，沙利衛四人正在商量把翻譯完畢的四書送到澳門排版印刷的事情。正在此時，門外走進一人，進門便問：「請問哪位是沙利衛神父？」

沙利衛一看，便覺此人氣度不凡：一身儒生服裝，生得俊逸瀟灑，氣宇軒昂，眉眼之間，顧盼神飛。再細看，胸中一堆傲骨支撐，周身洋溢學者氣質。沙利衛心中一驚，他還是頭一回見到如此氣質的中國儒士，便心下猜想，來人必非同一般。他起身相迎，行以抱拳之禮：「先生玉樹臨風，俊朗超邁，光臨教堂，敢問尊姓大名。」

來人笑道：「在下臨川湯弘祖是也。」

戴燮一聽，也連忙起身，問道：「可是傲骨錚錚的湯弘祖湯大人？」

「正是。您是……」

「鄙人蘇州戴燮戴和同。」

「令尊大人可是已故戴尚書戴大人？」

「正是家父。」

「久仰，久仰！」

「慚愧，慚愧！」

沙利衛一看，他們彼此相聞已久，今日在此相逢，真是難得，於是請湯弘祖入座暢談。湯弘祖入座後，說道：「湯某路過韶州，南華寺方丈告訴我，說有西方神父在此佈道，傳播福音，便想一睹西洋神父風采，便一路打聽而來。不速之客，冒昧，冒昧！」

沙利衛說：「請問先生在何方高就？」

湯弘祖嘆一口氣，說道：「世上浮沉何足問，座中生死一長嗟。」

沙利衛看看戴燮先生，又看看湯弘祖，問道：「此話何意？」

戴燮先生說：「神父有所不知。湯先生才華超凡，又特立獨行，曾以『不敢以處女子失身也』的名言拒絕了章首輔為其親屬陪考的要求，後又彈劾首輔沈道尊，觸怒龍顏，遇禍遭貶，令天下士人無不扼腕切齒！」

沙利衛聽出了一點意思，點點頭，問道：「湯先生將來要去哪裏？」

「貶為徐聞典史，赴任途中，經過韶州，聞神父大名，特來拜見。幸會，幸會！」

「湯大人由北南來，可曾有奇聞軼事說與我們聽聽？」戴燮說。

「還真有一段離奇故事。南來路上，經過一驛站。主人告訴我，此地府衙後花園甚好，可去觀賞。我便前往一觀，果然好一處南方園林：亭台樓閣，綠樹掩映，小橋流水，曲徑通幽，有牡丹亭、舒嘯閣、芍藥欄、梅花觀，錯落參差，精緻細膩，看得我流連

忘返。這時，牆角處傳來叮噹砍伐之聲，一株碩大梅樹轟然倒地。我心生納悶，便上前詢問，這等好樹，何故砍掉？他們告訴我，此處有鬼。原來前任太守有一女兒，如花似玉，情竇初開，與情人私會後花園中，遭父責打，憂鬱成疾，不治身亡。此女子生前將自己容貌畫於白布之上，藏在紫檀匣內。她死後，太守葬女梅樹之下，連同木匣埋在一起。每當夜深人靜之時，梅樹便發出女人之聲：『還我魂來！還我魂來！』太守不堪其擾，便命人砍掉梅樹。這便是我所經歷奇聞一椿。你們說這究竟奇不奇？」

「奇，的確是奇聞。」大家聽後，紛紛嘆息。

戴燮問道：「先生乃當今文壇奇才，能否將此奇聞錄之於筆端，撰成一部傳奇，供人鑑賞？」

「有此打算，正在醞釀之中，尚未成熟。待我閒暇之時，再演繹成曲。」

「戴某翹首以待。」

「我多麼想……」沙利衛欲言又止。

「神父想說什麼？」戴燮忙問。

沙利衛笑了笑，說：「沒什麼。我想起了在印度時讀過《羅摩衍那》，裏面有一個叫悉多的女子，剛才又聽湯先生講了這個動人的愛情故事，我多麼想……」

戴燮不禁哈哈大笑起來，看了看湯弘祖，只見湯弘祖也滿臉笑意。戴燮於是作了一個鬼臉，說道：「神父莫非是想女……」話剛出口，他立馬就收住了，一抱拳道，「抱歉，抱歉！」

沙利衛知道戴燮誤猜己心。這也難怪，誰叫自己在這麼敏感的問題上支支吾吾呢。他笑了笑，然後變得嚴肅起來，說：「我在教堂給很多對鍾情的男女主持過隆重的結婚典禮。婚禮上男女雙方都宣誓忠於愛情婚姻。我讀《羅摩衍那》時就被悉多的忠貞感動了，剛才聽湯先生講的故事，又被太守之女的痴情感動了。這樣的女子

加入我教一定是富有信德之人，我多麼想給這樣的痴情男女主持婚禮啊！」

戴燮動情地說：「神父有一顆成人之美的仁愛之心，這正是：『嘆人間真男女難為知己，願天下有情人終成眷屬。』欽敬！欽敬！」

湯弘祖也說：「神父一席話令湯某深為感佩！想我湯某厭惡官場，卻常常被人間真情所動。人世間最可貴者就是這『真情』二字。尤其是男女相愛，情不知所起，一往而深。生者可以死，死可以生。生而不可與死，死而不可復生者，皆非情之至也。夢中之情，何必非真？天下豈少夢中之人耶！我盡快將此故事寫成一部新傳奇，屆時還請神父指教！」湯弘祖話題一轉，說，「我中國佛道昌盛，寺廟遍地，只是從不在大雄寶殿為男女婚慶設典。神父乃西方聖教傳人，竟能在教堂為男女結縭主婚，實乃西方新風吹進我中華大地呀！我想參觀一下這教堂，不知神父是否俯允？」

沙利衛很是高興，立刻說道：「歡迎參觀！」

說罷，湯弘祖在沙利衛陪同下參觀了教堂。他看到三層的教堂擺滿了中國書籍，儼然是一個中國書院。他第一次見到西方書籍，翻看了《聖經》，請沙利衛神父介紹了書中內容。他還觀賞了自鳴鐘、三稜鏡，瞻仰了聖母像。湯弘祖在聖母像前站立良久，心中似有所感。他問沙利衛：「此畫甚好！神父不是佛門法師，乃西洋神父，來中國傳教，可敬，可敬！我送神父詩一首，請笑納。」說罷，湯弘祖揮筆寫下一首七絕《韶州逢西洋沙先生》：

> 畫屏天主絳紗籠，碧眼愁胡譯字通。
> 正似瑞龍看甲錯，香膏原在木心中。

沙利衛興奮不已，他吩咐兩位助手，今天留湯弘祖先生一起就

餐，痛痛快快暢談一番，他要從這位才子身上獲得更多靈感。飯間，他們談得興致甚高，笑聲不斷。臨走時，戴斅先生送給湯弘祖一首《贈湯君》詩：

> 君愛玉茗好潔真，白璧無瑕天地身。
> 無奈高處不勝寒，千里學做謫仙人。

沙利衛神父也激動不已，詩興大發，他拿起鵝毛筆，寫下一首《讚湯君》：

> 遠涉重洋遊東方，邂逅奇才美名揚。
> 讚君捨得無限量，可否轉入天主堂？

湯弘祖看罷，哈哈大笑，口占一首道：

> 世間湯某一情痴，高談心性哪得知？
> 若待來日有緣時，再拜聖母未為遲。

吟罷頭也不回，飄然而去。大家依依不捨，送出很遠。沙利衛自言自語道：「這就是孟子所言的大丈夫吧，今日領教了。」

晚上，沙利衛躺在床上，腦海中仍然回放着湯弘祖的形象：那樣灑脫，那樣有才，骨子裏又那樣清高。他又想到了李邕李北海，那也是一位大丈夫。這個民族的確有脊樑人物，他們都深受孟子的影響吧。

61

俗話說好事成雙。湯弘祖走後不幾天，沙利衛便又迎來一位貴客。

這天一大早，戴燮起床後就聽見喜鵲在嘰嘰喳喳叫個不停。他推開窗戶，鳥兒悅耳的叫聲就更清楚了。

「忽聞喜鵲叫，莫非貴人到？」戴燮自言自語。自從湯弘祖來訪後，戴燮就有一種預感，沙利衛神父將成為文人和官員們爭相拜訪的對象。在中國的西洋傳教士數量還不多，尤其是像沙利衛神父這樣的學者傳教士就更少；隨着沙利衛神父名氣越來越大，中國文人和官員肯定希望結識他；越是這樣，自己越是要幫助神父。

正想着，就聽外面有人語聲。戴燮趕緊走出來，打開門一看，只見一位男子站立門口，大約五十歲，官員模樣，身後有兩個僕人站立，身材高大，膀大腰圓，像是貼身保鏢。戴燮趕忙上前施禮：「請問大人找誰？」

「此處可是沙利衛神父的教堂？」

「正是。大人貴姓？」

「請通報神父，就說瓊州王忠國前來拜訪。」

戴燮一聽，眼前一亮，好熟悉的名字，這不是當朝南京禮部尚書王忠國嗎？他趕忙問道：「可是禮部尚書王大人？」

「正是王某。」

「我馬上通報神父！」戴燮立刻轉身進去了。

不一會兒，沙利衛快步走了出來，上前一步跪倒在地，說道：「不知尚書大人駕到，有失遠迎，望恕罪。」

王忠國連忙扶起，說：「使不得，使不得！我是慕名而來，如何承受得起如此大禮！」

「快快請進。」

進入教堂，坐定之後，助手獻上茶水。沙利衛說：「今日一早就聽喜鵲喳啾，原來是大人光臨，教堂頓然蓬蓽生輝！」

「神父不遠萬里來中國傳教，我在南京久聞大名，如雷貫耳，可敬可敬！如今我告休回鄉，路過韶州，不請自來，如有打擾，尚望海涵。」

「大人乃朝廷高官，我做夢都不敢想。如今大人親臨教堂，實乃我的榮幸。」說罷，沙利衛將三人一一介紹給王忠國。

王忠國看著戴燮，說道：「先生，令尊可是戴尚書戴大人？」

「正是家父。」

「越說越近。我們曾經同朝為官，戴大人乃嘉靖二十三年榜眼，是王某的前任，更是前輩，我心中甚為敬仰，不想在此邂逅戴尚書的公子，實乃幸會。」

「家父在世時，對我說起王大人為救海瑞海大人仗義執言，不懼連坐，奔走呼號，還親入獄中探視海大人，英名傳天下，戴某敬佩之至！」

「欽佩！」沙利衛說。

「後來王大人又上書朝廷，力陳海南舉子赴京趕考之艱辛，懇請皇上在海南單設考場，讓海南舉子就地參加考試，得到皇上恩准。自此海南舉子皆在本地應試，不必再踏海歷險。此舉惠及海南莘莘學子，深得民眾擁戴。」

「我不過是為家鄉學子做一點力所能及之事而已，哪比得上令尊大人清廉剛直，拒受世子重禮，又在倭寇南犯之時，指摘總督坐擁重兵卻無力禦倭，正義之氣堪為楷模！」

「前後兩尚書，足為世楷模。」沙利衛說。

「神父中國話如此熟練，王某甚為感佩！」

「王大人，是什麼原因驚動大駕光臨教堂……就因為我是外國人？」

「我從南京一路南下，進入韶州區域，聽說此地有外國神父，深夜遭強盜襲擾，身負重傷。強盜被抓後，被判為死刑，神父非但不高興，反而主動為強盜求情，保其一條性命。不知此事是否屬實？

「大人所言當屬實情。」

「這就是我來拜訪神父的原因。神父受到傷害，反而以德報怨，是否貴教教義所倡？請問貴教是何名稱？何人創立？有何教義？」

沙利衛說：「我所傳宗教為天主教，耶穌基督創立。其基本教義皆在《聖經》一書中，概而言之如下：耶穌為救贖世人降生為人；天主是宇宙唯一神；天主創造萬物；天主主宰人間貧富生死，賞善罰惡；人有靈魂，人死而靈魂不滅，善人靈魂升天堂，惡人靈魂下地獄。天主本能至真至善，至公至義，全能全智；聖父、聖子、聖靈三位一體……」接下來，沙利衛向王忠國介紹了天主教十二信條、天主十誡、以及七件聖事。王忠國聽得十分認真，有時還頻頻點頭。

講着講着，不覺已是中午。戴燮說：「神父，該用午飯了，就請王大人在教堂用餐吧。」沙利衛對王忠國說：「懇請王大人委屈一下，在此用餐。飯後我們繼續交談，您看如何？」

「恭敬不如從命。我還有問題需要請教神父，正好飯後繼續。」

午飯後，王忠國參觀了教堂，對沙利衛大量閱讀中國典籍甚是稱讚。沙利衛說：「王大人乃大明進士，飽讀詩書，我對中國文化略知一二，見笑見笑。」

王忠國來到掛在牆上的《山海輿地全圖》前仔細觀看，沙利衛略作講解。王忠國說：「此圖我在南京見過，當是複製品。神父打開了中國人的眼界，地球碩大無際，一圖盡收眼底，這是神父的功勞，必將青史留名。」

「王大人過獎。大人才是青史留名的棟樑。不過,有一話我不知該不該問?」

「神父請講。」

「王大人正當為國效力的年齡,卻為何告休回鄉呢?」

「唉!一言難盡。」王忠國顯得有些無奈。他突然問道:「貴教教義中有無關於執政的學說?」沙利衛頓了頓,說:「宗教專管靈魂與信仰,世俗政治非我教內之事。」

「那西方有無皇帝?」

「有。」

「皇帝繼位如何規定?」

「民主選舉。」

「什麼是民主選舉?」

「就是由大臣來投票推選。」

「投票?!這……那,你們有教主嗎?」

「有,叫教皇。」

「教皇和皇帝誰的權力大?」

「這……。」沙利衛吞吞吐吐,他突然一轉,問道,「在中國呢?」

「中國沒有教皇。」王忠國說。

「有天帝,皇帝是天子。」沙利衛說。

「是的。但是天帝並不管人間的事。中國是長子繼承制。」王忠國聽了一下,又說,「如果皇帝遲遲不立太子,大臣就要提醒皇帝。」

「如果皇帝不聽呢?」

王忠國苦笑了一下,說:「不聽,臣子就反覆提醒……」他突然不說了,而是轉了話題,說道:「我任職三年期滿,向皇帝告休,路經韶州,特來拜會神父。用我們中國話說,這叫緣分。」

「緣分。」

王忠國觀賞了自鳴鐘和三稜鏡，還參觀了地球儀和天球儀，還有一部很特別的書，便問道：「神父除了傳教，還研究什麼？」

「我學過數學，對天文學也有一點研究。」

「這是一本什麼書？」

「《幾何原本》，一部數學著作。戴燮先生對此很感興趣，要跟我學習數學呢。」

戴燮忙說：「神父在數學和天文曆法方面都有精深造詣。這部《幾何原本》我只是喜歡而已，卻看不懂。如有哪位中國數學家能向神父學習，把它翻譯成中文，那可是開天闢地之盛舉啊！」

王忠國若有所思。

「王大人對天主教印象如何？」戴燮問道。

「初識聖教，尚無發言權。戴先生跟隨神父已久，體悟比我深刻，你來講一講吧。」

「我在肇慶就加入天主教了，是神父拯救了我的靈魂。後來我全家都入教了。」

「是嗎？看來，天主教很有吸引力，比佛教如何？」王忠國問。

「我本信佛，後來遇到神父，便轉向了天主教。」

「時間久了，必然耳濡目染，潛移默化。神父如能到南京和北京傳教，定會有更多人入教——哎呀，我在此時間久了，不再打擾，告辭，告辭。」說罷，王忠國告別神父，走出教堂。

沙利衛神父一直送出大門，問道：「王大人住在何處？何時離開韶州？」

「我是坐船來的，停在碼頭，今晚就在船上過夜，明天離開韶州。希望能再見到神父。告辭！」

「再見！」沙利衛看着王忠國在僕人的護衛下遠去了。

　　送走王忠國，沙利衛心裏頗不寧靜。他想不到這樣一位高官竟然屈尊來訪問自己，而且自己對待強盜的態度引起了他的高度關注，這說明自己對這件事的處理是恰當的，消除了人們對洋人戒備的心理，贏得了中國人的好感。另外，這位告休的禮部尚書，心中似有難言之隱，不然他為何對一些敏感話題欲言又止呢？王忠國關於天主教有無執政學說的問題也令他惶恐不及，當時沒有如實相告，是明智的。如果回答說教皇可以凌駕於皇帝之上，可以罷免皇帝，如果再給他進一步講述「卡諾莎之辱」的歷史事件，那麼這個王忠國會不會驚訝得寢食不安呢？在西方，政教合分的歷史十分複雜，而中國一直是皇帝高度集權的國家，自己怎樣才能給這位中國高官講清楚呢？沙利衛揣測，王忠國作為一名朝廷高級官員，可能對於皇帝的權力問題產生了思考，並且對世俗政權與宗教權力的關係十分敏感，看來王忠國告休背後定有隱情。

　　讓他難以平靜的還有，王忠國詢問數學、天文知識並鼓勵他到北京和南京傳教，而這不正觸動了自己多年來藏在心底的願望嗎？是不是這位尚書大人一眼就看透了我的心思而用這樣的話來試探我呢？如果真是這樣，那我如何回應呢？明天尚書大人就要離開韶州，今晚是不是應該回訪他呢？夜晚回訪不太禮貌吧？對，應該回訪，並向他提出到北京傳教的想法，請他提供幫助，看他是什麼態度。想到這裏，沙利衛馬上找到戴燮，剛要開口，只聽戴燮說：「神父，禮尚往來是中國的傳統。尚書大人親自來訪，神父應該回訪才是。」

　　「咱倆想到一塊去了，我正想回訪尚書大人，就在今晚。」沙利衛聽了一下，又說，「夜晚回訪不太禮貌吧？」

　　「哈哈哈，看來神父不曾讀過白樂天的《友人夜訪》一詩：『檐

間清風簟，松下明月杯。幽意正如此，況乃故人來。』神父夜晚回訪，那就是王大人的故友了，豈不更好？」

「中國文化無所不在。戴先生一說，夜訪正當時。」

「神父回訪帶什麼禮物？」

「帶上三稜鏡吧，如何？」

「甚好！還要帶上兩位助手。」

「好。戴先生還有什麼要提醒的？」

「到了尚書大人那裏，神父想說些什麼？」

沙利衛笑了，說道：「咱倆又想到一塊去了，去北京⋯⋯」

戴燮先生也笑了，說：「如此，我就放心了。快準備一下吧。」

說完，沙利衛和兩位助手忙着準備禮物去了。戴燮心想，這真是難得的機會，這次相會也許是沙利衛神父的一個轉機。人的一生雖然漫長，但關鍵處只有幾步。這關鍵的幾步一定要走好，否則就追悔莫及。

過了一會兒，沙利衛就準備好了。他對戴燮說：「戴先生，我們這就去了。」

戴燮笑着說：「神父着急了，應該吃過晚飯再去。不然，尚書大人可要留神父吃晚飯嘍。」

「對對對，我太着急了。」沙利衛也笑了。

天主教講究食無求飽，這一點跟孔子相同。晚飯吃半飽即可，而且會見客人忌食異味，這些生活習慣無論從禮節上還是從養生上都頗有道理。

一切準備停當，沙利衛和麥孝靜、安居仁就動身了，戴燮送出大門。

韶州自古水運發達，靠着珠江水域，南來北往的船隻給這座城市帶來了勃勃生機。自古至今文人墨客詠韶州的詩文頗多，在眾多詩人中首推唐朝賢相張九齡，他就是韶州人，寫過十多首歌詠家鄉

的詩作。他的《春江晚景》是寫夜泊韶州的名作，其中「薄暮津亭下，餘花滿客船」寫了寂靜優美的春江晚景，向來膾炙人口。還有，元代詩人許有壬也寫過《晚過韶州》一詩。王忠國站在船頭，回想着前代詩人膾炙人口的佳作，心情大好。他仰頭見一輪明月懸掛空中，俯瞰碼頭漁火點點，都籠罩在氤氳朦朧的氛圍之中。韶州夜景名不虛傳啊！

王忠國剛剛用畢晚餐，在船頭來回踱步。白天他與沙利衛神父的對話猶在耳邊。他不知道沙利衛來中國的目的究竟是什麼，如果是單純傳教的話，中國早就有外來的佛教，而且擁有眾多信徒，何必再增添一天主教呢？佛教在中國歷史上起起伏伏，坎坎坷坷，唐代官員韓愈寫過《論佛骨表》，極力反對唐憲宗迎佛骨入長安，甚至提出將佛骨燒掉，結果惹怒皇上，差點把命丟了。韓愈的兄長韓會被貶官就在韶州，最後病逝於此。

王忠國的寶船停靠在韶州碼頭，頗引人注目。船雖然不大，卻很華美，遠遠看去就知道非普通船隻。船頭船尾有兵士站立，岸邊也有兵士持兵器守護。這陣勢在告訴人們，船上有大人物，人們不得擅自靠近。

王忠國回到船廳，早有下人端上熱茶。他端起茶杯慢慢啜飲，抬頭看到了掛在船廳內的一幅字——「賢才國之寶也」。這是明太祖的名言，王忠國一直當作座右銘，竭忠盡智為大明朝選賢任能。他又想到，洪武元年，也就是明太祖剛登基後，隨即舉行了著名的「蔣山法會」，將佛教嚴格置於皇權統治之下。明太祖昭告天下高僧：「朕本農夫，自幼託身佛門，忽經大亂……觀自古至今相傳，祭祀鬼神之事，豈不重乎？然事鬼神必有禮有時，毋犯分，毋越禮，毋非時，毋昧於鬼神……」

洪武二十四年，明太祖又頒佈了《申明佛教榜冊》，其目的就是務必使佛教成為維護大明統治的有力工具，不得僭越。身為南京

禮部尚書的王忠國對此深有體會，處理好佛教信仰與維護政權的關係是治國理政的重要內容。如今天主教進入中國，究竟是有利於大明政權還是有害於大明政權，他必須搞清楚。他之所以親自前往教堂會見沙利衛，一個重要原因就是想弄明白，一個外國人為何以仁慈寬容的態度對待兩個強盜，這種行為必然贏得民心。如果天主教贏得中國民心，是否導致全民入教，對於朝廷政權究竟是好事還是壞事？他必須親自接觸之後才能下判斷。就在這時，手下人來通報，說韶州教堂神父沙利衛前來回訪。王忠國立刻吩咐道：「快快有請！」

於是有人上岸，引領沙利衛三人上船。剛入船廳，沙利衛就看見王忠國已經迎候在廳門口。

「歡迎神父暮夜來訪！」

沙利衛和助手行跪拜之禮，王忠國立刻扶起，領進船廳。

「可曾用過晚餐？」

「已經用過。感謝王大人白天屈尊過訪教堂，我等回拜大人，不知是否打擾？」

「何談打擾？我這告休之身，正愁無人聊天，神父駕到，正可解我暮夜寂寞。『檐間清風簟，松下明月杯。幽意正如此，況乃故人來。』」說着，抱拳施禮。

沙利衛聽後，心下一驚：多虧戴先生事先吟誦此詩，否則我真不知王大人所言為哪般！於是說道：「白樂天此詩寫得好，只是我不敢高攀作王大人的故人。」

王忠國也不免一驚：這個外國神父，是個中國通。他馬上笑道：「想不到神父對中國文化如此熟稔於心，王某實在佩服，佩服！」

「大人過獎。我對中國文化知之甚少，多虧戴先生指教。」

「戴先生可是才子呀，可惜……」王大人話到嘴邊停了一下，

接着說，「可惜不能如其父為國出力。」

「戴先生幫我翻譯四書，還助我編寫葡華詞典，讓歐洲人了解中國文化，這也是為國出力。」

「噢，如此說來，這戴先生得其所哉！甚好，甚好！」王忠國高興起來，接着說，「戴先生可曾給神父介紹過唐朝賢相張九齡？」

「不曾。這張九齡是什麼人呢？」

「張九齡是唐朝的宰相，他就是韶州人。他不僅宰相做得好，詩也寫得好，可惜呀……唉，你聽，『昔歲嘗陳力，中年退屏居。承顏方弄鳥，放性或觀魚……』空有一腔熱血，只恨報國無門；古來多少賢相名臣，都作流水落花而去。」王忠國說着，臉上流露出傷感的神色。

「大人是有感而發吧？白日與大人座談，話語之中感受到大人憂國之心，此心正與張九齡當時心境相合吧？」

「慚愧，慚愧呀。孟子說『於我心有戚戚焉』——呵呵呵呵，正是『多情應笑我早生華髮』。」

「我也喜歡中國詩，戴復古有詩曰：『方愁度嶺無相識，卻喜聞韶到此州。』大人路過韶州，你我有緣相識，正可以解愁啊。」

「神父對我中國文化精熟如此，王某感佩之至啊！來請品嚐這明前龍井。」

神父端起一盞景德鎮青花瓷器蓋杯，啜一小口，稱賞道：「好茶！茗香沁人心脾。中國茶葉在西方大受歡迎，已經成為上流社會必備飲品。」

「神父喜歡中國茶嗎？中國茶按照發酵程度分為綠、白、黃、青、紅、黑六大類。這龍井茶乃綠茶中之精品，尤其這上等的明前龍井更是精品中的精品。神父請看，一芽兩葉，芽尖好似雀舌。須適時採摘，早一日晚一日則味道欠佳；炒製環節更為複雜，有抖、搭、拓、捺、甩、抓、推、磨、壓、蕩、扣、扎十二種手法，隨機

調換，靈活變化；沖泡以後色、香、味、形俱佳。湯色杏綠，芽芽直立，香氣若蘭，沁人心脾。晚茶須淡，茗香若有若無，就像這韶州暮夜，有朦朧飄渺之美，神父，請！」

沙利衛啜一口香茗，說道：「晚茶茗香淡，韶州暮夜閑。但不知這『韶州』二字有何來歷呀？」

王忠國說：「古書記載：『昔舜南遊，登石奏《韶》樂，因名。』就是說這韶州得名與舜帝創作音樂有關。」王忠國說着，話題一轉，「神父白日所講，王某印象深刻。貴教教義、教規、信條、十誡、聖事須堅守不渝，形成信仰，這就是文化。我們都生活在文化之中。請問神父，西洋文化和中國文化相同還是相異？」

沙利衛沒有想到王忠國突然問了這樣的問題，他在極短的時間內揣度着：王大人可能在白天聽出了甚麼，所以藉這個話題來試探自己。他來中國多年，對中國文化已有若干了解，知道西洋文化與中國文化是有明顯差異的，可以說是兩種不同性質的文化。西洋語言與中國語言差異甚大，西方宗教與中國宗教差異更大，西方政體與中國政體差異尤其大。自己是來傳播耶穌福音的，目的是向這個東方大國播下西方文明的種子，靜待生根、發芽、開花，但是自己遇到了另一個強大的文明，這必然會發生衝突；如果激化這種衝突，結果有兩個，一個是通過武力迫使中國接受西方文明，另一個結果就是被徹底趕出中國。就目前西方的實力來看，尚無法用武力征服中國，所以，當下最迫切的不是發芽、開花，更談不到結果，而是生根。天主教在中國還不能說已經站穩腳跟，其實才剛剛邁出第一步，是搖搖晃晃的第一步，因此他和孟安仁視察員都主張施行適應策略，必須尊重中國文化。

想到這裏，沙利衛說：「大人所言極是。不過我們傳教士是外來人，到中國後首先是了解中國文化，尊重中國文化，用中國話來說就是『客隨主便』。讓我們感到高興的是，中西方文化有很多是

相通的，天主教義具有普遍性，與中國文化不矛盾。」

王忠國聽後點頭稱是：「神父深諳伸縮避讓之策，王某也就放心了。神父真乃聰慧之人！」

「大人過獎！我有一願望懇請大人相助。」

「請講。」

「我想到北京拜見中國皇帝，當面獻上禮物，表達對中國皇帝的敬仰。請大人指教，我當如何去做？」

「這個想法很好。我在禮部分管曆法，欽天監測量月食曾小有誤差，神父精通數學、天文、曆法，乃大明所需之才，正可以為大明修曆，我當向朝廷舉薦。待我休假結束，回到南京，擇機向朝廷舉薦，神父以為如何？」

「大人乃朝廷重臣，一言九鼎，我萬分感激！」說着，沙利衛示意助手將禮物奉上。「這是一點心意，不成敬意，請大人笑納。」

王忠國看到精美的三稜鏡，非常高興，說：「如此精美，受之有愧。」他吩咐下人，「給神父準備兩包上等明前龍井，略表心意。」

沙利衛明白，立刻起身，說：「請大人休息，我們告辭了。」

「恕不遠送。」

沙利衛三人走下船來，只見戴燮先生已經在船下等候了。

「有勞先生等候。」

「回訪如何？」

「甚好！」

四人乘着夜色，往教堂而去。

63

澳門，孟安仁辦公室。孟安仁正在批閱文件，助手急急忙忙走進孟安仁辦公室，向他報告：「視察員，肇慶出事了！」

「什麼事？」

「教堂被燒了！」

「為什麼？」

「多明我會的神父在肇慶傳教，禁止教友祭祀祖先，遭到教友強烈抵制。他們提出趕走多明我會的神父，要沙利衛神父回來。多明我會的神父要開除教友，於是與民眾發生了衝突，民眾一怒之下放火燒了教堂。」

「有人員傷亡嗎？」

「目前還不知道。」

「馬上派人去了解情況，注意，派中國籍神父黃民去，騎快馬。」

「是！」

第二天晚間，黃民回來報告。他說，多明我會的神父有兩人在肇慶傳教，地點就是仙花寺。這兩名神父一個是閔多吉，一個是黎樹範。他們嚴禁教友祭祖、祭孔，否則被視為異端，實施絕罰。其中一位教友是教書先生，在家中祭拜孔子，被嚴令停止。還有幾位教友在家中祭拜祖先，也被強行制止。這些教友便偷偷祭拜，被神父發現，給他們下了絕罰令，並在教堂做彌撒時當眾宣佈。教友聽後忿忿不平，當場提出質疑，說沙利衛神父在的時候允許教友祭孔、祭祖，怎麼現在就不允許了呢？你們不都是洋人傳教嘛，為什麼各行其是呢？閔多吉說沙利衛神父的做法是錯誤的，現在要改過來。黎樹範神父則說，沙利衛神父的做法破壞了天主教的純潔性，不可原諒。雙方越爭辯越激烈，眾教友一氣之下紛紛表示退教，兩

位神父則關閉教堂大門，不放人出去。一位教友從窗戶跳出，從外面砸開大門，放教友出去，然後點火燒了教堂。兩位神父受了輕傷。大火後來被撲滅了，毀壞並不嚴重，稍加修繕即可恢復使用。後來，肇慶府派人抓走了點火的教友，現關在獄中，不知下一步如何處置。這就是教案的整個過程。

孟安仁讓黃民去休息。黃民臨走時又說：「那位燒教堂的教友叫馮行健，就是秋兒的舅舅。」

孟安仁立刻召集有關人員開會商議對策。他認為，這件事情的出現是在意料之中的，它恰恰說明了沙利衛神父的做法是正確的，證明澳門會議的決定是正確的。他已經接到羅馬教宗的回信，同意他關於避免其他修會干擾耶穌會開展文化適應策略的意見，因為暫時還不能將其他修會會士撤出中國，故而採取分區傳教的方式，將多明我會和方濟各的會士遷入福建傳教。兩廣地區屬於耶穌會獨立傳教區域。現在，他最擔心的是秋兒的舅舅會遭受刑罰，須立即派人與肇慶府接洽，就說澳門耶穌會馬上派人過去接管教堂，對馮行健要盡量關照。孟安仁對助手說，帶上關文，騎快馬即刻去肇慶府通報。助手立即安排去了。

孟安仁找到龍季厚，對他說：「明天你隨我去肇慶處理接管事宜。快去準備一下吧。」

龍季厚走後，孟安仁又產生了一個想法，他覺得有必要讓龍季厚與沙利衛見上一面，為日後沙利衛離開韶州做準備。至於肇慶，他早已有了人選，一是麥孝靜神父，二是黃民神父。黃民是孟安仁發展的中國籍耶穌會會士，和沙利衛神父有過接觸，如果他能先在肇慶協助麥孝靜工作一段時間，有這兩個人就放心了。對，還有馮行健，秋兒的舅舅，當地人，可不可以請他來做助手負責教堂安全保衛呢？只要他本人願意，這個三人組合，搭配合理，肇慶可以徹底放心了。想到此，孟安仁心裏稍微寬鬆了一點。

第二天，他與龍季厚動身去肇慶，坐的是快船。到達肇慶後，他們直奔知府衙門。原來的曾知府已改任他地，現任知府姓江，與曾知府同年進士，關係也好。曾知府離任時專門就教堂的事情向他做了交代，所以他對這次教案並不感到意外。當他接到孟安仁先期派出的快馬送來的信件後，心裏就有數了。

一見面，孟安仁就獻上了禮物，一座精美的小型自鳴鐘。江知府非常滿意，他對西洋工藝做到如此精巧感到驚訝。孟安仁簡單講解了自鳴鐘的原理，並說用得久了，如有故障他可以派人來維修。接着，他們談到了教堂事件，並轉述了教宗的諭旨。江知府說：「如此甚好！原先有沙利衛神父奠定的良好基礎，不料後來有此意外。現在能夠撥亂反正，正合我意。只是當初閔、黎二位神父接管教堂時是付了費用的，你們⋯⋯」

孟安仁對此已有準備，他讓龍季厚獻上二百金幣，說：「當初總督大人親手給我一百金幣作為購買費用，現在我加倍補償。」

江知府大為高興：「視察員出手如此大方，江某欽佩！否則，還真不好收場。作為回報，我也給視察員一個驚喜。」江知府高聲說道：「有請馮先生。」話音剛落，只見秋兒的舅舅從後面走出，見到孟安仁就緊緊抓住不放，激動地說：「謝謝視察員，要不是您來得及時，我還不知在監獄裏關多久。」

「這要感謝江大人的關照。不然，我無能為力。」孟安仁說道。

馮行健趕緊給江知府磕頭，江知府連忙將他扶起。幾個人互相看一看，都笑了。

隨後，孟安仁在衙門府官員陪同下去了仙花寺教堂。路上，孟安仁問馮行健可否願意參加教堂事務，主要是負責教堂的治安工作，每月付給一點工資。馮行健一口答應下來，說：「我對這教堂有感情，那天我還真擔心把教堂給燒壞了，真有些後悔，這可是沙利衛神父的心血呀；還有秋兒，還是這裏學生呢。視察員，我向您

懺悔。」

「有您這句話就行了。下一步，這教堂的安全就全交給您了。」

「您就放心吧！」

來到教堂，孟安仁看到幾位工人正在修復燒壞的部分。還好，燒得不重，幾天後就可以用了。孟安仁見到兩位多明我會的神父，對他們轉達了教宗的諭旨，讓他們明天就離開教堂，回澳門辦理相關手續，然後去福建傳教。

兩位神父也是參加過澳門會議的，當時就對沙利衛的發言提出過異議，但因為是耶穌會召集的會議，能夠邀請自己參加已經是很給面子了，所以也不敢過分反對，再說他們的會長也來信叮囑他們，目前耶穌會在中國一家獨大，暫時爭不過他們，只好委曲求全。但要注意收集情報，掌握第一手資料。後來，多明我會會長聽到沙利衛被總督大人逐出肇慶的信息，認為可以與之一爭高下了，便乘虛而入，指示閔、黎二位神父進駐仙花寺，並付一百金幣。他們一到肇慶，就處處感受到沙利衛神父的影響，從衙門官員到平民百姓，都說沙利衛神父好。他倆心中憋氣，明明是破壞了天主教的純潔性，卻被民眾稱讚。越憋氣就越是反着來，越反着來矛盾就越激化。後來他們在禁止教友祭祖、祭孔問題上終於鬧得不可收拾。如今，他們看到孟安仁出示的教宗諭旨，不敢不信，只好從命。心想，但那一百元金幣也收不回來了，令他們內心中好不懊惱。

孟安仁說：「給你們一百金幣，算作補償吧。」說着，龍季厚給了他們二位一百金幣。二人心中頗感意外，這個孟安仁手段真是厲害，打了你一拳，再給你揉揉，讓你有苦說不出。好吧，暫且吞下這口氣，且待將來算總賬。

64

按照孟安仁視察員的計劃，馮行健即日住進教堂，負責安全工作，等待麥孝靜和黃民神父到來。當日，孟安仁就與龍季厚轉道韶州。經過八天的航程，二人抵達韶州，下船後直奔教堂。

沙利衛見到孟安仁，驚喜不已！視察員來得正是時候，他正想着把已經翻譯完的四書另外三部書通過民信局送給視察員，這不，視察員親自來了。孟安仁笑着說：「我親自來，就把神父的信使費節省下來了。」沙利衛一聽，楞了一下，隨即裝作沒事，只是笑了笑。

經過孟安仁的介紹，沙利衛認識了龍季厚。沙利衛一眼就看出這位年輕神父非同一般，第一印象是幹練。凡有一定社會閱歷的人，看人第一眼就很準。孟安仁介紹說，龍季厚不僅中國話說得好，而且對中國文化有深入研究，來接替韶州傳教工作，沙利衛神父盡可放心。接着，孟安仁介紹了肇慶方面的情況，並就他的計劃徵求沙利衛的意見。

沙利衛說：「視察員的安排一聽就是經過了深思熟慮的，安排周密，肇慶方面也盡可放心了。只是龍季厚神父一人在韶州會很辛苦，可否把安居仁留下來協助龍季厚神父？」

沙利衛話音剛落，龍季厚就說：「不必了。沙利衛神父去南京應該配備助手，我一個人在韶州沒有問題。」龍季厚很自信地說。

「這樣吧，一年後派黃民來韶州協助龍季厚神父。一年之後肇慶那邊麥孝靜神父可以獨當一面了，還有秋兒的舅舅嘛。在黃民神父來韶州之前，請沙利衛神父推薦一位本地靠得住的教友暫時協助龍季厚工作。怎麼樣？」

沙利衛說：「這樣很好。我什麼時候離開韶州？」

孟安仁說：「再過兩個月吧，沙利衛神父是不是還有些事情要

安排？我和龍季厚神父先回澳門，兩個月後讓黃民和龍季厚神父分別赴任。這次我帶龍季厚神父來，主要就是想讓你們見個面，認識一下。」

龍季厚說：「視察員，乾脆我就不回去了，省得來回折騰。」

「那你的東西都帶齊了嗎？」孟安仁問。

「我沒有什麼東西可帶，人來了，一切就都有了。」

「那也好。今晚我們住在這裏，有些工作再商量一下，明天我就返回澳門。」

「明天先與劉知府見個面再返回吧。」沙利衛說。

「提醒得好，我差點忽略了。我來得匆忙，沒有帶禮物。」

「我這裏有，可以用上。」

「好！」

孟安仁用感激的眼光看着沙利衛。他比沙利衛大幾歲，十幾年來彼此心有靈犀，一見面你就倍感親切。晚上，他和沙利衛談到很晚，總覺得有說不完的話。那天晚上，孟安仁在韶州度過了一個難忘的夜晚。

第二天上午，安居仁和戴燮留在教堂，沙利衛、龍季厚和麥孝靜三人一起陪同孟安仁去拜見了劉知府，送上禮物，表示感謝之意。劉知府對沙利衛即將離開韶州感到突然和惋惜，但又不便強留。他對龍季厚表示歡迎，並說以後有困難可以直接來找他。

走出知府衙門，孟安仁直奔碼頭而去，沙利衛和龍季厚親自送到碼頭，看着孟安仁登上船。孟安仁站在船舷，雙手舉起沙利衛翻譯的四書手稿，在空中揮動着。船慢慢開動，漸行漸遠，直到看不見。沙利衛望着遠方，眼淚簌簌而下。

「神父有些傷感。」龍季厚說。

「是啊！用中國一句詩來說，就是『相見時難別亦難』。我來中國十三年了，一直在視察員的引領下工作。他給了我力量和智慧，

沒有他的指引，我幾乎無法在中國開展傳教工作。我有一種預感，這次是我和他最後一次見面。我到南京，再去北京，不知何時能與他再次相見。」

「神父想開些，說不定將來能在北京見面。」

「但願吧。」

返回教堂後，沙利衛心亂如麻。他說不清自己究竟是什麼原因而心亂。去南京，這是自己的願望，去北京更是夢寐以求。從上川島到肇慶，再到韶州，自己一步一步接近中國的心臟，應該高興才是，可為什麼突然間迷茫若失呢？大概是友情吧？他覺得孟安仁與自己心心相印，如果不是傳教士的身份，他倆會結成生死之交的朋友。剛才，在孟安仁登上船回首向他揮手的那一刻，他看到了孟安仁被風吹動的頭髮，已經花白了許多。他今年已經五十七歲了，而自己也已經五十四歲了。人，無論他的內心有多麼強大，也總會在歲月流逝中發出人生的嘆息，哪怕是內心閃過的一剎那。沙利衛向來覺得自己是內心強大的人，但就在那一剎那，他若有所失，若有所惑，但一時又理不清頭緒。自己在異國他鄉，舉目無親，一旦失去了孟安仁這樣的心靈摯友，其生活的意義又在哪裏呢？但是，他很快就轉回了正常狀態，他畢竟經過了長期的歷練，認定自己一切都是為了天主，自己做的乃至自己想的，天主都知道，天主時刻在看着他。他和孟安仁都發過四大顯願，已經把自己完全交給了天主，不容許有任何疑惑，更不能有動搖。現在，他的任務就是抓緊時間給龍季厚神父找一個得力的助手，幫助龍季厚神父在韶州順利開展傳教工作。當他對龍季厚說這個想法的時候，龍季厚說：「神父不必為我操心，來日方長，助手的事情還是讓我自己來找吧。神父抓緊處理一下自己的事情。」

沙利衛覺得龍季厚說得也對，自己找的未必就符合龍季厚的心意，還是讓他自己去找吧，畢竟韶州將來是龍季厚具體負責的教

區，他相信龍季厚能找到理想的助手。於是他把韶州傳教的情況給龍季厚作了介紹，目前入教八十六人；招收了一屆學生，共二十人，已經畢業，都是教友的孩子。劉族長所在的杏花村是教友最集中的地方，有事情可以找他們幫忙。沙利衛還專門介紹了清明節有教友因家中沒有祠堂會來教堂參加祭祀祖先的情況，也有教友在教堂舉辦婚禮和喪禮，每到週日都做彌撒，教堂已成為教友重要活動場所。龍季厚聽了，暗中有些驚訝，他想不到沙利衛神父竟然這樣發揮教堂的功能。但是他沒有說出來──他畢竟新來乍到。

交代完後，沙利衛和安居仁、戴燮商量何時動身離開韶州，以及租船的事宜。戴燮說：「船的事我去辦。」安居仁說：「行李我來整理。」沙利衛說：「聯繫船要先付費用的，你帶上一筆錢──對了，這個月發工資我要給戴先生提高標準。」戴燮問道：「為什麼？」沙利衛笑了笑，說道：「如果不是視察員來韶州，我竟然把民信局信使費的事給忘了。」戴燮也笑了：「原來是這個。神父的心好細緻啊！」沙利衛又囑咐安居仁，哪些書籍是必須帶走的。安居仁一一記下，認真準備去了。於是，沙利衛決定提前離開韶州。

沙利衛似乎還有些不放心，便對龍季厚說：「韶州有一個南華寺，規模巨大，僧人過千。該寺是中國禪宗的發祥地，影響深遠，傳教中要注意處理好與他們的關係。」

「神父放心，我一定注意。」

沙利衛笑了笑，說：「我會放心的，龍季厚神父是一位能力高強的傳教士，相信在神父的努力下，天主的光輝一定照耀更多中國人的心靈，拯救他們的靈魂。我有一願望，就是本週日為教友主持最後一次彌撒，第二天就離開韶州。」

65

週日這天，教堂迎來建堂以來最繁忙的一天。沙利衛穿上了紅色祭服，安居仁擔任輔祭，也穿上了紅色祭服。這套祭服他們只有在做彌撒或其他重要場合時才穿。今天既有婚禮也有彌撒，所以沙利衛和安居仁早早就穿好了。

上午，沙利衛為兩對結婚的新人主持了中西結合的新式婚禮，如同當年給迪瓦和秋兒主持婚禮一樣，既喜慶又莊重，這是沙利衛和戴燮的創新，將中西婚禮融為一體。他們認為結婚是全人類共有的行為，男女結合相伴相守，繁衍後代，這是人間最美好的事情，應該有東西方相融合的婚禮儀式。

下午，所有教友都來做彌撒，這是人數最多的一次。沙利衛在教堂主持過多次彌撒儀式，六年來，參加彌撒的教友耳濡目染，心靈被天主的福音潛移默化，精神面貌也悄然變化。特別是那些在教堂讀書的學生，讀了三年書，領受了西方天主教的教義，同時也領受了中國四書五經的薰陶，漸仁摩誼，整個人的心智發生了巨大變化，長成了新人，進而影響到家人和朋友，村裏的社會治安也明顯轉好。這大概就是懂得救贖靈魂的結果吧。在這一點上，戴燮先生的感觸是深刻的。

彌撒是天主教重要的祭奠儀式，每次都是沙利衛親自主持。這次彌撒將是沙利衛在韶州最後一次主持了，南華寺也派出了僧人代表前來參加，這倒不是佛教向天主教臣服，而是方丈對沙利衛神父的認可與尊敬，中國佛教在此表現出了寬廣的胸襟。當年與日本僧侶的衝突，沙利衛記憶猶新。既然不能消滅對方，那就應當和平共處。和而不同，沙利衛非常認同孔子這一主張，這也是世界走向大同的前提條件。正因如此，沙利衛在韶州的六年中，南華寺與教堂沒有發生過任何衝突。當然，沙利衛也有遺憾，就是這六年當中沒

能到南華寺去設壇開講，他多麼希望能像在奈良東大寺那樣開壇主講天主教教義，南華寺可是有一千多僧人的禪宗重鎮啊！這個遺憾只能由龍季厚神父來彌補了。

沙利衛精心設計今天這個場面，其中有一個目的，就是讓龍季厚親身感受一下，希望他能體會到自己的良苦用心。自己走後，龍季厚能否賡續他的傳教策略？沙利衛心中並不能確定，因為他對這位年輕神父並不完全了解。

彌撒儀式開始了。教友起立，詠唱進堂曲，畫聖十字號。

神父說：「願天父的慈愛，基督的聖寵，聖神的恩賜與你們同在。」

教友們說：「也與你的心靈同在。」

神父說：「願天父和基督，賜給你們恩寵及平安。」

教友們說：「也賜給你……」

安居仁神父領唱，教友們答唱：「阿肋路亞！阿肋路亞！阿肋路亞！」

神父說：「讚美基督。」

教友們說：「我信唯一的天主，全能的聖父，天地萬物，無論有形無形，都是他所創造的……領受祭品、聖體……」

彌撒儀式結束後，劉族長走到沙利衛跟前，緊握着他的手說：「神父，聽說您要走了，我心裏很難受。多麼希望您能留下來，這裏的教友需要您！」這時，很多教友圍了上來，紛紛說道：「神父留下吧！」

沙利衛也有些激動，但他還是控制住了自己，平靜地說：「族長放心，教友放心，這兒一切都會與從前一樣。」說着，沙利衛把龍季厚介紹給各位教友，「這是龍季厚神父，以後教堂的工作就由他來主持了。」這是龍季厚第一次與教友見面。

這時，一位教友問道：「沙利衛神父，以後清明節我們還能來

教堂祭祀祖先嗎？」

這句話把沙利衛問住了。他怎麼回答呢？說能吧，這是自己的創新，並沒有就這種做法與龍季厚神父交換意見，而其他任何神父可能不會這樣做，萬一龍季厚神父不認可自己的這種做法，那豈不是讓龍季厚神父難堪嗎？說不能吧，教友會感到失望，而且龍季厚神父也沒有明確表態說不能啊。在短暫的躊躇之後，沙利衛神父說：「我相信龍季厚神父會很好地安排這件事，讓教友滿意的。放心吧！」說罷，沙利衛看了看龍季厚，希望他能有個態度。龍季厚向教友彎彎腰，說道：「放心，放心。」於是，沙利衛輕輕舒了一口氣。站在旁邊的戴燮先生把這一幕看在眼裏，他替沙利衛神父懸着一顆心，萬一龍季厚神父當場不同意，這可怎麼收場啊。

教友們走後，沙利衛神父對龍季厚說：「謝謝龍季厚神父！」

不一會兒，安居仁過來說：「知府大人來了。」於是，沙利衛趕緊出門迎接。在門口，見到劉知府，沙利衛行跪拜禮。劉知府趕緊攙扶起來：「神父免禮！聽說神父明天就要離開韶州，我特來送行。感謝神父給韶州帶來的新氣象，特別感謝神父寬廣的胸襟和仁慈的情懷，韶州風化日見其新，也有神父的功勞啊！」

沙利衛說：「感謝知府大人！沒有您的支持，傳教工作寸步難行，您和曾知府都是開明的官員。」

劉知府說：「正要告訴神父，曾知府升遷了，任南京禮部侍郎。」

沙利衛一聽，極為高興，說：「太好了！我正要去南京，這回有老熟人了，謝謝您給了我這個好消息！」

劉知府還給了沙利衛一封信，說：「總督大人託我給您的，您抽時間看吧。祝神父一路平安！告辭。」

劉知府走了。沙利衛看着劉知府遠去的轎子，想起了劉族長講的那些話，他們劉氏一族，無論遠近，都是在南宋時期由山東東平

南遷過來的，是岳飛的部下。岳飛，這在中國人心中是一個神聖的名字，是中國人心中的英雄。

戴燮先生說：「神父，船已經在碼頭準備好了，我們趕緊收拾一下，明天就要啟程了。」

沙利衛問安居仁：「都準備好了嗎？」

安居仁說：「神父，把衣服換一下吧。」

沙利衛說：「對。」

晚上，沙利衛睡不着，又是一個不眠之夜。離開肇慶的時候，他失眠了。今夜他又輾轉反側，夜不能寐。是對這塊土地有了感情嗎？是對這裏的民眾有了感情嗎？他的思緒又飄向遙遠的歐洲，不知道自己的信父母收到沒有？何時才能收到父母的回信？不知道迪瓦和秋兒現在怎麼樣？他們生小寶寶了嗎？賴亞墳頭的草長多高了？張德義一家還好嗎？特雷斯先生現在哪裏？自己翻譯的四書傳到歐洲會引起怎樣的影響？

……

66

1595 年 6 月 20 日，沙利衛和戴燮、安居仁乘船離開了韶州。船行一天，到達梅嶺，因前面要翻越大庾嶺，只好下船改為步行；沿途可以看到一些客棧，還有租用推車或騎馬的生意。戴燮說，山路難走，擔着行李，太辛苦，還是租車吧，這樣可以節省腳力。於是，沙利衛三人租了三輛推車，由車夫推着他們和行李在山間小路上穿行。

這是沙利衛第一次坐推車，他觀賞着一路景色，還與車夫聊

天。來到一處關口，只見寫着「梅關」兩個大字。車夫介紹說，這是唐朝賢相張九齡奉詔修建的，從那時起即成為五嶺要塞。沙利衛下車仔細觀賞，這裏雲霧繚繞，峰巒高聳，重嶂疊巘，又有溪流蜿蜒，鳥鳴婉轉，好一派巍峨旖旎風光。險而秀，峻而媚，這種景色是在船上看不到的。

翻過大庾嶺，進入江西，從南安開始又可以通航，而且是順流。岸邊石壁上刻有塗着紅漆的兩行大字，那是宋代大文豪蘇軾詠南安的名句：「大江東去幾千里，庾嶺南來第一州。」沙利衛三人租了一條船，沿着贛江繼續北上。進入六月下旬，江西已是雨季，有時還有雷電暴雨。這不，剛進入萬安天氣就變了。先是颳風，接着就聽到雷聲陣陣，不一會兒，雷電交加。萬安處於贛江中段，江流縱橫交錯，形成網絡，水量巨大，因為夾在羅霄山脈和雩山山脈之間，江水婉轉曲折，時常有急流險灘。萬安一段有所謂上九灘，歷來是航船事故易發地段。船行過上九灘，已是傍晚，戴燮說夜間不可行船，須停船休息。於是船停靠在萬安碼頭。明天還要經過下九灘，比上九灘還要兇險，船家必須好好休息，養足精神。

萬安碼頭旁邊有一處寺院，行船經過此處的船客，往往到此求上一籤，希望老天保佑。沙利衛是天主教神父，從不信佛，也反對佛教偶像崇拜，所以他不去求籤。戴燮心中不能平靜，他看看天氣，雷電大作，暴雨傾盆，心中實在忐忑不安。他藉口出去了解一下情況，便來到寺廟，求了一籤。戴燮打開一看，心中大吃一驚，此乃下下籤，只見籤上寫着：「一生心事向誰論，十八灘頭說與君。世事盡從流水去，功名富貴等浮雲。」不吉利！這可怎麼辦？明天走還是不走？回到船上，他向沙利衛說：「神父，雨大水急，就在萬安停留幾日吧。」

第二天一早，沙利衛剛醒來就看天空，只見雨停風歇，天朗氣清。他對戴燮說：「天氣轉好，不必停留，開船吧。」安居仁也說：

「天氣好多了，沒有問題。」船家說道：「這上九灘下九灘，就是平日也是極為險惡，何況下了一夜暴雨，很是危險。」戴燮說：「船家所言極是，我們還是小心為好。」沙利衛就同意再等一等。剛過中午，碼頭上開始有其他船隻開動了，沙利衛說：「有船開動了，我們也走吧。」戴燮不好再堅持，只好同意，並囑咐船家一定要小心。

船進入贛縣境內，遇到的一個險灘叫白潤灘。之所以叫白潤灘，是因為水流湍急，拍打兩岸，激起陣陣浪花，好似千堆雪。船家十分小心，左躲右閃，避險讓礁，總算安全通過了。沙利衛一邊看着一遍嘖嘖稱讚道：「船家技術十分高超。」船家全神貫注，根本沒聽見沙利衛說什麼。船平靜地行了一段，突然天氣又變，雷電交加，大雨傾盆而下。前面就是最恐怖的天柱灘，因為江中有一高聳的明礁，猶如天柱，故名天柱灘。船行此處，水流湍急，如果船觸碰礁石，必然船毀人亡，這些年來不知有多少人在此葬身江中，屍首被沖得無影無蹤。船家大聲說：「抓住欄杆！」聲音剛落，船家用力轉舵，繞開明礁，沿着水流相對平緩的左側行駛。船尾剛剛駛過明礁，只見一個大大的漩渦突然出現在前面，如果船陷漩渦中，必然船翻人亡。只見船家使足了勁兒調轉船舵，欲躲避漩渦，這時一聲霹靂打來，船身隨之猛烈震顫，就像受到了雷擊一般。「觸礁了！」船家大喊一聲，只見船身隨即向右側傾斜。

「抓住！」船家大喊。

話音未落，只見安居仁身子一晃，掉入水中，沙利衛猛地衝過去想去拉住他，隨即也掉入水中。戴燮大聲喊道：「神父！」

說時遲那時快，船家迅疾抓起一條纜繩扔入江中，沙利衛一把抓住，死死抓住，船家用力往上拉，但是根本拉不動，只好隨着船往前拖行。戴燮兩手緊緊抓住船上的欄杆，眼睜睜地看着安居仁神父被水浪沖得時起時伏，後來就什麼也看不見了……

船行過天柱灘，來到平緩處，不再顛簸，船家和戴燮一起把繩

子拽起，迅速將沙利衛拽到船下，然後船家跳入水中，將沙利衛托起，戴燮在船上接住，終於將沙利衛救上了船。

沙利衛已經安全躺在船上了，但他的雙手還緊緊抓住纜繩。他睜開雙眼，看到戴燮和船家，問道：「安居仁神父呢？」

船家說：「沖走了。」

沙利衛猛然坐起，大喊一聲：「安居仁神父！」

沙利衛兩眼含淚，泣不成聲。他跪在船上，對着蒼天喊道：「主啊，你看到了嗎？這是為什麼？這是為什麼？」說完，沙利衛眼睛一閉，死挺挺地躺在那裏，不動了。

戴燮嚇壞了，趕緊給他掐人中。船家說：「不要緊，是驚嚇的，一會兒就好。」果然，等了一會兒，沙利衛慢慢甦醒過來，吃力地說：「船家，能……能找到安居仁神父的屍體嗎？」

船家搖搖頭，說道：「這個地方水流太急，到處是高山溶洞，只要掉進水中，不是沖得無影無踪，就是沖進溶洞，根本沒法打撈。」

沙利衛用手畫十字，為安居仁神父祈禱，說：「願安居仁神父的靈魂進入天堂。」

戴燮問船家：「前邊情況如何？」船家說：「下九灘才過了兩灘，還有七灘，只是不像天柱灘這樣危險罷了。我們慢慢行駛，你們都坐好吧。」

經過這一場驚險之後，三個人都疲乏了，但此處不能久留，只好慢慢往前行駛。經過了小湖灘、鱉灘、大湖灘、銅盆灘、落瀨灘、青洲灘和梁口灘，終於出了下九灘，進入平緩水域，戴燮和沙利衛懸着的一顆心才放了下來。但是，讓沙利衛痛心不已的是，他們的行李，包括兩箱子書籍，一箱子禮品，包括戴燮先生的算盤，全部掉落水中。特別是葡華詞典的手稿，也隨着箱子中被水沖走了——那可是沙利衛和戴燮他們的心血之作呀！

沙利衛和戴燮只剩下了光杆身子。

　　面對突然的變故，沙利衛百痛襲心：安居仁神父死了連個屍首也找不到，如何向孟安仁視察員交代？繼續往前走，須再行六日方可到達南昌城，而自己分文全無，這六天靠什麼吃飯？即便到了南京，又拿什麼向各級官員行禮？行李箱被江水沖走，自己辛辛苦苦起草的葡華詞典手稿片紙不留，怎麼繼續編寫？想着想着，沙利衛又哭了：「主啊，你如此不眷顧我啊？我的心快要碎了……」聽着沙利衛嗚嗚的哭聲，戴燮心如刀絞，他親眼看着一個鮮活的年輕生命轉眼之間逝去，多好的一個年輕神父啊！

　　船家看着他倆，感到內疚。自己長年航行在這條江中，沒有失過手，同行都稱呼自己是「舵老大」，想不到今天自己也會出問題，更何況船上是洋人。沙利衛預付了行程的一半費用，另一半等到南京再付，如今人死了一個，還好意思收那一半嗎？他摸摸身上的硬幣，那是他行前就捆在身上的。他的船已經嚴重受損，行不到南京就得維修，頂多能撐到南昌；前方是吉安府下屬的吉水縣，可以暫做休整。船家看到眼前這兩個人驚魂未定，行李全無，估計也沒有什麼錢了，三個人的生活費用也只能靠自己了。想到此，他說：「前方就到吉水，咱們休息一天，我找人把船簡單修一修，然後堅持到南昌再說下一步的事。怎麼樣？」

　　沙利衛看看戴燮，戴燮點點頭，說：「只能這樣了。到了南昌就好了，我有熟人，可以解決困難。」沙利衛聽了，問道：「我們的錢全丟了，這些天吃什麼？」船家說：「二位放心，有我在就會有吃的。」

　　前面的水路越來越寬闊，水流越來越平緩，又是順流而下，所以船行駛得很順利，一頓飯的功夫已經駛進吉水碼頭。靠岸後，船家用力將纜繩扔到岸上，那邊早有工友接住纜繩，拴好，迅速搭好

木板，沙利衞和戴燮顫巍巍地下了船。船家熟練地帶着二人來到一家客棧住下，三人一同吃了晚飯。船家說：「你們休息吧，我去找人來修船。」說罷就走了。

沙利衞說：「這是一位心地善良的船家。」

戴燮說：「跑江湖的人都這樣，誰都會遇到意外，幫別人就是幫自己。」

沙利衞說：「這樣的人耶穌基督最歡迎。」

戴燮說：「神父想給他施洗嗎？」

沙利衞說：「只怕我現在做不到。」

戴燮笑了笑，說：「耶穌基督喜歡他，只怕他不喜歡耶穌基督。」

沙利衞說：「為什麼？」

戴燮說：「耶穌基督離他太遙遠。他們這些人整天風裏來雨裏去，靠的是體力和技術。」

沙利衞說：「耶穌基督可以保佑他平安無事。」

戴燮又笑了：「他不會聽的。不信，等他回來你問問。」

沙利衞說：「這個地方叫什麼？」

戴燮說：「吉水。」

沙利衞說：「這個名字很好。」

戴燮說：「吉水出過很多文人才子，最有名的就是本朝大才子解縉，主持了《永樂大典》編纂工作，那可是盛事啊！」

沙利衞說：「《永樂大典》，我們到南京能看到嗎？」

戴燮說：「也許神父幸運，有耶穌基督保佑，能看到呢。」

沙利衞笑了。他們走出飯廳包間，來到大廳，只見一副對聯掛在兩側楹柱上，上聯是「閒人免進賢人進」，下聯是「盜者休來道者來」。戴燮看後笑着說：「神父請看，這幅著名的楹聯就出自解縉之手，而且是他的手跡，字刻得也好，可謂三絕。」

年輕的堂倌在一旁聽了，走過來說：「二位一定是讀書人，喜歡解大人的名聯。喲，這位客官長相好特殊，是洋人吧？」

沙利衛笑了笑，說：「是的。請問師傅，這對聯可有紙印版？」

堂倌說：「不知道，這得問問我們掌櫃的。」說着，走來一位中年男子，向二位施禮。堂倌說，這就是他們掌櫃的。二人趕忙回禮。掌櫃說：「有紙印版，可以出售。這吉水客棧商店到處都有這副對聯。當初，有一客店店主因自家客店被盜，便自撰了一副對聯掛出來，上聯是『閒人免進』，下聯是『盜者休來』。不想解大人看後搖搖頭，向店主要過筆來，各添加三個字，就成了現在『閒人免進賢人進，盜者休來道者來』。店主大為感慨，隨即請解大人賜寫整聯。本店所掛就是根據解大人手跡刻製的。」

戴燮說：「解大人巧用諧音，點石成金，不愧是高手啊！」

沙利衛說：「掌櫃可否拿出紙印版一看？」

掌櫃說：「請。」說着，引領二人來到櫃檯前，拿出紙印版對聯，展開來。只見書法清秀，筆跡挺俊，剛勁中顯出溫厚，流暢間不失稚巧。沙利衛反覆瞻玩，愛不釋手。戴燮心裏着急，因為身無分文，如何張口？於是，他心生一計，藉口說：「神父，船家該回來了，我們去看看船修得怎樣了。」

沙利衛這才明白過來，對掌櫃說：「謝謝！謝謝！」掌櫃看着這位洋人，笑了。

來到碼頭，只見船家和兩個師傅正在修補船體，因為是小修，一會兒就修完了。師傅說只能臨時補一補，來不及塗抹桐油，短期行船是可以的。船家支付了費用，師傅就走了。

回到客房，戴燮說：「船家，神父有事問你。」

「什麼事？」

沙利衛說：「船老大整日辛苦，如能接受洗禮，耶穌基督保佑你平安無事。」

船家聽了，大笑，說：「神父真有意思。生死有命，富貴在天。其實老天一直在保佑我的。」

「那你同意接受洗禮啦？」

「洗『裏』？什麼洗裏洗面的，我整天和水打交道，每天都洗。」

戴燮看船家不明白，就向他說了神父是一位西方天主教傳教士，認為他是一個心地善良的人，動員他加入天主教，成為教友，死後可進入天堂。船家聽後，沉默了一會，說：「謝謝神父！我不懂你的什麼天主教，但我心裏明白，人在江湖要處處行善，與人方便，就是與己方便；人做事，天在看。有了這一條，就有了做人的根底。至於死後上不上天堂，考慮不了那麼多。」

沙利衛有些失望。他這是第一次被人當面明確拒絕加入天主教。夜晚，透過窗戶，沙利衛看到天上的星星眨着眼睛，似乎在嘲笑他，耳邊聽到江水低緩的流動聲，好像在為他嘆息。躺着躺着，沙利衛進入了夢鄉……

第二天一早，他們吃過早飯，離開客店，向碼頭走去。

「客官等一等！」

沙利衛一回頭，只見掌櫃手拿着一個卷軸向他走來，說道：「客官，昨天見您特別喜歡這副對聯，知道你們途中遇險，對聯就送給這位洋大人了。」沙利衛接過卷軸，緊握住掌櫃的手，說：「謝謝！中國人，真好！」

船駛出很遠了，沙利衛看到掌櫃還站在門口向他們揮手。沙利衛也舉起手，向掌櫃揮動着。

船駛離碼頭有一段距離後，沙利衛突然對戴燮說：「先生，我很慶幸您沒有把古琴帶回來。」

「為何？」戴燮有點懵，他不明白沙利衛這話的意思。

「昨晚我做噩夢了……慶幸的是，古琴完好無損……」沙利衛看着戴燮，眼睛濕潤了。

　　船行駛在平闊的贛江，距離南昌越來越近。到了南昌，戴燮就有辦法了，他在南昌有朋友。此時，沙利衛的心情也好了很多。他看到天水一色，水鳥翱翔，似乎在大海中一樣。他感覺回到了二十年前剛到果阿的時候，也是這樣遼闊的水面，也是這樣翱翔的水鳥。當時他才三十歲，面前是無限前程，如今他已經五十四歲，即將步入老年；現在，他眼前同樣是無限前程。他想像着，很快就要進入南京，再進入北京，面見中國皇帝，為皇帝施洗，然後，朝廷大臣依次接受洗禮，再普及到廣大民眾……用不了多久，北京、南京，乃至中國全境就都成了上帝的子民，天主的光芒照耀到這個東方古國的土地上……如果是這樣，眼前受的這些苦糟的這些罪又算得了什麼呢？想着想着，他笑了。

　　船家看到沙利衛滿面笑容，說：「這位洋大人心情好多了。」

　　戴燮說：「是啊。多謝船老大照顧，沒有你這幾天的照顧，我們連飯都吃不上。」

　　沙利衛這才回到現實中來，向船家彎腰施禮，說道：「是的，感謝船老大，你就是耶穌稱讚的那種人。」

　　「什麼人？」船家問。

　　「百夫長那樣的人。」

　　船家聽了，莫明其妙。

　　戴燮解釋說：「就是心中有愛的人。」

　　船家聽了，哈哈大笑。

　　戴燮趁機說道：「船家，到南昌我來補足那一半船費。」

　　船家說：「不給也罷。我心裏有愧，畢竟死了一個人。我是船老大，有罪啊。」

　　沙利衛楞住了。他感覺眼前這位船家有負罪感，這是他所接觸

的中國人中第一個直接表達這種負罪感的人。他原以為中國人天生是沒有負罪感的，現在看來不是這樣。戴變呢？也是有負罪感的，只是藏在心中，默默承受着，通過努力地做事來減輕心中的負疚。沙利衛至今不明白戴變心中究竟是怎樣的想法，但眼前這兩位中國人，都不是天生沒有負罪感的人，看來自己對中國人的了解是很不夠的。如今，船家明確表示不計較船費，並因安居仁神父的逝去深感不安，這種負罪感與天主教教義在本質上是一致的。是不是天主早就光顧這片土地了呢？他不能斷定。

船行三天，順利到達南昌。下船後，沙利衛讓船家跟他們一起先住下。於是，他們跟隨戴變直奔城裏。一路上急急忙忙，沙利衛顧不上細細觀賞南昌城，只覺得它好大好大，比佛羅倫薩還要大。走了大約十里路，來到一處環境幽雅的獨家宅院，戴變敲門，吱的一聲響過，門開了一道縫，露出一個家僮的小臉蛋，問道：「客人找誰？」

戴變說：「請通報你家主人，就說晚生戴變前來拜訪。」

不一會，聽見有大人腳步聲響，沉穩有力。門扇大開，一位老者走了出來，穿一身藍色交領衣，長袖過手，頭戴四角方巾冠，面容清臒，精神矍鑠，目光溫和，一縷白須飄灑胸前，儼然一副清淨儒雅士子風範。

「章先生一向可好？晚生戴變前來拜見！」

「原來是和同賢侄，快快請進！」老者見旁邊站立一位高鼻深目留有鬍鬚的洋人，便略有驚訝，問道：「這位是？」

「這是來自西方的傳教士沙利衛神父。」戴變趕忙介紹。

「有朋自遠方來，不亦樂乎！老夫章乾，能在寒舍接待西方神父，幸甚！幸甚！」老者說罷深施一禮。

沙利衛趕忙還禮，說道：「冒昧打擾，請您原諒。」

戴變又介紹了船家，於是三人隨章乾進入客廳。這是一間典型

的中國文人家居客廳，板壁堂幅，迎門而懸，中間巨幅條畫是文與可的篔簹偃竹圖，左上方有蘇東坡題畫詩一首：「漢川修竹賤如蓬，斤斧何曾赦籜龍。料得清貧饞太守，渭濱千畝在胸中。」畫兩側是一副十八字對聯，上聯是「繼善成性萬物皆歸處」，下聯是「容他為宗此心乃圓機」。堂幅之前是插肩平頭案，上面擺放兩對花瓶，造型各異：一對是明代景德鎮柱狀青花瓷瓶，敦實厚重，瓶面畫有蕭何月下追韓信，瓶內插一束乾梅枝；另一對是宋代鈞窯六方玫瑰尊，高貴古雅。案前是櫸木製作的一腿三牙羅鍋棖加卡子花方桌，兩邊各一把步步高四根燈掛椅，挺拔清秀，簡潔質樸，飾籠罩漆，色澤厚重，低調內斂。前兩側各放兩張靠背玫瑰椅，中間夾一方几，供來客之用。章先生徵求戴燮意見，請沙利衛坐八仙桌左側主賓位置，章乾坐八仙桌右側主人位置。戴燮坐靠近主人位置的玫瑰椅，船家坐在靠近主賓的玫瑰椅。沙利衛第一次到如此典雅的文人家中做客，立刻感受到中國文化的氛圍，這是一個洋溢着古老中國傳統風韻的客廳，這暗示着主人的身份和品位，以及主人的修養和雅趣。

此時沙利衛最感興趣的還是那對青花瓷瓶。他瞪大眼睛，指着花瓶問道：「這就是中國陶瓷吧？」

「是的。這對青花瓷瓶是景德鎮燒製的，上面的圖案是蕭何月下追韓信。這是很普通的一對瓷瓶。」章先生笑着說道。

「我在羅馬時就聽說過中國陶瓷，名滿天下，今天我親眼見到了。」

沙利衛撫摩着桌椅，說道：「如果我沒猜錯的話，這就是中國漆吧？」

章乾說：「神父所言極是。看來神父對中國文化了解甚多啊！」

「哪裏，哪裏，我僅僅是知道一點皮毛而已，還請先生多多指教。」

戴燮向沙利衞介紹說：「章先生乃當今宿儒，與家父交往甚深。先生對《易經》造詣精湛，出任白鹿洞書院山長，澤被後昆，方圓百里莘莘學子皆得其沾溉。」

章先生說：「賢侄過譽，老夫只是圖個心情愉悅而已，哪比得上令尊大人日夜為國操勞。唉——傷感的話就不提了，賢侄和神父突然光臨寒舍，莫非有需要老夫效力之處？」

「先生，是這樣……」於是戴燮將他們從韶州至南昌的經歷敘述一番，然後提出向先生借一點路費，並到客棧住上一宿，次日去南京。所借路費將來一定奉還。

「傳播福音竟遭此大難，老夫深為同情！至於路費，好說，好說。」說罷安排家僮取來一百兩銀子，遞與戴燮，說：「這些銀兩，可暫度一時，如有困難請再來老夫處。今晚不必找客棧，寒舍雖小，容納三位不成問題。我這就安排家僮收拾下房暫住一宿，不知神父意下如何？」

沙利衞深施一禮，說：「感激不盡！」

當晚，三人住在了章先生家。晚飯後，章先生請沙利衞來到書房繼續交談。這是一間中國文人典型的書房。正對門口最顯眼的位置是擺放四書五經的書櫃，均為線裝善本。右邊是歷朝史書，碼放整齊，一塵不染。左邊是歷代文人別集，布面裝幀，外套木函。書房正中是一張大書桌，桌面用漆與客廳桌椅相同。桌上擺放着一套《文體明辨》，沙利衞猜測這是主人正在閱讀的一部書。

章乾請沙利衞在靠牆的椅子上坐了。戴燮則取來一套四書，對沙利衞說：「神父請看，這套四書就是朱熹集註的版本，是最精美的版本，與神父所用的是同一個底本，只是用紙不如這個版本講究。」

沙利衞接過來細細端詳，說道：「這是綿紙。這個版本用紙的確優良。這也是雕版印刷的吧？」

「是的。」戴燮回答說。

「聽說中國早就發明了活字印刷技術，章先生這裏可有活字印刷的書？」

「有。」章先生順手取過書桌上的一冊《文體明辨》，對沙利衛說：「這本就是活字印刷的，神父請看。」

沙利衛接過來，一頁一頁地翻看着。他知道，這是中國人的偉大發明，影響了歐洲。他感慨道：「中國的印刷技術影響了歐洲，推進了世界文明的進程。這是中國人的驕傲啊！」

章乾又從書櫃中取出一本書遞給沙利衛，說道：「神父請看，這是一本專門寫中國漆的書《髹飾錄》。這只是一個抄本，有些簡陋，我從一個漆匠手中得來的。漆匠告訴我說，他們輾轉傳抄，視為經典。」

「這個抄本以後會刻印廣泛流傳吧？也會像活字印刷術一樣傳到歐洲的吧？」沙利衛若有所思地說，他忽然想起了日本的蒔繪，但他沒有說出來。

章乾稱讚沙利衛中國話如此熟練，一定對中國文化做過深入研究，就問他讀過哪些中國書籍。沙利衛便把翻譯四書、編撰葡華詞典以及用拉丁字母為中國字注音等作了介紹。章先生肅然起敬，稱讚他是中西文化交流的拓荒者。章先生又問起天主教的基本教義，沙利衛做了簡要介紹。章先生一邊聽，一邊沉思，目光中透出嚴峻。章先生問：「以神父眼光來看，中國文化有何不足？」沙利衛說中國科學落後。章先生又問：「西方科學指什麼？」沙利衛便將地球是圓的、自轉，以及天文、數學、醫學、繪畫透視技術以及音樂中的和聲等知識向章先生作了介紹，章先生聽得津津有味，還不時插話，特別是對和聲問題，章先生尤為感興趣。

「神父一席話，讓老夫境界大開，學習了！請問，神父所講科學與天主教教義當是兩回事吧？」

「是的。」

章先生稍作沉思，說：「老夫有個不情之請，若神父方便，請到白鹿洞書院開講，既講天主教義，也講西方科學。不知神父肯否俯允？」

沙利衞說：「我所帶行李全部掉入江中，自鳴鐘、三稜鏡、地圖等都無法展示。」

戴燮說：「神父記憶超群，正好藉此展示一下。」

沙利衞咬咬牙，說：「好吧。既然章先生盛情邀請，卻之不恭，我就冒險講一次。請給我準備一張大白紙。」

「神父要大白紙做何用？」章先生問。

「我可以憑記憶將世界地圖以及自鳴鐘的圖形畫出來，這樣講起來效果好得多。」

章先生眼睛一亮：「好！老夫書房，筆墨紙硯一應俱全。」

沙利衞站在書案前，摸一摸雪白的宣紙，問道：「這就是中國宣紙吧？」章先生笑道：「正是。這是宣州澄心堂紙。神父，這幅八尺宣紙夠不夠大？」沙利衞用手量了量，說：「夠了。」於是章先生取過一支毛筆，說：「這是一支善璉湖筆，神父可用得習慣？」沙利衞接過毛筆，說：「戴先生教我學會使用毛筆，我已經習慣了。我知道，善璉湖筆的老祖宗是蒙恬，秦朝大將軍，對不對？」章先生笑了，連說：「對，對！」章先生指着硯台中的墨汁說：「這是徽州桐油煙墨，這方硯台是——」沙利衞馬上接過來說：「是肇慶端硯。」章先生大笑，道：「對，對，對，神父已經是一位中國通了！」沙利衞說：「都是戴先生教我的。我在肇慶第一次見到戴先生時就在水巖坑。戴先生給我講了端硯的故事，我至今記在心中。」

接下來，沙利衞在這張大宣紙上面畫《輿地山海全圖》。他先畫出一個大大的四邊形，再畫出一個橢圓圖案，又畫出中國的位

置，接下來是歐洲、非洲、美洲、大西洋……一頓飯的功夫，一張世界地圖的輪廓就畫出來了。沙利衛分別標出南極和北極，以及各大洋的名字。畫好後，請章先生觀看，並做解說。章先生邊看便捋着鬍鬚頻頻點頭，連聲說：「陸象山先生有言，治學無窮無盡。從神父所畫地圖來看，世界之大，自中國至大西洋四萬餘里，何況自大西洋再擴展開去，當有多少里呢？真是無窮無盡。神父繪圖，簡括明了，至為珍貴，講學完畢，此圖可否賜與老夫！」沙利衛說：「章先生若不嫌其簡陋，就請先生惠存。」

沙利衛又畫了一幅工筆自鳴鐘圖，章先生只看得目瞪口呆，儼然一座真的鐘錶出現在眼前。特別是沙利衛運用了遠近透視的原理，畫出了立體感，這是他從未見過的繪畫技術。沙利衛又給章先生講了自鳴鐘的原理，章先生聽得津津有味。

「神父妙手繪圖，令老夫大開眼界。如今，老夫站在斗室之中，既可觀世界之大，又能領教西方神器之妙，幸哉！幸哉！神父駕臨，寒舍煥然一新！受累了，明日老夫陪同神父前往白鹿洞書院講學。」

回到房間，沙利衛顧不上休息，立刻給孟安仁視察員和柏拉瓦會長寫信，詳細敘述自韶州至南昌路途中的遭遇，報告了安居仁神父遇難的噩耗，並請孟安仁準備一筆經費和一批禮品，設法送到南京。他還報告了一個重大收穫，次日他將在著名的白鹿洞書院傳播天主教義。寫完信後，他叫來船家，付足了費用。船家起初不要，沙利衛說這是事先定好的，必須付的，否則就失信了。然後他交給船家一封信，託付他將此信送到澳門，親手交給孟安仁視察員，並付了他辛苦費。船家答應了，但只收了一半辛苦費。

　　白鹿洞書院坐落在廬山五老峰南麓，始建於唐代。相傳當時有個叫李渤的人，在此隱居讀書。他酷愛白鹿，遂養一白鹿自娛。此鹿久通人性，可以幫李渤去集市買筆墨紙硯，一時傳為奇聞，便稱李渤為「白鹿先生」，其讀書處稱為白鹿洞。後李渤任九江刺史，舊地重遊，在此種植花草樹木，並增設台榭、宅舍、書院等建築，遂成景觀，吸引四面八方文人墨客前來聚會。至宋代，理學家朱熹知南康軍。他到此處後，見山環水繞，清邃幽雅，無市井之喧，有泉石之勝，便將其修葺一番，講學著書，自任洞主，招生收徒，親制教規，延請碩儒賢達擔任教師，心學開山之祖陸九淵曾應邀來白鹿洞書院講學，影響極大。朱熹死後，其弟子李燔主政書院，學者雲集，達到鼎盛。明代王陽明到此講學，再次振興書院聲譽，由此白鹿洞書院成為中國書院之首，能到此講學是一種極高的榮譽。

　　沙利衛在章乾陪同下，乘船從贛江入鄱陽湖，到廬山下船，當日傍晚到達白鹿洞書院。章先生一路講解，沙利衛一路聆聽，一路觀賞。這裏山高水長，泉清石秀，上有雲霧氤氳罩碧峰，下有茂林修竹鋪錦綉；驚嘆古木參天，更喜松濤陣陣。穿行於翠綠掩映之中，書院山門漸次顯露出來，「白鹿洞書院」五個大字遒勁有力，高懸於山門之上。章先生介紹說，匾額上的字是李夢陽於正德六年書寫，距今已經八十多年。走進山門，先後經過了欞星門、禮聖門、明倫堂、延賓館等，共五進院落。章先生引領沙利衛來到碑廊前，這裏有修建記文、院規教義、詩詞歌賦、遊記題詞等各種碑刻，其中引人注目的是朱熹親自制定的《白鹿洞書院揭示》，章乾作了詳細介紹。碑廊石刻中最具傳奇色彩的是紫霞真人的《遊白鹿洞歌》，全詩如下：

何年白鹿洞？正傍五老峰。

五老去天不盈尺，俯窺人世煙雲重。

我欲攬秀色，一一青芙蓉。

舉手石扇開半掩，綠鬢玉女如相逢。

風雷隱隱萬壑瀉，憑崖倚樹聞清鐘。

洞門之外百丈松，千株盡化為蒼龍。

駕蒼龍，騎白鹿，泉堪飲，芝可服。

何人肯入空山宿？

空山空山即我屋，一卷黃庭石上讀。

另有王陽明《白鹿洞獨對亭》一詩：

五老隔青冥，尋常不易見。

我來騎白鹿，凌空陟飛蠍。

長風捲浮雲，褰帷始窺面。

一笑仍舊顏，愧我鬢先變。

我來爾為主，乾坤亦郵傳。

海燈照孤月，靜對有餘眷。

彭蠡浮一觴，賓主聊酬勸。

悠悠萬古心，默契可無辯。

　　章乾說這兩首詩皆為鎮院之寶。沙利衛饒有興致地讀完了兩首詩，心中極喜歡那首《遊白鹿洞歌》，便問：「紫霞真人是誰？」

　　章先生笑了笑，說：「這是一個謎。神父感覺像誰的詩？」

　　沙利衛想了想，說：「《白鹿洞獨對亭》雖然是五言詩，不同於《遊白鹿洞歌》古體詩，但兩首詩所表現出來的灑脫豪邁氣質是一致的。我認為，這兩首詩好像一人所寫。」

章乾拍手道：「神父真乃神人也！守仁先生是當代心學大師，有名言曰：『天地萬物一體。吾心即宇宙，宇宙即吾心。』不知神父對此有何評價？」

沙利衛對程朱理學稍有涉獵，但對王陽明心學尚無研究，所以他面對章乾的問題不能回答，何況「天地萬物一體」也不合天主教義。但此時他不便貿然表態，不如聽聽章乾的意見，便說：「請先生賜教。」

章乾說：「守仁先生認為，天地萬物與人之身心實為一體，並舉例道，人見小孩落井，心為之緊張，說明心和小孩為一體；見洪水沖走麥苗房屋，心頓生憐憫，這說明，心與麥苗房屋為一體。心死，則天地萬物死；心在，則天地萬物在。守仁先生又說，仁者之心為要，若天下人人皆具仁心，皆備良知，則天下太平，世間興隆矣。」

沙利衛說：「『繼善成性萬物皆歸處』，這就是先生客廳所掛對聯的含義吧？」

「神父好記性，過目成誦，老夫佩服！只是那下聯的含義不知神父是否也有所悟？」

「請先生不吝賜教。」沙利衛此時小心翼翼，唯恐有所唐突，因為與章乾這樣的高人對話絕不能信口開河，萬一有所閃失，悔之晚矣。

章乾說：「『容他為宗此心乃圓機』，這上下聯缺一不可，尤其是這下聯，則是心有所屬之後的包容吸收，融百端於一爐，搓萬物於心間，容納吞吐，隨心所欲，無私無畏，出神入化。」

沙利衛很快就敏感地覺察出章乾的深意，他猜定此時章先生在考驗自己的真才實學，檢測自己對有幾千年歷史的儒家學說的各派流變是否融會貫通。此時僅僅一味傾聽而無見解，恐被章先生所恥笑，更為重要的是，先生邀我來白鹿洞書院開講，必在試探我究竟

是重複前人所學，還是帶來西方新風有所突破。這關係到此行能否成功，關係到章先生是否滿意。

想到此，沙利衛便說：「受教了。以我看來，西方文明與中國文明異同俱存，同者不必重複，異者當為中國文明最需要參考者，如能以耶補儒，以西補中，那麼中國文化豈不是更加完美無缺？」

章乾聽罷大為贊同，說道：「神父所言極是，正中老夫內心所想。妙哉！妙哉！天色已晚，我們到延賓館下榻休息，明日開講，老夫急盼洗耳恭聽。」

說罷，他們來到延賓館用晚餐，然後各自回房休息。戴燮一路陪同，心中隨着他們的對話而心潮起伏。他為自己能夠引薦沙利衛與章乾相會感到高興，認為這必將是中西文化史上的一段佳話，同時也感嘆沙利衛對中國文化的研究已經達到了十分精深的程度，即便在章乾面前也能對答如流，應付裕如，看來明天的講學必定是一場饕餮盛宴。不過戴燮也明顯感覺到沙利衛對王陽明的心學知之甚少，於是他便利用晚上寶貴時間給沙利衛介紹了王陽明心學的基本內容，希望明天講學能發揮作用。

70

歷史註定這一特殊時刻。次日上午九時整，白鹿洞書院最大一間學舍，沙利衛登上了講壇。台下坐着二百多位在書院修習的生徒，他們聽說今天有洋教神父開講，便早早來到學舍，敬候難忘時刻的到來。

只見沙利衛邁着穩健步伐走上前台，他身穿儒服，頭戴四方巾，與在座眾人無異，只是相貌與眾不同：金髮碧眼，高鼻深目，

面如桃花。他先把那幅《輿地山海全圖》掛在牆上，然後向聽眾一抱拳，就開講了：「我本歐洲天主教傳教士，遠渡重洋八萬里來到中國，今日有幸登上著名的白鹿洞書院的講壇與各位學者交流，所講如有不妥，尚望各位海涵。中國的書院相當於西方的大學，是研究高深學問的地方，那我就先從世界地圖講起。這是一張世界地圖，上面畫着世界所有國家。中國在這個地方。」他用手指着一個位置，「由於我們居住的地球是圓形，所以每個國家都可以處在中間位置，也可以處在非中間位置。我的家鄉在歐洲，就是這個地方。」他又用手指着地圖上的一個地方說。

下面一片驚訝之聲。有人問道：「神父，憑什麼說大地是圓的？」

沙利衛說：「在中國，一直認為天圓地方。請問，憑什麼說天是圓的？地是方的？」

「古書上就是這樣記載的。」那人回答。

「孟子說過，『盡信書則不如無書。』」

台下又是一片驚訝之聲。

沙利衛接着說：「我說地球是圓的，不是根據古書，而是有科學依據，有實證。」沙利衛拿出一張紙，上面寫着「麥哲倫」三個字，「七十年前，航海家麥哲倫從歐洲西班牙出發，經過大西洋，穿過太平洋，越過菲律賓群島、馬六甲海峽到達印度洋，再繞道非洲南端好望角，回到大西洋，最後回到西班牙——這就是著名的麥哲倫環球旅行。在大海上航行之人，看到前面駛來的船隻，首先看見的是高高的船帆，然後才是船身。因為大海是弧形，所以是這樣的。」

聽眾個個瞪大了眼睛，他們都是第一次聽說地球是圓的。

沙利衛接着說：「地球既圍繞太陽公轉，又有自轉。圍繞太陽公轉一圈是一年，地球與太陽的距離遠近不同，從而形成了春、

夏、秋、冬四個季節。地球自轉一圈是一天，對着太陽的一面是白晝，背着太陽的一面是黑夜。月亮圍着地球旋轉，並反射太陽光芒，月球自身不發光。」

沙利衛停了停，環視驚訝的眾人，一字一頓地說：「在中國，很早就對地球和月球有了正確的想像，但沒有得到證實。《周髀算經》中說：『日照月，月光乃生，故成明月。』張衡《靈憲》中也說：『月光生於日之所照，魄生於日之所蔽。當日則光盈，就日則光盡也。』他在《渾儀註》中寫道：『天體圓如彈丸，地如雞子中黃，孤居於天內，天大而地小。』」

他的話剛落地，台下響起一片掌聲。聽眾既為中國古代科學技術成就感到驕傲，也驚訝於沙利衛對中國古代科學著作的深入閱讀和超凡記憶力。章乾更是頻頻點頭，戴燮對他說過，神父精通西方記憶之術，看來此言不虛。

沙利衛話題一轉，接着說：「我是天主教傳教士。天主教的基本教義是原罪說和救贖說。《聖經》上寫，唯一之神、萬能的上帝創造了宇宙萬物，也創造了人類。上帝在伊甸園創造了人類的祖先，第一個男人是亞當，第一個女人是夏娃。上帝告誡他們不要吃能分辨善惡之樹的果實。但是亞當和夏娃違背了神的旨意，偷吃了禁果。這就是人類的原罪。於是上帝派他的兒子耶穌道成肉身，死而復生，救贖人類。上帝是創造神，耶穌是救世主，信天主教的人死後其靈魂便可升入天堂……」

沙利衛話還未說完，台下一片騷亂，有交頭接耳的，有哈哈大笑的，有自言自語的。沙利衛正不知如何應對時，一個人站起來說：「請問神父，《聖經》上說的這套無稽之談您相信嗎？」

「當然相信。」

「上帝是善良的嗎？」

「是的。」

「既然上帝是善良的，又能創造人類，卻為何創造出有原罪的人類來呢？這豈不荒唐至極？」

台下附和之聲此起彼伏。章乾看着沙利衛，有些替他擔心了。其實，那位聽者所提問題也正是章乾心中的疑惑。他不想讓沙利衛尷尬，卻又想聽聽沙利衛如何解釋。章乾原本想起身維持一下秩序，但又忍住了。他知道，如果沙利衛不能給大家一個圓滿的解說，維持也無用。窮理和懷疑的精神以及提倡平等討論向來是白鹿洞書院的傳統。朱熹不就說過「經多詰難，其辯愈詳，其義愈精」的名言嗎？當年朱熹邀請曾與他在「鵝湖之會」有過激烈爭辯的陸九淵來白鹿洞書院講學，首開講會制度。所以，大家深入思考，深入辯駁，哪怕唇槍舌劍，爭得面紅耳赤，都是正常的。想到這裏，章乾的內心靜了下來，靜靜地觀察沙利衛如何扭轉局面。

沙利衛很是從容，沒有一點緊張。他等候大家平靜下去之後才繼續開口。他說：「中國人對《聖經》持懷疑態度可以理解。現在我就來回答剛才那位提問者的問題。人類的原罪完全是由人類自己造成的。上帝原本警告過人類，不要偷吃禁果，但是人類沒有聽從。上帝具有自由意志，他創造的人類也具有自由意志。上帝認為，沒有了自由意志，人類將無法生活；讓人類具有自由意志，比制止人類的罪行更加重要。這就好比人有兩隻手，做什麼事情是自由的：可以做善事，去攙扶摔倒在地的老人，也可以做壞事，持刀殺人。上帝並不因為人類的兩隻手可以做壞事，就不讓人類長出兩隻手來。上帝完全有能力制止人類的犯罪行為，但是制止了人類的犯罪行為，人類也就沒有了分辨善與惡的能力。好人與壞人都有自由意志。今天在白鹿洞書院讀書的各位學者，你們都有自由意志，你們完全可以不同意我的說法。」

聽的人完全靜下來了，心中似乎被什麼東西擊了一下。大家覺得，神父講的很新鮮，是從未聽說過的一種道理。那位提問者還

是不甘心，又一次站起來追問道：「上帝對人類的惡就沒有一點責任嗎？」

沙利衛說：「問得好！上帝面對人類的惡採取了救贖措施。上帝派自己的兒子耶穌道成肉身，來到人間，被釘在十字架上，為人類贖罪。所以，上帝時時刻刻都在分擔人類的罪惡，在救贖人類的靈魂。上帝為人類制定了《天主十誡》，是天主教的核心教規，其內容是：一、要全心奉敬天主，不可祭拜別的神像。二、不要直呼天主名字，不要虛發誓願。三、禮拜之日，禁止其他各種事情；謁寺誦經，禮拜天主。四、要孝敬親人、尊長。五、不要亂法殺人。六、不要做淫邪污穢的事情。七、力戒偷盜的事情。八、力戒挑撥是非。九、不要戀慕他人之妻。十、不要貪婪非義財物。」

這時，一位聽者站起來問道：「人生而有罪，不就是荀子的『性惡說』嘛；所謂救贖，不就是荀子所講後天通過學習改變自己，追求至善的解脫之道嘛。」

另一位聽者也提出：「孔子曰：『行己有恥。』『知恥近乎勇。』孟子曰：『人不可以無恥，無恥之恥，無恥矣。』『無羞惡之心，非人也。』『仰不愧於天，俯不怍於地。』這與神父所講原罪說不是一樣嗎？」

沙利衛說：「這樣理解當然可以。但中國先賢沒有明確提出『原罪』和『救贖』的概念。救贖不同於佛家的救人於苦海，也不同於儒家的修身，而是指對靈魂的拯救。它們的區別在於，儒家強調道德自我完善，即內省。《論語》講『三省吾身』『為人由己』。」沙利衛停了一停，高聲強調說：「王守仁先生的『聖人之道，吾性自足』也是講內省。中國儒家學說一再強調『內省』的重要性，甚至可以達到『內聖外王』的境界，而天主教義認為人的精神力量是有限的，僅僅依靠人自身實現救贖是遠遠不夠的，須靠外力救贖。」

沙利衛話音剛落，一位聽者站了起來，說道：「儒家學說既講

究『慎獨』『內省』，也提倡外力相助，比如『禮』就是客觀的外力約束，這與上帝救贖之說有區別嗎？」

「有區別。天主教明確認為，上帝外力起決定作用。這個外力就是聖父、聖子和聖靈的三位一體，祂是宇宙萬物的第一推動力。」

又一聽者站起來，說：「二程言天理者，不為堯存，不為桀亡；大行不加，窮居不損；它元無少欠，百理具備。就是說，天理與天主一樣，獨立於人而存在，控制着人類。請教神父，這樣理解對不對？」

沙利衛說：「二者皆屬於宇宙本體論，其不同之處在於，天主是人格之神，是宗教；『天理』不是人格之神，也不是宗教。」

眾人聽後，議論紛紛。沙利衛的話一石激起千層浪，給這座古老書院帶了嶄新的思想。沙利衛頓了頓，看了看章乾，繼續說道：「昨日我到貴院，在碑廊處聽章先生講『萬物一體』的觀點，很受啟發。不過天主教義恰恰認為萬物不為一體，即上帝獨立於萬物而存在，祂無時不在，無處不有，祂知道我們人類的所作所為。人類要忠於祂。孔子講，要敬畏上天。我發現，在中國經典中，有多處關於『上帝』『天帝』的記載，特別是在四書五經中。所以，我認為，中國儒家學說的『天人合一』『萬物一體』看到了物的一面，如能加上天主教上帝的一面，就完整了。其實，中國『上帝』與天主教的『上帝』可以看作一回事。明乎此，則救贖之說即可以補益儒學。今天我就講到這裏，請各位指正，請章先生指正。」

說完，沙利衛向章乾深施一禮，結束了演講，台下隨即掌聲響起……

章乾忙站起身施禮，請沙利衛坐下。然後他向大家招招手，說：「老夫今日聽君一席話，勝讀十年書啊。神父傳道進書院，中西文化始相融，此何等盛事！吾輩自幼皆讀聖賢之書，所缺者唯科

學。神父所講西方科學與天主教義當非一物。老夫以為，宗教者，管靈魂者也；科學者，管致用者也。書院創辦至今，歷六百餘年，儒學昌盛，科學不足。神父到來，吹進西洋新風，實為書院發展之里程碑。老夫尤贊同神父所講西學補益儒學之觀點。倒過來也是一樣，儒學可以補益西學。神父已經將中國之四書翻譯成西文傳至歐洲，相信必然產生影響。至於『內省』或是『外力』，老夫以為可以人之身體為喻。人吃五穀雜糧，孰能不病？既已病矣，或靠自身免疫，或求醫者療救，並行不悖。中西文化當互為啟發，互相補益，此為大理也。你我皆應為之努力。神父將赴南京傳教，途經山門，機會難得。期盼來日再請神父光臨山門。諸位有所不知，神父尚精通西洋記憶之術，並對數學、天文、曆法等學問皆有深厚造詣。」眾人又起掌聲。

沙利衛出色完成白鹿洞書院首次講學，獲得滿堂喝彩。接下來，他要繼續趕往南京。

船家修好船體後，已按照沙利衛要求返回了。他要將沙利衛的書信盡快送達澳門孟安仁處，這邊則由戴燮負責再聯繫另外船家將神父和他一起送至南京，章乾先生為此鼎力相助。吃過午飯，沙利衛和戴燮即將登船，章乾等人送出山門。

船在鄱陽湖遼闊的水面上行駛，沙利衛看着波光粼粼的湖水，心中不能平靜。他問戴燮：「先生對我今天所講滿意嗎？」

「神父所講以科學為開端，借西方之長補中國之短，開口即抓住聽者之心；接着提及張衡之說，撫慰聽眾，找回心理平衡，獲得掌聲。神父所講，用心良苦！」戴燮說。

沙利衛一抱拳，說：「先生知我。今日所講有無紕漏？」

「神父所指紕漏是什麼？」

沙利衛笑了，說道：「算了，先生不說也罷。」

戴燮說：「不過——遺憾還是有的。」

沙利衛立刻嚴肅起來，問道：「請賜教！」

「大家特別想聽神父講西方記憶之術，可惜……」

沙利衛一聽，哈哈大笑，說：「戴先生狡猾……」

戴燮也笑了。他覺得，敢於站上白鹿洞書院的講壇，首先是勇氣可嘉。該院聽者皆非尋常之輩，學問不足者絕難對付這個場面，他為神父懸着一顆心，但是神父應付裕如，所講如行雲流水，而且多為即興發揮，異常精彩，聽者一定深受啟迪。至於三稜鏡之圖雖事先畫好，卻沒有展示，這一點昨晚沙利衛給他說過，不想只講圖畫，等將來有機會面對實物來講，效果更佳。戴燮對神父這一取捨甚為贊同，所以他實在提不出什麼意見來。

「神父，到了南京，離我家蘇州很近，我回去看看家人如何？」

「理所應當！」沙利衛覺得，與戴燮交往這些年，二人之間已經有了某種默契，結下了朋友情誼，他從中體會到交朋友的一些原則，而中國又是一個極為重視朋友關係的國家，他打算將來有時間專門寫一本論交友的書。

「神父，你看，魚兒在水面上跳呢。」

晚霞夕照，千里湖面，煙波浩渺，天水一色，一望無際。那些跳躍的魚兒正在用特殊的方式歡迎沙利衛神父的到來。

71

澳門。上午十時，孟安仁辦公室。孟安仁正在接待方濟各會的杜我徽神父，向他解釋關於中國教區的劃分問題。羅馬教廷採納了孟安仁的建議，但又做了變通處理，即把多明我會和方濟各會的教區固定在福建一帶，其他地方統一由耶穌會負責。即便如此，還是

遭到了兩個修會一些神父的強烈反對，杜我徽就是其中的一個。

「視察員，您給教皇的建議是不公平的。每個修會都應該平等地在中國傳教，我們都是上帝的孩子。」

「神父，我問您一句：耶穌會的適應性傳教策略，您同意不同意？」

「不同意。沙利衛神父的做法破壞了天主教的純潔性。」

「危言聳聽！如果過按照你們的機械理解去傳播教義，就永遠無法進入中國，天主的光永遠不可能照耀這片土地。如果與你們在同一教區傳教，必然造成對抗，讓中國人看我們的笑話，那樣的話您是不是很高興？」

杜我徽一時語塞。

「教皇的決定保留了貴會的傳教區域，在福建不也很好嗎？何必非要與我會擠在一起呢？」杜我徽不說話了，他對孟安仁還是很尊重的。孟安仁說：「請神父回去吧，把福建傳教工作安排好。我期盼聽到你們的好消息。」

剛送走杜我徽神父，助手急急忙忙進來，說：「視察員，出事了！」

「什麼事？！」

「沙利衛神父三人在去南京的路上遇險了，安居仁神父不幸落水身亡，沙利衛神父得救；他們帶去的財物都被水沖走了。運送沙利衛神父的船主正在門外等候，說有重要信件親自交給您。」

「快請進來！」

助手將船主請進屋內。船主一副疲憊不堪的樣子，他掏出信件，遞給孟安仁。助手請船主落座，遞上茶水。

孟安仁看罷信件，一臉凝重。他自言自語道：「安居仁……」過了一會，他緩過勁兒來，對船主說：「謝謝船主，您辛苦啦！」他對助手說：「把所欠船費補交給船主。」

「是。」助手帶船主走了。孟安仁一屁股癱坐在椅子上，抽泣不止……安居仁神父是他精心物色給沙利衛做助手的，並希望他將來與沙利衛一起赴北京傳教——沒想到，竟遭此大難！

這一年來，孟安仁明顯感覺自己老了，他希望盡快看到沙利衛的北京之行。他頂着各種壓力全力支持沙利衛的工作，他深知從柏拉瓦總會長到他自己，再到沙利衛，已經形成了一條牢固的傳教路線。但是柏拉瓦總會長老了，沙利衛神父老了，自己也老了！他想培養年輕的神父，做到後繼有人，想不到出師未捷身先死！

他再一次拿起沙利衛神父的信。信中也有讓他高興的事，就是沙利衛神父站到了白鹿洞書院的講壇上！「這是中國文化的一個制高點！」他自言自語道。他已經將沙利衛神父翻譯的四書寄送羅馬教廷，相信歐洲人很快就會看到由耶穌會發行的中國經典，這是有史以來第一次，將會使羅馬教廷感受到耶穌會的巨大貢獻，將會使整個歐洲文化界感受到耶穌會的成就。沙利衛在信中寫道：「儘管我心懷巨大悲痛，儘管我死裏逃生，但是，我對天主的信仰永遠不變，我到北京傳教的決心絲毫未減。南京就在前面，北京還會遠嗎！」讀至此處，孟安仁激動地站起身來，走到窗前，推開窗戶，面對浩瀚大海，他極目遠眺。突然，他想起一件事，沙利衛父親的回信在他這裏，要想辦法交給沙利衛神父。還有，沙利衛現在身無分文，只好依靠戴燮先生投親訪友，必須盡快給沙利衛神父提供足夠的錢財物資保障。他叫來助手，命令馬上安排船隻待命去南京，越快越好。隨後，他直奔經言學校，他要給沙利衛再挑選一位助手。

經言學校是孟安仁親自組建的一所學校，主要目的是培養傳教修士。經過三年左右的系統培訓，修士要基本掌握中國語言，閱讀中國四書五經，同時兼修天文、醫學、數學等西方科學。孟安仁欣慰的是，從經言學校畢業的修士，派出去後都能獨當一面。這是他

進軍中國教區宏偉規劃中的重要一環。

　　走進經言學校，裏面正在上課，這是一節討論課。大家都在積極討論發言，誰也沒有發現視察員的到來。孟安仁靜靜坐在一個角落，他想聽一聽修士們的發言。

　　一個叫龐儒的修士正在發言。他說：「中國儒家文化是悠久的，根基堅固，難以撼動。西方文化的融入要採取漸進式，第一步是合儒，第二步是益儒，第三步是補儒，第四步才是代儒。這四步各有側重，呈遞進狀，不可超越，如有不慎，前功盡棄。我認為，孟安仁視察員和沙利衛神父正在走的還只是第一步，剛剛開始邁出的第一步。但這第一步非常關鍵，是在奠基。」

　　另一位修士問道：「這第一步需要多長時間？十年夠嗎？」

　　龐儒說：「我認為十年遠遠不夠，至少要二十年。」

　　孟安仁感覺這位龐儒修士深諳他的傳教策略，是一個合適人選，但不知他還有沒有其他方面的考慮。下課後，他留下了龐儒，和他進行了單獨談話。孟安仁問他：「再過多少年，中國的儒學才能被天主教取代呢？」

　　「這取決於傳教中科學所發揮的作用。」

　　「說具體一點。」

　　「我不能說。」

　　「為什麼？」

　　「我有……顧慮。」

　　「放心說，我這裏沒有裁判所，說錯了也沒有關係。」

　　龐儒咬了咬牙，說：「視察員聽說過這樣的話嗎？『神父傳教三件寶，地圖稜鏡加鐘錶。』」

　　「這，這是誰說的？！」孟安仁顯然生氣了。

　　「我就說您會生氣的——算了，不說了。」

　　「好，我說話算數，不生氣。你繼續說。」

「『神父傳教三件寶，地圖稜鏡加鐘錶。』這實際上說明了一個問題，就是在中國傳教必須以科學為先導，否則，天主教只能走佛教的老路，被中國文化所同化。那麼，中國究竟需要什麼樣的科學呢？沙利衛神父介紹的古希臘科學已經陳舊，作用也有限，不會長久，更不會起到根本性的作用。」龐儒停下來，看着孟安仁。

「繼續說。」

「我怕……」

「沒有什麼可怕的，只要對傳教有利，只管說下去！」

「好！」龐儒又咬咬牙，說，「中國需要西方先進的科學技術。天文學上哥白尼的日心說推翻了托勒密的地心說，第谷的學說也產生重大影響，而開普勒、伽利略、布魯諾等一批新秀正在崛起，醫學上維薩留斯的《人體結構》揭開了新的序幕。武器上火炮技術是中國最迫切需要的先進武器。雖然中國最早發明了黑火藥，但大明帝國的火炮威力遠遠落後於西方，他們要想維護沿海安全，對付倭寇襲擾，一定需要西方強大火炮的支持。科學技術的背後是文化觀念和人才選拔方式。中國的科舉制度是一條狹窄的道路，遠不能促進科學技術的迅猛發展，而中國目前的科舉制度限制了科學人才的選拔，也制約了科學技術的發展。中國要大力發展科學技術，就必然會動搖傳統儒家學說的根基。所以，天主教想要佔領中國，應該靠先進的科學技術。我說完了，視察員不生氣吧？」

「你讀了不少書啊！在哪兒讀的？」

「就在經言學校。這裏有很多前沿領域的書，都是從歐洲運過來的。」

「你今年多大了？」

「二十八。」

「真年輕，羨慕你！」

孟安仁感到自己被上了一課，他驚訝眼前這位修士如此前衛，

同時也慶幸澳門經言學校有這樣傑出的年輕人。

「你多大入耶穌會的？」

「十八歲。」龐儒有些自豪地說。

「太好了！我派你去南京協助沙利衛神父，你同意嗎？」

「真的！？」龐儒高興得跳了起來，像個孩子。

「去準備一下，明天出發。」

「是！」龐儒剛走沒幾步，又回過身來，說，「我想帶上哥白尼和開普勒的書，也許能幫助沙利衛神父更好地傳教。但是這些書只有經過您的同意才能帶走，請您……」

「這……以後再說。你快去準備吧。」

孟安仁懷着激動的心情回到辦公室，他給沙利衛神父物色到了一位十分有前途的年輕人，他的思想對其他傳教士定會產生強大的衝擊力。傳教需要一代又一代人的接力，而且每一代人都應該有不同的思想，年輕人就應該大膽衝破陳舊的枷鎖。當然，他有責任保護這位年輕人，因為超越時代是有危險的，無論是世俗政權，還是宗教權威，都具有局限性，這種局限性會給傳教事業帶來災難性的毀滅。龐儒預測了中國的未來，這是需要眼光的，他說得有道理。自己年紀大了，看不到以後在中國傳教的情形，但他能肯定的是，傳教依靠科學是真理。中國的確需要科學，有先進的科學做先導，中國就會地動山搖。不過，孟安仁也知道，這有一個漸進的過程，龐儒此去可以帶些圖書，比如《聖經》和地圖，但有些書還是暫時不帶為好。

最後，為了確保沙利衛在中國傳教策略的順利實施，孟安仁做出了一項重大決定：正式任命沙利衛為耶穌會在中國教區傳教團總教長，有權決定中國教區所有教務，凡中國教區耶穌會傳教士都直接服從沙利衛領導。這也是柏拉瓦總會長的意見。他寫好任命書，交給龐儒。

　　第二天，孟安仁視察員安排龐儒乘坐的一艘快船出發了，帶上了給沙利衛的任命書，還有相關物資。船上還有另外兩位工人，他們順路給肇慶和韶州送去補給物資。

　　船先到達肇慶，龐儒見到了黃民和麥孝靜，還有馮行健。肇慶自從轉交耶穌會後，傳教工作進展順利，教友已達一百六十多人。每次做彌撒，人都滿滿的，於是改為一天之內做兩台彌撒。教友婚禮也在仙花寺教堂舉行，中西結合的婚禮儀式深受歡迎。受韶州的影響，肇慶清明節也在教堂安排教友祭祖活動。肇慶已經成為耶穌會的模範教區，耶穌會總會長柏拉瓦向羅馬教廷作了匯報，得到教皇充分肯定。

　　龐儒是麥孝靜在經言學校的同窗，但不同屆。因年齡尚小，經歷有限，還沒有晉鐸，而麥孝靜已升為神父。臨別時麥孝靜對龐儒說：「你去做沙利衛神父的助手，讓我羨慕。過不了多久，你就會升為神父。」

　　船離開肇慶，以最快的速度到達韶州，龐儒見到了龍季厚。當初沙利衛神父帶走了一些物資，所以韶州正缺少這些東西。龍季厚一見到龐儒就說：「你真是及時雨。」龍季厚也是龐儒在經言學校的同窗，兩人見面後很是親切。龐儒問他：「你一個人寂寞嗎？」龍季厚說：「還好。我從教友中物色了兩位助手，他們都很盡力。你見到沙利衛神父，讓他放心。再說，明年黃民就到我這裏來做伴啦。」龍季厚還是那樣充滿自信的樣子，在他看來，這一切都不算什麼。龐儒問他：「傳教順利嗎？」龍季厚說：「順利，沙利衛神父奠定的基礎好，這些日子裏我主要是往鄉下跑，多發展教友，我來這一段時間已經為三十多人付洗啦。」龐儒為龍季厚高興，他知道，論能力和才幹，龍季厚在經言學校是第一流的，所以孟安仁視

察員讓他在韶州獨當一面。

離開韶州，快船繼續前行，到達梅嶺後換成快馬到達南安，來到贛江碼頭，租用一艘快船順流而下，正所謂「千里江陵一日還」。鑑於安居仁神父落水的教訓，他們安排了三位舵手，輪番掌舵，避免長途疲勞。經過十八灘時，天氣晴好，風平浪靜。一位掌舵，另外兩位手持長篙嚴陣以待，確保萬無一失。快船順利通過十八灘，接下來日夜兼程，以最快的速度抵達南昌，專程拜訪了章乾先生，送上豐厚禮物表示感謝之情，並償還了一百兩銀元。章乾十分感動，告訴他們，沙利衛神父已經到達南京，並畫出路線圖交給龐儒。龐儒謝過章先生，經都陽湖駛往南京古城。

從澳門到南京，兩千里水路，近一個月時間，終於到達南京。龐儒心中計算着，沙利衛神父大概需要三十天的時間，這是一條充滿艱險的路程，不禁從內心對沙利衛充滿了敬仰之情，沒有堅強的意志和堅定的信念，怎麼會堅持下來呢？龐儒囑咐船家在碼頭等候，沒有回信不要離開南京。然後，他按照章乾畫的路線圖，順利找到了沙利衛的住處，見到了仰慕已久的聖人。

沙利衛見到龐儒，十分高興，就像見到親人一般。他展讀任命書和孟安仁視察員的親筆信，又看了他父親的親筆信，心情異常激動，讀着讀着，他哭了。父親在信中說，他的母親已於三年前去世，臨死的時候一遍又一遍地呼喚着沙利衛的名字。沙利衛拿出掛在胸前的銀質小盒子，打開來，看着母親的畫像，親吻着……

沙利衛對龐儒的到來表示歡迎，因為戴燮先生已經回蘇州老家了，這裏只有沙利衛一個人，舉目無親，十分孤單。龐儒問沙利衛神父來到南京後的情況，沙利衛搖着頭說：「很不順利。來到南京後，他去找了曾泮曾大人，他現在是禮部侍郎。見面後曾大人十分驚訝，問我為什麼偏偏在這個時候來南京。原來日本豐臣秀吉出兵十四萬大軍入侵朝鮮，勢如破竹，朝鮮國王向宗主國大明朝求援。

萬曆皇帝得知，倭寇之圖朝鮮，其實意在中國，出兵救朝鮮，就是保衛中國。於是大明朝廷派大軍數萬人開赴朝鮮，目前激戰正酣，十分慘烈。在這個特殊時期，南京局勢十分緊張，凡外國人皆有間諜之嫌，不僅自己性命難保，還會連累曾大人。」

沙利衛神父說完，臉上露出十分沮喪的神情。

「侍郎大人是什麼態度？」

「讓我們立刻返回韶州，或者回肇慶。」

「那怎麼行！不如去南昌……」龐儒說。

「對，我也認為去南昌為好。但是戴燮先生至今沒有回來，我在等他。」

「不用等了，給戴先生留下一封書信，我們先回南昌，請章先生幫忙聯繫住處，等避過危險期再來南京。」

沙利衛覺得有道理，於是立刻動身，與龐儒趕到碼頭。船家得令，立即掉轉船頭，往南昌駛去。返回途中，沙利衛與龐儒交談甚多，知道了他的一些情況，並稱讚他有智慧，敢決斷，還說孟安仁視察員安排得非常及時，不然，後果不堪設想。

回到南昌，章先生一聽，嘆一口氣，說：「此乃天意！也好，神父可在南昌多住些日子，與白鹿洞書院的弟子多一些交流，老夫求之不得。」於是，沙利衛讓船家返回，然後與龐儒住進了章先生安排的一處幽靜院落。過了十多天，戴燮趕來南昌與沙利衛會合，得知這一切，不禁感慨萬千。他把從蘇州帶來的書籍以及地方特產送給沙利衛。沙利衛心情開始好轉，便從龐儒帶來的物品中選了一支鵝毛筆送予戴燮。至此，他們開始了在南昌的傳教生涯。

這正是：千難萬險礪意志，苦盡甘來開新局。

73

在章乾的幫助下，經巡撫大人和南昌知府大人批准，不僅給沙利衛頒發了護照，還同意他購置一處住宅的請求。因為沙利衛不打算久住南昌，所以也就沒有修建教堂的計劃。他要在南昌閉門寫作，完成兩部書的寫作任務，為進入南京做準備。就在沙利衛集中精力寫作的時候，一件意想不到的事情打亂了他的計劃。

大明朝欽天監預報本年 9 月 22 日將有日食，並預告說本次日食將是大食面，命令各地官府組織觀測，並將有關情況匯報給欽天監，不得有誤。於是，各地分管天文工作的官員緊張起來，積極做好準備，確保觀測順利進行。

南昌知府大人接到任務後，心中頗為不安，因為南昌府原來分管這項工作的官員剛剛因病去世，別人難以承擔這項任務，如果不能按時匯報觀測數據，這是他知府大人的失職。正在他犯愁之際，通判大人提醒說，聽說新來的洋神父精通天文，何不請他來幫助觀測呢？知府大人眼前一亮，對呀，得來全不費功夫！自己剛給他批了留住手續，請他幫助正合適。於是他馬上安排有關人員登門拜訪沙利衛，就說知府大人請他幫忙。

沙利衛正與戴燮商量寫作計劃，他準備寫一本關於交友的著作，把西方關於交友的論述和中國文化結合起來。他在中國這麼多年，深感中國人對交友的重視，孔子開口就說「有朋自遠方來不亦樂乎？」曾子把「與朋友交而不忠乎」作為「三省吾身」的重要內容，而俞伯牙和鍾子期高山流水的故事更是家喻戶曉。由此可見，在中國人心中，交友在日常人際關係中必不可少，甚至在一定程度上超越了親人之間的關係。他來中國這些年，親身體驗了朋友的可貴，如果能寫一部這方面的著作，必將得到中國人的歡迎，也能豐富中國人關於交友的內涵。在南昌是暫時居住，不必急於發展

教徒，正可以利用這個空閒來寫作。這不，沙利衛正在和戴鑾討論寫作思路，只見龐儒進來，說知府大人派人求見，沙利衛趕緊出門迎接。

來人說明來意，沙利衛一口答應下來，說：「請回稟知府大人，儘管放心，我一定辦好此事。」來人高興而去。

沙利衛對龐儒說：「在中國人眼裏，我成了托勒密第二。不過，這確實是我的長項。一定做好此事，抓緊準備，離 9 月 22 日沒有幾天了。」

龐儒說：「神父，我來的時候曾想把開普勒和哥白尼的著作帶來，但是視察員不同意。」

沙利衛怔了一下，說：「視察員說為什麼了嗎？」

「沒有，他只是說『以後再說吧』。神父，您說這是為什麼？經言學校的書多得很，帶幾本過來不是很好的嗎？」

沙利衛笑了笑，說：「如果帶來，也會被水沖走的——先不管那些了，咱們抓緊測算一下吧。」

沙利衛在西方專門學過天文曆法和數學，成績相當好，如果不是從事了傳教工作，也許他能成為一名著名的天文學家或數學家。他們首先測定南昌處在北緯二十九度，然後製作了一個地平日晷，按照中國傳統刻上黃道十二宮、晝夜長短的刻度、以及太陽從升起到天頂的時刻，又用中國字在日晷上刻了兩行格言。沙利衛又親手製作了一個臥式時鐘，來推算二十四節氣。

22 日（農曆八月初一）這天到了，沙利衛帶着儀器乘坐官府提供的轎子來到南昌天文台進行實地觀測。知府大人以及相關人員早就等在那裏了。在中國有個習慣，遇到日月食，官員要集中在一起，敲鑼擊鼓，以救日月之難，直到日圓月復之時才能停手。這次觀測前，通過測算，沙利衛認為可能比欽天監預報的食面要小。事實結果正如沙利衛測算的一樣，這次日食食面偏小，月影很快就過

去了。日食結束後，有人問這是為什麼。沙利衛說：「所謂日食，就是月亮運行到地球和太陽之間，月亮擋住了太陽，從而造成日食。但是，站在地球不同的位置，觀測到的日食食面是不一樣的。此時站在南極就觀測不到日食，因為緯度不同。在中國，北京的緯度與南昌的緯度不一樣，南昌處在北緯二十九度，北京處在北緯四十度，南北相差十一度，這就好比從正面看廬山和從側面看廬山的效果是不一樣的道理相同，蘇軾說：『橫看成嶺側成峰，遠近高低各不同。』我們看到的日食食面小，不等於北京的食面也小。北京欽天監的預報是準確的。」

在場的人聽後紛紛點頭稱讚，他們沒有想到這位洋人把日食的原理講得如此透徹。知府大人心中最高興的是，沙利衛解釋了南昌食面小的原理，這讓他在向北京欽天監匯報時可以很體面，既不讓北京欽天監尷尬，又讓他們全面了解本次日食的情況，一舉兩得。

知府大人對眼前這架日晷特別感興趣，他反覆觀賞，愛不釋手。戴燮早已明白了知府大人的心思，他用手捅了捅沙利衛，遞了個眼色。沙利衛立刻心領神會，主動對知府大人說：「知府大人若喜歡，就將這架日晷送給大人，也算是本次日食觀測活動的紀念品。」知府大人立刻眉開眼笑，說道：「如此甚好！如此甚好！」知府大人又仔細看了一會兒，問沙利衛：「神父，這兩行字是什麼意思？」沙利衛笑了笑，說：「『如果沒有太陽，這一切就毫無價值；如果沒有天主，再好的法則也會失去意義。』這是一句格言，是讚美天主的。」知府大人若有所思，說道：「這⋯⋯有點意思。」

後來，知府大人派專人給沙利衛送來二十兩銀子，說不能白拿日晷，並希望沙利衛再給他繪製一張世界地圖。沙利衛遵囑很快完成了。從此以後，沙利衛在南昌城名聲大振，經常有人登門拜訪。這樣一來，沙利衛的寫作也就時斷時續，不能集中時間和精力來寫。後來，沙利衛提出，凡來學習者，要讀一段《聖經》，並背誦

《天主十誡》，若能受洗則更好。還真有人為了能與沙利衛見上一面，便接受了洗禮。所以，沙利衛雖然沒有特意去傳教，倒也有所收穫。

沙利衛在南昌辦的日食觀測這件事的確漂亮，他自己都有些得意了，你看，以前學的天文知識還真派上了用場。不過閒下來的時候，沙利衛想起了龐儒說的那件事，視察員為什麼不同意龐儒把那些書帶來呢？

74

南昌地處中國中南部，屬於典型的亞熱帶濕潤季風氣候，夏冬季長，春秋季短，到了十一月大地才換上了金黃的服裝，稍不留神，美麗的秋姑娘又悄悄從你的眼皮底下溜走了。正因如此，所以南昌的文人墨客特別珍惜秋季時光，每至此時，總要朋友相邀，雅集揮毫，登高作賦，細細享受秋日帶來的詩情畫意，而聚會的地點自然首選滕王閣。

這天早晨，沙利衛剛剛起床，章乾就派他的僮僕送信來了，邀請神父今日下午三時在滕王閣雅集。戴燮看過，說：「章先生邀請神父欣賞『秋水共長天一色』美景，是一定要去的。」於是，沙利衛囑咐龐儒做好準備。

下午二時許，章先生派來的轎、馬已到門口。沙利衛雖然不是頭一回坐轎，仍有點不習慣。戴燮和龐儒騎馬隨後。一路上，飽覽南昌城市面貌，令沙利衛十分驚訝。這南昌古城，人煙阜盛，街市繁華，到處富麗堂皇，熙熙攘攘；街道寬敞而整潔，牌坊精美而別致，儼然大都市，簡直就是東方的佛羅倫薩，而面積比佛羅倫薩大

多了。

滕王閣是南昌的靈魂，位列江南三大名樓之一。它始建於唐代，後因兵燹火災被毀而多次重修重建，最近一次是萬曆十五年，江西布政使陳文燭撰有《重修滕王閣記》。它臨江而建，東瞰江西贛水，西臨南昌通衢，道閣七間，高四十二尺，雄峙東南，傲視寰宇。閣後有堂三間，名為「二忠祠」，專為紀念文天祥、謝枋得而建，每逢清明，南昌市民即來此祭奠。

章先生已在閣前等候多時。他恭候在此，心中自有打算。「歡迎神父駕到！現在全南昌城的人都知道神父精通天文，開啟了南昌城的天文學之門！」沙利衛說：「先生過獎，區區小技，不足掛齒。」章先生說：「老夫已在此恭候多時，想請神父先到『二忠祠』瞻仰，神父意下如何？」沙利衛說：「悉聽先生安排。」

於是，在章先生引領下，沙利衛走進「二忠祠」。只見祠內有文天祥和謝枋得塑像，剛毅堅韌，英氣勃發。章先生介紹說，在中國人民心中，凡是為國家而犧牲的英雄，都是錚錚鐵骨大丈夫，值得永遠紀念。他還給神父誦讀了鑲嵌在牆壁中石碑上的英雄名言：「大丈夫行事，論是非，不論利害；論順逆，不論成敗；論萬世，不論一生」，以及「人生自古誰無死，留取丹心照汗青」。章先生講完後，朝着兩位英雄的塑像深深鞠躬。沙利衛猶豫了一下，最終還是學着章先生的樣子，深深鞠躬。戴燮和龐儒也都鞠躬。

登上滕王閣，已是高朋滿座，南昌文化界名流均已到場，章乾一一介紹給沙利衛。眾人看着高鼻深目的沙利衛，既好奇又高興，不禁竊竊私語。章乾對說沙利衛說：「神父請看，牆壁上的文字是唐代王勃的《滕王閣序》，凡來此雅集聚會必高聲誦讀。下面請神父與我們一起誦讀吧。」

在章乾帶領下，眾人面朝牆壁，一起高聲誦讀：

豫章故郡，洪都新府。星分翼軫，地接衡廬。襟三江而帶五湖，控蠻荊而引甌越。物華天寶，龍光射牛斗之墟；人傑地靈，徐孺下陳蕃之榻。雄州霧列，俊采星馳。台隍枕夷夏之交，賓主盡東南之美。都督閻公之雅望，棨戟遙臨；宇文新州之懿範，襜帷暫駐。十旬休假，勝友如雲；千里逢迎，高朋滿座。騰蛟起鳳，孟學士之詞宗；紫電青霜，王將軍之武庫。家君作宰，路出名區；童子何知，躬逢勝餞。時維九月，序屬三秋。潦水盡而寒潭清，煙光凝而暮山紫。儼驂騑於上路，訪風景於崇阿；臨帝子之長洲，得天人之舊館。層巒聳翠，上出重霄；飛閣流丹，下臨無地。鶴汀鳧渚，窮島嶼之縈迴；桂殿蘭宮，即岡巒之體勢。披繡闥，俯雕甍，山原曠其盈視，川澤紆其駭矚。閭閻撲地，鐘鳴鼎食之家；舸艦彌津，青雀黃龍之舳。雲銷雨霽，彩徹區明。落霞與孤鶩齊飛，秋水共長天一色。漁舟唱晚，響窮彭蠡之濱；雁陣驚寒，聲斷衡陽之浦……

眾人誦讀之聲，悠揚婉轉，抑揚頓挫，飛出高閣，伴隨鴻雁迴蕩於空中……

沙利衛問戴燮：「《滕王閣序》為何全用對仗？」戴燮說：「此為駢文，講究駢四儷六，句式整飭，平仄協調，韻律優美，辭藻華麗，意境深邃，是六朝以來文人頗為喜歡的一種文體。」沙利衛又問：「『駢文』一詞在拉丁文中沒有對應的單詞，只能音譯了。我感覺此文體節奏感強，有音樂之美。」

戴燮說：「正是。神父記憶力超群，可否當場背誦給大家聽聽？」

沙利衛說：「沒有問題。」

於是，戴燮對章先生耳語道：「神父願意當場背誦《滕王閣序》。」章乾十分驚訝，問神父：「神父不是戲言吧？」沙利衛用力點點頭：「絕非戲言。」於是，章乾面向全場高聲說道：「今天沙利

衛神父要給大家當場背誦《滕王閣序》，各位鼓掌！」

頓時，全場響起熱烈掌聲。沙利衛站起身，背對牆壁，目視前方，將《滕王閣序》一口氣背了下來！在場的人一片歡呼。若非親眼所見，簡直不敢相信！在這種時候，總有好事者節外生枝。於是一人站起身來，說道：「神父果然了得！古人確有『耳聞則誦，過目不忘』者，今日見證了；但不知『倒背如流』者只是虛言，抑或確實有之？神父能否倒背下來？如若嫌長，只選『秋水共長天一色』倒背至『豫章故郡』即可。」章乾一聽就坐不住了，站起身來，一臉怒氣，走到好事者面前，說：「後生，為何如此刁鑽，令神父難堪？做人豈能太刻薄乎！」

沙利衛笑了笑，說：「章先生不必動氣。我來試試。」

全場鴉雀無聲，人們連眼睛都不眨地看着沙利衛。只見沙利衛把章先生請回座位，然後向好事者笑着點了點頭，又走回原處，面對牆壁上的文字掃了一眼，然後轉過身來，依然面視前方，一字一字倒背起來：

色一天長共水秋，飛齊鶩孤與霞落，明區徹彩，霽雨銷雲，舳之龍黃雀青，津彌艦舸，家之食鼎鳴鐘，地撲閭閻……館舊之人天得，洲長之子帝臨……廬衡接地，軫翼分星，府新都洪，郡故章豫。

沙利衛最後一字尚未落音，全場掌聲雷動，眾人起立向沙利衛施禮表示敬佩……章先生用手帕擦了擦額頭上的汗水，高興得手舞足蹈。他抑制不住內心的激動，走上前來，向沙利衛再次施禮。那位好事者也走到沙利衛前面，深深鞠躬，說道：「晚輩今日有幸親眼所見，親耳聆聽，實在佩服得五體投地！五體投地啊！」

沙利衛向他回禮。好事者說：「神父能在這極短時間內正反背

誦，其中一定有神奇玄機，晚輩願拜神父為師，學習記憶之術，這也是我恩師的願望。」

好事者見沙利衛沒有表態，接着說：「若神父不答應，晚輩就長跪不起。」說罷，咚的一聲跪倒在地。就在沙利衛不知所措之時，章乾走過來說：「神父有所不知，此生乃本地一怪才，名叫汪天水，常到白鹿洞書院聽課，發表一些怪異之見，老夫倒也欣賞，只是他性格……」

沙利衛未等章先生說完，便接過話來，說道：「非常之人，必有非常之才。我今日得以展示西方記憶之術，還要多謝這位後生創造的機會。好，從今日起我收下你這個學生。只是二人之間不必以師徒相稱，我們互相學習。你剛才說，是你的恩師讓你來拜我為師，請問你的恩師是誰？」

「馮行明。」

「起來吧，我答應你了，回去告訴你的恩師吧。」沙利衛說着，扶起汪天水，送他回到自己的座位。

章乾感慨萬千，從心裏既感動，又欽佩。今天的雅集不同於往年，開啟了中西文人雅士唱和交流的先河，雖然驚心動魄，卻有驚無險，值得回味。章先生與沙利衛共同走出滕王閣，舉目西望，只見晚霞萬丈，彩雲千里。落日的餘輝映照着他們的身影，後面簇擁着勝友俊才。這是南昌城的盛事，更是世界文化史上的佳話。

75

時間過得真快，龍季厚到韶州傳教轉眼已經三年了，黃民也從肇慶被派至此地兩年了。黃民的到來，使龍季厚寂寞感大為減輕，

他當時就將臨時聘請的一位助手辭退了。這位助手在教堂幹了一年多，他不願意離開，龍季厚硬是趕他走了。另一位助手因為表現好，被留下了。

這個黃民，是個中國人，出生在澳門，並在澳門加入天主教後被孟安仁發展成一名耶穌會神父。孟安仁派他來協助龍季厚，一是覺得黃民值得信賴，二是考慮到他對中國情況熟悉。這天，龍季厚對黃民說：「前幾年清明節，我因襲了沙利衛神父的做法，允許教友在教堂祭奠祖先，今年我要改一下，不允許他們再來教堂祭祖。」黃民說：「這樣不好，萬一教友鬧事怎麼辦？再說，沙利衛神父之所以這樣做，是因為中國人祭祖就是承認靈魂不死的表現，符合天主教義，也得到了孟安仁視察員的支持。如果你給改掉，豈不說明我們耶穌會內部出現了分歧？如果讓其他修會知道，定會看我們的笑話。」龍季厚說：「我只是隨便一說，你倒是當真了，就當我沒說，今年率由舊章，如何？」黃民說：「你這個鬼腦袋，原來是試探我。」說着，兩個人都笑了。

龍季厚說：「這幾年我們傳教成績顯著。到目前為止，我們又為一百多人付洗，教堂每次做彌撒人滿為患，如果再增加，真的就放不下了，我們要想想辦法。」黃民說：「我在肇慶時也遇到了這種情況，解決的辦法是每天做兩次彌撒，上午下午各一次。可否借鑑一下？」龍季厚說：「可以是可以，我們做彌撒常有佛教徒來搗亂，如果增加一次，也就給佛教徒增加了搗亂的機會。」黃民說：「如果沙利衛神父遇到這種情況，就好辦多了？」「怎麼辦？」「請知府大人派兵維持，看誰敢輕舉妄動。」「你怎麼知道沙利衛神父用這個辦法？」「我在肇慶時秋兒的舅舅給我講的。」「秋兒是誰？秋兒的舅舅又是誰？」「你怎麼什麼都不知道，看來你一個人在這韶州真的是孤陋寡聞。秋兒和迪瓦的故事在肇慶無人不知無人不曉。」「快給我講講。」於是，黃民就把沙利衛神父和迪瓦在上川

島遇到秋兒，以及秋兒到肇慶教堂讀書成為第一個女生，並與迪瓦相愛結婚舉行中西結合婚禮的事情都講給了龍季厚聽。龍季厚聽得津津有味。

「我們也應該辦學校。」黃民說。

「沙利衛神父在此辦過學校，只辦了一屆。」龍季厚說。

「我們接着辦學校吧？」

「也招收女生？」

「招啊。」

於是兩人開始策劃，幾天後就拿出了一個招生計劃。

「要交給知府大人看，他同意才行。」黃民說。

「有這個必要嗎？」

「有。別忘了，只有知府大人同意，才能得到他的保護，萬一出現什麼問題，他會出面解決的。」

龍季厚想了想，說：「好吧。」

「走，現在我們就去找知府大人。」黃民說。

兩人正準備出門，突然有人敲門。龍季厚開門一看，只見一位官員模樣的人站在門口，後面是轎子和幾個隨從，像是護衛人員。龍季厚一看就感覺出，來者絕非一般官員，一定是個大人物。他上前一步，深施一禮，問道：「請問大人找誰？」

「我找沙利衛神父。」

「敢問大人貴姓？」

「就說王忠國前來拜訪神父。」

龍季厚一聽，馬上明白了，眼前之人就是幾年前專程來韶州拜訪過沙利衛神父的南京禮部尚書王忠國王大人。這可是貴客，龍季厚立刻請王大人進來，黃民趕緊奉上茶水。

王大人剛一坐下，發現教堂的氣氛有些異樣，他東張西望，不見沙利衛神父，便問：「神父在哪裏？」龍季厚就把沙利衛神父到

南京傳教不成暫時定居南昌的情況說了一遍。不料王大人聽後，非常高興，說道：「好啊！」於是，他把自己休假期滿官復原職，準備到南京赴任的情況告訴了二人。黃民聽後高興得要跳起來似的，說：「這下可好了，沙利衛神父再去南京傳教就有王大人襄助了。」

龍季厚問道：「王大人來韶州，韶州知府大人可曾知道？」

王忠國說：「不知道。我的行踪保密，不能告訴他們，否則就興師動眾了。」

龍季厚又問：「大人何時離開韶州？」

王忠國說：「既然神父已到南昌，我也就不再停留，馬上動身，否則很快就會被人知道。不過……我想……請你們當中一人跟我一起去南昌，見一見神父，不知可否？」

黃民立刻表態：「我願隨王大人同去。」

龍季厚也只能表示同意。黃民說：「辦學之事，等我回來再找知府大人。我這就跟隨王大人動身。」說罷，黃民便簡單收拾了一下，與王大人一同去了碼頭。

他們走了不到兩個時辰，知府衙門就派人來問王大人可曾來過。龍季厚說剛才有位大人來過，要見沙利衛神父，知道沙利衛神父已去南京，便立刻走了。龍季厚心裏還挺納悶，怎麼消息傳得這麼快？莫非是知府大人知道了？其實，韶州碼頭停泊一隻高級航船，在朝鮮戰事緊張期間，必然會引起官方密探關注，甚至也會引起日方密探的警覺。日本人的密探早就深入到內地，由於隱藏工作做得好，很難被發現。兩廣總督接到朝廷命令，說因為朝鮮戰事吃緊，命各地方官務必嚴加防範，凡遇到形跡可疑之人，不管什麼情況先抓起來再說。在韶州，儘管沒有南京和北京緊張，但暗中都有官府密探來回巡查，發現情況及時匯報，這叫內緊外鬆。這不，王忠國的船剛到達韶州碼頭就引起了官方密探的關注，跟隨至教堂。知府大人接到密報，斷定是王忠國大人到了，因為他也聽說王忠國

官復原職回南京上任。這幾日，他正算計着王大人的船該到哪了，但沒想到這麼快就到了韶州，看來王大人這次行動也是秘密的。上次王大人來韶州，他就錯過了面見的機會，這次王大人官復原職，他不想再失去機會。

但他還是錯失了機會。他急急忙忙坐着轎子趕到碼頭的時候，王大人的船已經開走了。這位劉知府只好望江興嘆。他想，這位沙利衛神父真是具有強大的吸引力，王大人是禮部尚書，來回兩趟都要親自登門拜訪沙利衛，而不把自己這個知府放在眼中，看來以後對教堂還要多多關照才是。

<hr />

76

沙利衛在南昌城的名氣越來越大，白鹿洞書院的生徒對沙利衛也越來越崇拜，他們強烈要求再次邀請沙利衛光臨白鹿洞書院講學，特別是那位汪天水，一個勁兒地攛掇此事。這些日子他一邊跑沙利衛住處，學習記憶術，一邊跑章乾住處，提議再邀之事。章先生於是決定再次邀請沙利衛。沙利衛同意了，並提出這次主要講兩個問題，一是交友問題，二是靈魂不滅問題。

還是在延賓館最大的那間學舍，聽眾早已擠得滿滿當當，比上次聽眾還要多，連書院之外的讀書人聽說此消息後，也紛紛從外邊趕來，生怕錯過這難得的機會。這次講會還是章乾先生主持。他先講了幾句客套話，接着沙利衛就開講了。沙利衛所講是他新著《交友論》的內容，這是他在南昌完成的一部書稿，也是他來中國後第一部直接用中文寫成的著作。他上來便問道：「諸位可知亞歷山大乎？」

聽眾邊笑邊搖頭，問道：「亞歷山大為何物？」

「亞歷山大與孟子同時代，是馬其頓王國最高統帥，帶兵打仗從未失敗過。他的地位與中國的皇帝相同——就是這樣一位地位極高的人，沒有簡單地把手下人當作臣子，而是看作朋友。」

「把皇帝當朋友？」一人問道。

「伴君如伴虎啊。」一人說。

「那不就是李白嗎？戲萬乘若僚友！」一人說。

沙利衛接着說：「亞歷山大的確以臣子為友。在長期的戰爭歲月中，亞歷山大沒有建立自己的國庫，只要獲得錢財，都賞賜給手下人。於是他的敵人嘲諷他說『亞歷山大這傢伙沒有自己的國庫』。亞歷山大毫無所動，笑着說：『誰說我沒有國庫？我的國庫就在我朋友的心中。』」

「說得好！」

「善哉！善哉！」

……

叫好之聲不斷。

沙利衛接着說：「還是讓我舉一個例子來說明亞歷山大對待朋友的態度吧。亞歷山大有一個臣子叫善諾，英勇善戰。亞歷山大賞給善諾一萬兩金子，結果被他拒絕了。善諾說，大王賞給我這麼多金子，是不是把我看成愛財如命之人了？亞歷山大說，不是這個意思，我知道你是廉潔之人，這些金子是獎勵你的。善諾仍不接受，說，大王不是把我當作朋友嗎？你這是用金子買朋友的心。我告訴你，你的朋友不出賣自己的心。」

「竟然有這樣的臣子！」

「其實，在中國也有。」沙利衛話題一轉，「孟子說過，『君之視臣如手足，則臣視君如腹心；君之視臣如犬馬，則臣視君如國人；君之視臣如土芥，則臣視君如寇仇。』這不就是說君臣應當以

333

真心換真心嗎？」

「對呀！」聽眾顯然被沙利衛吊起了胃口。

「所以，我今天講的《交友論》，其核心觀點就是——真正的朋友一定是建立在心靈相通基礎上的。朋友是什麼？朋友不是別的，是我的另一半而已，就是第二個我。朋友與我表面上看是兩個人，有兩具身體，但心是一個。如果心不是一個，就根本稱不上朋友。你們說對不對？」

「達哉斯言！」章乾點頭道，台下更是一片贊同之聲。

「各位看，中國古代篆書中的『友』是這樣寫的——『ᘗ』就是兩隻手連在一起，強調你就是我，我就是你，不可分離。我喜歡中國字，看到中國字就能推知它的含義。如果歐洲人懂得這個道理，他們就會喜歡中國字了，可惜很多歐洲人太笨，他們根本不懂。」

眾人笑了。戴燮和章乾也互相看了看，發出會心的微笑。

「朋友之間，關係平等。上帝給人雙目、雙耳、雙手、雙足，其意在於兩友相助也。那麼，朋友相助，如何助之？以金相助，金耗則忘；以利相助，利盡則散；以勢相助，勢去則傾；以權相助，權失則棄；以情相助，情逝人傷；唯以心相助，方得長遠。朋友之間，當互相學習，以友之長，補己之短。在彼善長於我，則我效習之；我善長於彼，則我教化之。孔子曰『無友不如己者』，此之謂也。」

一位聽眾站起來問道：「請問神父，您來中國多年，有中國朋友嗎？」

沙利衛看了看戴燮，說道：「有。今天在場的戴燮先生就是我的朋友。我們相遇是一個偶然的機會，他在肇慶，我也在肇慶，我對端硯很感興趣，他給我講了關於端硯的知識。後來，我請他到教堂來幫助我教習中國文化，我也給他講解西方文化。我們互為師生，互相學習。我們交往已經十多年了，戴燮先生已經加入了天

主教。」

聽眾一片驚訝之聲。

這時，戴燮站起身來，面向眾人說道：「神父把我視為他的朋友，我很感動。十多年來，我們多次徹夜長談，無話不說，真正做到了交心。如今，我的家人都已成為天主教徒。」

台下又是一片驚訝之聲。

沙利衛接着說：「我與戴先生的朋友之情，是建立在文化和學術的基礎之上，我們有着共同的愛好。我愛中國文化，他也喜歡西方文化。我是傳教士，他也信仰天主教。正是這樣的基礎使我們成為朋友。我和戴先生之間沒有金錢關係，我不能讓他做官，他也不能使我富裕——但是我們在一起可以使彼此精神充實。我們在一起編寫「葡華詞典」，雖然手稿被水沖走了，但那份情誼永在。我們在一起主持中西結合的新式婚禮，我們共同進行着文化交流和創造。我交友是很慎重的，我也希望每一個人交友都要慎重，要讓朋友經得起時間的考驗。須知，君子之交友難，小人之交友易；難合者難散，易和者易散也。」

沙利衛頓了一下，繼續說：「戴燮先生把他家中的藏書拿來給我看，其中有司馬遷的《史記》。我讀《史記》後很受感動。司馬遷寫邠縣翟公，起初他做廷尉，家中賓客盈門，後來罷官了，門可羅雀。復官後，賓客們又蜂擁去拜見，翟公就在大門上寫道：『一死一生，乃知交情；一貧一富，乃知交態；一貴一賤，交情乃見。』我榮時，請而方來，患時不請自來，夫友哉！如我恒幸無禍，豈識友之真否在？所以我認為，我先貧賤，而後富貴，則舊交不可棄，而新者或以勢利相依；我先富貴而後貧賤，則舊交不可恃，而新者或以道義相合。友先貧賤，而後富貴，我當察其情，恐我欲親友，而友或疏我也；友先富貴，而後貧賤，我當加其敬，恐友防我疏，而我遂自處於疏也。」

「精彩之論！」章乾情不自禁地說了一句，而台下掌聲轟然響起⋯⋯

接下來，沙利衛講了第二個問題——靈魂不滅。他說：「《聖經》上寫，人死後仍有靈魂存在，或上天堂，或下地獄。」

話音剛落，有人問道：「神父，您如何證明人死後有靈魂，您見過靈魂嗎？」

「見過。」

「在哪裏見過？」

「靈魂什麼樣？」

「能和靈魂對話嗎？」

⋯⋯

提問的人一個接着一個，顯然，眾人對此甚感興趣。

沙利衛說：「我在中國就見到了靈魂。在《論語》中見過——其實在座的諸位都見過。孔子已經去世兩千多年，但他的靈魂還在與我們對話。我見到章先生第一面，先生對我說：『有朋自遠方來不亦樂乎！』這不就是孔子的靈魂嗎？你們讀屈原的《離騷》，讀司馬遷的《史記》，不就是在與他們的靈魂對話嗎？」

「照神父所講，靈魂就是死去的人留下的文字吧？」

「不全對。孔子說他『述而不作』，但是他的思想和精神留下來了。靈魂可以是文字的，也可以不是文字的，但必須是精神的，是精神影響了後人的思想。佛教講輪迴，民間講鬼神，都是無稽之談，與天主教所講的靈魂不是一回事。」

「什麼是天堂？什麼是地獄？」

「天堂非他，乃古今仁義之人所居光明之宇；地獄亦非他，乃古今罪惡之人所流穢污之域。吾願長近於仁人君子，永離罪惡之小人。章先生曾帶我去瞻仰二忠祠，就在滕王閣旁邊。請問，在你們心中，對文天祥和謝枋得持什麼態度？」

「崇敬！」

「大英雄！」

「是的。你們頌揚他們，敬愛他們，他們這就是上了天堂。相反，你們心中對秦檜、万俟卨持什麼態度？」

「唾棄！」

「遺臭萬年！」

「永遠釘在歷史恥辱柱上！」

「對。有天堂就有地獄，其理一耳。文王、殷王、周公在天堂，桀、紂、盜跖必在地獄矣。行異則受不同，理之常也。司馬遷說得好：『人固有一死，或重於泰山，或輕於鴻毛。』重於泰山，就是上天堂；輕於鴻毛，就是下地獄。人身雖死，而魂不死不滅。人皆有喜怒哀樂之感，皆有美醜羞惡之情，並產生影響，而動物和植物是沒有的。你們說，靈魂是不是人類所獨有？」

「茅塞頓開！」

「醍醐灌頂！」

只見章乾站起身來，面對聽眾說道：「神父的靈魂論令人服膺。的確如此，有天堂，好人死後到那裏去享福，去接受後人的敬仰和紀念；有地獄，壞人到那裏去受到懲罰，接受後人的審判和唾棄——所以，人生在世，要做好人，不做壞人。這也是儒家思想的核心，也是我們白鹿洞書院的辦學宗旨。」

沙利衛覺得章先生太了不起了，一句話就把天主教靈魂論的本質講透了，而且適時與儒家學說與白鹿洞書院培養目標對接，只有真正的教育家才具有這樣聰明靈活的頭腦！沙利衛知道，作為一種宗教，其本質在於勸人向善，而靈魂論在這方面往往顯示出最大功效。那些作惡之人心中如果有所顧忌的話往往緣於此；如果沒有任何忌憚，恣意妄行，那一定是十惡不赦之人。

沙利衛的演講又一次獲得巨大成功，當時就有人請求沙利衛付

洗。後來，有三十人接受了洗禮，他們都是讀書人。這是沙利衛最願意看到的結果，吸引儒士接受天主思想，進而讓官員成為天主教信徒，沿着這條路線走下去，直到有一天為中國皇帝實施洗禮，總有一天中國民眾就都成了上帝的子民。

後來，沙利衛對這次演講又做了修訂完善，定稿後請戴燮先生寫了一篇序言，然後付梓印行，南昌士大夫爭相傳閱，一時洛陽紙貴。

77

沙利衛在南昌真正打開了局面，他對此躊躇滿志。來拜訪他的人越來越多，他整天忙於接待來訪者和要求受洗的人。沙利衛向他們展示印刷精美的《聖經》，觀者十分驚訝，《聖經》一書的用紙如美婦之肌，拉丁文像綠豆芽。沙利衛給他們講《天主十誡》，聽者都能接受。也有來向他學習數學和機械製作的。戴燮與沙利衛開始合作翻譯《幾何原本》，但因為來訪者太多，不得不中斷。沙利衛又製作了兩台自鳴鐘，引得觀者驚嘆不已。汪天水每隔幾天就來一次，他對西洋記憶術很是着迷，讓沙利衛神父給他講《西洋記法》的原理，然後反覆練習。現在，他已經初步掌握了一些記憶技巧，還時常在別人面前顯擺一番。

沙利衛的影響引起了兩位王爺的注意，尤其沙利衛的《交友論》，深得兩位王爺的稱讚。王爺專門邀請沙利衛到府上座談。但當沙利衛提出去北京見皇上時，兩位王爺就沒有態度了。後來沙利衛了解到，兩位王爺行事謹慎，凡是涉及朝廷的事情一概迴避。沙利衛表示理解。由於沙利衛工作太忙，以至於累壞了身體，大病

一場。戴燮給沙利衛找了一位名醫來治療，過了一段就治好了。於是，沙利衛第一次接觸到中醫藥學，並與這位著名中醫進行了深入交流，同時也向他介紹了西醫的知識。兩人從此結下友誼之情。

時間過得真快，轉眼已經到了 1598 年 7 月，沙利衛來南昌已經三年了。這三年裏，沙利衛天天想着去南京傳教，南昌只是他的暫留之地。但這個短暫停留至今還看不到盡頭。他時常對戴燮說：「也不知道南京那邊的情況怎麼樣了？」其實戴燮心中也很着急，他在南京的朋友多，距離自己的家也更近，他希望沙利衛神父能早一天到南京傳教，到那時，他就可以邀請沙利衛到自己在蘇州家中做客了。每當沙利衛向他問起南京情況時，他就勸慰神父說：「如果南京情況好轉，這裏的知府大人會知道的，會告訴我們的。」

這天，沙利衛正在給戴燮講述測量學原理，這是歐幾里得的一部數學著作。沙利衛特別希望能得到自己老師克拉維奧的註釋本，但目前只好用這個版本簡單講一講。沙利衛覺得，戴燮雖然喜歡數學，但他對測量學原理的理解困難較大。學習數學要有一點先天悟性的，而戴燮並非最合適的人選。沙利衛用毛筆一邊寫，一邊畫。他本來習慣用鵝毛筆，因為盛放鵝毛筆的箱子在十八灘落水沖走了，他只好用毛筆。後來孟安仁派助手送來了物資，有鵝毛筆了，他就兩種筆交替使用。但是毛筆在他手中不聽使喚，筆畫一會兒細，一會粗，難以捉摸。

講着講着，聽見有人叫「神父」，沙利衛扭頭一看，吃驚地說：「黃民！怎麼是你？」接着也就高興起來。黃民說：「我是坐王忠國大人的船來的。」

「王忠國大人？你怎麼認識他？」

黃民就把王忠國大人來韶州的情況講了一遍，沙利衛聽後喜出望外，說：「天主眷顧我，終於等來了這一天，去北京有希望了！」

於是沙利衛給王大人帶上禮物，在黃民引領下去船上拜訪王忠

國。故友重逢，感到格外親切。王忠國這次官復原職，對前景充滿期待。他認為自己有希望進入內閣，計劃先到南京赴職，然後去北京向皇上祝賀生日，正好把沙利衛帶上，藉機向皇帝引薦，就說沙利衛精通天文曆法，可以幫助朝廷完善曆法。如果皇上留用自己，沙利衛就能順利留在北京，一舉兩得。

王忠國把自己的計劃告訴了沙利衛，說：「神父在南昌觀測日食之準確，結論之科學，已經廣為人知，這對神父進京十分有利。朝廷正缺少神父這樣的人才，如能進京修訂曆法，必將深得皇上歡心，屆時神父在北京傳教也就不是什麼難事了。如果準備好了，咱們現在就動身吧。」

沙利衛立刻返回住處，準備好敬獻皇上的禮物。沙利衛告訴戴燮，讓他和龐儒一起去南京，然後戴燮回蘇州老家，自己和龐儒隨王大人進北京。黃民完成了自己的使命，準備乘客船返回韶州。沙利衛囑咐他一路小心，回到韶州轉達對龐季厚神父的問候。

沙利衛三人來不及向章乾先生告辭，就隨王大人一起登船向南京駛去。王大人查看了沙利衛給皇帝的禮物，十分滿意。一路上，沙利衛與王大人敘說別後思念之情，暢想進京後的願景，時間不知不覺就過去了，不到十天，船就到達南京。這是沙利衛第二次到南京。

船到碼頭，王大人讓沙利衛留在船上，自己先回尚書府將家眷安頓好，了解一下情況後再來告訴沙利衛神父。戴燮則換船去了蘇州，他將在蘇州等候沙利衛的好消息。這樣，船上除了必要的工作人員，只剩下了沙利衛和龐儒。

王忠國回到闊別三年的南京，再次以禮部尚書的身份回到尚書府。南京各部的尚書、侍郎都來祝賀，其中還有他的好朋友南京應天巡撫趙聞道。但是王忠國發現凡來祝賀者，都來去匆匆，神色緊張，獻上禮物後即刻回轉。王忠國問趙聞道：「趙大人，我感覺情

況非同尋常，朝廷莫非有大事發生？」

「朝鮮戰事吃緊吶。」

「日軍不是已經被打退了嗎？」

「王大人有所不知，第一次交戰結束後，朝廷派人去日本賜封豐臣秀吉，因朝鮮王子沒有一同前往，豐臣秀吉便不肯受封，並再次發兵進攻朝鮮。這次又發兵十四萬，朝鮮吃不消，再次請求皇上出兵援救。最近一次蔚山大戰失利，右僉都御史楊鎬隱瞞戰情，皇上龍顏大怒，罷了楊鎬的官，派萬世德入朝。如今不知戰事進展如何，皇上也整日寢食不安。」

「原來如此。想起來了，趙大人曾經與倭寇交過手，對日本人的戰術很了解，朝廷應該讓趙大人繼續發揮作用才是。」

「別提了。我現在做應天府的巡撫就已經皇恩浩蕩了，哪還有非分之想。不過，如今正是朝廷用人之時，尚書大人此時官復原職，說不定要進入北京內閣。」

「情況尚不明朗。皇上生日快到了，明日我動身去北京向皇上敬獻生日大禮，感謝皇上大恩，趁機可以了解一下情況。」他頓了一下，接着說，「我要帶一個人同去北京。」

「誰？」

「西洋傳教士沙利衛神父。」

「沙利衛？他在南京嗎？」

於是王忠國把與沙利衛交往的過程講了一遍，並說大明朝曆法需要修訂，沙利衛正是這方面的專家。

「我早就聽說這位洋人觀測日食十分精準，也想認識一下呢。這次進北京，如果皇上能召見並重用這位洋人，王大人有舉薦之功啊！」

「這是我分內之事。我身為禮部尚書，大明曆多年失修，是我失職，這次正好彌補。」

「說得對。王大人一路鞍馬勞頓，席不暇暖又要進京，一路保重。趙某告辭。」

次日，王忠國收拾停當，與隨同一起登船。沙利衛和龐儒已等候多時。隨着一聲「開船」令下，王忠國的航船駛出了南京碼頭。

<hr />

78

明代民間流傳着一首歌謠，其中寫道：「試問南京至北京，水程經過幾州城。皇華四十有六處，途遠三千三百零。」京杭大運河在明朝是溝通南北的水上要道，也是聯繫舊都新京的紐帶，朝廷高度重視。另外，它還是大明朝的經濟命脈，南方貨物源源不斷地通過它運往北京。運河兩岸，郵驛密佈，馳驛來往，穿梭不斷。

王忠國的航船駛離南京碼頭後，沿着寬闊的長江順流向東，行駛一百七十里到達鎮江。王忠國站在船舷，手指鎮江城對沙利衛說：「這就是鎮江，南京的門戶，古稱京口。」王忠國又指着一座蒼翠青山說，「那就是著名的北固山，號稱天下第一江山。」接着，王忠國介紹了宋將張世傑防守鎮江與元軍激戰的歷史。當說到張世傑在崖山海戰壯烈殉國安葬在廣東黃楊山時，沙利衛不禁心中一動，忙問道：「可是澳門附近的黃楊山？與望洋山遙遙相對。」王忠國說：「正是。」沙利衛不禁感慨萬千，說道：「在南昌城，我去過紀念文天祥和謝枋得的二賢祠。中國人對於自己的先賢英烈從內心敬重，這讓我很感動。你們是一個崇敬英雄的民族，這樣的民族有希望。」

船到達諫壁後轉入京杭大運河。王忠國給沙利衛介紹大運河的歷史，讓沙利衛大為驚訝。在沙利衛眼中，京杭大運河簡直就是人

間奇蹟，他敬佩中國人勇於改天換地的精神。運河沿途設置了很多水閘，既可以節制水流，還可以作為橋樑使用。河水在閘區升高，放開水閘，船隻憑藉流力的作用向前行駛，從上一個閘口行駛到下一個閘口，對撐船者是一個考驗，因為水閘的入水口和出水口流速迅疾，波濤洶湧，稍有閃失，極易造成船翻人亡的災難，同時也影響其他船隻行駛。運河上風力不足，於是安排了很多縴夫在岸邊拉縴，這需要一筆費用，而這筆費用只能由官府支付，因為京杭大運河航運主體是官府，私家船很難進入航道。沙利衛粗算了一下，每年沒有一百萬兩銀子就無法維持正常航運，這樣龐大的費用在歐洲任何一個國家都是不可想像的，大明朝真富有。但是沙利衛又有困惑之處，就是中國有漫長的海岸線，走海運要方便得多，可是中國人偏偏開闢了一條人工運河，真是不可思議。如果是因為東南沿海一帶經常遭受海盜侵擾才不得已開鑿了大運河，那為什麼中國人不發展強大的海上武裝呢？中國應該有一支強大的海軍，何況中國有過鄭和航海的壯舉，肯定是有這個實力的。沙利衛只是這樣想，並沒有向王忠國提出來。

　　從南京到北京，經過很多著名城市，沙利衛利用這個時間測量了它們的緯度：揚州是北緯三十二度；淮安是三十四度；徐州是三十四又二分之一度；濟寧是三十五又三分之二度；臨清是三十七又三分之二度；天津是三十九度又二分之一度；北京是四十度……從而糾正了長期以來只憑印象認為北京處在北緯五十度的錯誤說法。沙利衛還按照中國的視距尺度測量了從廣州到北京的路程，其中水路旅程為：廣州至南雄為一千一百七十視距尺；南雄至南昌為一千一百二十視距尺；南昌至南京為一千四百四十視距尺；南京至北京為三千三百三十五視距尺；總共為七千零六十五視距尺。

　　王忠國親眼目睹沙利衛和他的助手龐儒認真測量着，計算着，被他們的認真態度和科學精神所感動，認為自己冒着風險帶沙利衛

進京是值得的。王忠國也利用在船上的時間向沙利衛介紹沿途情況，經過了哪幾個省，哪幾個城市，這些城市的歷史狀況，出現的歷史名人，等等。特別是經過山東省濟寧時，王忠國給沙利衛介紹了孔子和孟子的家鄉曲阜、鄒縣，以及五嶽獨尊的泰山，並建議沙利衛有機會的話到這些地方去看一看，進一步了解中國文化。沙利衛心想，是應該去看一看，自己翻譯四書，怎能不到孔子家鄉看一看呢？

沙利衛打開他隨身攜帶的世界地圖，用中國字在上面標註出所經過的每一個地方，其中有長江和黃河。王忠國在旁邊看着，他知道這張地圖在中國人心中所引起的巨大震撼，包括他自己。看着看着，突然「契丹」兩個字映入眼簾，他頓生疑竇：怎麼在中國的旁邊還有一個契丹國呢？契丹國早在幾百年前就被滅掉了。於是他向沙利衛提出了這個問題。神父十分驚訝：「是我的地圖不夠準確嗎？這是根據《馬可‧波羅遊記》畫出來的。當年馬可‧波羅到中來，就有契丹國。」

王忠國搖搖頭，說道：「請神父到北京後做進一步的考證。」

「我會的。這是一個大問題。」

他們的話題又轉向了大運河。沙利衛看到，運河上來往的船隻運載着米、麥、魚、肉、水果、蔬菜、酒等，源源不斷供給京城，沙利衛斷定運河就是北京日常生活用品的主要供應線。還有的船隻運送木材，樑、柱和平板分門別類，有時看到運木材的大船多達十幾艘，前後連成一串，甚是壯觀。岸上，數以百計的縴夫吃力地拉着縴繩，艱難跋涉，有時一天只能走四十多里。這些木材，來自遙遠的四川省，要經過兩年的時間才能運到北京，其中一根木樑的價值就高達三千兩銀子。還有運送磚石的船隻，也是連續不斷。在民間，有這樣一種說法——「北京城是漂來的」，由此可見大運河的功勞。

京杭大運河共分為七段，每一段的河水流向都不同，或由南向北流，或由北向南流。順水行舟船速快，逆水行舟則慢得多，就需要縴夫拉船。沙利衛看到，在運河兩岸，一排排的縴夫，赤裸着身子，一步一步艱難地前行，不時傳來拉縴號子的聲音：

> 嗨呀哈嗨！
> 拉一程來又一程，不怕流急不怕風。
> 臨清城裏裝磚糧，一拉拉到北京城。
> 莫放鬆呀嗨！
> 使勁拉呀嗨！
> ……

船到山東省臨清城碼頭，王忠國的船突然停住了，王忠國派人去尋問原因。沙利衛從窗內向外看去，只見運河兩岸商舖如雲，遊人如織，不禁感嘆道：「臨清城竟然如此繁華！」

王忠國說：「神父可別小看了這臨清城。這碼頭就在臨清閘口附近，南來北往的船隻多在此彙集，薈萃四方貨物，是運河上的一大商埠，正所謂『城中煙火千家集，江上帆檣萬斛來』。朝廷在臨清建有一個大糧倉，每年有上百萬噸的官糧在此入倉又運出。」

一會兒有人來報，說臨清碼頭聚集了很多運糧運磚的船隻，將運河堵塞，需等候一會兒。王忠國只好等候着，趁機請沙利衛來到前甲板觀看。只見碼頭前後聚集了幾十艘官船，都是來裝運臨清貢磚的。那些工人揹着沉重的貢磚，彎着腰一溜小跑，上上下下，片刻不停。

沙利衛問道：「那是磚嗎？為何在此裝運？」

王忠國說：「神父有所不知，這臨清靠近黃河，每當黃河泛濫時便留下一層極微細的淺白色沙土，與粘性的褐色土壤結合，

天長日久形成疊狀結構，層層疊加，狀如蓮花，當地人取名『蓮花土』，是燒製建築用磚的優質土壤。用這種土壤燒成的磚不鹼不蝕，堅硬耐用，敲擊時能發出清脆悅耳之聲，如同鐘磬。朝廷在此建了上百座磚窰，專為皇家燒製特供用磚，修建皇宮、皇陵、城牆以及長城都用臨清磚，號稱『臨清貢磚』。此地距離北京較近，又在運河兩岸，運輸十分方便，民間有『臨清的磚，北京的城』之說。」

「為何這些船都聚集在一起呢？」沙利衛有些不明白，即便是裝運皇家用磚，也不應該堵塞航道。

王忠國說：「可能是出了問題。北京用磚量太大，朝廷給臨清的任務是每年一百萬塊貢磚，如果不能按時完成，就要受責罰。還有，磚燒製出來，必須及時運走，不得積壓。這些船叫馬快船，是專運貢品的。如果不能及時運出，耽誤了工期，也要受罰。今天不知是哪一個環節出了差錯，造成了堵塞。人們說『玉河秋水流涓涓，舳艫運磚如絲連』，看來不是虛言哪。」

「王大人分管這項工作嗎？」沙利衛又問道。

「這項工作歸工部管理。朝廷專門在此地設立了管理機構，有專人監督。每一塊磚重達幾十斤，青色為主，樣式繁多，皆朱花鈐印，出了問題便於追查。整個燒製過程中每一道工序都要嚴格檢驗，合格後用黃表紙封裹，然後用官家船隻解運京師。你看，還有一位公公也參與監督哪。」王忠國用手指着不遠處船上的一位官員模樣的人說。

「公公？」

「就是太監。神父此次進京面見皇上，須經過他們這道關才行啊。」

這時，手下來報，說可以開船了。只見很多船隻各自向兩岸靠攏，空出一條水道，引導船在前面揮動小旗指揮着，王忠國的船得

以從中間穿過去。很顯然，這是因為王忠國是去北京給皇帝慶賀壽辰，享受特殊待遇，如果是普通船隻，還不知要等多久。

沙利衛說：「我沾了王大人的光。」王忠國笑了笑說：「是沾了皇上的光。」兩個人都笑了。

船通過臨清碼頭後加速向前，此時正是中午，天氣炎熱，曬得睜不開眼。沙利衛和王大人進入船廳，看着兩岸的商舖快速向後退去；再往遠處看，是兩岸磚窰的裊裊青煙，在毒花花的太陽底下使勁兒地冒着。後人有詩寫得好：

> 秋槐月落銀河曉，清淵土裏飛枯草。
> 劫灰劃盡林泉空，官窰萬垛青煙裊。

79

王忠國的船隻沿運河行駛了一個月後，如期到達北京。像王忠國這個級別的高官，不僅在南京有朝廷提供的住宅，在北京也有，且在內城。沙利衛住進了王忠國在北京的家，而且是第一個進入北京的外國傳教士。

來到北京，恐怖的戰爭氣氛比南京還要緊張。兩天後，沙利衛來不及觀看北京的城市面貌，就和龐儒帶上禮物跟隨王忠國到了徐公公住處。徐公公身穿飛魚服，一看就知道級別不低，就連王大人都對他恭敬有加。果不其然，這位徐公公是司禮監的秉筆太監，整日在皇上身邊，關鍵人物，權力極大。一見面，徐公公顯得很熱情。他沒有鬍子，胖嘟嘟的，操着一口娘娘腔，問沙利衛：「給皇上帶什麼禮物了？」

沙利衛和龐儒將帶來的禮物一一奉上：精美自鳴鐘一件、十字架一件、聖母雕像一件、八音琴一件、玻璃三稜鏡一件。徐公公看了看，說：「好玩。」徐公公看完，直起身子，對沙利衛說：「聽說你能把水銀變成銀子，你變一個給我看看。」

沙利衛說：「那都是謠傳，我根本不會。」

「你不會呀。」徐公公一聽，有些失望，又說道，「我先把禮物呈上去，明天等我回信。」說完，便讓兩個隨從將禮物箱抬走了。

第二天，沙利衛又跟隨王大人與徐公公見面。徐公公說：「皇上說了，最近沒有心情接見洋人。王大人，讓他們回去吧。」

王忠國說：「徐公公，神父精通天文曆法，皇上也說過要修訂曆法。我向皇上推薦沙利衛神父，正好可以幫皇上做這件事。」

徐公公轉身對王忠國說：「王大人，您也知道，現在是非常時期。小日本正在朝鮮跟咱們打仗呢，天天死人。我聽說小日本還要攻打中國，皇上哪有心思修曆呀？再說，整個北京城都戒嚴啦，要不是看着您王尚書王大人的面子，這洋人早就抓進監獄了。我勸王大人別冒這個險了，趕快讓這兩個洋人離開北京，要不然，出了事可別怪我沒提醒。」說着，又轉向沙利衛，說：「禮物皇上說先收下，等心情好了再看。還不知皇上對這些洋玩意兒喜歡不喜歡吶。」說完抬腿走人了。

王忠國一臉堆笑地看着徐公公走遠，然後收起笑臉，變得嚴肅起來，對沙利衛兩手一攤，說道：「神父，我已經盡力，只能這樣了。明天我就要離開北京回南京，神父是跟我一同回去，還是……」

沙利衛說：「感謝王大人鼎力相助，雖然沒有見到皇上，但我已經很滿足了。看來，天主的光輝照亮北京城的時刻還沒有真正到來，只好等待將來。大人先回吧，我再等兩天。」

「也好。不過要注意，不要隨便上街。如果一定上街，要蒙上

面紗，以免發生意外。神父回到南京，若能在南京安住，王某可以盡力幫助。」

　　說罷，王忠國走了。按照朝廷規定，凡來祝賀壽辰的外地官員，辦完事情須在規定時間內返回原地就職。王忠國此次進京，原本抱着進入內閣的希望，但在拜見皇上時，皇上什麼話也沒有說，根本沒有留他在北京的意思。王忠國知道，朝廷人事關係極為複雜，今天定好的事，說不定明天就改變。如今自己在朝中沒有靠山，原來的靠山是海瑞海大人，但海大人不受皇上待見。自從海瑞死後，自己也就被邊緣化了，南京禮部尚書的頭銜聽上去很光鮮，但誰都知道，和北京的禮部尚書比起來遠不是同一等級。自己以前給皇上遞過奏摺，惹得皇上心煩。如今，排隊等候晉升的人一大串，怎麼會輪到自己進入內閣呢？呵呵，別天真了，別抱幻想了。王忠國是一個理性較強的人，他雖然希望自己能夠有報效國家的機會，但也不去做蠅營狗苟之事，說到底，他是一個有獨立人格的人。他推薦沙利衛，固然可以為自己增加一個砝碼，但他也做好了希望落空的準備，孔子說過「用行捨藏」，「無可無不可」。

　　王忠國走後，沙利衛就只好到外城租賃房屋，還得蒙上面紗，防止被認出是外國人。沙利衛之所以要堅持留下來，是因為他有一個想法，就是去闖一闖皇宮。當年他在日本不就去闖皇宮了嗎？雖然那次沒有成功，但不去闖怎麼知道一定會失敗呢？天主的光芒照耀着他的心靈，在這個世界上，哪裏都可以去闖一闖。因此，他決定留下來，到北京的皇宮去闖一闖，他現在是中國教區的總教長，如果皇上接見他，他就可以把任命書拿出來給皇上看，自己代表的是羅馬教廷，來與中國交流。

　　他和龐儒身穿儒士服裝，蒙上面紗，別人看不出他們是外國人。他倆穿過外城，進入內城，又走了一段才來到皇城下。一打聽，皇宮還在皇城裏面呢。大明朝的皇宮與日本皇宮不同，要想進

入皇宮，必須從皇城大門進入。於是他們直接來到了皇城門口。皇城有四個門，他們到的是承天門。高大的重檐歇山式城門樓子像一座山矗立在大地上，象徵着大明帝國的尊嚴凜然不可侵犯。門樓下有十多名禁軍站崗，個個身挎佩刀，像雕塑一樣，威風凜凜。只有一人來回走動，像是一個軍官。沙利衛朝着他走了過去：「軍爺，我們是天主教羅馬教廷派來拜見皇上的，請您通報一下。」

軍官看了看沙利衛，感到奇怪。他看看沙利衛，又看看龐儒，說道：「把面紗摘下來。」沙利衛和龐儒只好摘下面紗。軍官看後大為驚訝：「洋人？！」兩個站崗的禁軍聞聲馬上圍了過來。沙利衛說：「我們是來拜見你們皇上的，已經把禮物提前獻給皇上了，現在我們要拜見皇上。」

軍官說：「我是金吾前衛帶刀官，怎麼沒有接到上峰的命令呢？我看你們兩個像是日本奸細，膽敢擅自闖入皇城，來人，給我抓起來！」於是，兩個人被五花大綁，押着向內城走去。這時，兩個僕人抬着一頂轎子從對面過來，轎子裏的人掀開簾子一看，喊了一聲：「站住！」

沙利衛一聽，這聲音好耳熟，想起來了，是徐公公。果然，就是王忠國找的那位徐公公。說來也巧，徐公公剛把沙利衛的禮物送進宮內，返回的路上看見禁軍押着兩個人迎面而來，公公一眼就認出是王大人介紹的兩個洋人。他好生奇怪，洋人被抓了？他想，很可能是兩位洋人沒有隨同王大人離京，擅闖皇城被禁軍抓住。他不禁倒吸一口冷氣，在這特殊時期，這要是帶進皇城，那就別想活着出來，恐怕還會連累自己，不行，要管一管。這時，沙利衛也認出了徐公公，趕忙說了一句：「徐公公，軍爺誤會了！」

徐公公下來轎子，對軍官說：「帶刀官，這兩個人是來給皇上獻禮的，我剛把禮物送進宮內。」說外，徐公公轉身對沙利衛說：「皇上這幾日正忙，沒時間召見二位。請回吧。」

軍官一看徐公公認識他倆，馬上變了笑臉，一抱拳，說道：「原來是徐公公的客人，得罪了。」趕緊叫人鬆綁。徐公公把二位送出門，來到一僻靜之處，說：「二位神父吃了豹子膽啦，竟然直闖皇城，這可是找死啊！你們這樣做會連累王大人。今兒算你們命大，要不是碰見我，你們的命就沒了。趕快離開北京，一刻也不要停留。記住，蒙上面紗，別叫人看出來。現在北京城就恨你們這些洋人。」徐公公看着沙利衛離開皇城，才轉身回去了。

出了北京城，沙利衛二人如同喪家之犬。此時沙利衛突然體會到了司馬遷在《史記·孔子世家》寫孔子當年境遇的那段文字。他對龐儒說：「司馬遷寫孔子當年周遊列國，四處碰壁，與他的學生走散後獨自一人站在城東門，累累若喪家之狗。我們現在的境況正如當年的孔子。」

龐儒說：「孔子歷盡磨難，終成大業，受到後人敬仰。神父，您就是西方的孔子啊！何不趁這個機會去泰山和曲阜看一看呢？」

沙利衛說：「你的建議很好。我一直想去孔子家鄉看一看，這個誕生聖人的地方究竟有什麼與眾不同。咱們現在就走。」

80

二人租了一輛馬車，直奔通州，來到了運河碼頭。通州，高城巍峨，望之嚴嚴，即之巉巉。通州碼頭位於五河交匯之處，是京杭大運河北端起點，建有北關攔河閘橋和大光樓，還有一座高聳入雲天的燃燈塔，正所謂古塔凌雲，長橋映月。

碼頭十分繁忙，全國各地的人紛至沓來，有進京述職的官員，有進京趕考的學子，有來京朝聖的外國使臣，還有進京做生意的各

地商人，都在通州登岸，結束後又在此乘船返回。另外，皇帝出巡、官員外任、軍隊調動，等等，也多是從這裏出發。

運河的主要功能是官府漕運，民船受到很大限制。沙利衛好不容易才租上了一家比較便宜的官船，說好價錢，然後就上船了。農曆八月二十七日一早，船行到濟寧，二人下船。只見許多人也從濟寧碼頭下船，然後向曲阜方向而去，其中有普通百姓，也有官員，有騎馬、騎驢的，也有坐轎子的，步行的，大家都行色匆匆。沙利衛感到奇怪，這些人這麼早都急匆匆地做什麼去？沙利衛問了旁邊一個出租馬車的人。那人回答說，旅人到濟寧，一拜孔聖人，二拜白公祠，今天是孔聖人生辰紀念日，祭孔大典馬上開始，大家生怕趕不上，都抓緊往孔廟趕吶。沙利衛又問，白公祠是做什麼的。那人說，是祭祀功漕神的，凡在山東運河撐船，都要祭祀功漕神。沙利衛說，去孔廟吧，白公祠就只能表示遺憾了。於是，沙利衛立刻付了三兩銀子租了輛馬車，在那人引領下直奔孔廟而去。

進了曲阜城不遠便到了孔廟。大成殿前已是人山人海。沙利衛三擠兩擠，擠到了前邊。再往前有士兵護衛，不能往前了。他和龐儒找了一個最佳位置，殿前的一切可以看得清清楚楚。由於怕人們認出是洋人，他們一直蒙着面紗，倒也省去了很多麻煩，他越想越感激王大人交給他的這個辦法。

上午十時，祭孔大典開始了。鼓樂齊奏，旗幡招展，儀仗緩緩行進，樂、歌、舞、禮依次接續。先有正獻官行釋菜禮和釋奠禮，然後是身穿禮服的主祭者唱誦《孔子贊》，贊曰：

尼山朗朗，泗水湯湯。興滅繼絕，文脈洋洋。
詩書六藝，禮樂風光。誨人不倦，佈道八方。
屢遭坎壈，艱辛備嘗。不可而為，樂此不傷。
幼而好學，壯而愈強。折衝樽俎，隳都護邦。

陳蔡受困，弦誦如常。用行舍藏，廉恥翕張。

孝悌為本，忠恕立綱。仁義精魂，萬古流芳。

鑄魂中華，奠基炎黃。垂範後世，心命俱揚。

仰止高山，行止景行。祝我中華，萬壽無疆！

尚饗！

　　唱誦完畢，主祭者率領眾人行叩拜大禮，沙利衛和龐儒也不自覺地隨着眾人跪拜孔子。在韶州南華寺六祖聖殿，沙利衛沒有跪拜，但是今天他跪拜了。他覺得自己應該跪拜，應該對這位聖人表達應有的敬意。他翻譯四書的過程中，已經走進了孔子的世界，特別是在翻譯《論語》的過程中，他不僅感受到了孔子的思想，也感受到了孔子的情感。顏回死了，孔子肝腸寸斷，捶胸頓足哭着說：「噫！天喪予！天喪予！」別人勸他說，大可不必哭成這樣子。孔子反問他：「非夫人之為慟而誰為？」孔子的學生伯牛得了惡病，有人說是麻風病，孔子不怕傳染，親自到學生家裏去看望，拉着學生的手難過地說：「斯人也而有斯疾也！斯人也而有斯疾也！」孔子提出了一個偉大的教育主張——有教無類。這是人類教育的圭臬呀！沙利衛雖然不太喜歡朱熹的學說，但他認為朱熹評價孔子「天不生仲尼，萬古如長夜」的話是對的，正像《孔子贊》中說的那樣：「興滅繼絕，文脈洋洋……鑄魂中華，奠基炎黃。」

　　祭孔大典結束了，沙利衛和龐儒隨着人流往外走，走着走着，他停了下來，看到很多古老的松柏，環繞在大成殿四周，在屈曲盤旋的古老虯枝中又有許多新枝生長出來。他撫摩着古樹，用心感受它富有魅力的生長過程。他覺得這腳下的確是一片神奇的土地，這裏的每一個角落都留下過聖人的足跡，每一棵樹就是一座紀念碑。

　　他又參觀了孔府、孔林。在孔府，沙利衛見到了衍聖公，這位孔子的後代正在接受各方的祝賀，他那自豪而又謙卑的神情印證了

孔子生前的為人之道。在孔林，沙利衛站在孔子墓前，旁邊就是子貢盧墓。他再一次向孔子叩拜。他看到，孔子的墓地就是一座用泥土堆起的小小土丘，四周綠草覆蓋，松柏掩映，守護着長眠於地下的聖人。這些小草是多麼幸運啊！在這神聖的寧靜中，沙利衛心靈的琴弦似乎被一種永恒的精神撥動了，他突然想要與孔子進行對話，他感覺自己與孔子心有靈犀，似乎有很多話要對孔子訴說——但他又怕驚動了孔子。他在心中默默說道：「尊敬的聖人，我從遙遠的歐洲來拜謁您。您不知道我來自何方，不知道我的名字叫什麼，但我知道聖人的一切，我拜讀過聖人的話，我發自內心敬仰您。您是中華文化的一座高山，您為您的民族也為世界人民勾畫了千百年安寧和平的願景。您構建了一個和諧的世界，表達了您對人類的熱愛。在人類歷史上眾多的偉大人物之中，恐怕沒有第二個人能與您相比，您就是中國的耶穌啊！」

離開曲阜，沙利衛二人坐上馬車，直奔泰山。沙利衛在閱讀中國古籍的過程中，多次讀到泰山。在他心目中，泰山是一座神聖的山，是中國的奧林匹斯山，自古就在人們心中佔據着顯著位置。它氣勢雄渾，莊嚴肅穆，盤踞在齊魯大地上，俯瞰着人間萬世。孔子登過泰山，《孟子》一書中記載孔子「登泰山而小天下」；《詩經》中也有「泰山巖巖，魯邦所詹」之句。現在，沙利衛已經站在了具有靈性的泰山腳下，他要和泰山對話。

二人先參觀了岱廟，從南門進入。這裏既是舉行封禪大典的地方，又是一處道教場所，供奉着泰山神——東嶽大帝。沙利衛知道，道教是中國自己的宗教，但他對此並不太感興趣，匆匆看了一遍就從北門出來了。然後，二人沿泰山梳洗河而上，來到一處石坊，上面刻着「孔子登臨處」五個大字，兩邊石柱上有對聯曰：「素王獨步傳千古，聖主遙臨慶萬年」。旁邊還有一塊石碑，上刻「登高必自」。沙利衛站在石坊前，瞻仰片刻。他對龐儒說：「孔聖人登

過泰山，我們今天沿着聖人足跡攀登。」龐儒說：「齊魯大地，到處是聖人遺蹟。」

從石坊開始，沿途遊人逐漸增多，還有一些挑夫，用扁擔挑着磚石和泥沙吃力地攀登着。他倆走走停停，飽覽途中各處名勝古蹟。兩個小時後，他們來到了中天門，坐下休息片刻。中天門的挑夫和轎夫就更多了，也在此休息。有些轎夫正在攬活，熱情地向遊人說着價錢，希望遊人坐他們的轎子。

沙利衛累了，他想乘坐一下泰山轎子，也藉此了解一下泰山轎夫的生活。於是他讓龐儒叫了兩副轎子過來。轎夫見是洋人，起初有些猶豫，最後還是同意了。於是講好價錢，二人便上了轎。

坐在轎子上，沙利衛看到轎夫肩膀上那深深的印痕，特別是轎夫在把轎杆襻帶從這個肩膀替換到另一個肩膀的時候，那又紅又黑的勒痕清晰地出現在沙利衛眼前，似乎在告訴他轎夫是怎樣的一種人。這些轎夫身材並不高大，看上去體格也並不顯得格外強壯，但他們個個都是堅實的人。沙利衛還明顯地感覺到，兩個轎夫雖然一前一後，但行走的節奏是一致的，轎子在他們的肩上顫悠着，一高一低，有時又一左一右，十分協調。

上山的路途中，到處有人在賣一種石頭，上面刻着「泰山石敢當」五個字。沙利衛很好奇，就叫轎夫停下來，去路邊了解這種石頭的情況。一個老者告訴他，石敢當取材泰山石，寓意是敢於擔當、所向無敵。沙利衛覺得這個含義好，就買了一塊。

前面的轎夫說：「大哥，洋人也喜歡咱這泰山石啊。」

「二弟，咱倆可是第一次抬洋人上山，體重怎麼樣？」

「比中國人重一些。」

「又加上一塊石頭，能行嗎？」

「沒問題。」

沙利衛聽得出來，這是兄弟倆，前邊的是弟弟，後邊的是哥

哥。這哥倆看上去也就是二十多歲的樣子。沙利衛抱歉道：「我不該買這塊石頭，增加重量了。我加錢。」沙利衛顯然有些後悔了，下山的時再買也不遲呀。

弟弟笑了，說：「你還挺聰明，能聽出話裏話。我就這麼一說，你別往心裏去。」

沙利衛說：「我喜歡石敢當。」

弟弟說：「說得對，石敢當是有魔力的，能保佑人，是神石。」

走着走着，已到中午，前面就是十八盤了。這是攀登泰山最險峻的地方，石頭階梯直上直下，猶如從天上垂下來的石梯。十八盤的下面有一小塊空地，有的挑夫和轎夫們在此休息，吃午飯，以便攢足了勁兒繼續攀登。沙利衛看見他們將一根長長的大葱包在一種黃黃的、薄薄的像紙一樣的東西裏面，然後大口吃起來。他突然想起在韶州時戴燮燒火紙祭祖的情景——對，就是火紙。可他很是不解，火紙也能吃啊？他從未見過戴燮吃火紙。於是沙利衛問道：「他們怎麼吃火紙啊？」

兄弟倆大笑起來，周圍的人也都大笑起來。哥哥說：「洋大人真會開玩笑。那是煎餅，泰山煎餅。」

「泰山煎餅？」沙利衛越發感到奇怪，一臉困惑地看着兄弟倆。哥哥說：「吃遍南北西東，比不上煎餅捲大葱。這可是泰山名吃啊，看上去像火紙，其實是用小米糊糊在鏊子上烙出來的。它不光好吃，還能長時存放，携帶也方便，是出門必備的乾糧。」哥哥說着，從自己的布袋裏取出兩張煎餅，遞給沙利衛和龐儒，說道：「請你們嚐嚐。」

沙利衛有些不好意思，但還是接了過來。煎餅的顏色是金黃的，他試着咬了一口，有點費勁，只好用力咬，嗯，挺香的。沙利衛異常高興起來，說：「這是金餅，我吃上中國人做的金餅了！」

周圍的人都笑了，雖然他們並不理解沙利衛究竟為何高興。過

了一會兒，轎夫們開始上路。沙利衛坐在轎子上，抬頭看了看天梯，覺得有些眼暈。只見兄弟倆抬着轎子橫着向上走，沙利衛的身子也由原來的面朝前變成了面朝東，過了一會又面朝西。不一會兒，再看前面弟弟黑黑的脊背上，豆大的汗珠直往下滾，濕透了衣服；後面的哥哥低着頭，汗珠從兩頰一滴一滴砸落在石級上。再看看緊隨其後抬龐儒的兩位轎夫，也都汗流浹背。沙利衛於心不忍，便說：「我下來吧，走上去，錢照付。」

兄弟倆沒有說話，只是一個勁兒地抬着，顛悠着，每一步都踏出聲響，每一步都滴下汗水。突然，只聽前面有人大喊：「有人掉下去了！」沙利衛一看，只見上方有一個人向下滾來，速度很快，眼看就滾到自己乘坐的轎子跟前。這時，只聽哥哥大喊一聲：「三弟，頂住！」說時遲，那時快，抬龐儒的兩位轎夫猛地向前一步，與抬沙利衛的轎子並排在一起。並排在前面的兩位轎夫幾乎同時放下轎杆，一隻手死死壓住，另一隻手伸向前方；並排在後面的兩位轎夫用肩抵住襻帶，兩手用力壓住轎杆，兩腿穩穩蹬住石級，四人共同形成了一個斜面，以此來兜住滾落的人。那滾落的人先是碰到了轎夫伸出的手，便減緩了向下的衝力，接着滾到轎夫的身上，然後被斜面兜住，停了下來。那人滾落形成的衝擊力給後面的轎夫帶來了很大的衝壓力，好在那四條腿就像四根鐵柱死死釘在石級上，紋絲不動。

滾落的人雖然身體受了傷，但沒有什麼大礙。他向四位轎夫磕頭表示感謝，四兄弟沒說什麼，繼續抬起轎子攀登了。沙利衛和龐儒嚇壞了，沙利衛再一次說：「我下來走吧。」兄弟倆還是不說話，堅實地邁着步伐，不一會兒，到達了南天門。

「洋大人，您別見怪。在十八盤上不能說話，一說話氣息和步伐就亂了。這抬轎子講究氣息均勻，特別是走十八盤，必須一鼓作氣。」大哥笑着說。

「原來你們是兄弟四個。」

「我是老大，你看，老二、老三、老四都靠體力吃飯。」大哥從褲腰上摘下一塊汗巾，擦着汗。

「剛才要不是你們四個，那人就沒命了。」沙利衛感動地說。

「這種事以前也遇到過。特別是十八盤，最容易出事。」大哥說着，接過沙利衛遞來的錢，數了數，顯然多了，就說，「洋大人，說好了多少錢就是多少錢，我們不多拿。前面就是山頂了，你們慢慢走吧，我們下山了。」大哥退回了沙利衛多給的錢，一招呼，兄弟四個如履平地一般小跑着下山了。

沙利衛和龐儒登上了泰山極頂——玉皇頂。山上雲霧繚繞，仙境一般。俯瞰山下，泰安城盡收眼底。往南看，有幾座矮矮的小山，似乎匍匐在泰山腳下，有人說那就是徂徠山。往西看，有蜿蜒的河流，曲曲折折像蚯蚓一般，有人說那就是黃河。往東看，有人說是茫茫東海。沙利衛來到「孔子小天下處」，體會當年孔子登臨泰山的感覺。一股山風吹來，吹動着沙利衛的鬍鬚和衣服。

「龐儒神父，今天我們登上了泰山，體會到了孔子登泰山而小天下的豪情。」沙利衛撫摸着自己的鬍鬚，說，「我老了，龐儒神父年輕，前途無量，你要學習孔子，研究孔子，成為一名西洋孔子。你的漢語好，要多寫幾部關於中西文化交流的書。還有，將來你重新繪製地圖，一定要把泰山標註出來。」

「神父放心，我還要把您登上泰山的事蹟寫下來。」

「不要只寫我，也要寫你自己，還要寫那兄弟四人，還要寫泰山石敢當！」

「好！」

沙利衛拿出那塊寫着「泰山石敢當」的石頭，高高舉過頭頂……

　　沙利衛和龐儒要返回南方了，是到南京呢，還是到南昌呢？龐儒說：「戴燮先生曾邀請您到他家做客，神父何不直接去蘇州呢？」沙利衛認為這個意見很好，可是南昌那邊還需要處理一下，怎麼辦呢？龐儒主動提出他可以代勞去處理南昌事宜，完事後再到蘇州與神父會合。沙利衛同意了，並囑咐龐儒一定專程到章乾先生府上拜謝。

　　此時，天氣已經轉涼。從濟寧到南京需要一個多月的時間，如何充分利用途中的時間呢？沙利衛提出繼續研究用拉丁文給中國字注音的問題。他介紹了以前與戴燮商定的研究思路，並徵求龐儒的意見。龐儒對此很感興趣，他熟悉中國文化，對中國字有深入的學習與研究，他向沙利衛提出了自己的想法，豐富完善了沙利衛的方案。沙利衛對此非常滿意，兩人常常是研究到深夜。油燈下，兩個人在紙上寫呀，拼呀，一會發拉丁字母的音，一會又發中國字的音，就連岸上的人都能聽到。人們翹首向船上望去，看到的是昏黃的燈光下，兩個相對而坐的人影。天上，星星在閃爍；船上，燈火在搖曳。中西文化的交流就這樣在船上靜悄悄進行着。

　　他倆一路上度過了多個不眠之夜，過得充實，收穫滿滿。沙利衛覺得，方案確定後，可以動手寫一本書了，龐儒建議這本書的書名叫《西字奇蹟》，將來可以在北京出版，沙利衛非常贊同。

　　船主看着兩個人深入交流討論的場景，不禁有些感動。他感覺這兩個洋人很不一般，不是忙於做生意掙大錢，而是在研究很深很大的學問，內心自然生出些許敬重，於是對他倆也就照顧有加，有時端上兩碗熱乎乎的雞蛋湯，有時額外送上兩個山東大饅頭。有一次，沙利衛對龐儒說：「中國人能做出這麼好吃的大饅頭，估計他們的祖先早就掌握了發酵技術，不比埃及人晚。」船主聽見了，並沒有聽懂，但還是走了過來，說：「客官覺得饅頭好吃就多吃一

個，山東大饅頭白白胖胖，鬆軟適口，易於消化，再配上北京六必居的醬菜，您一定越吃越愛吃。」龐儒問：「這大饅頭很有歷史了吧？」船主說：「那是自然。這大饅頭是三國時諸葛亮發明的。」龐儒又問：「老百姓平時都能吃上大饅頭嗎？」船主說：「平時誰捨得吃？每逢過年時才吃，再就是祭奠祖先時供養先人吃。」沙利衛問道：「你的船上怎麼會有這麼多大饅頭呢？」船主說：「客官問得好。大運河上凡來乘坐官家船隻的都是有頭有臉的人物，特別是那些趕考的舉子。他們十年寒窗苦盼的就是有朝一日金榜題名。吃我這大饅頭，吉利！」沙利衛聽後有所觸動，中國百姓對讀書人高看一眼，這是一個崇拜文化的民族，大概與孔子的影響有關係。

沙利衛還向船主了解一些運河沿岸的風物人情，以便對中國有更深入的了解。為了記得牢固，有時他們兩人還互相考一考。沙利衛問龐儒，從北京出發到杭州，須經過哪些城市？龐儒的記憶力也是很好的，因為這些城市有一部分經他們之手測定過緯度，曾得到王大人的稱讚，所以龐儒一口氣說了出來：從北京出發，先後經過天津、德州、臨清、聊城、濟寧、徐州、清河、揚州、鎮江、蘇州、杭州，歷數一遍，沙利衛聽後豎起大拇指。船主告訴他倆，朝廷正在台家莊開挖一段新運河——韓莊運河，解決黃河泛濫影響航運的問題，還能節省時間，希望客官將來有機會去體驗一下。沙利衛聽後，不禁讚嘆道：「中國人真偉大！」

船到鎮江，龐儒下船取道赴南昌，沙利衛則乘船繼續駛往蘇州。看着龐儒離去的背影，沙利衛對這位年輕神父十分滿意，尤其對他出色的中國文化研究水平感到欣慰。他看到孟安仁視察員培養的人才形成了梯隊，這對於傳教事業非常重要。

龐儒走後，沙利衛突然感到十分疲乏，這段時間南北奔波馬不停蹄，尤其是第一次進北京，鎩羽而歸，他受到了打擊，心情很複雜。沙利衛病倒了。船主很擔心，不知該對這個洋人做些什麼。好

在沙利衛是懂醫的，他告訴船主，自己是身體勞累過度，需要靜養恢復，提出給他做點富有營養的食物。船主照辦了。沙利衛想，在上川島遇到了張德義一家好人，從韶州到南昌的航船上，遇到了一位好船主，在泰山遇到了四位好轎夫，現在他又遇到了一位好船主——中國老百姓雖然生活艱辛，但都有一顆善良的心。他們並沒有得到天主光輝的照耀，但他們的心靈如此美好，這是為什麼呢？是中國文化吧？是孔子影響了他們？可是他們沒有讀過《論語》——不對，他們對孝悌仁愛之說肯定是知道的，孔子的學說肯定影響了他們。在孔子墓前，他已經體會到了這一點。孔子為廣大民眾指出了安寧和太平之路，構建了一個理想的和諧社會藍圖。孔子的弟子把他的思想一代又一代地傳播下去，彌漫在中華大地，滋養着芸芸眾生……想着想着，沙利衛進入了夢鄉。他夢見自己回到了家鄉，見到了親人，他的臉上洋溢着幸福的微笑……

船主端來一碗熱乎乎的雞湯，見他已經睡着，不忍叫醒他——等他醒來再說吧。

船到蘇州時剛剛入冬。沙利衛沒有準備冬裝，他明顯地感覺到寒冷了。下船時，他只穿着單衣，凍得渾身打顫，站在碼頭不知道該往哪裏走。他不知道戴燮的家在什麼地方。他想，戴燮一家在當地是名門望族，他的父親還做過禮部尚書，只要提起他父親，應該有人知道的。於是他來到一處人家，咚咚敲門。門開了，是一位紳士模樣的人，沙利衛說自己是洋人，到蘇州來找一位叫戴燮的朋友，他的父親曾做過禮部尚書。那人一聽就明白了，叫家中一位書童引領沙利衛去戴府。

來到戴府大門口，沙利衛謝過書童，便又咚咚敲門。開門的是一位中年人，看上去比戴燮年紀大一點。他一看是個洋人，來找戴燮，心中就明白了八九分。他告訴沙利衛，向東走五十米，街道左手，見一黑漆大門，門口有兩個石獅子的就是了，說完就關上了

門。沙利衛按照那人所說，來到黑漆大門前，果然有兩個石獅子，憨態可愛。

沙利衛咚咚敲門。門一開，出來一人，那是沙利衛熟悉的一張面孔。

「神父！」

「戴先生！」

二人此時都突然感到故友久別重逢的幸福，緊緊擁抱在一起。

「彩雲，神父來了！」戴燮喊道。只見彩雲邁着兩隻小腳一扭一扭地走了出來，見到沙利衛，道了萬福。夫妻二人將沙利衛迎進客廳。戴燮的兒子也過來拜見沙利衛。

戴燮見沙利衛衣服單薄，趕忙拿來一件厚衣服，讓他穿上，又端來一杯熱乎乎的普洱茶讓他喝下，沙利衛頓覺暖和了。他把自己到北京後的情況說了一遍。戴燮聽後嘆了一口氣，說：「神父意志堅定，但北京還不到天主照耀的時候。再等一等吧。」

「我也這樣想。」

「神父下一步有何打算？」

「不回南昌了。我已經讓龐儒回南昌處理房子問題去了，他辦完事後就到蘇州來找我。」

「我建議神父先在蘇州住一段，養養身子，如果覺得好，就在蘇州長住下去，把這裏作為一個傳教點。」

「我還是想去南京。那裏應該成為一個傳教點。還有王忠國大人嘛。」

「也好。不過神父這次就在蘇州過年吧，就住在我家。我兩個女兒都出嫁了，房子夠住，我這就叫彩雲收拾一下。」

戴燮出去了。沙利衛看了看客廳，佈局和陳設與章乾先生的客廳很相似。這是中國讀書人的共同點。沙利衛看到掛在牆上的中堂，便站起來去看。當他的眼睛從書桌轉向對聯的那一瞬間，他看

見書桌上放着一個長條狀的物品，多麼熟悉呀──古琴！沙利衛特別激動，他用兩手捧了起來，把臉頰貼在上面。也許是他太激動了，突然間，他感到頭暈目眩，整個身子慢慢倒了下去。

戴燮回來一看，大聲喊道：「神父！神父！」只見沙利衛兩眼緊閉，沒有一點反應，再摸摸頭，很熱。這時，彩雲聽見喊聲也走了過來，一看，嚇得「啊」了一聲。戴燮說：「彩雲，你先照看着，我請王大夫去。」

一頓飯的功夫，王大夫來了，他叫王宇堂，中醫世家出身，遠近聞名。戴燮做了簡單介紹後，王大夫便開始給沙利衛號脈。

「王大夫，神父的病怎麼樣？」戴燮着急地問。

「病人體弱氣虛，乃勞累所致，加上受寒傷風，身體高溫，需要臥床靜養，不能再勞累了。」說着，開了一劑方子，囑咐戴燮按方抓藥，按時煎服，五天後便可好轉。王大夫剛走，沙利衛便醒來了。戴燮便將大夫診斷情況告訴了沙利衛，讓他靜養一段時間。戴燮按照王大夫囑咐，精心護養。彩雲每天熬製湯藥，戴燮端來讓沙利衛一勺一勺服下。戴燮囑咐神父，不能起床，須靜靜修養，一切均由戴燮照顧。頭一日，戴燮堅決不讓沙利衛下床，連大小便都是親自處理。沙利衛於心不忍，從第二天開始，堅持自己起床上廁所。五天後，沙利衛明顯好轉，可以下床活動了。

這天，戴燮外出抓藥去了，彩雲煎藥。藥煎好了，戴燮還沒回來。於是彩雲就親自將煎製好的湯藥端給神父，說：「神父，吃藥吧。」沙利衛坐起身來，接過湯藥碗。就在他接過藥碗的一剎那，沙利衛的手觸碰到了彩雲柔軟的玉指，他內心突然感到從未有過的一種情感湧上心頭。他不知道怎樣去形容這種感情。在他小的時候，媽媽給過這樣的關愛，長大後就再也沒有了。但是這種感情與媽媽的關愛是不一樣的。幾十年來，他整天與《聖經》打交道，雖然內心知道男女情愛的美好，卻從未有過親身體驗。此時，他的心

怦怦直跳，他問自己，這是不是動情？就在這時，他的眼前突然出現了一個人影：赤裸裸地被釘在十字架上，身上的鮮血一滴一滴往下流；衪頭頂籠罩着明亮的光環，兩眼直看着自己，張開嘴似乎要說什麼⋯⋯沙利衛努力去聽，但人影一閃就隱去了——耶穌現身了！沙利衛頓時渾身冒出一陣冷汗，頓時濕透衣服。彩雲說：「神父，您的衣服全濕透了，換下來我給您洗洗吧。我這就去給您拿換洗衣服。」彩雲剛出去，戴燮進來了。他看見沙利衛滿身大汗，精神煥發，跟換了一個人似的。

「神父，您出汗了，這是痊愈的徵兆，看來這藥還真管用。」

「是的。剛才我突然出了一身大汗，全身濕透，立刻感覺輕鬆多了。」說着，沙利衛下床轉了幾個圈給戴燮看。戴燮高興地說：「好了，真的好了！哎呀，您這衣服濕了。彩雲，快拿乾淨衣服來給神父換上。」

彩雲拿來了乾淨衣服，接着就退出去了。沙利衛換上了衣服，像往常一樣了。他深情地對戴燮說：「戴先生，你們中國人太好了，對我有再造之恩，請受我一拜！」說着，沙利衛跪拜在戴燮面前，驚得戴燮趕緊去攙扶，說：「神父折殺我也！這可使不得呀！」

這時，彩雲進來，拿走了沙利衛換下來的衣服。沙利衛走到她面前，深施一禮，說：「感謝夫人！」臊得彩雲滿臉通紅，不知道說什麼好，抱起衣服轉身出去了。

82

應戴燮的邀請，沙利衛留在蘇州過春節，親身感受中國人居家過春節的滋味。在肇慶和韶州時，沙利衛都是在教堂過春節，教友

會送來水餃等年夜飯，雖然也能聽見外邊鞭炮聲聲，但沒有家的氛圍。現在，他和戴燮一家人包餃子，吃年夜飯，就像地道的中國人一樣。

沙利衛說，他也會做菜，可以做一道西式菜。他問戴燮家裏有沒有鱈魚，戴燮說沒有。沙利衛說用其他魚也行，最好是醃製過的。彩雲說正巧她春節前回了一趟娘家，帶回了幾條醃製好的鱸魚。於是沙利衛就給大家做了一道「新式馬介休」，說這是巴斯克人的做法，已經有數千年的歷史了，他們家就是納瓦拉巴斯克族後裔。戴燮也做得一手好菜，他親自下廚做了九個菜，加上沙利衛做的洋菜共十個菜，代表十全十美。戴燮給沙利衛斟滿一杯酒，說：「我知道神父只喝紅葡萄酒，但我家裏沒有紅葡萄酒。這是我們中國人過年喝的一種酒，叫屠蘇酒，是一種藥酒，對神父身體有好處。」沙利衛端起來，喝了下去。於是一家人吃着中西融合的一桌菜肴，喝着中國人慶新年的酒，個個臉上洋溢着幸福的微笑，其樂融融。

戴燮又給沙利衛斟滿一盅酒，說道：「蘇轍有兩句詩——『年年最後飲屠蘇，不覺年來七十餘。』神父今年五十七歲了吧？我比神父小兩歲，咱們都是往六十奔的人啦。神父行程八萬里路來中國，傳播福音，歷盡辛苦，不容易啊！來，我敬神父一杯！」沙利衛接過來，又喝了下去。他給戴燮斟上了一杯，說：「我來到中國，結交了中國朋友，先生和我是情誼最深的一位朋友。我寫《交友論》請先生作序，就是表達對先生的感謝。來，我敬戴先生一杯！」戴燮一飲而盡。彩雲覺得兩個人飲酒暢談，自己和孩子在跟前不方便，就主動帶着孩子退下了。戴燮看着兒子的背影，說：「將來，我要讓孩子也加入天主教，到時候請神父給他付洗。」

沙利衛說：「我記住你的話了。」

戴燮說：「神父，自從我加入了天主教，接受了神父的教誨，

我洗心革面，精神上獲得了新生，我從心裏感謝神父。」說着，他自斟一杯，又是一飲而盡。沙利衛說：「戴先生，過年高興，但飲酒要有所節制，不可過量。」

「我心中有數。喝不醉……」說着，戴燮又自斟自飲了一杯，飲罷，長嘆一聲。

「戴先生為何嘆息？」

「神父有所不知，我有隱痛，一直憋在心中。」戴燮又要喝，沙利衛制止了他，說道：「戴先生既是我教友，又是我的朋友，我們就是兄弟，可否說給我聽一聽？」

戴燮看了看沙利衛，說了這樣一件事：「我父親去世那年，全家人沉浸在悲慟之中，可是大哥在父親去世後不久就納了兩個小妾。大嫂十分傷心，整日以淚洗面。我看不下去，就去做大哥的工作。大哥非但不聽，還把我臭罵一頓。那段時間，我因喪父而悲傷過度，加上兄弟之間的不愉快，就病倒在床，一躺就是半個月。當時我的妻子正懷着孩子要生產，為了不受影響就回了娘家。那時彩雲還沒有過門，就我一個人躺在床上，無人理會。大嫂心疼我，就來照看我，親手給我熬雞湯。這樣，我開始恢復。一天，大嫂端着雞湯進屋，我從內心感激她，便忍不住就……後來，我成了家裏的敗類，被大哥趕出了出去，四處飄蕩，我的科舉之路也就此斷送了。當時，我真想了斷此生。後來，彩雲把我接到她家，悉心照料，才使我徹底恢復了健康。再後來，我到了肇慶，遇見了神父您……」

沙利衛聽後，沒有說話。兩個人都沉默了，只有外面鞭炮劈劈啪啪的聲響……

過了一會兒，沙利衛主動打破了沉默。他說：「謝謝戴先生的信任！做了一件錯事，你心中一定很後悔，對我說了，就是做了告解聖事。主是慈悲的，會原諒你的。耶穌基督說過：『時常行善而

不犯罪的人，世上實在沒有。』人有七情六慾，稍有放縱，便會犯罪。有的罪出於無意，告解就是懺悔，就是勇氣，是對主的忠信，主赦免你的罪。」

戴燮說：「神父，《聖經》上有這樣的事嗎？」

沙利衛說：「有。《聖經》中有耶穌赦免有罪之人的記載。即便是對妓女，耶穌都是同情的。基督說過，誰能說自己是無罪之人呢？犯罪之後，內心懺悔，徹底改正，就能得到主的赦免。主是仁慈的，凡真心悔過的人，主都樂意寬赦。中國聖賢也有這樣的話——『人誰無過？過而能改，善莫大焉。』」

「神父到中國來，就是來拯救像我這樣的負罪之人的。」

「天主教不僅赦免人的肉身，還赦免人的靈魂。」

「靈魂也會犯罪嗎？」

「會的。其實肉體本身無所謂善與惡。人由肉體、情感與靈魂三部分組成。靈魂控制情感，情感支配肉體。人之所以犯罪，是靈魂和情感支配肉體的結果。有時靈魂並未敗壞，是情感支配了肉體而犯罪。你當時情感衝動，肉體有了犯罪行為，而你的靈魂並沒有犯罪。人生的鍛煉最根本的是靈魂的鍛煉，要讓健康的靈魂永遠支配自己的情感和肉體。」

「神父所講靈魂問題，是戴某有生以來首次聽到的天主福音，使我境界大開。歲月更新，我的靈魂也在更新，這個除夕實在有意義啊！來，神父，我們把這杯酒喝下去，然後我陪神父去看一看蘇州的除夕之夜。」

「好！」

二人出了家門，來到街上。除夕之夜，萬家燈火，鞭炮聲聲，還有禮花升空。彩雲和孩子正在門口玩呢。孩子拿着一種手持煙花，在空中畫着圓圈，那一圈一圈的禮花甚是好看。彩雲看到丈夫和神父出來了，就對兒子說：「孩子，快去請神父和你爸爸放

鞭炮。」

　　孩子拿着鞭炮來到神父和戴燮跟前，請他們放鞭炮。神父說：「這個怎麼玩？」戴燮笑了，說：「神父，來，咱兩個一起來放鞭炮，這樣點着。」說着，戴燮用手持煙花點燃了一個鞭炮，只聽「啪」的一聲。孩子捂着耳朵躲在彩雲身後，邊跳邊喊：「神父點一個！神父點一個！」於是沙利衛學着戴燮的樣子，用手持煙花點燃了一個鞭炮，又是「啪」的一聲。沙利衛很高興，說：「我也會放鞭炮了！」

　　孩子拿着手持煙花，轉着圈，跳着，唱着，唱道：「煙花煙花亮晶晶，就像天上小星星；手拿煙花搖啊搖，搖出無數大花燈。」

　　沙利衛和戴燮來到一座石橋上，俯瞰河中倒影。空中的燈火煙花有多少，河水中就映出多少。蘇州城從空中到水中都亮了起來，成了一座不夜城。沙利衛說：「戴先生，我們合作一首詩吧。」

　　「好啊！神父先請。」

　　沙利衛想了想，說道：「除夕夜醉爆竹聲，美酒屠蘇朋友情。」

　　戴燮說：「好一個首句入韻。看我的——往歲頑石沉江底，明朝浮水伴風輕。」

　　「好句！戴先生到底比我會作詩。」

　　「神父過獎了。我只不過多讀了幾首唐詩宋詞，用了一點比興寄託的手法而已，見笑，見笑。不過我覺得，神父與我合作的這首詩本身就是一個象徵。它象徵中西文化的結合。還有，神父用拉丁字母給中國字注音的方法，更是中西文化結合的典範。我期盼着大明朝未來的發展沿着這條路一直走下去。」

　　「是啊，西方也要學習中國的道德倫理，尤其是儒家學說，用孔子的觀點去彌補歐洲社會的缺陷與不足。我喜歡《禮記·大同篇》所講的——『大道之行也，天下為公。選賢舉能，講信修睦，故人不獨親其親，不獨子其子，使老有所終，壯有所用，幼有所

長，矜寡孤獨廢疾者皆有所養，男有分，女有歸。貨惡其棄於地也，不必藏於己；力惡其不出於身也，不必為己。是故謀閉而不興，盜竊亂賊而不作，故外戶而不閉，是謂大同……』」

83

春節過後，龐儒趕到了蘇州。他對沙利衛說，南昌的善後事情已經處理完畢，請神父放心。龐儒帶來了在南昌的一些禮物，沙利衛選了一件玻璃三稜鏡作為禮物送給了戴爕。這些年來，沙利衛將戴爕看作自己的同事，從沒想過要送給他禮物。但是自己生病那段時間，他知道了戴爕的家庭並不富裕，還欠了別人的債，送這件禮物也許能幫他一把。

戴爕特別喜歡這件禮物，但他從未開過口，因為他知道這是神父準備用來送給各級官員的。自己這些年跟隨沙利衛，也只有很少一點工資，家裏的開支靠的是過去微薄的積蓄。兩個女兒出嫁他借了一些錢，一直欠着未還。如今，沙利衛神父送的這件禮物可以賣一筆錢了。

沙利衛和龐儒就要離開蘇州到南京去了。戴爕支持神父的決定，並答應他清明節過後就去南京。分別的時候，戴爕一家人送到了碼頭。上船前，沙利衛對戴爕說：「先生去南京時，帶上古琴吧。」

「放心吧，神父！」

戴爕站在岸邊，目送航船消失在遠方，正是「孤帆遠影碧空盡，唯見長江天際流」。戴爕回到家，和彩雲商量將神父送的禮物賣掉，一來可以還欠債，二來可以貼補家用，給彩雲和孩子各置辦

一件新衣服。今年春節他們一家誰也沒有添置新衣服，連神父生病抓藥的錢都是省吃儉用積攢下來的。彩雲說：「還是給你做一件新衣服吧，你在外面不能太寒酸。我和孩子在家裏好歹都行。」

戴燮感激地看着彩雲。這些年來，彩雲為他吃了不少苦，照顧兩個女兒，養育兒子，真夠她辛苦的。

「不，咱們全家每人都做一件新衣服，錢足夠。」戴燮說。

玻璃三稜鏡是洋玩意兒，蘇州人誰也沒見過。但是人們漸漸知道了戴燮家裏來了一位洋人，戴燮幫洋人治好了病，一起過了年。於是人們對戴燮一家就刮目相看了，覺得這位尚書的後代不簡單，家裏一定有什麼寶物。果不其然，當戴燮拿着三稜鏡去當舖的時候，店老闆甚為好奇，很爽快地答應付給戴燮五百兩銀子。

在戴燮看來，五百兩銀子已經很多了。他回到家給彩雲看沉甸甸的銀子。彩雲從來沒見過這麼多錢，這是神父給她家帶來了福氣。於是，他們還了欠債，給全家人置辦了新衣服。彩雲還主動提出，給大哥和兩位弟弟家的孩子各買一份禮物送去。戴燮利用在家的時間，教兒子讀四書，還有天主教的教義。他盼望着將來有一天，神父親自給兒子施洗。

沙利衛和龐儒乘船到了南京，第一件事就是去拜見王忠國。王忠國見到沙利衛後非常高興，請他到自己家裏住下。再過幾天是元宵節，請沙利衛神父和龐儒在他家一起過節。沙利衛問起朝鮮戰事，王忠國告訴他，豐臣秀吉死了，日本撤軍回國，中日朝三國戰事結束了，大明軍隊正準備撤回。

「我為你們的勝利高興。」沙利衛說。

「唉，代價慘重啊！死了很多人，國力損耗巨大。不過，總算安寧了，皇上可以睡個安穩覺了。神父住在南京也沒有問題了，再也不用擔心有人懷疑你們是日本間諜了，元宵節過後我就讓禮部的人去給神父選擇住址。」

沙利衛總算可以在南京定居了。南京很不錯，畢竟是舊都，氣象還是有的。從傳教的角度看，南京也應該成為一個基地。於是，沙利衛盤算着給孟安仁視察員寫信，請求他給南京儲備傳教人員。

　　南京的元宵之夜讓沙利衛又一次感受到中國傳統節日的氣氛。南京，這座曾經的帝王之都，處處顯示着它昔日王者的氣象，就連元宵節也能體現出來。王忠國陪着沙利衛觀賞南京城的花燈，那真是火樹銀花不夜天。還有那焰火晚會，更讓沙利衛大開眼界。只見空中如天女散花，各種圖案，各種顏色，絢爛多彩，目不暇接。沙利衛覺得，中國的焰火是世界上最好看的。看着南京城那厚厚的古城牆，想像着它曾是六朝古都的盛況，以及今日的繁華，沙利衛感到自己距離北京又近了一步。

　　元宵節已過，春節才算過完，官府一切恢復正常。這天，王忠國對沙利衛說：「神父，禮部的人選了一處住宅，不知神父可否願意購置？」

　　「承蒙王大人操勞，我這就搬過去住。」

　　王忠國有點猶豫，說：「不過，此宅鬧過鬼，不知神父是否忌諱？」

　　沙利衛笑了，說：「我信奉天主，受到天主庇護。只有鬼魔懼怕天主，哪有天主懼怕鬼魔的道理。大人放心，但住無妨，有何懼怕！」

　　「那好，此房按照一半的價格賣給神父，現在就去看一看吧？」

　　「好。」

　　於是，王大人派手下官員引領沙利衛去看房。房子的位置在正陽門洪武崗崇禮街西營三舖。到了那裏，沙利衛一眼就相中了，說是他見過的房子中最符合心意的。此位置處在城市的最高點，可以俯瞰四周，不怕雨水，又臨近主街，距離王忠國的禮部府衙很近。房屋四周是花園，再過幾天就春花絢爛了。屋內廳堂寬闊，數間臥

室，住十幾個人綽綽有餘。房子是新建的，有前後兩道門，前門通向大街，後門臨近一個小市場，生活極為方便。因為此房是禮部一位官員出售的，手續辦理簡單，看着王大人的面子，原房主先收了一半的房費，另一半年內付清。

沙利衛對陪同的官員表示了感謝，然後與龐儒商量，當天就搬過來住。從此，沙利衛和龐儒在南京有了安定的住處。沙利衛趕緊給孟安仁和戴燮分別寫了信，找民信局的信使送出。

進駐之後，沙利衛認為應該舉辦一次西洋實物展覽，就像在肇慶和韶州一樣。雖然物件不多，但最重要的幾件是有的，這是孟安仁派龐儒從澳門帶來的，除了送北京的幾件之外，還有存貨：聖像、地圖、地球儀、三稜鏡、自鳴鐘、《聖經》以及在南昌印行的中文版《交友論》。佈展完畢，沙利衛先告知王忠國，請他來參加首展。王忠國爽快答應了，說還要再請幾位官員和學者一同前往，給沙利衛捧捧場，也算是一次外交活動。

首展這天，南京六部的尚書、侍郎以及應天府的巡撫都來了。大家覺得沙利衛是王忠國的貴客，看着王尚書的面子也得來。再說，大家也很好奇，都想親眼看一看洋玩意兒到底是個什麼樣子。上午九時，在沙利衛的寓所前面排滿了官員的轎子，陣容浩大，就像有什麼重大活動一樣。王忠國和各部官員下轎後一起走進沙利衛寓所。沙利衛和龐儒早已恭候在寓所門口，迎接各位貴賓。

寓所的廳堂很寬大，每一件展品都擺放得整整齊齊，而《交友論》則是擺放了厚厚一摞，在最前面，來觀展的人都可以領到一本。王忠國向沙利衛一一介紹六部的官員以及巡撫，還有學界的翹楚。沙利衛見到了原肇慶的曾知府，他現在是禮部侍郎，沙利衛第一次進南京的時候找過他，當時朝鮮戰事吃緊，曾侍郎告訴沙利衛趕快離開南京，否則很可能被作為日本間諜逮捕。見面後，沙利衛向他表示了感謝。王忠國還向沙利衛介紹了兩位著名學者，一個

是李踔，一個是雪天大師，並希望他們以後能多多交流。——見面後，沙利衛和龐儒陪同各位參觀展品。來賓對每一件展品都非常好奇，一定要沙利衛和龐儒講給他們聽。二人忙得不亦樂乎，講得口乾舌燥，大家聽得津津有味。特別是對世界地圖，都非常驚訝，知道了世界原來如此之大，而中國只不過是其中的一個組成部分。大家對沙利衛的著作交口稱讚，對他提出的關於交友的觀點甚是認可。

來賓參觀完畢就各自返回了，只有一人站在原地不動，他就是李踔。這是位老者，看樣子有七十多歲。相貌好生奇怪，禿頭，留鬚，雙眼深邃。他對沙利衛說：「我問神父兩個問題：第一，神父不遠萬里來到中國，目的是什麼？第二，神父對孔子學說持何態度？今天不談，我另安排時間與神父探討。神父可否俯允？」

沙利衛一聽，便知來者非等閒之輩，一定是位高手。他笑了笑，說：「隨時恭候李先生賜教。」

84

這次展覽給沙利衛帶來了很好的聲譽。人們陸續知道南京城來了一位洋教士，其寓所有珍奇異寶，便爭相前來觀看，接連幾天參觀者絡繹不絕，以至於人滿為患，十天後才漸漸少了下來。

一天，幾個參觀者走後，沙利衛和龐儒正想關門，李踔突然而至，仍是禿頂，蓄鬚，腰掛一酒壺，手挎一竹籃，籃中放兩本書。他向沙利衛一抱拳：「神父今日可有閒暇？老夫又來了。」

「有，有。李先生請。」

二人坐下後，龐儒端上茶。

「數日前老夫來參觀神父展覽，眼界大開，收穫頗多，特致謝忱！今日老夫來，想與神父探討探討，神父不會拒絕吧？」

「先生客氣了。先生是長者，枉駕屈尊，必定有益於我，還望不吝賜教。」

「神父輾轉數萬里來到中國，四處奔波傳教，請問目的何在？」

「我是天主教神父，肩負傳播天主教義的使命，被羅馬教廷派來中國，向中國人傳播天主福音。」

「神父能給中國人帶來什麼樣的福音呢？神父可知中國人最富有的是什麼？最缺少的是什麼嗎？」

沙利衛楞了一下，他在中國，從未遇到說話如此率直的人。他想，眼前這位老者一定是位高人。可是看這位老先生禿頭，像和尚，蓄鬚，又不像和尚，到底是怎樣一個人呢？面對李晫的問題，他不知道應該如何回答。不過，既然對方如此率直，自己就應該以直對直，如果委婉下去，可能被對方所鄙視。想到這裏，沙利衛說：「中國最富有的是道德倫理，最缺乏的是科學精神。」

沙利衛剛說完就有點後悔了，他知道這話會一下子被對方抓住把柄，然後回擊自己，使自己處於尷尬境地。果然不出所料，李晫馬上反問道：「神父既然認為中國最富有的是道德倫理，那為何還要來傳播天主教義呢？是疊床架屋，還是要另起爐灶？」

沙利衛無言以對。他覺得第一回合的交鋒，自己由於不慎而失敗了。接下來，李晫還要問什麼呢？自己是繼續以直對直，還是改變戰術？如果自己繼續以直對直，說中國的道德學說雖然富有，但與天主教義相比還有不足之處，傳教的目的就是用天主教義來取代中國道德學說，取代以周、孔為核心的儒家傳統，會不會激怒李晫呢？一旦傳揚出去，自己豈不成了眾矢之的？豈不葬送了來之不易的傳教成果？不行，要改換戰術。想到這裏，沙利衛非常謹慎地說：「在西方，傳教與科學不可分離。」

李踔點了點頭，接着問道：「那麼，神父所傳福音，是欲束縛人性，還是解放人性？還有，科學是什麼？能解放人性麼？」

沙利衛不知道應該怎麼回答，因為他不知道李踔究竟想表達什麼意思。於是，他只好反問：「先生所言束縛人性指的是什麼？」

李踔指着自己的頭說：「神父看我老夫的頭——禿的。為什麼？頭頂之髮，常有污穢之物，剔除光淨，污穢盡除，甚覺痛快！頭腦若被束縛，就會虛偽，面目可憎。」李踔又指了指自己挎的籃子，說：「這籃子裏原本什麼也沒有。你放上一棵白菜，它就變成了白菜籃子。其實呢，這籃子什麼都可以裝，書也可以裝嘛。中國有一種東西束縛人們的思想，它就是『三綱五常』，就是『存天理，滅人慾』之妄說。殊不知，穿衣吃飯，即是人倫物理。神父可知是非之標準何也？孔子之言乎？以孔子之是非為是非，乃以死人語活人也。若執一定之說，便是殘害大道。子曰：『我非生而知之者，好古敏以求之者也。』是非標準因人而異，因時而變，是與非沒有固定不變之標準，沒有放之四海而皆準之絕對真理。昨日是而今日非矣，今日非而後日又是矣。」

沙利衛聽到這裏，總算聽出了一點意思。眼前這位老者，是對當下的程朱理學不滿啊！這與沙利衛的思想有些暗合，但是沙利衛沒有直說，他問道：「先生是不是說，孔子並非聖人，不值得後人景仰？」

「非也！孔子乃大聖人也！然聖人不是天生而成，乃後天努力所為而成。普通人與聖人無根本區別，堯舜與常人一樣，聖人與凡人相同，人人平等，萬物並育而不相害，道並行而不相悖，每人之個性都應得到充分的展示與尊重。人之個性最可寶貴者是童心，是沒有被社會污染過的童心。童心就是真心，就是初心，就是本心。凡天下之至文，未有不出於童心者也。」

沙利衛隱隱約約地感覺到，眼前這位老者是在表達對著書立說

的一種主張，他似乎對當下的文化思想環境不滿。沙利衛想進一步探知老者的想法，就問道：「先生莫非是說程朱理學？」

一提程朱理學，老者怒氣衝天。他說：「程、朱者，可誅也！神父在中國，身穿儒服，何意也？難道神父不知道儒冠多誤身嗎？儒者，分為四種，有鄙儒，有俗儒，有迂儒，有名儒，神父想做哪一種呢？鄙儒無識，俗儒無實，迂儒未死而醜，名儒也不過死節殉名而已。他們口談道德而志在穿窬，口談道德而心存高官，志在巨富，都是偽君子。」李踔越說越帶勁兒，他乾脆坐在客廳的桌子上，把籃子往地上一扔，繼續說道，「有一種人，我稱之為『四勿先生』。」

沙利衛問道：「哪四物？」

「就是非禮勿聽、非禮勿視、非禮勿言、非禮勿動的『四勿先生』。」

「原來是『四勿』呀。」沙利衛恍然大悟。

「那些『四勿先生』罵我是狂徒。我就是狂，這是我李某之本性。他們鼓吹什麼『天不生仲尼，萬古如長夜』。呸！他們不知，仲尼，乃我兄弟也！釋迦，乃我兄弟也！老子，乃我兄弟也！還有你的耶穌——亦我兄弟也！哈哈哈……天地萬物，皆我兄弟！子夏曰：『四海之內皆兄弟也！』神父，我言如何？」說罷，掏出腰中酒壺，飲下一口。

沙利衛說：「天主教所有教友皆為兄弟。」

「誠如此，則甚善！」李踔看了一眼聖母像和十字架，繼續說：「若貴教主張人人平等，解放個性，我即佩服；若非是，則舊專制未去又添一新專制矣！吾千萬國民在雙重專制壓迫之下，豈有活路哉？神父今日聽我所言，以我為狂人乎？李踔者，今年七十有四矣。人生七十古來稀，我今七十發狂痴。平生不喜受鉗制，百千萬眾作仇敵！今日與神父暢談，我心痛快！兩本小書，神父笑閱。

來日再會！」說罷，又飲下一口酒，將兩本書放在桌上，挎起竹籃，揚長而去。

沙利衛站在門口，望着李踔遠去的背影，心中久久不能平靜，他心中突然生出一個巨大的疑問：李先生是一個有思想的人，但是，他的思想能得到認可麼？

85

南京禮部官署。禮部尚書王忠國站在沙利衛最新繪製的一幅《山海輿地全圖》前，正在認真觀看，他的右手指在海南島的位置不斷點擊着，那裏是他的家鄉。他的左手拿着一本《交友論》。這時，禮部侍郎曾泮走了進來，手裏也拿着一本《交友論》。

「王大人，在肇慶，沙利衛神父曾送給我一幅《山海輿地全圖》，當時驚駭得我渾身發抖啊！」

王忠國舉起手中的《交友論》，說：「曾大人也在看這本書。你們是故交，你對這本《交友論》作何評價？」

曾泮說：「沙利衛雖為洋人，但對中國文化了然於胸。本書對交友所持觀點，常以中國經典為據，融會中西，有橋樑之功。」

王忠國點點頭，說：「據我所聞，凡所讀過此書者無不稱讚，對當下學界產生了影響。這位沙利衛神父跨越數萬里，遠渡重洋來到中國傳播福音，其意義不僅在於傳教一項，更是打開了中西文化交流的大門，我們禮部應該有所回應。我有一考慮，擬請沙利衛神父到南京觀象台參觀，請他對我們的天文曆算提出看法，來幫助我國改進曆法。曾大人可否出面代我邀請神父？」

「王大人之命，屬下一定照辦。我現在就去神父寓所。」

「那就有勞曾大人了。」

曾泮來到沙利衛寓所，將王大人的意見說與神父。沙利衛立刻答應，隨即與曾大人商定時間，屆時一起到雞鳴山北極閣觀星台。

這一天，沙利衛和龐儒坐上曾泮派來的轎子，在禮部官員引領下來到南京雞鳴山北極閣。這裏是明朝皇家觀星台，有四座巨大的天象儀：第一個是渾天象，個頭巨大，即使三人伸出雙臂仍不能抱攏它；上面刻着子午線和緯線的度數。第二個是渾天儀，直徑大約五英尺，是一個非常巧妙的裝置。第三個是圭表，也叫量天尺，大得很，裝在一個長長的大理石板材上，指向北方。第四個是簡儀，碩大無朋，由四個巨大的星盤組成，排列成行，每一個的直徑都有伸開的兩臂那樣長。

沙利衛認真觀看每一個儀器，他驚嘆中國人的製作水平，特別是簡儀，體現了製造者的卓見絕識，達到了相當高的水平。製造它的那個中國人是誰呢？沙利衛問陪同的王忠國大人。王忠國回答說：「郭守敬。」

「這一定是一位了不起的天文學家。」沙利衛讚嘆道。

「是的。他還制定了《授時曆》，如今使用的《大統曆》就是由其發展而來的。不過，由於對日食的測定存在誤差，朝臣希望能夠對曆法有所修訂。」

沙利衛指着簡儀上的文字說：「貴國使用黃道二十四宮，這與西方十二宮不同。由此可知，中國天文學是獨立發展的一派。」

龐儒在一旁說：「我發現中國古代的星象圖以及他們觀測星象的方式，是把觀測圈分為三百六十五又四分之一度，而西方則把觀測圈分為三百六十度。這也說明中國和西方天文學是各自獨立發展的。」

沙利衛說：「是的。中國人計算日食月食是清晰的，只是所用方法與西方不同。中國人完全是由自己經驗獲得這些知識的，令人

敬佩。但是，這些儀器還是有一個錯誤的，就是都根據緯度三十六度來安裝，而南京城實際上處於三十二度。」

王忠國立刻叮囑欽天監的五官靈台郎，按照神父所講進行調整。參觀完畢，王忠國對沙利衛說：「神父，明天在大祀殿有一個祭孔音樂演奏會，請神父大駕光臨。」沙利衛一聽，正合心意，便愉快答應了。但同時他心中又突然掠過了一絲疑惑：為什麼視察員不同意龐儒將哥白尼的著作帶過來呢？

第二天上午，沙利衛和龐儒來到大祀殿，這是一年一度春季祭孔儀式，主要是音樂演奏。在音樂會開始前，沙利衛見到一位陌生的年輕儒士，目光堅毅，儒雅從容。王忠國介紹說，他名叫徐光明，精通數學、天文、曆法、水利等等，是一位後起之秀，現正準備科舉考試。王忠國囑咐徐光明，要虛心向沙利衛神父學習，特別是在數學方面。沙利衛和徐光明誰也沒有料到，十年以後，他們倆在北京上演了一場中西文化交流的重頭大戲；他們更沒有料到，就是這位徐光明，成為中國歷史上一位傑出的天主教科學家，為中國科學事業做出了突出貢獻。這是後話，暫且按下不表。

演奏會上，各種樂器悉數亮相，多得數不清，有大型編鐘、編磬，還有鼓、琴、瑟、笙、簫、笛、塤、篪、柷、鐘、鈴、鐃、鈸……可謂一應俱全。王忠國介紹說，有些樂器只有在這樣的場合才能使用。在沙利衛看來，這顯然是皇家氣派，但他對這些樂器好生奇怪，他從未見過，也不知道它們會發出怎樣的聲音。接下來，太常寺的樂官們各就各位，還有道士，組成了龐大的樂隊，贊禮郎負責指揮全場。

其他參加祭禮的人員穿戴十分講究。太常卿陪着王大人和沙利衛以及禮部官員站在第一排。一會兒，音樂響起來了。但是，當這些樂器一齊奏鳴之後，沙利衛感覺不到和諧之美，而是覺得亂作一團。沙利衛一邊聽，一邊微微搖頭，很顯然，他對眼前的這場演奏

很不欣賞。王忠國似乎感覺出來了，他悄悄對太常卿說了幾句，太常卿便出去了。一會兒，太常卿陪同一位協律郎來到沙利衛跟前，邊聽邊跟沙利衛作解說。沙利衛聽了以後，開始點頭了。一直到演出完畢，沙利衛還在與協律郎進行着交流。

走出大祀殿，沙利衛向王忠國等人告別。這時，曾泮急急忙忙趕過來，說：「王大人，有情況向您稟報！」

「什麼情況？」

「朝廷有令，開始徵收礦稅。」

「是工部的命令，還是戶部的命令？」

「都不是，是皇上通過司禮監發的。陳、馬、高、孫四大礦監稅使已經到各地開始徵稅了。」曾泮猶豫了一下，又說，「王大人，剛才我看見沈先潍沈大人了，他似乎……」曾泮欲言又止。

「曾大人不必顧慮，但說無妨。」

「沈大人問我，是誰准許沙利衛神父來觀看演奏會的？」

「怎麼？我是禮部尚書，難道沒有這個權力嗎？」

「他說，陪都京會，不宜令異教到此。」

「神經病！」

王忠國顯然生氣了，曾泮說的這兩件事情如同兩塊巨石壓在他的胸口。他臉色凝重，感到事情非常嚴重。他立刻告別了沙利衛，與曾泮回到禮部去商議對策。沙利衛與龐儒則回到寓所。

沙利衛剛一回到寓所，龐儒就問：「在大祀殿，協律郎與神父說了什麼？」

沙利衛笑了笑，說：「他對我說，元代對雅樂破壞嚴重，到了明代，中原雅樂幾乎喪失殆盡，只好利用道教音樂來重建雅樂祀典，所以他們的演奏隊伍中有道士加入。這種以道代雅形成了明代祭祀音樂的特點，南京大祀殿的祭孔演奏就是這樣的典型。」

「看來中國古代雅樂損失很大。」

「是啊。《詩經》中有關音樂的內容太豐富了。孔子當年在齊國聞《韶》之樂，稱讚為盡善盡美，竟然三月不知肉味，可以想像那是多麼美妙的音樂。後來項羽一把火燒掉秦咸陽宮和阿房宮，從此《樂經》失傳。不過，唐代有燕樂等十部並存，宋代的音樂也有成就，但經歷元代後，再遭毀滅，至今已經所剩無幾了。」

龐儒嘆口氣，說：「這大概就是禮崩樂壞吧？」

「是啊。不過，他們還是有很大成就的。協律郎告訴我，有一位叫朱載堉的王子，通過精密計算，發明了平均十二律。這很了不起，超過了西方。可惜的是，這位王子的發明至今沒有得到推廣。他們仍然用五音音階，所以我聽他們的演奏亂作一團，他們只會齊奏，不懂合奏。」

沙利衛一邊說着，一邊翻看日曆，自言自語地說：「今天是四月一日，再過幾天就是清明節。」他眼睛一亮，對龐儒說：「清明節一過，戴先生就該回來了。」

「神父想戴先生了吧？」龐儒問。

「是啊，這樣的朋友，一日不見，如隔三秋。」

86

五月的南京城，繁花似錦。在沙利衛寓所的庭院裏，各種花兒競相開放，有芍藥、牡丹和月季等，競相怒放，招人喜歡。沙利衛來到碩大的牡丹花前，蹲下身子細細觀賞。他被眼前的牡丹花吸引住了，它太奇特了，竟然在同一朵花上有紫紅和粉白兩種顏色。他不知道這是什麼品種，但猜想此寓所的前主人一定是一位熱愛牡丹的人。

就在這時，龐儒快步過來，對沙利衛說：「神父，李踔先生來了。」

「哦，快快有請！」就在沙利衛起身的時候，李踔已經來到他跟前。

「神父好雅興！」李踔說。

「李先生，快來看，這花好奇怪，竟然在一朵花上有兩種顏色。」沙利衛像是找到了一位植物學家一樣，他相信李踔先生一定知道這種花屬於什麼品種。

李踔看了看，笑着說：「這種牡丹花名為二喬，屬於名貴品種，在牡丹中極為罕見——正所謂『一花開兩色，二難並一園』。」說着，他用手指了指神父，又指了指自己。神父先是楞了楞，隨即笑了起來，說：「正是，正是！」

李踔看了看旁邊的一簇芍藥花，說道：「神父看，在中國，牡丹花旁總要有芍藥花陪伴，二者總是相守相伴。民間關於這方面的傳說故事很多，也很生動，今天我們可以賦予它新的含義了。」說着，李踔轉過身，對着外邊喊道：「你們進來吧，拜見沙利衛神父。」

沙利衛這才知道，今天來的不是李踔一個人，還有五位年輕人，其中一個小夥子長得五大三粗，極為壯實。還有兩位是女性。

「這是我收的兩位女弟子。」

兩位女弟子上前行禮。她們三十歲左右，身穿僧服，估計是出家人。然後是三位年輕小夥子上前行禮。禮畢，李踔開口道：「在中國，人們向來反對女子讀書。我李踔逆風而行，招收女徒，在麻城時弟子近千，女徒近百。老夫認為，男女平等，皆有接受教育之權利。我的朋友袁氏兄弟也冒天下之大不韙，廣招女徒，影響甚巨。今天這兩位，一位叫澹然，一位叫澄然，皆為品學兼優之人，乃女子中出類拔萃者。老夫還認為，女子戀愛結婚當自由，卓文君

改嫁司馬相如，即女子之傑出者！神父對老夫之觀點以為如何？」

「先生所言甚為高明。上次先生賜我兩本大作《藏書》和《焚書》，我已拜讀完畢，深為先生的高見所折服。今見先生高足，也必定是青年才俊，名師出高徒嘛。走，咱們到客廳敘談。」

來到客廳，龐儒端上茶水。沙利衛取來一本裝幀精美的《聖經》，對李贄說：「先生，在《聖經》中，記載了耶穌的女弟子。耶穌說，你們都是上帝的子女，都是兄弟姐妹，是平等的。男女都有戀愛結婚的自由，女性有離婚的權利，還有財產繼承權。女性生病允許男性醫生觸摸其身體。耶穌對妓女持同情態度，沒有歧視。」

李贄說：「徒弟聽見沒有？西方《聖經》之言與吾之言行相合。然而，在中國又是怎樣呢？不少女子寧可不要命，也不看醫生，愚昧呀！」

澹然說：「我們鼓起勇氣做先生的女弟子，是被先生的道德所感化。先生唯一的兒子因病夭亡，兩個女兒也不幸相繼離世，然而先生沒有納妾，與結髮妻子情篤相守，相敬如賓。」

澄然說：「師母不幸去世後，先生肝腸寸斷，日夜思念，寫了六首悼亡詩。先生認為，夫婦情愛之中，包含了男女雙方的行功言德。」

沙利衛說：「先生信德感天動地，才有了這麼多追隨者，實在可敬，可敬！不過……」

李贄問道：「神父為何欲言又止？」

沙利衛說：「先生是一位思想家，我很敬佩。不過，在中國……能被世俗認可麼？」沙利衛猶豫了一下，還是說了出來，他覺得，在李贄這種人面前與其遮遮掩掩，不如痛痛快快。

果然，李贄並沒有生氣，而是向沙利衛抱了抱拳，說道：「神父乃爽直之人，我喜歡！」他轉身對澹然和澄然說：「她們是有勇氣的人。」她又轉身對沙利衛說：「我招收女弟子，世俗不會認可，

但也沒有辦法。我一不違法，二不為非，奈何於我？不認可就不認可，我李踔不是為了別人認可才活着。」

沙利衛說：「先生之高潔令人動容，想必您的兩位女弟子也是高潔之人，但不知先生的這幾位高足是否願意加入我天主教？天主認可先生。」

李踔說：「什麼？天主認可？哈哈哈哈，神父真會說。老夫今日帶他們前來，倒是有一想法——老夫已垂垂老矣，雖然儒、釋、道三家皆有所涉獵，然對於西方宗教毫無所知。老夫希望徒弟們能夠彌補缺陷，融中西於一體，化萬物於心中，成為具有大胸懷大格局大境界之人。他們應該超越前人，只有超越，中國才有希望。」

於是，沙利衛親自為李踔的五位弟子實施了洗禮。接下來，沙利衛給他們講了天主教的基本教義，並送給他們《天主十誡》和《交友論》等書。這是沙利衛在南京發展的第一批教友，而且是李踔的高足，這讓沙利衛十分得意。

接着，他們又探討了人的私心問題。李踔認為，人必有私，而後其真心乃見；若無私，則無真心矣。即便孔子這樣的聖人，若無司寇之任、相事之攝，必不能一日安其身於魯國。李踔還批駁了古人「正其誼不謀其利」的虛偽之論，提出要承認功利之心，它是人們從事各種活動的動力，不可除，也除不掉。

暢快的敘談之後又要告辭了，李踔有些激動。在他看來，沙利衛內心玲瓏，外表樸實，舉手投足大方得體，是一個極標致之人。臨走時，李踔送給沙利衛一把摺扇，上面有他親筆題寫的一首詩：

> 逍遙下北溟，迤邐向南征。
> 剎利標名姓，仙山紀水程。
> 回頭十萬里，舉目九重城。

觀國之光未？中天日正明。

　　沙利衛將他們師徒送出大門。望着他們遠去的背影，沙利衛感
覺到，在中國思想界出現了新的曙光，要向傳統觀念發起挑戰。但
是，他不能預測這新思想能否取得勝利，他甚至有所擔心，在西方
有蘇格拉底式的悲劇，在中國也有少正卯和嵇康式的悲劇，傳統勢
力對於異端向來是零容忍。他打算寫信向孟安仁視察員匯報在南京
的工作，並提出在適當時機再次進北京，還要在信中提出那個一直
疑惑不解的問題。

　　龐儒說：「這位李先生，思想新銳，令人敬仰，他使我想起了
哥白尼和布魯諾。」

　　沙利衛不禁心中一驚，龐儒能與他同步思考問題。他沉默了一
會兒，點點頭，問道：「布魯諾？他不是在威尼斯嗎？也不知他現
在怎麼樣了？」

　　龐儒說：「神父來中國時間長了，不太了解羅馬的事情。布魯
諾被宗教裁判所逮捕入獄了。」

　　沙利衛有些驚訝，說：「有這樣的事？」

　　龐儒說：「我看這位李先生與布魯諾是同類人。」

　　沙利衛說：「李先生是個了不起的人！如果中國多一些這樣的
人，他們就可以到世界各地去傳教了。」

　　龐儒有些不解，問道：「神父的意思是──」

　　沙利衛說：「新思想的力量一旦強大起來，必然影響全世界。
不過，我覺得這一天還沒有到來，即便在歐洲也是這樣。」

　　龐儒問道：「這一天會不會很快就到來呢？」

　　沙利衛說：「說不好，或者很快到來，或者遙遙無期。」

　　龐儒說：「如果遙遙無期，李先生的思想豈不是曇花一現嗎？」

　　沙利衛搖了搖頭，說：「我大概看不到了，也許你能看到，

不過——」

就在這時，龐儒看到遠遠走來一個人，他一眼就認出了，是戴變先生。他對沙利衛說：「神父，您看，那不是戴變先生嗎？」

沙利衛也看到了，趕忙迎上前去，握住戴變的手，說：「我們日夜盼望，先生終於回來了。快進屋說話。」

戴變參觀了沙利衛購置的寓所，稱讚這是一處很好的住宅。接着他拿出從家鄉帶來的一些土特產，請他們品嚐。三個人一邊吃一邊說着分別後的情況，不時發出陣陣笑聲，就像久別的親人那樣親切和睦。

沙利衛說到參加音樂會的事，還說到了朱載堉。戴變非常興奮，說朱載堉可是難得的人才，他推算出精密的數學公式，以新法密率求得十二律之間完全平均的音高關係，兩千年來所未有。只可惜太常寺並沒有採用他的成果。戴變還說，朱載堉是皇親世子，當年戴變的父親奉命去鳳陽封朱載堉為鄭王世子，他卻放棄了王位繼承權。皇帝不同意，他就多次上書，前後長達十五年，七次上書，堅辭不輟，終於得到皇上批准，讓出王位，被世人稱為「天潢中之異人」。戴變說，若神父能與朱載堉進行交流，那一定是名垂青史的佳話，因為像朱載堉這樣傑出的數學家在中國屈指可數，只是他家住河南沁陽，不知有無機緣。沙利衛聽後，心中頓生羨慕，很想與他結識。

龐儒說：「神父，若能與朱載堉相會，我一定向他學習新法密率的數學計算公式。這個問題在歐洲至今未得到徹底解決，沒想到中國人解決了。我們應該向歐洲做些介紹。」

沙利衛說：「你懂音樂，介紹工作就由你來做吧。」

龐儒很是高興，說道：「好的！」

沙利衛又說到了李踔。戴變很是驚訝，想不到李踔這樣的一代宗師竟然兩次登門與沙利衛神父交流，簡直不可思議。戴變簡單叙

386

述了李贄的經歷，說他原來曾在南京刑部任職，後任姚安知府，但很快就棄官而專注於學術，提出了很多新銳觀點，贏得了廣泛讚譽，掀起了思想界的一場革命，擁護者追隨者甚多，同時也招致了很多人的反對乃至仇視。戴燮特別說到，李贄個性極強，特立獨行，但為人坦誠率真，從不隱瞞自己的觀點。戴燮說，李贄先生與著名學者焦睿關係甚好，李贄每次來南京，都住在焦睿家中。焦睿是萬曆十七年狀元，做過翰林院編修，後專心著書立說，他最有名的觀點是「學道者當掃盡古人芻狗，從自己胸中辟出一片天地」，這與李贄先生的思想如出一轍。戴燮建議沙利衛回訪李贄先生，並同時拜訪焦睿先生，可謂一舉兩得。沙利衛立刻答應了。

戴燮又問沙利衛：「神父在南京，可曾與佛教界有過接觸？」

沙利衛說：「不曾，但在寓所展覽期間有一僧人來過。」

戴燮說：「南京城寺院甚多，高僧也多，其中有一位雪天大師，影響極大，神父可想與他見一面？」

「能有機會交流，當然甚好。」

「好。此事我來安排。」

三個人又談了一些其他問題，不知不覺天已正午，該吃午飯了。戴燮說：「我來做飯，正好品嚐我從家鄉帶來的食材。彩雲叮囑我，讓我親自下廚，給神父做兩道正宗蘇州菜。」

沙利衛說：「記得春節期間在府上品嚐過先生廚藝，從那以後我很久沒有那個口福了，今天戴先生親自下廚，正可以打牙祭。」

沙利衛一番話，說得三個人都笑了。

　　焦睿家住在離清涼山不遠的同仁街。沙利衛按照戴燮的意見，去拜訪焦睿先生，並帶上一本《交友論》。在焦睿家中，沙利衛果然見到了李踔。其實，焦睿早就聽說南京城來了一位西洋傳教士，特別是聽李踔講了兩次相會的情形，便對這位洋教士充滿了好奇，把李踔帶回去的《交友論》一口氣讀完，甚為讚嘆。李踔提出，有機會安排二人會面，這不，正當兩人商議此事時，家僮來報，說有位洋人前來拜訪。李踔一猜便知，肯定是沙利衛神父來了，一見面果不其然，二人相見，哈哈大笑。焦睿聽說戴燮乃原禮部尚書戴大人之子時更為高興，大有一見如故之感。

　　在焦睿引領下，沙利衛參觀了焦睿家中藏書。這是一座木製藏書樓，上下兩層，外人稱為狀元樓。李踔說，這是南京首家藏書樓，遠近聞名。沙利衛走進去一看，呵，真是汗牛充棟，坐擁書城，比章乾的書房大多了，藏書也豐富多了。靠牆是一圈用紫檀木製作的三層直櫃透櫺藏書架格，每格都有步步錦燈籠框圖案的透櫺門，可隨意裝卸。直櫃內糊以薄紗，隱約可見裏面卷帙緗縹，散發出淡淡芳香。焦睿打開數個架格，書香沁人心脾。沙利衛置身於書的海洋中，用手輕輕撫摩那一冊冊印刷精美的線裝書。焦睿介紹了他的藏書精品，有宋版《道德經》《李太白集》《陶淵明集》，還有著名的《史記》《漢書》《後漢書》《三國志》。焦睿指着一個兩層矮架格，說道：「這是新書。」他特地介紹了新收藏的四部書，沙利衛一看，極為熟悉，是李踔先生的《焚書》和《藏書》，還有一部手抄本《髹飾錄》，第四部是沙利衛的《交友錄》。這讓沙利衛很是感動。

　　焦睿對所收藏每一部書，都親自校勘，蓋上「淡園焦氏珍藏」「子子孫孫永保」的藏書印。沙利衛繼續瀏覽書架上的每一部書，

這是他第一次走進這麼宏富的藏書樓，而且是私人藏書樓，由此感到這位狀元的確是一位大學者。他為能有這樣的機會與之見面感到高興，並從內心感激戴戅先生的引薦。這時，一部厚厚的新版線裝書吸引了沙利衛的目光，他停在那裏，伸出手想取下來仔細看。焦睿趕忙替他把書取下來，放到書桌上，說：「這時去年入藏的一部《本草綱目》，作者李時珍。他歷時二十七年寫成此書，就是在南京刊印的，可謂集中國醫學之大成。可惜這位李醫生五年前就去世了。假如他還活着，與神父相見並進行切磋，那可是中西文化交流史上的佳話啊！」

沙利衛彎下腰去，將臉貼在書上，閉上眼睛，停了一會兒。其他人都被沙利衛的動作驚呆了。過了一會兒，沙利衛直起身來，說道：「偉大的李時珍！」

焦睿說：「神父來南京，使我這藏書樓多了一本洋人著作——《交友論》，我這藏書樓也就中外兼收了，真是幸運啊！」大家都笑了。

沙利衛轉身朝向門口，抬頭一看，只見門框兩側掛着一幅書法作品：「緗縹兩行字，蟫蟲蠹秋芸。」落款署名焦睿。沙利衛看了一會兒，不明白其中的含義。他問焦睿：「焦大人的墨寶實在好，這對聯的意思如何理解呢？」

焦睿笑了笑，謙虛地說道：「自娛自樂，神父不必太認真。我正準備取下來呢。」

李踔說：「焦大人的天機不可洩露啊。」說罷，他們都笑了。沙利衛楞了楞，隨即也笑了。

四位學者說笑着，走進了焦睿的客廳，開始了一場中外學術交流活動。他們相談甚歡，一致認為，對於中國傳統的儒學要進行適當改造，充實新鮮血液。他們認為，一個國家的文化是不斷發展進步的，如果停滯不前，就會走向僵化。沙利衛、戴戅和焦睿一致認

為，李踔不是儒家思想的叛逆者，而是改造者、豐富者和發展者。李踔本人也表示，儒家思想的主體是好的，但需要更新。他對沙利衛將西方文化與原始儒家文化相結合的做法表示認同，不過他強調，天主教思想可以補益儒學，絕無可能取代儒學；儒家思想不可能被任何一種宗教所取代，因為儒學不是宗教信仰，而是治國理政的思想和道德倫理，代表了中國人的核心價值觀，具有凝聚人心和提高修養的強大作用。道家思想也是治國理政的思想，對儒學具有補充和豐富的功能，二者不是敵對關係。

沙利衛站在西方的角度強調了一點，就是中國的科舉考試雖然取得了巨大成就，但是這個制度引導士子重視讀書做官有餘，重視科學技術不足。他說，科舉考試的科目設置偏窄，在一定程度上限制了科學技術在中國的發展，導致明代的科學技術開始落後於西方，這會影響國家實力的提升。對此，三位均表示認同。

最後，他們一致認為，中國的發展無論從國家層面還是從個人層面上，都要走中西結合的道路，而中國向來就有善於將外來文化本土化的傳統，禪宗就是一個典型。對此，沙利衛談了一個很具體的問題，就是中國若走中西結合之路，應藉助拉丁字母給中國字注音，在兩種文字體系中間搭建一座橋樑，從而克服在中外交流中存在的障礙。但是由於時間關係，他們沒來得及進一步討論天主教義究竟在哪些方面以一種什麼樣的方式補益儒學的具體操作問題，只能留給沙利衛和他的同事去考慮了。這或許是一個遺憾，但是在沙利衛心中，一個想法更加強烈了，就是一定要去北京，見中國皇帝，自上而下地來推行。到那時，也許會出台一個詳細的具體的操作方案。

最後，李踔對沙利衛說：「神父，我還有一位朋友叫李本貞，看到神父的大作《交友論》後稱讚不已，特地託我邀請神父到他家做客，懇請神父賞光。」

沙利衛看了看戴燮，意思是請他拿個主意，畢竟自己對那位李本貞一點也不了解。戴燮明白沙利衛的心思，點了點頭，說：「李本貞先生也是一位著名學者，雖然致仕，卻也喜好交接天下俊才，神父卻之不恭啊。」

　　沙利衛馬上說道：「那就煩請轉告李本貞先生，我接受他的盛情邀請，時間就由他來選定吧。」

　　李踔高興地說：「甚好，甚好！」

　　十天之後，天降小雨，空氣濕潤，氣候宜人。沙利衛接到李本貞派人送來的請帖，邀請沙利衛、龐儒和戴燮到李本貞府第赴宴。沙利衛帶上《交友論》作為禮物，如約而至。李本貞在門口迎接，寒暄之後，李本貞請沙利衛進入客廳。沙利衛看見李踔、焦睿已到，還有幾張陌生面孔，沙利衛都一一施禮，然後被邀請至上位就座。

　　沙利衛說：「有李老先生前輩在，我豈能上座？」

　　李踔笑了，說：「神父客氣了。今日李大人專請神父，我等前來作陪，神父上座理所應當。」

　　沙利衛說：「恭敬不如從命。」

　　坐定後，沙利衛環視四周，在幾位陌生面孔中發現了一張熟悉的面孔，似乎在哪兒見過。他想起來了，是在戴燮家中養病時給他看病的王宇堂大夫。沙利衛趕緊過去行禮，說：「王大夫好，上次王大夫治好了我的病，我心中感激不盡，不想在此相見，戴先生也不事先告訴我。失敬，失敬。」

　　王大夫說：「此事不怪戴先生，我這次來是焦大人通知的，戴先生並不知曉。」

　　戴燮走了過來，笑着說：「王大夫是要給神父和我一個驚喜吧。」戴燮對沙利衛說，「上次在寒舍，神父於病中，我沒有多介紹，今天正好有機會彌補。王大夫不僅精通醫術，還對佛學頗有

研究。」

王宇堂說：「過獎！在雪天法師面前，我哪裏擔得起『研究』二字。」

沙利衛方才發現客人中還有一位僧人。此人天庭飽滿，二目有神，鼻直口闊，面如滿月。這時，主人李本貞向大家一一作了介紹。沙利衛這才知道，那位僧人便是南京大報恩寺的住持，著名的雪天大師，酷好《華嚴經》，善書能文，於禪林久享芳譽，在中國南方名聲甚巨。沙利衛突然想起，寓所展覽期間有一位僧人光顧，應該就是雪天大師了，只因當時人多，未能與之交流。李本貞說，希望中西宗教領袖能藉此進行切磋，也是一件文化盛事。隨後，李本貞重點介紹了沙利衛神父，說他是西方文化使者，給古老的中華吹進了西方文化新風。李本貞話音剛落，只聽雪天大師長嘯一聲，隨即吟詩一首：

> 一雨山如沐，垂藤覆深屋。
> 不見踏花人，窗外生新綠。

眾人聽罷，先是一楞，隨後也就鼓掌表示欣賞。李本貞接着說：「神父來中國一十七載，遊歷肇慶、韶州、南昌，飽覽中國山川，遍讀中國詩書，身着儒士服裝，口吐中國言語，已然地道中國人矣。」他又說，「神父精通天文、曆法、數學，傳教同時，傳播西洋科學，深受吾國人民歡迎……」李本貞話音未落，雪天法師又長嘯一聲，吟詩一首：

> 朝起自憑欄，明霞燦如綺。
> 失卻向時人，鳥聲似它語。

眾人又是一愣，但這次無人鼓掌。李本貞笑了笑，剛要說話，雪天大師開口了：「昨夜小雨，街市如酥，貧僧晨起遠眺，心有所感，見笑見笑。」他站起身，走向沙利衛，問道，「聽說天主教義講什麼上帝創造萬物，請問神父，可知我佛關於創造之學說？」

　　沙利衛欠了欠身子，說：「願聞其詳。」

　　雪天大師說：「在我佛看來，天地萬物確有主宰者，但是創造萬物之神與人並無本質區別，就如同在座各位，與造物主一樣，不分高下。」言罷，面帶不屑之色，兩眼乜斜着沙利衛。

　　沙利衛說：「如此說來，大師亦能像造物主一樣創造萬物嘍？」

　　雪天大師說：「何必有此問，每個人都可以創造。」

　　沙利衛端起茶碗，指着說：「那就請大師創造一個茶碗出來。」

　　雪天大師鄙夷不屑，說道：「神父此言差矣！我所言者乃心中之創造，非實物之創造。神父既然讀中國詩書，總不該連心學都不知道吧？」

　　眾人聽罷，捏了一把汗，誰也沒有料到雪天法師如此不留情面。戴燮在一旁坐不住了，他起身想去制止雪天大師的無禮，可是他看到李踔先生向他使眼色，並搖頭，意思是不要制止，於是戴燮只好又坐下，聽二位繼續辯論下去。

　　沙利衛說：「心學之創造，乃一影像而已，如同我們看到太陽和月亮，心中就有了太陽和月亮的影像，但這不能說心中創造了太陽和月亮。如果法師手持一面鏡子，然後在鏡子裏看到了太陽和月亮的影像，法師能說鏡子創造了太陽與月亮嗎？鏡子可以映照萬物，豈能說鏡子創造萬物？」

　　眾人聽罷，紛紛點頭，竊竊私語，贊同神父的觀點。雪天大師有些尷尬。李本貞忙起身說：「諸位賢達，宴席已經備好，請諸位入座。」

　　於是，眾人向餐廳走去，暫時停止了辯論，但人們心中都知

道，這場論辯應該還沒有結束。飯間，作為主人的李本貞主動熱情，勸菜勸酒，大家各自盡興，倒也和諧有致。然而雪天大師最終還是沒有忍住，他又主動挑起話題，說道：「天主之人性，與普通人之人性亦無差別，與在座各位之人性一同。見性成佛，眾生皆有佛性，這是佛經上的權威論述。」

雖然在飯桌上提出這個帶有挑戰性的話題有一點不禮貌，但在座的各位都希望聽到中西方更加深入的探討，尤其想聽一聽沙利衛神父如何反駁，即便是作為東道主的李本貞也是如此。他悄悄對焦睿說，自己對這個問題也心存迷惑，很想聽沙利衛神父講一講。

沙利衛感覺今天的宴會不是普通宴會，否則主人為何要把雪天大師也請來呢？看來，他必須把問題展開來講一講。他先對各位笑了笑，然後說：「我在韶州南華寺聽過百丈禪師的一句名言——『得人心者得宗教。』今天我就回應一下雪天大師的問題。本性和附性不同，先天與後天相異，必然與偶然有別，權威之說與邏輯判斷更是大相徑庭。」沙利衛看看眾人，大家一臉困惑，沒聽懂他說什麼。

沙利衛接着說：「本性就是本體，是固有的，比如孔子講『性相近』，即指人的本性。附性是後天形成的，善性和惡性皆後天習染而成，差異很大，即孔子所講『習相遠』。人的本性是自然屬性，無所謂善與惡，之所以有了善與惡，是後天形成的，叫做社會道德屬性。二者不屬同一類，不可混淆來談。天主之人性不同於人性，祂只有善性，因為天主向來引導人們向善，不引導人們趨惡，這是推理得出的結論。好比佛祖，只引導人們向善，難道大師見過佛祖引導人們向惡麼？」

大家紛紛點頭，同意沙利衛的邏輯推理。沙利衛繼續說下去：「必然與偶然的原理是，證明一個觀點要看事物內部必然聯繫，而不是簡單亮出一個所謂權威觀點。其實，我也可以亮出相反的權威觀點來反駁大師，但這些孤例都屬於偶然現象，不能體現事物內部

的必然聯繫，因而不能證明觀點。我研究過數學，數學原理就是要找出事物內部的必然聯繫，然後通過推理判斷來加以證明。數學是理性的，而剛才大師所講則是感性的。」

眾人聽後，似乎看到了一點朦朧的光亮，儘管沒有完全聽懂，但也覺察出大師思維的簡單化和沙利衛思維的縝密。接下來，沙利衛又講了天主教義中的天堂和地獄，以及靈魂不滅的觀點。雪天大師坐不住了，推脫有事，提前告辭，走了。

王宇堂笑了笑，說：「神父不必在意，我曾向大師學佛，但是我與他的觀點並不完全相同。愚以為，人對於所學的東西，如不能覺解，還不如不學。」

戴燮終於講話了：「王大夫所言極是，王大夫的著作用佛教教義闡釋儒學經典，表現出少有的開放兼收氣度，戴某十分佩服。」

王宇堂說：「戴先生過獎。我想請教神父，對中醫怎麼看？」

沙利衛說：「我不懂中醫，豈敢妄加議論。不過今天既然是中西交流，那我就不揣譾陋，見笑於各位方家啦。」說着，沙利衛向眾人抱了抱拳，「中醫說，人之思在心，因為孟子早就講過『心之官則思』。西方解剖學認為，人的思考功能在大腦，記憶能力也在大腦。我研究記憶之術，發現受過傷的大腦，記憶力明顯下降。」

聽的人面面相覷，大家很是驚訝：孟子的觀點竟然是錯誤的！沙利衛環視一圈，接着說：「中國自古有陰陽五行說，主張金、木、水、火、土是構成萬物之元素。西方不這麼看，是四元素，即土、氣、水、火，乾熱濕冷，兩兩結合，比例不同，從而構成物質世界。中國也講『氣』，但不是西方空氣之氣，究竟指什麼，我並不清楚。」

王宇堂接過話題說：「神父所講西方四元素，大概指實存實物之元素也，而中國之五行並非五種實物元素，而是指它們的屬性，從而構成中醫的理論基礎。至於中國所講的『氣』，雖不在五行之

中，卻無處不在，更是中醫的核心理論。無論四元素說，還是五行說，我想二者可以互補。」他話題一轉，說道，「不過我對神父關於交友的觀點十分贊同，我讀過神父的《交友論》，甚為感佩！」說着，王宇堂拿出自己的《鬱岡齋筆塵》一書送給沙利衛，說：「請神父雅正。」這是沙利衛第二次與中醫的接觸，第一次是在南昌。從此以後，沙利衛對中醫格外敬重。

李踔始終沒有發言，他今天來主要是聽取雙方的觀點，尤其是想進一步了解沙利衛的天主教義。在他看來，今天沙利衛的表現十分出色，可謂有理有節；相比之下，雪天大師有失風範。當然，他也感覺到有些問題沙利衛神父並沒有說透說準，甚至有舛誤，尤其是沙利衛與王宇堂的對話。他始終不能理解的是，天主創造萬物的觀點有何實際意義呢？天主創造萬物又能如何？不創造萬物又能如何？反正萬物就那麼實際存在着。即便人們接受了這個觀點，它對於這個世界尤其對於人們的生活究竟有什麼實際意義呢？難道僅僅是為了引起信徒對天主的敬畏和順從嗎？還有，天堂和地獄之說或許對活着的人具有一定的警示作用，那靈魂滅與不滅對普通人而言又能起到什麼作用呢？李踔不禁想起了《說苑》中的一段記載：「子貢問孔子：『死人有知無知也？』孔子曰：『吾欲言死者有知也，恐孝子順孫妨生以送死也；欲言無知，恐不孝子孫棄不葬也。賜，欲知死人有知將無知也？死徐自知之，猶未晚也。』」想到這裏，李踔不禁輕輕笑出了聲：「哈哈哈哈……」

眾人看着李踔，不知道他究竟笑什麼。

　　沙利衛在南京取得了進入中國以來最顯著的成就，南京上層官僚及知識階層沒有不談論沙利衛的。這一情況很快傳到了澳門，孟安仁對沙利衛的表現由衷高興。在歐洲，也是如此，沙利衛翻譯的四書傳遍歐洲，許多人通過四書知道了中國，也感受到了耶穌會的強大攻勢。有的人甚至說，耶穌會就差給中國皇帝實施洗禮了。

　　孟安仁在高興的同時，也有深深的擔憂。他的擔憂主要來自三個方面，一是成績越大，越容易招惹忌恨；二是歐洲局勢動盪，各種矛盾錯綜複雜，這種矛盾必然會傳到澳門，尤其是布魯諾被捕的事情在歐洲反響巨大，有人聲援布魯諾，有人主張立刻將其施以火刑；三是他最擔心的一條，就是隨着他和柏拉瓦年齡越來越大，身體健康狀況也越來越差，他經常感覺頭暈，渾身乏力。目前「總會長—視察員—沙利衛」三人組合是最佳搭檔，但是這個組合中任何一個環節出了問題，都會使整個組合出現斷裂。他要在這個組合還處於強大狀態中的時候，加快向北京進軍的步伐。他相信，憑沙利衛的能力，只須三五年的時間，就可以在北京取得輝煌業績。想到這裏，他叫來助手，讓他給沙利衛重新開具一份更加豐厚的大禮單，盡快送往南京。同時他給沙利衛寫了一封信，信中寫道：

親愛的沙利衛神父：

　　主內平安。

　　上次您的來信我收到了，神父定居南京讓我非常欣慰。第一次進北京，雖然沒有見到中國皇帝，卻不失為一次預演。現在，朝鮮戰爭已經結束，中國重新回到常態，傳教事業可以繼續向前推進了。神父翻譯的中國著作在歐洲已經產生了巨大影響，人們認為天主之光就要照耀北京的皇宮了。神父可以選擇

適當時機再進北京，實現夙願。我已給神父重新準備了一份進獻中國皇帝的大禮單，估計能發揮作用。

目前，肇慶和韶州的傳教事業也得到了很大發展，特別是龍季厚神父，已經為三百多人付洗。南京是繼前兩個傳教點之後又一個重要的傳教點。神父到達北京後，南京傳教點繼續保留，同時恢復南昌傳教點。這樣就能形成貫通中國南北的一條線。這是一條基礎線，是耶穌會在中國傳教的根基線，為將來向沿線兩側拓展奠定基礎。神父可配兩位助手前往北京，南昌和南京再各新派兩位神父，你們可以南北呼應，京杭大運河就是溝通你們聯繫的通道。我真不敢想像，偉大的大運河可以為天主服務，這真是天主的榮光。當然，您現在是中國教區傳教團總教長，很多事情就由您來決定吧。

同時送去一千金幣。這些經費是特雷斯先生贊助的。告訴你一個好消息，特雷斯先生的船再過一段時間就要到澳門來了，迪瓦和秋兒一起回來，您一定很想念他們吧，我盼望着你們團聚的那一天，屆時我和您一定有很大很大的驚喜！

另外告訴您，布魯諾神父由威尼斯政府移交羅馬教廷後，關押在羅馬宗教裁判所，進行深刻反省。他很頑固，恐難以改變。龐儒曾經在我面前流露出對宗教裁判所的恐懼之情。我對此心情複雜，我不知道在中國會不會有布魯諾式的人物。您來信問我當初為什麼不同意龐儒將哥白尼的著作帶進去。我告訴你，我是矛盾的，我擔心出現意外。您明白我的心情。

我的確覺得自己老了，身體也大不如從前；越是如此，我越是感覺到時間不等人。我選了一個有特殊意義的日子給您寫這封信。

主內不肖的僕人　孟安仁

1599 年 7 月 2 日

寫好信後，孟安仁又一次來到經言學校，他要為南昌和南京傳教點物色新的人選。這些年來，經言學校為東方教區輸送了一批優秀傳教人員，該校已經成為名副其實的培訓基地。他這次要挑選四名傳教人員，必須一一親自考察，要達到他所制定的標準。

　　經過一天的考察，孟安仁初步確定了人選，他還要再看一看，只要沙利衛那邊一動身，他這邊就立刻把人派出去。回到辦公室，助手將準備好的大禮單拿給他過目。他仔細看了一遍，說：「增加一件樂器，要最精美的樂器。」他停了一下說，「我想起來了，龐儒會演奏西洋琴，就準備一架西洋琴吧。」

　　助手說：「特雷斯先生曾經為經言學校捐過一架西洋琴，還是新的，您看行嗎？」

　　「行，就是它了。你馬上到經言學校去一趟吧。」助手立刻去了，很快就把那架西洋琴搬了回來。孟安仁一看，果然還很新的。它長三尺，寬五尺，七十二根弦用金銀做成，每根弦都有柱，完好無損。這種西洋琴體積小，攜帶方便，適合小型沙龍演奏。把它獻給中國皇帝，在皇宮內演奏，再合適不過了。龐儒學過西洋琴的演奏方法，他可以擔任教師來培訓中國演奏人員，說不定能發揮大作用。

　　孟安仁突然想起什麼，對助手說：「我記得你是學過音樂的，你來演奏一下試試。」

　　助手有點不好意思，說：「我只會一點點。」

　　「沒關係，試一下，我聽一聽它的音色。」

　　於是，助手演奏了一會兒。琴的音量並不大，但音色柔美，令人陶醉。孟安仁心中非常高興，給中國皇帝準備禮物不是一件小事，一定要讓中國皇帝滿意，高興。他想了一會兒，又看了一遍大禮單，對助手說：「自鳴鐘只有一件，再準備一件。」

　　助手說：「目前只有這一件大的了。」

「那就重新做一個，找澳門最好的鐘錶製作師。要小巧、精美。記住，準備兩把上弦的鑰匙。」

助手又準備去了。五天後，一架玲瓏小巧的自鳴鐘擺到了孟安仁辦公桌上。孟安仁看到後，情不自禁地說：「太美了！即便在歐洲也難以見到如此精美的自鳴鐘。」這件自鳴鐘形狀如小香盒，大小可以放在手中把玩。精金製作，絲繩交絡，懸在簇管上，輪轉上下，戛戛作響。孟安仁將鑰匙插入鐘錶內機關上，轉動幾下，於是發出了悅耳的報時聲音，如鐘磬佩環一般，既清脆，又婉轉，餘韻悠悠……

孟安仁十分滿意，他囑咐助手，兩把弦鑰一把放在自鳴鐘內，另一把單獨放好，屆時親自交給沙利衛神父。助手剛走了走幾步，孟安仁又叫住他，說道：「別忘了把克拉維奧先生註釋的《幾何原本》帶上。克拉維奧先生是沙利衛的老師，這本書是他的心血之作，他專門從歐洲寄來的，囑咐我一定轉交給他的得意門生沙利衛。」

「我記住了，您放心吧。」

一切準備停當，孟安仁覺得有些疲乏，他對助手說：「你去忙吧，我休息一會兒。」

助手悄悄地退出來，輕輕地關上了門。

轉眼一年過去了，又到了春光無限好的季節，南京城春意盎然，即便在沙利衛的寓所也看得出一片勃勃生機。一大早，沙利衛就起來了。他叫龐儒，無人應，原來龐儒起得更早，正在給牡丹和

芍藥澆水。

「龐儒神父。」

「神……父？您稱呼我什麼？」

「我稱呼您『神父』啊，你應該晉升為司鐸神父了。」

「感謝教長！」龐儒向沙利衛行了一個中國禮。

「我自從擔任中國傳教團的教長以來，還沒有行使過晉升權，今天，就是現在，來吧。」

於是，在大廳內，在聖像前，沙利衛為龐儒舉行了晉升司鐸的儀式，雖然只有他們兩個人，卻也莊重神聖。

儀式結束後，沙利衛對他說：「昨夜我做了一個夢。」

「神父夢見家人了吧？」

「我夢見了視察員給我寫信，我……我還夢見了布魯諾。」

「布魯諾！您認識布魯諾？」

「認識。他是多明我會的神父，在羅馬時我們曾經在一起學習記憶術。他很另類，支持哥白尼的日心說，反對『三位一體』的教義。他曾經把聖像從屋子裏扔了出去。他掛在嘴邊的一句話是『為真理而鬥爭是人生最大的樂趣』。」

龐儒聽了很驚訝，瞪大了眼睛，問道：「神父，您後來和布魯諾有交往嗎？」

「沒有。我忠於天主，和他不是一類人。」

「您不相信哥白尼的日心說？」

「是的。」

「我覺得李踔先生和布魯諾是一類人。」龐儒小聲說道。

沙利衛看了看龐儒，覺得眼前這個年輕的神父很不簡單，但是他有責任保護自己的助手，不要滑向危險的異端。他說：「這些異端之說你不要相信，也不要對中國人說。」

這時，戴燮走了進來，問道：「你們說什麼呢？」

沙利衛頓了一下，說：「昨夜我做了一個夢，夢見……夢見迪瓦和秋兒了。」

「真的？！」戴燮很是驚喜。

「我夢見他們……乘着特雷斯先生的商船，到澳門來了。」

「只有他們兩個人？」戴燮問道。

「還有他們的兩個孩子，一個男孩，一個女孩，孩子的長相一個像迪瓦，一個像秋兒，都很可愛！」

龐儒說：「我從來沒有見過他們，也不知道他們的長相。」

戴燮說：「秋兒有兩個小酒窩，一笑，兩個大眼睛眼就變成了月牙，那可是迪瓦最喜歡的樣子。」

龐儒問：「神父，您夢見哪一個孩子像秋兒呢？」

沙利衛想了想說：「哎呀，我想不起來了，是不是都長着酒窩呢？還是都沒長酒窩呢？我實在想不起來了，做夢就是這樣，當時很清晰，醒來就模糊，記憶術也不管用了。」

戴燮和龐儒都笑了。戴燮掰着手指數了數，說：「他們走了十多年了，時間過得真快！」

沙利衛輕輕嘆口氣，捋了捋自己的鬍鬚，說：「是啊。我馬上就六十歲了，時不我待啊！」

戴燮看着沙利衛的滿頭白髮，嘆息一聲，說：「汩余若將不及兮，恐年歲之不吾與……老冉冉其將至兮，恐修名之不立。神父啊，您是不是感到了時間緊迫？」

「是的。我年近六十歲，至今未能進北京見到中國皇帝，我的人生還能有多少時光呢？昨晚我夢見視察員催我抓緊時間進北京呢。」

龐儒說：「神父，朝鮮戰事已結束，北京城也不會緊張了，咱們可以考慮第二次進北京了吧？」

「這正是我所考慮的。」沙利衛說。

就在這時，有人送信進來。沙利衛一看，原來是孟安仁的助手到了。沙利衛趕緊迎接進來。坐定之後，助手呈上孟安仁視察員的親筆信。沙利衛越看越激動，他說：「感謝天主，我的夢兌現了。」他把孟安仁來信內容與戴燮和龐儒說了。二人也很激動，想不到剛剛還在說夢，現在就應驗了，這真是天主光芒照耀的結果。沙利衛馬上派龐儒和戴燮租車去碼頭，將禮物運回。沙利衛收拾大廳，騰出空地。

過了一會兒，禮物運來了，沙利衛按照禮單一一對照收下，無誤後讓他們將禮物碼放妥帖。臨走時，助手交給沙利衛一個小包，告訴神父說，這裏面是袖珍自鳴鐘的一把備用鑰匙，孟安仁視察員囑咐必須親自交給神父保管。沙利衛立刻明白了視察員的良苦用心，隨後，他把一封信交給助手，說：「這封信請您親自交給視察員。請轉告視察員：一切放心。」助手剛走幾步，沙利衛又追上去說：「請您照顧好視察員的身體！」說着，沙利衛眼中溢出了淚水。

助手走後，沙利衛和龐儒開始計劃再去北京的行程，研究每一個具體細節。戴燮說：「神父應該專程拜訪王大人一次，請他再次幫忙。」沙利衛覺得是個好主意，於是，他和龐儒立刻動身去拜見王忠國大人。

禮部尚書王忠國近日遇到了一個大麻煩。自從皇上降旨命令宦官在全國徵收礦稅以來，這些宦官利用徵收礦稅之際，打着皇上的旗號，大肆斂財，中飽私囊，各地怨聲載道，有的地方還發生了與宦官爭鬥事件。許多大臣紛紛上書，痛陳時弊。但皇上概不接見，也不批覆。作為朝廷重臣的王忠國，讀聖賢書，受儒家教育，從骨子裏懂得一個道理，就是『做官為民』。他不忍看着眼下的亂政繼續下去，便寫了一封奏章，勸皇上改弦更張，停徵礦稅，制止宦官作亂行為。奏章上去後，石沉大海，杳無消息。王忠國覺得自己沒有把話說透，於是又寫了第二封奏章，言辭剴切，措辭犀利。他分

析了宦官制度給國計民生造成的巨大災害，指出了徵收礦稅給百姓增加的沉重負擔，批評了皇帝不顧恤百姓的荒唐行為，就像當年他的前輩海大人那樣，對皇上的指摘毫不留情。他覺得，只有讓皇上感覺到疼痛才會產生效果。他還在信中提了一個敏感的問題：反對廢長立幼，請求皇上抓緊確立皇長子為太子，鞏固國本。奏章上每一句話都直戳皇上心窩子。結果可想而知。皇上閱後，龍顏大怒，降旨立刻免去王忠國尚書之職，削職為民，永不續用。

朝廷內外，凡是敢於觸犯逆鱗的臣子統統免官。同時，皇上提拔了一批阿諛逢迎之徒。王忠國異常失望，心灰意冷，遂產生了徹底隱居田園的想法。這不，今天他正在整理自己的物品，準備離開這個他朝夕相處嘔心瀝血的禮部衙門。

沙利衛的來訪，給他帶來了一絲欣喜，因為這位外國神父進駐南京是他竭力促成的一件事情。他希望藉助海外之風吹一吹這老大帝國，吹進一點清新之風。他認為，就像人得了病一個樣，單靠自己醫治，效果難以保證。俗話說外來的和尚會念經，不妨就讓這個西洋神父念一念西方的《聖經》，或許能夠療救病體，起碼那些屢出差錯的大明曆法可以得到修正。

王忠國在朝為官多年，早已超越了忠君的藩籬。他無限忠誠的是自己的國家，是百姓。當今皇上登基時只是一個孩子，於國於家沒有絲毫功勞，忠於他做什麼呢？只是因為他在那個位子上，代表着大明帝國而已。當年文天祥寧死不降，小皇帝都來勸降，文天祥仍不為所動。「人生自古誰無死，留取丹心照汗青」。一個人要對得起自己的良心。孔曰成仁，孟曰取義，唯其義盡，所以仁至。讀聖賢書，所學何事？而今而後，庶幾無愧。前有文文山，後有海青天，想我王忠國，尚有何遺憾！

王忠國像他的前輩一樣，知其不可而為之，他仍然沒有徹底放棄對國家的希望。他在即將離開的辦公台上，提起毛筆寫了一封推

薦信，交給沙利衛，希望他到了北京能夠用得上。王忠國並沒有過多考慮沙利衛神父來中國的真實動機，但他相信，這個神父不是壞人，對中國文化是尊重的，沒有破壞中國的意圖。他的天主教義也許與中國文化有衝突，但這種衝突在經過了必要的磨合之後，會被中國文化所同化。他對沙利衛神父有了這個基本判斷之後，其他方面就不必計較。如果沙利衛能到北京見到皇上，皇上也能夠接受天主教義，未必不是一件好事。那個沈先淮，極力反對沙利衛在南京傳教，只是礙於王忠國的面子才沒有成事。王忠國始終沒有將此事告訴沙利衛，他內心還期待着沈先淮有所轉變。

寫好了推薦信後，王忠國送給沙利衛一首詩，算作與神父告別的禮物：

初逢韶州地，再會南京城。

北上鎩羽歸，不息傳教聲。

力挫名僧傲，誠信交友情。

奮力傳西學，來融華夏風。

山林防虎豹，兩進盼順平。

拙詩作別禮，相期邈雲中。

王忠國寫罷，緊緊握住沙利衛的手，淚水簌簌而下……

沙利衛回到寓所，將王忠國的事情告訴了戴燮。戴燮長嘆一聲，說：「休道盛衰唯天命，歷來忠臣難報國。」接着，戴燮問沙

利瑪：「需要我和神父一起去北京嗎？」沙利衛說：「這個問題我想過了。戴先生不去北京，留在南京寓所，等待澳門來人。將來南京和南昌都成立耶穌會會院，有戴先生在，可以兼顧兩地會院，這樣我就放心了。再說，南京距離蘇州近，戴先生還可以照顧家。」戴燮對沙利衛的周到細緻很是贊同，也感謝他對自己的照顧。於是他們開始準備行裝，將禮物打包，封裝。

就在這時，曾侍郎來了，是王尚書派他來的，轉告一個好消息：後天南京工部一位侍郎將乘船運送貨物去北京，王大人已向工部尚書說情，請允許神父搭載他們的船隻去北京。工部尚書不僅同情王忠國的遭遇，更敬佩他的義勇，便爽快答應了。王大人自己不便來見沙利衛，便託曾侍郎轉達消息，請沙利衛做好出發的準備。曾侍郎臨走時，特意囑咐沙利衛神父要給皇上寫一道奏章作為禮品題本，這合乎朝廷辦事規矩，並說這是王大人反覆叮囑的事情。

沙利衛十分感動，他又一次感受到中國人的情義。於是，戴燮執筆，寫好題本，蓋了印章。然後他們共同討論一個關鍵問題，就是這些禮物通過什麼渠道獻給皇上。龐儒說：「王大人不是給在北京的朋友寫了推薦信嗎？何不直接去找他們呢？」沙利衛和戴燮都說可取。

一切準備停當，天色已晚，簡單用過晚飯後，龐儒就去休息了。沙利衛和戴燮在大廳做臨別前的交談。這些年來，他們倆有過多次推心置腹的深夜長談，今晚又將是一個不眠之夜。

「神父這次進北京，一定馬到成功。」

「天主保佑。」

「神父到北京後是久住，還是暫住？」

「說不定，相機行事吧。」

「我擔心以後再也見不到神父。」

「我也擔心以後見不到先生。」

「北京不比南京，沒有朋友，一切都要靠自己。」

「先生有什麼要囑咐我的？」

「神父來中國，目的就是傳教。可是，北京是帝都，能⋯⋯容許⋯⋯神父傳教嗎？我是擔心⋯⋯。」

「先生有話就直說吧，我們是兄弟。」

「神父，你們在世界各地傳教，都是神父這種方式嗎？」

「不是。在墨西哥、印度、菲律賓、錫蘭、馬六甲，有一種極端的方式，就是⋯⋯」

「神父怎麼也吞吞吐吐的？」

「武力征服。」

「武力？」這是戴斈從來沒有聽說過的。他立刻警覺起來，「你們會對中國使用武力嗎？」

「不會。我來到中國是為了締造和平，不是為了交戰。我給先生講一個故事。三十二年前，一個叫瑞貝羅的傳教士說，讓中國人改變信仰是沒有希望的，沒有士兵的介入而希望進入中國，就等於嘗試着去接近月球。除非依靠武力，在軍人的面前給中國人指出一條道路。十七年前，又有個叫桑切斯的傳教士到了澳門，用了種種努力，仍然無法進入中國，於是他給西班牙國王提出要求，只要派出一萬多人的軍隊，就可以輕鬆地把世界上這個最大的國家置於自己的統治之下。」

戴斈聽了，如同驚雷乍響。他瞪大眼睛，緊盯着沙利衛。神父接着說：「孟安仁視察員的到來，改變了這一切。通過長期觀察，孟安仁認為中國人是偉大的，是愛好和平的民族。他提出，要想進入中國，必須改變策略，傳教士要過中國人的生活。通過戰爭來強迫中國人接受天主教義是可恥的，宗教信仰是自由的。從此『歐洲人主義』的時代被徹底打破了，代之以適應策略。我就是這個策略的執行者，實踐者。」

「你們放棄使用武力了？」戴燮問道。

「是的。如果不是孟安仁視察員，不知道會發生什麼。」

「你們有自己的國家，為什麼非要進入中國？」

「因為貿易擴張，需要開闢殖民地。」

「這與你們天主教有什麼關係？天主教如何對待戰爭？」

「這很複雜。耶穌基督說，除了對惡魔開戰外，不能發動戰爭。作為純正的天主教徒，不會關心貿易擴張，只關心傳播宗教教義。但是，有些宗教並不純正，而是打着宗教的幌子，實際上是貿易擴張的先遣隊。」

「中國並不反對貿易，自古就是開放的……」

「是的，但是到了明代，你們關上了大門。以前歐洲也沒有力量對外擴張。」

「神父您……是純正的天主教徒嗎？」

「我來中國十八年，思想發生了很大變化。我剛到肇慶的時候，有為貿易擴張服務的想法。現在，我不僅轉變成了純正的天主教徒，更重要的是成為了中西文化的溝通者。中國人聰明、勤勞、善良，我從戴先生身上發現了東方人文主義。中國人向善，中國的道德學說比歐洲完備，在很多方面與天主教教義相一致。中國人給了我第二次生命，我發誓，到北京後，無論時間長還是短，我都會堅持兩個基本做法：傳教與文化交流為一體，傳教與傳播西方科學技術為一體。會有人反對我，但我不會改變。戴先生，請您相信我！」

戴燮說：「我相信神父。一個真正的中國人，永遠把國家看得比自己的生命還重要，君王並不重要。孟子早就說過『民為貴，社稷次之，君為輕』。懂了這句話，就懂了什麼是真正的中國人。如果你反對中國，即便再好的朋友也會與你反目成仇。章乾先生是這樣，王大人是這樣，李踔先生是這樣，我戴燮也是這樣。」

沙利衛點點頭，說：「我懂。『風聲雨聲讀書聲聲聲入耳，家事國事天下事事事關心』，這是先生家中的對聯，我忘不了。」

「神父過目不忘。我在蘇州老家時，正逢顧成先生貶官回無錫，他經常與同道之人評論朝政，提倡讀書不忘國家。他住在無錫，離蘇州很近，我去拜訪他，向他求字，他就給我寫了那副對聯。顧先生是一位有責任感、有擔當精神的儒士，他心中所想，就是國家的強盛，民眾的福祉。我知道，大明帝國發展到今天，科學技術落後了，所以我對神父的科學傳教與文化交流甚為贊同。您到北京後，會結交一些更加高層次的官員和學者，我希望神父能把更多的科學知識介紹給他們。我原本打算跟神父學習數學，現在看來是奢望了。我也向您表態，有我在這裏，未來的南京和南昌會院，一定沿着孟安仁視察員和神父的傳教策略繼續下去，請神父放心！」

沙利衛還談到了迪瓦和秋兒，說如果他們回到中國，很可能到南京來，請戴先生多多關照他們。如果他們長住下去，可以安排他們在未來的南京會院做些教務工作；如果他們還回果阿，就說我想念他們，請他們來北京見個面。

「唉──」戴燮說着說着，沙利衛長嘆了一口氣。

「神父嘆息什麼？」

「我，我心中有一個結，始終沒有打開。」

「什麼結？」戴燮有些不解。

「在韶州，先生問了我一個問題，就是──」

戴燮緊鎖的雙眉突然鬆開，他想起來了，那個令沙利衛靈魂難安的問題。他笑了笑，說道：「我早就忘記了。神父也忘了吧，不要再提了。」

「不提，可是……」

「神父，不管怎樣，我中華文化都能包容，這或許是與天主教

的不同吧。現在您就要走了，讓我彈一曲《高山流水》，為您送行，如何？」

沙利衛立刻握住戴燮的雙手，緊緊地，說道：「太好了！這是最好的紀念！」

戴燮取過古琴，輕舒雙臂，雙手撫琴，彈奏起《高山流水》。沙利衛聽着聽着，眼睛模糊了，他似乎看到了俞伯牙和鍾子期，一個在專心致志地彈琴，一個在聚精會神地聽琴，高山巍巍，流水潺潺，白雲悠悠……

那一夜，他們都沒有睡意，回憶着從肇慶到今天十八年來的友誼，說着說着，東方已經露出了魚肚白……

91

1600 年 5 月 18 日，沙利衛乘工部的船離開南京。他在這座城市居住的時間雖然不長，但留下的印象卻是深刻的。站在船頭，沙利衛望着漸漸遠去的南京城，還有那巍巍神烈山，他的心中思緒萬千。東方的太陽照着鬱鬱蔥蔥的山巒，照着浩浩蕩蕩的江水，照着他灌滿征塵的身軀。

船到鎮江諫壁後轉入京杭大運河，開始向北行駛。這是沙利衛第三次坐船在大運河上行駛，一切是那麼熟悉。沙利衛不禁向着北固山的方向望了一會兒，兩年前王忠國大人向他介紹張世傑的情景猶在眼前。

二十天後，航船行駛到濟寧碼頭。工部侍郎張大人說，運河河槽總督劉星耀大人正在濟寧指揮運河修建工程，他有事去接洽一下，估計明天才能繼續航行。於是船停了下來，龐儒說：「神父，

我們正好可以去白公祠看看。」沙利衛說：「對！我們還欠白公祠一次參觀呢。」於是，他們下了船，租了一輛馬車，去了白公祠。馬車主人立刻認出了沙利衛二人，誇獎他倆講信用，有許願，有還願，「功漕神」會保佑他們。

「功漕神是誰？」

「就是白英。」

「白英是誰？」

「運河大功臣哪！」

說起白英，馬車主人話就多起來，簡直是口若懸河。原來，洪武年間，黃河水泛濫，沖毀了山東段的運河。皇上就派當時的工部尚書宋禮來山東治理運河，但是過了很久，收效甚微。就在宋禮犯愁之際，山東汶上一位叫白英的農民主動找到宋禮，提出了他的治河方案。宋禮聽後大喜過望，立即按照他的方案施工。經過九年艱苦奮戰，終於治好了山東段的運河。想不到的是，在陪同宋禮進京覆命的路上，白英因為積勞過度，行至德州突然嘔血而死。後來永樂皇帝封他為「功漕神」，在運河邊為他修建了白公祠，世世代代紀念這位運河英雄。

沙利衛懷着崇敬的心情瞻仰了白公祠。祠內供奉着白英的塑像：這位農民治水專家，面向運河，手搭涼棚，向着遠方張望。一個把生命獻給了運河的人，應該受到後人紀念。沙利衛認為，紀念「功漕神」不是迷信，所謂神就是民眾心中的英雄。崇敬英雄是中國人的傳統，中國自古就有大禹治水的故事，白英就是大禹的後代。回來的路上，沙利衛看到運河兩岸的工地上綿延數十里，很多人在幹活，就問馬車主人，那些人在幹什麼。馬車主人說，今年的汛期到了，為了防止黃河泛濫，確保運河暢通，朝廷派來一個河槽總督劉大人正在這裏指揮治水工程。

沙利衛突然有了一個念頭，他覺得有必要見見這位劉大人。看

看天色還早，他對龐儒說：「我們去見一見這位劉大人。」於是，他們坐着馬車，來到了劉大人的治水工程指揮部，沒想到的是，在這裏竟然見到了李踔先生。

「神父，怎麼會是你們？」李踔很是驚訝。

沙利衞更是喜出望外。原來，這位劉星耀大人任工部尚書，管理河道與漕運，當下正在運河濟寧段負責一項大型水利工程。李踔是劉大人的朋友，劉大人的兒子劉永相就是李踔的弟子，曾經跟隨李踔到過沙利衞在南京的寓所。如今永相正在其父身邊幫助治水。沙利衞一聽非常高興，想不到竟然這麼巧合，簡直就是天意。他向李踔先生講了自己要去北京見皇帝的計劃。李踔說：「劉大人早就聽說神父大名了，一直想見一面，只恨緣分不到。這不，老天有意安排了這樣的機會，緣分，緣分哪！」沙利衞問：「劉大人現在哪裏？」李踔說：「就在工地上。走，我帶你去見他。」

一路上泥土遍地，坑窪不平。李踔深一腳淺一腳在前面帶路，身子晃晃蕩蕩，沙利衞有些擔心，畢竟他年紀大了，於是讓龐儒攙扶他。李踔推開龐儒，說：「我沒問題。」工地上到處熱火朝天，有喊號子的聲音，有夯土的聲音；有的人推着獨輪車一路小跑，有的人挑着擔子緊追不捨。走了半個時辰，來到了一處工地。沙利衞看到，一個身穿官服卻面容黧黑的人，手拿一張圖紙，正在與身邊人交談，還不時用手指着前方，比劃着。張侍郎也在他身邊。

「那就是劉大人。」李踔趕緊走幾步，來到劉大人面前，說：「劉大人，有人要見您。」

「誰？」劉大人看着李踔。

「就是這位洋大人。」李踔笑着說。

劉大人看見沙利衞，楞了楞，這位長相不一般的人顯然不是中國人，這個洋人是誰？

「這就是沙利衞神父。」李踔終於說出了名字。

「哎呀，原來是鼎鼎大名的神父呀，失敬，失敬！」

張侍郎給劉大人說了幾句，劉大人立刻明白了。他說：「既然是給皇上獻禮，怎麼好意思讓神父在這裏受委屈呢，走吧，請神父到我家一坐。今晚我宴請神父，李先生作陪，還有張大人一起，如何？」

「這影響劉大人的工作吧？」沙利衛說。

「不影響。張大人已和我接洽完畢，正要回住所，犬子永相也在，今晚這頓飯他來掌勺。」劉大人說。

他們便一起往回走。到家後，沙利衛見到了劉永相，彼此倍感親切。原來劉星耀在濟寧臨時安了家。他白天忙運河工程，晚上有小妾侍候，生活倒也安逸。晚飯吃得很簡單，但氣氛非常融洽，大家都有一見如故之感。特別是對沙利衛來說，感覺每一位在座的人都和藹可親，好像不是在地球的另一端，也不是在異教徒中間，而是在歐洲，在虔誠的親密的天主教徒中間。劉大人雖然對沙利衛的突然到來感到意外，但打心裏感到高興，因為他一直想見見沙利衛，並從他那裏了解一些西方的情況，特別是水利方面的情況。於是，他問沙利衛這方面的情況。沙利衛盡自己所知介紹了西方一些水利工程，其中查理曼大壕溝和羅馬城市供水系統引起了劉大人的濃厚興趣。

近距離觀察劉大人，沙利衛看到的是一位胖手胼足、摩頂放踵的勞作者。沙利衛懂一點醫學，憑直感他能感覺到，這位劉大人雖然表面看精力旺盛，但內心的疲憊和身體的虛弱還是看得出來。他的臉色缺少光澤，這可能是長期暴露在野外造成的。聽李踔說，劉大人堅守在工地上，既要總攬全域，又要身體力行，還與民工一起在工地勞作。別人勸他，他總是說，大禹治水，三過家門而不入，我這算什麼呢？有時候，他吃住在工地上，時間久了，營養跟不上，身體哪吃得消呢。這位劉大人，總想着給朝廷節省錢財，因為

他知道，這些工程款都是百姓血汗，省一點是一點，心裏對得起百姓。沙利衛對他不禁充滿了敬意：這就是中國的好官。

晚飯後，劉大人和李踔一直把沙利衛送到船上。李踔問：「神父去北京給皇上獻禮，有沒有寫一份奏疏？」

沙利衛說：「寫了，正想請劉大人和李先生過目，看有無不妥之處。」沙利衛讓龐儒拿出戴燮執筆寫的奏疏。李踔和劉大人看過之後，點頭說好，也指出有幾個地方可以改動一下。沙利衛按照劉大人和李先生意見一一作了修改，然後由李踔用毛筆重新抄寫一遍，沙利衛加蓋印章。至此，這封給皇上的奏疏經過兩位學者和一位官員的斟酌推敲，做到了精益求精。

「這是給皇上看的，應慎之又慎。」劉大人說道。

「多謝劉大人！多謝李先生！天色已晚，請二位回住所休息吧。」沙利衛說。

劉大人遞給沙利衛一封信，說：「這是我專為神父開具的一道關文，如遇麻煩或許能起點作用。神父保重！」

「劉大人要注意休息，不可勞累過度。」沙利衛說。

李踔說：「神父說得正是。我也勸劉大人不要事必躬親，這麼炎熱的天氣，六十多歲的人了，吃不消的。」

「我一定注意。」劉大人說。

他們下了船，沙利衛站在甲板上向他們揮手。天色已暗，天上的星星與點點船燈在天地之間相互照耀，映着倒影的微波在風中蕩漾着。這是一個難忘的夜晚！

92

第二天一早，啟航續行。船順順當當行駛了幾日，前面就到臨清碼頭了。沙利衛清楚記得，兩年前他與王忠國大人乘船至此，正趕上碼頭搬運臨清貢磚，還堵塞了一會兒。今日重過，但見兩岸窯煙裊裊依舊。他正看着，船突然停了下來。張大人被人叫下船去了，過了一會兒，張大人上船來，臉色很難看。他對沙利衛說：「神父，我們遇到麻煩了。」

「什麼事？」

「馬公公受皇上指派，擔任運河天津至臨清段的稅監，所有船隻都必須檢查，否則不得放行。」

「馬公公是誰？」

張大人說：「這個馬公公是皇上身邊最受寵的太監。皇上徵收礦稅，派他負責天津至臨清這一段的稅收。我們要小心點。」

看得出，這位張大人着實害怕馬公公。其實，誰不害怕那些公公，這是沙利衛上次進北京時就已經領教過的事情，像王忠國大人那樣的二品大員在公公面前都畢恭畢敬，何況一個工部侍郎呢。

「我有劉大人開具的關文，咱們找臨清太守出面協調一下，如何？」

張大人說：「試試吧。」

於是，沙利衛跟隨張大人下了船，直奔臨清州府衙。來到衙門口，張大人讓門衛通報進去。不一會兒，衙門裏走出一位官員，張大人認識，他就是鍾大人，臨清太守。

介紹過之後，鍾大人接過關文，看了一遍，知道了眼前這位洋人就是大名鼎鼎的沙利衛神父，便熱情邀請進客廳。鍾大人說：「有劉大人的介紹，我對神父進京自然是全力配合。但是，這個馬公公很難對付。前一段時間，臨清百姓無法忍受他的盤剝，起來

造反，幾個膽大的磚民帶頭燒毀了他的住所，結果被他派兵逮捕下獄，至今生死不明。」

「那就一點辦法也沒有？」張大人問道。

「這樣吧，我去面見馬公公，把關文交給他看，求他網開一面。你們在此等我消息。」

「有勞鍾大人。」張大人說。

過了兩個時辰，鍾大人回來了，一臉不高興。沙利衛一看，心裏就明白了大半，看來，這次要遇到大麻煩了。

「怎麼樣？」張大人問。

「油鹽不進。」鍾大人很氣憤的樣子。這些官員都對宦官極其厭惡，卻也無可奈何。

就在這時，龐儒跑了進來，氣喘吁吁地說：「神父，馬公公派的人要上船檢查。」

沙利衛頓時緊張起來：「什麼？獻給皇上的禮品也要檢查嗎？」

「來人說這是馬公公的命令，任何貨物都要檢查，說有皇上的手諭。」

張大人一聽，也很着急，說：「咱們趕快回到船上去。」

「好，我也一起過去，千萬不要出亂子。」

說罷，四個人立刻趕往碼頭。到了碼頭一看，在船邊已經圍了一群人。張大人說：「誰是帶頭的？你們要幹什麼？」

只見幾個手持兵器的兵丁要上船檢查，船上的護衛也手持兵器擋在前面，已經劍拔弩張了。張大人趕忙走到中間，讓船上的兵丁收起兵器，回到船上去。然後，他對兵丁說：「我是南京工部的，有公務進京，難道這也要檢查嗎？」

一個頭目說：「馬公公有令，任何船隻不能放過。別說南京工部的船，就是北京工部的船也照樣檢查。」張大人一看，兩手一攤，對鍾大人說：「鍾大人，您給說說吧。」

鍾大人一臉堆笑，對頭目說：「這位神父是進京給皇上敬獻貢品的。」

「什麼？給皇上的貢品？有關文嗎？」頭目斜着眼睛看着鍾大人。沙利衛趕緊將劉星耀開具的關文連同奏疏和禮品單遞給他。頭目看了看關文，點點頭，說：「噢，是個洋人？鍾大人，不是我不給您面子，這洋人給皇上敬獻禮品，馬公公怎麼不知道呢？皇上把徵收礦稅這麼大的事兒都交給馬公公辦理，洋人的事就更應該管了。」鍾大人一聽，就說：「那就麻煩您給馬公公通報一聲，耽誤了給皇上敬獻禮品，這罪過可不小呀。」

「也好。」頭目的眼珠子轉了轉，對身邊人說，「你們在這裏給我守住，我去稟報公公。」說罷，騎上馬跑了。七月的天熱得很，沙利衛幾個人連熱加着急，臉上汗珠子直往下掉。他們個個心急如焚，但是，誰也不敢亂動，只能等着。

不一會兒，一頂豪華轎子在眾人簇擁下來到船邊，轎子門簾一挑，從裏面出來一位肥頭大耳不長鬍子的人，身穿飛魚服，一看便知是司禮監的大太監。他瞅了瞅眼前的人，操一口娘娘腔，說：「鍾大人，聽說有人給皇上敬獻禮品，是什麼人哪？」

「公公，是這位洋大人。」

馬公公看了看沙利衛，說：「喲，這模樣長得，挺有特點——給皇上獻的什麼禮啊？」

沙利衛說：「都是西洋精品。」

馬公公說：「凡是給皇上的禮品，我都要親自查驗。我倒要看看，你們洋人能給皇上獻什麼好東西。」他又問道，「這船是誰的？」

張大人說：「是南京工部的，奉命進京運送貨物。」

馬公公說：「工部的，不是外人。也好，你可以走啦。」他對沙利衛說，「洋人留下。把禮品搬下來，我要回去查驗一遍。」

他轉身對兵丁頭目說，「去呀，給我把禮品搬下來，搬到我的船上去。」

「是！」頭目帶着人上船去了，沙利衛和龐儒也緊跟着上了船。一會兒，兵丁把沙利衛的兩個大箱子抬了下來。

「張大人，你們可以走了。」馬公公說。

張大人看了看沙利衛，無可奈何地說：「神父，我們走了。」沙利衛點點頭，也是一臉無奈。

張大人的船開動了，越走越遠。馬公公對沙利衛說：「還楞着幹啥，跟我走吧。」說罷，上了轎子走了，兵丁抬着箱子，緊跟在後面。鍾大人對沙利衛說：「神父，走吧，馬公公檢查一遍，很快就會放你們的。船我會想辦法的。」沙利衛小聲對鍾大人說：「鍾大人，請您趕快派人到濟寧，找李踔先生，告知我們的處境，然後請他找劉大人幫我想辦法。一定要快！」

鍾大人點點頭，小聲說：「神父放心，我馬上安排人騎快馬趕去。」

93

馬公公的船停靠在一個特殊的位置，有士兵把守着。沙利衛的兩大箱子禮品被抬到了馬公公的船上。馬公公坐在太師椅上，慢條斯理地說：「給我打開，一件一件地查驗。」兵丁一件一件地擺出來，放在案桌上。馬公公看着看着，不自覺地站了起來。他對這些禮品太喜歡了，因為每一件禮品他都沒有見過。他邊看邊說：「這些洋玩意兒倒也新鮮。」

突然，他拿起一副十字架，那上面是耶穌受難的雕像，就連耶

穌身體鮮血欲滴的情形都雕塑得活靈活現。馬公公面部立刻變得兇惡起來：「你竟敢拿這個獻給皇上，詛咒皇上！來人，把這兩個人洋人給我綁了！」

兩個兵丁立刻把沙利衛和龐儒捆綁起來。沙利衛掙扎着說：「那是耶穌受難的聖像，不是詛咒皇上。」

馬公公說：「好個洋賊，還敢狡辯！」

龐儒大聲說：「這就是聖像，不止這一件，還有幾件都是這樣的，不信你拿出來看！」

龐儒的一聲大喊還真把馬公公給鎮住了。他果真又發現了幾副十字架，都是那樣的。就在這時，鍾大人上船來了，他一看沙利衛被綁起來了，立刻對馬公公說：「公公，這可使不得，神父是專門給皇上敬獻禮品來的，這要傳出去，對公公不利呀。」

馬公公想了想，說：「好吧。看在鍾大人的面子上，給這兩個洋人鬆綁。」他又對鍾大人說，「鍾大人，這給皇上敬獻禮品也得經過我這兒檢查才行，如今我是最受皇上信任的。」

「公公說的是，那就麻煩公公成全神父的一片好心。」鍾大人說。

「那好。現在我就帶着洋人回天津。到了天津我給皇上寫個奏疏，只要皇上想見這兩個洋人，我自然就把禮品獻上。鍾大人，咱們就再會吧。」

鍾大人一聽，這是要下逐客令。他衝神父點了點頭，意思是已經派人去稟報劉大人了，然後轉身下了船。

「開船！」馬公公說。於是，沙利衛和龐儒被押解着隨馬公公前往天津而去。

馬公公的船暢通無阻，不到十天，船就到了天津，公公的家就在這裏。馬公公說：「先把兩個洋人關起來。記着，給我看住了。」

「是！」兵丁頭目說。

馬公公命令手下將禮品抬到他的家，又打開看了一遍。他越看越喜歡，拿起這件掂量掂量，又拿起那件摩挲一陣，件件都愛不釋手。特別是那件小巧玲瓏的自鳴鐘，放在一個精緻的小盒子裏，他取出來，在手中把玩，還用鑰匙上緊發條聽它的聲音。他想，自己家產萬貫，唯獨缺少洋玩意兒，要是這兩箱子洋玩意兒歸了自己該多好啊！兵丁頭目看出了他的心思，上前一步說：「公公，那洋人說，他有禮單，還有什麼……對了，還有給皇上的奏疏。」

馬公公一聽就跳了起來，「啪」一巴掌打在頭目臉上，罵道：「混帳，怎麼不早說！快給我收好嘍，誰也不准再動一指頭！」

「是！」頭目一邊捂着臉，一面答應着。馬公公嚇得直冒冷汗。他知道，這給皇上的貢品既然有禮單和奏疏，那就萬萬覬覦不得，否則皇上發現禮單與實物對不起來，就是死罪！再說，還有劉大人的關文。不過他又一想，他得仔細看看禮單，他不相信這兩大箱子物品都寫到了禮單上，一定還有沒寫上的，他眼珠一轉，計上心來，嘿嘿……

第二天，沙利衛和龐儒就被安排到了條件比較好的館舍，連飯食也改善了。這天，剛吃過早飯，兵丁頭目就來到館舍，對沙利衛說：「神父大人，馬公公請二位過去一趟。」於是，在頭目的引領下，沙利衛和龐儒來到了馬公公的客廳。沙利衛一走進來，立刻感覺到宅院的豪華與奢侈，雕樑畫棟，金碧輝煌，宮殿一般。馬公公坐在太師椅上，沙利衛的兩個大箱子就在旁邊。馬公公見沙利衛來了，就起身迎接，滿臉堆笑地說：「神父受委屈了，都是手下人有眼無珠。」待神父坐下，馬公公說：「神父獻給皇上的貢品，可有禮單？」

「有，還有一份奏疏。這些內容，南京的幾位大人以及劉大人都看過。」沙利衛說。

馬公公眨了眨眼，說：「請神父把禮單和奏疏給我看一看，我

要啟奏皇上。你可知道，只有我才能接近皇上。」沙利衛對龐儒說：「把禮單和奏疏給馬公公看。」龐儒從揹着的包裹中取出禮單和奏疏遞上。馬公公拿過看了一遍，上面寫着：

貢品清單

天主聖像一幅

天主聖母像一幅

《聖經》一冊

珍珠鑲嵌十字架一座

萬國輿圖一幅

小自鳴鐘一座

大自鳴鐘一座

三稜鏡一方

西洋琴一張

沙刻漏二具

西洋各色腰帶四條

西洋布五疋

西洋銀幣四枚

犀牛角一隻

玻璃鏡及玻璃瓶八件

然後，他又將奏疏看了一遍，內容如下：

上大明皇帝貢獻土物奏

大西洋陪臣沙利衛謹奏，為貢獻土物事：

　　臣本國極遠，從來貢獻所不通，邇聞天朝聲教文物，竊語霑被餘溉，終身為氓，庶不虛所生。用是辭離本國，航海而

來，時歷數載，路經八萬餘里，始達廣東。蓋緣音譯未通，有如喑啞，因僦居學習語言文字，淹留肇慶、韶州二府等地十餘年。頗知中國古先聖人之學，於凡經籍，亦略誦記，粗得其旨。乃復越嶺，由江西至南京，又淹留五載。伏念堂堂天朝，方且招徠四夷，遂奮志徑趨闕廷。

謹以原攜本國土物，所有天帝圖像一幅、天帝母圖像一幅、《聖經》一冊、珍珠鑲嵌十字架一座、報時自鳴鐘大小各一座、《萬國輿圖》一幅、西琴一張等物（詳見禮單），陳獻御前。此雖不足為珍，然自極西貢至，差覺異耳，且稍寓野人芹曝之私。

臣從幼慕道，年齒近耆，初未婚娶，都無繫累，非有望幸。所獻寶像，以祝萬壽，以祈純嘏，佑國安民，實區區之忠悃也。伏乞皇上憐臣誠愨來歸，將所獻土物，俯賜收納，臣亦感皇恩浩蕩，靡所不容，而於遠臣慕義之忱，亦少伸於萬一耳。

又，臣先於本國忝與科名，已叨祿位，天地圖及度數，深測其秘，製器觀象，考驗日晷，並與中國古法吻合。倘蒙皇上不棄疏微，令臣得盡其愚，披露於至尊之前，斯又區區之大願，然而不敢必也。臣不勝感激待命之至。

萬曆二十八年十二月　日具題

馬公公看罷，心想，這奏疏寫得如此老道，應該不是出自這位洋人之手，必定請人捉刀所為。看來這給皇上貢獻禮品之事很快就會被很多人所知曉，說不定哪一天傳到皇上耳朵裏，皇上萬一問起來，知道是被我扣押了，這罪過就大了。再一看落款日期，只寫了月份，並沒有寫具體日子。這倒讓他鬆了一口氣。他明白沙利衛這

樣做的目的，因為沙利衛不能確定哪一天才能上奏給皇上，就預留出日子來，這樣做實在是聰明之舉。他算了一下時間，還有幾個月的時間，他現在就必須給皇上寫奏疏了，無論如何不能拖延過十二月。

就在他出神遐想的片刻，龐儒立刻將禮單和奏疏從他手中抽了回去，馬公公一怔，立馬把思緒拉回到眼前。儘管他對這位年輕洋人的行為很不滿，但還是忍住了。他眼珠一轉，又生出一個想法，就是在禮單之外挑選他想要的東西。他讓頭目打開箱子，親自動手挑選。他拿出一包金幣看了看，這個對他來講並不稀罕，他家中有的是金銀。他又拿出兩隻銀質聖餐杯，從未見過，覺得好玩。於是他拿在手中，撫摩着，說：「這個洋玩意兒就給我喝酒用吧。」說着，還做了一個喝酒的姿勢。

「放下！」沙利衛突然大吼一聲。

馬公公嚇了一跳，楞住了。

「這是聖杯，你沒有資格用它！」沙利衛瞪大了眼睛，放出憤怒的目光。他的頭髮似乎要直立起來了，像一隻發怒的獅子。在沙利衛心中，最不可褻瀆的就是這兩隻聖餐杯，它是耶穌的象徵，是做彌撒時用的，神聖不可侵犯。沙利衛不能容忍一個太監如此褻瀆聖杯。也不知哪來的一股子勇氣，趁馬公公發楞的一剎那，沙利衛一個健步衝過去，劈手奪過了兩隻聖杯，緊緊揣在懷中。

馬公公也怒了，從來沒有人如此大膽，竟敢在他面前如此放肆，冒犯他的威嚴，這簡直就是造反！他啪地一拍桌子，操着娘娘腔，說：「來人！給我拿下這個洋人！」

兵丁頭目帶領幾個士兵過來，衝着沙利衛就是幾巴掌，但是沙利衛緊緊抱住懷中的聖杯，死也不肯鬆手。龐儒在一邊也被士兵抓住了，他一邊掙扎着，一邊喊道：「你們的皇帝會知道的，南京各部官員會向皇帝上奏章的！」

就在這時，一個管家模樣的人急急忙忙走了進來，在馬公公耳邊竊竊私語了幾句。馬公公聽了，先是一怔，隨即說道：「住手。先把這兩個洋人關進牢獄，給我看好了。」說罷，與管家一起急匆匆離開了。

沙利衛和龐儒被關進了馬公公家中私設的監獄。

94

原來，鍾大人偷偷派出的快馬日夜兼程趕到濟寧，將沙利衛的遭遇報告給李踔，李踔立刻報告給劉星耀，請劉大人務必出面干預此事。這位劉大人深得皇上倚重，皇上把治理運河這麼重大的工程交給他，足見皇上對他的信任。大明朝的經濟，在相當程度上依賴運河航運，這大運河就是大明朝的經濟命脈。所以，劉大人是一位舉足輕重的人物，只要他出面干預此事，就一定管用。

劉星耀心中充滿了對馬公公的憤怒：這個太監利慾薰心，連洋人進貢的禮品也敢染指，簡直是吃了豹子膽，國家壞就壞在這些烏龜王八蛋手裏。他知道，皇上暫時還得依靠這幫子太監，因為皇上不喜歡朝臣，朝臣經常給皇上提意見，特別是立太子的事情，朝臣整日喋喋不休，奏章紛紛，所以他乾脆既不上朝，也不看奏章，隨你們這些朝臣折騰，我來個深居簡出，誰也不理，看你們能把我怎麼樣。但是皇上又深知，這修運河的事不能耽誤，航運一天也不能停，朝廷的經濟命脈靠運河維持。所以，他派了自己最信任的工部尚書劉星耀擔任治理運河工程的總指揮。

李踔看着劉大人那凝重的面龐，知道劉大人正在權衡利弊。他揣摩劉大人此時的心理：處理此事有三種方式，一是直接給皇上寫

奏章，彈劾馬公公。但那樣做等於把事情推向極端，得罪了炙手可熱的馬公公不說，還讓皇上尷尬，沒有了迴旋的餘地。另一種方式就是直接找到馬公公，當面勸說馬公公放棄非分想法，不要為難神父，並盡快將貢品獻給皇上。但這樣做會使馬公公難堪，並對自己心生怨恨。這些太監固然可惡，但他們是皇上心腹，得罪不起。第三種方式就是給馬公公寫一封親筆信，說自己與神父交好，如今神父經天津進京，敬獻貢品，還請馬公公提供幫助。這樣做既照顧了馬公公面子，又暗示馬公公不可造次，馬公公會掂量出其中輕重的。

李踔的猜測果然正確。劉大人說：「李先生，我想修書一封，交郵驛急遞鋪日夜兼程送至天津，交給馬公公。您看如何？」

李踔說：「甚妥。」

劉大人說：「那就有勞先生執筆吧。」

李踔說：「難得有此效力的機會，我馬上動筆。」

說罷，李踔展開紙張，拿起毛筆，一揮而就。劉大人看罷，稱讚道：「言辭溫和，暗藏機關，正合我意。莫非先生已知我心乎？」

「劉大人與我老夫早已心有靈犀，這點心思，老夫如何不知？不過我又有一個想法，急遞鋪固然快，但太顯眼了，易招惹是非。不如派大公子永相騎快馬隨馳驛前往，將此家信親手遞與馬公公？」

「家信？噢，甚好，甚好！」說罷，兩人都笑了。於是，劉大人叫來兒子劉永相，對他叮囑一番，即刻啟程。

雖說是快馬馳驛，但從濟寧到天津也有千里之遙，加上換馬、吃飯和休息的時間，也要三五日方可到達。劉永相跟隨一名帶路的郵驛騎兵，緊趕慢趕，跑了四天，終於趕到天津，來到馬府大門口。

馬公公正與沙利衛發火，管家來說劉大公子帶着他父親的親筆

信前來求見，就知道一定有要事，便趕忙來到大門口迎接。馬公公請劉大公子進屋歇息，喝杯茶，只見劉大公子深施一禮，遞上家信，道一聲「公公告辭」，便策馬揚鞭而回。

馬公公打開書信一看，上面寫着：

馬公公台鑑：

　　見字如晤。公公受皇上重託督收礦稅，增實倉廩，日理萬機。我今奉皇上之命於濟寧整修運河，本應面見請教，無奈皇命在身，未敢半日擅離。今命犬子永相奉家書一封，謹獻忱辭。

　　西洋神父沙利衛與我交好，今携貢物兩箱進京，欲獻之於吾皇萬歲。前月途經濟寧，我特設宴款待之。神父知我管轄運河公務，便託我沿途照顧，以便順利進京，面見皇上。我告知神父，天津及沿途有馬公公鎮守，必然視遇甚厚。若神父已至天津，萬望公公關照一二，俾其早日入京，以償夙願。他日我返京覆命，面見聖上，當表奏公公美德。

　　敬頌公公頤安。星耀手肅。

萬曆二十八年十月二十日

馬公公閱罷，思考片刻，便吩咐管家如此這般，管家遂領命而去。馬公公回到書房，命手下胥吏代筆給皇上寫奏疏，特寫明今有洋人進京向皇上敬獻貢物，為防止意外出現，特將神父請至天津郵驛保護起來，隨時聽候皇上召喚。奏疏奉上，馬公公心中方覺踏實。

再說這沙利衛，被關進監獄後，感覺不妙，龐儒也頗擔心。他們害怕馬公公一旦發起瘋來，說不定會對自己下狠手。沙利衛來中

國多年，對宦官干政的事情了解一些，對宦官和大臣之間的矛盾鬥爭也有所耳聞。他認為，宦官是大明帝國政治肌體中的一個毒瘤，若不剜掉，後患無窮。但他又深知，自己絕不能插手此事，否則就犯了大忌。如今，他深陷宦官之手，生死未卜，不禁悲從中來。他透過鐵窗，望着南飛的大雁，他在想，北方已經進入秋季，天氣越來越涼，這是否預示着自己的傳教之路越來越窄呢？

「嘩啦」一聲，是開門的聲音。管家進來了，眨着小眼睛笑眯眯地對沙利衛說：「公公讓我來放你們出去。公公說了，先前是誤會，請神父不要生氣。公公說一定幫助你們盡快見到皇上，現在先住在公公家裏，這裏比郵驛安全。神父獻給皇上的寶物，公公派兵丁保護，請神父放心。」又說，「公公已經給皇上寫奏疏了，請神父耐心等待。這裏有吃有喝，也有玩的，神父需要什麼儘管說。今晚公公陪神父看戲。」

沙利衛和龐儒住進了設施豪華的房間，還有兩位年輕漂亮的侍女服侍。沙利衛說不用。侍女說，如果神父不用她們，公公會治她們的罪。沙利衛嘆了一口氣，說你們倆只能在門口站着，有事叫你們，沒事不要進屋。於是兩位侍女就像門衛一樣站立門口兩側，倒也是一景。晚上，沙利衛和龐儒被安排看戲，氣氛融洽多了。看戲的人們一邊看戲，一邊扭頭看洋人，覺得新鮮。

時間過得真快，轉眼一個月過去了，皇上那邊沒有回信。這馬公公心裏像十五個吊桶打水，七上八下。他的確不安了，他擔心劉星耀提前回京覆命，也擔心其他大臣給皇上報告此事，更擔心禮部知道後插手此事，因為這洋人獻禮的事情本該屬於禮部的職責範圍，讓他給半路截住了。怎麼辦？管家說，再寫一封奏疏，也許前一封奏疏皇上看過就忘了。馬公公覺得也對，皇上整天窩在宮內，沉湎於酒色之中，難免忘掉了自己的奏疏。於是他又命手下胥吏再寫一封奏疏，交給急遞鋪進京呈奏。

　　澳門碼頭，下午四時。一艘商船緩緩駛進港口，張德義和妻子遠遠就看見了站在甲板上的秋兒和迪瓦以及他們身旁的兩個男孩。張德義和妻子使勁揮着手，喊着「秋兒！」秋兒聽見了爹娘的呼喊，也揮手喊了起來：「娘！爹！」

　　他們下船了，秋兒跑了過來，撲到母親懷中：「娘，想死我了！」母女二人相擁而泣。「爹，您頭髮都白了。」秋兒也擁抱了父親。這時，迪瓦領着兩個孩子過來了，他叫了聲「岳父大人好！」「岳母大人好！」秋兒拉着孩子的手，說：「這是外婆、外公。」兩個孩子一起叫道：「外婆好！外公好！」張德義高興地將兩個孩子抱在懷中，孩子主動親吻了他。他說：「親一親外婆。」兩個孩子又親了外婆。這對老夫妻心裏樂開了花。外婆忙着問外孫的年齡，會不會說中國話，等等。秋兒說，大兒子十歲，二兒子八歲，一直住在果阿爺爺奶奶家，既會說中國話，也會說印度話，還會一點葡萄牙語。

　　秋兒問：「我哥呢？」母親告訴她，兩個哥哥都成家有孩子了，大哥住在肇慶，在你舅舅那裏做點生意；二哥一家就住在澳門，和我們在一起；還說二哥和你二嫂現在正忙着給你們準備晚飯呢，要給你們做糖醋黃花魚吃，這是秋兒小時候最喜歡吃的一道菜。

　　迪瓦對秋兒說：「你們就在這裏等我。我去和特雷斯先生道個別，然後叫一輛車子過來。」又回頭對搬運工說，「把箱子放在這裏吧。這是小費，請你們收下。」搬運工說聲「謝謝」就走了。

　　迪瓦一家乘坐的是特雷斯的商船。船從里斯本出發，先到果阿，再到澳門，停靠兩天，然後去日本。迪瓦對特雷斯說：「特雷斯先生，我在中國住一段，就不陪您去日本了。祝您一帆風順，等您回到澳門再見！」特雷斯說：「盡情享受團聚的幸福吧！迪瓦，

如果你能見到沙利衛神父，請代我問好，就說我想他了！」「一定！放心吧！」

迪瓦和秋兒一家都上了馬車。外公懷裏攬着大外孫，外婆懷裏攬着二外孫，臉上洋溢着幸福的微笑。秋兒說：「娘，您身體還好吧？」「好，就是想你們。」「爹，您身體好吧？看您頭髮都白了。」「你爹這白頭髮，都是想你們想的。秋兒，你們這些年過得好嗎？對了，迪瓦，孩子的爺爺、奶奶都好吧？」「都好，他們讓我向你們問好。」秋兒問：「我二哥什麼時候來澳門的？他在這裏做什麼？」

張德義說：「這要感謝孟安仁視察員。你們走後，視察員派他的助手專程來到咱家，說經言學校缺少一個會做中國飯的廚師，便安排你二哥去經言學校當了廚師。其實我心裏明白，人家視察員是看在沙利衛神父的份上，看在迪瓦和秋兒的份上才這麼做的，也是讓我和你娘放心。後來，你二哥就在這裏娶了媳婦，還買了房子，我們也就搬過來住了。我和你娘從心裏感激視察員。」

馬車走了半個時辰，來到了秋兒二哥家。大家見面後，都感覺格外親切，問這問那，有說不完的話。張德義看着眼前兒孫滿堂的場面，心裏甭提多高興了。他回憶起在上川島見到昏迷不醒的沙利衛神父三人，到現在已經十八年了，自己也年逾花甲了。記得當時自己對沙利衛神父說，希望孩子們別一輩子守在荒島上，哪裏想到就如願以償了呢！命運偏偏安排他遇見了沙利衛神父這位貴人，改變了自己一家人的命運——這都是天主的安排吧，感謝天主！

飯菜端上來了，秋兒二哥現在已經是一位專業級廚師了，今天做的糖醋黃魚是他的拿手菜。大家圍坐在一起，都是天主教徒。他們按照習慣，吃飯前先向聖像致禮，感謝祂保佑平安。然後，迪瓦拿出從果阿帶來的紅酒，給每人倒了一杯。大家共同舉杯的時候，張德義說了句話：「我們能有今天，要感謝沙利衛神父，來，我們

先一起敬神父一杯。迪瓦是神父的助手，是神父一手帶大的，就請迪瓦代替神父飲了這杯酒。」迪瓦站起來，朝着北方說：「神父，我替您飲了這杯酒，祝神父身體健康！」張德義又說：「這第二杯酒要敬遠在果阿的親家，迪瓦的父母。秋兒有福氣，來，你們夫妻倆代表你們果阿的父母飲了這杯酒。」迪瓦看看秋兒，秋兒平時不喝酒，但這次一定要喝的。她點點頭，兩個人端起酒杯，朝着西方，各自一飲而盡。大家高興得鼓起掌來。接下來，全家人一邊吃菜，一邊喝酒。喝酒的理由一個接一個，這個敬了那個，大家開懷暢飲。喝到最後，迪瓦也給岳父、岳母敬了酒，給哥、嫂敬了酒。張德義看得出，這都是秋兒教導的結果，從這喝酒的禮數上，展現了東方文化的特色。

張德義突然問了一句：「迪瓦，你們這次回來，要不要去看看神父呢？」

迪瓦說：「一定要看。但我不知道神父現在什麼地方？還在韶州嗎？」

秋兒的二哥說：「這得去問問孟安仁視察員，他準知道。」張德義點點頭。

吃完飯，張德義、迪瓦和秋兒的二哥喝茶聊天，他們聊果阿，聊澳門，還聊了很多聽起來稀奇古怪的事情。秋兒的嫂嫂忙着刷鍋刷碗，秋兒要幫忙，嫂嫂說什麼也不答應，讓秋兒陪着媽媽聊天，說十幾年沒見面了，一定有很多話。

過了一會兒，秋兒說：「我們從果阿來，給爹、娘帶了一點特產，孝敬二老。」然後又說這些是給二哥二嫂的，那些是給大哥大嫂的。秋兒也想到了孩子，都有一份。二哥有一男一女，年齡比秋兒的孩子小一點。兩個小朋友拿到禮物高興得直蹦，跑到另一間屋裏玩耍去了。

張德義說：「迪瓦，這禮物我和你娘就不要了，明天你給視察

員帶去，另一份送給沙利衛神父。」

迪瓦說：「岳父大人，放心吧，還有呢，都準備了。」

「還有吶？這花不少錢吧？迪瓦，這些年你跟着特雷斯先生做些什麼？」

「岳父大人，我在……」

「迪瓦，別岳父大人、岳父大人的，太客氣了，還是叫爹好。」

「好，爹！」

「哎——」張德義笑了，秋兒和大夥都笑了。

96

澳門，孟安仁辦公室。特雷斯的到來令孟安仁非常高興，因為近幾年葡萄牙政府提供的活動經費總不能按時到位，孟安仁派到日本去的商船又遇到風暴，不幸沉沒，所以經費十分緊張。特雷斯的到來如同雪中送炭，及時提供了活動費用。這不，孟安仁舉起酒杯向特雷斯表示感謝，感謝他長期以來對傳教事業的鼎力幫助，而且特雷斯總是在他最困難的時候出現在澳門。

「感謝特雷斯先生，功德無量！」孟安仁說。

「我能為視察員做一點事情，心裏高興。這次去日本有一筆大生意，如能順利，我回來時還可以再給視察員提供一筆經費。」

「簡直太好了！感謝您！」孟安仁又舉起酒杯。

「不過……我有一個擔心。」特雷斯說。

「擔心什麼？」

「視察員今年有六十歲了吧？」

「是的，用中國話說就是花甲之年了。」

「我比視察員年齡大，已是年逾花甲了。這些年我四處奔波，很累，想退休回國休息。」

「那先生在果阿的生意怎麼辦？」

「今天我來向視察員匯報，就想談談這個問題。我物色了一個人。」

「噢，我認識這個人嗎？」

「當然認識。」

「讓我來猜一猜。」

孟安仁低頭想了想，然後抬起頭來，突然笑了，說道：「我猜着了，是──迪瓦。」

「視察員了解我的心。迪瓦這些年一直在果阿做我生意上的助手。他越來越成熟，交給他我放心，視察員也放心。」

「先生這個決定是正確的。迪瓦是沙利衛神父培養起來的，又是果阿人，由他來接你的班再合適不過了──迪瓦知道了嗎？」

「知道了。我已經把果阿的生意交給他了，包括給他一艘商船，他可以繼續往來馬六甲、澳門和日本這條航線，並負責給視察員提供活動經費。這樣，我回國就可以放心休息了，頤養天年嘍。」

「我羨慕先生──我也想休息。」

「不可以。視察員在澳門的作用無人能代替，您必須繼續受累──為了天主。」

「沙利衛神父幹得很好，他已經離開南京去北京了。」

「什麼？沙利衛神父到北京了？」

「是的。沙利衛的願望就要實現了。」

「我很想念他。這次迪瓦隨我同來澳門，不知能否見到神父？」

「我看希望不大，從澳門到北京太遙遠了。」

「那南京還有傳教士嗎？」

「有。我剛派了兩位年輕的神父，成立了教院，另外南昌也派人去了。目前，我們耶穌會已經在肇慶、韶州、南昌、南京站穩腳跟，接下來就是北京。已經有了五處傳教院，南北一條線的構想初步實現。所以，迪瓦的任務還是很重的。這次他來澳門，我想跟他好好談一談。」

「視察員是大手筆，描繪的宏偉藍圖即將變成現實。我雖然即將退休，但我的心永遠不退。」

「先生真是太好了！明天我派助手請迪瓦過來談談，先生最好也在場。」

第二天，孟安仁派助手請迪瓦來他的辦公室，正巧迪瓦先到了。一見面，兩個人就擁抱在一起。孟安仁激動地說：「我正要派助手去請你的。」迪瓦說：「不用請。我應該來向視察員匯報工作的」說着把從果阿帶來的禮物呈上。孟安仁很是高興，他看得出，迪瓦這些年長大了，成熟了。

孟安仁給迪瓦講了他的計劃，希望他能接過特雷斯先生的工作，繼續支持澳門的傳教事業。迪瓦說：「這任務太艱巨了，但我一定盡全力做好。有視察員和特雷斯先生在，還有沙利衛神父在，我渾身充滿了幹勁兒。」

孟安仁告訴迪瓦，沙利衛神父已經到了北京，距離太遠，迪瓦這次沒有機會去北京了，等以後吧。當務之急是利用特雷斯去日本的這個空擋，抓緊熟悉澳門的情況，特別是碼頭上的各種事情，還要測算一下五處教院每年的費用支出預算。這段時間他的助手陪着迪瓦各處轉一轉，還要到經言學校培訓幾天。等特雷斯先生從日本回來，就跟隨商船去果阿，接管果阿的生意。

談完了這些，孟安仁覺得有些累了，他說自己近段時間身體不好，時常有勞累的感覺。迪瓦看着孟安仁視察員那高大的身軀，怎麼也想不到他會老得這麼快。特雷斯說：「視察員太操心了，整個

433

東方攤子太大。」

孟安仁說：「如果只有東方倒也不算什麼，還有歐洲的很多事情，一件事接着一件事情，錯綜複雜，太煩心，能不老嗎？」

送走了迪瓦和特雷斯，孟安仁躺在竹製摺疊躺椅上準備休息一會。由於太累，他很快就進入了夢鄉……迷迷糊糊之中，他飛了起來，越過印度洋，越過大西洋，比海鳥飛得還要快，時而高飛，時而低飛……飛回到羅馬鮮花廣場，看見了威嚴的教皇，坐在金碧輝煌的座椅上，頭戴高高的皇冠，手持金色權杖，幾個修會的總會長輪番向教皇陳述耶穌會在中國傳教的種種問題：一個說，孟安仁和沙利衛制定的適應政策破壞了天主教的純潔性，拿中國古代典籍中的「上帝」「天」替代「天主」一詞，這是對天主的嚴重褻瀆，是不能容忍的，必須立即停止……又一個說，中國人祭祀祖先，祭奠孔子，這是典型的迷信，是異教，與佛教沒有區別，可是沙利衛卻允許中國教友從事這些活動，這哪裏還是天主教徒，分明就是將天主教變成了中國儒教的婢女……又一個說，沙利衛走上層路線，拋棄廣大下層民眾，這是投機取巧……又一個說，中國人只對科學技術感興趣，對天主教並不熱心，沙利衛的做法實際上是在幫助中國人強大他們的國力，是極其危險的，沒有孟安仁、柏拉瓦做後台，沙利衛能這麼大膽嗎……教皇聽了，異常震怒，立刻頒佈諭旨，停止耶穌會在中國的一切活動，命令孟安仁和沙利衛立刻返回羅馬，接受宗教裁判所的審判……

孟安仁受到驚嚇，猛然醒來，才發現剛才是在做夢。他出了一身冷汗，感覺這不是個好兆頭。他鋪開紙張，提筆給教皇寫信……

　　沙利衛在天津又過了兩個月，眼看就到了十二月，天氣已經很冷。這段時間對他來講簡直度日如年。雖然不在監獄中，但他和龐儒都不准自由活動，天天有人盯着他們。

　　這一天，馬公公急急忙忙來到沙利衛的房間，告訴他一個好消息，皇上下聖旨宣沙利衛覲見。

　　「真的？！」沙利衛問道，這太突然了。

　　「這還能有假，我的奏疏皇上一定會看到的。」馬公公得意揚揚。

　　「那我們現在就走。」沙利衛說。

　　「我給神父準備好了車馬，以最快的速度趕到北京。到京後一切都由我安排，神父儘管放心。」

　　「不走運河了？」龐儒問。

　　「走運河太慢，皇上正等着看你們的洋玩意兒呢。」馬公公說。

　　「何時動身？」龐儒又問道。

　　「馬上就走。」馬公公說。

　　「我們的箱子呢？」沙利衛問道。

　　「神父放心，一件東西也少不了。」

　　沙利衛和龐儒趕緊收拾了一下，打開門，兩個侍女趕緊道萬福。沙利衛看了一眼天空，很藍很藍，他舒展了一口氣，說：「走！」

　　馬府大門口已經停着兩輛豪華馬車，幾個士兵將箱子小心翼翼地抬上後面一輛馬車，沙利衛和龐儒坐了上去。馬公公上了前面的馬車，另有幾位騎兵，手持兵器護衛。

　　「駕！」

　　馬車動了。他們走的是官道，平展展的很好走。馬車越走越

快，鈴聲叮噹，富有節奏。沙利衛和龐儒都很興奮，多年以來的夙願眼看就要實現了。只是他們還不能確定到了北京之後能不能定居下來。沙利衛開始想像着見到中國皇帝的情形，甚至想到了中國皇帝接受他的洗禮⋯⋯人在這個時候想像力都超乎尋常地豐富。

馬車比船快多了，二百多里的路程，一天就趕到了。這一天是公曆 1601 年 1 月 24 日。

進了內城，沙利衛被安排住在皇城內一個太監的府邸。這個地方進出皇宮方便，也便於馬公公監視。當晚，沙利衛在奏疏落款處填寫上了準確的日子——「萬曆二十八年十二月二十四日具題」。

第二天上午，宮內太監將貢品抬進了皇宮，卻不准沙利衛進去，讓隨時聽候召喚。沙利衛只好坐在房間等候。到了下午，一位年輕太監進來說，可以進去了。沙利衛覺得機會終於來了，立刻穿戴整齊，與龐儒一起跟隨太監進了皇宮。

走進皇宮就像進了迷宮，左轉一道彎，右轉一道彎，轉來轉去，竟然轉得不辨方向了。突然，眼前出現了一座高大的重檐廡殿頂的宮殿，如巍峨的高山一般。太監說這是皇極殿。走進去，只見殿內非常寬闊，沙利衛估計能容納數百人。皇上呢？沙利衛剛要問，太監說，皇上是不接見大臣的，對洋人就更不接見了。但皇上看了貢品，很是喜歡，特別是小自鳴鐘，愛不釋手，今兒特允許洋人拜一拜皇上坐的龍椅，就算是接見了。

沙利衛心裏一下子涼了半截，原來只能看一看皇帝屁股下面的椅子！其實這把椅子皇上也有很多年頭不來坐了。但既然進來了，只能跟着往前走了。於是，太監一步一步地引導着進了大殿深處。因為是冬天，裏面冷颼颼的，一點暖和氣也沒有。來到一座高台前，沙利衛看到高台上有一把雕刻十分精美的椅子，他猜測，這大概就是龍椅了。中國皇帝喜歡把自己稱作真龍天子，凡與皇帝沾邊兒的東西都和龍掛上鉤，什麼龍體、龍顏、龍袍、龍船，就連坐的

一把椅子也叫龍椅。沙利衛心中感覺有些好笑，因為龍在西方是邪惡之物。《聖經》中寫道：「龍就站在那將要生產的婦人面前，等她生產之後，要吞吃她的孩子……大龍就是那古蛇，名叫魔鬼，又叫撒旦。」怎麼中國皇帝反倒自稱是真龍天子呢？這讓他感到好笑，想要見到皇帝真人的念頭一下子減了許多。沙利衛站在龍椅前，看着這個國家最高領導人的座椅，他無法想像這本應該是皇帝辦公的地方，如今卻成了一個擺設。他不知道皇帝在哪裏辦公，他不明白皇帝為什麼討厭接見群臣……

太監說，要對着龍椅下跪。於是，沙利衛只好對着龍椅行叩拜禮。他不敢說自己是進入中國皇宮大殿的第一個歐洲人，但他敢斷定自己一定是在這個大殿叩拜一把木頭椅子的第一個歐洲人。行完禮後，沙利衛一刻也不想在殿內多待，只想着快點出去透一口氣。他對這座空無一人的大殿一點都不喜歡。這裏光線暗淡，陰冷寂寞，給人恐怖之感，一點也看不到泱泱大國的氣度——大明帝國的心臟難道就是這個樣子嗎？

出了大殿，年輕太監將二人引領至一處小花園中。這裏有些山石風景，還有松柏，如果是在夏天一定景色不錯，但在這冬天，了無生氣。然後，他們進了一間房內，裏面坐着馬公公，還有一個不認識的人，也不長鬍子，胖嘟嘟的，還挺老，馬公公稱他「李公公」，那一定也是太監了，沙利衛心想，這個皇宮內，除了皇帝嬪妃，大概就是公公了吧，偌大皇宮裏得有很多公公吧。他突然想起第一次進北京時的徐公公，請他轉交皇帝的禮品泥牛入海無消息，如今徐公公還在嗎？當初如果不是湊巧碰見徐公公，自己和龐儒很可能早就被當作日本奸細殺頭了……

李公公說話了：「神父，皇上喜歡那些洋玩意兒。不過皇上日理萬機，沒有時間親自接見你。皇上想知道神父長什麼樣，命畫工把神父畫下來。你在這兒坐着，我這就叫畫工進來。」說着對

外邊喊了一聲「進來吧」，立馬就走進一位手持畫板的人，也不長鬍子，看那樣子也是一位太監。李公公稱他「葛畫師」，那就是姓葛了。這位葛畫師展開畫板，拿起畫筆，瞅了沙利衛兩眼，就畫了起來，不到半個時辰就畫好了。他拿給沙利衛看，還真像，沙利衛覺得這畫師不簡單，是一位繪畫高手。李公公留下畫作，讓畫師走了。

「皇上還問神父的國家，問你們皇帝長什麼樣？皇宮什麼樣？神父可有圖畫？」

沙利衛一聽，只覺得好笑，但不敢表現出來。他回答說：「我有圖畫，可以呈給皇帝看。」

「那就好。」李公公轉向馬公公說，「馬公公，明天到神父那裏取圖畫。」他又對神父說：「那張洋琴，你會演奏嗎？」

沙利衛說：「龐儒神父會演奏。」

「那就好。」他又轉向馬公公說：「馬公公，明天帶這位年輕神父進宮，教給小太監們演奏洋琴。」

沙利衛說：「洋琴需配上歌詞才好。」

「有歌詞嗎？」

「只有西洋歌詞，我可以翻譯成中文歌詞。」

「那就好。」他轉向馬公公說，「馬公公，明天把歌詞一起帶來。送客。」沙利衛剛要走，李公公又說，「慢着，我差點忘了一件大事。自鳴鐘上的數字皇上看不明白，還請神父用中國數字標註出來，明天一併送來。」沙利衛想起來了，在肇慶時就有小孩子看不懂自鳴鐘上的數字，這次貢品中的大鐘是羅馬數字，小鐘是阿拉伯數字，而中國一直用自己的數字，怪不得皇上看不懂呢。他立刻答應照辦。

沙利衛和龐儒被引領着走出了房間，沿着來時的路往回走，東轉西轉，終於轉出了皇宮，回到居住的太監府邸。

一回到住處，龐儒就說：「我心裏就像壓着一塊石頭，真憋氣！」

沙利衛說：「今天只是冰山一角，明天會有更好看的戲。」

龐儒說：「一點也不好看。」

沙利衛笑了，說：「休息一會吧，養足精神，明天你要當琴師了。」於是，兩個人躺在床上睡着了。睡到半夜，沙利衛醒來，打了一個冷戰。他突然想起來，要翻譯歌詞，差一點忘了這個大事！於是，他一個骨碌爬起來，鋪開紙張，將歌詞翻譯成中文。龐儒睡得香香的，還打着小呼嚕呢。

98

第二天一早，太監就來了，引領着沙利衛和龐儒進宮去了。

來到皇宮一處房間，比昨天李公公接見的地方要大一些，裏面已經坐了四位小太監。琴已經擺在那裏了。李公公說：「你們的老師來了，是一位洋教官。一定要好好學，學好了演奏給皇上和娘娘聽。」然後，他轉身對龐儒說：「開始吧。」

於是龐儒演奏了一首曲子，然後又配上沙利衛的歌詞演唱了一遍。四位小太監聽得很認真，學得很仔細。接下來是手把手教他們。這些太監個個聰明，讓沙利衛初步改變了對太監的印象。他原本以為太監只會伺候皇上，原來也是多才多藝。後來他陸續知道，明朝宦官機構中，有一個鐘鼓司，專門訓練宦官演奏各種樂器，表演皮影戲。凡在鐘鼓司的太監都會幾種樂器，只是沒有見過西洋樂器而已。

沙利衛的歌詞翻譯得非常精美，深得小太監們喜歡。第一首歌

詞內容如下：

吾願在上（一章）

誰識人類之情耶？人也者，乃反樹耳。

樹之根本在地，而從土受養，其幹枝向天而竦。

人之根本向乎天，而自天承育，其幹枝垂下。

君子之知，知上帝者；君子之學，學上帝者，因以擇誨下
眾也。

上帝之心，惟多憐恤蒼生，少許霹靂傷人。

當使日月照，而照無私方矣！常使雨雪降，而降無私
田兮！

琴聲悠揚，迴蕩在皇宮；歌詞純美，浸潤於心中。西方上帝之
音，靜靜潛入聖殿，流進太監胸間，再通過太監之手之口，傳入皇
上之耳，進入娘娘心房。沙利衛用心良苦，今日初見成效。

本次琴課結束了。李公公很高興，說皇帝會賞賜二位的，從明
天開始，每天都要上課，要求至少學會八首琴曲，神父還要繼續翻
譯歌詞。臨走時，沙利衛將帶來的歐洲皇帝畫像和皇宮的圖案交給
李公公，請他呈遞中國皇帝。

一個月後，龐儒教太監們學會了八首琴曲，沙利衛翻譯了八首
歌詞。小太監們對二位洋教官非常尊敬，學得十分賣力。聽李公公
說，明天皇上要聽小太監們演奏，這將是一次正式的匯報演出。沙
利衛和龐儒聽說後，便提出加一次班，演練一遍。李公公同意了。
他巴不得這樣，這事歸他負責，演得越好，他臉上就越有光彩。排
練的時候，馬公公也到了，他要看一看這洋教官的教學成果究竟怎
麼樣。排練很順利，馬公公和李公公都禁不住拍手稱讚。

第二天，沙利衛和龐儒不允許進宮看演奏，只能隔着牆壁聽。

演出十分成功，皇帝第一次欣賞西洋樂器，特別好奇，特別新鮮。皇上一高興，要賞賜洋教官。李公公和馬公公以及小太監們也都有賞，皆大歡喜。

李公公帶着皇上的獎賞來到沙利衛住處，傳達聖旨：「教授有方，賞銀五十兩。看了畫像，洋人長得跟回回似的。」

沙利衛接過五十兩銀子，心裏既高興又擔心。第一步算是成功了，接下來就是想辦法留住，在北京長住下去，然後開展傳教工作。於是沙利衛對李公公說：「公公，請向皇帝轉達我的一個請求。我們願意留在北京，繼續為皇帝服務。」沙利衛趁機送了一點禮物給李公公。

「我看時機回稟皇上。」李公公說完，走了。

沙利衛和龐儒在皇宮教太監演奏的事很快傳開了，大家都知道洋人進到皇宮裏來了。反應最敏感的是禮部。禮部尚書朱國富認為，洋人來北京進貢，屬於外交事務，應歸禮部負責，太監的手伸得太長了，竟然越過禮部直接攬過去了，這是不把禮部放在眼裏。於是他派會同館主事蔡祥去太監府邸，要把沙利衛接過來，安排在會同館住。這會同館，專管外事工作，過去叫鴻臚寺，明代叫會同館，主事是四品大員。

蔡祥也很生氣，接到任務後就帶上兩個壯漢去了太監府邸。到了以後，蔡祥對沙利衛說：「禮部尚書朱國富大人請神父到會同館下榻，以後神父的事情由會同館負責。」說罷，兩個壯漢搬起沙利衛的行李就往外走。沙利衛立刻擋在門口，問道：「請問大人，李公公和馬公公知道嗎？」

「不關他們的事，神父來北京屬於禮部的事情，理應住在會同館。」

「我們住在哪裏都可以，但此事你們還是先與李公公他們商量好了再來搬。」

第二天，李公公和馬公公到了會同館。蔡祥說：「兩位公公，按照朝廷規定，洋人的事情歸你們司禮監管，還是歸禮部管？洋人進皇宮，這麼重大的事情，怎麼不通知禮部就安排進來了呢？如果皇上怪罪下來，叫朱大人如何解釋呢？」

　　別看馬公公在外邊橫行霸道，但在皇宮內，特別是在各部大臣面前，總是小心謹慎的。從洪武年間開始，皇上就規定宦官不得干政。到了後來，這規定越來越鬆弛，以至於發展到宦官無所不能的地步。但是宦官的強大對立面就是朝臣，他們從心裏反對宦官干政，敢於當面批評宦官。這些朝臣，不但敢於批評宦官，就連皇帝也敢頂撞，所以皇帝不喜歡朝臣。而這些宦官就不同了，他們專門揀皇帝喜歡聽的話說、喜歡幹的事做，喜歡在皇帝面前拍馬溜鬚，整天把皇上伺候得舒舒服服的。但是皇帝也知道，治理國家歸根到底要靠朝臣，而不是宦官。所以在重大事情上，皇帝還是聽朝臣的。

　　正因為這樣，所以馬公公也不敢太過分，畢竟蔡祥的身後有朱國富，那可是狀元尚書，得罪不得。再說了，自己把沙利衛從臨清劫持到天津，還覬覦沙利衛給皇上的貢品，在天津把洋人關進了私家監獄，這些事情如果被禮部知道了，參上一本，自己可就危險了。好漢不吃眼前虧，退一步海闊天空。於是，馬公公陪着笑臉說：「蔡大人息怒，本來這就要回稟禮部的，只是最近皇上急着要看演奏，所以就先這麼安排了。我和李公公商量着，這就要把神父送到會同館來呢。這不，蔡大人已經安排了，正好啊！」

　　蔡祥看了看兩位公公，雖然心裏有些鄙夷不屑，但他知道，這些太監，原本家庭貧窮，父母不得已讓他們進宮當了太監，身心受到極大摧殘，大多心理變態，很可憐，對他們也不能過分，讓他們懂得規矩就行了。於是，蔡祥說：「那太好了，兩位公公都是明理之人，朱大人那邊我去解釋好了。」就這樣，沙利衛和龐儒觀看了

一出宮廷爭鬥戲，初步掌握了這個大國心臟的機密。

這樣，沙利衛住進了會同館。沙利衛取出王忠國寫給朱國富大人的信件，交給蔡祥，說：「這是王大人寫給朱大人的信，請轉交朱大人。另外，我特別想去拜訪朱大人，當面請教。」

這蔡祥原本對沙利衛二人是有意見的，怎麼不按照規矩辦事呢？可是又一想，像馬公公這樣的太監，別說洋人對付不了，就連朝廷官員也害怕三分，不能責怪這兩位洋人，他們哪裏知曉大明朝內部這些事兒。於是，他說：「我一定轉達。請兩位神父好好休息，有什麼要求儘管找我。」

「謝謝蔡大人！」

99

在禮部大堂，蔡祥將沙利衛的信件交給了朱國富，並轉達了沙利衛想拜見尚書大人的口信。朱國富看罷信件，說道：「王大人在南京對洋人照顧得很是周到，我們也不能差到哪裏去呀。沙利衛神父懂得天文曆法，可以幫助我們修大明曆。」

蔡祥說：「來得正及時嘛，這大明曆是該修一修了。」

朱國富說：「欽天監的人告訴我，大明曆不夠準確，有幾次天象預告出了差錯，還不敢回稟皇上。如果能修好大明曆，也是禮部的一功。」於是，朱國富又對蔡祥說，「明天上午九時，請神父來禮部見面。」

「好！」

第二天，沙利衛來拜見朱國富，一見面，行了跪拜禮。朱國富趕緊攙扶起來，並說以後會面免此大禮。沙利衛送給朱國富一個三

稜鏡作為見面禮，朱國富很是高興。他從未見過這麼神奇的東西。沙利衛又將一幅世界地圖送給朱國富，並作了解釋。朱國富此前只是聽說過，從未見過實物，今天親眼見了世界地圖，驚訝得不得了。人就是這樣，一旦受到新事物的啟發，就會發現以前的可笑，心理必然要起變化。龐儒聽說的那三句話儘管有點兒嘲笑的成分在裏面，但實實在在有效果，龐儒今天親眼見了，實地感到受了。他覺得神父是聰明的。

在斷定朱國富心理發生變化之後，沙利衛開口了：「在南京，王大人對我說，到了北京，一定去拜見朱大人，朱大人一定會提供幫助的。」

朱國富笑了笑，問道：「神父遠道而來，到北京是何目的？僅僅是給皇上敬獻貢品嗎？」

「敬獻貢品是目的之一。我是天主教神父，來北京還有一個目的，就是交流文化，傳播天主教義。」

「王大人在信中說，神父精通天文、曆法、數學，可否為修大明曆做一點事情？」

「沒有問題。在南昌的時候，我就做過這方面的工作。」

「那太好了。神父希望我們做些什麼？」

「我想留在北京傳教，請大人幫忙。如果能見到皇上就更好。」

「見到皇上很困難。至於留在北京，需要找一個合適的理由。但不能說修曆，也不能說傳教。」

「那用什麼理由？」沙利衛一時想不出來。

「神父不是在教太監們演奏洋琴嗎？神父還有什麼技能？」

「我獻給皇帝的自鳴鐘是一種機械鐘，時間久了會出現故障，我可以修好它。」

「這個理由不錯。我聽說皇上特別喜歡那架小自鳴鐘，皇后拿去玩了兩天就被皇上要回去了。」

沙利衛心中一喜，說：「如果它出了故障，我會修好的。」

「神父，我們就以這個作為理由吧。明天我上奏皇上，請求將神父留在北京。」

「非常感謝！」

說完，沙利衛和龐儒就回會同館去了。晚上，沙利衛剛想睡覺，一個小太監急匆匆地跑來，先找到蔡祥，告訴他皇上急了，心愛的小自鳴鐘不報時了，派太監來問，是不是壞了。蔡祥說：「不會吧，這才幾天，怎麼就壞了呢？」小太監說：「不報時了，皇上和鄭貴妃都喜歡這座小自鳴鐘，現在不報時了，皇上着急得很，李公公也不知道該怎能麼辦，所以就派我來問洋大人。」

蔡祥一聽，覺得機會來了，這不正是留下沙利衛的理由嗎？他立刻找到沙利衛，說了此事。沙利衛一聽就明白了，是發條鬆弛到頭了，應該重新上發條。沙利衛用手比劃着告訴太監應該怎麼做。

小太監回去了，沙利衛剛剛躺下，誰知蔡祥和小太監又進來了，說上發條的鑰匙找不到了，到處找也找不到。皇上發火了，把小太監和宮女臭罵一頓，說他們是一群廢物。小太監對神父說：「求求洋大人，今晚要是找不到鑰匙，我們都得被皇上打死，洋大人一定要想想辦法呀！」話音未落，李公公急忙忙地來了，他親自出面來求神父了，可見事情已經嚴重到了何種地步。

沙利衛也很着急。突然，他眼睛一亮：「幸虧還有一把備用鑰匙。快拿去吧！」

小太監接過鑰匙，飛一般地跑了，李公公緊跟在後面追。哪知小太監剛跑了幾步，不小心腳下一滑，摔倒了，手中的鑰匙摔飛了。氣得李公公連踹他幾腳，罵他一點用也沒有。急歸急，還是找鑰匙要緊哪。於是兩個人打着燈籠找，小太監乾脆趴在地上找，終於找到了，在磚縫裏。小太監剛才嚇得直哭，現在又破涕為笑了。李公公也是悲喜交替。他們拿着鑰匙快步跑回皇帝寢室，喘着粗

氣，交給了皇上。

自鳴鐘又滴答滴答響了，報時了。龍顏大悅，鄭貴妃也笑了。小太監站在一旁直哆嗦，他還在驚嚇之中沒緩過勁兒來呢。李公公說：「還不快走，換掉髒衣服。」小太監這才發現，自己的衣服沾滿了灰土。他看看自己，又看看公公，怯生生地說：「公公的衣服也髒了。」李公公一看，果真，自己也是一身灰土。兩個人都趕快回去換衣服了。

第二天，皇上起得很晚，因為昨夜玩了一宿，困了。皇上剛醒來，就接到了禮部送來的奏疏。皇上一皺眉：「討厭。」他拿起奏疏掃了一眼，突然眼睛亮了。原來禮部請求皇上批准留下沙利衛神父，說自鳴鐘時間久了會出故障，萬一出了故障，神父可以修好。皇上拿起筆來快速寫了兩個字：「准奏。」宮人拿着皇上的諭旨走了。

這時，皇后那邊派人來了，說皇上要自鳴鐘要得急，把鑰匙落在皇后那邊了，現在皇后派人送來了。皇上一聽，很是高興，給鄭貴妃說：「咱倆一人一把鑰匙。」

禮部接到皇上的聖旨後，立刻傳達給沙利衛。沙利衛長出了一口氣，龐儒也喜形於色，說：「神父，我們成功了！」

朱國富派蔡祥給沙利衛專門安排了住宅，每個月還有二十兩銀子的俸祿，算是兩人的生活費。從此以後，沙利衛開始了十年的北京生活。這正是：

> 孟翁沙公俱精明，一把鑰匙駐京城。
> 七十二弦琴做媒，欲把西雨配東風。

100

安頓好住處後，沙利衛心中總算一塊石頭落了地。不過，在他心中另一個問題隨之而生，就是上次來北京的路上王忠國大人向他提出的那個問題：地圖上的契丹國真的是標錯了嗎？契丹和中國究竟是兩個國家還是一個國家？他想徹底弄清這個問題。

這天早上，他對龐儒說：「走，咱們去看看這座城市的容貌。」

二人來到大街上，漫無目的地向南走着。他們看到了進入春季的北京景色十分美麗：一排排高大的柳樹吐出嫩綠的幼芽，在微風中搖曳着；桃花剛剛開放，像姑娘們臉上的新抹的胭脂。仰頭望天，幾隻燕子從空中飛過，湛藍的天空白雲悠悠；那是誰家養的信鴿成群飛翔，帶着哨音從屋頂上掠過。一些大人領着孩子出來踏青賞春了。

走着走着，沙利衛看到一座佛寺，門額上刻有「崇福寺」三個大字。繼續往後走，有一座紀念祠，一打聽，竟是謝枋得祠。沙利衛不禁大為興奮，整頓衣衫與龐儒恭敬而入。這是一個三進院落，大堂正中供奉着一尊謝枋得塑像。祠內看守介紹說，當年謝枋得與文天祥被押至元大都，投入兵馬司監獄，就是現在這個地方。因謝枋得在南宋威望甚高，元朝廷便想勸其投降，前後五次派人勸降，都被謝枋得嚴詞拒絕。後謝枋得看見牆壁上有《曹娥碑》文，便說：「小女子猶爾，吾豈不汝若哉！」於是絕食而亡。沙利衛聽罷，心中頓生無限敬意。他問看守道：「文天祥也犧牲在此處嗎？」看守說：「元朝人將文天祥關押在兵馬司監獄的土牢，從這裏往東北走七里路，有一個順天府學，內有教忠坊文丞相祠就是了。」沙利衛謝過看守，對龐儒說：「我們去文丞相祠看看吧。」

他們穿過幾條街道，又繞過一座城門樓子，來到一處熱鬧的商貿區。這裏有很多商舖，車水馬龍，熙熙攘攘，這讓沙利衛想起了

果阿的直街。就在沙利衛四處觀察的時候，龐儒一眼就發現了不一般的景色：這裏除了本地人，竟然還有外國人。他趕緊指給神父看。

「神父，您看！」

沙利衛已經看見了。他並沒有感到太多的驚訝——這裏畢竟是中國的京城，有外國人是正常的。他看到那幾個外國人似乎是阿拉伯商人，應該是從西邊過來的。沙利衛懂他們的語言，便走了過去，問道：「請問幾位先生是從哪裏來的？」

「波斯。」

「來北京做什麼？」

「做生意。汗八里是可以掙到錢的地方，這裏很容易掙錢。」

「什麼？！你們稱北京是什麼？」沙利衛有些驚喜了。

「汗八里，就是北京。」

「你們叫中國是什麼？」

「契丹。」

「契丹？！」

沙利衛一把握住那位商人的手，激動地說：「謝謝你！幫我解決了一個大問題。契丹就是中國，汗八里就是北京。在東方，只有一個中國。」

那位商人笑了：「本來就是這樣。你們是從哪裏來的？」

龐儒說：「我們來自歐洲。這是沙利衛神父。」

那位商人說：「您就是沙利衛神父？我們聽說過。」

龐儒問道：「你們怎麼知道的？」

「彈琴。你們教給中國皇帝彈琴，全北京人都知道。」

沙利衛和龐儒笑了，想不到教給太監們學西洋琴的事情竟然變成了教皇帝彈琴，真有意思。

「中國皇帝喜歡你們的琴嗎？」那位商人似乎對此很感興趣。

「不是教中國皇帝彈琴，是教皇帝的僕人彈琴。」沙利衛故意避開了「太監」二字，他不願意帶來不必要的麻煩。

「都一樣。我們阿拉伯人，獻給中國皇帝獅子。中國皇帝喜歡獅子。」

「獅子？」沙利衛有些驚訝了，他想不到獅子也能作為禮物獻給中國皇帝，他無法想像兇猛的獅子進入皇宮後的景象。其實，那些獅子早已被馴化得服服帖帖了。他又問：「你們只獻了獅子嗎？」

「還有糧食種子——玉米。」

「中國沒有玉米嗎？」

「原先沒有。」

「那——」沙利衛突然想起了什麼，便想繼續問他們。偏巧這時來了一個人，在阿拉伯商人耳邊嘀咕了幾句，於是，那幾個阿拉伯商人就都離開了。

沙利衛和龐儒繼續朝東北方向走，不一會兒就來到了順天府學，找到了文丞相祠。這是一個兩進四合院，剛進院門就看到兩棵高大的松樹，向南傾斜生長。看守祠堂的人說：「文丞相生前寫有『臣心一片磁針石，不指南方不肯休』。樹通人情啊！」

祠堂大殿內有文天祥的塑像。只見文天祥昂首挺胸，堅韌的目光直視南方。在看守導引下，沙利衛參觀了院內詩文碑刻，多是參觀者拜謁祠堂後寫的，其中文徵明的一首詩引得沙利衛出聲讀了起來：

> 地轉天旋事事同，老臣臨市自從容。
> 誓將西嶺填東海，忍着南冠向北風。
> 千里勤王空赴難，百年養士獨收功。
> 成仁取義人人分，未用區區獨弔公。

沙利衛對龐儒說：「這首詩寫出了一種悲涼感，又透出了自信。寫得好。」又說，「我們將來蓋教堂，就在謝枋得祠與文丞相祠中間選一處地址，可以時時感受兩位先賢英烈的靈魂。他們二人的心與耶穌相通。」

沙利衛回到住所，他急於把今天了解到的情況向耶穌會總會長匯報，也要向孟安仁視察員匯報。這是他到北京後的重大收穫。在歐洲，人們受《馬可‧波羅遊記》的影響，一直認為契丹和中國是兩個東方大國，所以在世界地圖上標有中國的同時還標有契丹國，現在看來是錯誤的。對這樣的記載，沙利衛一直心存懷疑，他對龐儒說：「如果還有一個契丹國的話，那麼中國對於鄰國重大的事情毫無所知，也沒有任何記載，也沒有通商的記錄，這是不大可能的事。」

龐儒說：「馬可‧波羅記載了長江和黃河，還說南方九個王國，其實就是中國的九個省。」

沙利衛說：「是啊，每一個省都比意大利還要大。」

龐儒說：「神父，困擾歐洲人多年的契丹之謎終於可以揭開謎底了，歐洲人知道後不知道要多麼驚訝呢。我們到北京可謂旗開得勝！」

「是啊！更重要的是，世界地圖可以得到更正了。在東方只有一個中國，沒有另外的一個契丹國。馬可‧波羅筆下的契丹國就是中國。要感謝王大人，是他讓我把這個問題牢記在心中──我要重新繪製一幅世界地圖，這是我們的地理大發現！」

「神父，如果歐洲人不相信怎麼辦？他們有些人是很頑固的。」

「你說的有道理。我寫信，請他們派一位精明強幹的人親自來考察一番，用事實來說話。他們可以不走海上，直接走陸路。還要請他們多派幾位精通數學的神父來北京，尤其是精通天文、曆法的神父來，幫助中國修訂曆法。」

「神父，我突然產生了一個想法。」

「什麼想法？快說。」

「我想，馬可·波羅可能沒有到過北京，否則他怎麼會出現這樣的錯誤呢？一直誤導了歐洲人幾個世紀呀！」

「龐儒神父，你這是一個大膽的想法，有道理。我要寫進去。」

於是，沙利衛鋪開信紙，拿起鵝毛筆，寫了下去：

主內備受尊敬的柏拉瓦總會長：

　　願天主的安寧與您同在！

　　我是懷着激動的心情給您寫這封信的。我和龐儒神父經過不懈的努力，已經獲得中國皇帝的批准，在北京定居了。這是我多年的夙願 —— 天主的光輝終於照耀到了中國的京城。

　　我最急於告訴您的是，我見到了兩位阿拉伯商人。他們在多年前從陸路來中國，向中國皇帝進貢了兩頭獅子。從他們口中，我得到了肯定的證實，就是此時此地他們確實居住在大契丹國，就是中國，北京就是汗八里，他們毫不懷疑這一點，而且還說在他們來北京的整個旅途中，他們既未看到也未聽說過還同時有一個契丹國。

　　看來，我們的世界地圖要更正了。如果還對此產生懷疑的話，我建議派一位精明強幹的人沿着陸路進行實地考察，來證明我的觀點並沒有錯誤。這將與哥倫布發現美洲大陸同樣重要，這在歐洲將產生巨大的影響。這一影響將證明天主的力量是無所不到、無所不能的。

　　我和龐儒神父剛到北京就訪問了兩個英烈紀念祠，分別是謝枋得祠和文天祥祠。這兩個人在中國人心中地位非常崇高。他們是宋朝大臣，為了保護自己的國家而被敵人逮捕，遭受折磨，忠貞不屈。他們都犧牲了。後人為了紀念他們，專門在他

們的犧牲地北京建立了祠堂。內有他們的塑像，供後人瞻仰。我認為這種塑像不是天主教所反對的偶像崇拜，是表達對先賢英烈的懷念之情，就像中國人緬懷祖先一樣，是人之常情，與天主教義不衝突。中國文化是包容的，我們也應允許教友祭奠祖先，祭奠孔子，也應允許紀念這些先賢英烈。一個偉大的民族一定會出現自己的英雄，懷念自己的民族英雄一定是有希望的民族。天主教所反對的是佛教供奉的那些虛假偶像。這是我們傳教中所應遵循的基本原則，也就是您倡導的適應政策。

我們剛在北京站住腳，接下來的工作將十分繁重。我們計劃首先去訪問高級官員，取得他們的支持。在肇慶、韶州、南昌和南京的傳教經驗證明，官員的支持對於傳教工作十分重要。我們還將繼續向中國人介紹西方的科學，中國人對科學技術有着極濃厚的興趣，我請求總會再派幾位精通數學、天文、曆法的神父來北京，幫助我的工作。另外，我計劃把我的《天主實義》在北京出版，如有可能，再出版其他的著作。我相信，在不遠的將來，北京就會有一批教友出現。

最後，我請求您為我和這方興未艾的中國傳教事業祝福。

您主內不肖之子　沙利衛

1601 年 9 月 26 日

101

時間過得很快，轉眼已進入 10 月，正是北京最美麗的秋季。這天早上，沙利衛和龐儒正準備去拜訪一位朝廷官員。這段時間，

經禮部尚書朱富國的推薦，沙利衛陸續拜會了一些朝廷官員。這些官員都對沙利衛很感興趣，在得到了沙利衛送的禮物後，都表示支持他的文化交流工作。這不，今天他正想去拜見一位官員，禮物都準備好了。突然，劉永相闖了進來。只見他頭上纏着白布，氣喘吁吁，見到沙利衛，撲通一聲跪倒在地。沙利衛嚇了一跳，趕緊把他扶起來，劉永相早已是淚水滿面。

「神父，我父親，他⋯⋯他⋯⋯他去世了⋯⋯」劉永相嗚咽了。

「什麼？！」沙利衛頭暈了一下，「怎麼回事？快進屋說。」

進到屋裏，劉永相說：「家父身體本來就不好，在工地上日夜操勞，身體消瘦許多。兩個月前的一天，天氣非常炎熱，家父仍然堅持去工地坐鎮。中午時分，家父突然倒在工地上⋯⋯再也沒有醒來⋯⋯」他說着又嗚咽起來，「家父生前與李先生結下深厚友情，我特來北京向李先生報喪。李先生說神父也在北京，囑咐我來向您報喪。家父生前對神父非常敬仰，把神父當作自己的朋友看待，他在天之靈如果知道我來向神父報喪，一定會贊同的。」

沙利衛聽了，既感到震驚，又覺得是在意料之中。震驚的是，想不到劉大人這麼快就去世了，意料之中是因為在濟寧一起吃飯時，憑自己的直覺，沙利衛認為劉大人身體可能要出問題。沙利衛無限傷感地說：「劉大人忠於職守，以身殉職，真乃楷模也！」他又說，「我受困於天津，公子受令尊大人委派專程送來書信，救我於水火之中，恩情大如天！不料令尊大人因公殉職，我心中無限悲傷，謹以天主的名義表示由衷哀悼！」

沙利衛轉身從櫃子裏取出十枚金幣，遞給劉永相，說道：「這十枚金幣略表寸心，請收下。」劉永相接過金幣，再拜沙利衛，沙利衛趕緊將他扶起。這時龐儒端上一杯水，讓他情緒平靜下來。

沙利衛問道：「李先生也在北京？」

「是的，李先生住在馬經緯大人家中。老人家年事已高，行動不便，得知家父去世的噩耗，內心十分悲傷。他們倆感情太深了，先生接受不了……」

「馬經緯是何人？住在何處？」

「噢，馬大人是一位行俠仗義之人，素與李先生交好，住在通州。」

沙利衛點點頭。又問道：「令尊大人準備安葬何處？」

「回老家山西沁水坪上村安葬。」

「入土為安，你現在就要回山西了吧？」

「是的。皇上對家父十分器重，對家父的治水工程給予了褒獎。朝廷各部也會派人去家鄉弔唁。」

「那就好，令尊大人在天之靈得以安息了！」

「神父，我回去啦，您多保重！」

「丞相，保重！」

劉永相走了。沙利衛和龐儒送至大街上，直到看不見人影。

「我們應該去拜訪李先生。」沙利衛說。

「對，我也這樣想。」於是，沙利衛和龐儒租了一輛馬車，直奔通州。

沙利衛對通州並不陌生，第一次進出北京就是從這裏經過的，他對通州河畔那高高的燃燈塔印象十分深刻。

在通州，只要說馬經緯的名字，沒有不知道的，所以他們很順利地找到了馬經緯的家。

大門吱的一聲開了，開門的就是馬經緯本人。

「來者可是沙利衛神父？」

「正是。」

「快快有請！李先生正念叨您呢。」

沙利衛跟隨馬大人快步走了進去。只見李踔躺在床上，上身斜

靠在棉被上，微睜雙眼，見到沙利衛進來，睜大了眼睛，說：「我夢見了神父，知道神父一定會來看我。」

「對不起先生，我來遲了。」

「只要神父來我就高興，何遲之有？」

「我見到丞相了——沒想到劉大人走得這麼突然！」

「唉！這個劉大人，唯恐有負皇上重託，日夜在工地操勞，把命都搭上了。像他這樣盡職盡責的大臣太……」馬經緯說。

「劉大人是為了百姓。運河整修工程原本計劃用一百二十萬銀子，劉大人精打細算，只用了七十萬兩。修運河的錢可都是百姓的血汗錢哪！」李贄說。

「李先生說得是。」馬經緯說。

「劉大人心裏怎麼想的，我都清楚。那可是個好官哪！」李贄說。

「聽丞相說，李先生和劉大人情誼深厚。」沙利衛說。

「唉，說來話長。」李贄睜大眼睛，望着空中，他的眼前出現了往昔一幕幕難忘的景象：萬曆十九年的一天，李贄到武昌黃鶴樓遊玩。當他正在黃鶴樓上欣賞美景之時，他的政治對手耿定心派了幾個人尾隨而至。他們蓄謀已久，要在大庭廣眾之下羞辱李贄。「晴川歷歷漢陽樹，芳草萋萋鸚鵡洲。」李贄剛念出崔顥的千古名句，突然闖來一個人，歪腦袋、斜眼睛，盯着李贄喊道：「臭老頭兒，你就是李贄吧。」李贄一看來者不善，沒有理他，轉身欲走。另一個又矮又胖的男子站在李贄面前攔住去路，皮笑肉不笑地說：「你就是那個專靠左道惑眾的李老頭吧，你也有興致到黃鶴樓遊玩耍，怎麼不帶上你的漂亮女弟子一塊……嘿嘿！」只聽歪腦袋的傢伙對着周圍人喊道：「大家快來看看，這個人就是整天罵周公罵孔聖人的狂徒李贄，他還招收女弟子……」

「原來就是那個背叛祖宗的李贄！」

周圍很快就聚集了許多人，他們多是些遊人，不知內幕，來看熱鬧；有的冒充遊人，實則是來圍攻李贄的。他們把李贄圍在中間，用各種惡毒的語言辱罵他。

　　李贄明白，這是耿定心故意安排的。他毫不畏懼，面對眾人慷慨陳詞：「我與某某人辯論書札累計萬言，發道學之隱情，風雨江波，讀之者無不拍手稱快。某某人理屈詞窮，便惱羞成怒，採用卑鄙手段，暗中指使二三同黨前來圍攻我。何足懼哉！哈哈，我李贄角巾鬈首，遊學四方，從不懼小人算計！」說到激動處，李贄乾脆站到一張桌子上，高聲宣示：「我每見世上欺天罔人之徒，便欲手刃直取其首，豈特暴哉！縱遭反噬，亦所甘心，雖死不悔，暴何足云！然使其復見光明正大之夫，言行相顧之士，怒又不知向何處去，喜又不知從何出來矣。則雖謂吾暴怒可也，謂吾不遷怒亦可也……」

　　這時，有人朝李贄扔泥巴，李贄的身上、臉上被泥巴污染了。有人還喊道：「把這個瘋老頭從桌子上踹下去！」

　　於是有人走過去，準備踹桌子。就在這萬分危險之時，劉星耀站了出來，斷喝一聲：「哪個敢動！」

　　只見劉星耀與兩個粗壯的隨從把李贄從桌子上攙扶下來，其中一個揹起李贄跑出了黃鶴樓，早有一頂轎子等候在那裏。李贄上了轎，被快速抬走了。劉星耀也隨後上了轎子，說一聲：「走！」也緊跟着走了。

　　原來，劉星耀在武昌做地方官，這日正巧來遊黃鶴樓，遇上李贄遭人圍攻，便衝了進去，救出了李贄，接到他的住所，為他壓驚。

　　「先生，這太危險了，耿定心這是存心要置先生於死地呀！」

　　「大人為何救我？」當時李贄並不認識劉星耀。

　　「我是山西沁水劉星耀，現在武昌任職。星耀素來仰慕先生，

456

讀過先生的著作，心儀已久，只恨無緣相見，今日巧合，使我能為先生排除險情，我與先生此生有緣。」

「你就是劉大人，久聞大名，一個為民做事的好官。」李踔嘆口氣說，「今天若非大人相救，恐怕我這條老命早就沒了。」

「先生放心，住在這裏是安全的。我這就去找耿定心理論。」

「算了。那是一個小人，不值得劉大人與他置辯，隨他去吧。」

「也好。先生就住在寒舍，有專人保護先生，先生儘管放心讀書、著述。」劉星耀轉身叫來一個小夥子，就是剛才揹起李踔的那個壯實小夥子，「永相，快來拜見先生。」只見劉永相朝着李踔磕了三個響頭，說：「先生在上，請收下永相為徒。」

從那天開始，李踔就有了劉永相這個徒弟，鞍前馬後，在南京也緊隨不捨，還拜見過沙利衛神父。

李踔一口氣給沙利衛講了這段難忘的經歷，眼中老淚閃爍。沙利衛雖然與李踔先生多次見面，但這段經歷還是第一次聽說。他感到，這才是真正的友情，沒有任何私心雜念摻雜進來，這就是君子之交。

「與劉大人邂逅，是李先生的幸運。」沙利衛說。

「是啊。當時我處於迫害與誹謗之中，沒有劉大人的行俠仗義之舉，老夫早就見閻王爺去了。」李踔說着，隨口吟出了一首詩：

> 季心何意氣，夜半猶開門。
> 幸免窮途哭，能忘一飯恩？

馬經緯說：「後來，劉大人丁憂在家，便把李先生接到沁水坪上村家中，過了兩年清靜日子。」

李踔接過話題說：「那兩年是我最幸福的時光。坪上村距沁水縣城百餘里，坐落在梴山腳下，山清水秀，村居不足數十家，頗為

457

寂靜。白天看白雲悠悠，聽溪水潺潺；夜間觀斗移星轉，聞松濤陣陣。我喜歡那幽靜的環境，宜思，宜寫，宜讀，尤適宜三五人談天論地，心無隔障。劉大人和永相我們幾個人推心置腹，無所不談。我日有所思，夜有所記，時日既多，積久成帙，題名為《明燈道古錄》。現在回想起來，真是愜意。正是：坪上相逢意氣多，至人為我飯樓那。燒燈熾炭如紅日，旅夕何愁不易過！」

「後來先生與耿定心關係可有轉變？」沙利衛問道。

「有。耿氏兄弟曾有恩於我。我的女兒、女婿，耿先生視為自己的女兒女婿，待之深厚。哎呀，我怎能忘記耿先生恩德呢？後來我反思，我和耿先生都犯了各執一端的毛病，我偏執於依自本心，耿先生執着於人倫道德。其實，學問之道，兩相捨則兩相從，兩相守則兩相病，勢固然也；兩捨則兩忘，兩忘則渾然一體，必不會生瓜葛糾纏。學術觀點之不同，甚至價值觀念相左，皆屬正常，都應該尊重對方，相輔而相成也。這就像夫妻二人，脾氣秉性豈能完全相同，只要相敬如賓，就能百年好合。」

沙利衛頻頻點頭，他被李先生的胸懷感動了。傳教的道理不也是如此嗎？他由此更加堅信自己的傳教策略，只有尊重中國固有文化，才能讓天主之光照耀這塊土地，而且這種照耀絕不是單向的，而是雙向的。在中國這些年，自己的內心不也時時被中國文化所照耀嗎？想到這裏，他又問道：「後來您與耿先生又見過面嗎？」

「見過。那是萬曆二十一年秋，我的好友沈閫鉉出面調停，約我去黃安會見耿先生。耿先生對此有所顧慮，於是沈先生對他說：『李先生信禪，稍戾聖祖，但天地間學問，逃墨必歸於楊，逃楊必歸於儒；歸，斯受之而已矣。』耿先生聽後拊掌而笑，便答應與我見面。我們兩人再晤黃安，相擁大哭，各自叩首相拜，暢叙舊雅，歡洽數日而別。」

沙利衛又一次被感動了。這段讓人唏噓的故事讓沙利衛看到了

兩個鮮活的靈魂，這是兩個偉大的靈魂！他想起自己在馬六甲期間與特伊蒂阿的衝突。當然，兩者性質有所不同，但從李先生和耿先生的故事中受到啟發，他可以原諒特伊蒂阿了，如果能與他重逢的話，可以握手言和了。天主教的教義固然能給人高尚的境界，使人心胸開闊，但中國人的偉大精神照樣可以達到天主教義同樣的境界。

沙利衛笑了笑，說：「我很受教益。馬大人是怎麼認識李先生的？」

李蟄說：「馬大人已經不是大人了——但這是一位真正的大人！」

沙利衛迷惑了。馬經緯說：「家父素與先生交好，我潛移默化，深受影響。萬曆二十三年，我因上書，惹怒皇上，貶為庶民。後仰慕先生，追隨到濟寧，見到了先生和劉大人，那時神父已經進京，所以沒有見面。今日相見，緣分不淺，相見恨晚。」

李蟄說：「經緯的父親馬越山先生是儒學大家，我們常有酬答，研討學問，十分快樂！經緯賢侄原在山東肥城任知縣，減負於民，興辦教育，有口皆碑。後入京做御史，因仗義執言，觸怒皇上，削職為民。後來我受困麻城，經緯隨我去了黃檗山法眼寺避難，我們共同在山中四十餘日，研習《周易》，口不停誦，筆不停書，辨惑解縛，收穫頗多。經緯還專門為我寫了《與湖廣馮僉憲》和《與當道書》，批駁道學家對我的誣衊，其中有『宦遊不可常，誰無床下？少壯不可得，誰無暮景？』這話嚇得那些人成了縮頭烏龜。我李蟄一生有經緯，此生不孤！」

「那個縮頭烏龜是誰？」

「就是馮行明。他接替前任湖廣僉事史慕賢之職，藉口『維持風化』要把先生趕出麻城。最卑鄙的是他雇用一批流氓，燒毀了芝佛院，還要殃及先生的弟子。」

「馮行明？這個名字有點熟。」沙利衛說。

「就是在南昌滕王閣聚會時要求神父倒背《滕王閣序》的那個汪天水的恩師！」龐儒說道。

「對，就是他。雖未謀面，倒是早聞其名。馮行明現在何地？」沙利衛問道。

「這個馮行明當時做縮頭烏龜，沒想到後來還真是個大丈夫。」接着，馬經緯說了馮行明因與宦官陳風陳公公鬥爭反遭誣陷被下大獄的經過，此人就關在北京監獄中。

臨走時，沙利衛對李踔說：「先生多保重，我會再來看望您的。若劉永相再來北京，我們就在運河岸邊聚會。」

李踔顯得有些悲涼，說：「那要等三年以後了，恐怕我這把老骨頭等不到那一天。」

沙利衛說：「天主保佑先生，一定能等到。」沙利衛指了指馬經緯和龐儒，說，「到那時我們五人在運河之畔、燃燈塔下歡聚一場。」

李踔笑了，說：「真有那一天的話，可就不只是我們五人嘍。」

「噢，還有誰？」

「澹然。」

「澹然？」

「還記得我那位女弟子嗎？」

「記得，記得。」

「澹然是我的摯友梅國珍的女兒，她丈夫去世後寡居數年，後來梅大人託我為她再醮。這個女子可不簡單，非要嫁一位義士不可。當時永相妻子去世未再娶，於是我就給他們做了紅娘。如今夫妻恩愛，相敬如賓。」

「先生做此善事，成人之美，仁者長壽。他們都是名臣之後，一個是頂天立地的男子漢大丈夫，一個是蕙質蘭心的新式女傑，真

是天作之合，幸事，幸事啊！」

　　沙利衛說罷，四個人都笑了⋯⋯

　　沙利衛對宦官沒有好印象，特別是對馬公公，從心裏厭惡，如今又出來一個陳公公，聽說比馬公公有過之而無不及，看來宦官這顆毒瘤真是禍害不淺啊。面對這樣的禍害，能與之對抗，並且不惜下大獄，這樣的人一定是非常之人，是一位孟子講的「大丈夫」。於是，沙利衛想結識一下馮行明。他對龐儒說，想辦法去監獄探望這位馮大人。

　　「看他？他不是反對李先生嗎？」

　　「正因為如此，我才想見見他。」

　　「如果李先生知道了，會不會誤解神父？」

　　「我看這位馮大人是一位胸懷正義的人。他對李先生的態度是過分了，但畢竟屬於思想觀點之爭。他不能接受李先生的觀點，採取了過激行為，可他面對驕橫的宦官挺身而出，與之鬥爭，這說明他的心是向善的。這種人，天主會原諒他的過錯。我們要想辦法化解他和李先生之間的矛盾，若能歸化此人，使其成為天主的子民，與李先生化干戈為玉帛，豈不又是一個『耿李之和』的佳話嗎？」

　　「神父想做一回沈闊鈇？」

　　「知我者，龐儒也！走，咱們去打聽一下他關在哪裏，去看他。」

　　他們知道刑部是關押犯人的地方，到了刑部便可以打聽到下落。可是刑部在哪裏呢？沙利衛想到了朱國富和蔡祥，他們雖然是

禮部官員，但一定知道刑部的監獄，也很可能知道馮行明的案子。

龐儒說：「朱國富是尚書，公務繁忙，還是去找蔡祥吧。」

「也好。」

沙利衛和龐儒走出住所，直奔會同館而去，他們在那裏住過一段，熟門熟路。到了會同館，見到了蔡祥主事。

「神父來了！有段日子沒見啦，在北京生活得習慣吧？有困難儘管說。」蔡祥挺熱情的，忙請二位進廳堂喝茶。

「多謝蔡大人關照，每月俸銀都按時領到，我倆開始習慣北京的生活了。」沙利衛說。

蔡祥笑着說：「那就好。神父今天有何見教？」

「我來打聽一個人。馮行明關在哪裏？蔡大人知道嗎？」

蔡祥一楞，問道：「神父打聽此人做什麼？」

「在南昌曾經有過交往，聽說他如今被關進監獄，我想去看看他。」

「神父真乃義士也！馮行明得罪了大宦官陳風，皇上下令將其逮捕入獄，許多人避之唯恐不及，神父卻明知危險而不顧，佩服！」蔡祥說罷，拿起一份奏摺，對神父說，「這個陳風太過猖狂。他仗着有皇上做後台，欺壓百姓，無惡不作，惹得天怒人怨，我們這些朝廷命官都看不下去了，正想着聯名上書皇上彈劾陳風。神父主持正義，到獄中探監，必定會得到官員贊同。」

沙利衛說：「我和龐儒神父也受過宦官迫害。」

「那咱們就是同命相連了。我告訴神父，刑部大獄在宣武街西側，從禮部往西走大約二里地。大獄的司獄司仇豹大人是我的同鄉，您說我的名字，他會關照的。」

沙利衛出了會同館，往西走了一千米左右，果然是刑部衙門，大獄在其後面。他們來到大獄門口，說找仇豹大人。門衛見是兩個外國人，說聲「稍等」，就進去通報了。不一會兒，一位官員模樣

的人出來了。此人長相就像他的名字一樣，五大三粗，滿臉鬍鬚，好似一頭兇猛的虎豹。此人開口問道：「哪個找我？」

「是我，來自西方的沙利衛神父。蔡祥大人介紹我來找您。」沙利衛自報家門。

「噢，是蔡大人介紹的。有何貴幹？」仇豹露出了笑臉，也蠻好看的。

「我們是來探監的。」

「探何人？」

「馮行明。」

「馮——！」仇豹一愣，「剛剛走了一位探監的，也是來探視馮行明的。你們是他什麼人？」

「多年的朋友。」

「你們是外國人，怎麼會有中國朋友？」

「我來中國二十年了，結交了很多中國朋友。蔡祥大人也是我的朋友，我們還進皇宮為中國皇帝演奏過西洋琴呢。」

「哦，為皇上演奏西洋琴的就是你們！原來是皇上的客人。」仇豹立刻變得熱情起來，「請隨我來。」

沙利衛跟隨仇豹來到提牢廳，吩咐獄吏，打開五號牢門，帶兩位神父進去探視。沙利衛和龐儒緊隨其後來到五號牢房。還未進門，就聽見裏面傳出念詩的聲音：「浩氣還太虛，丹心照千古……生平未報恩，留作忠魂補。」

獄吏打開門，悄悄對裏面說：「馮大人，又有人來看您了。」

只見牢房內那人，仰起頭來，撥開亂髮，睜開兩眼，看看沙利衛，又看看龐儒，吃吃地說：「你們來看我？找錯人了吧？」

「您是馮行明馮大人嗎？」

「是我。你們是？」馮行明想挪動腳步，怎奈受刑後兩腿腫硬若木，不能屈伸。他用力掙扎着，向前跳了一步，頓覺疼痛難忍，

隨即摔倒在地。沙利衛旋即蹲下，將其扶到床上，躺下，慢慢地說：「我是西洋天主教神父，聽說您遭此大難，特來探望。」

「你們是外國人，與我素不相識，為何冒險來看我？」馮行明閉着眼睛說。

「其實我們神交已久。」

「神交已久？大惑不解……」馮行明睜開了眼睛。

「大人是否有一位弟子，名叫汪天水？」

「是的。他剛離開這裏。你們認識他？」馮行明瞪大了眼睛。

沙利衛和龐儒也瞪大了眼睛：「汪天水剛走？」

馮行明笑了，又閉上眼睛，搖搖頭，說：「呵呵，你們怎麼會認識汪天水。」

龐儒說：「大人可曾聽汪天水說起過神父倒背《滕王閣序》的事情？」

馮行明又瞪大了眼睛，說：「聽說過，是我的弟子汪天水告訴我的，有個叫什麼沙……對，一個叫沙利衛的洋人……我讀過他的《交友論》，十分佩服，怎麼……難道您就是……」

沙利衛笑了，點點頭，隨口背了幾句：「色一天長共水秋，飛齊鶩孤與霞落……」

馮行明聽後，掙扎着要起身，龐儒趕緊扶他坐起，並用自己的身體作為靠背讓馮行明倚着。馮行明激動地伸出手來，握住沙利衛的手說：「這麼說，真的是沙利衛神父！確實神交已久，我在夢中見到過神父，但我做夢也想不到您會來看我這個獄中之人哪！幾年前，我在南昌講學時，救過汪天水一命，他便拜我為師。這個汪天水，從小失去父母，是他祖母一手帶大。這孩子性情古怪，但為人耿直，懂得感恩。當年他在滕王閣為難神父的事情我後來聽他說了，當時我臭罵他一頓。汪天水對神父超凡的記憶力佩服得五體投地，聽他說後來還向您學習記憶之術。」

沙利衛邊聽邊點頭，笑着說：「多虧了天水的激將法，讓我在滕王閣上有機會展示了記憶之術。章乾先生兩次請我去白鹿洞書院講學，一些人聽我講後開始嚮往天主教，在南昌有數十人接受洗禮，現在南昌已經成為一個傳教的基地。這與汪天水有關係，與馮大人有關係，所以我說咱們神交已久。」

　　「神父所言有理。自從我知道天水為難神父後，我就想過，這位洋神父究竟長什麼樣呢？我有沒有緣分與之見面呢？這不，今天竟然夢想成真了。」

　　「這是天主的安排。感謝天主吧。」

　　「天主？」馮行明有些不解，問道「天主是誰？貴教宣傳什麼教義？」

　　於是，沙利衛在獄中給馮行明簡單介紹了天主教的基本教義。在大明帝國的監獄中，一個西洋神父給一個中國罪犯官員講天主教義，成為天主教歷史上富有傳奇色彩的一筆。馮行明聽後，眼睛突然明亮了。他說：「這牢房本來是黑暗的，但我聽了神父的教義，覺得這牢房頓時明亮了許多，天主的光芒照進了這間牢房，不，是照進了我的心。神父，我死之後，靈魂能不能升入天堂？」

　　「能，一定能！不過，大人還沒有成為我教的教友，與我教還是有距離的。」

　　「怎樣才能成為教友？」

　　「接受洗禮。」

　　「接受洗禮？我身陷囹圄，如何沐浴？」

　　沙利衛笑了，說：「不是沐浴。大人有加入我教的願望，願意謹守教規，養成信德，決心成為天主子民，忠於耶穌，我就可以為大人舉行洗禮儀式。」

　　「我能做到，現在就洗吧。」他衝門外喊道，「獄吏，端盆水來！」

沙利衛又笑了，趕緊制止道：「大人莫急。今天我們沒有帶洗禮聖具，下次來看大人時再做不遲。而且還有一件事……」沙利衛有些遲疑了。

「儘管說，無論什麼事，我都能答應神父。」

「就是向……向李踔先生道歉。」沙利衛鼓足勇氣，說出了這句話。

「什麼？！」馮行明一下子驚呆了，他萬萬想不到沙利衛會說出這樣的話來。

沙利衛平靜地說：「我與李先生結下了深厚友情。他的學識和膽量令我十分敬佩，我認為李先生是當今中國真正的思想先驅與學術領袖。」

馮行明咬着牙說：「他背叛祖宗，蔑視周孔，左道惑眾，招收女徒，有傷教化！」

「大人此言差矣！我讀李先生著作，並與其交流，深感他對孔、孟崇敬有加。他所反對的是假孔、孟而已。再者，李先生倡導男女平等，提倡女子讀書，鼓勵男女婚姻自由，這與我教教義是一致的，這說明李先生具有超越時代的非凡眼光。聽說著名的三袁弟兄也在招收女弟子——主張男女平等，改革陳規陋習，讓中國向着好處走。大人為什麼要反對呢？」

「這——」馮行明一時語塞。

「前幾日我去看望李先生了，他說……」

「什麼？李踔也在北京？」

「是的。他住在馬經緯大人家中。馬大人與馮大人同樣是頂天立地的大丈夫！你們敢於和宦官作鬥爭，我雖為洋人，但心中也知道哪是正義，哪是邪惡，何況我也受過宦官迫害，切膚之痛，猶在昨天。」

「神父也曾受過宦官迫害？」

沙利衛就把自己在臨清和天津的經歷述說一遍。馮行明邊聽邊咬牙切齒，說：「想不到這班惡人竟然欺負到你們頭上去了！」

「是李先生和劉大人救了我們。」沙利衛頓了頓，又說，「李先生對馮大人十分敬佩，親口對我說，馮大人是個大丈夫。」

「什麼？！他說我是大丈夫？」馮行明有些激動，咳嗽起來。龐儒趕緊替他捶背，並說：「是的，這是李先生親口說的，大家都敬佩您的行為。李先生是個正直的人。」

馮行明閉上了眼睛，眼角流出兩行淚水。他顫抖着嘴唇，囁嚅道：「我……我……對不起李先生……我受了黃文達的蠱惑……我要贖罪！」他猛地抓住沙利衛的手說道，「我想起來了，神父，我早就聽說您還有一本《天主實義》的書稿，是不是還沒有正式刊印？我出資刊印，我還要親自寫一篇序，請神父俯允。」

沙利衛和龐儒重重地舒了一口氣，同時也很感動——這趟沒有白來，即便是冒一點風險也是值得的。他突然從內心產生了一種從來沒有過的痛快和幸福感，他覺得自己為天主做了一件十分有意義的事情，這比發展幾十幾百幾千人入教還重要。他通過自己的努力，真正挽救了一個人的靈魂，而且這是一個多麼偉大的靈魂啊！同時他又被馮行明的熱情所感動，這是一個知錯就改的君子，是一個爽快之人，應該答應他。但是出資一事沙利衛為難，怎麼好意思讓一個獄中之人為自己出資呢？馮行明明白沙利衛猶豫的原因，便說：「我有積蓄。不瞞神父說，我這些年做官，受過一點賄賂，現在把它拿出來為神父出書，也算是我的一種贖罪方式吧！此事我安排天水去做，只要神父點頭同意。」

沙利衛鄭重地點點頭。馮行明笑了……

臨走時，馮行明說了汪天水的臨時住處，希望他們能盡快見面。臨走時，沙利衛說過幾天再來看馮大人時，就在監獄中為他施洗，到時候會和汪天水一起過來。

離開大獄的時候，沙利衛向仇豹辭別，並給仇豹留下一件禮物。仇豹十分高興，說有事儘管來找他，他會吩咐獄吏善待馮行明。

103

沙利衛和龐儒回到住所，計劃次日便去找汪天水。馮行明曾告訴他，汪天水住在南外城的廊房，那裏是官府出租房屋的地方。

第二天一早，他們就去了南外城廊房。明代晚期的北京城商業十分發達，國內各地的商人、旅人、士人以及洋人雲集北京。為了給外地人員提供臨時住所，朝廷修建了很多可以出租的房屋，因為這種房屋帶有外廊，所以得名叫廊房。全北京城這種廊房多達數千間，大、中、小各種規模都有，可以滿足人們不同的需求。廊房分佈於北京城各個地方，如中城安富坊、西城積慶坊、北城日中坊以及南城正西坊等。這些廊房後來逐漸演化為胡同，比如「廊房胡同」等，再後來乾脆都叫了胡同。前門周邊，有廊房頭條、二條、三條、四條，其中廊房四條就是著名的大柵欄街。它們由北向南平行排列，不僅整齊美觀，尤其便於管理。廊房的管理者叫廊頭，有正、副兩職，多為朝廷親信大臣、宦官掌管，究其所得客商之利，以歲計之，何止千萬！

沙利衛二人來到南外城廊房。他們猜測汪天水應該住在最小的房間，便朝着建築規模小一點的廊房走去。走着走着，碰見一位管理者，一問，原來是一位副廊頭。沙利衛便問汪天水的住處。副廊頭取出隨身携帶的本子翻看，查了半天，終於查到了，指給沙利衛說，往西走到盡頭八十七號就是。沙利衛和龐儒又走了一會，終於

468

來到八十七號廊房。一敲門，沒人開門。再一看，門上了鎖，屋裏沒有人。

「會不會去大獄探望馮行明了？」龐儒說。

「如果那樣，他很快就會回來的，我們等一等吧。」於是二人就坐在門前的石台上等。龐儒說：「神父，當年汪天水跟您學習記憶宮殿，學得怎麼樣？」

「哈哈，他基本上把形象記憶法學到手了。他對天主教義不感興趣，但是對記憶術很感興趣。」

......

二人一邊聊天，一邊等着，大約過了一個時辰，只見一個人匆匆跑來，來到沙利衛跟前，什麼也不說，上來就叩了三個響頭，接着說：「師父在上，弟子汪天水拜見師父！」沙利衛趕緊扶他起來，端詳起來：「天水，真是你！」「今天我去探望恩師，他說神父也來大獄探望了，並叫我立刻回來，怕神父久等。」

「天水，我們計劃選一個日子，在獄中給你的恩師實施洗禮，你一起參加，好不好？」

「當然好！恩師對我說了。請神父給恩師和我一起洗禮。」

「那樣更好，你雖然早就拜我為師，但並未入教，如今與你的恩師一起入教，很有紀念意義啊。」

「神父快說，選哪一天？」

「再過一個多月就是聖誕節了，我們就選聖誕節這一天，好不好？」

「太好了！」汪天水和龐儒異口同聲地說。

沙利衛說：「接下來我們要馮大人做些準備，屆時要帶祭品進監獄，還要徵得仇豹的同意才行。」

「對了，我恩師說了，請神父把您的《天主實義》書稿交給他，他要在監獄裏寫一篇序，然後我負責找一家書商刻印。」

「好！明天你就去我的住所取書稿。」

「神父住在哪裏？」

「宣武門。」

「真不算遠。」

沙利衛問道：「天水，你恩師被宦官誣陷的具體情況，你可清楚？」

汪天水看了看周圍，悄悄地說：「外邊不是說話的地方，進屋說。」

三個人進得屋內，汪天水把馮行明與陳風鬥爭的過程講了一遍。他說：「陳風原本是御馬監的奉御，受皇上派遣，到荊州一帶徵收礦稅。他打着皇上的旗號，到處敲詐勒索，中飽私囊。這個太監極其殘忍，伐冢毀屋，剖孕婦，溺嬰兒，辱人妻，結果民怨沸騰。當時恩師擔任武昌兵備僉事，忍無可忍，第一個站出來彈劾陳風，列舉他十大罪狀，張貼於大街之上。去年三月，武昌民眾發生暴動，把陳風公署圍了個裏三層外三層，還大聲高喊着『絞死陳風』。陳風驚恐至極，只好化裝成僕人從後門逃走，藏到楚王府中，一個多月不敢出來。民眾怒不可遏，把陳風的死黨十六人捆綁起來扔進了長江。於是陳風誣陷恩師阻撓皇命，凌辱皇使。神宗大怒，降旨捉拿恩師。恩師被押在檻車中，百姓哭聲震天，當時我就在現場，那個場面我一生難忘。恩師繫獄後，遭受酷刑，遍體鱗傷，但是恩師意志剛強，大義凜然，常口誦楊繼盛的《就義詩》自勵。恩師志操卓犖，千古大丈夫！」說完，汪天水眼中已是熱淚滾滾……

沙利衛聽完，心潮起伏。原來中國有這麼多優秀的大臣，原本可以把這個國家治理得異常強盛，可是偏偏遭遇了宦官這顆毒瘤，再加上皇帝昏庸，再好的大臣也難以有所作為。看來，這個國家的肌體得了一種嚴重的疾病，如不痛下狠心，刮骨療毒，這個國家肯

定處在危急之中。但自己作為一個洋人，不能插手中國政治，否則會有性命之憂，羅馬教廷也不會同意，可是自己不能眼看着這些優秀的大臣就這樣在泥濘中拼死掙扎而最終陷沒。怎麼辦？沙利衛突然產生了一個大膽的想法：他要出手幫助中國這些優秀的大臣，能幫多少就幫多少，竭盡自己的所有力量，竭盡自己生命中有限的時光！

他對汪天水說：「走，你現在就跟我去取《天主實義》手稿，爭取早一天讓印有馮大人序言的《天主實義》面世。」說罷，三個人直奔寓所而去……

104

馮行明自關進獄中的第一天起，就開始著書立說了。他把監獄當作與宦官鬥爭的戰場，每天都高聲朗誦楊繼盛的《就義詩》來激勵自己，他腳下站立的地方就是當年楊繼盛站立的地方。入獄以來，他昕夕無倦，動手撰寫一部《皇明經世實用編》，共分二十八卷，按照取士、任官、重農、經武、禮樂、射御等內容架構全書，系統表達自己治國理政的思想，並將自己多年讀書所得整理歸類。馮行明第一次將「實用」與「經世」用作書名，體現他的實學思想。他認為，言為虛，動為實；心為虛，行為實，實之不存，虛將焉附！他想為朝廷探索一條擺脫政治危機的道路，開具一方治國理政的良藥。

白天，他奮筆疾書，寫了不滿意，就撕掉重寫；晚上，他藉着微弱的燈光，一個字一個字地斟酌修改。他的身影映照在牢獄的牆壁上，就連來巡查的獄吏看後都點頭稱讚。後來，汪天水拿來了沙

利瑪的《天主實義》手稿，馮行明便暫時停下自己的寫作，認真閱讀《天主實義》。他越看越愛看，被書中的內容深深吸引。他反覆閱讀，然後提筆寫了一篇序言：

《天主實義》，大西國沙利衛及其鄉會友與吾中國人問答之詞也。天主何？上帝也。實云者，不空也。吾國六經四子、聖聖賢賢，曰畏上帝，曰助上帝，曰事上帝，曰格上帝。

夫誰以為空？空之說，漢明自天竺得之。好事者曰，孔子嘗稱西方聖人，殆為佛與！相與鼓煽其說，若出吾六經上。烏知天竺，中國之西；而大西，又天竺之西也。佛家西竊閉他臥剌（人名）勸誘愚俗之言，而衍之為輪迴；中竊老氏芻狗萬物之說，而衍之為寂滅一切，塵芥六合，直欲超脫之以為高。中國聖遠言湮，鮮有能服其心而障其勢，且或內樂悠閒虛靜之便，外慕汪洋宏肆之奇，前厭馳騁名利之勞，後懼沉淪六道之苦。

古倦極呼天，而今呼佛矣。古祀天地社稷山川祖禰，而今祀佛矣。古學者知天順天，而今念佛作佛矣。古仕者寅亮天工，不敢自暇自逸以瘝天民，而今大隱居朝、逃禪出世矣。

夫佛，天竺之君師也。吾國自有君師，三皇、五帝、三王、周公、孔子，及我太祖以來，皆是也。彼君師侮天，而駕說於其上；吾君師繼天，而立極於其下。彼國從之，無責爾。吾捨所學而從彼何居？程子曰：「儒者本天，釋氏本心。」師心之與法天，有我無我之別也，兩者足以定志矣。」

是書也，歷引吾六經之語，以證其實，而深詆談空之誤，以西政西，以中化中。見謂人之棄人倫、遺事物，猥言不著不染，要為脫輪迴也，乃輪迴之誕明甚。其畢智力於身謀，分町畦於膜外，要為獨親其親，獨子其子也，乃乾父之為公又明

甚。語性則人大異於禽獸，語學則歸於為仁，而始於去慾。時亦或有吾國之素所未聞，而所嘗聞而未用力者，十居九矣。

沙利衛周遊八萬里，高測九天，深測九淵，皆不爽毫末。吾所未嘗窮之形象，既已窮之有確據，則其神理當有所受，不誣也。吾輩即有所存而不論、論而不議，至所嘗聞而未用力者，可無憬然悟、惕然思、孜孜然而圖乎？

愚生也晚，足不遍闤城，識不越井天，第目擊空談之弊，而樂夫人之談實也，謹題其端，與明達者共繹焉。

萬曆二十九年孟春穀旦
後學馮行明謹序

馮行明寫完這篇序言，又反覆看了幾遍，修改了幾個地方，然後放好，等待沙利衛來的時候送給他。自從汪天水告訴他聖誕節那天沙利衛來大獄給他付洗，他就掰着手指數日子，天天盼望着沙利衛的到來。

日子悄悄過去，聖誕節靜靜到來。這天，馮行明起床後，特意認真打扮了一番，因為今天沙利衛要來為他付洗。他摸摸自己的脈搏，跳得厲害！他確實有些激動，他覺得自己的行為是一個創舉，從此改變自己的靈魂！他也期盼着自己受洗之後，能盡快與李踔先生握手言和，自己出不去，就請李先生來大獄，如果李先生真能屈尊來大獄，自己一定給他磕三個響頭，請他原諒自己以前的大不敬！

想着想着，門吱的一聲響了，仇豹進來說：「馮大人，您的朋友看您來了。真羨慕您，在大獄裏還有洋人來看您，真是您的造化！」

「謝謝仇大人！」馮行明一抱拳。

汪天水進來了，很興奮的樣子。沙利衛和龐儒緊跟其後。龐儒帶來了施洗的聖具，其中有那兩盞燭台。仇豹提供了一切方便，所以環境條件雖然簡陋，卻仍能顯示出天主教的神聖和莊嚴。十字架擺在前方，聖母像掛在牆上，燭台點亮了，聖水清波蕩漾。

　　沙利衛問：「你為何加入聖教？」

　　馮行明回答：「為了求信德。」

　　沙利衛問：「信德與你有何益？」

　　馮行明回答：「靈魂得永生。」

　　沙利衛問：「你從此須忠於耶穌，遵守誡命，不得納妾，按時祈禱，你能做到嗎？」

　　馮行明回答：「我能做到。」

　　接下來，沙利衛念《聖經》中的福音內容，並唱詠。然後，沙利衛說：「天主赦免你的原罪。但是你還須向耶穌懺悔，才能赦免你的本罪。懺悔吧。」

　　於是馮行明做了懺悔。他首先懺悔對李踔先生的大不敬，那是自己最卑劣的行徑，表示要痛改前非，重新做人，求得李先生的原宥，求得耶穌的赦免。馮行明表達了與李先生握手言和的願望。馮行明還表達自己的另一個願望，就是繼續拜讀沙利衛先生的其他著作，並作序。沙利衛同意了。

　　沙利衛把聖水倒在馮行明頭上，倒了三次。然後又給他傅聖油，授予他白色聖服，觸摸點亮的燭台，接受聖光照耀進他的心靈。

　　沙利衛說：「親愛的馮行明教友，你重生了。阿門。」

　　馮行明說：「阿門。」然後兩個人緊緊擁抱在一起。接下來，沙利衛又按照同樣的程序為汪天水施洗。做完這一切，再看兩個人，眼睛格外明亮了。站在一旁觀看的仇豹頓生羨慕，他問沙利衛：「神父，您能接受我入教嗎？能為我施洗嗎？」沙利衛說：「當

然可以。但不是今天，我還要觀察了解你一段時間。」仇豹說：「我……我有一個侍妾。」沙利衛說：「你先學習聖教戒律，然後再表達你入教的願望。我期待着。」

這時，沙利衛突然想到了一個問題，便問仇豹：「刑部尚書是誰？」

「蕭亨利蕭大人。」

「你能引薦一下嗎？」

「沒問題，我和蕭大人是同鄉，都是泰安人。」

「泰安人？就是泰山那個地方？」

「對啊。我一直跟隨蕭大人，從他在榆次做縣令的時候就在他身邊了，我這司獄司還是蕭大人提携的呢。」

「這麼說你並不是御馬監的人？」

「不是，我最討厭那些傢伙了。不過，這大獄裏有不少他們的人，說話要處處小心。」說着他向外望了望。

「那我就放心了。請轉告蕭大人，我上過泰山，印象很好。我想在蕭大人方便時去拜見他，請仇大人安排。」

「包在我身上。」仇豹很高興的樣子。

沙利衛也很高興，只不過沒有流露出來，他想不到今天會有這樣意外的收穫。

出了大獄，沙利衛對龐儒說，我們要去一趟通州，找李先生說說馮行明的情況，盡快讓他們兩個人握手言和。

仇豹辦事效率真高，很快就與蕭亨利聯繫上了。蕭亨利早就聽說了沙利衛來京的事情，特別想拜見沙利衛，正愁沒有機緣，想不到自己的部下和老鄉仇豹送來了機會。他立刻答應，並表示要親自登門去拜見神父。仇豹以最快的速度安排他們見了面。兩個人相談甚歡。沙利衛回顧了登泰山的情景，對挑山工表達了由衷的敬意，特別是對石敢當精神非常讚許，認為這是中國人的精神脊樑。蕭亨

利正式邀請沙利衛為家鄉泰安做些傳教工作。沙利衛說，他可以安排別的神父到泰安去，如果能夠選一個村莊，讓全村的人整體發展為教友就更好了。二人都覺得可行。後來，這一願望還真的實現了，就在泰山腳下，誕生了中國第一個天主教村莊。

由於沙利衛工作成績顯著，傳言也就很多，甚至有人說連中國皇上都成了教友。此話傳到歐洲，引起巨大反響，羅馬教廷異常高興，責成耶穌會總會寫信向沙利衛核實真實情況。沙利衛趕忙寫了回信，也向孟安仁視察員寫了回信，一一做了更正。但是，沙利衛想拜見皇上的想法卻淡了許多。

105

轉眼到了次年三月。每到這個季節，北京城就沙塵漫天飛。萬曆年間，北京城周邊樹木砍伐相當嚴重，春天風沙大，有時候連續刮好幾天，刮得天昏地暗，無時不風，無處不塵，整個天空都籠罩在無邊無際的昏黃之中。

這天下午，沙利衛正在修改自己的另一本中文著作《二十五言》。馬經緯突然闖了進來，神色慌張。

「馬大人，您怎麼來了？」

「李先生被抓進監獄了！」

「什麼？！」沙利衛像遭了霹靂一樣，渾身一顫，「怎麼回事？」

馬經緯說：「皇上突然降旨，說李贄『敢倡亂道，惑世誣民』，令廠衛五城嚴拿治罪。其書籍已刊及未刊者，令所在官司盡搜燒毀，不許存留。如有徒党曲庇私藏，該科及各有司，訪奏治罪。」

「後來呢？」

「後來就被錦衣衛抓走了。」

「李先生那麼大的年紀，怎麼受得了啊？！」

「當時李先生臥病在床，知道是錦衣衛的人來抓他，就明白了是怎麼回事。老人家硬撐着爬起來，讓僕人用門板把他抬走，不願連累我，他說我還有老父親需要照顧。我說不怕，我跟先生一起走。先生說我是被逐之臣，按照大明祖制，我不能入城，否則治罪。我說，我反正已經是罪臣了，虱子多了不咬人，是我收留先生的，治罪就連我一起，要死也死在一塊，決不能讓先生去坐牢我單獨留下！」

「大丈夫！」

「我隨先生來到大獄，但是獄吏不讓我進去，我就來找神父了。」

「李先生關在哪個監獄？」

「就在刑部大獄。」

「關押馮大人的地方？」

「是。」

「皇帝為何突然逮捕李先生呢？是讀了李先生的書嗎？」

「皇上才不會讀李先生的書呢。一定是有奸人給皇上獻奏疏了。」

「那我們⋯⋯」沙利衛竟然一時不知怎麼辦好了。

龐儒說：「神父，能不能找一找蕭亨利大人？」

「對！」沙利衛點點頭，對馬經緯說，「我去找刑部尚書蕭亨利大人，了解一下情況再說。」

「好！」馬經緯緊緊握住沙利衛的手說，「我回去準備申辯書。」

沙利衛和龐儒立即去大獄找到仇豹，說要面見蕭大人，請他抓緊聯繫。仇豹不敢怠慢，立即來到蕭亨利處，說沙利衛神父請見。蕭亨利正巧有空，便答應馬上見面。進了刑部大院，來到客廳，

蕭亨利早已恭候了。一見面，沙利衛首先送上一件三稜鏡作為拜見禮。上次蕭亨利拜見沙利衛的時候，送給沙利衛一件精美的景德鎮陶器，這次算是回贈。

談了幾句，沙利衛直接進入主題，問道：「蕭大人，李踔先生一案是怎麼回事？我與李先生相識已久，結為朋友，聽說皇帝下令逮捕了老先生，我十分震驚，特來了解一下。」

蕭亨利嘆一口氣，說：「唉，這哪裏是皇上的意願，是有人彈劾李先生。」

沙利衛問道：「何人與李先生如此深仇大恨？」

蕭亨利說：「是刑科給事中黃文達。他說李先生有四大罪狀：一是近刻《藏書》《焚書》等著作，流行海內，惑亂人心；二是把秦始皇捧上天，稱他是千古一帝，卻認為孔子觀點不足為據；三是品行不端，攜妓女白晝同浴；四是勾引士人妻女，強擄他人之妻，敗壞風氣，辱沒教化。皇上看後，認為李先生『敢倡亂道，惑世誣民』，並降旨悉數銷毀先生著作。執行抓捕李先生的是東廠所為。聽說，下一步他們還要逮捕達柏禪師，還要驅逐西方傳教士。」

「達柏禪師？」沙利衛問。

「是啊，神父認識嗎？」蕭亨利問。

沙利衛笑了笑，說：「有過一次未曾謀面的交往。算了，不提他——那皇上的意見如何？」

「皇上不同意驅逐神父。但是，達柏禪師這次危險了。」

「為什麼？」

「還不清楚。估計是李先生好佛吧。」

「謝謝蕭大人！請多多關照李先生。」

「放心，我一向敬仰李先生，實在不願意看到出現這種局面。神父在京須格外小心才是。」

沙利衛和龐儒告別蕭亨利，出了刑部，直奔通州馬經緯家。見

到馬經緯後，沙利衛說了剛才蕭亨利介紹的情況。馬經緯說：「黃文達這個小人，他是在報復李先生。」

「李先生得罪過他麼？」

「那是在麻城的時候，先生早已名滿天下，很多人慕名前往拜見，我和黃文達都慕名前往。當時澹然寡居在家，也住在麻城。她有出家念頭，得到了她父親梅大人的支持，並同意女兒拜李先生為師。黃文達看上了澹然的美色，便想霸佔澹然為己有。他讓自己的小妾主動接觸澹然，假裝熱情，想引誘澹然到黃文達家中。澹然看透了黃的心思，略施小計，讓黃文達賠掉了小妾，也沒把澹然弄到手。黃文達不甘心，便又生鬼主意。他得知澹然是李先生的女弟子，便想請李先生出面做媒，成全他的好事，因為李先生不僅是澹然的師父，還是澹然父親梅大人的摯友。黃文達以拜師為由要見先生，不料被先生拒絕了。這個東林名流覺得自己沒有臉面，當時就銜恨在心，憤憤而返。這種小人的心思，先生洞若觀火，但想不到他竟下此毒手，這種人絕沒有好下場！」

「不會這麼簡單吧。蕭大人說，他們還要驅除我們傳教士。」

「那是因為神父與李先生交好的緣故。神父放心，皇上不會同意的。」

「是的。蕭大人說皇帝沒聽他們的。現在我們能為先生做些什麼？」

「我準備上書皇上，還要寫申辯書送給各部，讓大家都來看看，逮捕一個老人，這是多麼荒唐的事情！李先生只不過就是寫寫著作，談談觀點，難道這也有罪嗎？四大罪狀？可笑至極！誣衊！無恥！大明朝的一盞明燈不能就這樣熄滅！明天我去監獄看望先生，神父能同去？李先生對神父是很敬重的。」

「同去！我還有重要事情對李先生說。」

「什麼事情？」

「馮行明大人懺悔了，我已經為他付洗。他提出要向李先生道歉，握手言和。如能在獄中看到兩個人握手言和，重現李、耿當年情景，就又增一士林佳話。」

「太好了！這是良知的作用啊。」

「是天主的感召。」

馬經緯笑了，說道：「皆是，不矛盾。」

第二天，沙利衛二人與馬經緯一同來到監獄。李先生與馮行明關在同一座監獄，只是不在同一排牢房，但都歸仇豹管理。沙利衛順利進入了關押李踔的囚室，遠遠就聽到李先生在說：「大明啊，大明啊！我李踔可富可貴，可貧可賤，可生可殺，可遊於世！我嚮往思想自由，寧鳴而死，不默而生！」

「先生——」沙利衛快步走了過去。

「是神父？真的是神父！」

兩個人緊緊擁抱在一起，老淚縱橫⋯⋯

他們似乎有說不完的話，回憶起在南京第一次見面，李先生懷疑神父來中國的目的；談到在李本貞家中與雪天法師的辯論；回憶起在濟寧與劉大人共進晚餐，還有給沙利衛修改奏疏的情景⋯⋯一次次交往，歷歷在目⋯⋯談到眼前，沙利衛不禁有些傷感。

李踔說：「神父不必傷感。我李踔七十有六，已經老朽，只欠一死。死何足惜？今日寫了幾首小詩，我來念，請先生一哂。」

其一

名山大壑登臨遍，獨此垣中未入門。

病間始知身在繫，幾回白日幾黃昏。

其二

志士不忘在溝壑，勇士不忘喪其元。

我今不死更何待？願早一命歸黃泉！

「先生必定不朽！」馬經緯說。

「中國缺乏特立獨行的思想者。我一輩子讀書，讀來讀去，連自由思想都不允許，真是可笑得很啊！這世上讀書人，大都讀成了迂夫子，正所謂——『年年歲歲笑書奴，生世無端同處女。世上何人不讀書，書奴卻以讀書死。』經緯賢侄，你可不要成為迂夫子呀！」

「先生教誨，經緯牢記在心。先生，神父還有重要的事情給您講。」

「噢，什麼重要事情？」

沙利衛就把馮行明也關在這所監獄，以及懺悔後加入天主教，並準備向先生道歉和好的想法說了一遍。李踔聽後，大笑不止，「哈哈哈哈哈哈……」他笑得前仰後合，笑得渾身晃動，笑得連牢房都要顫抖了，你看，屋頂房樑上的灰塵被震動得往下掉……他接連吟誦起詩歌來：

其一

四大分離像馬奔，求生求死向何門？

楊花飛入囚人眼，始覺冥司亦有春。

其二

可生可殺曾參氏，上若哀矜何敢死？

但願將書細細觀，必然反覆知其是。

吟誦完畢，他對沙利衛說：「神父可記得在南京我送給神父一把摺扇嗎？」

沙利衛說：「一直珍藏，今日特意帶來了。」說罷，沙利衛拿出那把扇子，遞給李踔。

逍遙下北溟，迤邐向南征。

剎利標名姓，仙山紀水程。

回頭十萬里，舉目九重城。

觀國之光未？中天日正明。

　　李贄拿起獄中為他準備的毛筆，在摺扇的背面重寫了兩句詩「觀我大明國，空天光明未？」他放下筆，說道：「當時給神父贈詩的末兩句，現在看來殊為不確，今改寫一遍，再次贈與神父。今天我可以說出長期以來藏在心中的一句話了：神父傳教進中國，應該促進中國的進步⋯⋯」

　　李贄突然想起了什麼，他用手敲敲腦袋，笑了：「記得在南京時神父問過李贄一個問題，我的思想能得到世俗的認可麼？」

　　沙利衛說：「我是問過這個問題。」

　　李贄接着說：「我當時回答神父說，世俗不會認可的。神父說天主認可。對不對？」

　　沙利衛激動起來，說：「我是說過。天主一定認可。」

　　李贄問道：「天主怎會知道我李贄的思想？莫非神父見過天主？」

　　沙利衛說：「只要信天主教，成為上帝的信徒，天主就能進到你的心中，就能夠與天主交流。」

　　李贄說：「也就是說，天主在你心中。」

　　沙利衛說：「是的，在我心中。」

　　「哈哈，哈哈哈哈⋯⋯」李贄大笑起來。他轉動身子，轉了一圈，又一圈，然後停下來，止住笑聲，用手指着自己的心口，對沙利衛說：「神父，今天我可以鄭重告訴您了——別人是否認可，無所謂，只要我的心認可就足夠了。這與你們天主教有相同之處吧？看來天下學說九九歸一，哈哈哈哈⋯⋯」

沙利衛心緒萬端，一時不知說什麼好。他覺得眼前的李踔從來沒有這麼高大過，高大得須讓他仰視。不知為何，沙利衛心中突然掠過一個人──布魯諾。他想起了龐儒說過的一句話──「李踔先生和布魯諾是一類人。」

── 106 ──

馬經緯在家中奮筆疾書。他一口氣寫了《與當道書》等四篇申辯書，然後奔走呼號，為李踔鳴不平。他寫道：

> 誣陷一個七八十歲的老人勾引女子，這是多麼卑鄙無恥的行為！作為朝廷官員，施此下流手段，還有何顏面立於朝堂之上！天理昭昭，欺騙誰呢？李先生一輩子廉潔，不納妾，不貪腐，與老妻相濡以沫，感天動地。試問那些朝堂上的衣冠禽獸，誰敢站出來與先生比試比試？
>
> 先生是一位學者，有自己的獨立思想，對固有定論持懷疑態度，這何罪之有？先生秉持一顆童心衡量天下是是非非，這是學者最可貴的本色！難道非要鉗封學者之口，使千人一詞，萬人一面，唯唯諾諾，萬馬齊喑，終身唯殘唾是咽，不敢更置一喙，才能使國家繁榮昌盛嗎？
>
> 嗚呼！《史記》早出，子長嬰禍；《實錄》昭著，崔浩喪元。然先生所論並非本朝，遠達千年，瘙癢且不覺，何懼之有？揣主公內心，恐另有隱惡，不便明言，遂藉堂皇之言傷我偉巨之才，實為可恨！堂堂天朝，濟濟高賢，令一衰病老人無容身之地，卻使貪官污吏橫行無忌，讓毒瘤膿瘡肆意泛濫，不

以為恥，反以為榮，此何世道！此何世道！

李踔先生被捕入獄的消息很快就在全國傳開了，天下皆驚！

焦睿在南京心急如焚，欲動身趕來北京……

山西巡撫梅國珍聽說後便立即通知了女兒澹然和女婿劉永相，令他們抽時間赴京探望……

戴燮聽說後，顧慮先生和沙利衛神父，整日寢食不安……

章乾老先生在白鹿洞書院更是坐臥不安，欲聯合書院同道前來北京請願……

李踔兼修佛道兩家，在兩界有許多朋友。他們聽說後也憤憤不平，或寫信，或聚會，表達擔憂之心……

天下崇拜李踔的學子更是群情激憤，他們紛紛購買先生著作，相聚一起，在湖畔，在山亭，在學校，朗誦吟唱，淚水奔湧，激情四溢……

皇上接到各方反饋的消息，有些坐立不安。他覺得自己似乎做了一件愚蠢的事情，被黃文達那幾位臣子給忽悠了。皇上找來蕭亨利、朱國富幾位大臣商議對策。他認為，李踔不崇拜孔子，並非什麼大不了的事情，況且一個老人，還能嘮叨幾天？當務之急是徵收礦稅，增加國庫收入。再說了，整了一堆不著邊際的桃色新聞加在一個七十多歲的老人身上，豈不讓天下人笑話？還有，那個達柏禪師，抓起來打了三十板子，結果沒幾天，死在獄中了，真是噁心。更可氣的是，南京有個叫沈先溰的，連同黃文達幾位臣子提出要趕走沙利衛等傳教士，說什麼「京城要地，不宜令異教處此」。這又何必呢？大明京城，八方來朝，有何不好？再說，皇太后和皇后都很喜歡洋人那些玩意兒，連自己看着耶穌聖像和聖母像都覺着好，活脫脫一個佛祖釋迦，一個觀音送子。還有那自鳴鐘，幾天不玩就難受。黃文達、沈先溰那幾位臣子，真是吃飽了撐得，好好幹自己

的事去！

蕭亨利和朱國富幾位臣子看到皇上有些悔意，便順水推舟，提出將李踔放出來，遣送回原籍算了。皇上一想，也好，讓他離開北京，省得心煩。於是聖旨下：將李踔送回原籍。

上午十時，聖旨傳至獄中，命李踔次日出獄。李踔看罷，仰天長嘆一聲：「唉——我年七十有六，死耳，何以歸為？」他暗暗下了決心，要離開這個世界。他拿起毛筆，在監獄的牆壁上寫下一首絕命詩：

> 我求天公開胸懷，滄海月明無遺才。
> 異端邪說縱有毒，將毒攻毒新人來！

寫罷，他折斷毛筆，撕毀宣紙，把墨汁倒在自己的頭頂。墨汁從他的頭頂上瀑布似的流下來，遮住了他的雙眼和面龐，滴落在破碎的宣紙上。他手捧鬚髮，抖動着雙手，在地上轉圈兒，一直轉到頭暈目眩。他慢慢張開雙臂，坐在床在，倒下去，倒下去⋯⋯

這天下午四時左右，李踔醒來了。他瞥了一眼獄吏送來的午飯，向獄吏喊道：「來人，我要理髮！」

獄吏知道這個老頭子不簡單，須好生看待，更何況仇豹大人也專門叮囑過。於是獄吏叫來一位理髮師，囑咐他好好給老先生理一理，說老先生快要出獄和家人團圓了。獄吏說完便出去了，他早已對李踔放鬆了警惕。

理髮師給李踔洗頭，刮臉，做得非常認真仔細。他手中那把剃刀發出亮光，在李踔眼前一閃一閃的。李踔指着牆邊小木桌上的水杯，平靜地對理髮師說：「我渴了，請把那杯水遞給我。」理髮師便放下剃刀，轉過身，彎下腰，雙手去端水杯。就在他彎腰端水杯的一剎那，李踔迅速拿起剃刀，朝着自己的脖頸狠狠割了一刀，頓

時鮮血噴湧。當理髮師轉回身來恭敬地把水杯遞給李贄的時候，發現李贄已經血流如注。他立刻扔掉水杯，撲向李贄，奪下他手中剃刀，摁住噴血的脖頸。他一邊摁着，一邊大聲喊道：「來人哪！」

獄吏聞聲迅速趕來，看到了這一幕，還以為是理髮師行兇殺害李贄，便抽出腰間佩刀，斷喝道：「你想幹什麼！」李贄並沒有完全割斷咽喉，他還能喘氣，還能說話。他斷斷續續地說：「不是他要殺……我，是我……我自己割的……我只想快點死掉……」

理髮師緊緊抱住李贄，鮮血染了他一身。他哭着說：「先生，您這是何苦？！您就不怕疼麼？」

李贄斷斷續續地說：「七十老翁何所求……何所求……」

這時，馬經緯闖了進來，見此情景，立刻跪在李贄面前，握住他的雙手，哭喊道：「是我不好，來晚了，是我不好呀！先生，先生，您再看我一眼……」

李贄慢慢睜開雙眼，對馬經緯說：「我的……遺……囑，你……別……忘……」說完，李贄當場氣絕身亡。萬曆三十年三月十六日，即公元 1602 年 5 月 7 日，大明朝一代奇才李贄先生在北京的監獄中結束了自己的生命，時年七十六歲。

監獄外邊，突然狂風大作，電閃雷鳴，一場春季罕見的雷電大雨驟然而降。無情的狂風攫取住一棵棵大樹，死命地搖撼，撕扯。枝條狂舞亂飛，一會兒向東，一會兒向西，一會兒向南，一會兒向北，有的枝條被生生撕扯下來，露出白花花的樹肉，像是流出了白色的血液。暴雨也沒有一定方向，隨着狂風胡亂傾瀉下來，肆意張狂地擊打着房屋、樹木和行人，不一會兒，地面上就形成了縱橫捭闔的徑流，把散亂的樹枝沖得橫七豎八。有的行人被沖倒在地，順着迅疾的流水漂向遠方……

監獄的另一間牢房裏，囚犯馮行明一邊痛哭，一邊叩頭，他的額頭上鮮血淋漓，昏死過去……老天讓他永遠失去了當面向李贄

道歉的機會！

李贄的死訊快速傳遍了大江南北，天地為之久低昂，江河為之倒流水，群山鳴咽，百獸嘶鳴，千萬民眾肝腸寸斷……

沙利衛淚流滿面……

遵照李贄先生的遺囑，馬經緯在通州北門外馬廠村迎福寺旁為李先生修建了墳墓，埋葬了先生的屍骨。大明朝狀元焦睿親自題寫墓碑：「李贄先生之墓」。墓碑的背面，刻着先生的名篇《自贊》：

> 其性褊急，其色矜高，其詞鄙俗，其心狂痴，其行率易，其交寡而面見親熱。其與人也，好求其過，而不悅其所長；其惡人也，既絕其人，又終身欲害其人。志在溫飽，而自謂伯夷、叔齊；質本齊人，而自謂飽道飫德。分明一介不與，而以有莘藉口；分明毫毛不拔，而謂楊朱賊仁。動與物迕，口與心違。其人如此，鄉人皆惡之矣。昔子貢問夫子曰：「鄉人皆惡之，何如？」子曰：「未可也。」若居士，其可乎哉！

站立墓碑前的人有：沙利衛、龐儒、焦睿、李本固、戴燮、梅國珍、章乾、劉永相、澹然、澄然、汪天水，還有北京以及南京六部崇敬先生的官員蕭亨利、朱國富、曾泮，以及佛教、道教界人士，李先生的弟子，全國各地崇敬先生的學子……還有一個大家都不認識的小說家馮潛龍。

那段時間，李贄先生墓前，各地前來悼念的人絡繹不絕……人們爭相閱讀他在獄中的新著《九正易因》……

在民間，紀念李先生的詩文不斷出現，人們爭相傳誦：

> 豺狼當道憑誰問，妒殺江湖老禿翁……

天下聞名李聖人，死餘白骨暴皇都……

知教笑舞臨刀杖，爛醉諸天雨雜花……

七十六年成幻夢，百千億佛作皈依……

其為文不阡不陌，攄其胸中之獨見……

先生所著書，於上下數千年之間，別出手眼，而其掊擊道
學，抉摘情偽，與耿天台往復書，累累萬言，胥天下之為偽
學者，莫不膽張心動，惡其害己，於是咸以為妖為幻，噪而
逐之……

　　孟安仁身體越來越差，時常感到渾身無力，有時不得不躺在床
上辦公。他不願意回國，他覺得死也要死在中國。他甚至還有一個
想法，就是到北京去一趟，從澳門出發，先到肇慶，經韶州、南
昌、南京，再到北京。這是他精心規劃的傳教格局，已經初步形成
了陣勢，他多想親自去視察一趟。他想盡快在北京蓋起一座教堂，
讓中國的京城矗立起第一座耶穌的形象。但他對自己的身體實在沒
有把握，這不，今天就感到十分疲乏。

　　他躺在床上看沙利衛的來信。他為沙利衛感到高興，特別是能
夠在監獄中為馮行明付洗，這是一個大膽的創舉，如果傳到歐洲，

必然會引起強烈反響，同時也會引起其他修會的嫉妒，因為其他修會無論如何都無法做到。他聽到的反對聲音越來越多，特別是在福建，多明我會和方濟各會對沙利衛的傳教方式提出了嚴厲批評。在耶穌會內部，也有不同的聲音。但是，他和羅馬耶穌會總會長都逐一進行了駁斥，堅守既定方針，相信那些反對者目前還掀不起大的風浪。沙利衛還寫到了李贄先生之死，說這是中國的悲哀，由此看出中國政治肌體中缺少一種吸納新鮮思想的內生力，宦官和思想狹隘的大臣往往阻礙新思想的成長，這會影響大明帝國的發展。沙利衛在信中還提到了少正卯，提到了蘇格拉底和布魯諾，他認為這些所謂「異端」其實是時代的超越者，但生不逢時，遂成遺憾。沙利衛還對中國的賢臣十分稱讚，但又為宦官的侵擾深為擔憂，各種政治力量錯綜複雜，交織在一起，使得這個老大帝國如同一輛破爛不堪的牛車，吃力地向前，每走出一步，都要付出巨大的代價。沙利衛最後表示，進北京之初有一個明確目的，就是見到中國皇上，但是現在這種念頭突然變得不那麼強烈了。孟安仁看著沙利衛的來信，神色變得越來越凝重，他感覺到自己的這位學生思想在發生變化，變得讓他有些意外。布魯諾已經在羅馬鮮花廣場被燒死，這個消息如果沙利衛知道了，不知會有怎樣的感受。

就在這時，助手進來了，神色有些慌張，但他看到孟安仁躺在床上的樣子，便欲言又止。孟安仁問：「有什麼不好的消息嗎？」

「迪瓦的船……」

孟安仁一下子坐了起來，握住助手的手，問道：「迪瓦的船怎麼啦？」

「被海盜打劫啦。」

「哪裏的海盜？」

「荷蘭。」

「迪瓦怎麼樣？」

「被⋯⋯被⋯⋯海盜⋯⋯殺害了。」

「啊——！」

孟安仁驚叫一聲，身體往後一仰，倒了下去。助手嚇壞了，趕忙叫醫生來。醫生來後，給他診斷了一會兒，說：「問題不大，需要靜養，不能再受刺激。」醫生留下幾種藥，囑咐助手按時給視察員服用，然後就離開了。

孟安仁醒來，他對助手說：「快給我說，到底是怎麼回事？」

原來，迪瓦接手特雷斯的商船之後，幹得非常賣力，在果阿—澳門—馬尼拉—九州航行上縱橫馳騁。開頭很順利，掙了一些錢。但這引得荷蘭海盜眼紅，他們在海上做了充分準備，對從澳門返回果阿的迪瓦商船進行打劫，殺害了船上大部分人員，搶走了商船上的中國瓷器、絲綢和茶葉。迪瓦在這次事故中不幸身亡，身上中了十彈。有幾個船員死裏逃生，歷盡千難萬險，回到了澳門。

孟安仁聽後，沉默不語。這對他打擊實在太大了。這艘船上的物資是澳門耶穌會參與經營的，獲得利益後，與迪瓦五五分成。商船遭受打劫，澳門耶穌會的經濟必然遭受重創，甚至連傳教士的正常活動經費也不能支付了。還有，迪瓦之死，他的家人必陷入極度悲哀之中，自己如何面對張德義一家人？不過，孟安仁知道，沉浸在悲哀中不能解決任何問題，必須抓緊想出解決問題的辦法。他立即給在果阿的特雷斯寫信，希望他能夠東山再起，以解燃眉之急；同時給果阿總督和大主教寫信，建議葡萄牙派出軍艦對橫行在這條線上的荷蘭海盜予以痛擊，確保商船航行安全；還要盡力找到被劫商船，運回被殺人員屍體，安葬迪瓦。他又安排有關人員到張德義家中報喪，並予以慰問。因秋兒早已回到果阿，所以還要請果阿方面派人去通知秋兒及迪瓦的父母，並予以慰問。安排好這一切後，孟安仁已是精疲力盡，躺在床上昏睡過去。

三天後，助手急急忙忙跑進來，大聲說：「不好了，中國軍隊

進駐澳門，要抓走所有傳教士。」

「為什麼？」

「他們說澳門傳教士要造反，已經選好了自己的皇帝，想要取代中國皇帝。」

「這簡直是……」孟安仁硬撐着坐了起來，說，「這簡直是無稽之談，哪有什麼皇帝？在哪裏呢？」

他們正說着，中國軍隊一個頭領進來了，滿臉殺氣，對着孟安仁吼道：「你們膽大妄為，竟然私藏武器，選出皇帝，想要取代我大明皇帝，這是死罪！」

孟安仁立即叫來一位翻譯，對他說：「翻譯給他們聽。耶穌會駐澳門的所有地方儘管檢查，如果查出私藏武器，查出我們選的皇帝，我甘願接受中國軍隊的任何處置。」

於是中國軍隊裏裏外外將耶穌會在澳門的所有地方細細檢查了一遍，特別是對教堂和經言學校，以及食堂，查了一個底朝天，連一件武器的影子也沒有搜到，更沒找到所謂選出來的皇帝。中國軍隊的首領說：「過幾天我們還來查，你們誰也不能離開。」

孟安仁感到奇怪，怎麼會出現這種荒唐的事情呢？憑經驗，他感覺有人在使壞，想要破壞澳門耶穌會。誰有可能是做這等壞事的人呢？想來想去，他鎖定了一個目標。他悄悄對助手說：「你去教堂附近那間藍色小屋看看，那裏有兩個其他修會的傳教士，其中一個叫杜我徵，看看此人還在嗎？」

助手去了不久便回來了，說此人不在。孟安仁心中更加懷疑，對助手說：「你去食堂把秋兒的二哥叫來。」秋兒的二哥叫張懷恩，在食堂做廚師，很受歡迎。杜我徵經常請張懷恩去幫忙做飯，一來二去便混熟了。孟安仁知道後，便囑咐張懷恩對杜我徵保持警惕，如發現有什麼異常舉動，便來報告。這樣，張懷恩成了孟安仁監視杜我徵的一個眼線。不一會兒，張懷恩來了。他對孟安仁說，近段

時間杜我徽還算正常。孟安仁問他，杜我徽最近與中國人有交往嗎？張懷恩說，有一天杜我徽讓他多做兩個菜，說給客人吃。張懷恩做好後給杜我徽送過去，發現他的屋裏有一個中國人，還穿着官服。他送過去就出來了，沒有聽到他們談些什麼。

孟安仁覺得這裏面蹊蹺，他決定親自出面找中國官員了解情況。孟安仁在澳門多年，與中國官員打交道頗多，也認識幾個官員，每次見面都送給他們一些禮物，保持了較好的關係，孟安仁想親自拜訪他們。他去了兩個官員家中，中國官員有些驚訝，問他怎麼敢在這個時候來訪。在交談中，孟安仁了解到，是杜我徽向中國官員散佈謠言說澳門選出了皇帝，要取代中國皇帝，還藏有大量武器。孟安仁十分氣憤，便直接去見了中國軍隊頭領，質問他誰造的謠。面對孟安仁的嚴詞詢問，中國軍隊的頭目承認是有人告密了。至此，孟安仁明白了，對方開始動手了，目的就是要嫁禍於澳門耶穌會，進而達到將孟安仁一夥趕出澳門的目的，實現他們多年的夢想——佔領澳門，取耶穌會和葡萄牙而代之。

孟安仁說：「這麼嚴肅的問題，中國軍隊為何不調查一下，掌握真憑實據後再行動也不遲。為何如此冤枉耶穌會呢？」

中國軍隊頭目吞吞吐吐，半天說不出話。面對如此軟弱的軍隊首領，孟安仁感到可笑：中國政府怎麼會派這樣沒有能力的人來對待傳教士呢？

孟安仁上了勁兒，一定要中國軍人頭目說出幕後操控者。軍隊頭目沒有辦法，於是說出了杜我徽的名字。真相大白，孟安仁馬上進行反擊，他親自出面將杜我徽痛罵一頓，並依羅馬教廷的名義，將杜我徽調離了澳門，發配到菲律賓馬尼拉。澳門的一切又恢復了正常。

孟安仁覺得自己有必要給沙利衛寫封信。自己身體越來越虛弱，說不準哪一天就會離開這個世界，他要把自己的感想告訴沙利衛。他鋪開信紙，拿起鵝毛筆，寫了起來：

親愛的沙利衛神父：

首先祝賀您在天主的關懷下取得了顯著成就，總會長和我，乃至整個歐洲都為您感到驕傲，這是「沙利衛模式」取得的成就。

我之所以給您寫這封信，是因為我感覺到自己的身體每況愈下，可能不久於人世，想趁着還有一口氣，把我的一些想法寫出來與您交流。特別是想把「沙利衛模式」總結一下。我有一個想法，想到北京去看您，也看一看北京這個古老帝國的首都究竟是什麼樣子。但是我又清醒地知道，我的身體已不允許了，這就更加促使我提起筆來給您寫這封信。

最近接連發生的兩件事情，對我的打擊很大，我似乎就要被擊垮了。可是我一想到您在北京取得的成就，我就充滿了力量，提筆給您寫信也就格外激動。

我與神父有過一段難得的師生友誼，這是天主的安排。神父與我也都有過在日本傳教的經歷，這是天主的安排。共同的經歷讓我們形成了共同的傳教觀點：中國是一個偉大的文明古國，當天主教遇到了中國文明的時候，必然產生了一個問題，即採用何種方式讓天主的光輝照耀到這片神奇的國土上。「沙利衛模式」很好地回答了這個問題。

在世界其他地方的傳教工作，多採取軍事征服與精神征服結合的方式，武力作先導，然後大規模地推進傳教事業，就像

秋風掃落葉一樣迅猛，墨西哥就是一個典型的例子。以桑切斯為代表的一部分耶穌會傳教士就是這樣的觀點，他們認為對待中國的傳教事業也應該是大炮開道。我對這種血腥的方式持反對意見，柏拉瓦總會長也持反對意見，神父也是的——這真是天主的安排。

不僅如此，我們都認為，應該學習中國文化，走進中國文化，向中國人一樣地生活，說中國話，寫中國字，只有這樣，才能得到中國人的歡迎與接納。中國是具有獨特文化特質的國家，同時也是具有高度文明的國家，對待這樣的國家不能簡單化，必須採取尊重的態度。我們到中國傳教，固然是傳播天主教義，但是當我們發現了與天主教義相近的文化價值觀後，我們被中國文化震撼了，我們不能不面對這種高級文明，我們應該低下高傲的頭，拋棄傲慢的態度。所以，尋求東西方兩種文明的互補性成了傳教的基石。不是所有的神父都認識到了這一點，總會長和您、還有我認識到了，並達成了高度一致，這是天主的安排！

衡量傳教事業的成就，傳統的標準當然是入教人數越多越好。但是如果入教之人的質量是低劣的，那麼這種表面上的人數眾多又有什麼意義呢？比如一日之內曾有多達一萬四千印第安人受洗；又有一名神父在任職期間為十萬人施洗。入教的人在受洗之前沒有受到教育，這種做法是極其草率的。重數量不重質量，必然帶來嚴重後果。在這一個重大問題上，總會長和您、還有我達成了高度的共識，這又是天主的安排！

正是有了這樣的考量，所以神父把傳教重點放了中國知識階層，放在了士大夫階層。我感覺，與其說中國是一個由皇帝獨裁的國家，不如說是一個由一大批文化修養極高的讀書官員統治的國家。廣大民眾心中真正敬仰的不一定是皇帝，而是

那些高級士大夫。這樣的國家肯定是有信仰的，因為對文化的追求就是他們的宗教信仰。神父在中國發展的士大夫教友，都是受過教育的，是高素質的，在他們帶動和影響之下的民眾成為教友，值得信賴。所以，神父在肇慶時發展的八十名教友與在日本期間發展的數千名教友具有同等價值，而且超過十萬名教友。另外，我們必須明白一個道理，發展教友數量太多，很可能引起所在國高層的關注，很可能適得其反。聽說日本目前全國有近百萬教友，我真擔心有一天這些教友會遭遇災難。不信的話，我們拭目以待。

您和其他進入中國的耶穌會會士，都是極其優秀的人才，是總會長精心培養的，具有高素質，精通數門學科，本身就是科學家。你們在中國，帶去了西方科學技術，打開了中國封閉的大門，解決了他們的一些實際困難，開闊了他們的眼界，得到了士大夫乃至皇帝的歡迎。神父們讀中國書，翻譯西方著作，使中西文化交融在一起。這種傳教方式帶來的效果實際上遠遠超越了傳教本身。它告訴人們，國與國之間的交往，世界範圍內不同文化間的交流，可以有一種有效的模式。把科學和學術作為傳教的先導，與刀光劍影的武力征服相比，簡直是天壤之別。你們的傳教活動，切實促進了中國的文明程度，你們倡導的男女平等觀念，一夫一妻觀念，天主面前人人平等的思想，這不僅僅是天主教義，這是人類文明的精髓，必將使這個古老的中國煥發勃勃生機，改變中國的風俗習慣，進而改變人們價值觀念，讓中國人感受到天主的光芒具有的強大力量！

在歐洲盛傳一個說法，中國皇帝也成了天主教友。起初我也相信了，因為存在這種可能性。接到神父的來信後，我才知道這是不真實的。我想，神父不必在意皇帝入不入教，關鍵是爭取更多的士大夫加入進來。您對觀見中國皇帝不再迫切，我

有一點意外，特別是您把李贄先生與異端布魯諾相比，我更感到震驚。頑固不化的布魯諾已經被宗教裁判所燒死，他是教廷的叛徒。我承認，我們都生活在當下現實之中，都有歷史的局限性。您要盡快從李贄事件中走出來，您下一步的任務有以下幾點：一是爭取更多的士大夫入教，選幾個典型，成為支柱型的人物；二是在北京選址蓋教堂，三是繼續出版宣傳天主教義的著作，當然也要介紹更多的西方科學技術，讓中國人變得更加聰明。至於覲見中國皇帝，您自己決定吧。

關於人事安排，我有一個想法，就是您可以考慮誰來接替您在中國傳教負責人的職務。這件事不必急於確定，但現在可以考慮了，因為我一旦進入天堂，您應該來澳門接替我的工作。您有了明確人選後請告訴我。我覺得龍季厚還是有能力的人，將來可以到北京去協助您的工作。我不知道韶州的近況如何。黃民和麥孝靜也都應該升為神父了吧？

這次就寫到這裏。我期盼着以後能繼續給您寫信。再過幾天就是聖誕日了，祝願天主的光芒永遠照耀中國大地，祝願沙利衛神父一切安好。

您的同事孟安仁於澳門

1604 年 12 月 3 日

韶州的冬天儘管並不是很冷，但也須穿上厚衣了。

龍季厚和黃民在韶州只招收了一屆學生，後來因為傳教工作太

忙就停止了。而辦學最大的收穫，就是贏得了民眾的信賴。中國的家長都希望自己的孩子讀書，不管是中國書，還是外國書，不管是佛教書還是天主教書，只要是讀書就是好事，比種地有出息。在這一點上，龍季厚對中國人的印象非常好，愛讀書的民族總是有希望的。不過龍季厚認為，傳教士的工作就是傳教，不是辦學。他還認為，發展教友主要面向廣大民眾，而不是上層知識界。既然如此，就要扎根民間，與農民打交道，跑鄉下，這樣就沒有精力管理學校。因此，辦了一屆之後，學校就停止了招生。另外，龍季厚終於廢止了沙利衛的做法，即民眾清明節期間在教堂祭祀祖先。他認為這對於天主教很不合適，他主要的工作就是天天行走在農村發展教友，這不，今天龍季厚和黃民正在一個村莊給村民講解《天主十誡》。

龍季厚身穿儒服，手捧《聖經》，逐條宣講十誡的含義。他說：「天主面前人人平等。無論你貴為帝冑，還是出身貧賤，天主都把你看作兄弟姐妹，每一個人都能得到天主光芒的照耀。只要你真心愛天主，天主就能引導你在死後升入天堂。無論是誰都要遵守《天主十誡》，違反了就會受到天主的懲罰。」

一位村民說：「像我這樣的窮人，吃了上頓沒有下頓，有資格入教嗎？」

「當然有資格。你入教之後，就會得到教友的幫助，你的生活會發生變化的。」

黃民說：「去年，咱們鄰村的一位教友家裏着了火，剛蓋好的房子眼看被大火吞沒，主人喊人來救火，周圍的教友聞訊都趕來幫忙，大火很快被撲滅了。教友就是兄弟姐妹，都一視同仁，團結在一起。」

一位村民說：「有的達官貴人妻妾成群，上帝允許他入教嗎？」

「是『天主』，不是『上帝』。天主不允許那種人入教。天主教

要求他的信徒必須是一夫一妻。這是不能違反的。」

村民們竊竊私語，對這樣的教義表現出濃厚的興趣。村民覺得，普通村民都是一夫一妻，只有富人才娶得起三妻四妾。看來這天主教是面向普通大眾的宗教，他們心中對此充滿了好感。《天主十誡》要求人們敬愛父母、夫妻平等互愛、不准覬覦他人的妻子、不准偷盜，等等，這是要求人們做一個好人呢，這樣的宗教應該加入。

一個村民說：「神父，我和我的妻子、女兒都願意加入天主教，可是誰來給我妻子和女兒洗禮呢？是神父嗎？我妻子和女兒不願意別的男人觸摸她的身體。」

這位村民剛一說完，其他村民也紛紛響應：「是啊，我們一家都想入教，就是擔心這個……」

「俺娘也想加入，她就是擔心……」

龍季厚說：「大家放心。男村民由我和黃神父施洗，女村民由她已經入教的丈夫施洗，女兒由她已經入教的母親施洗。如果丈夫沒有入教，就請已經入教的女教友施洗。我們嚴格遵守中國男女授受不親的風俗習慣。」

村民聽後，紛紛點頭，說那就放心了。

黃民說：「你們入教後，必須堅持做彌撒，必須撤掉你們家中原來擺放的偶像，要燒掉。」

「難道連我們的祖先牌位也要燒掉嗎？那可不行！」

龍季厚連忙解釋說：「祖先牌位可以保留，但是佛像必須撤掉、燒掉。」

村民聽後，竊竊私語。

一個年長的婦人問道：「神父，難道觀音也不能拜了？我的兒媳婦過門三年了，一直沒有生娃，我們家還得求觀音娘娘送子呢，觀音菩薩像可不能撤啊！」

於是大家紛紛說：「不能撤啊！」

「更不能燒啊！」

「撤了就斷子絕孫了！」

龍季厚說：「大家放心，撤掉了觀音像，換成聖母像。」他讓黃民打開聖母聖子像，然後說，「從此以後，大家拜聖母聖子像，這比拜觀音像靈多了。」

那位年長的婦人看了，笑道：「這個好，還抱着個娃，跟觀音娘娘一樣，行，就拜這個觀音娘娘了。」說罷，她跪下便拜，連磕了三個響頭。別人看她這樣，也都跪了下去。

龍季厚和黃民笑了。

那位帶頭跪拜的老婦人一把奪過聖母聖子像，轉身就跑。黃民急忙說：「回來，教堂就這一幅……」那老婦人哪裏聽得見，一溜小跑不見了踪影。其他村民紛紛說：「我們也要。」

「神父，也給我們一幅。」

……

龍季厚還真是聰明，他靈機一動，說：「大家靜一靜，聽我說。聖母聖子像不可能每家都有，你們凡是求子的，到教堂來拜吧。凡是要加入天主教的，明天上午十點到教堂來做洗禮，求子的便可以拜聖母聖子像啦。你們回家後，把佛像撤掉，燒掉。」

一位年老的男村民說：「神父，我說一句心裏話，不知當講不當講。」

「老人家請講。」龍季厚說。

「我們願意入教，不過你讓我們親手燒掉佛像，這心裏不落忍哪。」

村民一聽，紛紛響應：「下不了手啊。」

「拜了十多年啦，怎麼忍心呢！」

「是啊，神父，和尚說過，誰燒誰爛手指頭。」

......

　　龍季厚和黃民商量了一下，然後對村民說：「那就請你們把佛像拿到教堂來吧，我們燒，要爛就爛我們的手指頭。」

　　村民一聽，齊聲歡呼。村民們終於被說服了，心中的疑慮也消除了。第二天，幾十位村民拿着家中的佛像，集中存放到教堂。男性村民先接受洗禮，然後由丈夫給妻子施洗，母親給女兒施洗。龍季厚和黃民在旁邊指導。龍季厚沒有想到，這次受洗的女子竟然比男子還多。這大概是沙利衛神父此前沒有遇到過的。女性入教，會積極帶動母親和孩子入教。當天入教的有四十七人，送來的佛像堆滿了一個大木箱子。

　　一傳十，十傳百，附近村莊的民眾聽說後也陸續趕來，手中拿着佛像，來到後交給神父，神父看也不看就扔進了木箱子。木箱子放不下了，就扔進了竹筐子，很快竹筐子也放滿了，只好扔在竹筐外邊牆角處。一週之內，龍季厚和黃民為二百多位村民實施了洗禮。施洗之後，龍季厚和黃民又分別到教友家中訪問，順便送去一點小禮物，教友高興得不得了。龍季厚和黃民趁機檢查佛家和道家的偶像是否都撤掉了，沒有撤掉的，就幫他們撤掉，帶回教堂。不到一年，韶州教友已達四百人之多，成績非常可觀。龍季厚寫信給孟安仁和沙利衛，匯報自己的傳教成績。

110

　　韶州教堂內佛教偶像和道教偶像堆積如小山，龍季厚邊看便皺眉，他還用腳踢了一下。黃民說：「神父，這麼多異教偶像，太佔地方了，還不快點燒掉，留着做什麼？」龍季厚猶豫了一下，說：

「先放幾天，我想一想辦法。」

這天晚上，一個黑影悄悄溜進教堂，手裏提着一個大筐，裝了一些木偶，又悄悄溜了出去。第二天晚上，那個黑影又悄悄溜進教堂，裝上一些木偶，又溜了出去。連續幾天，總有一個黑影在晚上悄悄進來，又悄悄出去。

這天，龍季厚又來到那一堆偶像的旁邊。他似乎發現了什麼，仔細看了一會兒，便叫來黃民，問道：「你發現這裏有什麼變化嗎？」

「什麼變化？」黃民問道。

「這些異教偶像好像少了一些呢？」

黃民仔細查看，說道：「果真如此。這是怎麼回事？」

「一定有人偷。今晚看看。」龍季厚說。

晚上，龍季厚和黃民滅了燈假裝着睡着，其實正透過窗口查看院內的動向。夜裏十一點鐘，一個黑影溜進了教堂，挎着一個籃子。黑影來到堆放偶像的什物旁邊，一件一件地往籃子裏放。過了一會兒，黑影挎着籃子躡手躡腳往外走。這時，黃民一個箭步衝過去，伸出雙臂猛地抓住黑影，大喝一聲：「站住！」這時，龍季厚也緊跟着衝了上去，將黑影籃子奪下。一看，這人不是別人，是先前教堂的一位助手。

他叫錢一江，是個教友，龍季厚親自為他施洗的。當時黃民還沒來韶州，龍季厚便選中了他臨時擔任自己的助手，當時說好了，是臨時聘請，只要黃民一到，他就離開。錢一江同意了。在教堂幹了一年多，還有工資，他挺滿意，所以黃民來後龍季厚辭退他，他很不情願，但又沒有理由賴着不走，只好離開。回家後，家裏人說風涼話，什麼龍季厚需要他就讓去幹活，如今不需要了就一腳踢開。錢一江心裏雖然不好受，卻只能憋在肚裏，不過內心漸漸對龍季厚和黃民產生了忌恨之情。

還有一件事情，就是他在教堂幹活期間，曾央求龍季厚神父為他一家網開一面，同意他的家人在清明節這天到教堂來祭祀祖先，龍季厚堅決拒絕了。錢一江心裏想，所有人都不能來教堂祭祀祖先，神父如果同意了自己的請求，其他百姓也提要求怎麼辦？於是他主動說服家人打消此念頭，後來此事也就慢慢忘記了。他被辭退後，家裏人又重新提起此事，說什麼給教堂辛辛苦苦幹活，這點事兒還不能照顧一下嗎？只要不說，別人也不會知道的，龍季厚怎麼連一點人情都不講呢？這兩件事疊加在一起，搞得錢一江對龍季厚逐漸心生不滿，總想找個機會報復一下，發洩一下心頭的怨氣。

後來，錢一江發現很多教友把自己家中供奉的偶像送到教堂來了，堆了那麼多。他突然想到，自己發財的機會來了，何不偷一些出來，賣給那些佛教信徒呢？他知道，南華寺和光孝寺裏有的和尚就偷寺院的偶像出去賣錢。於是，他便趁夜深人靜之時偷走了一些偶像，賣了不少錢。如果他錢一江見好就收也就罷了，可是他偏偏太貪心，還想繼續偷，這不，被龍季厚和黃民抓了個現行。

「是你？」龍季厚說。

「我……」錢一江支支吾吾。

「把他交給官府吧。」黃民說。

一聽說交官府，錢一江立刻嚇得魂飛魄散，他知道，一旦交給官府，自己就會被關起來，就要被開除天主教，他這一輩子就臭了。於是他趕緊給龍季厚跪下，磕頭道：「神父開恩，我一時糊塗，財迷心竅，幹了這苟且之事，請神父大人高抬貴手，饒我一回，我再也不敢了。」

黃民說：「神父，不能饒他。您曾經有恩於他，為他施洗，發他工資，幫助他家度過難關。這種人竟然忘恩負義，不可輕饒。」

龍季厚說：「念他曾經在教堂工作過，又是天主教徒。官府抓了他，對天主教影響也不好。」便對錢一江說，「就饒你這一回，

如果不改，一定開除。」

「還不快走！」黃民說。

錢一江聽罷，抱頭鼠竄。黃民看着錢一江的黑影，說：「便宜了他。」他又對龍季厚說，「神父，趕快把這些東西燒了吧，省得惹事。」龍季厚說：「好吧。明天燒掉。」

第二天，剛吃過早飯，龍季厚和黃民就點燃了那一堆偶像。大火熊熊燃燒，煙灰被風一吹，飄向天空，飄向了光孝寺，落在了光孝寺的房頂、院內，還飄進了大廳。憨憨方丈與眾僧人正在寺內做功課，突然聞到煙味彌漫，不禁咳嗽起來。憨憨方丈問道：「這是哪裏燒荒？」一位僧人答道：「聽說是洋人教堂內燒偶像呢。」方丈說：「業障。」那位僧人又說：「聽說那個洋神父最近發展了不少人加入天主教。他們原本都是佛教徒，如今改信天主教了。洋人還讓他們把原來供奉的佛教神像統統燒掉，如果自己不燒，就送到教堂一起燒。」

方丈說：「業障！」

首座說：「方丈，最近有幾百人改信天主教了，這段時間來進香的香客明顯少了，這樣下去，寺院還能維持下去嗎？」

方丈說：「你隨我到南華寺去一趟，找南華寺的方丈商量一下。」

「是，師父。」

兩所寺院的方丈走到一起，談了很長時間，都認為天主教在與他們爭搶信徒，而且目前的趨勢對寺院很不利，應該採取反擊措施。他們商量了一個辦法，向知府大人匯報，建議官方出面干預。可是沒想到，知府大人對此並不支持，說，誰信教，信哪個教，這是個人的選擇，官府不便出面干預。二位方丈被客客氣氣地打發出來。

正巧這時，澳門發生了所謂自立皇帝造反事件。消息傳到韶

州，有人趁機向官府告發，說黃民就是澳門的間諜。結果黃民被告到官府，官府不敢怠慢，將黃民抓起來關進了監獄。黃民死也不承認自己是什麼間諜，於是獄吏對他實施了酷刑，只打得他皮開肉綻，渾身血肉模糊。因為用刑過重，黃民神父一命嗚呼了。龍季厚找到知府大人，反覆申明，這是天大的冤案。

後來澳門事件真相大白，官府這才承認冤枉了黃民，但人已死，命回不來了。後來，又有人向官府告密，說龍季厚神父親自為一女子施洗，並趁機姦污了那名女子。官府便又將龍季厚神父抓了起來。龍季厚神父說，這是陷害，他可以和揭發他的人以及那名女子當面對質。官府只好將揭發者推出來，與龍季厚當庭對質，結果時間和地點全對不上。知府大人一聽就明白了，這純屬誣告，便將誣告者抓進監獄，還未動刑，誣告者就全招了，說是受了人的賄賂才這樣做的。賄賂者也找到了，不是別人，正是錢一江。

原來，錢一江受別人指使，先得了一筆錢，然後雇了一名流氓無賴，誣陷龍季厚神父姦污婦女，嚇得周圍百姓不敢再加入天主教。但是，這種小伎倆很快就被教友識破了，他們紛紛到官府作證，龍季厚神父從未親自給女子施洗，也從未單獨接觸過任何女性。那位被龍季厚「姦污」的女子是一位瘋女人，在龍季厚神父來韶州之前就已經瘋掉了。至於瘋的原因，本村的百姓都知道。當把這個瘋女人送到大堂上對質的時候，瘋女人指着知府大人一個勁地傻笑，還吃吃地說：「我的兒子……我的……兒子……」知府大人也沒有再審，就讓族長把瘋女人帶走了。

後來，龍季厚接到沙利衛來信，感動得一夜未眠。沙利衛在信中寫道，聽說韶州事件後，十分氣憤，專門寫信給韶州知府大人，證明龍季厚神父是一個清白之人，一定是有人栽贓陷害。還說如有必要，他願意專程來韶州替龍季厚神父申辯，洗清不白之冤。沙利衛還在信中對龍季厚說，請他做好準備，到北京來傳教，並接替他

的職務。龍季厚從內心感激沙利衛神父，認為沙利衛具有聖人胸懷。龍季厚也接到了孟安仁視察員的來信。視察員在信中弔唁黃民，慰問龍季厚，並說兩年後澳門方面會派其他神父來韶州接替他的工作，然後派他到北京接替沙利衛的工作。鑑於目前的形勢，暫時還找不到合適人選，讓他務必堅持住，並系統寫一點宣傳天主教的著作。韶州知府大人接到沙利衛的信後，親自來到教堂，向龍季厚表示了慰問，對黃民神父的死表示哀悼，還送了一筆慰問金。

通過連續兩次惡性事件，龍季厚深刻體會到了沙利衛神父的先見之明。如果發展教友人數太多，速度太快，可能會適得其反。這話果真應驗了。由此，他開始反思自己的傳教行為，認為還是要堅持沙利衛神父的路線，發展教友不宜求多求快。

———————— **111** ————————

萬曆三十二年九月乙丑日，天象發生客星之變，引起朝野嘩然。有臣子上書，勸皇上釋放馮行明。皇上萬不得已，頒旨釋放馮行明。關了三年多的馮行明終於出獄了。他出獄後做的第一件事就是拜謁李踔墓。

汪天水陪他來到通州北門外馬廠村迎福寺旁李踔墓前。馮行明撲通一下跪倒在墓前，對着李踔先生墓磕了三個響頭。他哭着說：「李先生，對不起呀！您在天之靈饒恕我吧！若有來世，我給您做牛做馬！」

磕完頭，他坐在墓前發呆。汪天水叫他「師父」，他不應。汪天水只好陪他坐着，一坐就坐了半天。看看到晌午了，他說話了：「天水，師父這半生犯過一個大錯，就是迫害李先生。我當時瞎了

眼，昏了頭。我中毒太深，頑固不化。一個人的思想一旦跌進深淵，就無法自救。幸好我遇到了沙利衛神父，給了我精神上的新生，讓我幡然醒悟，脫胎換骨。天水，你要記住，以後不管做了多大的官，絕不要做害人的事。你討厭一個人是可以的，你可以遠離他，但不能下黑手。寧肯自己死，絕不喪良心！」

「弟子記住了。我向師父發誓：我汪天水要是做害人的事，就斷子絕孫，不得好死！」他用手指着上蒼說道。

馮行明笑了。他說：「走，咱們去吃飯。吃完飯去看沙利衛神父，我要兌現諾言，為沙利衛神父出版《天主實義》。」

……

半年後，也就是萬曆三十四年，沙利衛神父的新著《天主實義》在北京刊印了。雕工精湛，用紙精良，字體端莊，行款舒朗，發行後很快在北京城產生了反響，讀書人以能讀到馮行明作序、沙利衛用中文寫成的《天主實義》為時尚，一時洛陽紙貴。

有一個叫李華藻的人，擔任禮部侍郎，讀了《天主實義》後對沙利衛頓生敬意。他雖然早就聽說沙利衛的大名，但一直未有機緣結識。讀了《天主實義》後，他冥冥之中覺得自己與沙利衛有緣分，這本書將把他和沙利衛牽到一起。他是一口氣將《天主實義》讀完的，然後掩卷深思，覺得句句說到心裏去了。他想像這部書的作者一定和自己心心相印，一定與自己有共同語言。於是，他產生了一個想法，要見一見沙利衛神父。

李華藻是一位數學家，精通天文、曆法，尤其擅長地圖繪製。他繪製過中國地圖，利用數學的方法，將大明朝的版圖繪製出來，得到了皇上的獎賞。他心想，聽說沙利衛神父也能繪製地圖，而且是世界地圖。既然如此，那見面禮就應該是自己繪製的《中國地圖》，請神父過目。於是他挑選了自己最滿意的一幅《中國地圖》，去找蔡祥主事。他知道蔡祥與沙利衛熟悉。

見面後，李華藻說明來意，蔡祥笑了，說道：「李大人要見沙利衛神父，這可是惺惺惜惺惺，好漢惜好漢。你們都是繪製地圖的高手，見面後一定碰撞出耀眼的火花。」

　　李華藻說：「別開我的玩笑了，沙利衛神父繪製的是世界地圖，能夠作為禮品進貢給皇上，可我還沒見過世界地圖是什麼樣子呢。我聽說，中國只是世界一個小小部分，我怎麼能夠與洋神父相比呢？」

　　蔡祥說：「李大人過謙了。大人繪製的地圖全國有名，連皇上都賞賜過您。在我眼裏，您一點不比洋神父差。」

　　李華藻笑了笑，說：「行了，別耽誤時間了，快告訴我沙利衛神父的住址。」於是，蔡祥將沙利衛的住址告訴了他，李華藻就直奔沙利衛住處而來。到了以後，沙利衛不在，只見到了龐儒。原來，沙利衛最近忙於教堂的建築工程。他選定了宣武門內東城角這個地方，花了五百金幣買下了地皮，然後開始修建。沙利衛之所以選中這個地方，是因為由此向南是謝枋得祠，向北是文天祥祠，他對這兩個人物心懷敬意，原本就計劃在二祠之間選址建堂。

　　因為這是北京第一座教堂，所以他決定要建得宏偉壯麗，體現天主的威嚴與浩大。他按照巴洛克風格進行設計，工程量巨大。沙利衛事必躬親，不放過任何一個細節。他幾乎天天釘在工地上，釘是釘，鉚是鉚，一絲不苟。特別是接到孟安仁視察員的親筆信後，他更加希望早一天建成，請孟安仁視察員親自來北京看一看。他又擔心孟安仁的身體，唯恐有什麼不好的消息傳來。所以，他表面上似乎很鎮定，但內心卻是急躁不安。這不，他正在工地與施工者討論講解設計圖紙呢。

　　龐儒急急忙忙來找他，說有個叫李華藻的禮部侍郎來找他。好在工地距離住處不遠，沙利衛和龐儒回到了住處。李華藻正翹首以待。見面後，李華藻先是自我介紹，然後獻上自己繪製的中國地

圖。沙利衛一看，十分震驚，在中國竟然還有這樣精通地圖繪製的專家！自己以前真是小瞧了中國人，認為中國人不可能繪製出精緻的地圖，現在，要改變看法了。他稱讚了李華藻的地圖，然後拿出《山海輿地全圖》，並給他講解。沙利衛說：「李大人的地圖可以幫我修正中國地圖的細節。來北京後，我已經清楚了契丹和中國的關係，契丹就是中國。現在看了大人的中國地圖，我還要繼續修改我的地圖。」

李華藻面對世界地圖，說道：「世界原來這如此之大，中國只是其中的一個小部分。今天我真的開眼了。」

沙利衛問：「大人用什麼方法繪製的？」

李華藻說：「我這叫『計里畫方』法，源於晉代學者裴秀。他提出了『製圖六體』原則，完成了《禹貢地域圖》，後人多有沿襲，至今已有千年歷史。請問神父用的是什麼方法？」

沙利衛說：「我這叫『橢圓投影法』，還有一種『平行投影法』。我的《山海輿地全圖》用的就是橢圓投影法。」

李華藻說：「我想請神父先教我橢圓投影法。」

「好。」

於是，二人鋪開紙張，一邊交流，一邊繪製。經過十多天的努力，李華藻和沙利衛共同繪製的《坤輿萬國全圖》完工了。此圖是沙利衛繪製的所有世界地圖中最精美最準確的一幅，也是李華藻繪製的第一張世界地圖。二人聯手合作，共同繪製了一幅具有里程碑意義的世界地圖。此圖由六條屏組成，裝裱精美，長約四米，寬兩米半有餘，用了三種顏色，有大量中文做註釋說明，並附量天尺圖於左下方，用來測定地理緯度。還繪有各式帆船九艘，動物二十五種。

沙利衛向李華藻介紹了西方地圓理論，說地與海本為圓形，合為一球；凡地南北距二百五十里，即日星暑必差一度，其東西則

交食可驗；每相距三十度者，則交食差一時也……李華藻大為感慨，初步認識到西方地理科學的先進性，並在後來很快就掌握了這種理論。沙利衛對李華藻的數學天才十分稱讚，認為這是他進入中國後遇到的第一位高水平中國數學家。在這張地圖上，既有沙利衛的手跡，也有李華藻的手跡，中西方專家合作，繪製成了這副世界地圖。沙利衛為此圖欣然作序，並對李華藻的工作給予了高度評價。李華藻為此圖寫了跋語，他寫道：

> ……昔儒以為最善言天，今觀此圖，意與暗契。東海西海，心同此理，於茲不信然乎？於乎！地之博厚也！而圖之楮墨，頓使萬里納之眉睫，八荒了如弄丸。明晝夜長短之故，可以摯曆算之綱；察夷陝析因之殊，因以識山河之孕，俯仰天地，不亦暢矣大觀，而其要歸於使人安稊米之浮生，惜隙駒之光景，想玄功於亭毒，勤昭事於顧諟，而相與偕之乎大道。天壤之間，此人此圖，詎可謂無補乎哉！

皇上聽說後，下令進獻此圖。皇上在宮中看到中西合璧之地圖，十分喜歡，說李華藻又立了新功，並一同獎勵了沙利衛神父。又命太監工筆描摹一幅，掛於宮中，天天觀賞。由此，李華藻對西方科技興趣十足，他還把沙利衛推薦給了自己的好友楊逸雲和徐光明。

來中國這些年，沙利衛深受中國文化影響，無論在別人，還是他看來，自己已經很中國化了。但是，他的骨子裏仍然是天主教的

世界。這不，聖若望誕辰日這天，他和龐儒恭敬地紀念這位耶穌的愛徒。儀式完畢後，龐儒就趕緊去了教堂工地。沙利衛則仍回憶着聖若望一生的行狀。這時，外邊傳來敲門聲。沙利衛以為是李華藻來了，他們約好一起研究數學。於是沙利衛趕緊去開門。

站在門前的是一位陌生老者，與沙利衛年齡差不多，六十歲左右，留着鬍鬚。如果換了別人，絲毫不會懷疑這是一位地道的中國人，但沙利衛的直覺告訴他，這位陌生人不像中國人，儘管其穿着完全是典型中國人的打扮。沙利衛猶豫了一下，然後一抱拳，問道：「請問先生找誰？」

「您就是沙利衛神父吧？」陌生人眼睛一亮，有些激動。

「我就是沙利衛。您貴姓？來自何方？」

「神父好！我可找到您了！」陌生人說罷，腿一屈就要給沙利衛磕頭。

沙利衛趕緊攙扶住他，說：「你我素不相識，如何行此大禮？千萬使不得。」

「我姓艾，來自開封。我是猶太後裔。」

沙利衛一聽，心下一驚。趕緊請陌生人進屋，看坐，倒水。陌生人將一杯溫水大口喝了下去，一抹嘴，說道：「請神父聽我細細講來。」原來，這位陌生人叫艾田，猶太人後裔。他們的祖先在宋代就來中國定居了，至今已有四百多年。中國人對他們很友好，視為一家人，誰也沒把他們當做外國人看。艾田還說自己中了舉人，生活順心如意，一切都中國化了。前些時候，他聽說北京來一位西方神父，便專程趕來尋找，這不，還真找到了。

沙利衛又給他倒滿水，說道：「艾先生的到來太讓我意外，也太讓我驚喜了！在中國居然還有猶太人！這如果傳到西方，一定是驚人的消息。您來看，這是什麼？」沙利衛指給他看聖母像。艾田見到聖母像，欠身略施一禮。然後，艾田又談了很多。沙利衛問這

問那，還不時用筆記下來。他特別問到猶太人在中國是否尊孔和祭祖，與信奉上帝是否衝突，等等。臨走時，艾田還要給沙利衛磕頭，又被沙利衛攙扶住了，說：「先生不能給我施這樣的大禮。」

送走艾田，沙利衛不禁感慨萬千！今天，他又有了一個重大發現。他計劃將來派人到開封去實地考察，看看那裏究竟有多少猶太人，這些猶太人如何處理祭孔祭祖與信仰猶太教之間的關係，這與他來中國傳教所實施的適應政策有着重要的關係。他要向視察員以及羅馬總部匯報這個意外的發現。

又有人敲門。這次是李華藻，他是來研究數學的。一見面，李華藻就看出沙利衛興奮的神態不同尋常。

「神父遇到什麼高興的事情啦？」李華藻問道。

「李大人大駕光臨，我豈能不高興？」沙利衛賣了個關子。

「神父也學會賣關子了。這可不是神父的風格。」李華藻笑了。

沙利衛知道瞞不過去了，就說：「也好，我正想請李大人幫忙呢。」於是，沙利衛就把遇見猶太人後裔艾田的事情講給李華藻，並提出請李華藻幫忙派人到開封進行實地考察，還把考察的要求寫在了一張紙條上。

李華藻說：「原來神父遇到了這樣的事情，的確讓人感到意外。神父放心，這件事我來安排。」

沙利衛說：「去開封的費用由我承擔。」

李華藻說：「神父客氣啦，我在開封有朋友，神父不必費心。」

沙利衛說：「好吧。現在可以研究數學啦。」兩人相視一笑。沙利衛取出一本書，說：「李大人，今天我給你講這本書《論星盤》。這是我在羅馬讀書時的老師丁先生寄來的，裏面涉及最實用的數學原理。這本書就送給李大人了。」

李華藻接過《論星盤》，在手裏掂量了一下，感覺到了它的分量。他說：「神父，我們開始吧！」

「開始！」

於是，在沙利衛的細緻講解下，李華藻深入到了數學領域中。沙利衛講的每一個數學原理，李華藻都很快領會，並有所發揮。這讓沙利衛非常高興，他認為李華藻是一位優秀的數學家，他喜歡這位中國學者。沙利衛的數學才華也讓李華藻感佩不已。

從這天起，他們用了半年時間，李華藻就掌握了星盤的基本原理和製作技術。在他赴福建主持鄉試的途中多次使用星盤原理測驗天象，雖往返萬里，多次測驗，毫釐不爽。他還在此基礎上，撰寫了《渾蓋通憲圖說》上下兩卷，詳細介紹西方投影幾何學中球極投影的原理和方法，把古希臘天文學家創立的數學方法介紹給了中國人。

又過了半年，一天，李華藻寫完《渾蓋通憲圖說》下卷最後一個字，便扔掉手中毛筆，跑着來到沙利衛住處，向沙利衛展示自己的著作。沙利衛看後，連連點頭，說：「李大人，太令我驚訝了，這麼短的時間內您就完成了這部著作，沒有數學天才簡直是不可想像的。」李華藻說：「這還得感謝神父！沒有神父的指導我哪裏會有這樣的收穫？不過，我常常為神父感到遺憾呢！」

沙利衛楞了一下，問道：「噢？大人為我遺憾什麼？」

「如果神父專門從事數學研究，一定是全世界最偉大的數學家！可惜您……」李華藻說到這裏意識到自己的話說錯了，於是趕緊改口說，「沒什麼，沒什麼……其實，神父現在也很偉大！」

沙利衛笑了，說道：「大人的意思是說，我是神父，從事傳教工作，是遺憾的、可惜的，是不是這個意思？」

「我……我……」李華藻撓撓頭皮，不好意思地笑了。

「其實，我現在已經把傳教和科學研究結合在一起了。我認為，向中國人介紹西方科學，也是傳教工作的一部分，而且是很重要的一部分。」沙利衛頓了一下，接着說，「最近我讀《莊子·大

宗師》，對『畸人』一詞十分感興趣。莊子說：『畸人者，畸於人而侔於天。』我準備再寫一部解說天主教義的著作，仍然是對話體，李大人也會成為我的對話者。」

李華藻說：「那我將感到十分榮幸，希望早一天看到大作面世。」

沙利衛說：「李大人的《渾蓋通憲圖說》這本書，我將送一本給耶穌會的總會長柏拉瓦，請他看一看在西方數學影響下中國數學家的傑出貢獻。」沙利衛轉身拿出另一部數學著作，說：「這部數學著作叫《圓容較義》，是一部幾何學著作。如果李大人感興趣，我們兩人來共同把它翻譯成中文，怎麼樣？」

「太好了！何時動手？」

「現在開始！」

「說幹就幹！」

於是，他們拿出紙筆，開始了對《圓容較義》的翻譯。沙利衛用中國話講解，李華藻記錄，有些圖形兩個人一起繪製。在他倆的筆下，一個個多邊形、椎體、內接圓多邊形、外切多邊形、球內切多面體、稜柱、正多面體、渾圓等各種幾何圖形被繪製出來，猶如一朵朵盛開的蓮花。天黑了，看不清楚，李華藻就點起油燈來照亮。在燈光的映照下，兩個人的身影投射到牆壁上，就像一幅美麗的剪影。

他們就這樣夜以繼日地翻譯着，一天天過去了，一月月過去了，沙利衛讓龐儒去教堂工地釘着，自己和李華藻用了一年時間，將《圓容較義》翻譯完畢。

接着，他們又開始了《同文算指》的編寫工作，這是一部專門介紹西方算法的著作。在中國，主要是籌算和珠算，《同文算指》第一次向中國人展示了西方的筆算。在介紹筆算定位法時，李華藻寫道：「茲以書代珠，始於一，究於九，隨其所得而書識之。滿一

十則不書十，書一於左進位，乃作『〇』於本位——一十記作『一〇』。由十進百，由百進千，由千進萬皆仿此。」沙利衛看後，問道：「李大人，中國人也使用數字『0』嗎？如果使用，為何不用阿拉伯數字替代中國傳統數字呢？」

李華藻說：「中國人不習慣。」

沙利衛說：「用多了自然就習慣了。阿拉伯數字世界通用，極為簡便，而中國數字筆畫繁多不說，且極易混淆。中國數學若要與世界同步甚至走在前列，還是採用阿拉伯數字為好，況且引入阿拉伯數字若肇始於李大人，大人必當垂修名於後世。還望大人三思。」

李華藻擱下毛筆，長嘆一聲，說：「神父有所不知。『〇』在中國已經使用很久了，被人們普遍接受，它已經成了中國字。然而阿拉伯數字尚未被中國人接受，甚至根本就沒有見過，如果我在這部書中使用了阿拉伯數字，就會被扣上『用夷變夏』的罪名。當下朝廷對著作控制甚嚴，我們這樣一部學術之作，又何苦自找麻煩？」

沙利衛聽後，沉默了一會兒。他知道，在歐洲數字「0」的出現曾激怒過羅馬教皇，認為是對上帝創造的羅馬數字的嚴重褻瀆。那位大膽使用數字「0」的羅馬學者被投進了監獄。但後來教皇還是接受了，整個歐洲也普遍接受了。他想不到近千年之後這個悲劇又在中國上演。於是他點點頭，說道：「我理解並尊重李大人的意見。」

李華藻計劃與沙利衛進一步開拓研究領域，這時，他接到朝廷指令，調他去工部任職，並赴黃河沿線參與黃河治理工作。這是不是因為李華藻是數學家的原因呢？是不是因為從沙利衛那裏學到了很多計算原理呢？李華藻說不清，但是治理黃河必然用到數學知識。臨行時，李華藻來向沙利衛辭行。沙利衛握着他的手說：「李大人，我相信您的數學才華一定得上。」

......

後來，李華藻在治理黃河的過程中充分施展了自己的數學才華，他詳細計算了工程所需費用和帶來的收益，解決了一個又一個難題；他撰寫的《黃河浚塞議》引起了皇上的重視，也讓同行認識到科學技術在重大工程中的作用何其重要。他在上朝廷書中寫道：

> 大約河廣二十丈，深二丈。上廣下縮，相準每丈一百六十方。昇土登岸，每方用夫四工，水眼泥濘倍之。舊河無鑿石開生之費，夫數可以屈指。每夫自水寒涉暑而外，歲可役三百日。每里一百八十丈，里數夫數相參寬為之程。五萬人再歲之力，綽可集事……平以勾股，籌以方程。日計不足，歲計有餘……天下豈有不可成之事哉！

李華藻深深體會到，科學技術可以強國。他把自己的想法寫信與徐光明和楊逸雲做了交流，他們回信深表贊同，並商定等李華藻完工回京後與沙利衛深入交談一次，更多地學習西方科技，用在強國富民上。

一年之後，李華藻回到北京，首先去看望了沙利衛。一見面，沙利衛指着他笑道：「印度黑人！」

李華藻不明白何意，問道：「印度黑人？什麼意思？」

沙利衛說，自己在印度工作過，因為那裏的人長期在太陽下暴曬，皮膚都曬黑了。李華藻聽了哈哈大笑道：「神父的意思是說我被曬黑了。的確如此，這一年幕天席地，風餐露宿，面目黧黑，回到家裏我的妻妾都不敢認我了。」

沙利衛聽後，楞了一下，但很快就笑了，說：「妻妾不敢認，她們還以為是印度來的洋人呢！」

李華藻笑着說：「她們哪裏知道印度是什麼。」

沙利衛說：「大人不僅曬黑了，臉上還帶着疲倦，一定是這段時間勞累過度。一定要注意休息。」

　　這話還真讓沙利衛說着了，李華藻回家之後，大病一場。沙利衛和龐儒聽說後，帶上禮物去看望李華藻。李華藻的一妻一妾正在床邊服侍他。妾很漂亮，很年輕，看上去也就二十多歲的樣子。李華藻躺在床上，他的妻子正在給他餵藥，小妾站在一邊。

　　沙利衛說：「我來餵李大人吧，我是半個醫生。」說着，他接過了藥碗。

　　李華藻不好意思地說：「這……怎好意思有勞神父。」

　　沙利衛說：「大人是勞累過度，一定要注意休息。」沙利衛看着李華藻，又看看左右人，說道，「我給大人帶了一點補品。現在大人需要的是休息，補身子。」李華藻聽出沙利衛話裏有話，就對妻、妾說：「你們下去吧。把神父帶的補品收好。」

　　神父說：「補品可以摻入飯中，按時服用，過上一段身體就會好起來的。但要注意，千萬不能勞累。」妻妾二人道聲謝，走了。

　　沙利衛說：「大人為國家操勞，耗盡心血。在家中，可不能再勞累過度。」

　　李華藻不好意思了。他對沙利衛說：「感謝神父好意，我會注意的。」李華藻握着沙利衛的手說，「神父，我正有一件事想和您商量。我有兩個朋友，一個叫徐光明，一個叫楊逸雲，他們想跟神父學習西方科學技術。不知神父是否俯允？」

　　「徐光明？我見過他。」

　　「不可能吧。徐大人是新科進士，剛剛被授予翰林院檢討，神父怎麼會認識他？」

　　「我說的不是在北京。是在南京，王忠國大人邀請我去觀看音樂會，對，就是那次認識的。印象很好，我希望盡快與他見面。那位楊大人是幹什麼的？」

「神父雖然不認識楊大人，可是楊大人對神父仰慕已久，你們二人有一位共同的朋友。」

「共同的朋友？是誰？」

「馮行明。」

「是他！」

「楊大人與馮行明同年進士，二人交往甚深，而且脾氣秉性也相同，都是直性子，即便對皇上也不拐彎抹角。聽說楊大人因為神父的緣故還得罪了那個柳淳熙。」

「這從何說起？」沙利衛一頭霧水。

李大人笑了笑，說：「其實也沒有什麼。神父的大作《天主實義》在京出版後，一時洛陽紙貴。但也有人不贊同，柳淳熙就是一個。柳與達柏大師關係甚好，又都是雲棲禪師的弟子，自幼信佛，他對神父批駁佛教的觀點甚為不滿，而楊大人對神父著作十分贊同，何況還有馮行明親自寫的序言。於是，兩人爭辯激烈，彼此心生芥蒂。」

「我知道了。聽說這個柳淳熙一生下來就睜眼睡覺，整日口念佛號。那位達柏大師曾經給我寫過一封信，約我見面。我當時很忙，回信說，大師有空可來我處一談。大師誤解了我，以為我態度傲慢，回信給我，命我登門去拜訪他——哎呀，這可真是天大的誤會。記得當年在南京，李贄先生七十歲高齡，親自登門來看望我，我很不好意思。但是我能感覺到，李先生的一顆誠心。誰想到，李先生竟……」沙利衛說着，露出淒然神色。李華藻怕他傷感，趕忙岔開話題，又說起與徐光明和楊逸雲聚會的事情，沙利衛這才緩過神來。

臨走時，沙利衛說：「那就有勞李大人安排見面。不過，現在不急，等李大人身體康復再見面也不遲。」

「好，請神父靜待佳音。」

出了李府大門，龐儒問道：「神父這次勸李大人休息，用意為何如此明顯？」

沙利衛說：「我不想看到第二個劉星耀。」

113

在沙利衛的關懷下，李華藻很快恢復了健康。他到禮部報到後，又接受了一項艱巨的任務，就是修正《大統曆》。修曆是一項頗有風險的工作，往往被看作是更改祖制，弄不好會掉腦袋。《大統曆》實施以來，交食不驗，加之欽天監官員不學無術，導致多次預測不準，皇帝十分生氣。當初沙利衛進京時給皇帝的奏疏中曾表達過給大明帝國修曆的願望，但皇上並沒有採納，臣子當中也有人向皇上推薦過沙利衛和龐儒，皇上都沒有明確態度。如今，李華藻上班第二天，就接到皇上命令，要求欽天監準確預測今年日食發生時間，不得有誤。

李華藻負責欽天監工作，接到任務後絲毫不敢怠慢。為了預測準確，他要求分成兩組來測算，然後核對。兩組經過反覆測算，得出不同結果：一組測算的結果是，日食將發生在春天，七分有餘，未正一刻初虧，申初三刻食甚，酉初初刻復圓；另一組測算的結果是，日食將發生在春天，不足六分，未正三刻初虧，申初四刻食甚，酉初三刻復圓。這可把李華藻嚇壞了，兩組測算的時間竟然相差這麼明顯，究竟相信哪一組呢？李華藻感覺到了事情的嚴重性。他第一個想到的就是沙利衛，他認為沙利衛能幫他解決這個問題。他聽說，當年沙利衛在南昌預測日食與欽天監預測的不一樣，而實際情況是與沙利衛預測的結果相吻合，只是沙利衛為了照顧欽天監

的面子，做了一個合理的解釋而已。如今，欽天監又遇到了這一問題，李華藻相信沙利衛能幫他度過此關。他沒有告訴任何人，因為他知道，在欽天監內部，有人不僅不學無術，而且還嫉賢妒能，尤其明確反對洋人參與修曆工作，甚至向皇上陳奏趕走沙利衛，好在皇上沒有聽他們的。

沙利衛了解情況後，決定幫助李華藻渡過難關。他與龐儒、李華藻一起進行了測算。他們用西洋曆法及計算方法，經過幾天的測算，終於得出了結果，與欽天監兩組的結果都不一樣。至此，李華藻才如釋重負。沙利衛說：「李大人，可以向皇帝報告了。」李華藻自信地點點頭。

日食這天，天象按照沙利衛和李華藻測算的結果出現了，絲毫不差。欽天監官員有的歡呼，有的垂頭喪氣，有的心中暗暗發恨。李華藻打心裏高興，因為他圓滿完成了皇上交給的任務，皇上賞賜了他。李華藻隨即向皇上提出，邀請沙利衛和龐儒參與《大統曆》修正工作，並匯報說這次預測之所以準確，是因為有沙利衛神父和龐儒神父的鼎力相助，西洋算法自有其優越之處。奏章遞上數月，不見回音。後來他才知道，有內鬼。

通過此事，李華藻對欽天監內部人性的險惡有了進一步的體察。在這個科學專業人員聚集的地方，照樣充斥着勾心鬥角和爾虞我詐。李華藻對有些人十分反感，他知道了當初有人向皇上陳奏趕走沙利衛的人中，就有欽天監的人。

「嫉賢妒能！」李華藻拍着桌子大聲說。他的一位助手站在旁邊。這位助手非常贊同李華藻的建議，恨不得馬上請沙利衛和龐儒來欽天監擔任官職，即便按照編外人員對待也是可以的。

「目前這個體制有問題，他們就會窩裏鬥。」助手憤憤地說。

助手名叫朱順實，二十六歲，新科進士，剛剛來到禮部做司務。李華藻發現，這個年輕人十分聰明，並不掩飾對朝廷機構臃腫

和人浮於事現狀的不滿，更能夠從體制上來找原因。朱順實看過沙利衛的著作，很是崇拜。他認為，大明王朝需要從頭到尾徹底改一改了。今天，他第一次向李華藻匯報自己讀沙利衛著作的感受，並表示要加入天主教。

「請李大人幫我引薦一下吧，我做夢都夢見與沙利衛神父在一起。」他說。

「我還沒有加入呢——不過你的想法啟發了我，我們一起加入天主教吧。」李華藻若有所思。

「大人恐怕不容易做到？」朱順實說。

「為什麼？」

「我聽說天主教要求一夫一妻，大人有妻妾，恐怕不行。」

「神父沒有說過。我得問問他。」

「如若是呢？」

「那，那我就下決心休掉小妾。」

「您捨得？」

「捨……捨得！」李華藻咬着牙說道，他似乎在與自己較勁。過了一會，他大概想起了什麼，對朱順實說，「你去永安禪寺來青軒安排一下，我準備邀請沙利衛神父、龐儒神父和徐光明、楊逸雲大人到那裏雅聚一次，你也參加。如何？」

「十分榮幸！我能見到沙利衛神父了。我馬上就去安排。」

朱順實走後，李華藻分別給徐光明和楊逸雲寫了信，正式邀請二位與沙利衛見面。他還談了藉助西方科學技術知識來增強大明朝國力的想法，同時表達了加入天主教的願望，並建議三人都能成為天主信徒。

寫完信後，李華藻開始計劃如何解決家中侍妾問題。他還不能確定，加入天主教是否必須一夫一妻，他今晚就去拜訪沙利衛。

吃過晚飯，他走出家門。妻妾二人聽說他晚上外出，有些不放

心，便送出大門，看着他上了轎子。李華藻回頭看了一眼侍妾，心中不禁掠過一絲淒然的感覺。這個侍妾叫紅妹，是他在一次偶然的機會遇到的。在他中舉人的那一年，街坊鄰居來向他祝賀，其中有一對母女也來了，但看那穿戴根本不像來祝賀的。一打聽，原來是從山東逃荒來的。那年山東黃河泛濫，許多人背井離鄉。都說上有天堂下有蘇杭，他們一家四口便隨着逃荒的人流往杭州而來，不想路上一家人走散。她和母親到了杭州，她的父親和哥哥不知流落到何方。母女二人來到杭州仁和。這一天，她們看到大街上有些人提着盒子拎着籃子滿臉喜氣洋洋的，就跟在後面，想討一點吃的，於是尾隨來到了李華藻家門口。李華藻了解到情況後，同情她們母女遭遇，便讓妻子給她們拿吃的。誰知，第二天母女倆又來了。小姑娘當時只有十多歲的樣子，雖然穿得破爛，卻掩不住一身的靈秀，特別是那雙水汪汪的大眼睛，清純得叫人喜歡。她眨着眼睛，可憐兮兮地看着李華藻，說：「大老爺，可憐可憐我們吧，如果有一天我們家庭團聚了，我爹和我哥哥一定會報答您的。」李華藻的妻子是個心地善良的女人，和丈夫一商量，便暫時收留了母女二人。這樣，他娘倆算是有了安身之處。後來，紅妹的母親得病去世，剩下紅妹一人，也就成了李家的一口人。紅妹長大後，越來越懂事，也越發漂亮，深得李華藻和妻子喜愛。夫妻二人本育有一女，希望能再生一個男孩，不料後來總也不見動靜，加上李華藻忙於科舉，後來又忙於公務，家中紅妹和妻子相依為伴，感情越來越深，就像親姊妹一樣。於是妻子向丈夫提出，將紅妹收為侍妾。李華藻起初不同意，但經不起妻子三番五次磨他，自己也想再得一兒子，於是就成了現在這樣。在李華藻的心中，沒有找到紅妹的父親和哥哥，一直是個遺憾……

　　想着想着，轎子到了沙利衛門口。李華藻見過沙利衛和龐儒，三人一起談了很久。等李華藻出來準備返回時，已經是滿天星斗。

114

北京永安禪寺來青軒，迎來了歷史上重要的一天。

永安禪寺始建於唐代，經宋、金、元，屢有重修，數易其名，至明代始定名為永安禪寺。來青軒是寺內一座建築，當今聖上曾到此一遊。那是一個夏天，聖上站立香山高處，昂首眺望，但見青蒼邈遠，空曠無邊；低首俯瞰，目遇蒼松翠柏，鬱鬱青青。於是，聖上興從中來，為身旁剛建成的五楹齋室御筆賜名為「來青軒」。

從那以後，此處便成了達官貴人和文人墨客常來雅聚之地。或約三五好友，登臨送目，縱論天下；或寫詩作畫，一展才華；或淺斟低唱，抒發幽情……尤其喜歡流連於三五之夜，賞明月在天，聽山澗溪水，品茗飲酒；或於月晦之日，仰觀星斗，呼嘯山巔，下榻酣眠。明代詩人區大相寫詩稱讚此景道：

> 層軒翠微裏，宸翰此高題。
> 仰見星辰列，平看雲霧低。
> 路盤陵樹北，山擁帝城西。
> 萬乘來遊地，應無七聖迷。

嚴嵩也喜歡此地，多次到來青軒休憩，他還寫詩道：

> 再到層軒坐，諸峰盡若迎。
> 勁風山木振，初日殿鴉鳴。
> 澄廓邀殊觀，高閒寄遠情。
> 惜無謝客賞，況乃趣王程。

詩人姚希孟作《來青軒詩》：

虛檻雲嵐上，諸峰斷復連。

圍成螺髻頂，散作鬱藍天。

空翠山藏骨，冥蒙樹拂煙。

品題留御藻，青色自年年。

又有詩人李言恭《宿來青軒》詩：

地敞千林月，門開萬壑霞。

花間翻貝葉，樹杪見人家。

路轉溪流折，山迴石磴斜。

半空聊借榻，高臥似浮槎。

最富雅趣的是大詩人李東陽與錢仁夫、錢承德遊此地並寫就
《夜宿香山來青軒》聯句詩：

一軒縹緲閣空青，四顧參差擁翠屏。

涼夜推窗堪待月，前朝掃石記祠星。

雲蒸衣潤龍歸鉢，風裊爐薰鶴聽經。

地隔紅塵三百丈，尋仙何必泛滄溟？

這些詩作刻於來青軒四周牆壁之上，凡到此遊覽之人，皆飽學
之士，他們在雅聚暢敘之餘，賞碑刻，觀佳作，競吟詠，好生消
遣。李華藻選中此地，可謂用心了。

下午四時，李華藻乘轎而至，朱順實已先到此準備多時了。他
陪李華藻巡視一周，但見軒中圓桌一張，其上擺放六套餐具，件件
雅致精美。圓桌四周是六張棗紅大漆座椅，精雕細刻，漆光閃閃。
圓桌中心放一套景德鎮燒製的青花茶具，潔淨典雅，見之忘俗。李

華藻對朱順實的準備工作非常滿意，他點頭稱讚道：「順實工作十分用心。」朱順實說：「大人今天所請皆為貴客，且為國家棟樑，何況還有西洋神父。這將是一次中西名士雅聚，具有歷史意義，下官不敢有絲毫疏忽。」

說話間，下人來報：「楊大人到！」只見楊逸雲健步走來，一見李華藻便拱手行禮，說：「久違啦，李兄一向可好？」李華藻趕緊拉住他的手說：「楊兄別來無恙，教人十分想念，今日見楊兄神貌俊朗，只當是又年輕數歲。」

「李兄真會奚落人！都察院御史着實難當，正如《詩經》所言，終日『戰戰兢兢，如臨深淵，如履薄冰』，不知何時貶謫蠻荒之鄉，哪來的神貌俊朗？」他看了看李華藻，說「倒是李兄氣色和平，心定神安，這是怎樣的神仙境界？可否給愚兄介紹一二，想必是我那小弟妹細心照顧的結果吧！」言罷，兩人哈哈大笑。

「二位仁兄笑聲朗朗，我在來青軒之外就聽得清晰悅耳，簡直勝過那潺潺溪水聲，賽過那鳥語啁啾。」

「徐兄！」

只見徐光明一襲深藍色儒士便服，手握一把摺扇，站在門口。看臉色，紅光滿面，神采奕奕；看眼眸，目光炯炯，分外有神；通體看，五官端正，腰板挺直，玉樹臨風，貌似潘安，光彩照人。

「恭迎徐兄大駕光臨！咀嚼詩書之英華，斟酌文章之醇醲。你這新科進士就是非同一般，是否一日看盡長安花，才有這等照人的光彩？」

「李兄，你這張嘴啊，看得放心，細嚼之後，嚇人膽魄！」

「徐兄有所不知，剛才我到此，比你的遭遇好不了多少。禮部大人，可以改稱『損』部大人了──太損了！」

李華藻笑着說：「楊兄此言差矣，我並沒有損兄，怎麼就站到徐兄一邊去了？這徐兄乃新科進士，我稱讚幾句豈不應該麼？何況

524

我大明朝得此奇才，乃國家之幸，別說區區長安之花，就是舉國名花兄皆可隨意挑選！楊兄，我這話如何？」

「此言甚當！」

徐光明右手將摺扇往左手心一拍，嘆口氣說：「二位仁兄何時變得如此不仁不義？想我徐光明，二十三載科舉路，熬得白髮入春闈。僥倖不在孫山外，爛路何曾不心灰！哪有二位仁兄，而立之年得高中，如今卻來譏笑於我，看來我只好回轉！」說罷，裝作生氣，轉身欲走。

李華藻和楊逸雲趕緊賠罪，徐光明方才轉怒為喜，道：「以後不可再拿此事譏笑我徐某人。」

「不敢！不敢！」

「徐兄恕罪，受小弟一拜！」說罷，三人哈哈大笑，攜手步入園中，觀賞山景，一會又來到嵌着碑刻的牆壁前，欣賞前人詩作。

徐光明說：「今日兄弟聚會，亦當詠詩唱和。怎麼樣，李兄先來一首？」

李華藻說：「徐兄，今日還請了沙利衛神父，稍候片刻，待嘉賓到來，我們共同吟詩不遲。」

「哦，沙利衛神父，我見過的……」話音剛落，只見僕人來報：「神父到！」

於是三人共同走向門口，迎接沙利衛。

只見沙利衛着一身淺灰色儒服，頭戴方巾儒冠，歲月的痕跡已經爬上額頭，但西方人的白色皮膚依然顯得清逸俊朗；飄動的鬍鬚雖已花白，但每根都顯示着老者沉穩儒雅的氣質和滿腹經綸的充實與自信；他平靜得像無波的湖水，似乎任何突變與激盪都無法驚擾他的內心，所有的喧囂和波動都會在他面前被逼迫得沉靜下來。他身後是龐儒，眨着一雙大眼睛，年輕，富有朝氣；靈動，聰慧可愛。

李華藻剛要開口，沙利衛說：「李大人先別介紹，讓我來猜一猜。」他面向徐光明，手向前一伸，說道：「這位是徐大人。我們在南京見過面，在王忠國大人的音樂會上。對不對？」

徐光明一抱拳，說道：「神父真是好記性，過目不忘。」

沙利衛轉向楊逸雲，說：「這位應該是楊大人吧，李大人的同鄉，上有天堂，下有蘇杭。蘇杭山水甲天下，天下人才在蘇杭。」

楊逸雲一抱拳，說道：「晚輩拜讀過神父大作《交友論》和《天主實義》，對神父和天主教神往已久，尤其對神父的大父母之說印象深刻，今日相見，三生有幸。」

沙利衛又轉向朱順實，說道：「這位後生，着實年輕，應該比龐儒神父還年輕吧？」

朱順實向前跨出一大步，彎腰致禮，說道：「晚輩朱順實，二十七歲，在李大人手下聽差。晚輩對神父仰慕已久，今日見到神父，如同見到聖人。」

沙利衛笑了笑：「客氣啦！先生果然年輕。」他轉向龐儒，「以後你們多加來往。」

說罷，六人小轉一圈，參觀了碑刻以及周圍自然環境，然後來至一高處。放眼望去，但見夕陽照射下的北京城披上了一層金光，帝都籠罩在晚霞祥雲之中。徐光明不禁長嘆一聲：「諸位仁兄，可記得古廉先生《北京賦》否？其中寫道：『建不拔之丕址，拓萬雉之金城。引天泉於西皐，環湯池而鏡清。九衢百廛之通達，連甍邃宇之縱橫。顧壯麗其若此，非燕逸而娛情。』古廉先生以天下為己任，各位仁兄皆抱鴻鵠之志，定不負我大明盛世啊。」

沙利衛聽罷，頓覺這位徐大人非同一般。他依稀記得在南京匆匆一晤，那雙閃着堅毅目光的年輕人。但是，沙利衛沒有說話，他想更多地聽他們來說。

在李華藻引領下，沙利衛走在最前面，其次是徐光明，再次是

楊逸雲，然後是龐儒、朱順實，依次走向來青軒中央那張圓桌。

落座以後，李華藻開口了：「神父大人，教堂工程進展如何？」

沙利衛說：「近日有些遲緩，澳門那邊有些事情，費用暫時遇到了困難，估計很快會得到解決。」

李華藻說：「教堂建成將開創北京歷史新紀錄。神父如有困難，請告知我們。大忙幫不上，小忙總可以的。」他停了一下，又說，「對了，我已經派人去開封考察了，過一段時間就能有結果。」然後，他面向徐、楊，說道，「今天，小可在此宴請諸位高朋。神父是我敬仰的學者，我在神父指導下，學習了西方科學技術，應該說才剛剛入門。徐兄和楊兄是我摯友，也想追隨神父，學習西方科學。今日大家相聚，實乃緣分，彼此不必拘謹，各自暢所欲言。晚飯後我們秉燭夜談，夜宿香山，觀皓皓明月，聽潺潺溪水；如有照顧不周，都是我和順實之過。」

一會兒，飯菜上來，各種蔬菜瓜果均產自香山，雖然簡單，但有的菜在城裏並不易見：有香菇燉野雞，有蒜泥拌馬齒莧，有小葱拌豆腐，有木炭烤紅薯，還有六必居醬菜、艾窩窩。最後僕人端上一碗豆汁兒。

李華藻說：「這是北京人最喜歡的『豆汁兒配焦圈』，請神父品嚐。當代名醫李時珍在《本草綱目》中有所記載。」

徐光明說：「據說這豆汁兒是北京人的最愛。不喝豆汁兒，不算到北京。神父在北京居住有四五年了吧，可曾品嚐過？」

沙利衛說：「只是聽說，尚未有口福品嚐。」

「那好，今天咱們都來嚐一嚐，就算是到過北京了。」楊逸雲說。

徐光明話題一轉，問沙利衛：「神父，貴教的核心主張是什麼？請神父不吝賜教。」

沙利衛停下手中的筷子，說：「聖父、聖子、聖靈三位一體。

耶穌基督是救世之主，全能的天主創造萬物，救贖人類。」

徐光明說：「神父，在中國也有這樣的名言，叫作『為天地立心，為生民立命，為往聖繼絕學，為萬世開太平』。這與貴教的核心主張沒有本質區別吧？」

沙利衛心中一驚。他來到中國這些年，還是頭一次聽到這樣的話。他立刻感覺到這幾句話的分量，猶如泰山壓頂，又好似萬丈狂瀾，壓向他的心靈。他感覺到這位徐光明的確非同一般，不僅僅是一位儒士，而且是一位政治家，看來今天遇到了真正的高手。沙利衛慢慢放下手中的筷子，臉上變得異常和藹，問道：「請問徐大人這幾句名言出自何典？」

徐光啟說：「出自宋朝橫渠先生之口。凡吾儒家學子，無不奉為圭臬。橫渠先生繼承孔、孟學說，以天下為己任，推愛心於人間，融宇宙、社會、家庭三位一體，鞠躬盡瘁，死而後已。這一主張若與貴教之科學觀結合，那將大有益於吾中華。儒家與貴教，依我看來，正是東西方兩大文明的顯著標誌，就像這兩根筷子，並行不悖。」說着，他舉起了手中的兩根筷子，在沙利衛面前晃了晃。

李華藻一拍巴掌，看着徐光明，說：「徐大人所言甚是。我有一個想法，請神父與我等聯手翻譯西方科技著作，從我們手中打開一扇窗戶，讓中華大地吹進西方科技之風，也不枉你我大明臣子的一片忠心啊！」

徐光明也拍手道：「甚合吾意！來，我們聯手做一件大事！」說罷，徐光明伸出右手，李華藻也伸出右手，楊逸雲也伸出右手，他們看着沙利衛。沙利衛兩眼放光，滿面通紅，他心中有說不出的高興。只見沙利衛伸出雙手，其他三人也都伸出雙手，八隻大手重疊在一起。看得朱順實和龐儒也拍手叫好，他們共同發出爽朗的笑聲：「哈哈哈哈哈哈⋯⋯」

笑聲迴蕩在空中，驚動了樹上回巢的鳥兒，有幾隻撲稜稜地飛

走了。於是，他們推杯換盞，有說有笑，其樂融融。不知不覺間，夜色籠罩香山，月亮爬上半空。明月斜照，群山寂靜，只有山間小溪流水嘩嘩作響，伴着他們的笑聲……

115

次日，六人下山各自返回。這次聚會令沙利衛非常高興，他是在與大明帝國的幾位脊樑式人物交往，而且他們都有加入天主教的願望，其中李華藻和楊逸雲下決心妥善安頓侍妾，並商定明年復活節時請沙利衛為他們實施洗禮。

下山後的第二天，徐光明揹上一個布包，就去拜訪了沙利衛。一見面，徐光明就說：「我讀過神父的《天主實義》和《二十五言》，也看過神父繪製的世界地圖，內心受到很大震動。我請求神父收下我這個徒弟，我不但要加入天主教，還要向神父學習西方科學技術。」

沙利衛看着眼前這位四十二歲才考中進士的徐光明，感覺到在他身上潛藏着與眾不同的一種精神，但一時說不清究竟是什麼精神。徐光明將自己的科舉之路稱為爛路，說明他對科舉有着切身體會。沙利衛決定與徐光明做些深入交談。想到這裏，沙利衛慢慢說道：「歡迎徐大人加入天主教，明年復活節我給你們四位大人實施洗禮。不過，我很想知道，徐大人加入天主教的動機是什麼？只是為了學習科學技術？」

徐光明說：「也有信仰問題。在中國，四書五經所形成的儒家價值觀一直是中國人的信仰根基，從未動搖。但是，程朱理學之後，發生了變化；心學之後，遂有空疏之感。現在就是要拋棄那些

玄虛的東西，走向實用。我感覺西方文化以及天主教教義與儒家核心思想結合後，可以形成一種新的文化，暫且叫作『和合文化』吧，我這是借用墨子的觀點。『和合文化』倡導『實學』，就是重視科學技術對於強國富民的積極作用。從『心學』走向『實學』，回歸到四書五經的原初意義上來，這既是信仰問題，更關係到大明朝的未來。」

沙利衛說：「徐大人的『和合文化』頗有創意。我能感覺得到，徐大人是有擔當精神的官員。」

徐光明一臉嚴肅地說：「聖賢早就教導過，修身、齊家、治國、平天下，為天地立心，為生民立命，為往聖繼絕學，為萬世開太平。如果不這樣做，我徐某豈不白讀了幾十年的聖賢書。」

沙利衛說：「上次徐大人就說到橫渠先生的名言，可見橫渠先生在徐大人心中的分量。我沒有讀過橫渠先生的著作，煩請徐大人為我借來一讀，不知可否？」

徐光明立刻從布包中取出一部線裝書，說：「我給神父帶來了。這部《張子全書》是我的恩師焦睿焦大人所贈，此版本乃元代吳澄先生點校本，傳世甚少。恩師贈書，實乃欲將傳遞儒學重任寄託於我。神父可先看《正蒙》和《西銘》兩篇，知我中華儒學傳至宋代開啟心學之風，至今浩浩湯湯。張子之書，記《五經》所未記，達古人所未達。天之所以運，地之所以載，日月之所以明，風雲之所以變，江河之所以流，皆可從中尋得答案。直覺告訴我，貴教精神實質與儒學相近，皆救民於水火，濟世於衰微，強佛老百倍。」

沙利衛說：「致敬！致敬！不過據我所知，焦大人可是信仰佛教的。」

徐光明聽後，知道沙利衛神父對自己是有所了解的，因此更不必遮遮掩掩了，於是說道：「是的。焦大人對我有恩德，我銘刻在

心。但這不等於說我與恩師的思想完全相同。恩師對佛教持寬容態度，主張三教合一。我不贊同佛老之說。我關注的是民生，是江山社稷，是我大明的昌盛。儒家學說可以富國強民，佛道則無法做到。貴教既關注現實人生，又呵護平民靈魂，這是我服膺的地方，而這恰恰是儒家文化之不足。如果說儒家思想的本質是君子文化，那麼天主教文化的本質則是平民文化。二者結合，相得益彰。還有一點，就是天主教與科學技術相伴隨，這又是佛老遠不能及的。」

沙利衛點點頭，問道：「剛才徐大人說看過我的《二十五言》，我這本書尚未出版，您怎麼會看到？」

「楊大人從馮行明那裏看到您的寫本，然後轉抄給我看的。聽說馮行明出資刊印《二十五言》，我想給神父的著作寫篇序言，也算是談一談我的閱讀感受，不知神父同意否？」

「當然同意！我很想聽一聽徐大人對《二十五言》的看法。」

「讀神父大作，如沐千里快哉風！神父的《天主實義》出版後，引起讀書人很大反響，贊同者有之，如我與李華藻、楊逸雲、馮行明等人；反對者亦有之，如柳淳熙之人。然《二十五言》刊印出來後，那些反對之聲自然會銷聲匿跡。」

「徐大人為什麼這樣說？」

「作為一種宗教，信與不信都屬正常。神父的《二十五言》則不單是一本天主教著作，而是一本融合中西方文化又暗含天主教義的著作，即便想挑毛病，也不容易。神父著作中每一句話都有益於人心世道。我本是一個習慣懷疑之人，對任何事物都想問一個為什麼，然讀《二十五言》後，內心疑雲一掃而光。此書採擷經書，微言妙義，海涵地負，飫聞至論，必將裨益民心，強我中華。」

「徐大人過獎。薄薄小冊，區區數言，何敢擔此盛譽？我自歐洲而來，涉海八萬里，途中所歷不下百國，皆若行荊棘叢莽中。比及中華，獲瞻仁義禮樂，幸遇昌盛文明，如同撥雲見日，方知東方

文化之先進，並不輸於歐洲。又蒙諸公不棄，博我以文，約我以禮，我方能融會中西，移譯經書以開啟西人之智。中國聖人有言：『德不孤，必有鄰。』我亦服膺此論。另有大儒云：『東海有聖人出焉，此心同也，此理同也；西海有聖人出焉，此心同也，此理同也；南海北海有聖人出焉，此心同也，此理同也；千百世之上有聖人出焉，此心同也，此理同也；千百世之下有聖人出焉，此心同也，此理同也。』正是因為心同，所以我接納了中國文化。如今，徐大人願意接納西方科學技術，我自當竭力助君一臂之力。」

徐光明拊掌說：「好啊！東西方可以相反而不可以相無。神父已臻中西貫通之境界，實在令人欽佩！」

沙利衛頓了一下，說：「不過我想知道，徐大人對於我教靈魂之說是如何看法？」

徐光明的眼睛亮了一下，說道：「這是我最服膺貴教的地方。人死後，是萬古流芳，還是遺臭萬年？此前沒有哪家學說給出令人滿意的回答。然而，貴教靈魂說做到了。」

徐光明站了起來，說：「在中國有一樁千古公案，即如何回答太史公的『千古之問』：為何會有『顏回之夭』和『盜跖之壽』？宋代大學士蘇東坡寫過一篇《三槐堂銘》，開頭就說『天可必乎？賢者不必貴，仁者不必壽。天不可必乎？仁者必有後。二者將安取衷哉？』我這個人平生善疑，長期以來，我冥思苦想生死大事，可惜在儒家學說中找不到明確答案，我又去查找道佛之書，也不能給我透徹的解答。我讀了神父著作後，醍醐灌頂，茅塞頓開。我甚至設想，不妨做一個實驗，在我大明帝國開闢一處特區，分別遵循儒、耶、道、佛四家主張進行治理。給三年時間，看哪一家能夠做到路不拾遺，弊絕風清？看哪一家能夠做到富國強兵，百姓安居樂業？然後評出優劣——我敢斷言：崇信天主者，經數年薰染人人可盡為聖賢君子也，視唐虞三代且遠勝之，而國家千萬年永安無危、長

治久安。」

徐光明一番話，說得沙利衛哈哈大笑，笑得鬍子一個勁地抖動，笑得眼裏流出了淚……笑過之後，他也陷入了沉思：是啊，儒學不是宗教，是治國修身之道。另外三家宗教究竟誰對於治國安邦作用最大呢？靠佛教、道教能治理好國家嗎？相比之下啊，顯然天主教與治國安邦距離最近，能夠裨補儒學之不足。可是，徐光明是否認識到了天主教對於治國的作用呢？

俗話說，酒逢知己千杯少，話不投機半句多。兩人的心靈閘門一旦打開，就匯成了滔滔奔湧的江河。徐光明告訴沙利衛，他想寫一部體現「農政」思想的著作，因為中國是一個農業大國，富國必以農業為本。現在，他又明白了一個道理，強國必以科技為先。在後來的交往過程中，沙利衛主動提出，希望二人合作將他的老師克拉維奧註釋的測量學著作翻譯成中文，徐光明立刻答應了。

沙利衛說，歐幾里得這本數學著作在歐洲影響甚大，僅次於《聖經》，但在當代中國幾乎沒有人了解。克拉維奧是沙利衛讀大學時的老師，沙利衛親切地稱之為「丁先生」。沙利衛接到克拉維奧老師寄來的註釋本後，一直想把此書譯成中文，但找不到合適人選。沙利衛認為，中國人的思維中普遍缺少邏輯推理，而克拉維奧的測量學註釋本是這方面最好的讀物，可以在一定程度上改進中國人的思維方式。

李華藻和楊逸雲回老家處理侍妾事宜去了，徐光明此時任翰林院庶吉士，時間相對比較寬裕。經過幾次交流後，沙利衛覺得徐光明聰慧絕頂，具備學好數學的先天悟性，比戴燮強得多，甚至比李華藻也強，而且徐光明又對數學充滿興趣，是最合適的人選。自此以後，徐光明上午在翰林院上館課，下午就跑到沙利衛住處翻譯測量學。當他給徐光明講述測量學的原理的時候，他發現這位翰林院庶吉士很快就理解了，領會了，而且還能有所發揮。

然而沙利衛還是有所擔心。他對徐光明說：「翻譯此書，難度甚大，徐大人可有信心堅持下去？」徐光明說：「一物不知，儒者之恥，我恨不得早日識得此書。既遇名著，又遇神父，不驕不吝，欲相指授，豈可畏勞玩日，當吾世而失之？嗚呼！吾避難，難自長大；吾迎難，難自消微。必成之！」沙利衛被徐光明感動了，傾心相授，合作十分愉快。

　　像李華藻一樣，徐光明十分刻苦，認真，再加上聰明絕頂，翻譯工作進行得十分順利。徐光明根據沙利衛的講述，創造性地提出了一系列的幾何術語，比如點、線、直線、面、平面、曲面、直角、鈍角、圓心、直徑、四邊形、多邊形、平行線、對角線、外切等，令沙利衛拍手叫好。每次翻譯，二人分工明確，沙利衛口授，徐光明筆錄，反覆推敲，再用中國文字表達出來，力求合乎原書本意；遇到複雜的問題，往往需要反覆多次才能確定下來。徐光明白天上午上館課，下午來翻譯；如果下午臨時有事，就晚上來。有時候二人挑燈夜戰，常常不知東方之既白。在這個過程中，徐光明成了一名天主教徒，並取名「保祿」。另外三人也都加入了天主教。沙利衛收穫頗豐，心中高興不已，立即給視察員孟安仁寫信，報告此事。

116

　　經過近三年的合作，克拉維奧註釋本測量學著作的前六卷順利翻譯完畢。

　　徐光明輕輕撫摩着厚厚的書稿，不禁感慨起來。書中的每一個字，每一張圖，都包含着他的心血。他覺得，學者做任何學術研

究，都要講究一個邏輯推理，而中國古代學術缺少形式邏輯。這部書讓他獲益匪淺。近三年來，他的心越來越寧靜，正是祛其浮氣，練其精心。他想，如果中國的學者都能精研此書，人人心思會變得更加細密、縝密；如果朝廷的官員都能讀一讀此書，那麼為官的風氣將為之大變，求實求用、利國利民的風氣就會形成。如果科舉考試能作為考查的科目，那麼莘莘學子的智慧將有明顯提升。

徐光明知道，這部書並不止於六卷，還有九卷。他意猶未盡，他想一口氣將後九卷全部翻譯出來。他對沙利衛說：「神父，我對此書興致正濃，我想趁熱打鐵，和神父繼續合作，把它全部翻譯出來。如何？」

「這……怕是不妥。」

「有何不妥？」

沙利衛吞吞吐吐地說：「在歐洲，前六卷……都是獨自成書的。我看就到此為止吧。」

徐光明堅持說：「未成全璧，豈不遺憾？」

沙利衛也很堅持，說道：「此書不易讀懂，先把前六卷刊印出來，看看效果如何。如果效果不錯，再慢慢翻譯後面各卷不遲。徐大人，您說呢？」

徐光明只好說：「神父言之有理。如果此書的實用價值真能夠體現出來，相信會有後繼者來完成。不一定非在我的手中完成它不可。」說罷，徐光明流露出既無奈又遺憾的神色。沙利衛則低着頭，沒有正面看徐光明。此時的沙利衛內心很複雜，但他不能說出來。

萬曆三十五年，也就是公元 1607 年，三易其稿的測量學著作前六卷中文本在北京刻印出版——它出自中西方兩位著名學者之手。

「給這本書起個什麼書名呢？」沙利衛問道。

「一定要起一個中國的名字。」徐光明說。

「是的。給中國人看，應當起一個中國名字。還是徐大人來起書名吧。」沙利衛說。

徐光明想了想，說道：「我看就用『幾何』二字。」

「幾何？莫非就是曹操詩裏說的『對酒當歌，人生幾何』的『幾何』嗎？」

「是那兩個字不錯，但不是人生能活多久的意思。」徐光明停了停，繼續說道，「在中國，有一部著名的數學著作《九章算術》，神父可曾知道？」

「聽說過，可惜沒有讀過。」

「那是從西漢流傳下來的一部數學著作。這部書裏用得最多的一個詞是就是『幾何』，意思是計算結果是多少。那部書中專門有『勾股』一卷，正與這部書的內容相關。神父以為如何？」

「甚妙！」

徐光明說：「這本書是從神父的老師克拉維奧註釋原本翻譯過來的，就叫『幾何原本』吧。」

沙利衛說：「正合我意。」於是，這書就正式命名為《幾何原本》。

《幾何原本》原是建立在土地測量基礎之上而誕生的一門學問，可以翻譯成「土地測量學」。徐光明憑着他淵博深厚的中國文化修養，提議將中國古已有之的「幾何」一詞用作書名，令沙利衛十分讚許，他認為這個書名最好，不可替換。

《幾何原本》原書是用拉丁文寫成的，很多術語單靠沙利衛一人根本無法翻譯完成，必須有一位精通中國文化的學者合作方能實現，徐光明無疑就是最合適的人選。徐光明對儒學、農學、軍事、水利、天文等實學科目均做過深入研究，想一改心學造成的空疏學風，轉變為重實用的富國強兵之術，而他和沙利衛交流的學術內

容，正是他所需要的實學。

徐光明有一個龐大的計劃，他想把沙利衛所擁有的科學技術知識全部學到手中，真正成為扭轉大明乾坤的實幹家，帶動廣大士林走向重科學技術之路。他預測未來，中國早晚有一天需要憑藉科學技術屹立於世界，而不是空疏乏用的那些玄虛東西。他甚至認為，改變科舉考試的內容是關鍵一步。他覺得，方今造就人才，務求實用，而今之時文，直是無用。沙利衛曾向他介紹說，西方大學教育內容中有「七藝」，其中，學好天文、算術、幾何、邏輯等科目，可以拿到博士學位，這讓他很驚訝。於是他考察了中國隋唐至明朝以來的科舉考試科目，發現考試科目越來越窄。在唐代，學校教育有天文、算學和醫學等實科內容，科舉考試內容也極為豐富，不僅有明算科，還設置了算學館這樣的機構。到了明代，只剩下八股時文了。算數之學廢於近世數百年了，這是中國科學停滯不前的重要原因。他準備上書朝廷，改變目前科舉取士重文輕實的格局，要文實並重，大力培養實科人才。他認為，抵禦外敵入侵，必須靠先進的兵器，而西方的火炮應該適時引進。

相處之日久，互相了解也就日益加深。沙利衛逐步了解到，徐光明是一位以儒學為信仰之本，學識廣博且有擔當精神的中國官員。尤為可貴的是，他重視科學技術，超越了許多同僚。他向徐光明宣傳天主教義，希望他樹立堅定的天主信仰，這就必然涉及到處理儒學與天主教義的關係問題。徐光明確實聰明，提出「以耶補儒」的想法。他向沙利衛明確表示，儒家思想是中華文化的根基，不可撼動。但這不等於說儒家文化沒有弱點和空白。天主教義中許多內容恰恰可以彌補儒家思想的短板，二者結合將會形成更加先進的新文化，即「和合文化」。中國要想強大起來，必須有新文化引領。這種新文化既具有中國特色，也具有世界意義。

沙利衛對此十分贊同，認為這符合他的傳教理念。他來中國傳

教多年，除了和戴燮如此深入地討論過天主教與儒家文化的關係，還不曾與其他人有過深入交流。徐光明是一個比戴燮還淵博深刻的儒士，他的洞察力和前瞻性絕非一般士人可比。他不僅是儒士，還是朝廷官員，將來必定繼續高升。這樣的身份更能促進兩種文化的結合與發展，尤其是促進天主教在中國的傳播。但是，沙利衛還不能斷定徐光明已經認識到中國文化不足，他想知道徐光明此時的想法。

沙利衛問徐光明：「徐大人對《幾何原本》體會最深的一點是什麼？」

徐光明說：「思維的精細和系統，步步推理，精研縝密，滴水不漏。」

沙利衛說：「在中國，哪一門學問可與之相比？」

徐光明想了想，說：「沒有。不過，在《墨子》一書中可以看到類似的內容，另外，在春秋戰國名家學派著作中也能看到一點。但遠沒有《幾何原本》如此嚴密的推理體系。」

沙利衛又問道：「在西方，人們把這種嚴密的推理體系叫做形式邏輯。在中國沒有，中國的確缺乏這樣的形式邏輯之學。中國的學術更多的是綜合，缺少分析。」

「綜合不好嗎？」

「當然好，但是——」沙利衛不說了。

「神父但說無妨，我能接受。」徐光明迫切想知道中國學術的弱點。

「綜合雖然好，但是不精細，導致思維方式機械僵化，進而影響科學技術的進步。」

徐光明一聽，有些驚訝，他問道：「西方科學技術的進步是靠着形式邏輯實現的嗎？」

沙利衛說：「這是一個很複雜的問題。在中國西周時期就提出

了商高定理，幾乎是同時，在西方畢達哥拉斯開創了演繹形式邏輯，形成了學派，推動了數學的發展。這個學派認為，萬物皆數，數就是世界。世界是上帝創造的，數也是上帝創造的，學習數學可以提升人類的靈魂，與上帝融為一體。」

徐光明問道：「這就是神父精通數學的原因嗎？宗教與科學原來是不分家的，是這樣嗎？」

沙利衛點點頭，接着說道：「當然，在西方也發生過數學危機。《幾何原本》就是第一次數學危機的結果。」

「這話是什麼意思？」徐光明有些不解。

「畢達哥拉斯提出了數的概念。他說的數就是整數和分數，除此之外沒有其他的數。後來，一個叫希伯斯的門徒發現，當一個正方形的邊長是「1」的時候，它的對角線是多少呢？希伯斯經過反覆推算，發現在整數和分數之外還存在一種新的數，並給他起了一個名字叫『無理數』。這下可闖了大禍，希伯斯顛覆了畢達哥拉斯的數學體系，引起了人們極大的恐慌。畢達哥拉斯的信徒們為了將希伯斯的發現隱藏起來，就把希伯斯投入大海淹死了。」

「有這樣的事？！」徐光明瞪大眼睛，張開大口，驚訝不已。停了一會，他又問道：「後來呢？」

沙利衛說：「真理是擋不住的，人們最終接受了希伯斯的發現。正因為有了無理數，進一步打開了人們的思維方式。當有人因為無法測量金字塔高度的時候，歐幾里得笑着說，當身影與身高一樣長的時候，去量一量金字塔的影子，不就知道金字塔的高度了嗎？這就是推理。掌握了這種思維方式，就可以解決許多實際問題，就可以促進科學技術的發展。」

徐光明茅塞頓開，心中豁然開朗。他興奮地說：「我一直困惑於如何為《幾何原本》作序呢，神父一席話點醒我這個夢中人。我知道該如何寫了。」

後來，徐光明在《幾何原本雜議》中寫道：「幾何之學，深有益於致知。」他對此書的嚴密邏輯性由衷稱讚道：「此書有四不必：不必疑，不必揣，不必試，不必改。有四不可得：欲脫之不可得，欲駁之不可得，欲減之不可得，欲前後更置之不可得。有三至、三能：似至晦，實至明，故能以其明，明他物之至晦；似至繁，實至簡，故能以其簡，簡他物之至繁；似至難，實至易，故能以其易，易他物之至難。」他又寫道：「能通幾何之學，縝密甚矣，故率天下之人而歸於實用者，是或其所由之道也。」此書印出來的那一天，他雙手掬捧，內心無限感慨，數年心血終成正果，眼中的淚水不禁滴到了書的封面上。他趕忙用袖子將淚水擦掉。這部書，就如同他的孩子一樣。然而他又有遺憾，畢竟未成完璧，且待將來再尋機會。他在《幾何原本》跋語中寫道：「續成大業，未知何日？未知何人？書以俟焉！」

徐光明剛寫完序言，突然接到老家來信，說他老父親去世。按照規定，徐光明須回家丁憂三年。於是，他戀戀不捨地告別了沙利衛。臨別時，他遞給沙利衛一包東西，說：「神父，我回家奔喪，需三年後才能回轉。這是我資助神父修建教堂的一點錢，請笑納。」沙利衛說：「這怎麼能行？徐大人奔喪，正需要錢，我不能收！」徐光明說：「神父放心，我還有錢。家父去年就入了天主教，這次回去為家父辦理喪事，我將按照天主教的儀式進行。還有，將來有一天，我請神父到上海傳教，讓那裏的百姓沐浴在天主之光中。我還要請神父為我的兒子施洗呢。」沙利衛有些感動，說：「我……我……」他忍了忍，沒有說出來。

望着徐光明遠去的背影，沙利衛心中默默念叨：「請徐大人原諒我，不是我不想把《幾何原本》翻譯下去……而是……」他倆都沒有想到的是，這一別竟成了他們的永訣。

讓沙利衛感到高興的是，他的新著《二十五言》在馮行明資助

下出版了，馮行明和徐光明都寫了序言。此書一出，果如徐光明所言，讀者交口稱讚，原來那些誤解沙利衛的人改變了對他的看法。

不過沙利衛也有犯愁的事，就是教堂建設工程進度很慢，中途不得不停了下來，主要原因是經費不足。雖然有徐光明和李華藻、楊逸雲、馮行明等人各自捐贈了一部分資金，暫時緩解了困難，但畢竟是杯水車薪，過了一段時間，教堂又停工了。沙利衛十分焦急地等待澳門資金的到來。

這天晚上，沙利衛和龐儒剛剛睡下，一陣急促的敲門聲把他們叫醒。開門一看，是麥孝靜神父，還有一個中國人，不認識。

「神父，可找到您了！」麥孝靜一見到沙利衛就哭了。

「麥孝敬神父！你怎麼來了——視察員出事了？」

「視察員去世了！」

「啊！」沙利衛一聽，如五雷轟頂，頭一下子就懵了，頓時暈倒在地。龐儒和麥孝靜趕緊把他攙扶起來，讓他臥床休息。過了一會兒，沙利衛慢慢甦醒過來，他問麥孝靜：「視察員什麼時候去世的？」

「兩個月前。」

「視察員有什麼話留下嗎？」

麥孝靜掏出隨身携帶的一封信，遞給沙利衛。沙利衛雙手顫抖，打開信件，慢慢讀了起來。

親愛的沙利衛神父：

　　你讀到這封信的時候，我大概已經升入天堂。我的身體不允許我再給你寫信了。前幾天，羅馬傳來噩耗，柏拉瓦總會長去世了！我們失去了領袖的呵護！我的心空了，無法堅持下去了。但是，你是希望所在，中國的傳教事業就留給你去做了。你一定要堅持！我推薦你到澳門來接替我。不過，你要做好充

分的思想準備，在羅馬有人極力反對你向中國介紹科學技術。

你上次來信說，儒學的力量足夠強大。我讀了你翻譯的四書，認同你的觀點。中國人絕不可能讓儒學成為神學的婢女，因此神學如何與儒學共處就成了你進入中國後必須面對的重大問題。

你設想使神學逐漸發展成為一門具有儒學意義上的學說，同時藉助科學的力量徹底打開中國的大門，從而讓天主的光芒全面照射進這片神奇的土地。這是一個偉大的設想！儒學既不是宗教，也不是科學，卻能發揮宗教的功能，這是儒學的神奇之處。你說科學是中國的短板，是天主教發展的空間；沒有科學的進入，天主教就寸步難行。你的實踐證明，將三者有機融為一體是傳教的不二法門。

你說中國有徐光明這樣的傑出人才，是大明朝的棟樑。這使我想起一個現象，阿拉伯學者早於歐洲學者接觸希臘理性科學，但為什麼希臘科學沒有在伊斯蘭文化中生根開花，反而在歐洲大行其道呢？因為阿拉伯學者自認為《古蘭經》具有很高的科學含量，因而拒絕接受希臘理性科學。徐光明則不同，他們認識到儒學並非科學，並且認識到了儒學的短板，然後便像飢餓的人撲在食物上一樣迅速接受了西方科學。這體現了儒學海納百川的博大胸懷，超越了佛老之學。儒學的文化吸納包容精神決定了它與科學的結合是必然的，能與科學形成共生關係。可以預見，儒學與科學的結合將使中國變得異常強大 —— 不過，這也正是很多許多歐洲人所擔心的。但從目前情況看，中國人的科學意識還遠沒有覺醒，他們還在沉睡之中。在這種情況下，傳教工作要盡量避免天主教義與儒學發生直接對抗，否則就只有失敗。至於對科學的介紹，你注意把握好分寸。

你發展徐光明加入聖教，這是你傳教事業取得的巨大成就！你的見解是多麼深刻！你的行為是多麼正確！我相信即便阿奎那再世，也會贊同你的。在羅馬沒有人具有你這樣深邃的思想，很多人的眼睛被烏雲遮住了，他們只看到所謂純正的教義，不懂得與中國實際相結合的道理。你要警惕，要有充分的思想準備，可能要變天！

你上次來信說艾田的事，我也向羅馬總部作了匯報。這是重大的發現！猶太人在中國遵循了祭祖和敬孔的文化傳統，卻並不影響他們信奉上帝。這是多麼有力的證據呀！你要把這件事告訴龍季厚和其他會士。

北京教堂進展如何？我讓麥孝靜神父帶去一筆資金，解你燃眉之急。這可能是我寫給你的最後一封信。為我祈禱吧！

你忠實的僕人　孟安仁

1607 年 9 月 17 日

沙利衛讀完，接過麥孝靜遞過來一個沉重包裹。他雙手顫抖，雙膝跪地，仰頭向天，抽泣道，哽咽着，他說：「總會長……老師……你們走了……我們……怎……怎麼辦呀？！」說罷，又暈了過去。

「神父！」

大家急切地呼喚着他的名字。又過了一會，沙利衛醒來，他覺得自己不該這樣悲傷，何況在兩個年輕的神父面前，應該表現出堅強的一面。他坐了起來，用手劃着十字，默念着：「柏拉瓦總會長安息！視察員安息！」龐儒和麥孝靜也劃十字。

沙利衛突然感到自己擔子的沉重。他從沒想過要去澳門接替視察員的職務，那得聽羅馬耶穌會總會的決定。柏拉瓦去世後，總會

能發生怎樣的變化？羅馬教廷又能發生怎樣的變化？他無法預測。孟安仁的信中告訴他，「可能要變天」，須做好充分的思想準備。沙利衛不想去澳門，他願意留在北京。不過，他要對中國教區幾個傳教點做出調整，確保傳教事業不受影響。他認為，有必要召開一個會議，把自己的想法傳達到各傳教點的神父們。現在麥孝靜在北京，正是機會。於是，他對麥孝靜說：「麥孝靜神父，你在北京休息兩天，然後去南京、南昌、韶州和肇慶，通知各傳教點上的神父和修士，今年年底在南京召開中國教區耶穌會會士大會，討論幾個重大問題。」

龐儒說：「神父，這恐怕不現實。一是您的身體不允許長途奔波，二是北京教堂離不開您，三是麥孝靜神父來回奔波，太辛苦，路途也不安全。我建議，您以中國教區總負責人的身份寫一封信，表明態度，並通過民信局傳達到各傳教點。請神父考慮。」

沙利衛看看龐儒，又看看麥孝靜。

麥孝靜點點頭，說：「龐儒神父說的有道理，您不能長途奔波，您是快七十歲的人了。您不能再……」麥孝靜說不下去了。

沙利衛覺得他倆說的有道理。近來他已經感覺自己步入老年，常有疲勞感。在這個關鍵時刻，自己不能再出問題。他點點頭，說：「好吧。我寫一封信，你們幫我抄寫幾份，然後請民信局遞出。」他看看麥孝靜，又看看那位不認識的中國人，問道：「這位先生是——」

麥孝靜說：「這是鍾文輝修士，出生在澳門，已經加入天主教多年，還是位畫家。這次來北京，是孟安仁視察員早就安排好的，這次帶來的資金就是他捐贈的。」

沙利衛握着鍾文輝的手說：「謝謝可敬的鍾文輝修士！」

鍾文輝說：「我敬仰神父多年，今天終於見到了。我願意從此追隨神父身邊，隨時聽候調遣。」沙利衛聽了，更加感動，一下子

抱住了鍾文輝。

第三天，沙利衛送走了麥孝靜，囑咐他路上一定要小心。從此，沙利衛徹底擔負起了耶穌會在中國教區的全部任務。他在給各傳教點的信中通報了總會長和視察員去世的噩耗，鼓勵大家堅強地工作下去。他把各個傳教點的工作重新做了部署，要求繼續沿着總會長和視察員的既定方針走下去。然後，他全身心撲在教堂建築工程上，因為有了資金，進度也就快多了。

隨着《天主實義》和《二十五言》等著作的問世，沙利衛在北京的影響越來越大，前來拜訪他的人越來越多。有朝廷官員，有普通百姓，也有異教徒。沙利衛都熱情接待，盡可能滿足他們的要求。沙利衛整天忙得團團轉，一個七十歲的老人實在吃不消，後來，他不得不再次讓龐儒負責教堂建築工程，鍾文輝協助他接待來訪人員。

這天，楊逸雲來訪問沙利衛，還帶了一包禮物。楊逸雲見沙利衛身旁多了一個陌生人，有些奇怪，一了解，才知道鍾文輝是中國人，便笑着說：「天主的力量真大，竟然把中國人變成了傳教的神父。我也希望將來有一天也能成為神父。」

「歡迎啊！那麼楊大人的都察院御史之職可以給我嘍，那可是三品大員哪。」沙利衛開玩笑地說。

楊逸雲則一本正經地說：「只要皇上恩准，我立刻與神父互換。」他頓了頓，又說，「算了，書歸正傳。今天我要給神父說的事正好相反，我原來的同鄉也是同年舉人柳淳熙柳大人最近與我分道揚鑣了。」

「噢，為什麼？」

「宗教信仰不同。我已經加入天主教，問他是否也願意加入。他立刻把我臭罵一頓，說我背叛祖宗，十惡不赦。我問他，祖宗是誰？他說是釋迦牟尼。我說，我們的祖宗是周、孔，怎麼成了釋迦

牟尼呢？我也曾信過一段佛教，那是宗教信仰，與敬奉的老祖宗不是一回事。就這樣，我們現在已經形同路人啦。」

「楊大人後悔嗎？」

「後悔？我又不是三歲小孩。我堅信天主教，不會改變。他信他的佛教，我信我的天主，井水不犯河水。」

沙利衛說：「信仰必然會影響到交友。」

楊逸雲說：「李踔先生不也信佛教嗎？為何能與神父相交甚深呢？」

沙利衛說：「像李先生那種胸懷的人，全中國也找不出幾個來。」

「這話對，李先生容天涵地，可是那位柳大人……算了，不說他了，晦氣。有一件事請神父注意，沈先潍來北京任職了。」

「沈先潍？我不認識，也沒聽說過。」

「不會吧。在南京，神父沒有聽王忠國大人說起過此人？」

「沒有。」

「王大人真是一個好人。他是怕給神父增加心理負擔，或者還幻想着這位沈大人能回心轉意。」

「噢？我不明白這其中的奧妙——這位沈大人與我有什麼關係？」

「他和我，還有馮行明，都是同年進士。不同的是，他極力反對神父在中國傳播天主教。」

沙利衛笑了，說：「這很正常嘛。就像我反對佛教一樣，沒有什麼奇怪的。」

楊逸雲看着沙利衛，轉了話題，問道：「神父，我看你的臉色不太好，是不是最近身體不適？」

於是鍾文輝就把視察員和總會長去世的事情講了，並說這對神父打擊很大，當時就暈過去了。楊逸雲聽後，囑咐沙利衛要注意休

息，還說自己可能要外出一段時間，這次給神父帶來一點營養品，正好補補身子，說完轉身走了。

沙利衛看着楊逸雲遠去的背影，有些發呆。鍾文輝問道：「神父，神父，您怎麼了？」沙利衛猛地回過神來，說：「沒……沒什麼。」

這一天，沙利衛接待了十幾位來訪者，說話多，咽喉疼痛。到了晚上，他已經累得渾身乏力了。鍾文輝端來一盆熱水，讓他燙燙腳解解乏，然後就休息了。

117

李華藻聽說沙利衛身體不好，便來看他。沙利衛見到李華藻，非常高興，問他最近在忙些什麼，有沒有新的研究內容。李華藻沒有回答，反問道：「聽說神父身體有些不適，特別掛念，不知現在可好些？」

「不礙事，就是有點累。」

「神父最近太忙了，透支身體，這可是中醫所忌諱的。這樣，我給神父請一位中醫來看看。」

「不不，不用麻煩了，我自會調養。」沙利衛說着，拿出自己的書稿遞給李華藻，笑着說：「書稿寫完了，書名《畸人十篇》。請李大人賜序。」

李華藻接過書稿，感覺沉甸甸的。他內心頓時生出無限欽敬之情！一個西方人，為了信仰，浮槎八萬里來到東方，來到中國，歷經沉沙狂颶，冒險啖人之國，不知生死幾番，卻能夠生存下來，並孜孜求友，酬應頗繁，一介不取，又不致乏絕窮途，一般人會以為

他是異人也。再看他年近古稀，一生不婚不宦，寡言飭行，整日潛心修德，忠心於上帝，在某些人看來，以為他是獨行人也。近十年來，神父所習益深，所稱妄言、妄行、妄念之戒，消融都淨；而所修和天、和人、和己之德，品行學術純粹益精，一心救人善世；與他交往，語無極端，不知者莫測其倪，而知者相悅以解；商議諸事，往往如其言則當，不如其言則悔，神父真真為至人也……如今再讀其書，其意義至大無邊，迷者醒，貪者廉，傲者謙，妒者仁，悍者悌，真乃救心之藥也！想到此，李華藻萬分激動地對神父說：「神父傳福音，著文章，令我等景仰，神父——聖人也！」

「過獎了。我來中國數十年，承蒙中華文化薰陶，幾成半個中國人。我身體上流淌着父母血液，精神思想中吹進了孔孟之風——我，我算得上一個中西合璧之人啦！」

「神父不僅傳教，還把西方科學技術介紹到中國，開闊了中國人的視野，在促成中國由心學向實學的轉向上，有力地推了一把呀！」

沙利衛聽後嘆一口氣，說：「慚愧呀！我所做的十分有限，而且還……」

「神父似有隱憂，可否說出來與我分擔一二？」

「有人反對向我你們介紹西方科學技術，只准許傳播天主教義。」

「這？！」李華藻驚呆了，他第一次聽神父說出這樣的話。他接着問道，「是誰在反對？上次去開封考察猶太人後裔的人帶回的證據還不能說明問題嗎？」

「能證明，但問題很複雜。耶穌會總會長去世了，我們設在澳門的視察員也去世了。上層傳教策略可能會發生變化……唉，西方的事情也很複雜，我就簡單說一說。」接着，沙利衛向李華藻講了耶穌會和羅馬教廷的一些情況，介紹了其他各修會與耶穌會的關

係，並講述了西方對外擴張的歷史背景。李華藻聽得很認真，原來天主教比佛教還要複雜！他問沙利衛：「葡萄牙為什麼沒用武力佔領中國？」

「沒有足夠的力量。」

「西方人害怕中國掌握了科學技術會更加強大，是不是？」

「是。」

「那神父是怎麼想的？」

「中國歷史上曾經很強大，萬國來朝。但是現在落後了。從科學技術來看，中國明顯落後於歐洲。如果不強大起來，萬一西方槍炮打進來，中國將如何抵擋？」

「神父真的希望中國強大起來嗎？」

「我由衷希望中國強大。儒家文化是世界先進文化，更是和平文化。中國是世界和平的希望。但是，如果沒有科學技術做後盾，和平是保不住的。西方的大炮威力巨大，中國沒有。近年來，西方已經研究出望遠鏡，還有很多新的發明創造，中國對此幾乎一無所知。你們的皇……黃河、泰山十分壯觀。」

「黃河？泰山？」李華藻有些糊塗了。

沙利衛話題一轉，問道：「李大人，我一直有個疑慮，不知該不該問？」

「神父跟我就別客氣了，沒有什麼該不該問，只管問就是了。」

「李大人為了加入天主教與侍妾分開，您後悔嗎？」

「是這個問題呀，不後悔。加入天主教，是我人生重大選擇，選得對，不後悔。記得神父給我講過這樣的話，將來的文明社會應該是一夫一妻制。」

「李大人是如何安頓侍妾的？她能接受嗎？」

「剛開始她不能接受，後來……多虧朱順實幫我了大忙。」

「朱順實？」

「他們是親兄妹。」

「是這樣！」沙利衞驚訝了。

於是，李華藻給沙利衞講述了這對兄妹從失散到相聚的傳奇故事。

原來，朱順實就是十多年前與妹妹失散的親哥哥。當年，他們一家四口從山東逃難去南方，半路走散，紅妹跟隨母親，寄居於李華藻家。朱順實跟隨父親，漂泊到了安徽黃山。黃山名滿天下，遊人絡繹不絕，但是山路險峻，攀登十分困難，經常發生傷亡事故。就在這時，來自五台山的醉山法師雲遊天下，登臨黃山，立刻被黃山的奇景異色所震撼，他決心扎根黃山，修寺建院，弘揚佛法，吸引天下遊人。朱順實父子被醉山法師編入建設大軍之中，管吃管住，還有一點收入。這樣，父子二人暫時安頓下來。醉山法師學問淵博，喜歡教孩子讀書。他看到朱順實長得聰明伶俐，就常教他識文斷字，漸漸的朱順實也能讀書了。後來，朱順實的父親上山攀巖採石，不幸墜崖重傷，不治身亡。醉山法師感覺愧對朱順實，便對他悉心教誨。順實漸漸長大，提出要尋找母親和妹妹。醉山勸他，出山尋親，渺然無邊，充滿兇險，還是讀書為要，將來學成走科舉之路，如此方可告慰父親在天之靈。順實聽話，刻苦攻讀，秀才，舉人，一路順利。後來，醉山法師出資讓順實赴京趕考，順實高中進士。文殊院千名僧人都向朱順實表示祝賀，醉山法師高興得破例同意飲酒。他讓人買來一桶老酒，取山泉水勾兌，既喝不醉，又過了酒癮。從那以後，那眼山泉就被命名為進士泉，成為一時美談。

「朱順實是怎麼與妹妹相認的呢？」沙利衞問道。

「朱順實知道我有侍妾，就問我加入天主教如何安排侍妾。我就把紅妹的身世經歷給他講了一遍，誰知他一聽『紅妹』二字，就敏感起來，問我紅妹的年齡、長相，都對得起來。十四年前他們一家走散時，紅妹九歲，順實十二歲，都記事兒了。後來，我請順實

來我家中，兄妹一見面就抱頭大哭……」

「後來呢？」

「後來，順實幫我勸說紅妹，說妹妹如果願意改嫁，就幫他張羅人家，不願意改嫁就和他住在一起。現在，他們一家三口住在一起，紅妹與她嫂嫂相處甚好，我也就放心了。」

「原來是這樣一段傳奇故事！」

「人生多偶然，命運難自知。」

「紅妹年輕，將來還是嫁人好些。」

「我也這樣想，但此事需從長計議。」李華藻說完，起身要走。沙利衛說等一等，轉身取來一個三稜鏡，送給李華藻，說：「李大人，這件禮物將來可以作為紅妹的陪嫁品，你先收下吧。」

李華藻接過三稜鏡，他深知此物非同一般，這其中包含了沙利衛難以表達的感情。他說聲「謝謝」，帶上三稜鏡轉身走了。沙利衛看着李華藻的背影，又發起呆來。

「神父，您的來信。」鍾文輝說道。

沙利衛緩過神來，接過信件，拆開，剛讀了幾句，就暈倒了，信掉在地上。鍾文輝趕緊把他扶到床上，躺好，只聽沙利衛嘴裏不斷喊着：「父親，父親……」

鍾文輝從地上撿起信件，看了一遍，是沙利衛弟弟寫的。他在信中告訴哥哥，父親去世了！

沙利衛終於醒過來了。他慢慢睜開眼睛，看到眼前站着李華藻、龐儒和鍾文輝，還有一位醫生，是李華藻專門請來的太醫。他

們都神色凝重。看到沙利衛醒來後，他們立刻深深鬆了一口氣。

「神父，神父，您可醒過來了！您昏迷了大半天。」龐儒說。

沙利衛看到身邊多了一位陌生人，便問：「這是……」

龐儒說：「是李大人給您請的太醫。」

沙利衛有氣無力地說：「這怎麼使得……」

「李大人專門向皇帝請示，皇帝恩准的。」龐儒說。

「謝謝李大人。」沙利衛又對太醫說，「太醫大人，我這病情如何？我還能活……活多久？」

太醫說：「神父勞累過度致病，身體極度虛弱，須靜養，不可再做任何事情。」太醫對鍾文輝和龐儒說，「我開了幾副藥，須按時服用，慢慢調養。切記，千萬不可再勞累。」說完，便往外走。鍾文輝趕緊取出十兩銀子遞給太醫。太醫不收，說這是奉皇上之命，不敢收費。

那幾天，李華藻辦完公事就來看望沙利衛，還親自為沙利衛煎熬湯藥，親自服侍沙利衛吃下去。沙利衛看着李華藻煎藥的背影，眼中流下了淚水。李華藻端着藥碗，來到沙利衛床邊，用嘴吹一吹熱氣，然後一勺一勺餵着沙利衛喝下去，還問道：「神父，感覺好些嗎？」

「好些了。」

李華藻看見神父流淚，趕緊掏出自己的手帕給他拭淚，說：「令尊大人九十三歲高壽，神父不必傷感。您現在的身體不能太過悲傷。」

「我不是為我父親悲傷。他進入天堂，是幸福的。我是為我……這些年未能在父母跟前盡孝而悲傷。」

「天主教的教義上也提倡兒女在父母跟前盡孝嗎？」李華藻說。

「中國文化重視孝道，用『子欲養而親不待』來教育人們——你看，這些年我來讀孔孟之書，耳濡目染，潛移默化了。」沙利衛

說着，笑了。

李華藻也笑了：「神父是中西結合的第一人。」

沙利衛笑着說：「我回到歐洲，恐怕要成為異類了。」

「神父想回歐洲嗎？」

「說不想是假的。但我不願意回去，我要永遠留在中國，死後就葬在中國。」沙利衛突然提高聲音，說道，「李大人，我求您一件事，行嗎？」

「神父別客氣，儘管說。」

「我死後，不穿黑色衣袍，就穿儒服，葬在北京。如果有人不同意，您去奏請皇帝恩准。行不行？」

「神父別說這麼講，太醫說了，只要靜養一段，自然會好。」

「李大人，我是神父，一輩子研究神學，傳播天主教義，我不怕死。死是另一種生。我只請求李大人能答應我。」

李華藻鼻子一酸，兩行熱淚流了下來。他一扭頭，含淚回答道：「我，我答應您……」沙利衛又睡去了。李華藻悄悄退了出來。

晚上，龐儒和鍾文輝坐在沙利衛床前。沙利衛睜開眼，有氣無力地說：「我要寫……寫信給龍……龍季厚神父。」龐儒說：「神父，您說，我來寫。」

「不。我能行。」

龐儒只好遞上紙筆。沙利衛在中國幾十年了，已經學會了用毛筆寫字，但如今他躺在床上，只能用鵝毛筆寫了。這支鵝毛筆是黃民送給他的。他自己從歐洲帶來的鵝毛筆在十八灘和安居仁神父一起掉入江中了。沙利衛覺得，歐洲人發明的寫字工具比起中國人發明的毛筆顯然是落後的，中國文化集中體現在筆墨紙硯上。他剛到肇慶時就從戴燮先生那裏知道了硯台，知道了文房四寶。不過鵝毛筆帶着西方文明與他一起踏上了中國土地，實現了中西匯合，這是

人類不同文明類型的匯合。

沙利衛要在信中表達自己對兩種文明的看法。他希望龍季厚神父安頓好韶州工作，立刻啟程到北京來接替他的職務，繼承柏拉瓦會長和孟安仁視察員形成的傳統，牢牢把握住這隻航船的方向。他寫道：

主內備受尊敬的龍季厚神父：

願天主的安寧與您同在。

我的身體不允許我繼續工作下去了。我已感受到天堂的光輝在召喚我。所以，請您接到信後立即來北京接替我的工作，這也是孟安仁視察員生前的決定。

我來中國傳教近三十年，深切體會到，尊重中國文化，學習中國文化，是天主教在中國存在的前提條件。西方傳教士最容易犯的毛病是幻想把所謂純正的天主教義移植到中國來。事實證明那是不現實的，是對中國文化的不尊重，也是愚蠢的。中國有句古話叫做『客隨主便』，傳教士是客，客人不能越位成為主人。中國還有句古話叫「水至清則無魚」，東西方的土壤不同，所生長的植物會有差別，更何況天主教義呢？所以，傳教士所傳內容，應是天主教義中的精髓，而不是機械僵化的形式。要因地因時而化，適應中國的土壤。是滲透，而不是強制。無數事實提醒傳教士，西方文化在中國文化面前沒有傲慢的資本，只有平等交流的資格。如能平等，中國文化一定包容。那種企圖用西方文明壓倒東方文明的想法是幼稚可笑的，是無知的表現。天主教義固然無與倫比，但也需要發展；西方文化固然先進，但也存在缺陷。東方文化可以彌補西方文化之不足。如果說這個世界有美好未來的話，一定是東西方文化友好地融為一體，走「和合文化」的道路，而不是像有的人說的

那樣是西方吃掉東方。我借用莊子的話說，就是「東西方可以相反，而不可以相無」。

我們二人只見過一面。孟安仁視察員曾多次向我提起您，對您的才幹讚許有加。我衷心希望您勇敢挑起領導中國教區這副擔子，不是憑個人意願，而是因地因時因事因情靈活傳教。當然，我們不是放棄天主教的核心教義，更不能歪曲。您負責中國教區後遇到的最大困惑可能是，對中國文化的妥協與適應究竟把握到什麼程度為宜。我不能給您提供明確的答案，但以我這些年傳教經驗認為，天主教要融入中國這個特定的文化，必須做出讓步。如果您憑藉您的智慧能夠明確讓步的合適的程度，這將是您的一大功勞。

我知道自己很快就要升入天堂了。我把你們推到一扇敞開的門前，通過這扇門，可以得到極大的回報，但是途中充滿危險與艱辛，搞不好很可能前功盡棄。

一個人能控制自己，便能控制世界。讓我們都牢記住耶穌的話：「要像你要求別人對你那樣對待別人。」

主內無用的僕人　沙利衛
1610 年 5 月 10 日於北京

寫完此信，沙利衛吃力地對龐儒說道：「這支筆，留給徐光明大人。」他又讓鍾文輝拿出他的《理法器撮要》一書的手稿，斷斷續續地說：「這部書稿……請轉交給李大人和徐……徐大人。如能出版，我將……十分欣慰……」接下來，沙利衛讓龐儒和鍾文輝按照天主教的習俗給他舉行領受臨終聖體的儀式。

面對耶穌聖像，他親吻了十字架，親吻了柏拉瓦的肖像，然後誦念臨終懺悔。龐儒給他換上了一套新做的儒服，做了臨終塗油。

中西結合的聖事做完後，沙利衛已經累得渾身無力。鍾文輝極度悲傷，一直在流淚。沙利衛用足力氣，對他說：「尊敬的修士，鼓起勇氣，不要哭泣。若天主允許我升天，我要祈求的第一件事，就是求主賜給你堅忍之志……司馬遷也說，人固有一死，或重於泰山，或……」

龐儒俯下身子，親吻了沙利衛面龐。突然，沙利衛似乎想起來什麼，只見他眼睛裏閃過一道光亮，嘴巴吃力地囁嚅着。龐儒斷定準是神父心中想起了什麼，便又俯下身子，聽沙利衛說些什麼。只見沙利衛右手吃力地指指枕頭，龐儒以為是枕頭放偏了，便用手正了正枕頭。沙利衛的嘴巴仍然囁嚅着，右手仍然指着枕頭。龐儒明白了，是枕頭下面藏着什麼東西吧。他輕輕地使勁兒，搬起了枕頭，將手伸向枕頭下面。他摸着了一張紙，趕緊抽出來，是一個信封，上面寫着「戴燮先生親啟」字樣。龐儒頓時明白了，這是神父臨終之際留給戴燮先生的信件，一定寫着重要的內容。龐儒親眼見證了神父與戴先生長期的友誼，他要把自己心中的話留給戴先生，這樣他才能放心而去。龐儒將信件拿給神父看，說道：「您給戴燮先生的信，我一定親自送到他手中。」沙利衛聽了，臉上露出一絲微笑。他連說話的力氣也沒有了，他慢慢閉上眼睛，睡着了。

夢中的沙利衛看見了奇異的景象：一個老者遠遠向他走來。此人身材魁梧，滿臉笑容，向他拱手作揖，說道：「神父好！我乃孔丘是也。神父不辭渺遠，傳教東方，被稱為西來孔子。神父與我神合已久，今日相見，幸會幸會！儒家學說，不講天堂，亦無彼岸之說，關注的是現實。然而後世多事之人偏偏將我與佛道並列，頂禮膜拜，令我啼笑皆非！儒家學說與神父所傳宗教有一點相同，就是積極進取，知其不可而為之。我感謝神父，將儒家著作介紹至西方，實現了中西文化交流。神父嘔心瀝血，糅合儒耶，用心良苦，其心可敬！中西將來必為一家，共走大同之路。神父，辛苦，

辛苦……」

沙利衞大喊一聲：「聖人慢走，帶上我……」

話音剛落，又一老人從天上飄然而下。只見他鬚髮全白，精神矍鑠，一派仙風道骨模樣。見到沙利衞，老人向他拱手作揖，說道：「神父好！老夫乃李耳是也。老夫實非道教之主，然眾徒搞拉郎配，我亦不怒，好玩而已，哈哈哈哈！神父遠道而來，數十載如一日，孜孜矻矻，活得好不辛苦。我道進退自如，視陟降、巨微、顯隱、得失、壽夭、生死為一，摒除萬千煩惱，隨物化而不凝滯於心，貴教可達此境界否？我道不倡世間教育，民之難治，以其智多。絕學棄智，無為之教，道法自然，萬民自化。那個孔丘，曾問教於我，四處興辦教育。貴教何不取法乎上哉？哈哈哈哈……」

沙利衞正要追去，卻瞬間不見了踪影，只好望天興嘆……

過了一會兒，一位尊者站立山巔，面對沙利衞，發出爽朗笑聲，說道：「呵呵呵呵……神父好！貧僧釋迦牟尼是也。神父長期穿我僧服，卻對我佛大不敬。我佛弘大，茹古涵今，籠天罩地，不計嫌隙。然我佛不同於儒學，旨趣不在今生，而在來世，凡欲援引我佛改造中國社會者無不失望，我佛但為宗教而已。神父播撒天主教義，固然有益東方，然仇視異教，足見褊狹。各教不當攻訐，宜取別教之美以自補，各領風騷。要之，我佛教義遠早天主，師徒之說，神父可曾聞歟？神父圓寂之後，必葬我佛之地矣，阿彌陀佛……」

只見釋迦牟尼塊然而來，騰雲致雨，瞬間化作烏有……

沙利衞正在驚異之時，又聽到了另一位尊者之聲，似從天邊傳來，其形象不甚清晰，但聲音十分悅耳，說道：「使者穆罕默德問候神父！萬物非主，惟有安拉。我教與貴教同出一源，發展有異，恩怨紛紜，究其目的並無二致，各為其主而已。神父從西方到東方，倡天主而抑真主，你的足跡遍佈果阿、錫蘭和馬來，試問：神

父所傳播豈是獨一無二之真理乎？各家宗教猶如各大寺院教堂，比鄰而建，信徒比鄰而居，觀其外表風格迥異，其實內裏多有雷同，皆以空間容信徒也。故是己而非他者，即為樹敵立藩，自束手腳。愚昧是最卑賤的貧窮，智慧是最寶貴的財富，驕傲是最難受的孤獨。」說完，刮起一陣狂風，人聲全無。

沙利衛正在四處張望，他想看清狂風中的那個身影。突然，一個熟悉面孔，從無到有，由淡至濃，出現在他的面前——耶穌！沙利衛立刻跪下，淚水成河，泣道：「基督在上，沙利衛無數次夢見基督，今又見我主，可親可敬，沙利衛願隨您同去，共上天堂……」這時，天邊傳來宏大的聲音，把宇宙震響，只見百鳥齊聚，百獸彙集，江河湖水奔湧而來，彩雲樹木圍攏過來。那個聲音說道：「沙利衛神父，你辛苦了，功蓋天下！不管遇到怎樣的挫折，你都義無反顧。你的信德將成為天下所有信徒的楷模！你將永生！我在上天洞悉地上各派宗教及學說主張。儒學是入世的，天主教也是入世的，二者本質相同。佛、道皆出世之學，與儒、耶不類。你首創儒、耶互補之策，實為高明，但眾人多有不解。知我精髓者，沙利衛也。然你對我的神性執迷頗深，與其說我是人格神，不如說我是神格人更確切——現在，你已經完成使命，後人會賡續你的事業……你隨我來吧，阿門……」

只聽沙利衛大叫一聲：「我——來——了！」

龐儒和鍾文輝聽見叫聲趕緊走過來，喊道：「神父，神父……」沙利衛一動不動。他倆趕緊推他，還是不醒。他們再看，只見沙利衛渾身汗水，衣服和床單都濕了……

1610 年 5 月 11 日下午 7 時，即萬曆三十八年閏三月十九日，沙利衛的心臟永遠停止了跳動，享年六十九歲。

　　沙利衛去世的消息很快傳遍全中國。不管認識的還是不認識的，所有教友都沉浸在悲哀之中，凡是有天主教堂的地方，都響起了鐘聲。人們爭先恐後到教堂為他祈禱。肇慶那位得到過沙利衛拯救的老人悲傷過度，暈倒在地；韶州那些求雨的民眾，在老族長的帶領下，向着北方叩頭；南昌城外，廬山腳下，白鹿洞書院內，章乾先生和他的弟子搭建起悼念沙利衛的靈棚，背景是沙利衛繪製的世界地圖，人們手捧《交友論》，默默哀悼；在南京，戴燮和彩雲以及他們的孩子，跪在教堂內祈禱；在海南的王忠國、在澳門的眾多會士無不痛哭流涕……

　　在北京，眾多官員來到沙利衛住所，表達自己的哀思……

　　李華藻說：「應該有一幅神父的畫像掛出來，供人們弔唁。」鍾文輝說：「我來畫吧。」於是，鍾文輝連夜畫出了一幅沙利衛神父的畫像，掛在案前牆上。畫像很逼真，畫出了沙利衛生前的神采，栩栩如生，每一個前來弔唁的人，瞻仰畫像，如在昨日，神父的音容笑貌宛在眼前。

　　李華藻又說：「神父的棺材我來辦理，所有費用包在我身上。」

　　就在這時，只聽門外大喊一聲：「神父啊，我來晚了……」

　　只見徐光明一步跨進門來，撲通一聲跪倒在沙利衛像前，連磕三個響頭。徐光明是在上海接到噩耗的，立刻從上海往北京趕，他一定要參加神父的葬禮。

　　楊逸雲也趕回來了，他也向沙利衛像跪拜。三位朝廷大員，都是天主教徒，站在沙利衛像前，神色凝重。朱順實則幫着龐儒和鍾文輝操辦喪事。

　　徐光明問道：「神父生前可曾有遺囑？」

　　龐儒將一支鵝毛筆呈給徐光明，說道：「神父說，這支筆留

給徐大人做紀念。」徐光明雙手接過鵝毛筆，眼淚撲簌簌流了下來。他知道，就是這支筆，陪伴他和沙利衛翻譯了《幾何原本》，那一個個不眠之夜，那一次次難忘的討論、修改，如同昨日，歷歷在目……

鍾文輝拿出《理法器撮要》手稿，遞交給二位大人。李華藻接過書稿，如同千鈞沉重。他翻了翻書稿，在最後一頁「總法五要」四個字下面寫着「一曰平分線捷法：以上即漢字自一至十九數目也」，但在下面圖形中一至十九全用阿拉伯數字標註。李華藻的淚水一下子就溢滿了眼眶，一滴一滴落在書稿上。他被沙利衛的良苦用心感動了，他把書稿交給徐光明，指着阿拉伯數字，哽咽道：「這是神父的一片良苦用心哪！」徐光明也感動了，他把書稿緊緊貼在胸前。

過了一會兒，李華藻說：「神父生前有一個願望，安葬在北京。」於是李華藻將沙利衛臨終囑咐的相關內容轉告徐光明和楊逸雲。

楊逸雲說：「安葬在北京，這有困難嗎？」

李華藻說：「需要奏請皇上恩准。」

徐光明說：「那就煩龐儒神父執筆寫成奏疏，上交禮部呈遞皇上。此事要快，因為關係到墓葬用地，可能不那麼簡單。我們一起爭取吧。」

「好！」龐儒說。

徐光明問鍾文輝：「神父葬禮定在哪一天？」

鍾文輝說：「還沒有定下，要等龍季厚神父趕到北京。」

徐光明問：「龍季厚神父何時到京？」

鍾文輝說：「據報喪的人回來說，龍季厚神父去山區傳教，路途遙遠，須等些日子方能回轉。報喪的人已將信件留在韶州教堂，並派人去山裏尋找龍季厚神父了。」

龐儒很快寫好了奏疏，李華藻、徐光明和楊逸雲又做了修改潤色，然後交給李華藻。李華藻馬上找到禮部尚書吳圖南，遞上奏疏，請他呈奏皇上。吳圖南接過奏疏，認真看過一遍，只見奏疏寫道：

　　　臣本遠夷，向慕天朝德華，跋涉三載，道經海上八萬餘里，艱苦備嘗，至於萬曆十年進駐肇慶，至於萬曆二十八年，偕臣沙利衛，始得入京朝見，貢獻方物，蒙恩給賜稟餼，臣等感恩不盡，捐軀莫報。

　　　不意萬曆三十八年閏三月十九日，沙利衛以年老患病，身故。異域孤臣，情實可憐，道途險遠，海人多所忌諱，必不能將櫬返國。伏念臣等久沾聖化，即係輦轂臣民，生既蒙豢養於升斗，西伯澤及於枯骨，死猶望掩覆於泉壤。況臣沙利衛自入聖朝，漸習熙明之化，讀書通理，朝夕虔恭，焚香祝天，頌聖一念，犬馬報恩忠赤之心，都城士民共知，非敢飾說。

　　　沙利衛生前頗稱好學，頗能著述。先在海邦，原係知名之士，及來上國，亦為縉紳所嘉，似無愧於山澤隱逸之流，或蒙聖慈再賜體訪，不無可矜可錄。

　　　臣等外國微臣，豈敢希冀分外，所悲其死無葬地，泣血祈懇天恩，查賜閒地畝餘，或廢寺閒房數間，俾異域遺骸得以埋瘞。臣等既享天朝樂土太平之福，亦畢螻蟻外臣報效之誠，臣等不勝感激，屏營候命之至。等情。

　　　具奏。

　　吳圖南看後，說：「很好！我即刻奏請皇上。」這時，沈先淮走了進來，他說：「沙利衛應該回澳門埋葬，不宜安葬於北京。」李華藻說：「沙利衛神父為大明朝做過諸多有益之事，他的同事還

可以繼續為修《大統曆》做貢獻，還有——」未等李華藻把話說完，沈先澮搶過話頭，說道：「寧可使大明朝無好曆法，亦不可使中夏有西洋人。」

「你太狹隘！」李華藻吼道。

「我狹隘？我看你就是一個崇洋媚外的賊人！」

「井底之蛙！不可理喻！」李華藻說罷，拂袖而去。

吳圖南對沈先澮說：「沈大人言重了。沙利衛是給皇上進過貢的人，皇上恩准他留在北京傳教。如今沙利衛神父死了，這能不能安葬，還得聽皇上的，你怎麼能說出那樣決絕的話呢？皇上聽了也會生氣的。」

「我……我是為了大明朝好。這麼多洋人在北京，這大明還像個什麼樣子？好吧，我不管這事了，你去奏請皇上吧。」說完，沈先澮一拍屁股，走了。

吳圖南愣了一下，他想，這件事只靠他一人不行，要聯合更多的人簽名上奏——對了，找葉閣老去。

葉閣老是當朝德高望重之人，與沙利衛有過很深的交往。他從吳圖南手中接過龐儒的奏疏，認真看了一遍，隨即口占一詩道：

西方聖人沙利衛，《幾何原本》有遺篇。
試問洋教有幾人，堪與神父共比肩？

他立刻答應與吳圖南共同奏請皇上。第三天，皇上就恩准了：「賜西洋國故陪臣沙利衛空閒地畝埋葬。」

聖旨先下達至葉閣老處。葉閣老立刻轉給吳圖南，吳圖南立刻通知李華藻，並說此事已經交給順天府府丞少京兆黃吉臣具體負責落實。李華藻和徐光明等人懸着的心總算落了地。接下來就是到哪裏尋找一塊合適的地方作為安葬沙利衛的墓地。

黃吉臣接手此事後，帶上龐儒四處查勘選地。選來選去，龐儒選中了一處廢棄的佛寺。這個佛寺歸太監管理，負責看管的太監想趁機撈一把，便抬高價格。龐儒說價格太高，太監便壓着不賣。龐儒只好再去找李華藻，李華藻又去找吳圖南。吳圖南出面訓斥了太監，這才將價格降下來。但是看管的太監說，家具不能留下，便派人在夜晚將佛寺的家具全部偷偷運走。吳圖南隨即責成黃吉臣張貼告示，任何人不得擅入佛寺，否則按違反皇命處置。至此，這塊地才歸入龐儒之手。李華藻和徐光明、楊逸雲又通過戶部的關係，蠲免了墓地的稅收。

沙利衛的墓地在近郊阜成門外二里、嘉興觀之右。沙利衛的靈柩在他的住所停放了多日，龍季厚神父才從南方趕到北京。到京後，他親自設計墓園建築圖紙，工人們按照圖紙很快修建起埋瘞沙利衛的墓園。

墓園門口上方，鑲嵌着李華藻題寫的「欽賜沙利衛墓園」七個大字。進入墓園，首先看到一座拱頂六角小教堂，體現西洋風格。教堂兩端連接一堵半圓圍牆，圍牆環抱的空地中間，即是沙利衛墓冢。墓冢前面立一塊泰山石石碑，上面刻着徐光明題寫的「沙利衛神父之墓」，體現中國風格。墓冢四面長着四棵高大柏樹，沙利衛的遺體在柏樹遮護下靜靜躺在靈柩之中。微風吹來，拂動弔唁者的衣襟和頭髮，吹動柏樹枝條。陽光透過雲層，投射下一縷一縷的光線，似乎在撫摩着沉睡的神父。

移放儀式那天，正好是萬聖節，許多天主教徒從外地趕來。雖然人多，卻沒有一絲的嘈雜。人們屏住呼吸，唯恐驚動了沉睡中的聖人。人們跟在十字架後面，手持蠟燭，緩緩行進，走向墓地。靈柩安葬按照天主教葬禮儀式進行，由龍季厚神父主持。他說：「沙利衛神父的權威和聲望對我們所有的人來說，就是遮風擋雨之所。他的去世，使我們成了孤兒。我們希望他在天堂裏還能給我們更多

的幫助。」

　　時人寫詩悼念沙利衛道：

> 天涯此日淚沾衣，紅雨紛紛春色微。
> 海賈傳書存實義，主恩賜葬近郊畿。
> 從來到處勘觀化，何必西方有履歸。
> 侍子四門夷樂在，遼東鶴去已人非。

　　日落時分，黃昏籠罩大地，眾人散去，一人佇立墓園。他圍着黑色頭巾，看不清面容，但可以看得出，他渾身微微抽搐，淚水不斷滴落下來，打濕了腳下的土地。在他十米遠的地方，站立着一位中年婦女，身旁有兩個男孩侍立。

　　他懷抱一張古琴，用沙啞的聲音哭訴一曲《戚氏·正冬風》：

> 正冬風，一陣罡烈自庭西。蕭蕭瀟瀟，葉飛塵亂暮凄凄。空空，雁無踪，鄉關何日是歸期？碑石似面哭泣，縱有西江水難比。驚聞噩耗，肝腸寸斷，杵臼行輿孰急？自今靈魂落，鍾期不遇，水斷山低。
>
> 下望歲月崢嶸。端硯牽繫，教主為余師。傳十誡、《聖經》空谷，治病良醫。四書通，日日夜夜，風風雨雨，縱苦猶熙。北漂輾轉，浪險風逼，造化自有神機。
>
> 府臨南昌郡，洞中再講，談經奪席。健步高閣鳥瞰，水秋霞落鶩孤飛齊。兩京一水堪繫，揖丘登嶽，重入齊魯邑。蠡測天、物換星移易；揆度地、無不稱奇。置腹夜，難忘除夕。佈道講義遍照虹霓。凌波萬里，來華何事？互補東西。

　　他手裏還拿着一封信，上面寫着一首小詩。他輕輕展開信件，

抽泣着地讀了起來：

永別

心中鐵鎖未曾開，

遲暮美人大限來。

吾衰甚矣愧孔孟，

何日與君重暢懷！

惜哉！惜哉！

讀罷，他將古琴放置地上，然後跪在琴前，彈奏起《高山流水》。他越彈越激動，無法控制自己的指法，因用力過猛，只聽「啪」的一聲，兩根琴弦一起崩斷，琴聲戛然而止。他嚎啕起來，哭聲迴蕩在茫茫空中。只見他舉起古琴，越過頭頂，用力砸向地面……

120

澳門，聖保祿大教堂。羅馬耶穌會總會新派的視察員到任了。他帶來了羅馬教廷和耶穌總會的最新命令。他要迅速傳達給來東方傳教的每一個會士，並嚴格遵照執行。

新任視察員否定了沙利衛和孟安仁的傳教策略。他說：「中國人祭祖和祭孔行為皆屬於偶像崇拜，與天主教教義方枘圓鑿。天主教徒不得有此行為。必須確保天主教的純潔性，不得夾雜科學技術在裏面。要廣泛發動民眾入教，爭取千萬民眾成為天主教徒……」

龐儒反駁道：「這將會葬送沙利衛神父來之不易的傳教成果。」

新任視察員說：「神父言重了，不必有此顧慮。」

龍季厚說：「如果這樣做，不僅會引起民憤，還會導致中國官方的反感，最終導致傳教事業的中斷。沙利衛神父生前最擔心的就是這一點。」

新任視察員說：「羅馬教廷預料到了。不怕。我們還有更強大的手段。歐洲越來越多的國家在向外擴張，這是大勢所趨，不可阻擋。」視察員頓了一下，繼續說，「龍季厚神父，您寫的《論中國宗教的幾個問題》傳到歐洲後，產生了巨大影響，已經超過了沙利衛神父。其他修會看了都很贊同。」

「是啊，我就很贊同。」杜我徽神父說，此時他顯得格外興奮。

龍季厚楞住了，說：「我那篇文章怎麼會傳到歐洲呢？那是內部讀物，從未向外擴散過的，而且當時就已經銷毀了，怎麼……」他看了看杜我徽，問道，「杜我徽神父是知道的，您可以作證。」

杜我徽低着頭，裝作什麼也沒聽見。

龍季厚大聲說：「我……我成了破壞耶穌會團結的罪人，我有愧沙利衛神父……」說着，他就跑了出去，龐儒緊跟在他後面，說：「神父，他們只考慮到天主教傳播的純潔性，卻沒有想到中國文化的特點，更沒有考慮到中國人的接受心理。反客為主的做法，到哪裏都不受歡迎。」

「是的，所以我才把我那篇文章燒掉了，可是，沒想到……竟然……我是百口莫辯了。」

「神父，還是可以挽回的。文章是你寫的，但究竟怎麼做由您來決定。我們應該繼續執行沙利衛神父的傳教策略，至於羅馬教廷那邊，您是可以寫信解釋的。新任視察員也是要聽羅馬教廷的。」

龍季厚一聽，覺得有道理，便和龐儒回到了會場。他作了長篇發言，系統闡述自己的想法，對下一步的傳教策略提出了具體意見。

......

蒼茫大海上，海風呼嘯，海浪滔天。遠處，烏雲翻滾，波詭雲譎。一波又一波巨大的浪頭接連不斷地撲向岸邊，撞擊着堅硬的巖石。那黑乎乎的巖石就像泰山一樣穩穩矗立在海岸，對抗着兇狠的海浪。它蔑視那些無知的海浪，它無聲地笑了！但就是這無聲之聲，在大海上迴蕩，穿透海洋，穿過天空，直衝雲霄……

2020 年 2 月 5 日至 6 月 28 日完成初稿

2020 年 6 月至 9 月第一次修改

2021 年 2 月至 3 月第二次修改

2021 年 5 月至 6 月第三次修改

2021 年 9 月第四次修改

2021 年 10 月第五次修改

2021 年 11 月第六次修改

2021 年 12 月第七次修改

2022 年 4 月第八次修改

2022 年 11 月第九次修改

2023 年 3 月第十次修改

後記

2014 年 6 月 9 日，習近平主席在中國科學院第十七次院士大會、中國工程院第十二次院士大會上說：

我一直在思考，為什麼從明末清初開始，我國科技漸漸落伍了。有的學者研究表明，康熙曾經對西方科學技術很有興趣，請了西方傳教士給他講西學，內容包括天文學、數學、地理學、動物學、解剖學、音樂，甚至包括哲學，光聽講解天文學的書就有一百多本。是什麼時候呢？學了多長時間呢？早期大概是 1670 年至 1682 年間，曾經連續兩年零五個月不間斷學習西學。時間不謂不早，學的不謂不多，但問題是當時雖然有人對西學感興趣，也學了不少，卻並沒有讓這些知識對我國經濟社會發展起什麼作用，大多是坐而論道、禁中清談。1708 年，清朝政府組織傳教士們繪製中國地圖，後用十年時間繪製了科學水平空前的《皇輿全覽圖》，走在了世界前列。但是，這樣一個重要成果長期被作為密件收藏內府，社會上根本看不見，沒有對經濟社會發展起到什麼作用。反倒是參加測繪的西方傳教士把資料帶回了西方整理發表，使西方在相當長一個時期內對我國地理的了解要超過中國人。這說明了一個什麼問題呢？就是科學技術必須同社會發展相結合，學得再多，束之高閣，只是一種獵奇，只是一種雅興，甚至當作奇技淫巧，那就不可能對現實社會產生作用。

習主席的講話引發了我的思考，明末清初的那些西方傳教士究竟給中國帶來了怎樣的西方科技呢？

我是一名中學語文教師，從事語文教學四十年，「漢語拼音」在教學中不可繞行。如果要梳理「漢語拼音方案」前世今生的話，就必然追溯到明代末期西方傳教士利瑪竇的《西字奇蹟》。於是，我以極大的興趣進入到對傳教士文獻資料的閱讀之中，先後閱讀了二百多種有關傳教士的圖書，打開了一片以前未曾涉獵的天地。我深深感到，西方傳教士來華後的所作所為遠遠超出了單純的傳教行為，給中國的科學技術以及文化觀念帶來了巨大影響。這就是後來人們說的「西學東漸」。單從語文的角度看，文字橫排、標點符號、漢語拼音，以及現代漢語語法體系的構建，都烙下了這種影響的印記。於是，在我的內心萌發了一個想法：如果將傳教士來華的經歷以及傳教過程中發生的故事以小說的形式表現出來，豈不是一件很有意義的事情嗎？

習近平主席提出構建人類命運共同體的理念，實現共贏共享。當今世界，中西文化互為影響的程度越來越深，你中有我，我中有你，世界越來越朝着共同發展的方向行進。西方傳教士，尤其是早期耶穌會傳教士把中華文化介紹到西方，讓西方世界開始認識東方古老的中國，接觸到了中華經典，四書五經、《道德經》等在西方文化界受到歡迎，並產生了巨大影響。借用《莊子》中的話說：「知東西之相反，而不可以相無。」東西方是互補的，缺一不可；世界是多元的，異彩紛呈。

2020 年初，一場突如其來的新冠疫情肆虐全球。我不能到校，也不能外出，只能居家給學生上網課。在新冠疫情面前，世界各國難以獨善其身，必須共同抗疫。於是，我宅在家中開始了《東遊記》的創作。我用四個月的時間完成初稿，然後發給著名文學評論家白燁先生審讀。白燁先生看後寫了一篇簡短的評論，內容

如下：

　　看得出來，這是一部以意大利傳教士利瑪竇為原型創作的小說作品。閱讀作品之後，印象深刻的主要有兩點：

　　一、作者在深入研讀有關史籍、史料與文獻的基礎上，經由合理虛構和藝術想像，很好地還原了社會歷史的真實，再現了歷史人物的形象。書中沙利衛這個人物，在幾近於對利瑪竇其人其事進行歷史寫真的同時，特別寫出了其忠於信仰、勠力實踐的傳奇人生，以及善於變通，傳播文明的不朽奇功。尤其是對於當時的中國來說，沙利衛（利瑪竇）的到來和他帶來的，是全新的視界，全新的世界，這是世界走向中國，也是中國走向世界。在這一方面，作品有一些經典情節，描寫得具體而生動，給人印象極其深刻。

　　二、作品的主角是沙利衛，主要表現對象是天主教的中國傳播。但由於作者視野宏闊，站位較高，作品實際上超越了這樣一個既定的主題，由「西學東漸」「中西碰撞」等環節和內容，表現了不同民族與信仰的人們相互走近的必要，不同的文化與文明相互學習的重要。在某種意義上，正是以自己的方式對「人類命運共同體」理念的呼應與倡揚。

　　因此，《東遊記》是以沙利衛為替身的對利瑪竇中國傳教史傳記式寫真，是以這樣一個人物為中心線索對中國明代萬曆年間社會變動的紀實性復現，作品在回望歷史、致敬先賢的同時，亦具有着相當的現實意義。

　　從作品的藝術描寫上看，沙利衛其人的形象塑造，形神兼備，栩栩如生，尤其是其豐博的胸懷、高遠的境界構成的精神世界，描寫得充分而飽滿，使得這個人物形象成為典型形象中熠熠閃光的「這一個」。作品的敘事節奏從容不迫，敘述文

筆乾淨利落，稱得上是一部思想性與藝術性相得益彰的小說力作。

白燁先生的評論給了我很大鼓勵，隨後我進行了多次修改，並徵求了研究中西文化交流的專家的意見。清華大學著名學者張國剛教授審讀後在電話中肯定了我的努力，也提出了修改意見。陳曉明、顧之川、劉汀幾位先生也給予我鼓勵和指導。在此，我謹向他們表示衷心感謝！

感謝香港三聯書店！他們對《東遊記》做了認真評估，同意出版，使這部小說終於有了面世的機會。

我的本職工作是中學語文教學，小說創作不是我的專業。但我對文學創作一往情深，中學時代就有此嘗試。我寫過小說、散文、詩歌、電影劇本，在《少年文藝》《兒童文學》《美文》《青年文學》《人民文學》等文學雜誌發表過一些作品。然而，西方傳教士來華以及中西文明交流和碰撞屬於重大歷史題材。正如陳高華先生所言：「研究地球上不同文明之間的交流和碰撞，既是歷史研究的重大課題，又有重要的現實意義。」[1] 這裏面的內容太豐富，有取之不盡的素材，似乎非長篇巨製不可。正因為這樣，小說創作的難度極大，我所寫的不一定都那麼精準。

這樣重大的歷史題材有一個突出特點，就是它本身文化性極強，甚至還有突出的學術性。傳統觀點認為，小說創作運用形象思維，以塑造人物形象為核心任務，以曲折生動的故事情節吸引讀者，所以作者應盡量避開文化展示與學術味道。但是，要表現中西文化交流與碰撞，是無法繞開文化展示的，也無法繞開學術味道。我在寫作過程中時常擔心因為處理不好二者關係會使人物形象受到

---

[1] 見張國剛著《中西文化關係通史・序三》，北京：北京大學出版社，2019年版。

影響，甚至損害小說的藝術效果。但是這個題材逼迫我非寫它們不可，而且我越來越深刻體會到，如果抽去了文化和學術的因素，這部小說就沒有了靈魂。書中的主要人物，都生活在文化與學術之中，他們的性格、情感都緊緊圍繞文化與學術而彰顯，因此而生，因此而亡。於是我明白了一個道理：這部小說如果與其他小說有不同之處的話，其特殊性就在於必須通過文化和學術來塑造人物形象，因為這些人物的血肉都是由文化和學術鑄就而成的，他們簡直就是文化和學術的符號，他們的舉手投足、嬉笑怒罵無不帶有文化和學術的色彩，而且這種文化與學術又有別於人們通常所說的通俗的文化和學術，也超越了宗教的範疇。它所涉及到的文化和學術既有中國的，也有西方的，而且經常在中、西文化的交界處糾纏着，交織着。往往越是難解難分的地方，就越是值得思索和探究的地方。正因為這樣，我擔心這部小說可能會失去一部分讀者；但願我的這個擔心是多餘的。然而我又相信，這個題材絕不是小眾的，因為它的歷史感與現實感是不可分離的。

　　小說寫了大約九十個人物，除個別人物用了本名外，絕大多數人物用了化名，因為《東遊記》畢竟不是歷史著作。這些人物大都有原型。比如戴燮的原型是瞿汝夔，李踔的原型是李贄，徐光明的原型是徐光啟，孟安仁的原型是范禮安，龐儒、黃民、龍季厚等傳教士都有原型。至於賴亞、迪瓦、秋兒等人物則是虛構出來的。核心人物沙利衛的原型是沙勿略和利瑪竇（還應包括羅明堅），「沙利衛」這個名字是由沙勿略、利瑪竇和衛禮賢三位傳教士的漢語名字各取一個字合成的。衛禮賢是晚清時代的，為何也放進來呢？我把衛禮賢登泰山的經歷移植到了沙利衛身上。[②] 更重要的是，沙利衛這個名字提醒我，還要寫下去，一直寫到清末。

---

② 在統編本高中語文必修課本中選錄了黑塞的《讀書：目的與前提》一文，提到衛禮賢。黑塞本人出身於傳教士家庭，從小受東方文化薰陶。

來中國傳教並有所著述的西方天主教傳教士，早期有柏朗嘉賓和魯布魯克，但二人沒有進入中國腹地。1298 年成書的《馬可‧波羅遊記》和 1330 年由鄂多立克口述、他人筆錄的《鄂多立克東遊錄》當是中西交流的早期遊記著作，在西方引起巨大反響。意大利當代作家卡爾洛‧斯戈隆的《春蠶吐絲》就是以鄂多立克為原型創作的一部長篇歷史小說，表現的就是不同文明之間的接近與尊重。「東遊記」作為篇名在中國曾經出現過，明代吳元泰就有神話小說《東遊記》。但我還是用了這個名字，並從東漢《肥致碑》中選了三個隸書字樣，請我的學生董心語（現在香港大學讀書）進行了技術製作，其中「記」字由兩個偏旁合成。我很喜歡帶三點水的「游」字，它和「遊」不是繁簡關係。三點水的「游」字更符合沙利衛「行數萬里」「浮游八極」[3]、歷驚濤駭浪的艱險人生。封面畫作出自我岳父曹緒昌先生之手，他早年在南海艦隊工作，擅長繪畫。該畫內容表現的是中國南海的山水風景，而沙勿略歷經艱險在中國登陸的地點上川島就在廣東。沙勿略死在那個小島上，利瑪竇繼承了他的事業。

　　《東遊記》是我創作計劃中的第一部。接下來，我打算以「中西禮儀之爭」為線索寫第二部，然後再將清末那段作為第三部。中國受西方深刻影響，從利瑪竇算起的話到現在有四百多年的時間，把這四百多年的中西文化交流和碰撞以小說的形式表現出來，是我給自己的一個命題。我不知道有沒有能力完成。

2021 年 12 月 19 日於六心齋

---

③《肥致碑》：「君神明之驗，識徹玄妙；出窈入冥，變化難識；行數萬里，不移日時；浮游八極，休息仙庭。」

責任編輯	江其信
書籍設計	道 轍
書籍排版	何秋雲

書　　名	東遊記
著　　者	程翔
出　　版	南粵出版社
	香港北角英皇道 499 號北角工業大廈 20 樓
	South China Press
	20/F., North Point Industrial Building,
	499 King's Road, North Point, Hong Kong
香港發行	香港聯合書刊物流有限公司
	香港新界荃灣德士古道 220-248 號 16 樓
印　　刷	美雅印刷製本有限公司
	香港九龍觀塘榮業街 6 號 4 樓 A 室
版　　次	2023 年 3 月香港第一版第一次印刷
規　　格	大 32 開（140 mm × 210 mm）576 面
字　　數	353 千字
國際書號	ISBN 978-962-04-5139-3
定　　價	168 港元

© 2023 South China Press

Published & Printed in Hong Kong, China.